大家人生

我的文化人生只修不改

冯骥才⊙著

時代文藝出版社

图书在版编目（CIP）数据

我的文化人生只修不改 / 冯骥才著．—长春：时代文艺出版社，2018.3

ISBN 978-7-5387-5492-6

Ⅰ．①我… Ⅱ．①冯… Ⅲ．①散文集－中国－当代 Ⅳ.①I267

中国版本图书馆CIP数据核字（2017）第172678号

出 品 人　陈　琛
产品总监　郭力家
选题策划　李天卿
责任编辑　部玉乐
　　　　　李天卿
装帧设计　孙　利
排版制作　毛倩雯

我的文化人生只修不改
冯骥才 著

出版发行 / 时代文艺出版社
地址 / 长春市泰来街1825号　时代文艺出版社　邮编 / 130011
总编办 / 0431–86012927　发行部 / 0431–86012957　北京开发部 / 010–63108163
官方微博 / weibo.com / tlapress　天猫旗舰店 / sdwycbsgf.tmall.com
印刷 / 北京市兴怀印刷厂
开本 / 710mm × 1000mm　1 / 16　字数 / 450千字　印张 / 30.25
版次 / 2018年3月第1版　印次 / 2018年3月第1次印刷　定价 / 58.00元

图书如有印装错误　请寄回印厂调换

目录 CONTENTS

第一辑　岁月留给我们的，正是我们给予岁月的

目录 CONTENTS

第二辑 城市的根基是活着的历史

第三辑　民间文化是我们的母亲

目录 CONTENTS

第五辑　我心中的文学

目录 CONTENTS

第六辑　艺术来自浪漫的灵魂

第七辑　文化是一种生命情怀

第一辑 岁月留给我们的，正是我们给予岁月的

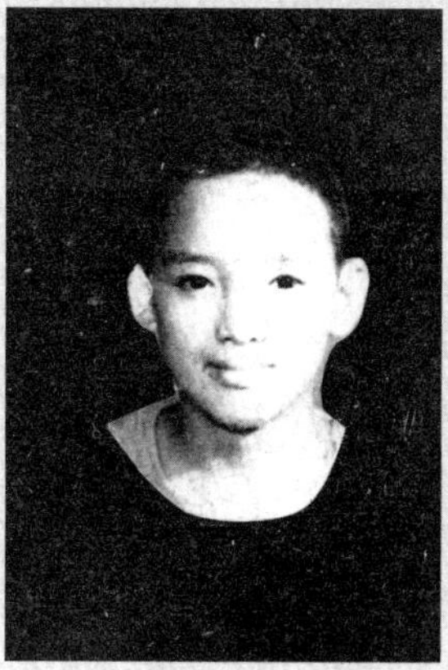

这是我踏上文学之路时最初的足迹。它一片凌乱、深深浅浅、反反复复，仿佛带着那样多的不情愿、被迫和犹豫不决……这究竟为了什么？

一九六六年的大狂乱到来之前，我的世界有如风暴前的海面，它没有丝毫预感，没察觉任何先兆，在一片出奇的静谧里，暖意的阳光躺在我柔软的、层层褶皱一般的、有节奏的生活波浪上。那时我才二十多岁！我热爱着艺术。我是肖邦、柴可夫斯基、贝多芬最驯顺的俘虏；我常常一个人在屋里高声背诵《长恨歌》《蜀道难》和普希金的《致大海》；最后，我终于以一种为美丽而献身的精神，决意把一生的时光，都融进调色盘里。那雨中的船、枝上的鸟、泥土中的小花小草，薄暮冥冥中一张张模糊而有生气的脸，把我牢牢地固定在画架前，再也没有想到与它分开。

马年的滋味

龙年颂龙，猴年夸猴，牛年赞牛，马年呢？友人说，你脱脱俗套说点儿真实的吧，你属马，也最知马年的滋味。

我回头一看，倏忽已过了五个马年。咀嚼一下，每个本命年的滋味竟然全不一样。

我的第一个马年是一九四二年，我出生。本来母亲先怀一个孩子，不料小产了，不久就怀上我，倘若那孩子——据说也是个男孩子——“地位稳固”，便不会有我。我的出生乃是一种幸中之幸。第一个马年里我一落地，就是匹幸运之马。

1942年，天津，还没满月的我与姥姥、父母和姐姐合影

第二个马年是一九五四年，我十二岁。这一年天下太平。世界上没有大战争，吾国没有政治运动。我一家人没病没灾没祸没有意外的不幸。今天回忆起那个马年来，每一天都是笑容。我则无忧无虑地踢球、钓鱼、捉蟋蟀、爬房、画画、钻到对门大院内去偷摘苹果。并且第一次感觉到邻

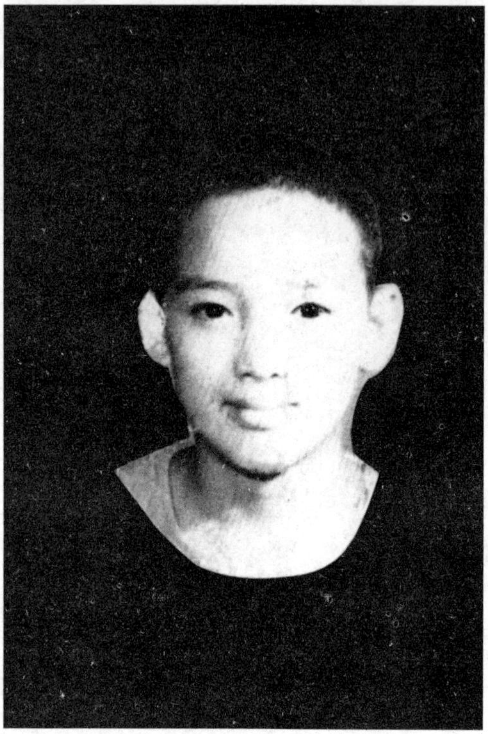
我十二岁

桌的女孩儿有种动人的香味。这个马年我是快乐之马。

第三个马年是一九六六年，我二十四岁。这年大地变成大海。黑风白浪，翻天覆地。我的家被红卫兵占领四十天，占领者每人执一木棒或铁棍，将我的一切，包括我的理想与梦想全都淋漓尽致地捣个粉碎。那一年我看到了生活的反面，人的负面，并发现只有漆黑的夜里才是最安全的。我还有三分钟的精神错乱。这一马年我是受难之马。

第四个马年是一九七八年，我三十六岁。这一年我住在北京的人民文学出版社里写小说。第一次拿到了散发着油墨香味的自己的书《义和拳》。但我真正走进文学还是因为投入了当时思想解放的洪流。到处参加座谈会，每个会都是激情洋溢，人人发言都有耀眼的火花。那是个热血沸腾的时代。作家们都为自己的思想而写作。我“胆大妄为”地写了伤痕文学《铺花的歧路》。这小说原名叫《创伤》，由于书稿在人民文学出版社引起激烈争论，误了发表，而卢新华的《伤痕》出来了，便改名为《铺花的歧路》。这情况直到十一月才有转机。一是由于茅盾先生表示对我的支持，二是被李小林要走，拿到刚刚复刊的《收获》上发表。我便一下子站到当时文学的“风口浪尖”上。这一马年对于我，是从挣扎之马到脱缰之马。

第五个马年是一九九〇年，我四十八岁。我的创作出现困顿，无人解惑，便暂停了写作。打算理一理自己的脑袋，再走下边的路。在迷惘与焦灼中重拾画笔，却意外地开始了阔别久矣的绘画生涯。世人不知我的“前身”为画家，吃惊于我；我却不知这些年竟积累如此深厚的人生感受，万般情境，挥笔即来，我也吃惊于自己。在艺术创作中最美好的感觉莫过于叫自己吃惊。于是发现，稿纸之外还有一片无涯的天地，心情随之豁然。这一年的我，可谓突围之马。

回首五个马年才知，这马年的滋味，酸甜苦辣，驳杂种种。何况本命年只是人生的驿站。各站之间长长的十二年的征程中，还有说不尽的曲折婉转。我不知别人的本命马年是何滋味，反正人生况味，都是五味俱全。五味之中，苦味为首。那么，在这个将至的马年里，我这匹马又该如何？

前几天，请友人治印两方，皆属闲文。一方是“一甲子”，一方是“老骥”。这“老骥”二字，不过是乘一时之兴，借用曹操的诗，以寓志在千里罢了。可是反过来，我又笑自己不肯甘守寂寞，总用种种近忧远虑来折磨自己。看来这一年我注定是奔波之马了！

逛娘娘宫

一

小时候，像我们这些生长在天津的男孩子，只要听大人们一提到娘娘宫，心里就仿佛有只小手抓得怪痒痒的。尤其大年前夕，娘娘宫一带是本地的年货市场，千家万户预备过年用的什么炮儿啦、灯儿啦、画儿啦、糕儿啦等等，差不多都是从那里买到的。我猜想这些东西在那里准堆成一座座花花绿绿的小山似的。我多么盼望能去娘娘宫玩一玩！但一直没人带我去，大概那时我家好歹算个富户，不便出没于这种平民百姓的集聚之地。我有个姑表哥，他爸爸早殁，妈妈有疯病，日子穷窘；他是个独眼——别看他独眼，他反而挺自在；他那仅剩下单独一只又小又细、用来看世界的右眼，却比我的一双黑黑的、正常的大眼睛视野更广，福气更大，行动也更自由——像什么钓鱼逮蟹、到鸟市上听说书、捅棋、买小摊上便宜又好玩的糖稀吃等，他样样能做，我却不能。对于世上的快乐与苦恼，大人和孩子的标准往往不同。大人们是属于社会的，孩子们则属于大自然，这些话不必多说。就说我这独眼表哥吧，他不止一次去过娘娘宫，听他描绘娘娘宫的情景，看耍猴呀，抖空竹呀，逛炮市呀等，再加上他口沫横飞、洋洋得意的神气，我都真有私逃出家、随他去一趟的念头。此刻饭菜不香，糖不甜，手边的玩具顷刻变得索然无味了。我的姆妈立刻猜到我的心事，笑眯眯地对我说："又惦着逛娘娘宫了吧！"

说也怪，我任何心事她都知道。

二

我的姆妈是我的奶妈。

我娘生下我时，没有奶，便坐着胶皮车到估衣街的老妈店去找奶妈。我这奶妈是武清县落垡人，刚生过孩子，乡下连年闹灾荒没钱花，她就撇下自己正吃奶的孩子，下到天津卫来做奶妈。我娘一眼就瞧上了她，因为她在一群待用的奶妈中十分惹眼：个子高大，人又壮实，一双大脚，黑里透红、亮光光的一张脸，看上去“像个男人”，很健康。——这些情形都是后来听大人们说的。据说她的奶很足；我今天能长成个一米九的大汉，大概就是受了她奶汁育养之故。

她姓赵。我小名叫“大弟”。依照天津此地的习惯，人们都叫她“大弟妈”，我叫她“妈妈”。

在我依稀还记得的童年的那些往事中，不知为什么，对她的印象要算最深了。几乎一闭眼，她那样子就能穿过厚厚的岁月的浓雾，清晰地显现在眼前：她是个尖头顶、扁长的大嘴，一头又黑又密的头发的女人，每天早上都对着一面小圆镜子，把头发放开，篦过之后，涂上好闻的刨花油，再重新挽到后颈，卷成一个乌黑油亮、像个大烧饼似的大鬏髻，外边套上黑线网；只在两鬓各留一绺头发，垂在耳前，这是河北武清那边妇女习惯的发型。她的脸可真黑，嘴唇发白。而且在脸色的对比下显得分外的白。大概这是她爱喝醋的缘故。人们都说醋吃多了，就会脸黑唇白。她可真能喝醋！每吃饭，必喝一大碗醋，有时菜也不吃，一碗饭加一碗醋，吃得又香又快。她为什么这样爱喝醋呢？有一次，我见她吃喝正香，嘴唇咂咂直吃，不觉嘴里发馋，非向她要醋喝不可，她把醋碗递给我，叫我抿一小口，我却像她那样喝了一大口。天哪！真是酸死我了。从此，我一看她吃饭，听到她吮咂着唇上醋汁的声音，立即觉得两腮都收紧了。

再有，便是她上楼的脚步异乎寻常的轻快。她带着我住在三楼的顶间，每天楼上楼下不知要跑多少趟，很少歇憩，似有无穷精力。如果她下楼去拿点儿什么，几乎一转眼就回到楼上。直到现在，我还没有遇见过第二个人把上下楼全然不当作一回事呢。

那时，我并不常见自己的父母，他们整天忙于应酬，常常在外串门吃饭。只是在晚间回来时，偶尔招呼她把我抱下楼看看，逗逗，玩玩，再给她抱上楼。我自生来日日夜夜都是跟随着她。据说，本来她打算我断了奶，就回乡下去。但她一直没有回去，只是年年秋后回去看看，住上十天半个月就回来。每次回来都给我带了一些使我醉心的东西，像装在草棍编的小笼子里的蝈蝈啦，金黄色的小葫芦啦，村上卖的花脸和用麻秆做柄的大刀啦……她一走，我就哭，整天想她；她呢，每次都是提前赶回来，好像她的家不在乡下，而在我家这里。在我那冥顽无知稚气的脑袋里，哪里想得到她留在我家，全然是为了我。

我在家排行第三，上边是两个姐姐，我却算作长子。每当我和姐姐们发生争执，她总是明显地、气啾啾地偏袒于我。有人说她“以为照看人家的长子就神气了”，或是说她这样做是“为了巴结主户”。她不以为然，我更不懂得这种家庭间无聊的闲话。我是在她怀抱里长大的。她把我当作自己亲生孩子那样疼爱，甚至溺爱；我从她身上感受到的气息反比自己的生母更为亲切。

每每夏日夜晚，她就斜卧在我身旁，脱了外边的褂子，露出一个大红布的绣着彩色的花朵和叶子的三角形兜肚儿，上端有一条银亮的链子挂在颈上。这时她便给我讲起故事来，像什么《傻子学话》《狼吃小孩儿》《烧火丫头杨排风》，等等。这些故事不知讲了多少遍，不知为什么每次听起来依然津津有味。她一边讲，一边慢慢摇着一把大蒲扇，把风儿一下一下地凉凉快快地扇在我身上。伏天里，她常常这样扇一夜，直到我早晨醒来，见她眼睛困倦难张，手里攥着蒲扇，下意识地，一歪一斜地、停停住住地摇着……

如果没有下边的事，对于一个八岁的孩子，所能记得的那时某一个人的事情也只能这些了。但下边的事使我记得更清楚，始终忘不了。

一年的年根底下，厨房一角的灶王龛里早就点亮香烛，供上又甜又脆、粘着绿色蜡纸叶子的糖瓜；这时，大年穿戴的新装全部试过，房子也打扫过了，玻璃擦得好像都看不见了。里里外外，亮亮堂堂。大门口贴上一副印着披甲戴盔、横眉立目的古代大将的画纸，姆妈告诉我那是“门神”，有他俩把住大门，大鬼小鬼进不来。楼里所有的门板上都贴上“福”字，连垃圾箱和水缸也都贴了，不过是倒着贴的，借着“到”和“倒”的谐音，以示“福气到了”之意。这期间，楼梯底下摆一口大缸，我和姐姐偷偷掀开盖儿一看，全是白面馒头、糖三角、豆馅包和枣卷儿，上边用大料蘸着品红色点个花儿，再有便是左邻右舍用大锅烧炖年菜的香味，不知从哪里一阵阵悄悄飞来，钻入鼻孔；还有些性急的孩子等不及大年来到，就提早放起鞭炮来。一年一度迷人的年意，使人又一次深深地又畅快地感到了。

独眼表哥来了。他刚去过娘娘宫，带来一包俗名叫“地耗子”的土烟火送给我。这种“地耗子”只要点着，就“哧哧”地满地飞转，弄不好会钻进袖筒里去。他告诉我这“地耗子”在娘娘宫的炮市上不过是寻常之物，据说那儿的鞭炮烟火至少有上百种。我听了，再也止不住要去娘娘宫一看的愿望，便去磨我的姆妈。

我推开门，谁料她正撩起衣角抹泪。她每次回乡下之前都这样抹泪，难道她要回乡下去？不对，她每次总是大秋过后才回去呀！

她一看见我，忙用手背抹干眼角，抽抽鼻子，露出笑容，说：

“大弟，我告诉你一件你高兴的事。”

“什么事？”

“明儿一早，我带你去逛娘娘宫！”

“真的？！”心里渴望的事突然来到眼前，反叫我吃惊地倒退两步，“我娘叫我去吗？”

“叫你去！”她眯着笑眼说，“我刚对你娘打了包票，保险丢不了你，你娘答应了。”

我一下子扑进她的怀抱。这怀抱里有股多么温暖、多么熟悉的气息呵！就像我家当院的几株老槐树的气味，无论在外边跑了多么久，多么远，只要一闻到它的气味，就立即感到自己回到最亲切的家中来了。

可这时，我感到有什么东西“啪、啪”落在我背上，还有一滴落在我后颈上，像大雨点儿，却是热的，我惊奇地仰起面孔，但见她泪湿满面。她哭了！她干吗要哭？我一问，她哭得更厉害了。

“孩子，妈今年不能跟你过年了。妈妈乡下有个爷儿们，你懂吗？就像你爸和你娘一样。他害了眼病，快瞎了，我得回去。明儿早晌咱去娘娘宫，后晌我就走了。”

我仿佛头一次知道她乡下还有一些与她亲近的人。

“瞎了眼，不就像独眼表哥了？”我问。

“傻孩子，要是那样，他还有一只好眼呢！就怕两眼全瞎了。妈就……”她的话说不下去了。

我也哭起来。我这次哭，比她每次回乡下前哭得都凶，好像预感到她此去就不再来了。

我哭得那么伤心、委屈、难过，同时忽又想到明儿要去逛娘娘宫，心里又翻出一个甜甜的小浪头。谁知我此时此刻心里是股子什么滋味？

三

我们一进娘娘宫以北的宫北大街，就像两只小船被卷入来来往往的、颇有劲势的人流里。只能看见无数人的前胸和后背。我心里有点儿紧张，怕被挤散，才要拉紧妈妈的手，却感到自己的小手被她的大手紧紧地握着了。人声嘈杂得很，各种声音分辨不清，只有小贩们富于诱惑的吆喝声，像鸟儿叫一样，一声声高出众人嗡嗡杂乱的声音之上，从大街两旁传来：

“易德元的吊钱呵，眼看要抢完了，还有五张！”

“哪位要皇历？今年的皇历可是套版精印的，整本道林纸。哎，看看节气，找个黄道吉日，家家缺不了它呵！”

“哎、哎、哎，买大枣，一口一个吃不了……”

但什么也瞧不见，人们都是前胸贴着后背，偶有人缝，便花花绿绿闪一下，逗得我眼睛发亮。忽然，迎面一人手里提着一个五彩缤纷的盒子，盒子上印着两个胖胖的人儿，笑嘻嘻地挤在一起，煞是有趣，可是没等我细瞧，那人却往斜刺里去了。跟着听到一声粗鲁的喝叫：“瞧着！”我便撞在一个软软的、热乎乎的、鼓鼓囊囊的东西上。原来是一个人的大肚子。这人袒敞着棉袄，肚子鼓得好大，以致我抬头看不见他的脸。这时，只听到妈妈的怨怪声：

“你这么大人，怎么瞧不见孩子呢！快，别挤着孩子呀！”

那人嘟囔几声什么。说也好笑，我几乎在他肚子下边，他怎么看得见我？这时，只觉得这人在我前面左挪右挪，大肚子热烘烘地蹭着我的鼻尖，随后像一个软软的大肉桶，从我右边滑过去了。我感到一阵轻松畅快，就在这一瞬，对面又来了一个老头，把一个大金鱼灯举过头顶；这是条大鲤鱼，通身鲜红透明，尾巴翘起，伸着须，眼睛是两个亮晃晃、耀目的大金球儿……

“妈妈，你看——”我叫着。

妈妈扭头，大金鱼灯却不见了。

又是无数人的前胸和后背。

我真担心娘娘宫里也是如此，那就什么也看不见了。

“妈妈，我要看，我什么也瞧不见哪！”

“好！我抱你到上边瞧！”

妈妈说着，把我抱起来往横处挤了几步，撂在一个高高的地方。呀！我真又惊又喜。还有点儿傻了！好像突然给举到云端，看见了一个无法形容的、灿烂辉煌、热闹非凡的世界。我首先看到的是身前不远的地方有两棵旗杆，高大无比，尖头简直要碰到天。我对面是一座戏台，上边正在敲锣打鼓，唱戏的人正起劲儿地叫着，台下一片人头攒动。我再扭身一看，身后竟是一座美丽的大庙。在这中间，满是罩棚，满是小摊，满是人。各种新奇的东西和新奇的景象，一下子闯进眼帘，我好像什么也看不清了；在这之后，我才明白自己站在庙前一个石头砌的高台上……

“妈，妈，这就是娘娘宫吗？”我叫着。

“可不是吗！”妈妈笑眯眯地说。每逢我高兴之时，她总是这样心花怒放地笑着。她说：“大弟，你能在这儿站着别动吗？妈到对面买点儿东西。那儿太挤，你不能去。你可千万别离开这儿。妈去去就来。”

我再三答应后，她才去。我看着她挤进一家绒花店。

这时，我才得以看清宫门前的全貌。从我们走来的宫北大街，经过这庙前，直奔宫南的宫南大街，千千万万小脑袋蠕动着，街的两旁全是店铺，张灯结彩，悬挂着五色大旗，写着“大年减价”“新年连市”等等字样，一直歪歪斜斜、蜿蜒地伸向锅店街那边而去，好像一条鳞光闪闪的巨蟒，在地上慢慢摇动它笨拙的身躯，真是好看极了。我禁不住双腿一蹦一蹦，拍起手来。

“当心掉下来！”有人说着，抓住我的腰。

原来妈妈来了，她喜笑颜开，手里拿着一个方方的花纸盒，鬓上插着一朵红绒花。这花儿如此艳丽，映着她的脸，使她显得喜气洋洋，我感到她从来没有像今天这样好看。

“妈，你好看极了！”

“胡说！”她羞笑着说，“快下来，咱们到娘娘宫里去看看。”

我随她跨进了多年来梦思夜想的娘娘宫，心里还撩过一种自豪与得意之情。心想，回头我也能像独眼表哥那样对别人讲讲娘娘宫的事了。而我的姐姐们还没有我今天这种好福气呢！

庙里好热闹，楼宇一处连一处，香烟缭绕，到处是棚摊。这宫院里和外边一样，也成了年货集市。小贩、香客、游人挤成一团，各色各样的神仙图画挂满院墙，连几株老树上也挂得满满的。

一束束红蓝黄绿的气球高过人头，在些许的微风里摇颤着，仿佛要摆脱线的牵扯，飞上碧空……宫院左边是卖金鱼的，右边的摊上多卖空竹。内中有一个胖子，五十多岁，很大一顶灰兔皮帽扣在头上。四四方方一张红脸，秤砣鼻子，鼻毛全支出来，好像废井中长出的荒草。他上穿一件紧身元黑罩衫，显出胖大结实的身形，正中一行黄布裹成的疙瘩扣，排得很密，像一条大蜈蚣爬在他当胸上。下边是肥大黑裤，青布缠腿，云字样的靴头。他挽着袖管，抖着一个脸盆大小的空竹。如此大的空竹真是世所罕见。别看他身胖，动作却不迟笨，胳膊一甩，把那奇大的空竹抖得精熟，并且顺着绳子，一忽儿滚到左胳膊上，一忽儿滚到右胳膊上，一忽儿猫腰俯背，让转动的空竹滚背而过，一忽儿又把这沉重的家伙抛上半空，然后用手里的绳子接住，这时他面色十分神气。那空竹发出的声音也如牛吼一般。他的货摊上悬着的一个朱红漆牌写着三个金字："空竹王"。旁边有行小字："乾隆老样"。摊上的空竹所贴的红签上，也都印着这些字样，并有"认清牌号，谨防假冒"八个字。他的货摊在同行中显得很阔绰，大大小小的空竹，式样不一，琳琅满目，使得左右的邻摊显得寒伧、冷清和可怜。他一边抖着空竹，一边嘴里叨叨不绝，说他的空竹是祖传的。他家历来不但精于制作，又善于表演空竹。他的祖宗曾进过宫，给乾隆爷表演过，乾隆爷看得"龙颜大悦"，赐给他祖宗黄金百两，白银一千，外加黄马褂一件。据说那是他祖祖祖祖爷爷的事，后来他家有人又进宫给慈禧太后表演空竹，便是他祖祖爷的事了。祖辈的那黄马褂没有留下，却传下这只巨型的空竹……说到这儿他把空竹用力抖了两下，嘴里的话锋一转，来了生意经，开始夸耀自家空竹的种种优长，直说得嘴角溢出白沫。本来他的空竹不错，抖得也蛮好，不知为什么，这样滔滔不绝的自夸和炫耀，尤其他那股剽悍和霸气劲儿反叫人生厌。这时，他大叫一声，猛一用力，把空竹再次抛上半空，随着脑袋后仰过猛，头上那顶大兔皮帽被抛掉在身后，露出一个青皮头顶，见棱见角，并汗津津冒着热气，好似一只没有上锅的青光光的蟹盖儿，大家忍不住笑了。我妈妈笑了一下，便领着我到邻处小摊上，买了一个小号的空竹给我。那摊贩对妈妈十分客气，似有感激之意。妈妈为什么不买"空竹王"那些漂亮的空竹，而偏偏买这小摊上不大起眼的东西？这事一直像个谜存在我心里，直到我入了社会，经事多了，才打开这积存已久的谜。

四

大庙里的气氛真是神秘、奇异、可怖。那气氛是只有庙堂里才有的。到处是黑洞洞的，到处又闪着煌煌的亮光；到处是人，到处是神。一处处庙堂，一尊尊佛像，有的像活人，有的像假人，有的逗人发笑，有的瞪眼吓人，有的莫名其妙。妈妈在我耳边轻轻地告诉我，哪个是娘娘，哪个是四大门神，哪个是关帝，还有雷公、火神、疙瘩刘爷、傻哥哥和张仙爷。给我印象最突出的要算这张仙爷了。他身穿蓝袍，长须飘拂，掌弓搭箭，斜向屋角，既威武又洒脱。妈妈告诉我，民人住宅常有天狗从烟囱钻进来，兴妖作怪，残害幼儿。张仙爷专除天狗，见了天狗钻进民宅就将弓箭射去，以保护孩童。故此，人都称他为“射天狗的张仙爷”……

在我不自觉地望着这护佑儿童们的泥神时，妈妈向一个人问了几句话，就领着我穿过两重热热闹闹的小院，走到一座庙堂前。她在门口花了几个小钱买了一把香，便走进去。里边一团漆黑，烟雾弥漫，香的气味极浓。除去到处亮着的忽闪忽闪的烛火，别的什么都看不见。我才要向前迈步，妈妈忽把我拉住，我才发现眼前有几个人跪伏着，随着脑袋一抬，上身直立；跟着又俯身叩首做拜伏状。这些人身前是张条案，案上供具陈列，一尊乌黑的生铁香炉插满香，香灰撒落四边，四座烛台都快给烛油包上了……就在这时，从条案后的黑黝黝的空间里，透现出一个胖胖的、端庄的、安详的妇女的面孔。珠冠绣衣，粉面朱唇，艳美极了。缭绕的烟缕使她的面孔忽隐忽现，跳动的烛光似乎使她的表情不断变化着，忽而严肃，忽而慈爱，忽而冷峻，忽而微笑。她是谁？如何这样妄自尊崇，接受众人的叩拜？我想到这儿时，已然发现她也是一尊泥塑彩画的神像。为什么许多人要给这泥人烧香叩头呢？我拉拉妈妈的衣袖，想对她说话，她却不搭理我。我抬头看她时，只见妈妈脸上郑重又虔诚，一双眼呆呆的，散发出一种迟缓又顺从的光来。我真不懂妈妈何以做出如此怪异的神情。但不知为什么，我忽然不敢出声，不敢随意动作，一股庄重不阿的气氛牢牢地束缚住我，心里升起一种从未有过的敬畏的感觉，不觉悄悄地躲到妈妈的身后。

在条案一旁，立着一个老头，松形鹤骨，神情肃穆，穿黄袍子。我一直以为也是个泥人。此刻他却走到妈妈身前，把妈妈手里的香接过去，引烛火点着，插在香炉内。这时妈妈也像左右的人那样屈腿伏身，叩头作揖。只剩下我直僵僵地站着。这当儿，一个新发现竟使我吓得缩起脖子：原来条案后那泥神身上满是眼睛。总有几十只。只只眼睛都比鞋子还大，眼白极白，眼球乌黑，横横竖竖，好像都在瞧着我。我一惊之下，忙蹲下来，躲在妈妈背后，双手捂住了脸。后来妈妈起了身，拉着我走出这吓人的庙堂。我便问：

“妈，那泥人怎么浑身都是眼睛呀？”

“哎哟，别胡扯，那是千眼娘娘，专管人得眼病的。”

我听了依然莫解，但想到妈妈给她叩头，是为了她丈夫的病吧！我又想发问，却没问出来，因为她那满是浅细皱纹的眼皮中间似乎含着泪水。我之所以没再问她，是因为不愿意勾起她心中的烦恼和忧愁，还是怕她眼里含着的泪流出来，现在很难再回想得清楚，谁能弄清楚自己儿时的心理？

五

在宫南大街，我们又卷在喧闹的人流中。声音愈吵，人们就愈要提高嗓门，声音反倒愈响。其实如果大家都安静下来，小声讲话，便能节省许多气力，但此时、此刻、此地谁又能压抑年意在心头上猛烈的骚动？

宫南大街比宫北大街更繁华，店铺挨着店铺，罩棚连着罩棚，五行八作，无所不有。最有趣的是年画店，画儿贴满四壁，标上号码，五彩缤纷，简直看不过来。还有一家画店，在门前放着一张桌，桌面上码着几尺高的年画，有两个人，把这些画儿一样样地拿给人们看，一边还说些为了招徕主顾而逗人发笑的话。更叫人好笑的是这两个人，一般高，穿着一样的青布棉袍，驼色毡帽，只是一胖一瘦，一个难看，一个顺眼，很像一对说相声的。我爱看的《一百单八将》《百子闹学》《屎壳郎推粪球》等等，这里都有。

由此再往南去，行人渐少，地势也见宽松。沿街多是些小摊；更有可怜的，只在地上放一块方形的布，摆着一些吊钱、窗花、财神图、全神图、彩蛋、花糕模子、八宝糖盒等零碎小物；这些东西我都早从妈妈嘴里听到过，因此我都能认得。还有些小货车，放着日用的小百货，什么镜儿、膏儿、粉儿、油儿的，上边都横竖几根杆子，拴着女孩子们扎辫子用的彩带子，随风飘摇，很是好看；还有的竖立一棵粗粗的麻秆儿，上面插满各样的绒花，围在这小车边的多是些妇女和姑娘们。在这中间，有一个卖字的老人的表演使我入了迷。一张小木桌，桌上一块大紫石砚，一把旧笔，一捆红纸，还立着一块小木牌，写着“鬻”字。这老人瘦如干柴，穿一件土黄棉袍，皱皱巴巴，活像一棵老人参。天冷人老，他捏着一支大笔，跷起的小拇指微微颤抖。但笔道横平竖直，宛如刀切一般。四边闲看的人都怔着，没人要买。老人忽然左手也抓起一支大笔，蘸了墨，两手竟然同时写一副对联。两手写的字却各不相同。字儿虽然没有单手写得好，观者反而惊呼起来，争相购买。

看过之后，我伸手一拉妈妈：

“走！”

她却摆胳膊。

“走——”我又一拉她。

“哎，你这孩子怎么总拉人哪？！”

一个陌生的爱挑剔的女人尖厉的声音传来。我抬头一看，原来是一位矮小的黄脸女人，怀里抱着一篓鲜果。她不是妈妈！我认错人了！妈妈在哪儿？我慌忙四下一看，到处都是生人，竟然不见她了！我忙往回走。

“妈妈，妈妈……”我急急慌慌地喊，却听不见回答，只觉得自己喉咙哽咽，喊不出声来，急得要哭了。

就在这当口，忽听有人唤：“大弟！”这声简直是肝肠欲裂、失魂落魄的呼喊，随后，从左边人群中钻出一人来，正是妈妈。她张大嘴，睁大眼，鬓边那两绺头发直条条耷拉着，显出狼狈与惊恐的神色。她一看见我，却站住了，双腿微微弯曲下来，仿佛要跌在地上。手里那绒花盒儿也捏瘪了。然后，她一下子扑上来把我紧紧抱住，仿佛从五脏里呼出一声：

“我的爷爷，你是不想叫我活了！”

这声音，我现在回想起来还那样清晰。

我终于看见了炮市。它在宫南大街横着的一条胡同里。足有几十个摊儿。这摊儿简直是一个个炮堆。“双响”都是一百个盘成一盘。最大的五百个一盘，像个圆桌面一般大。单说此地人最熟悉的烟火——金人儿，就有十来种。大多是鼓脑门、穿袍拄杖的老寿星，药捻儿在脑顶上。这里的金人高可齐腰，小如拇指。这些炮摊的幌子都是用长长的竹竿挑得高高的一挂挂鞭炮。其中一个大摊，用一棵杯口粗的竹竿挑着一挂雷子鞭，这挂大鞭有七八尺，下端几乎擦地，把那竹竿压成弓形。上边粘着一张红纸条，写了“足数万头”四个大字。这是我至今见到的最威风的一挂鞭。不知怎样的人家才能买得起这挂鞭。

为了防止火灾，炮市上绝对不准放炮。故此，这里反而比较清静，再加上这条胡同是南北方向，冬日的朔风呼呼吹过，顿感身凉。像我这样大小的孩子们见了炮都会像中了魔一样，何况面对着如此壮观的鞭炮的世界，即使冻成冰棍也不肯看几眼就离开的。

“掌柜的，就给我们拿一把‘双响’吧！”妈妈和那卖炮的说起话来，“多少钱？”

妈妈给我买炮了。我多么高兴！

我只见她从怀中摸出一个旧手巾包，打开这包儿，又是一个小手绢包儿，手绢包里还有一个快要磨破了的毛头纸包儿，再打开，便是不多的几张票子，几枚铜币。她从这可怜巴巴的一点儿钱中拿出一部分，交给那卖炮的，冷风吹得她的鬓发扑扑地飘。当她把那把“双响”买来塞到我手中时，我感到这把炮像铁制的一般沉重。

“好吗？孩子！”她笑眯着眼对我说，似乎在等着我高兴的表示。

本来我应该是高兴的，此刻却是另一种硬装出来的高兴。但我看得出，我这高兴的表示使她得到了多么大的满足呵！

六

我就是这样有生以来第一次令人难忘地逛过了娘娘宫。那天回到家，急着向娘、姐姐和家中其他人，一遍又一遍地讲述在娘娘宫的见闻，直说得嘴巴酸疼，待吃过饭，精神就支撑不住，歪在床上，手里抱着妈妈给买的那把“双响”和空竹香香甜甜地睡了。懵懵懂懂间觉得有人拍我的肩头，擦眼一看，妈妈站在床前，头发梳得光光，身上穿一件平日用屁股压得平平的新蓝布罩衫，臂肘间挎着一个印花的土布小包袱，她的眼睛通红，好像刚哭过，此刻却笑眯着眼看我。原来她要走了！屋里的光线已经变暗了。我这一觉睡得好长啊，几乎错过了与她告别的时刻。

我扯着她的衣襟，送她到了当院。她就要去了，我心里好像塞着一团委屈似的，待她一要走，我就像大河决口一般，索性大哭出来。家里人都来劝我，一边向妈妈打手势，叫她乘机快走。妈妈却抽抽噎噎地对我说：

“妈妈给你买的‘双响’呢？你拿一个来，妈妈给你放一个，崩崩邪气，过个好年……”

我拿一个“双响”给她。她把这“双响”放在地上，然后从怀里摸出一盒火柴划着火去点药捻。院里风大，火柴一着就灭，她便划着火柴，双手拢着火苗，凑上前，猫下腰去点药捻。哪知这药捻着得这么快，不知是谁叫了一声：“当心！”这话音才落，“通！通！”两响，烟腾火冒间，妈妈不及躲闪，炮就打在她脸上。她双手紧紧捂住脸。大家吓坏了，以为她炸了眼睛。她慢慢直起身，放下双手，所幸的是没炸坏眼，却把前额崩得一大块黑。我哭了起来。

妈妈拿出块帕子抹抹前额，黑烟抹净，却已鼓出一个栗子大小的硬疙瘩。家里人忙拿来“万金油”给她涂在疙瘩处，那疙瘩便愈发显得亮而明显了。妈妈眯着笑眼对我说：

“别哭，孩子，这一下，妈妈身上的晦气也给崩跑了！”

我看得出这是一种勉强的、苦味的笑。

她就这样去了。挎着那小土布包袱、顶着那栗子大小的鼓鼓的疙瘩去了。多年来，这疙瘩一直留在我心上，一想就心疼，挖也挖不掉。

她说她“过了年就回来”，但这一去就没再来。听说她丈夫瞎了双眼，她再不能出来做事了。从此，一面也不得见。音讯也渐渐寥寥。我十五岁那年，正大年三十儿，外边鞭炮正响得热闹，屋里却到处能闻到火药燃烧后的香味。家里人忽叫我到院里看一件东西。我打着灯笼去看，挨着院墙根放着一个荆条编的小箩筐。家里人告诉我，这是我妈妈托人从乡下捎给我的。我听了，心儿陡然地跳快了，忙打开筐盖，用灯一照，原来是个又白又肥的大猪头，两扇大耳，粗粗的鼻子，脑门上点了一个枣儿大的红点儿，可爱极了……看到这里，我不觉抬起头来，仰望着在万家灯火的辉映中反而显得暗淡了的寒空，心儿好像一下子从身上飞走，飞啊，飞啊，飞到我那遥远的乡下的老妈妈身边，扑在她那温暖的怀中，叫着：

“妈妈，妈妈，你可好吗？”

书　桌

我有张小小的书桌。它又窄又矮，破旧极了。在外人眼里简直不成样子。上边的漆成片地剥落下来，残余的漆色变得晦暗发黑，连我自己都认不准它最新是什么颜色。桌面又满是划痕、硬伤，还有热水杯烫成的一个个套起来的深深浅浅的白圈儿。它一边只有三个小抽屉，抽屉的把手早不是原套了。一个是从破箱子上移来的铜把手，另两个是后钉上去的硬木条。别看它这副模样，三十年来，却一直放在我的窗前，我房间透进光来的地方。我搬过几次家，换过几件家具，但从来没有想到处理掉它……

"这么难看还要它干吗？！要是我早劈掉生火了！"

"它又不实用。你这么大人将就这样一个小桌子，早晚得驼背！"

"你怎么就是不肯扔掉这破玩意儿。难道它是件宝？你说呀……"

我笑而不答。那淡淡的笑意里包含着任何知己都难以理解、难以体会到的一种，一种……一种什么呢？

没有共同的经历就不会有同感。有时，同感能发挥出非常奇妙的作用，它能成为两颗心相融的最短、最直接的通道。如果没有同感，说它做什么？还不如独自一人到树林里，踩着落叶，自己对自己默默地说它一阵子，排遣出来，倒是一种慰安。

我无法想起，究竟是什么时候，我开始使用这小桌的。我只模模糊糊地记得，最初，我是站在它前面写写画画，而不是坐着。待我要坐下时，屁股下边必须垫上书包、枕头或一大摞画报，才能够得上桌面……

记忆里，幼时的事，都是穿不成串儿的珠子。这珠子却在记忆的深井的底儿滴溜溜、闪闪发光地打转，很难抓住它们——

我把“人”字总误写成“入”字，就在这桌上吧!

我一排排地晾干弹弓子用的小泥球儿，就在这桌上吧!

我在小木板上钉钉子，就在这桌上吧!

对，就在这儿。桌面上原来有一块能够照见自己脸儿的光光的玻璃板，给我钉钉子时打碎了——这件事我可记得清清楚楚，为此我还挨爸爸一通好打呢！也许打得太疼，我才记得十分牢。但过后我却一点儿也不后悔。因为，从此我做过的、经历过的、经受过的许许多多的事，都在这没有玻璃板保护的桌面上留下了痕迹。

桌面上净是些小瘪坑儿。有的坑儿挺深，像个洞眼，蚂蚁爬到那儿，得停一下，迟疑片刻，最后绕过去……细细瞧吧，还满是划痕呢，横竖歪斜，有的深，如一道沟；有的轻浅，还有的比蛛丝还细。这细细的印痕，是不是当初刮铅笔尖留下的？那一条条长长的道道儿，是不是随意用指甲划上去的？那儿黑乎乎的一块儿，是不是过年做灯笼，烤弯竹条时碰倒了蜡烛烧的？分辨不清了，原因不明了，全搅在一起了；这中间还混着许多字迹，钢笔的、铅笔的、墨笔的，还有用什么硬东西刻上去的。也有画上去的形象，有的完整，有的破碎——一只靴子啦，枪啦，一张侧面脸啦，这是不是我的自画像？年深日久，早都给磨得模糊一片。痕迹斑驳的桌面，有如一块风化得相当厉害、漫漶不清的碑石。

但我从中细心查辨，也能认出某些痕迹的来由，想起这里边包含着的、只有我才知道的故事，并联想到与此有关或无关的、早已融进往昔岁月中的童年生活。

为此，我很少用湿布去拭抹它。

只有一次例外。那是我上小学四年级时。我前排坐着一个女同学，十分瘦弱。她年龄与我一般大，个子却比我矮一头。两条短短的黄辫儿，简直是两根麻绳头。一天，上语文课，我没听讲，却悄悄把眼前的两条黄辫子拴在这女同学的椅子背儿上。正巧老师叫她回答问题，她一起身，拴住的辫子扯得她头痛得大叫。我的语文老师姓李，瘦削的脸满是黑胡茬儿，连脸颊上都是。一副黑边的近视镜遮住他的眼神，使我头一次见到他时以为他挺凶，其实他温和极了。他对我们调皮的忍耐限度比别的老师都大。但不知为什么，那天他好厉害，把我一把拉到课堂前，叫我伸出双手，狠狠地打了十多板子。他真生气呢！气呼呼地直喘，什么话也说不出来了，只指着门瞪圆眼对我吼道："走！快走！"我离开了课堂，一路跑回家。我手疼倒没什么，但当众挨打受罚，我的自尊心受不了。于是，我眼泪汪汪地在桌上写了"李老师是狗！"几个字。我写得那么痛快和解气，好像这几个字给我报了什么"仇"似的。这几个字就相当威风地在我桌上保留了好长时间。

在表的嘀嗒声中，在上下课的铃声中，在雨和雪轮番交替地敲打窗子声中，我长大起来，事也懂得多了。桌上那几个字却不那么神气了。反而怕被人瞧见，似乎成了一种不光彩甚至是耻辱的污迹，我带着一种说不清是对李老师还是对长大后再也遇不到那个瘦弱的女同学的愧疚心情，用手巾尖儿蘸些水使劲儿把这几个字抹下去。

真奇怪！字儿抹掉了，心里好像干净了一些。

我上了中学，毕业了，参加了工作。我的许多事，写信、写文章、画画、吃东西，做些什么零七八碎的事都在这桌上，它一直伴随着我。

但它在我长大起来的身躯前，渐渐显得矮小，不合用了；而且用久了，愈来愈破旧，在后来买进来的新家具中间，显得寒碜和过时。它似乎老了，早完成了使命，在人世间物换星移的常规里等待着接受取代。

有一天，我画画。画幅大，桌面小。不得不把一半画纸垂到桌下，先画铺在桌面上的一半；待画得差不多时，再拉上纸来画另一半。这样就很难照顾到画面的整体感，我画得那么别扭，真急了，止不住愤愤地骂道：

"真该死，这破桌子！"

它听着，不吭一声。等我画好了画儿，张挂起来；画面却意外地好。我十分快活，早把桌子忘在一旁。它呢？依然默默旁立。它就是这样与我为伴，好像我不抛掉它，它就一心而从无二意地跟随着我。是不是由于它仅仅是无生命的物品，我从未把它作为一只小猫、小鸟、小兔那样的伴侣？但是，小兔死了，小猫跑了，小鸟飞了，它却不声不响地有心地记下我生活经历过的许多酸甜苦辣，并顺从地任我做任何有损于它的事。当一次，我听说自己遭遇不幸，是因为被一位多年来与我非常要好的朋友出卖时，我忍受不住，发疯似的猛地一拍桌面：

“啪！”

桌面上出现一条长长的裂缝；我那颗初入社会纯真的心上，也暗暗出现一条裂痕。它竟同我一样。

从此，我便不觉地爱护起它来了。

我有过一个女朋友。她是一只快乐的小鸟——那早晨站在沾着露水的枝头抖动翅膀、在阳光里飞来飞去、在烟囱上探头探脑的小鸟。她总笑。她整天似乎除去快乐什么也不知道。她在任何一群人中出现，都能极快地把快乐通过笑、通过活泼的目光、通过喜气洋洋的俊俏的小脸儿、通过率真的动作，传染给每一个人。我说她的快乐是照眼的、悦耳的、香喷喷的；是魔术。我称她为“快乐女神”。

她一双腿长长的，爱穿一条淡蓝色的短裙。她一进屋来，常常是一蹦就坐到小书桌上——这或许是她还带着些孩子气；或许是她腿长，桌子矮，坐上去正合适。

我呢？过去吻她高矮也正好。我吻她，她不让。一忽儿把脸甩向左边，一忽儿又甩到右边，还调皮地笑着。她那光滑的短发像穗子一样在我笨拙的嘴唇上蹭来蹭去。

以后，由于挺复杂的原因，她终于说：“我们的爱没有物质土壤，幻想的种子连幻想也结不出来了。”这句话，她说了许多遍，一次比一次肯定，最后她无可奈何又断然地离去了。

稀奇的是，那快乐女神始终与我这哑巴桌子连在一起。每当我的目光碰到桌沿，就会幻觉出她当初坐在桌上的样子。浅蓝色的短裙扇状地铺开，一双直直又顺溜儿的长腿垂下来，两只小巧的脚交叉地别着。这时她那动听的笑声好似又在桌上的空间里发出来。

第一次用彩色胶卷拍照，便给妻子拍了一张（1981年）

我需要记着的，这桌儿都给我记着了。而那女神与我临别时掉在桌上的泪滴，却一点儿痕迹也没留下。大概那不是泪，而是水滴。

桌上唯有一处大硬伤。那是——那天，一群穿绿服装、臂套红色袖章的男女孩子们闯进我家来。每人拿一把斧头，说要“砸烂旧世界”，我被迫站在门口表示欢迎，并木然地瞅着他们在顷刻间，把我房间里的一切胡乱砸一通。其中有个姑娘，模样挺端正，但她的眼神叫我害怕。她不吵不闹，砸起东西来异乎寻常地细致。她在屋里转来转去，把尚且完整的东西翻出来，一件件、有条不紊地敲得粉碎。然后，她翻出我一本相册，把里面的照片一张张抽出来，全都撕成两半。她做这些事时，脸上没有任何表情。

她忽然把一张照片面对我，问：

“这是谁？”

这是我那“快乐女神”的。我说：

"一个朋友。"

她微微现出一种冷笑，一双秀气的眼睛直盯着我，两只白白的手把这照片撕成细小的碎片。我至今不明白，在那时为什么一些女孩子干这种事时，反比男孩子们干得更彻底、更狠心、更无情。相册中所有女人的照片——我姐姐、妻子、母亲的，她撕得尤其凶，"唰、唰、唰"地响。仿佛此刻她心里有什么受不了的情感折磨着她，迫使她这样做。

最后，她临去时，一眼瞥见我的书桌。大约这书桌过于破旧，开始时并没引起他们的兴趣。此刻在一堆碎物中间，反而惹眼了。她撇向一边的薄薄的唇缝里含着一种讥讽：

"你还有这么个破玩意儿！"

随手一斧子，正砍在桌角上。掉下一块挺大的木茬儿。

就这样，我过去生活的一切，无论是快乐和幸福的，还是忧愁和不幸的，都留在桌上了。哪怕我忘了，它会无声地提醒我。

它就摆在我窗前。从窗子透进的光笼罩着它。我窗外是一棵大槐树的树冠。这树冠摇曳婆娑的影子总是和阳光一起投照在我这小小的桌面上。

每当这树冠的枝影间满是小小的黑点时，那是春天；黑点点儿则是大槐树初发的芽豆豆。这期间，偶尔还有一种俗名叫作"绿叶儿"的候鸟，在枝间伶俐地蹦跳的影子出现在桌面上。夏天来了，树影日浓，渐渐变成一块荫凉，密密实实地遮盖住我的小桌。等到那块厚厚的荫凉破碎了，透现出一些晃动着的阳光的斑点时，秋风还会把一两片变黄的叶子吹进窗；像几只金色的小船，落在我这如同无风的水面一般平光光的桌面上。随后该关窗子了，玻璃蒙上了薄薄的水蒸气。那片叶无存、光秃秃、只剩下枝丫的树影，便像一张朦胧模糊的大网，把我的小桌罩住……

我常常被这些情景弄得发呆。谁说它丑？它无用？它应当被丢弃？它有着任何华贵的物品都无法代替的风韵和诗意。在它的更深处，甚至还潜藏着思想。

尤其是在阴雨的日子里，乌云像拉上的厚帘子把窗户遮暗了，小桌变成黑影，很像一块浓雾里的礁石，黑黝黝的，沉默无语。忽然一道闪电把它整个照亮，它那桌面上反射着可怕的蓝色的电光。但在这一瞬间的强光里，它上边的一切痕迹都清晰地显现出来，留在这中间的往事一下子全都复活了……

我闭上眼，情愿被再现在幻觉中的往事深深地感动着。

我终于失去了它。

在地震中，塌落下来的屋顶把它压垮。我的孩子正好躲在桌下，给它保护住了生命。它才是真正地为我献出了一切呢！等我从废墟中把它找出来，只是一堆碎木板、木条和木块了。我请来一个能干的木匠，想把它复原。木匠师傅瞅着它，抽着烟，最后摇了摇头。并且莫名其妙地瞧了我一眼，显然他不明白我何以有此意图——又不是复原一件破损的稀世古物。

它就这样在我的生活中没了。

我需要书桌，只得另买一张。新买的桌子宽大、实用、漆得锃亮，高矮也挺合适。我每每坐在这崭新却陌生的大书桌前，就觉得过去的一切像那不能再生的书桌一样，烟消云散，虚无缥缈，再也无从抓住似的……

我因此感到隐隐的忧伤。不由得想起几句话，却想不起是谁说的了：

“啊，生活，你真迷人……哪怕是久已过去的，也叫人割舍不得；哪怕是不幸的，也渐渐能化为深沉的诗。”

哦，中学时代……

人近中年，常常懊悔青少年时由于贪玩或不明事理，滥用了许多珍贵的时光。想想我的中学时代，我可算是个名副其实的“玩将”呢！下棋、画画、打球、说相声、钓鱼、掏鸟窝等，玩的花样可多哩。

我还喜欢文学。我那时记忆力极好，虽不能“过目成诵”，但一首律诗念两遍就能吭吭巴巴背下来。也许如此，就不肯一句一字细嚼慢咽，所记住的诗歌常常不准确。我还写诗，自己插图，这种事有时上课做。一心不能二用，便听不进老师在讲台上讲些什么了。

我的语文老师姓刘，他的古文底子颇好，要求学生分外严格，而严格的老师往往都是不留情面的。他那双富有捕捉力的目光，能发觉任何一个学生不守纪律的行动。瞧，这一次他发现我了。不等我解释就没收了我的诗集。晚间他把我叫去，将诗集往桌上一拍，并不指责我上课写诗，而是说：“你自己看看里边有多少错？这都是不该错的地方，上课我全都讲过了！”

他的神色十分严厉，好像很生气。我不敢再说什么，拿了诗集离去。后来，我带着那么本诗集，也就是那些对文学浓浓的兴趣和经不住推敲的知识离开学校，走进社会。

社会给了我更多的知识。但我时时觉得，我离不开，甚至必须经常使用青少年时学到的知识，由此感到那知识贫薄、残缺、有限。有时，在严厉的编辑挑出来的许许多多的错别字、病句、误用的标点符号时，只好窘

童年时的家庭伙伴（由左至右：四妹、三表姐、我、二表姐、二姐）

笑。一次，我写了篇文章，引了一首古诗，我自以为记性颇好，没有核对原诗，结果收到一封客气又认真的读者来信，指出错处。我知道，不是自己的记性差了，而是当初记得不认真。这时我就生出一种懊悔的心情，恨不得重新回到中学时代，回到不留情面的刘老师身边，在那个时光充裕、头脑敏捷的年岁里，纠正记忆中所有的错误，填满知识的空白处。把那些由于贪玩而荒废掉的时光，都变成学习和刻苦努力的时光。哦，中学时代，多好的时代！

当然，这是一种梦想。谁也不能回到过去。只有抓住自己的今天，自己的现在，才是最现实的。而且我还深深地认识到，青年时以为自己光阴无限，很少有时间的紧迫感。如果你正当年少，趁着时光正在煌煌而亲热地围绕着你，你就要牢牢抓住它。那么，你就有可能把这时光变成希望的一切。你如果这样做了，你长大不仅会做出一番成就，而且会成为一个真正懂得生命价值的人！

面对人生的转折

人生的每一个转折，必须会牢记不忘。对我来说，告别体坛就是一个大转折。

在那之前，我的全部时间，是和搭伴的队友、教练，热情的观众，球筐和球，运动衣上的号码，严厉的哨声，还有那艰苦的训练后香甜的睡眠在一起。这中间，有我的挚爱，事业，苦乐悲欢，希望与目标。我是被教练认定为“有前途的中锋”选拔到市篮球队里来的。

我却在一次非正式的比赛中摔伤了。

一九六一年十月四日——这情景真像一张拍下的照片留在我脑袋里。教练庄严地对我说：“你的胸骨损伤，不适于大运动量训练了。”教练的表情微微有些紧张。任何运动员离队时大都要经过一阵情绪的波澜。不过，我很快就平静下来。

我原有三个爱好——篮球、绘画和文学。初中期间，我随一位国画家习画，高中一年级曾获得市青少年美术展览的优秀作品奖。即使我在球队集训期间，星期天也要跑回家，穿着球衣球鞋，弯下又长又大的身躯，伏案练笔。当时我的绘画能力，已足以承担国画社仿制古画的工作了。

在我胸骨摔伤以后，从医生口中得知，体育不再是我继续拼搏的事业。我失望和苦恼过，但不是一落千丈，我所喜爱的绘画在体坛之外等待着我。

一盏灯灭了，我点燃另一盏灯。

脱下球衣，我开始了将近二十年的绘画生涯。二十年中我画了数百幅画，出口到港澳、东南亚和欧美。我却一直没有放弃对篮球的爱好。在“文革”期间还参加一支杂牌军，到处去“打野球”。而我另一种爱好——文学，也依旧紧紧抱在怀里，以后由于生活的变化等等原因，我就改换以这种更为有力的方式，来表达我强烈的社会责任感了。我得感激青少年时代体育恩赐给我的强健的体魄，使我在短短几年里写了将近二百万字的文学作品。

我常常关心当年同队队友的现状。他们一个个离开球坛时，都为自己未来的理想苦恼和茫然过一阵子。有的至今没有一个确定的奔及目标。有位队友来找我聊天，口气里透出几分自卑。我真不愿意听到他这种自卑。运动员的甘苦我深深懂得。我想埋怨他当年没有第二种业余爱好和特长，忽视了文化素养而把生活看得过于偏狭。但话儿到唇边却留在口中，因为我说出来也于事无补，只能加深他的自悔。干吗要在人家追悔莫及的事情上再加一个石子儿呢？

一个人从事了体育，就注定他将来还要更换一项职业。一个人的运动生命是短暂的。竞技和竞赛，只能在精饱力足的青春时代。体育又像接力棒，只紧紧攥在正在全力飞奔的竞争者的手中。从事体育的人，当然要在这黄金般短暂的时机上，倾心竭力去创造成绩和功勋。同时也要注意发展自己多方面的才智，才不会在年长力衰、失去随心所欲的体质，或因意外变故而中途易辙时，茫然无措。

一个人的爱好，往往成为他毕生为之奋斗的事业。兴趣使他将这工作做得兴致勃勃。一个人多 种爱好，就像多会一种语言(喜欢外语也是爱好)，总会有用。怕就怕一无所长，又不能安心于普普通通、无特长的工作。那么就难免把工作作为一种负担，勉强去做。勉强可是一种摆脱不掉的苦恼。

如果你没有什么特别的爱好，我劝你不妨多读点儿书，它会使你增长才干，还会使你的心境、胸怀、思想、知识都得到开阔。运动是力和智的统一。思维敏捷与思路灵活相关，运动反应不单是身体反应。文学、音乐、知识、各种艺术，还在道德、气质、风度、修养各方面给你以影响。

改变你的谈吐，增添你的能力，加深你的思考，使你真正认识到世界的丰富和广阔，了解与体育相联系的全部生活，使你热爱它。那么你的精神将充实起来，你就是一个真正有智慧的运动员。无论在运动的黄金时代，还是在将来韶华已逝的岁月，你都不会在生活之路上彷徨。

我早已离开体坛，却经常在体坛之外把目光投向你们。愿你们的今天和明天更愉快，更美好。

我的“三级跳”

我离开学校进入社会，将近二十年，换了三种职业。先是专业篮球运动员(故此我常说自己是“运动员出身”)，而后改为从事绘画，近两年终日捏着笔杆，开始了文学生涯。这好比职业上的“三级跳”，而每一跳都跨进一个全新的领域。这三种职业又都是我热爱的。有的同志对我的经历饶有兴趣，问我怎么从“打球”跳到“画画”，又从“画画”跳到“文学创作”上来的。谈谈这“三级跳”的过程，恐怕能给一些同志有点儿启发，从中悟到某些道理。

我上小学时就淘气得很。功课勉强过得去，全仗着记忆力强和有些小聪明。兴趣都在课下。那些在孩子们中间一阵阵流行起来的小游戏，像什么砸杏核啦、抓羊拐啦、拍毛片儿啦、捉蟋蟀等，我都予以极浓厚的兴趣。尤其爱玩球和画画。下学铃声一响，就和一群同学飞奔到操场，把书包、帽子往地上一扔，摆个“大门”，一直踢到天黑也不肯回家；有时一脚把球踢远，都不易找到。在课堂上课时，则是我画画最好的时刻。将课本像个小屏风那样立在前边，挡住老师的视线；再从作业本上扯下一页白纸，便开始大画起来。起先是一边听讲一边画。画飞机、大炮、舰队、小人。画得入迷时，嘴里便不自觉地发出枪鸣炮响、小人呼叫的声音。忽然，只听一声呵斥，老师已站在面前，严厉地板着面孔，把我这些心爱的画没收了。记得我小学时的课本从来不是干干净净的；封面、封底和所有空白处都挤满了我想象出来的奇怪而稚气的形象。

母亲和我以及姐姐妹妹们（“文革”中照片被撕碎，后经贴补，劫后珍存也）

这些在课余练就的“本领”总算有用。到了中学，我就成了学校篮球队的队员，还是常常赢得学校里的球迷们掌声的一名主力中锋；同时也是学校美术组的积极分子。寒暑假期里，跟一位私人教画教师学习中国画。高中一年级时，我以一幅题为《夏天》的国画作品参加市里举办的中学生美术展览而获得了奖状和奖品。可惜由于年深日久，这张能够作为纪念的奖状不知何时丢掉了。这时，我又爱上了文学；一个人在少年时代，总有一部分时间生活在幻想里，对万物充满好奇，感情混在热血中，炽烈又易于冲动，因此特别容易迷恋于诗。许多从事文学工作的人，开始起步时，大都是在日记本上写满一页页不成样的、却是真挚的诗句。于是，在我的小小书桌上，唐宋大诗人们的集子，以及普希金、莱蒙托夫、海涅、拜伦、惠特曼的集子，就把课本埋了起来。我爱那些诗，常常一连半个多小时独自在屋里充满感情地背诵那些诗，也模仿着写了一本又一本诗集。取了些自以为很美和很深奥的名字，自己做插图和封面，自己出书。并把这些自制的诗集和我所崇拜的巨匠的诗作放在一起，引以为快……

想想看，我有那么多爱好，学业自然不大出众。尤其在理工科方面，往往必须补考才能将就够上及格的分数。我在历任的数学教师的眼里，是个缺乏数字概念、不可造就、低能的学生。前不久，我中学时代的一位老师来信说："你给我留下的印象是，爱打球、贪玩儿、画儿画得不错。你挺聪明，但绝不是模范生……"

他说的一点儿也不错。高中毕业后，我被一位有名的篮球教练一眼看上，选入了天津市男子篮球队。这是我"跳"的第一步。

这里没有更多篇幅来尽述我那段时间的迷人和有趣的运动员生活。我虽然渴望能成为一名出色的球手，但不知为什么，始终抛不开书和画。每当周末休假，我就急急渴渴跑回家，脚上穿着球鞋，一双胳膊就架在书桌上，画上整整一天。在我那运动队宿舍床位的枕边，总堆着书。那时球队正采用日本名教练大松博文的大运动量训练。晚间，同屋的经过一天紧张训练的队员们都酣睡了，鼾声如雷；我却捧着一本书，对那些跃动着动人形象的、富于魔力的文学，极力张开疲乏的眼皮……

这时，我已隐隐地感到，打球还不是我最终选定的职业；好像一只暂时小憩花枝上的鸟儿。花儿虽美，香气扑鼻，却还不是它的归宿。

在一场比赛时，我受了伤，离开了球队。这一下，我就跳进了十分喜爱的、渴望已久的绘画中来了。这便是我的第二"跳"。

开始，我在一个画社，从事古画仿制工作。我当初学画时，入手宋代的北宋画法。我摹制的画，大多是宋代画家范宽、刘松年、马远、夏圭等人的作品。由于我对风俗画抱有兴趣，也刻意于酷肖地临摹过苏汉臣的《货郎图》和张择端的《清明上河图》。这时我对艺术的兴趣就广泛展开了。人类文化有如广袤无际的天地，各种文学艺术之间息息相通；若在这中间旅行，饱览过一处名胜之后，自然要想到另一处有着无穷情趣的千岩万壑遨游一番。由中国画到西洋绘画，由中国文学到外国文学，由古典到现代，由正统艺术到民间艺术，我差不多都涉猎了。而各种文学艺术所独具的艺术美互相不能替代，几乎差不多以同样的魅力磁石般地吸引着我。我深深所喜爱的古今中外的名著和名画，一口气是数不尽的。曾有一段时间，我致力于考察本地的民间艺术的渊源和历史，如风筝、泥塑、砖刻、年画，等等。那时，我的桌上和柜顶便站满了从市郊和外县征集来的泥人泥马。这使我的兴趣深入到对地方风俗和地方史的研究上。我把这些随时得到的体会写成一些小文章，开始在本市的报纸上发表。当一个青年看到自己用心血铸成的文字出现在报刊上，他不仅会得来喜悦、动力和自信，从此笔杆也就要牢牢握在他的手里，不再容易抛掉……

这样，我就再一次感到，绘画仍不是我最好的归宿。我广泛的爱好，我所要表现的，如同一盆水，而绘画对于我却仅仅是一个小小的碗儿。似乎我还要再一次从职业里跳出来。

近十多年的生活，使我一下子了解和熟悉了无数的人。那么多深切的感觉、思想和情感有待于表现。绘画绝不是我最得力的工具，我便毅然从调色盘里拔足而起，落入了文坛，走上了文学创作的道路。

这便是我职业上“三级跳”的简要的全过程。

这样，我就如同一个迷途在外的游子，终于找到了自己的故居；如同游入大海的一条鱼儿，得以自由自在地遨游。对于一个从事文学的人来说，他的全部经历、全部爱好、全部知识，都是有用的，一点儿也不会浪费掉。一部成功的文学作品要囊括进去多么丰富的生活！多么庞杂的生活知识、经验和感受！作者只会常常感到自己生活浅薄，知识狭窄和贫乏，缺陷处很多，需要随时和及时加以补充。

这一点，我深有体会。

我做过运动员。除去这段生活的积累会给我写运动员生活题材的作品提供素材之外，还使我有较好的身体基础。写东西不仅要用脑力，也要有饱满的精力。没有精力，几十万字一贯到底谈何容易！有人以为，写书的人都是弱不禁风的文弱书生，其实不然。手执一支笔，日对空无一字的稿纸，一写十几个小时，长年如此，难道不是全仗着充沛的精力吗？而精力却蕴发自强劲的体力中。因此我现在每天都要早起跑跑步，以保持体力和精力而不衰。

我画过画。绘画锻炼一个人对可视的美的事物的发现力、对形象的记忆力、对于想象和虚构的形象与空间境象具体化的能力。许多善画和精通绘画的作家(如曹雪芹、罗曼·罗兰、萨克雷等)对形象的描写都来得比较容易，得心应手，给人以似可目见的画面感。而文学的要求之一就是“要立即生出形象”(契诃夫语)。我深感有绘画修养，对写小说帮助可太大了。所以我现在也没有撂下画笔，而在写作之余，时时捉笔来画一画。

我其余那些庞杂的爱好，如地方史啦，地方风俗啦，民间艺术啦，古代文物啦等，对于我写作，都起着直接与间接的作用。比如我写长篇历史小说《义和拳》和《神灯》时，这些平日所留意而积累下来的知识，都变成创作时极其珍贵而随手拈来的素材了。

我还喜欢音乐。尤爱听钢琴曲和提琴的独奏曲、协奏曲，以及大型交响乐。它们启发我对美的联想，丰富情感，给予我无穷、复杂和深远的境界。各种艺术在本质上都有着许多共同之处。长篇小说很像一部大型交响乐，小说中人物之间的穿插不就同交响乐里各种乐器的配合一样吗？一部书中的繁与疏、张与弛、虚与实、高潮与低潮，与一部乐曲中起伏消长的变化多么相像！在音乐欣赏中，可以悟解到多少文学创作中应该遵循的艺术规律啊！

关于文学与艺术的关系，姐妹艺术修养的必要性等问题，可以另写一大篇文章。这里，我想从自己的“三级跳”引出另外一些话——

从我的经历上放开看，许多人开始从事的工作，并不一定是最适合自己的工作。人的才能是多方面的，有的人在美术上，有的人在运动上，有的人在计算上，有的人在组织能力上；有的人手巧得很，有的人耳朵相当灵敏，有的人口才出众，有的人天生一副动听的金嗓子。但这才能在他的本职工作中往往由于不需要，或用不上，而被埋没，如同一粒深埋在沙砾下的珍珠，未得发光放彩，而业余生活却是一片造就人才的天地。我要对某些同志说，如果你发现自己在某方面的特长和素质时，应当抓紧业余时间，埋头苦干，先在这块天地里干出一番成绩来，我相信你最终会像我这样——跳进自己热爱的职业中。你去看吧！古往今来，大部分专业人才都是从“业余”中产生的。当然这需要一种为了革命的个人奋斗的精神！

对于某些领导同志，切不要把那些在业余时间里抱着一种正当爱好、埋头钻研的人，看作是“不务正业”。否则，便是不恰当的、短视的、狭隘的。在一个突飞猛进向前飞跃的社会里，必然是所有人的才能(各种各样的才能)都得到最大限度的发挥。只有每个人都挥尽自己的血汗与才能，科学才能进步，文化才能繁荣，国家才能富强。

我从绘画跳入文学时，原单位一个领导对我说：“我不留你。虽然我也很需要你。但我知道，你去写作，对社会的贡献会更大。”

我听了感动万分，眼睛都潮湿了。文艺工作者的成长和进步，多么需要党的阳光和领导的帮助啊！

邓小平同志在全国第四次文代会《祝词》中说：“必须重视文艺人才的培养。在一个九亿多人口的大国里，杰出的文艺家实在太少了。这种状况，与我们的时代很不相称。我们不仅要从思想上，而且要从工作制度上，创造有利于杰出人才涌现和成长的必要条件。”“四人帮”被粉碎后，我们又一次亲身感受到，党坚决贯彻执行“双百方针”，为文艺的发展开拓广阔的天地，无论是老一辈的、青年一代的专业、业余文艺工作者都受到过关怀和培养。因此，每当我回想起自己如何走上文学创作道路时常想，应怎样努力提高自己，更不要辜负党的培养，永远忠实于生活，为人民服务，为社会主义服务。

父子应是忘年交

儿子考上大学时，闲话中提到费用，他忽然说："从上初中开始，我一直用自己的钱缴的学费。"

我和妻子都吃一惊。我们活得又忙碌又糊涂，没想到这种事。我问他："你哪来的钱？"

"平时的零花钱，还有以前过年时的压岁钱，攒的。"

"你为什么要用自己的钱呢？"我犹然不解。

他不语。事后妻子告诉我，他说："我要像爸爸那样，一切都靠自己。"

于是我对他肃然起敬，并感到他一下子长大。那个整天和我踢球、较量、打闹并被我爱抚地捉弄着的男孩儿已然倏忽远去。人长大，不是身体的放大，不是唇上出现的软髭和颈下凸起的喉结，而是一种成熟，一种独立人格的出现。但究竟他是怎样不声不响、不落痕迹地渐渐成长，忽然一天这样地叫我惊讶，叫我陌生？是不是我的眼睛太多关注于人生的季节和社会的时令，关注那每一朵嫩苞一节枯枝一块阴影和一片容光，关注笔尖下每一个细节的真实和每一个词语的准确，因而忽略了日日跟在身边却早已悄悄发生变化的儿子？

我把这感觉告诉给朋友，朋友们全都笑了，原来在所有的父亲心目中，儿子永远是夹生的。

和儿子冯宽合拍一张（1995年）

对于天下的男人们，做父亲的经历各不一样，做父亲的感觉却大致相同。

这感觉一半来自天性，一半来自传统。

七六年大地震那夜，我睡地铺。“地动山摇”的一瞬，我本能地一跃而起，扑向儿子的小床，把他紧紧拥在怀里，任凭双腿全被乱砖乱瓦砸伤。事后我逢人便说自己如何英勇地捍卫了儿子，那份得意，那份神气，那份英雄感，其实是一种自享。享受一种做父亲尽天职的快乐。父亲，天经地义是家庭和子女的保护神。天职就是天性。

至于来自传统的做父亲的感觉，便是长者的尊严，教导者的身份，居高临下的视角与姿态……每一代人都从长辈那里感受这种父亲的专利，一旦他自己做了父亲就将这种专利原原本本地继承下来。

这是一种“传统感觉”，也是一种“父亲文化”。

我们就是在这一半天性一半传统中，美滋滋又糊里糊涂地做着父亲。自以为对儿子了如指掌，一切一切，尽收眼底，可是等到儿子一旦长大成人，才惊奇地发现自己竟然对他一无所知。最熟悉的变为最陌生，最近的站到了最远，对话忽然中断，交流出现阻隔。弄不好还可能会失去了他。人们把这弄不明白的事情推给“代沟”这个字眼儿，却不清楚：每个父亲都会面临重新与儿子相处的问题。

我想起，我的儿子自小就不把同学领到狭小的家里来玩儿，怕打扰我写作，我为什么不把这看作是他对我工作的一种理解与尊重？他也没有翻动过我桌上的任何一片写字的纸，我为什么没有看到文学在他心里也同样的神圣？我由此还想起，照看过他的一位老妇人说，他从来没有拉过别人的抽屉，对别人的东西产生过好奇与艳羡……当我把这些不曾留意的许多细节，与他中学时就自己缴学费的事情串联一起，我便开始一点点向他走近。

他早就有一个自己的世界。里边有很多发光的事物。直到今天我才探进头来。

被理解是一种幸福，理解人也是一种幸福。

当我看到了他独立的世界和独立的人格，也就有了与他相处的方式。

对于一个走向成年的孩子，千万，不要再把他当作孩子，而要把他当作一个独立的男人。

我开始尽量不向他讲道理，哪怕这道理千真万确，我只是把这道理作为一种体会表达出来而已。他呢？也只是在我希望他介入我的事情时，他才介入进来。我们对彼此的世界，不打扰，不闯入，不指手画脚，这才是男人间的做法。我深知他不喜欢用语言张扬情感，崇尚行动的本身；他习惯于克制激动，同时把这激动用隐藏的方式保留起来。我们的性格刚好相反，我却学会用他这种心领神会的方式与他交流。比方我在书店买书时，常常会挑选几本他喜欢的书，回家后便不吭声地往他桌上一放。他也是这样为我做事。他不喜欢添油加醋的渲染，而把父子之情看得天地一样的必然。如果这需要印证，就去看一看他的眼睛——儿子望着父亲的目光，总是一种彻底的忠诚。

所以，我给他所翻译的埃里克·奈特那本著名的小说《好狗莱希》(又名《莱希回家了》)写的序文，故意用了这样一个题目：忠诚的价值胜过金子。

儿子，在孩提时代是一种含义。但长大成人后就变了，除去血缘上的父子关系之外，又是朋友，是一个忘年交。而只有真正成为这种互为知己的忘年交，我们才获得完满的做父亲的幸福，才拥有了实实在在又温馨完美的人生。

白　发

人生入秋，便开始被友人指着脑袋说：

“呀，你怎么也有白发了？”

听罢笑而不答。偶尔笑答一句：“因为头发里的色素都跑到稿纸上去了。”

就这样，嘻嘻哈哈、糊里糊涂地翻过了生命的山脊，开始渐渐下坡来。或者再努力，往上登一登。

对镜看白发，有时也会认真起来：这白发中的第一根是何时出现的？为了什么？思绪往往会超越时空，一下子回到了少年时——那次同母亲聊天，母亲背窗而坐，窗子敞着，微风无声地轻轻掀动母亲的头发，忽见母亲的一根头发被吹立起来，在夕照里竟然银亮银亮，是一根白发！这根细细的白发在风里柔弱摇曳，却不肯倒下，好似对我召唤。我第一次看见母亲的白发，第一次强烈地感受到母亲也会老，这是多可怕的事啊！我禁不住过去扑在母亲怀里。母亲不知出了什么事，问我，用力想托我起来，我却紧紧抱住母亲，好似生怕她离去……事后，我一直没有告诉母亲这究竟为了什么。最浓烈的感情难以表达出来，最脆弱的感情只能珍藏在自己心里。如今，母亲已是满头白发，但初见她白发的感受却深刻难忘。那种人生感，那种凄然，那种无可奈何，正像我们无法把地上的落叶抛回树枝上去……

当妻子把一小酒盅染发剂和一枝扁头油画笔拿到我面前，叫我帮她

本命年的时候母亲亲手给我扎上红腰带

染发。我心里一动，怎么，我们这一代生命的森林也开始落叶了？我瞥一眼她的头发，笑道："不过两三根白头发，也要这样小题大做？"可是待我用手指撩开她的头发，我惊讶了，在这黑黑的头发里怎么会埋藏这么多的白发！我竟如此粗心大意，至今才发现才看到。也正是由于这样多的白发，才迫使她动用这遮掩青春衰退的颜色。可是她明明一头乌黑而清香的秀发呀，究竟怎样一根根悄悄变白的？是在我不停歇的忙忙碌碌中、侃侃而谈中，还是在不合昼夜的埋头写作中？是那些年在大地震后寄人篱下的茹苦含辛的生活所致？是为了我那次重病内心焦虑而催白的？还是那件事……几乎伤透了她的心，一夜间骤然生出这么多白发？

黑发如同绿草，白发犹如枯草；黑发像绿草那样散发着生命诱人的气息，白发却像枯草那样晃动着刺目的、凄凉的、枯竭的颜色。我怎样做才能还给她一如当年那一头美丽的黑发？我急于把她所有变白的头发染黑。她却说：

"你是不是把染发剂滴在我头顶上了？"

我一怔。赶忙用眼皮噙住泪水，不叫它再滴落下来。

一次，我把剩下的染发剂交给她，请她也给我的头发染一染。这一染，居然年轻许多！谁说时光难返，谁说青春难再，就这样我也加入了用染发剂追回岁月的行列。谁知染发是件愈来愈艰难的事情。不仅日日增多的白发需要加工，而且这时才知道，白发并不是由黑发变的，它们是从走向衰老的生命深处滋生出来的。当染过的头发看上去一片乌黑青黛，它们的根部又齐刷刷冒出一茬雪白。任你怎样去染，去遮盖，它还是茬茬涌现。人生的秋天和大自然的春天一样顽强。挡不住的白发啊！

开始时精心细染，不肯漏掉一根。但事情忙起来，没有闲暇染发，只好任由它花白。染又麻烦，不染难看，渐而成了负担。

这日，邻家一位老者来访。这老者阅历深，博学，又健朗，鹤发童颜，很有神采。他进屋，正坐在阳光里。一个画面令我震惊——他不单头发通白，连胡须眉毛也一概全白；在强光的照耀下，蓬松柔和，光明透彻，亮如银丝，竟没有一根灰黑色，真是美极了！我禁不住说，将来我也修炼出您这一头漂亮潇洒的白发就好了，现在的我，染和不染，成了两难。老者听了，朗声大笑，然后对我说：

“小老弟，你挺明白的人，怎么在白发面前糊涂了？孩童有稚嫩的美，青年有健旺的美，你有中年成熟的美，我有老来冲淡自如的美。这就像大自然的四季——春天葱茏，夏天繁盛，秋天斑斓，冬天纯净。各有各的美感，各有各的优势，谁也不必羡慕谁，更不能模仿谁，模仿必累，勉强更累。人的事，生而尽其动，死而尽其静。听其自然，对！所谓听其自然，就是到什么季节享受什么季节。哎，我这话不知对你有没有用，小老弟？”

我听罢，顿觉地阔天宽，心情快活。摆一摆脑袋，头上花发来回一晃，宛如摇动一片秋光中的芦花。

最初的人生思索

大概是我九岁那年的晚秋，因为穿着很薄的衣服在院里跑着玩儿，跑得一身汗，又站在胡同口去看一个疯子，拍了风，病倒了。病得还不轻呢！面颊烧得火辣辣的，脑袋晃晃悠悠，不想吃东西，怕光，尤其受不住别人嗡嗡出声地说话……

妈妈就在外屋给我架一张床，床前的茶儿上摆了几瓶味苦难吃的药，还有与其恰恰相反，挺好吃的甜点心和一些很大的梨。妈妈用手绢遮在灯罩上，嗯，真好！灯光细密的针芒再不来逼刺我的眼睛了，同时把一些奇形怪状的影子映在四壁上，为什么精神颓萎的人竟贪享一般地感到昏暗才舒服呢？

我和妈妈住的那间房有扇门通着。该入睡时，妈妈披一条薄毯来问我还难受不，想吃什么。然后，她低下身来，用她很凉的前额抵一抵我的头，那垂下来的毯边的丝穗弄得我的肩膀怪痒的。“还有点儿烧，谢天谢地，好多了……”她说。在半明半暗的灯光里，妈妈朦胧而温柔的脸上现出爱抚和舒心的微笑。

最后，她扶我吃了药，给我盖严被子，就回屋去睡了。只剩下我自己了。

我一时睡不着，便胡思乱想起来。总想编个故事解解闷，但脑子里乱得很，好像一团乱线，抽不出一个可以清晰地思索下去的线头。白天留下的印象搅成一团：那个疯子可笑和可怕的样子总缠着我，不想不行；还有追猫呀，大笑呀，死蜻蜓呀，然后是哥哥打我，挨骂了，呕吐了，又是挨骂，鸡蛋汤冒着热气儿……穿白大褂的那个老头，拿着一个连在耳朵上的冰凉的小铁疙瘩，一个劲儿地在我胸脯上乱按；后来我觉得脑子完全混乱，不听使唤，便什么也不去想，渐渐感到眼皮很重，昏沉沉中，觉得茶几上几只黄色的梨特别刺眼，灯光也讨厌得很，昏暗、无聊、没用、呆呆地照着。睡觉吧，我伸手把灯闭了。

黑了！霎时间好像一切都看不见了。怎么这么安静、这么舒服呀……

跟着，月光好像刚才一直在窗外窥探，此刻从没拉严的窗帘的缝隙里钻了进来，碰到药瓶上、瓷盘上、铜门把手上，散发出淡淡发蓝的幽光。远处一家作坊的机器有节奏地响着，不一会儿也停下来了。偶尔，从很远很远的地方传来货轮的鸣笛声，声音沉闷而悠长……

灯光怎么使生活显得这么狭小，它只照亮身边；而夜，黑黑的，却顿时把天地变得如此广阔、无限深长呢？

我那个年龄并不懂得这些。思索只是简单、即时和短距离的；忧愁和烦恼还从未有乘着夜静和孤独悄悄爬进我的心里。我只觉得这黑夜中的天地神秘极了，浑然一气，深不可测，浩无际涯；我呢，这么小，无依无靠，孤孤单单；这黑洞洞的世界仿佛要吞掉我似的。这时，我感到身下的床没了，屋子没了，地面也没了，四外皆空，一切都无影无踪；自己恍惚悬在天上了，躺在软绵绵的云彩上……周围那样旷阔，一片无穷无尽的透明的乌蓝色，这云也是乌蓝乌蓝的；远远近近还忽隐忽现地闪烁着星星般五光十色的亮点儿……

这天究竟有多大，它总得有个尽头呀！哪里是边？那个边的外面是什么？又有多大？再外边……难道它竟无边无际吗？相比之下，我们多么小。我们又是谁？这么活着，喘气，眨眼，我到底是谁呀！

我伸手摸摸自己的脸，鼻子，嘴唇，觉得陌生又离奇，挺怪似的……这究竟是怎么回事？

我是从哪儿来的？从前我在哪里，什么样子？我怎么成为现在这个我的？将来又怎么样？长大，像爸爸那么高，做事……再大，最后呢？老了，老了以后呢？这时我想起妈妈说过的一句话："谁都得老，都得死的。”

死？这是个多么熟悉的字眼呀！怎么以前我就从来没想过它意味着什么呢？死究竟意味着什么？像爷爷，像从前门口卖糖葫芦那个老婆婆，闭上眼，不能说话，一动不动，好似睡着了一样。可是大家哭得那么伤心；到底还是把他们埋在地下了。为什么要把他们埋起来？他们不就永远也不能说话，也不能动，永远躺在厚厚的土地下了？难道就因为他们死了吗？忽然，我一阵感到死的神秘、阴冷和可怕，觉得周身就仿佛散出凉气来。

于是，哥哥那本没皮儿的画报里脸上长毛的那个怪物出现了；跟着是白天那只死蜻蜓，随时想起来都吓人的鬼故事；跟着，胡同口的那个疯子朝我走来了……黑暗中，出现许多爷爷那样的眼睛，大大小小，紧闭着，眼皮还在鬼鬼祟祟地颤动着，好像要突然睁开，瞪起怕人的眼珠儿来……

我害怕了，已从将要入睡的懵懂中完全清醒过来了。我想——将来，我也要死的，也会被人埋在地下，这世界就不再有我了。我也就再不能像现在这样踢球呀，做游戏呀，捉蟋蟀呀，看马戏时吃那种特别酸的红果片呀……还有时去舅舅家看那个总关得严严实实的迷人的大黑柜，逗那条瘸腿狗，到那乱七八糟、杂物堆积的后院去翻找“宝贝”……而且再也不能“过年”了，那样地熬夜、拜年、放烟火、攒压岁钱；表哥把点着的鞭炮扔进鸡窝去，吓得鸡像鸟儿一样飞到半空中，乐得我喘不过气来；我们还瞒着妈妈去野坑边钓鱼，钓来一条又黄又丑的大鱼，给馋嘴的猫咪咪饱餐了一顿；下雨的晚上，和表哥躺在被窝里，看窗外打着亮闪，响着大雷……活着有多少快活的事，死了就完了。那时，表哥呢？妹妹呢？爸爸妈妈呢？他们都会死吗？他们知道吗？怎么也不害怕呀！我们能够不死吗？活着有多好！大家都好好活着，谁也不死。可是，可是不行啊……“谁都得老，都得死的。”死，这时就像拥有无限威力似的，而且严酷无情。在它面前，我那么无力，哀求也没用，大家都一样，只有顺从，听摆布，等着它最终的来临……想到这里，尤其是想到妈妈，我的心简直冷得发抖。

妈妈将来也会死吗？她比我大，会先老，先死的。她就再不能爱我了。像现在这样，脸挨着脸，搂我，亲我……她的笑，她的声音，她柔软而暖和的手，她整个人，在将来某一天就会一下子永远消失了吗？她会有多少话想说，却不能说，我也就永远无法听到了；她再看不见我，我的一切她也不再会知道。如果那时我有话要告诉她呢？到哪儿去找她？她也得被埋在地下吗？土地，坚硬、潮湿、冷冰冰的……我真怕极了。先是伤心、难过、流泪，而后愈想愈加心虚害怕，急得蹬起被来。趁妈妈活着的时光，我要赶紧爱她，听她的话，不惹她生气，只做让大家和妈妈高兴的事。哪怕她还骂我，我也要爱她，快爱，多爱；我就要起来跑到她房里，紧紧搂住她……

四周黑极了，这一切太怕人了。我要拉开灯，但抓不着灯线，慌乱的手碰翻了茶几上的药瓶。我便失声哭叫起来："妈妈，妈妈……"

灯忽然亮了。妈妈就站在床前。她莫名其妙地看着我："怎么，做噩梦了？别怕……孩子，别怕。"

她俯身又用前额抵一抵我的头。这回她的前额不凉，反而挺热的了。"好了，烧退了。"她宽心而温柔地笑着。

刚才的恐怖感还没离开我。这是怎么回事？我茫然地望着她，有种异样的感觉。一时，我很冲动，要去拥抱她，但只微微挺起胸脯，脑袋却像灌了铅似的沉重，刚刚离开枕头，又堕倒在床上。

"做什么，你刚好，当心再着凉。"她说着便坐在我床边，紧挨着我，安静地望着我，一直在微笑，并用她暖和的手抚弄我的脸颊和头发。"你刚才是不是做噩梦了？听你喊的，声音好大哪！"

"不是，……我想了……将来，不，我……"我想把刚才所想的事情告诉给妈妈，但不知为什么，竟然无法说出来。是不是担心说出来，她知道后也要害怕的。那是件多么可怕的事啊！

"得了，别说了，疯了一天了，快睡吧！明天病就全好了……"

昏暗的灯光静静地照着床前的药瓶、点心和黄色的梨，照着妈妈无言而含笑的脸。她拉着我的手，我便不由得把她的手握得紧紧的……

我再不敢想那些可怕又莫解的事了。但愿世界上根本没有那种事。

栖息在邻院大树上的乌鸦不知为何缘故，含糊不清地咕嚷一阵子，又静下去了。被月光照得微明的窗帘上走过一只猫的影子；渐渐地，一切都静止了，模糊了，淡远了，融化了，变成一团无形的、流动的、软软而迷漫的烟。我不知不觉便睡着了。

一个深奥而难解的谜，从那个夜晚便悄悄留存在我的心里。后来我才知道，这是我最初在思索人生。

往事如“烟”

从家族史的意义上说，抽烟没有遗传。虽然我父亲抽烟，我也抽过烟，但在烟上我们没有基因关系。我曾经大抽其烟，我儿子却绝不沾烟，儿子坚定地认为不抽烟是一种文明。看来个人的烟史是一段绝对属于自己的人生故事。而且在开始成为烟民时，就像好小说那样，各自还都有一个“非凡”的开头。

记得上小学时，我做肺部的X光透视检查。医生一看我肺部的影像，竟然朝我瞪大双眼，那神气好像发现了奇迹。他对我说：“你的肺简直跟玻璃的一样，太干净太透亮了。记住，孩子，长大可绝对不要吸烟！”

可是，后来步入艰难的社会。我从事仿制古画的单位被“文革”的大锤击碎。我必须为一家塑料印刷的小作坊跑业务，天天像沿街乞讨一样，钻进一家家工厂去寻找活计。而接洽业务，打开局面，与对方沟通，先要敬上一支烟。烟是市井中一把打开对方大门的钥匙。可最初我敬上烟时，却只是看着对方抽，自己不抽。这样反而倒有些尴尬。敬烟成了生硬的“送礼”。于是，我便硬着头皮开始了抽烟的生涯。为了敬烟而吸烟。应该说，我抽烟完全是被迫的。

儿时，那位医生叮嘱我的话，那句金玉良言，我至今未忘。但生活的警句常常被生活本身击碎。因为现实总是至高无上的。甚至还会叫真理甘拜下风。当然，如果说起我对生活严酷性的体验，这还只是九牛一毛呢！

古人以为诗人离不开酒，酒后的放纵会给诗人招来意外的灵感；今人

爷爷冯友苓（1877年—1953年），浙江宁波人，三十二岁时（1909年）摄于吉林

以为作家的写作离不开烟，看看他们写作时脑袋顶上那纷纭缭绕的烟缕，多么像他们头脑中翻滚的思绪啊。但这全是误解！好的诗句都是在清明的头脑中跳跃出来的；而“无烟作家”也一样写出大作品。

他们并不是为了写作才抽烟。他们只是写作时也要抽烟而已。

真正的烟民全都是无时不抽的。

他们闲时抽，忙时抽；舒服时抽，疲乏时抽；苦闷时抽，兴奋时抽；一个人时抽，一群人更抽；喝茶时抽，喝酒时抽；饭前抽几口，饭后抽一支；睡前抽几口，醒来抽一支。右手空着时用右手抽，右手忙着时用左手抽。如果坐着抽，走着抽，躺着也抽，那一准是头一流的烟民。记得我在自己烟史的高峰期，半夜起来还要点上烟，抽半支，再睡。我们误以为烟有消闲、解闷、镇定、提神和助兴的功能，其实不然。对于烟民来说，不过是这无时不伴随着他们的小小的烟卷，参与了他们大大小小一切的人生苦乐罢了。

我至今记得父亲挨整时，总躲在屋角不停地抽烟。那个浓烟包裹着的一动不动的蜷曲的身影，是我见到过的世间最愁苦的形象。烟，到底是消解了还是加重了他的忧愁和抑郁？

那么，人们的烟瘾又是从何而来？

烟瘾来自烟的魅力。我看烟的魅力，就是在你把一支雪白和崭新的烟卷从烟盒抽出来，性感地夹在唇间，点上，然后深深地将雾化了的带着刺激性香味的烟丝吸入身体而略感精神一爽的那一刻。即抽第一口烟的那一刻。随后，便是这吸烟动作的不断重复。而烟的魅力在这不断重复的吸烟中消失。

其实，世界上大部分事物的魅力，都在这最初接触的那一刻。

我们总想去再感受一下那一刻，于是就有了瘾。所以说，烟瘾就是不断燃起的“抽上一口”——也就是第一口烟的欲求。这第一口之后再吸下去，就成了一种毫无意义的习惯性的行为。我的一位好友张贤亮深谙此理，所以他每次点上烟，抽上两三口，就把烟按死在烟缸里。有人说，他才是最懂得抽烟的。他抽烟一如赏烟。并说他是“最高品位的烟民”。但也有人说，这第一口所受尼古丁的伤害最大，最具冲击性，所以笑称他是“自残意识最清醒的烟鬼”。但是，不管怎么样，烟最终留给我们的是发黄的牙和夹烟卷的手指，熏黑的肺，咳嗽和痰喘，还有难以谢绝的烟瘾本身。

父亲抽了一辈子烟。抽得够凶。他年轻时最爱抽英国老牌的“红光”，后来专抽“恒大”。“文革”时发给他的生活费只够吃饭，但他还是要挤出钱来，抽一种军绿色封皮的最廉价的“战斗牌”纸烟。如果偶尔得到一支“墨菊”“牡丹”，便像今天中了彩那样，立刻眉开眼笑。这烟一直抽得他晚年患“肺气肿”，肺叶成了筒形，呼吸很费力，才把烟扔掉。

十多年前，我抽得也凶，尤其是写作中。我住在北京人民文学出版社写长篇时，四五个作家挤在一间屋里，连写作带睡觉。我们全抽烟，天天把小屋抽成一片云海。灰白色厚厚的云层静静地浮在屋子中间。烟民之间全是有福同享。一人有烟大家抽，抽完这人的抽那人的。全抽完了，就趴在地上找烟头。凑几个烟头，剥出烟丝，撕一条稿纸卷上，又一支烟。可有时晚上躺下来，忽然害怕桌上烟火未熄，犯起了神经质，爬起来查看查看，还不放心。索性把新写的稿纸拿到枕边，怕把自己的心血烧掉。

烟民做到这个份儿，后来戒烟的过程必然十分艰难。单用意志远远不够，还得使出各种办法对付自己。比方，一方面我在面前故意摆一盒烟，用激将法来捶打自己的意志；一方面在烟瘾上来时，又不得不把一支不装烟丝的空烟斗叼在嘴上。好像在戒奶的孩子嘴里塞上一个奶嘴，致使来访的朋友们哈哈大笑。

只有在戒烟的时候，才会感受到烟的厉害。

最厉害的事物是一种看不见的习惯。当你与一种有害的习惯诀别之后，又找不到新的事物并成为一种习惯时，最容易出现的便是返回去。从生活习惯到思想习惯全是如此。这一点也是我在小说《三寸金莲》中“放足”那部分着意写的。

如今我已经戒烟十年有余。屋内烟消云散，一片清明，空气里只有观音竹细密的小叶散出的优雅而高逸的气息。至于架上的书，历史的界线更显分明：凡是发黄的书脊，全是我吸烟时代就立在书架上的；此后来者，则一律鲜明夺目，毫无污染。今天，写作时不再吸烟，思维一样灵动如水，活泼而光亮。往往看到电视片中出现一位奋笔写作的作家，一边皱眉深思，一边喷云吐雾，我会哑然失笑，并庆幸自己已然和这种糟糕的样子永久地告别了。

一个边儿磨毛的皮烟盒，一个老式的有机玻璃烟嘴，陈放在我的玻璃柜里。这是我生命的文物。但在它们成为文物之后，所证实的不仅仅是我做过烟民的履历，它还会忽然鲜活地把昨天生活的某一个画面唤醒，就像我上边描述的那种种的细节和种种的滋味。

去年，我去北欧。在爱尔兰首都都柏林的一个小烟摊前，忽然一个圆形红色的形象跳到眼中。我马上认出这是父亲半个世纪前常抽的那种英国名牌烟“红光”。一种十分特别和久违的亲切感拥到我的身上。我马上买了一盒。回津后，在父亲祭日那天，用一束淡雅的花衬托着，将它放在父亲的墓前。这一瞬竟叫我感到了父亲在世一般的音容，很生动，很贴近。这真是奇妙的事！虽然我明明知道这烟曾经有害于父亲的身体，在父亲活着的时候，我希望他彻底撇掉它。但在父亲离去后，我为什么又把它十分珍惜地自万里之外捧了回来？

我明白了，这烟其实早已经是父亲生命的一部分。

从属于生命的事物，一定会永远地记忆着生命的内容，特别是在生命消失之后。我这句话是广义的。

物本无情，物皆有情，这两句话中间的道理便是本文深在的主题。

乡　魂

一

倘若你生长在故乡，那份乡情乡恋牵肠挂肚自不必说；倘若它只是你长辈的故土，你却出生在异地他乡，你对它的印象与情感都是从长辈那里间接获得的，这故乡对你又是怎样一种感觉？

数年前，我应邀与几位作家南下访游古迹名城，依主人安排，途经宁波一日。车子一入宁波，大家还在嘻哈交谈，我却默然不语，脸贴车窗，使劲儿张望着外边景物，急于想抓住什么，好跟心里的故乡勾挂一起。此时我才发现心里的故乡原是空空的。我对自己产生怀疑，面对祖父与父亲的出生地，为何毫无感应？

但它原先只是我一个符号——籍贯啊。

我不是“回”故乡，而是“来”故乡，第一次。为什么回到故乡，故乡反而没了？我渴望与故乡拥抱和共鸣，但我不知道与故乡的情感怎样接通。好似一张琴闲在那儿，谁来弹响，怎么弹响？

二

下车在街上走走，来往行人说的宁波话一入耳朵，意外有种亲切感透入心怀，驱散了令我茫然的陌生。

回老家看望堂兄（1992年）

我很笨，一直没从祖父和父亲那里学会宁波话。但这特有的乡音仿佛是经常挂在他们嘴边的家乡的民歌，伴随着我的童年与少年。那时，尤其是来串门看望祖父的爷爷奶奶们，大都用这种话与祖父交谈。父亲平时讲普通话，逢到此时便也用这种怪腔怪调加入谈话，好像故意不叫我听懂，气得我噘起小嘴，抗议。那些老爷爷老奶奶们便说笑话逗我、哄我，但依然还说那种难懂的宁波话……这曾经叫我又气又恨的话，为什么此刻有如施魔法时的咒语，一下子把依稀往事、把不曾泯灭的旧情、把对祖父与父亲那些活生生的感觉，全都召唤回来，并逼真地、如画一般地复活了？

在天童寺，一位老法师为我们讲述这座古寺非凡的经历。他地道的宁波口音叫我如听阿拉伯语，全然不懂，我便有机会仔细去看这法师的仪容，竟然发现他与祖父的模样很像：布衣布袜，清瘦身子，慈眉善眼，尤其是光光的头顶中央有个微微隆起的尖儿。北方大汉剃了光头，见棱见角，又圆又平；宁波人歇顶后，头顶正中央便显露出这个尖儿来，青亮青亮，仿佛透着此地山水那种聪秀的灵气。我觑起眼睛再感觉一下，简直就是祖父坐在那里说话！

祖父喜欢用薄胎细瓷的小碟小碗吃饭。他晚年患糖尿病，吃米都必须先用铁锅炒过再煮。他从不叫我吃他的饭，因为炒过的米不香，也少了养分。宁波临海，吃起海鲜精熟老到。祖父吃清蒸江螺那一手真叫空前绝后，满满一勺入口，只在嘴里翻几番，伴随着“吱吱”的吸吮声，再吐出来便都是玲珑精巧的空壳了。每次吃江螺，不用我邀请，祖父总会令人惊叹又神气十足地表演一番。这绝招只有父亲吃鱼吐刺的本事可以媲美。然而，祖父，你如今在哪儿呢？我心头情感一涌，忽然张开眼睛，想对老法师大叫一声：爷爷！

奇怪，祖父是在我十岁那年去世的，三十年过去了，什么缘故使我要隔着岁月烟尘并如此动情地呼叫他呢？

是我走到故乡来了，还是故乡已然悄悄走进我的心中？

三

前两年，我去新加坡为“华人文艺营金狮文学奖”评奖。忽有十几位上了年纪的华人到宾馆来访，见面先送我一本刊物，封面上大写一个“冯”字。原来都是此地冯氏宗亲会的成员。华人在海外谋生，身孤力单需要支持，便组织各种同乡同族的会，彼此依傍，守望相助。每每同乡同族人有了难题，便一齐合力解纷；若是同乡同族人有了成就，就视为共荣，同喜同贺。一位冯姓长者对我说：

“你是咱冯家的骄傲啊。”

此时我多么像在家人中间？

张张陌生的面孔埋藏着遥远的亲切。我在哪里曾经与他们相关相连？唐宋还是秦汉？我想起在黄河边望着它烟云迷漫、波光闪耀的来处，幻想着它万里之外那充满魅力的源头。同国、同乡、同肤、同姓，都有一种共同的源头感。有着共同源头的人，身上必定潜在着一个共同的生命密码，神秘地相牵。

我望见坐在侧面的一位老者清瘦、文弱、似曾相识的面孔，心有所动，问道：

“你家乡在哪儿？”

“宁波。”他一开口，便依然带着很重的乡音。

我听了，随即说：

“我们五百年前是一家，我老家也在宁波。”

他马上叫起来：“现在就是一家，我们好近呀！”随即急渴渴向我打听故乡的情形。

多亏我头年途经故乡，有点儿见闻，才不致窘于回答。他一边听我讲，一边忽而大发感慨：“全都不一样了，不一样了……”忽而冲动地站起来，手一指，叫着：“那是伯伯带我去捉鱼的地方！”然后逼我讲出更多细节，仿佛直要讲得往事重现才肯作罢。

我怕冷落了同座其他人，才要转换话题，那些人却笑眯眯地摆手说：

“不碍事，你再给他多讲讲吧……”

他们高兴这样旁听，直听得脸上全都散发出微醺的神气，好像与我的这位老乡分享着一种特殊的幸福，那便是得以慰藉的乡恋。

这老乡情不自禁地把座椅一步步挪到我身前，面对面拼命问，使劲儿听。可惜我只在故乡停了一天，说不出更多见闻。但我发现，我随便扯些街道的名称、旧楼的式样、蔬菜的种类，他也都视如天国珍闻，引发他一串串更多的问题，以及感叹和惊叫。我更感到故乡伟大而神奇的力量。它像一块巨大的磁石，牢牢吸住一切属于它的人们，不管背离它多久多远。似乎愈远愈久便愈感到它不可抗拒的引力……在我与这异国的华裔老乡分手之时，心中升起一份歉意。我想，我那次在故乡应该多住上几天，为了他，也为了我自己。

命运的驱使

这是我踏上文学之路时最初的足迹。它一片凌乱、深深浅浅、反反复复，仿佛带着那样多的不情愿、被迫和犹豫不决……这究竟为了什么？

一九六六年的大狂乱到来之前，我的世界有如风暴前的海面，它没有丝毫预感，没察觉任何先兆，在一片出奇的静谧里，暖意的阳光躺在我柔软的、层层褶皱一般的、有节奏的生活波浪上。那时我才二十多岁！我热爱着艺术。我是肖邦、柴可夫斯基、贝多芬最驯顺的俘虏；我常常一个人在屋里高声背诵《长恨歌》《蜀道难》和普希金的《致大海》；最后，我终于以一种为美丽而献身的精神，决意把一生的时光，都融进调色盘里。那雨中的船、枝上的鸟、泥土中的小花小草、薄暮冥冥中一张张模糊而有生气的脸，把我牢牢地固定在画架前，再也没有想到与它分开。

然而，一九六六年那场突如其来的大动乱就像一个无法抗拒、从天而降的重锤，把我的世界砸得粉碎。一夜之间，千万人的命运发生骤变，千万个家庭演出了在书本里都不曾见过的怪诞离奇的悲剧。对于我，平时所留意的人的面容、姿态、动作变得毫无意义；摆在眼前的，是在翻来覆去的政治风浪里淘洗出来的一颗颗赤裸裸的心。它们无形地隐藏在人身上最不易发现的地方。有的比宝石还美，有的比魔怪还丑，世上再没有人与人、心与心的差距更为遥远的了。为了在这刀丛般的人事纠葛中间生存，现实逼着我百倍地留意、提防、躲闪；于是，往日那些山光水色、鸟语花香，美梦一般流散了。

写《义和拳》时查找资料

天津海河边有个地方叫作挂甲寺。夏天里，偶然会有人游泳不慎淹死了，就被拖到岸边，等家人来认领。但在这期间，几乎天天都有人投河自尽。我直怔怔望着这些下狠心毁掉自己的人，心想他们必有许多隐忍在心、难以抗拒的苦痛。还有一次，我看到一个悬梁自尽的人蹬倒的椅面上留着很多徘徊不定的脚印，我的心战栗了……每每此时，我便不自觉地虚构起他们生前的故事；当然这可能是与他们完全无关的虚构，但我平日在生活中的所见所闻、万千感受却自然而然地向虚构的故事中聚拥而来。当故事形成，在心里翻腾不已时，我便有一种强烈的表现欲。

开始，我只是把这些故事讲给至亲好友们听。为了安全，我把故事中的人物、地点、社会背景全换成外国的，当作一个旧的外国小说或电影故事。我的许多亲友听过这些故事。在文化一片空白的当时，他们以听我的故事为快事。我却以讲故事来发泄表现欲，排遣郁结心中的情感。我哪里知道，这就是我后来一些作品的雏形。

一个夜晚，外边刮着冷风。一位许久未见的老朋友突然跑到我家来。

他不等我说什么，便一口气讲了他长长一段奇特的遭遇。我听着，流下泪，夹在手指间的烟卷灭了也不知道。这位朋友讲述他的遭遇时，带着一种神经质的冲动，我真担心他回去后会做出什么不够冷静而可怕的事来。他讲完了，忽然用激动得发颤的声音问我：

“你说，将来的人会不会知道咱们这种生活？这种处境？如果总这样下去不变，再过几十年，现在活着的人都死了，这不就得靠后来的作家瞎编？你说，现在有没有人把这些事写下来？那就得冒着生命的危险呀！不过，这对于将来的人总是有价值的……”

那是怎样一个时代呀！

我们都沉默了。烟碟里未熄的烟蒂冒着丝一般的烟缕，在昏黄的灯光里萦回缭绕。似乎我俩都顺着他这番话思索下去……从此，我便产生了动笔写的念头。

我把自己锁在屋里，偷偷写起来，只要有人叩门，我立即停笔，并把写了字的纸东藏西掖。这片言只语要是被人发现，就会毁了自己，甚至家破人亡，不堪设想。每每运动一来，我就把这些写好的东西埋藏在院子的砖块下边、塞在楼板缝里，或者一层层粘起来，外边糊上宣传画片，作为掩蔽，以便将来有用时拿温水泡了再一张张揭出来……但藏东西的人总觉得什么地方都不稳妥。一度，我把这些稿子卷成卷儿，塞进自行车的横梁管儿里。这车白天就放在单位里，单位整天闹着互相查找“敌情线索”。我总觉得会有人猛扑过去从车管儿里把稿子掏出来。不安整天折磨着我。终于我把稿子悄悄弄出来，用火点着烧了。心里立刻平静下来，跟着而来的却是茫然和沮丧。以后，我一发有了抑制不住的写的冲动时，便随写随撕碎，扔在厕所里冲掉；冬天我守着炉子写，写好了，轻轻读给自己听，读到自己也受感动时便再重读几遍，最后却只能恋恋不舍地投进火炉里。当辗转的火舌把一张张浸着心血的纸舔成薄薄的余灰时，我的心仿佛被灼热的火舌刺穿了。

在望不见彼岸的漫长征途上，谁都有过踌躇不前的步履。这是无效劳动，滥用精力啊！写了不能发表，又不能给任何人看，还收留不住，有什么用？多么傻气的做法！多么愚蠢的冲动！多么无望的希望！而我最痛苦的就是在这种忽然理智和冷静下来，否定自己行为的价值的时候。

我必须从自己身上寻找力量充实自己。于是，我发现，我是有良心的，我爱自己的祖国和人民，我是悄悄地为祖国的将来做一点点事呀！我还是有艺术良心的，没有为了追求利禄而去写迎合时尚、违心的文字。我珍爱文学，不会让任何不良的私欲而玷污了它……这样，我便再不毁掉自己笔下的每一张纸了。我下了决心，我干我的。不管将来如何，不管光明多么遥远，不管路途中间会多么艰辛和寂寞，会有多高的阻障，会出现怎样意外的变故。我至今还保存一首诗。是当时自己写给自己的。诗名叫《路》：

人们自己走自己的路，谁也不管谁，
我却选定这样一条路——

一条时而欢欣、时而痛苦的路，
一条充满荆棘、布满沟堑的路。

一条宽起来无边、窄起来惊心的路，
一条爬上去艰难、滑下去危险的路。

一条没有尽头、没有归宿的路，
一条没有路标、无处询问的路。

一条时时中断的路，
一条看不见的路……

但我决意走这条路，
因为它是一条真实的路。

现在回想起来，这便是我走向文学之路最初的脚步了。

前年我在滇南，亚热带风情的大自然使我耳目一新。那些哈尼族人的大茅屋顶、傣族人的竹楼、苗族妇女艳丽的短裙，混在一片棕榈、芭蕉、竹丛、雪花一样飘飞的木棉和蓝蓝的山影之中，令我感动不已。不知不觉又唤起我画画的欲望。我回到家，赶忙翻出搁放许久的纸笔墨砚，待在屋里一连画了许多天，还拿出其中若干幅参加了美术展览。当时，一些朋友真怀疑我要重操旧业了。不，不，这仅仅像着了魔似的闹了一阵子而已。跟着，潜在心底的人物又开始浮现出来，日夜不宁地折磨我了。我便收拾起画具，抹净桌面，摆上一叠空白的稿纸……

是啊，我之所以离开至今依然酷爱的绘画，中途易辙，改从写作生涯，大概是受命运的驱使吧！这不单是个人的命运，也是民族、祖国、同时代人共同的命运所致。至于“命运”二字，我还不会解释，而只是深深感到它罢了。

砚农自语

我被迫成为作家，却天生一个画家。此中缘故，曾在一篇《命运的驱使》中述及。这里只谈我的绘画经历，亦我与绘画的一段因缘是也。

我自幼酷爱绘画。未识字之前，便将心中种种故事画成图像，涂鸦于各处，固然惹人生厌，却见形象之想象乃我先天之素质。上学后，各科作业成绩平平，唯美术课分数始终居于全班之首。美术教师视我为天才，各科教师皆摇头叹息。看来“天才”都是有缺欠的人——君看到此处，不妨一笑了之。

我祖籍宁波，世代为商，不重艺术。家中人皆与书画无缘。然母亲一族，沾染书香。其家在山东济宁，地旷人稀，山水交错，文化独异。外祖父为官宦，与康有为等人过从甚密，辟城角荒地为园，堆石栽木，以笔墨相娱，故我家所藏康有为信手所书手卷条幅竟有数十之多。外祖母来自苏州，性情清雅，好书嗜读，有过目成诵的本领。我一位姨娘，名叫戈长立，自小从师学习指画，禀赋非常，可惜由于参加革命党而被杀害于南关太白楼下，时年仅三十岁。我曾在舅父家见到她的两幅未托裱的水墨花卉，四尺条幅，水墨酣畅，其势豪迈；所画阔笔芭蕉，笔笔力透纸背，颇具男子气概，由此可以寻到她投身革命党的性格缘故。尽管我家壁上悬挂着张大千、溥心畬、齐白石等名家字画，但都不及她的画深入我心。血缘甚于笔墨缘，血缘更结笔墨缘。至今每每追溯自己涉入丹青的源头，总会出现这位才华横溢却不幸早夭的奇女子的影子。

我在中学时代，一直是学校美术组组长。在校多画素描、速写、水彩和水粉画，寒暑假间却向两位国画家学习中国画。一位是严仁统(六符)先生，家居津门，是近代教育家严范孙的后裔。曾从师刘子久，擅长北宗山水，尤精小斧劈皴。严先生本人不事创作，亦很少宏幅巨制。画皆小品，几树一石而已。但画法考究，程式清晰，勾皴点染，技术通透，宛如活的《芥子园画传》，因使我入学国画即未走上歧路，并得到实用的技法。另一位是惠均(孝同)先生，人在京都，我与他为远亲，逢到暑期便住到他家，入室学习。惠孝同先生为金绍城(北楼)弟子，并为湖社画会的成员，按照湖社的规矩以拓湖为号。他精研古代技法，工于南宗小青绿山水，风格清新灵秀，与严六符苍劲厚重的北方画风，恰好是南北相峙，迥然大异。我从二位老师那里兼得二法，事尽两极，真是受益匪浅。

姥姥傅芷棠（1890年—1962年），傍立其左者为二姐，姥姥抱着的是我

我师惠孝同先生又是收藏大家，因藏有宋代王诜《渔村小雪图》、明代吕纪《四喜图》等而闻名海内。先生家在王府井闹市中一条弯曲的胡同深处，画室设在北房，阳光从大窗射入，晒得卷帙画轴，清香四溢。记得

先生天天叫我坐在案前，使用上好的日本圆丝绢和方于鲁的墨锭，临摹一幅风格颇似郭熙的宋人《寒林图》，先生则站立一旁，指点郭氏云头皴与蟹爪树的秘要。以致使我至今犹然提笔即能画出那种“长松巨石，回溪断崖，岩岫奇绝，云烟变灭”的郭氏山水来。

我家有《故宫周刊》全套合订本。虽是二十世纪三、四十年代影印本，却印制精良。故宫所藏历代书画珍品尽在其中，这便成了我早期习画最关键的范本，许多名画都反复临摹仿制过，如荆浩《匡芦图》、郭熙《早春图》、《溪山行旅图》、夏圭《长江万里图》、范宽《万壑松风图》、刘松年《四景山水图》、戴进《雪景寒林图》，等等。一九九五年到台北“故宫博物馆”见到这些真迹时，就像见到昔时稔熟者之照片，亲近之情，不可言状。

我自高中毕业后，报考中央美术学院中国画系，初试顺利通过，试官欣赏备至，录取已成定局，但因出身缘故不准复试，登上高等学府的愿望遂成泡影。后来得识几个当年被录取的学生，皆是庸才。我却从此落魄到一家“国画生产组”，以复制古画为生。然而，当年所学的古代技法被派上了用场。我所摹制之作，多为马远、夏圭、刘松年、郭熙、王诜、王谔等北宗山水，以及大量宋人小品；偶亦摹写宋元风俗画作，如苏汉臣《货郎图》与张择端《清明上河图》。此种职业于我也有益处，即可深入学习古代艺术。中国画最重三样：经验、程式与功力。而把握技法是其根本。至于技法之精熟，运笔之老到，一招一式是否考究，全在长期的钻研与磨炼之中。比如，张择端的《清明上河图》，整卷画皆用秃笔勾线，天然战笔，笔简且精，无一笔多余，且苍厚生动。我摹写此作，则用香头烧去笔尖虚毫，行笔时努力使笔锋与绢画摩擦，以生苍涩之意味。此图长五丈余，人物五百余，舟车、房舍、器物、牲畜等多不胜数。我画过一卷半，半卷至今仍在手中，那一整卷却被一位来自美国的友人好言索去。然画过此图，腕间所获，心中有数耳。

我虽爱摹写古画，更倾心于表现自我心中感受。奔赴各处写生之外，常常画心中幻求之境象。我自二十岁已在报刊发表画作，也写些画评画论，刊行报端。为了通读典籍与识认款题，拜吴玉如(家禄)为师，研习古代诗文。思图成就一位国画大家，乃我青少年时最大愿望。并为此倾注全力，终日习画，手不离笔，以至无名指内侧硬被磨出蚕豆大小一块硬茧。

我是“文革”受难者之一。这些经历已见诸多种书籍文章，此处不再叙述。然“文革”间古画被视为“四旧”，列在应被“砸烂”之类，我所在的“国画生产组”被改为塑料花工厂，我的专职改做接洽业务，绘画全然成了业余的事。但那时生活之沉重与艰难，至今不肯随口道来。直到一九七五年我被调入一所美术学校任教，学生是一些工厂的美术设计，我教授中国画和美术理论，因得以理清绘画的技法理论。但此时极为短暂，倏然“文革”结束。时代骤然巨变，生活翻天覆地，我因命运的驱使，以文为民代言，转向文坛。日日所思所想，压迫笔杆，不敢懈怠。不觉之间，渐渐疏离丹青，一别竟是十余年。

我于一九九〇年初，放慢写作，定心静思，总结以往。在对自己的文学调整间，忽然来了画兴。心中毫无准备，绘画的情感竟如山洪暴发，江流倒泻，汪洋恣肆，势不可遏，常常睡觉间被一种突发的画境惊起。一连数日，画百幅图，竟出版厚厚一本画集。奇怪的是，虽然封笔多年，笔墨却依然流畅，得心应手，而心中想象汩汩无穷，挥毫即成画图。后来才觉悟到，此皆文学境象也。为使读者见到我这种“可视的文学”，我于一九九一年至一九九二年，先后在天津、济南、上海、宁波、重庆和北京举办六次大型画展。每次展览作品百余幅，观众热烈，超乎想象。在北京中国美术馆展览期间，曾宣布在国内画展暂停。由一九九三年转向海外，应邀先后赴奥地利、新加坡、日本、美国等地举办大型个人画展。兼出版画集多种。如此紧迫繁忙中，我常有一种奇异的感觉，是否又重返画坛乎？

我虽写了几篇文章，论及此种“文画相映”的美感和“文画并举”的两难，但如今我正当盛年，体魄尚健，精力充沛，人生甚丰，自当是先文后画。写作需要更强的体魄与精力，若不动手著作大书，将来必悔而晚矣！但这只是理性而聪明的决断，我天性从来都是感情用事，文乎画乎，听天由命罢。

我的“伯乐”

我不知道为什么，对一个人深入的回忆，非要到他逝去之后。难道回忆是被痛苦带来的吗？

一九七七年春天我认识了韦君宜。我真幸运，那时我刚刚把一只脚怯生生地踏在文学之路上。我对自己毫无把握。我想，如果我没有遇到韦君宜，我以后的文学可能完全是另一个样子。我认识她几乎是一种命运。

但是这之前的十年“文革”把我和她的历史全然隔开。我第一次见到她时，并不清楚她是谁，这便使我相当尴尬。

当时，李定兴和我把我们的长篇处女作《义和拳》的书稿寄到人民文学出版社。尽管我脑袋里有许多天真的幻想，但书稿一寄走便觉得希望落空。这因为人民文学出版社是公认的国家文学出版社。面对这块牌子谁会有太多的奢望？可是没过多久，小说北组(当时出版社负责长江以北的作者书稿的编辑室)的组长李景峰便表示对这部书稿的热情与主动，这一下使我和定兴差点儿成了一对范进。跟着出版社就把书稿打印成厚厚的上、下两册征求意见本，分别在京津两地召开征求意见的座谈会。那时的座谈常常是在作品出版之前，绝不是当下流行的一种炒作或造声势，而是为了尽量提高作品的出版质量。于是，李景峰来到天津，还带来一个身材很矮的女同志，他说她是“社领导”。当李景峰对我说出她的姓名时，那神气似乎在等待我的一番惊喜，但我却只是陌生又迟疑地朝她点头。我当时脸上的笑容肯定也很窘。后来我才知道她在文坛上的名气，并恨自己的无知。

座谈会上我有些紧张，倒不是因为她是“社领导”，而是她几乎一言不发。我不知该怎么跟她说话。会后，我请他们去吃饭——这顿饭的“规格”在今天看来简直难以想象！一九七六年的大地震毁掉我的家，我全家躲到朋友家的一间小屋里避难。在我的眼里，劝业场后门那家卖锅巴菜的街头小铺就是名店了。这家店一向屋小人多，很难争到一个凳子。我请韦君宜和李景峰站一个稍松快的角落，守住小半张空桌子，然后去买牌，排队，自取饭食。这饭食无非是带汤的锅巴、热烧饼和酱牛肉。待我把这些东西端回来时，却见一位中年妇女正朝着韦君宜大喊大叫。原来韦君宜没留意坐在她占有的一张凳子上。这中年妇女很凶，叫喊时龇着长牙，青筋在太阳穴上直跳，韦君宜躲在一边不言不语，可她还是盛怒不息。韦君宜也不解释，睁着圆圆的一双小眼睛瞧着她，样子有点儿窝囊。有个汉子朝这不依不饶的女人说：“你的凳子干吗不拿着，放在那里谁不坐？”这店的规矩是只要把凳子弄到手，排队取饭时便用手提着凳子或顶在脑袋上。多亏这汉子的几句话，一碗水似的把这女人的火气压住。我赶紧张罗着换个地方，依然没有凳子坐，站着把东西吃完，他们就要回北京了。这时韦君宜对我说了一句话：“还叫你花了钱。”这话虽短，甚至有点儿吞吞吐吐，却含着一种很恳切的谢意。她分明是那种羞于表达、不善言谈的人吧！这就使我更加尴尬和不安。多少天里一直埋怨自己，为什么把他们领到这种拥挤的小店铺吃东西。使我最不忍的是她远远跑来，站着吃一顿饭，无端端受了那女人的训斥和恶气，还反过来对我诚恳地道谢。

不久我被人民文学出版社借去修改这部书稿。住在北京朝内大街一六六号那幢灰色而陈旧的办公大楼的顶层。“文革”刚刚撤离，文化单位依然存在着肃寂的气息，揭批查的大字报挂满走廊。人一走过，大字报哗哗作响。那时伤痕文学尚未出现，作家们仍未解放，只是那些拿着这枷锁钥匙的家伙们不知跑到哪里去了。出版社从全国各地借调来改稿的业余作者，每四个人挤在一间小屋，各自拥抱着一张办公桌，抽烟、喝水、写作；并把自己独有的烟味和身体气息浓浓地混在这小小空间里，有时从外边走进来，气味真有点儿噎人。我每改过一个章节便交到李景峰那里，他处理过再交到韦君宜处。韦君宜是我的终审，我却很少见到她，大都是经由李景峰间接听到韦君宜的意见。李景峰是个高个子、朴实的东北人，编辑功力很深，不善于开会发言，但爱聊天，话说到高兴时喜欢把裤腿往上一捋，手拍着白白的腿，笑嘻嘻地对我说："老太太（人们对韦君宜背后的称呼）又夸你了，说你有灵气，贼聪明。"李景峰总是死死守护在他的作者一边，同忧同喜，这样的编辑已经不多见了。我完全感觉得到，只要他在韦君宜那里听到什么好话，便恨不得马上跑来告诉我。他每次说完准又要加上一句："别翘尾巴呀，你这家伙！"我呢，就这样地接受和感受着这位责编美好又执着的情感。然而，我每逢见到韦君宜，她却最多朝我点点头，与我擦肩而过，好像她并没有看过我的书稿。她走路时总是很快，嘴巴总是自言自语那样嗫嚅着，即使迎面是熟人也很少打招呼。可是一次，她忽然把我叫去。她坐在那堆满书籍和稿件的书桌前——她天天肯定是从这些书稿中"挖"出一块桌面来工作的。这次她一反常态，滔滔不绝；她与我谈起对聂士成和马玉昆的看法，再谈我们这部小说人物的结局，人物的相互关系，史料的应用与虚构，还有我的一些语病。她令我惊讶不已，原来她对我们这部五十五万字的书稿每个细节都看得入木三分。然后，她从满桌书稿中间的盆地似的空间里仰起头来对我说："除去那些语病必改，其余凡是你认为对的，都可以不改。"这时我第一次看见了她的笑容，一种温和的、满意的、欣赏的笑容。

这是我永远不会忘记的一个笑容。随后，她把书桌上一个白瓷笔筒底儿朝天地翻过来，笔筒里的东西"哗"地全翻在桌上。有铅笔头、圆珠笔心、图钉、曲别针、牙签、发卡、眼药水等等，她从这乱七八糟的东西间找到一个铁夹子——她大概从来都是这样找东西。她把几页附加的纸夹在书稿上，叫我把书稿抱回去看。我回到五楼一看便惊呆了。这书稿上密密麻麻竟然写满她修改的字迹，有的地方用蓝色圆珠笔改过，再用红色圆珠笔改，然后用黑圆珠笔又改一遍。想想，谁能为你的稿子付出这样的心血？

我那时工资很低。还要分出一部分钱放在家。每天抽一包劣质而辣嘴的“战斗牌”烟卷，近两角钱，剩下的钱只能在出版社食堂里买那种五分钱一碗的炒菠菜。往往这种日子的一些细节刀刻一般记在心里。比如那位已故的、曾与我同住一起的新疆作家沈凯，一天晚上他举着一个剥好的煮鸡蛋给我送来，上边还撒了一点儿盐，为了使我有劲儿熬夜。再比如朱春雨一次去“赴宴”，没忘了给我带回一块猪排骨，他用稿纸画了一个方碟子，下面写上“冯骥才的晚餐”，把猪排骨放在上边。至今我仍然保存着这张纸，上面还留着那块猪排骨的油渍。有一天，李景峰跑来对我说：“从今天起出版社给你一个月十五块钱的饭费补助。”每天五角钱！怎么会有这样天大的好事？李景峰笑道：“这是老太太特批的，怕饿垮了你这大个子！”当时说的一句笑话，今天想起来，我却认真地认为，我那时没被那几十万字累垮，肯定就有韦君宜的帮助与爱护了。

我不止一次听到出版社的编辑们说，韦君宜在全社大会上说我是个“人才”，要“重视和支持”。然而，我遇到她，她却依然若无其事，对我点点头，嘴里自言自语似的嗫嚅着，匆匆擦肩而过。可是我似乎已经习惯了这种没有交流的接触方式。她不和我说话，但我知道我在她心里的位置；她是不是也知道，我虽然没有任何表示，她在我心里却有个很神圣的位置？

在我的第二部长篇小说《神灯前传》出版时，我去找她，请她为我写一篇序。我做好被回绝的准备。谁知她一听，眼睛明显地一亮，她点头应了，嘴巴又嚅动几下，不知说些什么。我请她写序完全是为了一种纪念，纪念她在我的文字中所付出的母亲般的心血，还有那极其特别的从不交流却实实在在的情感。我想，我的书打开时，首先应该是她的名字。于是《神灯前传》这本书出版后，第一页便是韦君宜写的序言《祝红灯》。在这篇序中依然是她惯常的对我的方式，朴素得近于平淡，没有着意的褒奖与过分的赞誉，更没有现在流行的广告式的语言，最多只是“可见用功很勤”，“表现作者运用史料的能力和历史的观点都前进了”，还有文尾处那句“我祝愿他多方面的才能都能得到发挥”。可是语言有时却奇特无比，别看这几句寻常话语，现在只要再读，必定叫我一下子找回昨日那种默默又深深的感动……

韦君宜并不仅仅是伸手把我拉上文学之路。此后伤痕文学崛起时，我那部中篇小说《铺花的歧路》的书稿在人民文学出版社内部引起争议。当时“文革”尚未在政治上全面否定，我这部彻底揭示“文革”的书稿便很难通过。一九七八年冬天在和平宾馆召开的“中篇小说座谈会”上，韦君宜有意安排我在茅盾先生在场时讲述这部小说，赢得了茅公的支持。于是，阻碍被扫除，我便被推入了“伤痕文学”激荡的洪流中……

此后许多年里，我与她很少见面。以前没有私人交往，后来也没有。但每当想起那段写作生涯，那种美好的感觉依然如初。我与她的联系方式却只是新年时寄一张贺卡，每有新书便寄一册，看上去更像学生对老师的一种含着谢意的汇报。她也不回信，我只是能够一本本收到她所有的新作。然而我非但不会觉得这种交流过于疏淡，反而很喜欢这种绵长与含蓄的方式——一切尽在不言之中。人间的情感无须营造，存在的方式各不相同。灼热的激发未必能够持久，疏淡的方式往往使醇厚的内涵更加意味无穷。

大前年秋天，王蒙打来电话说，京都文坛的一些朋友想聚会一下为老太太祝寿。但韦君宜本人因病住院，不能来了。王蒙说他知道韦君宜曾经厚待于我，便通知我。王蒙也是个怀旧的人。我好像受到某种触动，忽然激动起来，在电话里大声说是呀，是呀，一口气说出许多往事。王蒙则用他惯常的玩笑话认真地说：“你是不是写几句话传过来，表个态，我替你宣读。”我便立即写了一些话用传真传给王蒙。于是我第一次直露地把我对她的感情写出来，我满以为老太太总该明白我这份情意了。但事后我知道老太太由于几次脑血管病发作，头脑已经不十分清楚了。瞧瞧，等到我想对她直接表达的时候，事情又起了变化，依然是无法沟通！但转念又想，人生的事，说明白也好，不说明白也好，只要真真切切地在心里就好。

尽管老太太走了，这些情景却仍然——并永远地真真切切地保存在我心里。人的一生中，能如此珍藏在心里的故人故事能有多少？于是我忽然发现，回忆不是痛苦的，而是寂寥人间一种暖意的安慰。

一九九八年四月七日

我的书法生活

我有两间工作室。一间书房，一间画室，屋门对开。写作间偶有妙思，或是佳句，旋即出书房，入画室，展白宣，运长锋，一挥而就，书法生矣！

笔墨是我的心灵器具。我不为书法而写，只为心灵而书。我的书法亦我的写作。还有一半是对笔墨美的崇尚。

故而，我从不临帖，但我读帖。我把古人当作崇高的朋友。我在与他们的神交之中，细品他们的品格、气质与精神。我不会照猫画虎地去“克隆”他们的一招一式。我以被人看出我师从何处为羞。我的书法只听命于我的精神情感。

倘有朋友约我书法，我不会提笔就写，立等就取。心无美文，情无所至，不会动笔。故而只是记住此事，慢慢等待内心的潮汐。倘若潮水忽来，笔墨随之卷入，辄必有一幅得意的书法赠予友人。

我把书法作为一己的心灵生活。故而，不喜欢别人的逼迫与勉强，不喜欢书写那种无关痛痒的名人留言；更不喜欢当众挥毫表演，似有江湖卖艺的感觉。

我不会天天不停地写，甚至一连写上三幅就会感到厌倦。我喜欢与书法的关系是一种不期而遇的邂逅。那一瞬，我们彼此都会惊奇，充满新鲜与兴奋。笔与墨，一边让我熟悉，一边给我意外。只有此时，我才会感到笔墨也是有生命的。笔墨的性格是一半顺从，一半逆反；一半清醒，一半烂醉。我们的艺术创造，不是一半来自于笔墨的自我发挥吗？

甲子之年，我写了一首诗，实际上是写了我的艺术观：

笔墨伴我一甲子，谁言劳心又劳神，

墨自含情也含爱，笔乃有骨亦有魂，

如烟岁月笔下挽，似水时光墨中存，

我书我画我文章，笔墨处处皆我人。

此诗写过，欲言尽之。

我的书法作品（2002年）

老兄，咱们各干各的吧

那年，作协开会选举“领导班子”。选票发到手，我照例是一笔不画，将票折起来，起身去往票箱里一投了事。对于人事，我向来不肯耗费脑力。故而，在我可爱的同行们绞尽脑汁对候选人加以取舍时，我已走出会场。场外大厅空荡荡，却见另一个门也走出一个人，并笑嘻嘻朝我走来。一看，乃是王蒙。肯定王蒙也将这“神圣的一票”淡然处之了。

王蒙走到面前，对我说：“我刚才想了两句打油诗。”他未等我问，便告知于我：

想当官的作家，不如想当官的官；

想当官的官，不如想当作家的官。

他略加解释说：

“第一句是说人家做官的人想当官乃是理所当然，是人家的‘正业’，没有什么不对；你一个作家不去写作，干吗总琢磨当官呢？第二句是说，如果做官的人琢磨着当作家，这更好，他会体会到写作是怎么回事，有利于文艺繁荣。”

说完，他先笑起来，挺得意。我也觉挺妙。我说，还有点儿像绕口令呢。事后，我对好多人说过王蒙这两句“妙语”。并深信为官嗜文，天下大吉。

然而，世上的事总是有一利就有一弊。近几年，由于文化的普及与倡兴，嗜好文艺的人愈来愈多愈广。官场上也是日见其多。书画文章乃文雅

1979年在颐和园与王蒙合影。王蒙刚刚获得“解放”，从新疆返回不久

的事，谁不想斯文一些？这样一来，就上劲了。舞文弄墨之外，更想出版，展览，上报，出名，圆一个文化名人的梦。于是我的事也就多了起来。

有的求题书名，或题词祝贺；有的要求写序，荐之颂之；有的请求出席展览，致辞捧场；有的邀请座谈发言，唱些赞歌。市里市外，全国各地，应接不暇。由此便知吾国官员嗜好文化之广之众之空前形势之大好。

可是这种事多，便影响正事。而且真的动起笔来，又很为难。赞之不切，招致对方失望，结果等于白忙；赞之太切，似有对权贵阿谀奉承之嫌。这种文字过后自己看了也不舒服。可是，倘若拒绝不干，一准得罪人家，往往还要吃到苦头的。

比方某省某官，爱好摄影，拟出版大型摄影集，求我为他写序，以助力助威。那些天我太忙，便着力拒绝。他求我三次：一次请该省文化名人出头，一次请我的某位朋友出面，一次是他本人亲自打来电话。三次都被我推掉。这样，不但不给我朋友的面子，也惹他本人心中不快。事过半年，恰有该省一位极有才华的画家需要官方帮助。人家来求我，我也理应伸以援手，但偏偏主管此事的官员就是被我回绝过的那一位。怎么办？毫无办法。我尝到了苦头！

比这更挠头的事还多着呢。每逢此时，我都会忽然想起王蒙那两句打油诗。王蒙很灵，但此诗不灵。我一挥手，将这诗改为：

想当官的作家，不如想当官的官，

想当作家的官，不如想当作家的作家。

倘叫我略加解释，我会说：

“老兄，咱们还是各干各的吧！”

致 大 海

——为冰心送行而作

今天是给您送行的日子，冰心老太太！

我病了，没去成，这也许会成为我终生的一个遗憾。但如果您能听到我这话，一准会说："是你诚心不来！"那我不会再笑，反而会落下泪来。

十点钟整，这是朋友们向您鞠躬告别的时刻，我在书房一片散尾竹的绿影里跪伏下来，向着西北方向——您遥远的静卧的地方，恭恭敬敬地磕了三个头。然后打开音乐，凝神默对早已备置在案前的一束玫瑰。当然，这就是面对您。本来心里缭乱又沉重，但渐渐地我那特意选放的德彪西的《大海》发生了神奇的效力，涛声所至，愁云廓散。心里渐如海天一般辽阔与平静。于是您往日那些神气十足的音容笑貌全都呈现出来，而且愈来愈清晰，一直逼近眼前。

我原打算与您告别时，对您磕这三个头。当然，绝大部分人一定会诧异于我何以非要行此大礼。他们哪里知道这绝非一种传统方式，一种中国人极致的礼仪，而是我对您特殊的爱的方式，这里边的所有细节我全部牢牢记得。

八十年代末，一个您生命的节日——十月五日。我在天津东郊一位农人家中，听说他家装了电话，还能挂长途，便抓起话筒拨通了您家。我对着话筒大声说：

"老太太，我给您拜寿了！"

您马上来了幽默。您说："你不来，打电话拜寿可不成。"您的口气还假装有点儿生气。但我却知道在电话那端，您一定在笑，我好像看见了您那慈祥的并带着童心的笑容。

为了哄您高兴。我说："我该罚，我在这儿给您磕头了！"

您一听果然笑了，而且抓着这个笑话不放，您说："我看不见。"

我说："我旁边有人，可以作证。"

您说："他们都是你一伙的，我不信。"

本来我想逗您乐，却被您逗得乐不可支。谁说您老，您的机敏和反应能超过任何年轻人。我只好说："您把这笔账先记在本子上。等我和您见面时，保证补上。"

这便是磕头的来历，对不对？从此，它成了每次见面必说的一个玩笑的由头。只要说说这个笑话，便立即能感受到与您之间那种率真、亲切又十分美好的感觉。

大约是一九九二年底，我在中国美术馆举办画展期间，和妻子顾同昭，还有三两朋友一同去看您。那天您特别爱说话，特别兴奋，特别精神；您一向底气深厚的嗓音由于提高了三度，简直洪亮极了。您说，前不久有一位大人物来看您，说了些"长寿幸福"之类的吉祥话。您告诉他，您虽长寿，却不总是幸福的。您说自己的一生正好是"酸甜苦辣"四个字。跟着您把这四个字解释得明白有力，铮铮作响。

您说，您的少时留下许多辛酸——这是酸；青年时代还算留下一些甜美的回忆——这是甜；中年以后，"文革"十年，苦不堪言——这是苦；您现在老了，但您现在却是——"姜是老的辣"。当您说到这个"辣"字时，您的脖子一梗。我便看到了您身上的骨气。老太太，那一刻您身上真是闪闪发光呢！

这话我当您的面是不会说的。我知道，您不喜欢听这种话，但我现在可以说了。

记得那天，您还问我："要是碰到大人物，你敢说话吗？"没等我说，您又进一步说道："说话谁都敢，看你说什么。要说别人不敢说又非说不可的话。冯骥才——你拿的工资可是人民给的，不是领导给的。领导的工资也是人民给的。拿了人民的钱就得为人民说话，不要怕！”

说完您还着意地看了我一眼。

老太太，您这一眼可好厉害。您似乎要把这几句话注入我的骨头里。但您知道吗？这也正是我总愿意到您那里去的真正缘故。

我喜欢您此时的样子，很有气概，很威风，也很清晰。您吐字和您写字一样，一笔一画，从不含混。您一生都明达透彻，思想在脑海里如一颗颗美丽的石子沉在清亮见底的水中。您享受着清晰，从来不委身于糊涂。

再说那天，老太太！您怎么那么高兴。您把我妻子叫到跟前，您亲亲她，还叫我也亲亲她。大家全笑了。您把天堂的画面搬到大家眼前，融融的爱意使每一个人的心情都充满美好。于是在场的朋友们说，冯骥才总说给冰心磕头拜寿，却没见真的磕过头。您笑嘻嘻地说我：“他是个口头革命派！”

我听罢，立即趴在地上给您磕了三个头。您坐在轮椅上无法阻拦我，但我听见您的声音：“你怎么说来就来。”等我起身，见您被逗得正在止不住地笑，同时还第一次看到您挺不好意思的表情。我可不愿意叫您发窘。我说：“照老规矩，晚辈磕头，得给红包。”

您想了想，边拉开抽屉，边说：“我还真的有件奖品给你。今年过生日时，有人给我印了一种寿卡，凡是朋友们来拜寿，我就送一张给他做纪念。我还剩点儿，奖给你一张吧！”

粉红色的卡片鲜美雅致，名片大小，上边印着金色的寿字，还有您的名字与生日的日期。卡片的背面是您手书自己的那句座右铭：

“有了爱便有了一切”。

您说，这寿卡是编号的，限数一百。您还说，这是他们为了叫您长命百岁。

我接过寿卡一看，编号77，顺口说：“看来我既活不到您这分量，也活不到您这岁数了。”

您说：“胡说。你又高又大，比我分量大多了。再说你怎么知道自己不长寿？”

我说：“编号一百是百岁，我这是77号，这说明我活77岁。”

您嗔怪地说："更胡说了。拿来——"您要过我手中的寿卡，好像想也没想，拿起桌上的圆珠笔在编号每个7字横笔的下边，勾了半个小圈儿，马上变成99号了！您又写上一句："骥才万寿，冰心，1992．12．20"。

大家看了大笑，同时无不惊奇。您的智慧、幽默、机敏，令人折服。您的朋友们都常常为此惊叹不已！尽管您坐在轮椅上，您的思维之神速却敢和这世界上任何人赛跑。但对于我，从中更深的感动则来自一种既是长者又是挚友的爱意。可使我一直不解的是，您历经那么多时代的不幸，对人间的诡诈与丑恶的体验较我深切得多。然而，您为何从不厌世，不避世，不警惕世人，却对人们依然始终紧拥不弃，痴信您那句常常会使自己陷入被动的无限美好的格言"有了爱便有了一切"？这到底是为了一种信念，还是一种天性使然？

我想到一件更远的事。

那时吴文藻先生还在世。那天是您和吴先生金婚的纪念日。我和楚庄、邓伟志等几位文友去看您。您那天新裤新褂，容光焕发；您总是这么神采奕奕，叫人家无论碰到怎样的打击也无法再垂头丧气。

那天聊天时，没等我们问您就自动讲起当年结婚时的情景。您说，您和吴文藻度蜜月，是相约在北京西山的一个古庙里。

您当时的神气真像回到了六十年前——

您说，那天您在燕京大学讲完课，换一件干净的蓝旗袍，把随身用品包一个方方正正的小布包，往胳肢窝里一夹就去了。到了西山，吴文藻还没来——说到这儿，您还笑一笑说："他就这么糊涂！"

您等待时间长了，口渴了，便在不远的农户那儿买了几根黄瓜，跑到井边洗了洗，坐在庙门口高高的门槛上吃黄瓜，一时引得几个农家的女人来到庙前瞧新媳妇。这样直等到您的新郎吴文藻姗姗来迟。

您结婚的那间房子是庙里后院的一间破屋，门关不上，晚上屋里经常跑大耗子，桌子有一条腿残了，晃晃荡荡。"这就是我们结婚的情景。"说到这儿，您大笑，很快活，弄不清您是自嘲，还是为自己当年的清贫又洒脱而洋洋自得。这时您话锋一转，忽问我："冯骥才，你怎么结的婚？”

我说：“我还不如您哪。我是‘文革’高潮时结的婚！”

您听了一怔，便说：“那你说说。”

我说那时我和未婚妻两家都被抄了，结婚没房子，街道赤卫队队长人还算不错，给我们一间几平方米的小屋。结婚那天，我和我爱人的全家去了一个小饭馆吃饭。我父亲关在牛棚，母亲的头发被红卫兵铰了，没能去。我把劫后仅有的几件衣服叠了叠，放在自行车后架上，但在路上颠掉了，结婚时两手空空。由于我们都是被抄户，更不敢说“庆祝”之类的话，大家压低嗓子说：“祝贺你们！”然后不出声地碰一下杯子。

饭后我们就去那间小屋。屋里空荡荡，四个房角，看得见三个。床是用砖块和木板搭的。要命的是，我这间小屋在二楼，楼下是一个红卫兵“总部”。他们得知楼上有两个狗崽子结婚，虽然没上来搜查盘问，却不断地跑到院里往楼上吹喇叭，还一个劲儿打手电，电光就在我们天花板上扫来扫去。我们便和衣而卧。我爱人吓得靠在我胸前哆嗦了一个晚上。“这就是我们的新婚之夜！”我说。

我讲述这件事时，您听得认真又紧张。我想完事您一定会说出几句同情的话来。可是您却微笑又严肃地对我说：“冯骥才，你可别抱怨生活，你们这样的结婚才能永远记得，大鱼大肉的结婚都是大同小异，过后是什么也记不住的。”

您的话使我出其不意。

一下子，您把我的目光从一片荆棘的困扰中引向一片大海。

哎哎，您没有把我送给您那幅关于海的画带走吧？

那幅画我可是特意为您画得那么小，您的房间太窄，没有挂大画的墙壁。但是您告诉我：“只要是海，都是无边的大。”

我把您那本译作《先知》的封面都翻掉了。因此我熟悉您这种诗样的语言所裹藏的深邃的寓意。我送给您一幅画，您送给我这一句话。

我在那幅蓝色的画里，给您画了许多阳光；您在这个短句中，给了我无尽的放达的视野。

在与您的交往中，我懂得了什么是“大”。大，不是目空一切，不是做宏观状，不是超然世外，或从权力的高度俯视天下。人间的事物只要富于海的境界都可以既博大又亲近，既辽阔又丰盈。那便是大智，大勇，大仁，大义，大爱，与正大光明。

德彪西的《大海》全是画面。被狂风掀起的水雾与低垂的阴云融成一片；雪色的排天大浪迸溅出的全是它晶莹透明的水珠。一束夕照射入它蓝幽幽的深处，加倍反映出夺目的光芒。瞬息间，整个世界全是细密的迷人的柔情的微波。大海中从无云影，只有阳光。这因为，它不曾有过瞬息的静止；它永远跃动不已的是那浩瀚又坦荡的生命。

这也正是您的海。我心里的您！

我忽然觉得，我更了解您。

我开始奇怪自己，您在世时，我不是对您已经十分熟悉与理解了吗？但为什么，您去了，反倒对您忽有所悟，从而对您认识更深，感受也更深呢？无论是您的思想、气质、爱，甚至形象，还有您的意义。这真是个神奇的感觉！于是，我不再觉得失去了您，而是更广阔又真切地拥有了您；我不再觉得您愈走愈远，却感到您从来没有像此刻这样地贴近。远离了大海，大海反而进入我的心中。我不曾这样为别人送行过。我实实在在是在享受着一种境界，并不知不觉在我心里响起少年时代记忆得刻骨铭心的普希金那首长诗《致大海》的结尾：

> 再见吧，大海！我永远不会
> 忘记你庄严的容光，
> 我将久久地久久地听着
> 你黄昏时分的轰响；
> 我的心将充满了你，
> 我将把你的山岩，你的海湾，
> 你的光和影，你浪花的喋喋，
> 带到森林，带到寂寞的荒原。

一九九九年三月十九日深夜　天津

凌　汛

——朝内大街一六六号(一九七七—一九七九年)

序

今年入夏，北京几位文友来津做客，内中有人文社的编辑，闲话里说到人文社坐落在京城朝内大街上的那座老楼将要拆旧翻新，说我曾在这楼里住过不短的时间，知情不少，该给他们写点儿回忆性的文章。这话一下子好似碰到我心中底层的什么东西，怦然一动，未等开口，一位老友说："大冯和人文社关系非同一般，说不定会写篇大块文章。"我便信由一时心情接着说："我的第一部长篇、第一部中篇、第一篇短篇都是在人文社出版的。我还是'文革'后第一个在人文社——也是在中国拿到文学稿酬的作家呢。我是从人文社进入文坛的。我在你们社里住了两年！说不定能写一本小书呢。"

此刻，我忽然记起早在一九八一年我和人文社社长严文井先生的通信中写过这个想法。现在我把这段文字找了出来——

> 我是人民文学出版社培养起来的作者。我把人文社当作自己的母校。数年前，我是拿着一大包粗糙的、不像样的稿子走进朝内大街一六六号的。那时，我连修改稿子的符号和规范都不知道，是老作家和编辑们一点点教会我的：他们把心血灌在我笔管的胶囊内，让我从社里走出来时，手里拿着几本散着纸和油墨芳

香的书。我有个想法，也许过十多年，或许更长的时间，我要写一个小册子，叫作《朝内大街一六六号》。我心里珍藏着很多感人的材料和值得记着的人物。

信中所说的“更长的时间”竟是三十年吗？怎样的情结仍然能撩动我这个陈年已久的写作想法？

不过，对这个往事当时并没说，文友们却已经猜到我“囊中有物”，逼我掏出来，由此便约定写这文章了。其实当时也只是触动了一种怀旧的情怀而已，未及深思。事后一个晚上，想起要写这文章，进而回过头转过身，往时光的隧道里一伸脚，却“扑通”栽进自己如烟的过去，栽进过往岁月的深井，栽进一个时代。那个时代是一九七七至一九七九年——正是整个社会和国家从“文革”向改革急转弯的时代，也是中国当代“新时期文学”崛起的时代。于是，我像白日做梦那样忽然清晰地看见了早已淡忘的人物与生活，早已淡出现实的事件，它们竟一下子异彩流光般涌现在我的面前。那个时代的场景、气息、激情、渴望、追求、思想、名言、勇气、真诚与纯粹感，原来全都记得。在我的心底，它像历史江河一次遥远的早春的凌汛，原本死寂的封冻的冰河突然天崩地陷般地碎裂，巨大的冰块相互撞击发出惊天的轰响，黑色的寒冷的波涛裹挟着不可遏制的春意迅猛地来到人间。

我写它，已非一种怀念，已经不是初始的想法，而是为了让今天的我从中对照自己，看看自己是进步还是退步了。科学的历史不断进步，社会的历史却不一定，所以历史真正的价值是它不能被忘却，或者说历史的意义是它可以纠正现实。

这样，我便在半个月里一口气写成这本小书。并在此感谢朝内大街一六六号——是它允许我在那里住了长长的两年，使我在那个非凡的岁月里，有幸由一个“文化复兴”时代的核心地带登陆文学。

是为序。

冯骥才

二〇一三年八月二十日

这门牌深刻地记在我的人生里

一、借调式写作

一九七七年的春天，那是“文革”后第一个春天，忽得消息说人民文学出版社的领导要从北京来天津见我和李定兴，李定兴是我第一部长篇小说《义和拳》的合作者。

我听了发蒙，甚至弄不清是好事还是坏事。那年头，我从没碰到过好事，全是坏事，有两件还是天塌下来一般的大坏事。一次是一九六六年那场全社会的十二级政治大地震——“文化大革命”，我家被抄得一贫如洗，又被扫地出门；一次是一九七六年又一场土地爷闹的大革命——唐山大地震，邻居的烟囱砸垮了我家的屋顶，楼梯也掉下去了，我抱着儿子，一家人死里逃生跑出来，身上只有背心裤衩。就这样，还会有什么好事轮到我？

再说，那时候人民文学出版社换块牌子就是国家文学出版社。我读过的中外名著和文学经典差不多都印着人民文学出版社的社名，它能瞧上我们这两个从未沾过“出版”边儿的在野的人物？

文学原本并不是我的理想，我从小的梦是绘画。我只是在“文革”前从事宋元山水摹古时，着迷一般地读了大量中外小说与诗歌，但都是历史经典，与当代文学不沾边；自己偶尔写点儿小文章发在小报小刊上，也一概都是艺术随笔之类。在写作这片世界里，我最多是边地生出的一根随处可见的野草。

六十年代末，几个画画的朋友拉我去为天津美术出版社的连环画组写脚本，与资深的文字编辑李定兴结识为友，闲话时聊起了都感兴趣的义和团。天津曾是义和团翻天覆地的中心，当时相距义和团事件不过六十几年，一些亲历者还活着，义和团那股子气儿还热乎乎地在他们的记忆里。我俩决定用小说方式写写义和团，经过几年努力，写成之后已到了“文革”终结的一九七六年。这年大地震，我家房倒屋塌，这书稿是从废墟中挖出来的。地震后，我们就把稿子打印成厚厚的上下两册寄给人文社。如果说心里抱着什么希望——那只是在寄出去之前还有一点儿，寄出之后便没根了，一片空茫，好像没写这东西一样。

人文社要来人的消息——正是在这一片空白中出现的。

人文社做事真是有模有样有板有眼，这种事我从没经历过。他们先在京、津和哈尔滨三地召开座谈会，把我们写的《义和拳》的打印本发给与会者，请他们提意见。邀请参加座谈会的除去专业人士，要有一定比重的工农兵文学读者，他们的意见对这部书稿能否出版起关键作用。这是“文革”时期出版社通常采取的做法，在古今中外也只有当时的中国才有。据说人文社的领导就是专为听意见来天津的，也为见见我们两位作者。这位领导叫韦君宜，人文社的总编辑。

由于我不曾涉足文坛，没听说过韦君宜的大名，乃至那天她走后也没记住这个生疏的名字，只记得她的姓有点儿特别。

这个在天津征求意见会由人文社小说北组副组长李景峰一手操办。开会的地方是借一家工厂工会很简易的小会议室，二十来人围一张桌子，一多半人抽烟，桌子上两个暖壶一堆玻璃杯，有的人还在翻看书稿，进屋时都抬头打量我们，我很不自在。李景峰是一位三十多岁、皮肤有点儿苍白、和善又勤快的男人，东北口音，后来做了《义和拳》的二审编辑。会前他把我们介绍给韦君宜，一位矮小、瘦弱、不起眼、五十多岁的女人，尽管她没有领导派头，我却挺紧张，不知该说什么；可是韦君宜好像也紧张，话不多，很少看我一眼。只记得坐在那里等着开会的时候，问我是否读过姚雪垠的《李自成》，那是“文革”期间唯一出版的历史小说了。我说我读过，还说我特别喜欢《三国演义》、老舍的小说，还有巴尔扎克和俄罗斯文学，她小小又圆圆的眼睛在镜片后边闪了闪亮。

会上那些人具体说了什么我已没有印象，好像好话多，座谈会的气氛很好。散会后韦君宜有点儿高兴，她说我们小说的基础不错，但距离能够出版还很远，最好住到北京的人文社修改，可以得到编辑的帮助。

李定兴是天津美术出版社连环画组的组长，不能请长假，决定由我去北京的人文社改稿，修改的计划两人一起定。韦君宜对李景峰说：“那你去给冯骥才办组织借调吧。”

借调式写作——现在绝没有这种写作方式了。

由于“文革”时期把所有作家全部打倒，文坛空荡荡，只有浩然的《艳阳天》和《金光大道》，终究难撑起国人的文学阅读要求。但当时的名作家全在干校里劳改，写出来的东西就是毒草，也没人敢写，更没人敢出版。出版社没有稿源，于是就从一些无名的业余作者中发现有希望的苗子，这些苗子都没有写作经验，便临时“借调”到出版社，吃住都在社里，吃的用的自己担负，住房不要钱，在编辑的帮助下修改作品，直到能达到出版要求与质量为止。但是对于热爱文学的人，能被选中并脱产写东西，便是无上的幸运了。当时出版没有稿费，写作也算是一种“政治任务”，所以要通过组织来借调。这对于我，是不是一种“好运临头”或潜在的命运的改变？尽管当时还看不见任何的迹象。

随后，我送韦君宜和李景峰去车站回北京。那时代没出租车，我们乘公共汽车，车上人多，找不到座位，只好让这位矮我两头的长辈一直挤在我身边。一路上我左顾右盼想给她找个座位，待有人起身空出座位，我们也到站了。人家老远地跑来一趟，按礼节我应请她吃点儿什么，可那时兜里发窘，只好带他们到劝业场后边去吃那种纯粹本地老百姓的饭食“锅巴菜”——一种带卤汁的绿豆煎饼条。这种大众的小吃店要先买竹制的饭牌，然后排队凭牌去取饭。这天人多，座椅少，人们都是先找一个空凳子，拎着凳子排队取饭。韦君宜不懂这里的俗规，见有个空座位就坐上去，不想这座位有主儿，人家去拿筷子，桌上还放一碗刚取来冒着热气儿的锅巴菜，一见韦君宜占了座位，便大吼大叫。这人一看就是个悍妇，长相蛮横，人也厉害，韦君宜慌忙站起来躲开，她还不依不饶，将韦君宜吓得吃惊地张着嘴。我忙上去又道歉又解释，那女人嘴里依旧不干不净地叨叨。

待我给韦君宜找来凳子，取来吃的，她吃了半碗就吃不下去了。不知是不爱吃还是给吓的。我一直送他们上了火车，她也没怎么多说话。

回来之后我就犯起嘀咕，我想我把事弄砸了，干吗不请他们去个小馆子吃两个炒菜？这一来说不定把人家得罪了，借调写作的事可就泡汤了。万万没想到一周后李景峰把电话打到我所在的单位，用他那种带着东北腔的高调的嗓门在话筒里说：“我们领导挺欣赏你，催我去你的单位办借调，我明儿就去天津。”

这社领导居然没生气，她这么好。我喜出望外，立即准备赴京。我拿到的地址是：东城区朝内大街一六六号——这是个什么样的地方？

二、一屋子作家

后来才知道，这里是我一生中注定要背井离乡在里边生活近两年的地方。

一座临街的长方形灰色的大楼，一排排窗户总共五层。一进楼门，两边走廊挂满白花花写满墨笔字的大字报。人一走过，大字报被风带得哗哗响。只有开门的地方没大字报。不过这时的大字报已经没有当初那么杀气腾腾了，都是“批判四人帮”“小爬虫”“打砸抢分子”之类的话语。我从中找到一扇门钻进去，一问才知小说北组和南组都在三楼，那时人文社的小说编辑室分南北两组，以长江为界，将南北两地作者分由南组和北组负责，我在北方燕赵之地的天津，自然属北组。

一进北组，靠墙一圈八九张桌子前坐着的全是老编辑，每人书桌上都堆着满满的书稿，连地上都是一摞摞用纸绳捆着的厚厚的装书稿的牛皮纸袋，上边写着书稿的名字。此后才渐渐认识了这些老编辑，有王笠耘、王鸿谟、许显卿、张木兰、李庶、谢明清、邢菁子等，并知道五、六十年代的长篇名著如《青春之歌》《三里湾》《林海雪原》等等的责编竟然都是他们。他们都有相当深厚的编辑功力和文学修养。此刻，他们扭过头从不同角度瞧我，叫我有点儿发慌。一慌差点儿忘了我来找的李景峰叫什么，只用手指指这张已经认识的挺白净的笑嘻嘻的脸。李景峰先给我引荐了一位胖胖的和善的中年女编辑，告诉我她也是我的责编，叫邢菁子，“以后你归我俩管，韦君宜是你的终审。”说完便带我到四楼西北角一间大屋子说：“你就住在这儿，这一屋人你有两天就熟了，全是作家。”

定神一看，满屋是床铺、桌子和人，有的在埋头写东西，有的在聊天抽烟，有的在躺着睡觉，总共十来个人，更像大车店。这些人全是生脸，也没人认得我，却有两位热情地告诉我靠窗那张床和床边一张小木桌和木椅子是我的。不一会儿李景峰就笑嘻嘻地抱来一堆东西：一个竹壳暖壶和两个水杯，几本每页五百字的空白稿纸，一本《现代汉语词典》。他说：“行了，东西都齐了。你在哪儿吃，哪儿买饭票，哪儿上厕所，哪儿寄信，就问问他们。你把你的窝儿归置好就开始干活吧。”

这屋里没柜子，我找个纸箱子，把从家里提来的装着衣服杂物的大书包塞在里边，放在墙角，将毛巾搭在床架上，再把另一捆资料、图书打开摆在桌前，铺上稿纸，我的正式的“写作生涯”就这么十分纯粹地开始了。

李景峰和邢菁子都是训练有素的、严格得有点儿苛刻的编辑，尤其是景峰。他首先教给我系统的标准化的改稿符号。他每看过一页我的文稿，就会把里边所有标点错误和别字，像捉虫一样“捉”出来，用红笔纠正，像老师批改作文，也像在警告我。那时的编辑是要和你讨论人物的，直到把人物谈活了谈深了，再由你去改，当然他不会把他的观点强加进你的作品中，但如果你写得不确切不合理不充分，他会把稿子毫不客气地打回来。我感觉他对我像在“挤牙膏”。他却笑道：“谁叫你有潜力，可是不尽力。”

记得一位美国作家对我说她的编辑更厉害，有时还会动笔删去一段甚至加上一段。我说如果你反对呢？她说我会把我写的那段恢复回来或把她加上去的一段删去，我们常在稿纸上打架。我说，这很美好，你的编辑已经把你的作品当作她的作品了。我这样说，是因为我和我的编辑也是这样的关系，不过李景峰和邢菁子很少在我的稿子上添加什么。有时在稿纸边上加一句是给我看的：“怎么这个错别字又露面了？”

在人文社最受尊敬的是韦君宜和社长严文井，并非因为他们是“社领导”，而是他们的文品与人品。有趣的是人们对韦君宜的称呼，当面郑重其事地叫她“君宜同志”，背地里反倒亲切地称她“韦老太”或“老太太”。这恐怕与她的性格有关。她很低调，不苟言笑，人却耿直善良。后来读了她的《思痛集》才更深刻地了解她是个“思想性”的人物；我与她接触的这段时间里，总觉得她有一种郁郁寡欢，是不是缘自她的心正处在对国家与民族反思的痛苦中？

那时，在楼里偶尔会碰见她，她最多点点头便走过，很少说话，但她审我的稿子时用笔说的“话”却很多。她改稿的方式很特别，常常用蓝、黑、红三种颜色，先用蓝改一遍，再用黑改一遍，最后用红色圆珠笔或铅笔。这表示她是一遍遍看过的。她是终审，终审通常看一遍。我不知道她审别人的稿子是否都要看好几遍，我却从中看出她对我严格的要求与有心的帮助。那天，李景峰跑到我屋来，把五十多万字一大摞书稿往桌上一放说：“天天玩，不好好干活，老太太一看就火了，把你稿子毙了。”

我听了还真的吓一跳，再看稿子就乐了。我说：“毙了还用费这么大劲儿改？”

李景峰说：“你这家伙还真鬼，要不老太太说你聪明呢。认真看看老太太那些意见，老太太说你要是看不明白就去找她。”

韦君宜的办公室在二楼楼梯旁，房间很小，桌上堆满书稿，一盏台灯，一个挺大的白瓷笔筒，里边插满笔，还有些平时随手塞进去的乱七八糟的小东西。有时她要找个大头针或曲别针，便会把笔筒翻过来，将里边的东西“哗啦”全倒在桌子上，从中去找。这些东西里还有牙签、眼药水、饭票、按钉、皮筋、衣扣、发卡等等。但她在稿子上却一丝不苟，她的心思全在稿子上。忠于文学——这是她给我最深的印象，也是对我最主要的影响。

那时我的生活在人生的底线上。

二十二岁（1964年）时，与女友顾同昭合影

洗脸没有香皂，一方块最廉价的含碱的肥皂洗衣服也洗脸。一个月用三十五元，余下的钱留给家用。地震后房倒屋塌无家可归，妻子带着孩子寄居朋友家，妻子上班很远，骑车一趟要四十多分钟。冬天孩子放学，妻子还没回来，屋里没炉火，只能在地上不停地蹦，好使身子发热。我在北京改稿，一日三餐加上两包烟，再没别的花销；吃饭时只能买价钱最低的菜，烧茄子一角，炒菠菜五分钱，菜不够吃就找师傅要一勺菜汁。有时馋得厉害就到隔壁北小街街口的小面馆，花三角五分钱，买五两小肉面，狼吞虎咽吞下去，然后像富翁那样挺着肚子走回社里。隔一阵子，李景峰把我叫到他家，吃一顿韭菜肉馅的饺子，对于我，这一顿有肉的饺子和“国宴”没什么两样。谁知道这些事怎么叫韦君宜知道了，她特批给我每月十五元的补助。她肯定知道我这么大的身个，顶不住如此艰辛的脑力劳作。这使我终于可以多吃一些烧茄子，甚至一盘洋葱炒肉片了。这是救命般的支持，让我感到一种母亲般的温暖。她和我母亲是同时代人，比我母亲小两岁。然而，她见到我却从不提这事。一次，她给我一个书单，叫我到人文社的资料室去借这几本书，有李伯元

的《庚子国变弹词》、刘孟扬的《天津拳匪变乱纪事》，还有马克里希的《天津租界被围记》等等。我很奇怪，她并不研究近代史，这些很偏的书她怎么知道并读过？

在人文社四楼上那段日子虽很艰苦，但很特别，也快乐。那个时代，人很少攀比。其实人的烦恼一半是比出来的。我们那一屋子“作家”，都没出过书，都有希望出书。大家来自各地，各有各的经历和故事；写东西的人都关注生活里有意味的事，都一肚子故事满脑袋杂学，于是搁下笔的时候就天南海北聊大天。记得那时我们都抽烟，我抽天津最廉价的“战斗牌”卷烟，有时天晚了，没处买烟就抽别人的，虽然都穷，没人吝啬，彼此烟茶不分家；有时写到夜里没烟抽了，就在地上拾烟头，将烟丝弄出来，撕条稿纸卷上，舌头一舔用唾液封了口，点了便抽，居然挺过瘾。这种日子这种滋味现在想再尝一尝已经没有了。

四楼上还有两个编辑室，一是古典文学，一是外国文学。这两种书皆我所爱，编辑们又都有见识又有学问，有的本身就是学者或翻译家。比如矮胖胖的刘辽逸，我曾读过他翻译的托尔斯泰的《哈泽·穆拉特》，十分钦佩他译笔的干净又有韵味；还有《莱蒙托夫传》的译者孙绳武、《斯巴达克斯》的译者施咸荣、《怎么办？》和《屠格涅夫文学回忆录》的译者蒋路等等都学识渊博，偶与他们聊聊，他们聊起外国作家就像聊自己的老朋友，生动又快意。还有一位拉美文学编辑室的王央乐(王寿彭)给我印象很深。他身材略胖，戴一副圆眼镜，鼻子发红，人很随便，健谈。他精通西班牙和拉美文学，那时他还没有译出《博尔赫斯短篇小说集》，但他谈起《堂吉诃德》，好像那本书是他写的。他似乎记得每一个细节。我特别喜欢听他侃外国文学。那时“文革”刚过，古典与外国的文学尚未摘下“封资修”的帽子，出版业务尚待恢复，却可以看到一个或高或矮或胖或瘦的人怯生生爬上四楼来，走进古典或外国文学编辑室，很快引起里边一阵喧哗，过后听说是哪位编辑被落实了政策，刚从什么农场返回北京上班来了。凡这种人都把制服穿得规规正正，头发整整齐齐，好像假释出来似的。

我和这两个编辑室最热烈的接触是通过打乒乓球。那时人文社二、三、四楼走廊西端都放一张乒乓球台，逢到上下午中间休息的时候，便各拿各的手拍来赛一场。游戏规则是打十一分，谁输谁下，按照先来后到排着，轮到谁谁就上。别看这些编辑文质彬彬，打球却各有绝招怪招。有时业余球手的球挺怪异，很难应付，尽管动作不规范，谁也不追究谁；我做过运动员，应变能力是天生的，很快就有法子克制他们，不过我不会总霸着台子，连胜两次过了瘾就故意“喂球”叫人家赢。单位里打球最大的快乐如同下棋，一边打球一边斗嘴，说说笑笑，其乐融融。

当然，四楼的作家们也有痛苦的时候，那便是某位作家的书稿改不出来，被中止了，要卷行李回去了。这时候我们这些同屋的“伙伴”便会约上他到外边小馆喝点儿酒送个行，大家尽力说些宽慰的话劝劝。可是真待到这位走了，空了床，也招致一些伤感与叹息。

其实逢到这种情况，并非这个作家无能，而是一种时代悲剧。这里不少作家都有挺不错的写作能力，发表过一些文章或短篇，他们拿到这里修改的小说多是长篇，起笔于“文革”之中。在“文革”的文化淫威下，必须按照“文革”文学的套路写，写现实的小说必须写阶级斗争，要有一正一反两个人物，正面人物高大全，反面人物阴险狡诈，人为地制造冲突，经过反复和殊死的斗争，最终以正面人物胜利告终。这种必须和政治搅在一起的公式化的写作是灾难性的。“文革”期间的政治斗争不断变化更迭，小说的正反面人物便随之更换角色，情节故事也得跟着改变，一变就得重写几十万字。一位铁岭的作家人很好，面孔黑黑，挺瘦，爱抽烟，他在林区生活多半辈子，生活底子厚，肚子里装满乡土故事和传奇，各种民间奇人招之即来，而且他会说故事，讲起来有声有色，也幽默，换到今天来一点儿魔幻说不定会是一位出色的作家。我们喜欢听他胡讲乱侃，但他这些本来是文学最重要的东西却用不上，在“文革”小说中最重要的是紧扣现实政治的主题，生活仅仅是一种“装饰材料”，不能为政治服务就不能出版，致使这里一些作家多年来就是这么翻来覆去地改。正面人物今天是造反派，反面人物是走资派；明天政治风云突变，反面人物变成造反派，正面人物换成老干部。据说我到人文社之前三四年他就被借调到社里改稿。好好一个人给折腾来折腾去，整天愁眉苦脸，烟抽得愈来愈凶，脸色黯下去，他却执意不肯罢手，终于一天编辑说你别改了，现在反面人物是“四人帮”了，你这小说怎么也改不出来了。他只好卷包走人，后来听说他得了绝症，死在铁岭。

冥冥中，一种荒诞了十年的文学正在等待新的时代涤荡。然而新的时代文学在哪儿呢，将会是怎样的突破，来自何方？谁也不知道。一九七七年夏天住在朝内大街一六六号的作家们大都是顺由“文革”间既定的“帮味”的思维写作，并不自觉。

三、后楼的生活

我在四楼这间大屋里住了差不多两个月，便被安排在外文编辑室对面的小房间，仍是很挤。一间长方形的十五平方米的房间，纵向放四张单人床四张小桌，很像现在的大学生宿舍。每个人都有社交，外边的朋友常有来访，这间写作室又是公共的接待间。每逢此刻，你说你的，我写我的，互不妨碍。这样的环境把我锻炼得在街头摆张桌子照旧能写作，以致后来在一些乏味又脱不开的会议上，照旧可以放开想象自由自在写我的东西，以摆脱无聊和节省时间。比如我的小说《胡子》、散文《春天最初是闻到的》等等，都是在大会中忘我也“忘会”地写出来的。人文社锻炼出我“会议写作”的童子功。

天热时，儿子冯宽放暑假，妻子上班，没人照看，我便带他到社里来。屋里再也摆不下床，我便叫儿子睡在床上，我在床边地下铺报纸睡在上边。好在暑期热，地上睡反倒凉快。白天我写东西时，韦君宜的儿子都都来找我儿子去玩。都都傻乎乎，天生有点儿缺心眼，十六七岁了，还像个儿童，人很善良热心，我挺喜欢他，有时买烟时带两块糖给他吃。韦君宜见他大了，怕他到社会上受欺侮，就带到班上，给他个活儿，天天给各屋送信送报。都都整天抱一摞报纸信件，在楼里上上下下跑来跑去。他做事特别认真，绝不会把报送错，大家也都喜欢他。我儿子当时九岁，他们却像同龄那样玩得来，天天玩得高高兴兴。一天居然弄些白纸和墨，仿照大人写大字报那样贴在四楼走廊上。我同屋一位外号叫“小佛爷”的作家对我说：“你快去看看吧，你儿子写了什么？”我去一看，竟然满墙都是

一家三口：我、妻子顾同昭、儿子冯宽

歪歪扭扭的墨笔字“冯骥才万岁！”把我吓坏了。“文革”后心有余悸，这几个字犯大忌，在“文革”中要坐牢的。我赶紧把这些“标语”扯下去，把儿子训得直哭。孩子一哭我反而有点儿难过。在这种办公楼里，爸爸整天低头写东西不理他，他能玩什么？

一天我决定带他好好玩一次，去香山！我俩乘公共汽车到颐和园，换乘四十四路那种车后边背着烧煤的发动机的小公共汽车到香山，在山下山上尽兴玩了一天。下午饿了，在山间小馆买两碗米饭一碟醋熘白菜，儿子看邻桌有人吃鱼，便对我说：“爸爸，咱也买条鱼吧。”我说：“咱要吃鱼可就得走回去了，咱剩下的钱只够买车票了。”儿子懂事，接着吃白菜。

儿子还是很好的伴儿。晚饭后有时和他在楼后边的院里踢踢球——那是从外文编辑室借的一个破排球。有时带着儿子，端着一盆换洗的衣服到食堂旁的水池洗衣服，洗好后回去由儿子赤脚站在床上，把衣服一件件晾在横在屋内的铁丝上。儿子把衣服晾得还挺像样。

这期间，时代的思潮微妙地起了变化，最明显的是又有几个作者书稿改不出来了，实际是判断标准变了，于是一个个打道回府。随后开始有些新面孔来了，比如叶辛、朱春雨、冯苓植、程树臻、刘亚舟等等。

另一个新的变化是人文社决定在后院盖一座折尺形四层红砖小楼，一面朝北一面朝东。这座小楼的一半活儿是人文社职工自己干的。他们从很远的地方去拉砖，还在工地上帮工。我在地震时盖过多处临建，通点儿泥瓦，再加上那时年轻劲儿足，拿干活儿不当事儿，常帮他们抬沙拌灰，也就跟社里不少年轻人成了朋友。小楼很快盖成，楼下车库，楼上办公，挺漂亮。首先受惠的是作家们，很快就全部由前楼迁到后楼去了，条件也改善了，两人一间屋，我住在二楼东边朝北的二一六房间，新墙新窗新桌新床，一时有成仙之感。我还用高丽纸画一幅“墨荷”贴在墙上，可见心气儿之高。

此时，我和定兴的长篇小说《义和拳》已经通过三审付印。五十五万字的书稿从肩膀上一字不剩地卸下去，也像盖完一座楼的感觉。人文社似乎很给这部书使劲儿，请了茅盾先生用他擅长的瘦金体题了书名，还请上海的插图名家贺友直先生画了插图。

记得韦君宜给我看茅盾题写的书名字时，在那一页不大的纸上，竟写了十几条“义和拳”。韦君宜告诉我茅盾先生说怕题不好，多写几条由我们挑。这叫我很感动，并一下触到了这位大家的品格。

此时的我精力极是旺盛，歇也没歇，马上就开始写《义和拳》的姐妹篇《神灯》了。由于时代思想禁锢放开，原先积淀在我心里的天津地域的乡土生活与情怀全涌了出来，笔也顺了，我想一口气先把初稿铺出来，这样全书会有整体性，也会一气贯通，有时就一直写到深夜。有一天我完全陷入小说的情节中，忽然对面大楼铃响，窗户一扇扇亮起来，跟着院里又是人声又是汽车的发动机声。我以为出什么事了，扒窗往外一看，只听一个女人在院里喊：

“冯骥才你怎么还不睡呀，天都快亮了。”

这是编辑部办公室余维馨大姐的声音。

我忽然明白，今天人文社要全体去郊区收麦子，起早到社里来集合出发。

当时和我住同屋的是刘魁立。他来自哈尔滨的黑龙江大学，是一位理论修养深厚的文化学者，又是俄语专家，精通苏俄文学。我几乎喜欢所有俄国作家，所以同他聊得来，处成好友。他是外文编辑室请来修订《钢铁是怎样炼成的》译稿的，为人谦谦君子，十分自律。可后楼里的作家多是性情中人，随心所欲。大家在一起处久了，相互厮熟，都很随便。我个子高，到哪个房间，习惯地抬手敲几下门上边通风用的小窗(上亮子)，屋里边的人便知道是我，不用他出声，我推门就进。来自部队的作家朱春雨口袋里有个硬纸片，是他开门用的万能钥匙，他想进哪屋，把纸片往门缝里一插，再向上一抬，把碰锁的舌头挤进去，门便开了。我要是发现屋里一本新书不见了，一准是叫朱春雨拿走了。大家与我要好，想来便来，坐下来就胡侃。刘魁立怕打扰我，也怕人打扰他，每晚就到对面四楼上的外文编辑室工作。我们约定好，午夜十二时在窗口相互打手势询问，如果都想睡了，由上向下摆摆手他就下楼回屋睡觉。那时没电话，这种彼此探询的方式反倒深刻地留在共同的记忆里，说起想起都带来一种往日的温馨与亲切。

住在后楼里的作家各式各样，彼此最不相同的人可能就是作家，因为写作本身就是一种极端个性化的事，写作反过来又把作家们各自异化得千奇百怪。

使我三十年来一直未能忘怀的有为人敦厚的新疆作家沈凯，性情温存的云南作家陈见尧，倔强又率直的东北作家木青，神神道道虚虚乎乎的部队诗人王群生，再一位部队作家就是刚刚提到的手里有“万能钥匙”的朱春雨，他是位绝顶聪明的人，这世界里那些看不见的“弯弯绕”他全清楚，他讲出来的故事都有滋有味全像小说。我当时认为他会写出很棒的作品，却一直没有等到他这样的东西出来。后来见到过他几次，他明显带着怀才不遇甚至有点儿气哼哼的感觉。我总在想朱春雨缺了点儿什么？他缺一种思想的锐度与穿透力吗？他是那种口才好于文笔的作家吗？他囿于前一代文学思维而落伍于时代了吗？如今他已不在世，我却保存着一张稿纸，下端写着一行字“大冯的早餐”，纸上有一块油迹。那是朱春雨有幸参加一次晚宴，见猪排好吃留一块带给我。回来时见我睡了便把猪排留在案头一张稿纸上，写了这行字。那块猪排给我吃进肚子了，这写着朋友情意的带着油迹的纸给我夹在本子里。看来人的情意有时比生命更长久。

还有一位留给我印象较深的作家是写《阿力玛斯之歌》的冯苓植。他笔下虽然狂放浩荡，人却镇定而缄默，低调中有点儿孤僻。他很善良，尊重别人，当然你也必须尊重他。他写作很严格，有洁癖，一页页干干净净的稿纸上，字写得端端正正。那一代作家中字写得最为精工的有两位，一位是李国文，写得比印得清晰整洁，一位便是冯苓植。冯苓植若写错了便撕掉，重写一纸；若是修改，就另写一条规规矩矩剪下来贴上。在那个没有电脑的时代，我们称这种改稿方式为“剪刀加糨糊”。我对冯苓植笑道：“你是世界上用糨糊最多的作家。”还称他的手稿是纯手工的“工艺品”。他的名篇《驼峰上的爱》就是用这种“手艺”改出来的。

渐渐地，我在后楼上已经算“老人儿”了。从在四楼的外国文学编辑室到一楼美编室，社里的人至少认识一半，特别是年轻人。大家常在两楼间的院里踢足球打篮球。踢足球没有球门，就拿一楼车库的铁门当球门，只要一脚把球踢在车库门上，砸得铁门“哐”的一响，就算进球。打篮球可以“正规”一些，因为院里有个篮球架，球筐离地三米多一点儿，还算标准。我们渐渐拉起一拨人，班间休息或中午时候就玩三人一组的“顶牛”，后来加入的人多起来，便组成一支球队，我当教练兼队长，常在中午跑到周围的机关单位比赛。人文社虽没有篮球高手，却十分卖劲儿。比如散文编辑室的刘会军，盖后楼时就属他干活不惜力气，我就叫他当后卫，盯住对方的得分手，谁想他与人较上劲儿时像角力，抢球像抢西瓜，真叫对方很难得分。一次我们去外交部打球，把外交部赢了。社长严文井知道后很高兴，说给人文社争了光，居然奖给球队一人一套红白相间的运动装，一双回力球鞋，背心白底红字，上边印着“人民文学出版社”七个字，穿出去很像回事儿，我是六号。这支球队一直打到那年天凉，冬天没人玩了，转年夏天，我不常在人文社，球队也就“作鸟兽散”了。

还有一件乐事是周末到工体(工人体育场)看足球赛。那时人们没把足球看成要死要活的事，只为热闹好玩。看来“快乐足球”更应该属于球迷。司机班有位姓张的司机师傅是超级球迷，天津人。工体每个周末都有球赛，张师傅有办法弄到票，到周末饭后站在院子里朝我窗子，用地道的天津话一叫：“大冯，看球去了！”我便从楼梯连蹦带跳跑下来，到工体尽劲尽兴闹它两三个小时。

进入一九七八年后楼的生活有了变化，开始有了一些曾经知名的老作家住了进来。比如敖德斯尔，早在五、六十年代就出版过一些小说集。《布谷鸟的歌声》《在遥远的戈壁滩上》等小说，使他在“文革”前就成为蜚声文坛的蒙古族作家。敖德斯尔住进来，一时成了后楼的新闻。整天神秘兮兮的王群生跑到各屋说，敖德斯尔刚刚平反摘帽，人文社要给他出新书了。不管这消息实不实，反正文坛和社会一样正在发生季节性的转机。我父亲单位已经叫我去填写家里被查抄物资的清单了。

我返津去了父亲所在单位，在一个巨大、黑乎乎、气息陈腐、东西堆积如山的查抄物资仓库里，认领家中被抄的东西。我只认出一幅很小的溥心畬的山水画和一个成化款的青花瓷瓶，那是姥姥当年从济宁带到天津来的。我知道不会认出再多的东西了，因为“文革”间我家是挨抄的目标与重点，我经过的大小抄家至少二十次以上，该抄的抄，该砸的砸，早都不知去向，我也早不去想那个恍如隔世的家了。

敖德斯尔是个看上去挺朴实的人，不大爱说话，他和老伴儿就住在我对面的房间。自从住进去，很少出来，闷在屋中写稿改稿。有时他老伴儿提着暖壶下楼打水。很长一段时间才看清他的长相。但天天夜里却能整夜听到他的声音——鼾声。我平生第一次听到如此大的鼾声，初听以为起大风了。后来与他老伴儿熟了，问他老伴儿耳边这么大的鼾声能睡着吗，他老伴儿却说，听不到他的鼾声反而睡不着。转年看到人文社出版了他的电影文学脚本《蒙根花》，大概就是这期间写的。

没多久，后楼与我同层另一朝向的走廊顶头出现一个人，身材宽大，低着头戴着眼镜坐在那里看报，第二天第三天还是这样子。我很快就知道了，他是大名鼎鼎的散文家秦牧。

秦牧是我崇拜的作家。他的《艺海拾贝》《花城》是我读了多遍的作品。尤其是《艺海拾贝》，我曾将它与巴乌斯托夫斯基的《金蔷薇》一并放在床头，睡觉前拿起翻读。这两本书有某种相似，都是用联想方式在各种艺术与文学之中追寻艺术的原理。比较而言，《金蔷薇》更多在文学的感觉与灵性中求索，《艺海拾贝》则于广博的认知世界里寻觅。据说“文革”中秦牧是广东文艺界头号“黑帮”，此刻他安闲地坐在这里读报，说明天下已经变了。

秦牧总是安静地坐在走廊尽头的阳光里不声不响，眉头总是皱着，不知是他尚不知如何面对变化了的世界，还是性情使然；由于他名气太大，很少有人过去与他聊天。后来知道他是来主持《鲁迅全集》的注释和出版的。不过这期间他已恢复了散文写作，一九七八年和一九七九年人文社出版了他《长河浪花集》《长街灯语》等好几本散文集子，大约也是他住在后楼里这期间编写的。一次我妻子来看我，我提到秦牧也住在楼里。妻子爱读他的散文，很想见见他，我就领着妻子大着胆儿去拜访他。谁想他那么热情、温和与亲切，反倒使我更拘束，差点儿把他给我沏的一杯热茶碰翻。如果碰翻，我想直到今天回忆起来都会觉得狼狈的。记得秦牧问我当时的写作，问我们的生活，我不记得我说了什么，至今还保存着他当时送我们的一本书，是老版的《花城》，上边还签了名。

由此，每逢见到他，他都会笑眯眯的。他的体态和脸型像北方汉子，皮肤也不细腻，一笑却是南方人温和的笑容。我呢，还是不愿总去打扰他，那时代的人对长辈与先辈都有点儿敬畏。有一次我从车站到人文社的公共汽车上，为人抱打不平而制服一个无理取闹的恶汉，不知怎么让他知道了。他竟把这事写进一篇散文《文坛四条壮汉》中，把我称赞一番。秦牧在后楼住的时间较长，后来不见了，大概回广州了吧。

大约一九七八年夏天，小小的后楼里各种小道消息忽然多了起来。

后楼的作家来自四方，各有各的朋友群，各种消息便纷至沓来。那时大家兴趣最大的还是谁谁谁平反，谁谁谁出席什么会了。这时候最忙的当属王群生。他常常把听说的变成眼见的，他睁着鼓鼓的大眼睛告诉你："今天我看见丁玲了。"或是"你猜我在交道口见到了谁——艾青！"如果你露出吃惊的神情，一定会给他极大的满足。自然，他专拣名气大的作家说。

这时，听到一个重新出现的名家，都像隔世重生，给人们带来一种冬去春来的欢欣。当然，在说到惨死于"文革"中的老舍、傅雷、闻捷、郭小川、赵树理、杨朔、远千里等人时，不免长吁短叹。活不到黎明的人便是黑暗的牺牲品。

一天，王群生忽闯进屋对我说："你猜谁来了，曲波！现在就坐在小说北组。不信你去看。我看见的，是真的！"我去到前楼小说北组，隔着门看到我中学时代十分钦佩的小说家的侧脸。他真瘦，若在别的场合遇到他，决想不到这副身子骨能写出杨子荣来。

另一件发生在人文社的大事是一小批外国经典小说重新再版。记得有高尔基的《母亲》、果戈里的《死魂灵》、傅雷译的巴尔扎克的《欧也妮·葛朗台》《高老头》和《幻灭》、雨果的《悲惨世界》、托尔斯泰的《安娜·卡列尼娜》、伏尼契的《牛虻》等。这些书我原先都有，都是心之所爱，抄家时红卫兵逼着我在院里全烧掉，而且限时两个小时；我的书太多，而且书页之间没有氧气烧不着，我急中生"智"，把书立在地上，扇状打开，二十五本一排，烧了两小时居然烧光——原来我还是个"焚书"专家。然而没想到这些书还有"回来"的日子，看来真正毁不掉的不是物质而是精神。

到了这些新版的外国小说发售那天，我们后楼上的几个作家便把抽烟的钱都从口袋掏出来，跑到东四北大街和朝内大街交汇的那家新华书店去买。书店头天晚上就在门板上贴出告示："明天上午九时出售世界文学名著"，告示所用的纸却只有巴掌大。虽然这些书正式出版了，但在卖这种一年多前还被列为毒草的"黑书"时，仍然不敢大张旗鼓。可是第二天早上八点到了那里，已经排了至少一百多人的长龙，九点开门，每人限购两套。我们原想买了书重新再去排队，但队伍反而增加到二百多人。人们说说笑笑，心里高兴，从“文革”过来的人精神之饥渴到达了极点，此刻的兴奋可以想见。可是，在这些新版书前的“出版前言”中，还都印着几句批判性的话语。比方在《安娜·卡列尼娜》的“出版前言”中就把列宁批评托尔斯泰“狂热地鼓吹不用暴力抵抗邪恶”之类的话搬出来，在《悲惨世界》的“出版说明”中提醒读者说“这部名著仍有消极的一面”，流露出编辑心存余悸，“文革”的厉害可想而知。

“文革”的“余威”依然在当时的生活里。

一天，李景峰到我房间来，倒背着手，笑呵呵地说：“可别骄傲呵。”忽然把两本厚厚的崭新的书拿到我眼前，一晃，几个头戴红巾手舞大刀的人好像要跳出来：《义和拳》终于问世！我拿来一翻书页，带着油墨芳香的风扑到脸上。任何年轻人头一次见到印着自己姓名的新书都不会激动若狂，反而会有点儿不信。当时的我拿着新书只是傻笑。李景峰问我要不要到办公室给你爱人打个长途——那时打长途是一种生活的小奢侈——我摇头说不要，但景峰走后我便悄悄跑到东四邮局把这顶着多年苦楚才实现的梦告诉我妻子。她在电话里半天没说话，我还以为电话断线了呢。

跟着人文社的又一个转机恰好落在我身上，就是恢复稿费。拿到第一笔稿费的是两本书的作者：一个是已经逝去的诗人郭小川，由他女儿代领；一个是我和李定兴，稿费是三千三百元，这笔钱在当时算得上一笔“巨款”，我当时工资是五十五元——五级工的月薪。我到龙福寺的中国银行去取这笔钱时，柜台里的银行办事员们——胳膊上大都套着套袖——站起来看我，好像遇到一个幸运的怪物。我相信当时柜台里的年轻人恐怕没听说过稿费这个词儿。

四、一个诗人的自我拷问震动了我

一九七八年的春天，我个人生活出现两个变数：一个是我供职的七二一大学在教育体制出现的社会变革的躁动中被取消了，我必须回原单位去画画；我当然不愿中断刚刚起步的文学之路，何况天津文艺创评室在考虑调我去从事文学创作。那时期，作家协会还没恢复，老作家还没有全

1978年唐山大地震后我们一家三口寄居朋友家

"归队"，缺兵少员。我至今还保存着一份"申请书"，以当年打球留下的"左膝关节半月板损伤"为借口，争取脱离原单位。当然，同时必须创评室接纳我，否则我离了这岸却上不了对岸，就会掉在河中间了；可那时调动工作极难极难。另一个是我原先住的那座老楼顶层的阁楼在地震中已经塌毁，房管部门为了图省事，打算削层，这一来我就真的无家可归了，我不能总寄居友人家。友人已经几次客客气气地问我那阁楼什么时候修复了，这等于催我离开。

我的人生前边有两个没底的坑。

这期间我在北京和天津之间来回跑。好在兜里有稿费，不用考虑往返京津的车票钱了。可是我的长篇《神灯》还在写着，小说情节和人物故事还在脑袋里不停地转，人却在北京、天津的人文社、美术厂、房管站、创评室、落实办、地震办这些单位跑来跑去。消息时好时坏，希望时有时无。人生的每一个环节都使出吃奶的劲儿来努力争取，每一个可能都得像救命的草出现那样必须及时抓住。这中间还有个插曲：经热心的朱春雨和王群生介绍，部队一个部门的文学创作组想要我。二位好友很使力气，但是我的家庭出身成了绊脚石。“文革”虽过去，家庭出身这道红线还在，我这种“黑五类狗崽子”的帽子还拿在人家手里，天天王群生来送消息，就像气象台报天气时晴时雨。

无论什么事总会有转机。先是我住房的事现出光明，房管站答应可以不削层，但房屋修缮队人手不够，必须住户帮着干。我马上答应，自称土建的活儿多少能干一些。这便天天像上班那样到老宅子那边和工人一起干活。一边运砖、拉灰、递砖、打下手，一边给他们送茶水、让烟，陪他们闲聊。一个多月过去，简易式轻体的顶层房子盖起来了，心里踏实多了。好像鸟儿有了窝，不用再天上飞树上落，只是工作调动的事尚无头绪。

一个坑填平了，另一个坑还空着。这期间，只要有一小段时间就返到朝内大街一六六号，钻进后楼二一六室，接着写《神灯》。

就在这个阶段，文坛出现了一件极其重要的事，是刘心武《班主任》的发表。当后楼一位作家把这篇小说送到我手里，一看，立即受到了很大的震动，人文社的后楼也像受到地震。它不仅是当代文学从来没有过的现象，也是没有过的文学思维，这在当时是不可思议的。它带着一种非凡的思想勇气，一下子把“文革”后的文坛乃至全社会压抑着的一种巨大的能量引爆了。一个新时代的突破口出现了。每个有良心的作家都会去想文学应当做些什么，也会反观自己。

刚刚复苏的文坛还很缭乱。谁也不认识刘心武，谁都会谈到刘心武；当然，想狠批刘心武的人也大有人在。因为“文革”尚未被全面否定，“文革”的思想恐怖还像幽灵一样在空气里飘荡。

那是一个乍暖还寒的时期，严冬退去之前一定要和初至的春殊死相搏。偶尔从什么地方刮来一些寒潮，你会以为严寒仍在；一阵无形的春风又使勃勃生机来到人间。

那时开始有些作家相约聚会。我也被人拉去参加，但我初涉文学，对“文革”前文坛的人都不认得，有的只闻其名，有的不知其名，却见他们相见分外亲热，彼此紧紧拥抱，甚至惊呼起来。由于长长十年不见，不通消息，这一见如同隔世相逢。有一次，参加人文社组织的儿童文学作家的聚会上，经人指点才知道主持会议的一位身体结实的女作家是柯岩。头一位被请到台上的竟然就是刘心武。他的言谈举止文绉绉，平和谦逊，爱说道理，像一位教师，和他小说锐利的文风全然不同。给我印象最深的是一位矮矮、清癯而精神健朗的老太太——冰心。我太熟悉她了，连她翻译的泰戈尔的不少诗句都能背诵。我喜欢她的文笔，干净透明，带着清灵之气。记得冰心站到台上一说，声音竟很洪亮。她说："他们叫我坐着说，我说我个子太矮，坐着别人看不见，只好站着。"她真是风趣又爽朗，心态极好，天生的大家气质。

从一九七六年底至一九七八年，从打倒"四人帮"、平反昭雪、拨乱反正、落实政策、知青返城到思想理论上的"两个凡是"大讨论、实践是检验真理的标准与思想解放运动等，社会发生着急剧的阴去阳来般的变化。人人关注时代关注现实关注思想。那是一个思想激荡的、忧国忧民和满怀希望的时代。一种从生活深处涌出的社会情感与时代思潮，在寻求着文学的表达，而时代记录与心灵述说原本就是文学的本质。在那个时代，每个作家都有真切的心灵情感，都有文学的正义；当个人的遭际与国家的命运、人民的疾苦全然一致，当文学一旦摆脱文化的专制与禁锢，一定迎来一个全新的文学时期。

但自由从来不是别人的恩赐，而是自己的奋争。

一天，诗人叶文福震撼了我。

我已经记不得怎么认识叶文福的了，但一段时间我们经常来往。那时他的诗集《山恋》刚出版，他还不是一位政治诗人；他率真无束与心灵赤裸的诗人天性让人喜欢。他无时无刻不处在激动中。虽然他身穿军服，但好像军服与他无关。特别是在那个特定的新旧交替的时代，他浓眉总是紧锁，黑黑的大眼睛闪烁着愤世嫉俗的光芒。有时他会突然"哐"地拍一下桌子，表达出心里的狂飙；有时会猛地站起来，高诵几句节奏铿锵的诗句，呼喊出胸中的块垒。诗人与作曲家往往都有些神经质，但他的神经里有忧患，有不安，有时代的真知。我已经感到他会有什么诗作要像惊雷一般问世了，那便是转年发表的《将军，不能这样做》了。

这天，我们几个文友在沙滩那边一个小馆聚会，啤酒喝多了，都有些冲动。叶文福忽然哭了，哭得愈来愈厉害，以致痛哭出声。后来他说他在“文革”初期当红卫兵时打了自己的老师，而且很狠。他对不起老师，后悔难当，他恨自己，恨透了自己。他猛地大声说：

“我想自杀！”

桌上的酒瓶晃倒了。

这句可怕的话是从他肺腑里喊出来的。

他红着眼睛直对我说：“大冯，你要绝对相信我——我对革命是赤诚的，就因为赤诚，我打得才特别狠！”

他受不了自己曾经的狠，不能原谅自己的狠。

当今我已见不到作家和知识分子这种自我的灵魂拷问了。

他的真诚震撼了我。他喊出那被蒙蔽和欺骗的一代在人性和社会的良知苏醒过来时内心深切的痛苦。这使我忽然想到，“文革”中我“秘密写作”时写过这样一个类似的故事。

我所说的“秘密写作”与《义和拳》的写作无关。这里，我必须先把自己这个非同寻常、世间罕见的写作经历写出来。它不仅属于历史和过去，更属于我的今天，属于我心中真正的文学。

五、搁浅

大约三天后我赶回天津，从我寄居友人处的床下掏出一个纸盒，里边全是写满字的破碎的纸片、纸块和皱巴巴的纸团。这便是我“文革”间冒着掉头的危险写下的东西，我所谓“秘密写作”的“作品”。

一九六七年的年初，下着大雪。我当时刚结婚，住在睦南道一所西式平房后院一间很憋屈的小屋。有人敲门，开门一看竟是我的好友，他叫刘奇膺，在天津郊区黎园头中学教中文，喜欢古代诗文和中国画的理论研究。他是湖南人，一口湘腔，人很率性，酷爱吴昌硕，文章笔调老辣。在“文革”前(一九六四年，我二十二岁)，我们一起写过关于大写意画的文章，发表在报纸上。“文革”开始时我们断了联系。我家被抄，单位搞揭批查运动时又被矛头所指，自身难保；他是教师，肯定逃不出“革命的巨掌”，彼此安危不知。这天黑夜在雪地的反光里见他竟然很瘦。我拉他进屋一说才知道他在牛棚关了半年，刚放出来，原本宽宽的脸竟折磨成一条竖线。他说他受了学生们的批斗，可悲的是，他平时最关爱、最接近的几个学生斗他斗得最狠。这几个学生不仅揭发得最致命，而且知道他有说梦话的习惯，每天晚上轮流值班坐在他床边，听他说梦话，然后用笔记下来，转天便审他这些梦话是什么意思。梦话本来是自己不知道的，话也没头没脑不成句子，学生们便逼问他，答不出就说是“反革命暗语”，批斗他。就这样他夜里不敢睡觉，怕再说梦话，最后失眠得厉害，吃不下东西，胃口也坏了，人也垮了。

那天——也就是从学校牛棚放出来的当天就来看我，还没有吃饭，我爱人忙给他做饭。家里没什么吃的东西，只有点儿剩饭，床下放鸡蛋的鞋盒里仅仅剩下一个，便给他煮碗粥，卧个果儿，倒点儿酱油，他吃得还挺香。那晚我俩聊得很晚，抽烟抽得凶，他忽然吐一口气把我们之间的烟吹散，我见他瞪着的双眼布满血丝，很可怕。他说：“你说将来的人怎么知道我们这代人的经历，我们的痛苦，我们所想的……”

后来我不止一次把这件事写到我的文章里，如《命运的驱使》《写作的缘起》，还有小说《雪夜来客》中。这事对我很重要。因为从这天起我就开始“秘密写作”了。

我要做的事，是把我身边的人真实的经历记录下来。在那个巨大的灾难中，每个人都是一个不平常的故事。灾难对人命运千奇百怪的“创造”远远超过小说家的想象。这种写作的写实性远远大于虚构。我一拿起笔来，笔就像自己在写，但这种写作是危险的、可怕的，如同自己在为自己制造死罪的证据。它必须是绝密的，不仅绝不敢对任何人说，连自己爱人也不敢告诉。当然，所写的多半是不完整的，有时只是一些片段。我怕万一被人发现，就把所写人物换成外国人的名字，上边还刻意署上一些外国作家的名字如库普林、亨利·希曼、萨克雷等，好像是从外国小说中抄下来的，其实这纯粹是自欺欺人，倘若被发现一查对，这些作家哪里写过这样的东西？即刻露馅——完蛋！

开始一阵子我写得特别多，写成的纸片就到处藏，为了方便藏，把字写得很小。我将这些危险的纸片藏到院子的砖下、墙缝里、烟道中，还别出心裁地一层层用糨糊粘在毛主席和鲁迅的语录后边挂在墙上。可是愈写愈多就愈麻烦，而且自己愈是以为最秘密最可靠的地方，过后反觉得愈容易被发现——这是藏东西的人都有的心理。于是便找出来重藏。自一九六六年至一九六九年，我住在睦南道五十八号后院下房(佣人房)。到了一九七〇年住在前院正房的一位军管会的政委以“后院住了两个狗崽子不安全”为理由，把我们赶到长沙路思治里十二号的顶层阁楼。搬家时我必须仔细地将所有秘藏的危险的纸块全找出来，然后再藏到“新居”的各个犄角旮旯。记得在找这些秘藏的纸块时，我有点儿神经过敏，有时一个地方翻来覆去找了好些次还不放心。

那时，经常举行一些公判大会，主要是宣判和处决一批“现行反革命”。这种公判大会多设在城市各区的体育场，搭一个台，摆一排桌，坐着宣判者。台子上放几个麦克风和大喇叭，在把犯人押上来时，通过麦克风和喇叭将犯人的“哗哗”的脚镣声放大，达到震慑全场的效果。

参加公判会的人都是各单位组织的人，一排排站在会场上。一次在天津民园体育场的公判会上，判了二十二个人，那天毙掉了大部分，只有少数是死缓。先宣布死刑犯，一个个念名字宣判，待到一个忽然变成死缓时，那个人身子一软瘫了下来。叫他活，他反而承受不了。

我爱人和我一个单位，她站在我前边不远，我望着她的背影心想，如果我被发现被宣判，她就要一辈子带着儿子守寡了，她会终生抬不起头、孤苦伶仃地生活，我不能毁了她！大会一散，我就回去把藏在各处的可怕的纸片翻出来，撕成碎末放在抽水马桶中冲掉。只留极少一些，用油纸卷成很细的纸棍儿，将自行车车鞍拔掉，塞到车子的立管里，自认为这是个极其绝妙的秘藏之处。

随之而来的一块心病是担心自行车的丢失。那时，我所从事的摹制古画的工作被视为“四旧”全部废止，画社的业务改为塑料印花，我做业务员，天天蹬着车四处联系业务，我必须时时留心我的自行车，万一被偷了，在别人手里发现了车管里的文字，依旧会大难临头。一天，我的车在单位门口不见了，我慌忙到处寻找，单位隔壁水果店的一位职工说叫派出所推去了，我立即吓得双腿都软了，到派出所一问，原来是街道治安纠察队为了不准自行车乱堆乱放，把车推去了。派出所的警察叫我到街道管委会去领。待我领了车回来，立即骑回家扛上楼，将车鞍拔掉，用铅丝将那些纸棍勾出来，统统认真看过，记住，然后烧掉。那一刻好像从死刑改判无罪释放。晚间还买了一瓶啤酒喝庆贺“新生”。

后来我开始写《义和拳》，这样的秘密写作便渐渐远了。一九七六年唐山大地震中，天津也是重灾区，我邻居的烟筒砸在我家屋顶上。我所住的那一排连体老楼的屋顶全都塌了。在清除地震废墟时，我忽然想到这破屋子的砖底墙缝间说不定还有当时秘藏的“秘密写作”的残余，我便不让任何人帮忙，自行清理自家废墟，完全没想到居然还从破瓦碎砖中找到整整一纸箱昔日的残稿。我想，现在那座楼的墙壁里肯定还有一些残存吧。

这期间，周总理去世，“四五”天安门事件发生，跟着毛主席也去世，未来不确定，我便没有再烧掉十年中这些极其特殊的断简残篇，把它们全塞到一个小纸箱封存起来，但那时我并没有把它和自己的写作联系起来。

然而，叶文福打开了我这个秘藏的世界。

从北京赶回来便急渴渴把这箱残稿打开。可是，我翻遍所有纸片也没有找到当年记录下来的那个女红卫兵的悲剧故事。不知是曾被我撕掉烧掉，还是仍深藏在哪个砖底或墙缝里。这个故事是当年一位在内蒙古锡林郭勒插队的、酷爱写诗的朋友亲历的。虽然没找到原稿，那个漆黑的故事给我的感受还在心里，而且这些翻出来的残稿唤起我心底的积存——那些生活的、情感的、命运的、人性的、思考的，并一下子与当时正经历的时代的转折与觉醒，像两股激涌的洪流那样交汇一起，在我心里汹涌地翻腾起来。当年自发的秘密的写作难道不是出于一种历史责任？现在的反思难道不也是出于一种时代使命？一瞬间这两个时期的“责任”连成一线。当年抄我家的红卫兵——像吃了兴奋剂无比高亢、气宇昂然的模样，还有叶文福的失声痛哭，把一个时代的荒谬、一代人的遭遇摆在我面前。我感到我的心我的笔颤抖起来。那些天我陷入从来没有过的文学冲动。我几乎是来不及再去想就开始动笔写了。

动笔在当年初夏。我写得很快，也较粗，但是一气呵成。写好就拿到人文社。我对这部小说充满信心，书稿初名《创伤》，是浓重的悲剧。写的是“文革”初期，一位怀着“阶级仇恨”和造反激情的女红卫兵，批斗中和她的“战友们”打伤致死一位女教师，事后她一边确信自己做得没错，一边总被一种罪恶感隐隐缠绕着，后来插队时相爱的人正是那女教师的儿子。她所爱的人的丧母之痛唤起自己的人性、良知与自责。最后她在极度痛楚中自杀了。故事很单纯，情感却十分强烈。书稿交给李景峰，李景峰看过后说：“你胆子够大呀。”那时十一届三中全会还没开，“文革”并没有被官方全面否定。但我这小说开始就有这样一段话：

> 在众人注目的地方，领袖挥动着巨大的、向导者那样的手臂，他把他发现的真理交给人民去实践。当一种思想被奉为法典而具有至高无上的权威时，它确切的成分会建立宏勋，谬误的成分就会化为灾难。检验它的代价无法计算。

最后一句话显然是呼应当时《光明日报》上那句著名的话：“实践是检验真理的标准”。

这样的小说等于给出版社出了难题。可能为此，书稿一直在社里审查，迟迟没有说法，时间拖得很长，使我不得不暂时返回天津听候结果。八月里，卢新华的《伤痕》在《文汇报》上发表了，引起震动。我这书稿《创伤》与《伤痕》的名太接近，和李景峰研究后决定改名为《铺花的歧路》。开始时，这书稿还有些动静，景峰找我谈过意见之后，中间还修改过一稿，后来连“意见”也没有了。有人说如果《创伤》早早发表，说不定那个文学热潮就是“创伤文学”了。但它叫什么都与时代的文学大潮关系不大，摧毁“文革”已是全社会共同的愿望。然而，伤痕文学开始时十分艰难。《伤痕》本身就不断受到非议，对其展开批判的风声时而有之。直到年底，我的《铺花的歧路》仍搁浅在人文社，几乎陷入了无声无息的状态，也陷入被动的等待……

我便抓紧这个时间，给那部写了近一半的长篇小说《神灯》一个暂时的了结。说实话我还是很喜欢自己这部长篇的，不像《义和拳》写于七十年代，总要受“文革”思想的种种影响与扼制。写《神灯》时这种外在束缚没有了，我对红灯照的历史观可以任由自己，积淀心中的地域的生活文化也自然而然被唤发出来。可是，当我插入《铺花的歧路》的写作之后，全部身心已纵入刚刚崛起的伤痕文学的大潮之中，同时心中又不肯把《神灯》这么“半截子”地搁下，便想用《前传》的方式把已写好的半部长篇整理好出版，画个句号，将来有可能时再续写《后传》。

这期间，我时而在人文社，时而返津在家，边写边等待。

一天，我去北京办事住在人文社里，在前楼走廊上遇见当代文学编辑部的副主任孟伟哉。他说：“前些天刚刚复刊的上海《收获》的编辑李小林来北京约稿，我把你的《铺花的歧路》推荐给她。我不知你来，她已经回上海了，她会和你联系的。”跟着还说一句，“她是巴金的女儿。”

过些天，我回到天津后，一个从上海打来的电话找到我。声调很高、透亮、年轻。她说她是《收获》的编辑李小林，知道我有一部小说在北京压了许久，她要看看。我说我这小说是写“文革”的，写红卫兵运动的悲剧，可能太敏感，她说她正是要这样的小说。她的语调中有种激情，使我怦然心动，像遇到知己一般。她叫我把稿子挂号寄给她。

我马上就把书稿寄去，但我没指望能发表。因为我知道《收获》的主编是巴金，这刊物的文学标准太高，像一座山，很难上去。我还想，既然这小说在人文社能否出版一直难以确定，为什么还要“推荐”给别人？到了《收获》又会怎样？这么一想，我对自己这部小说的出路仍然没有信心。

这时的我，只觉得自己像坐在搁浅的一动不动的船上，看着大海深处不安的风浪。

六、“冯骥才是反革命了！”

很快进入十二月，李景峰的态度愈来愈奇怪，见面说话时，似乎有意避开《铺花的歧路》的话题，好像我这部小说得病了，我有点儿摸不着头脑。后来事情终于有了动静，乍一听可不妙。这事恰好发生在我返回天津的几天里——我不在现场。

据说这天早上，杨都都给各个办公室送报时，把报往桌上一扔，同时用他那粗嗓门傻里傻气地喊了这么两句：“冯骥才的稿子出问题了，完了，冯骥才是反革命了！”每个屋都喊这两句，这样不出两个小时，楼上楼下、前楼后楼就全知道了。

我是在第一时间接到了王群生的电话，听王群生说话的口气，我好像除去自首只有逃跑。

很快人们便知道了这句话后边的真相。据说当代文学编辑部几位主任在讨论我的《铺花的歧路》时，说出“冯骥才这部小说是否定‘文化大革命’，不能用”之类的话，正巧都都进去送报听见了，然后就随口嚷嚷出来。虽说都都说的只是他当时的一种感觉，但意思并没错。那时三中全会还没开，官方只是批判“四人帮”，还没有全面彻底否定“文革”。于是我成了上上下下、人前人后的议论中心。据说消息传到那个曾经想要调我去的部队，人家庆幸地说多亏当初没调来。在那个各种说法飘忽不定的时期，我无法也无处表述自己的思想，便给景峰打个长途，不提这件事，只说：“你把那稿子退给我吧，我还要再改改。”李景峰问我：“你听到什么了？”我没回答。

过几天景峰来信，证实了杨都都在当代文学编辑室撞见的情况是事实。他告诉我：“老太太对这部小说评价较高。她现正出差在外地，等她回来听听她的意见吧，稿子先放在社里你别撤。外边关于这稿子的事愈传愈广，你要沉得住气。”

景峰这封信我至今还保存着。

过去我一直在文坛之外，头一次感受到文坛的存在及其难测的深浅，幸好我是在这样一个雪解冰消的时代闯进文坛的，如果在六十年代，恐怕就一头栽入深渊，万箭中身了。

此后不久，人们关切的三中全会开了，官方对“文革”错误有了明确态度。中间还过了新年和春节。春节时我特意多买了些长鞭大炮，崩崩邪气。午夜时分那些鞭炮在寒冷的夜空中炸开时，令我多少有些痛快，好像释放出了几个月来郁结心中的压抑。传统真能灵验。大年刚过，大约初六初七吧，景峰就把电话打到我居住的那条胡同的传呼电话机上。他说你来吧，先到我家来。初十有重要的事，与你有关!

我忙赶到北京，下了车直奔红星胡同李景峰的家。那时人文社不少编辑都住在东城区红星胡同十五号。周汝昌也住在那里。

我钻进那一排排平房中只有一前一后两室相连的小屋，见到景峰，他给我几张油印的材料，很严肃地对我说："我们社准备召开一个很大的会，是关于中长篇小说的会，很多大人物都出席，茅盾、周扬、夏衍、冯牧等等好多人，据说中央领导也请了，还不知谁来。其中一个重头戏就是把我们社三部有争议的中篇拿出来请大家讨论，一篇是你的《铺花的歧路》，一篇是孙颙的《冬》，一篇是竹林的《生活的路》。这三篇都是青年作家写的，都是'文革'题材，都有争议，孙颙和竹林都是上海的，竹林是位女作家，写的也是悲剧。争论都很激烈，反对的话说得也挺厉害，老太太说你这部小说是争论最大的，你的解决了，那两部也就解决了。再有一句话告诉你，你先不要对外人说，老太太已经请了茅盾，茅盾答应出席。会上可能还要叫你发言，你掌握好分寸，但该说的一定要说出来。"

我看了看手中的材料，除去开会通知，还有我们三篇小说的梗概，各打印在一张纸上，据说这主要是给茅盾和各位领导看的，要请茅盾和领导们发表意见。

我有点儿紧张，这是我进入文坛后的第一次遭遇战。虽然我并不害怕，但我没经过这种场面，乱糟糟想着各种可能，该怎么去应对各种可能的非难?

一夜没睡到天明。

七、坚硬的冰面在头顶上裂开

时间虽然过了太久，但这件事情一直没有褪色。每次从记忆里翻出来，仍如刚刚洗印出来的照片那样清晰光鲜。

那是我第一次参加的文学界正式的会议，也是第一次明白什么是"会议"，何况这次会议意义非凡。后来，我从一本文化部理论政研室为四次文代会编写的《六十年文艺大事记》(一九一九——九七九)上看到，人文社举办的这次“中长篇小说作者座谈会”被列入当年的重大事件之一。此次文学会议连续开了长长的一周(二月六日至二月十三日)，说明它所思辨与议论的问题之广之深之纠结，也说明文学从“文革”禁锢中解脱出来的艰辛。禁区、枷锁、禁锢、文艺黑线、文化专制、两个凡是、暴露文学、造神文艺、伤痕文学，以及思想解放、真理标准、时代责任、文艺春天等等是会议上发烫的热词。那是一个纯精神的、思辨的、忧国忧民也忧文的会。尽管到会讲话的大人物不少，但是真正以其勇气和胆识触动我的是陈荒煤和冯牧。记得陈荒煤说：“要写‘文革’，就要评价‘文革’。”有人讲只有等中央将来做结论，是“三七开”还是“四六开”，然后再写。他不同意，他希望文学界出一批闯将，“自己怎么感受怎么评价就怎么写！”这个思想十分鲜明地从“文革”的政治钳制中跳跃出来。

冯牧一开始就说他正参加一个高层的理论务虚会。他说：“我看这是去年三中全会、中央工作会议在思想领域的继续和发展，没有任何禁区，包括对毛主席的评价、对‘文革’的评价、对前一段路线的评价。”他还说：“在真理面前必须人人平等，怎么能不平等呢？否则，只能承认一个命题：权力越大，越有真理。”“任何人都有发表意见的权利，费孝通说过，我有批评你的权利，但要尊重你发言的权利。我就本着真理在人人面前这句话发言。”

在这样的自我设置的思想原则下，冯牧的话语直言不讳。他说：“为什么‘文革’十年里，广大人民把眼瞪着却没办法。对‘文革’要评价。人民文学出版社的二个中篇我是赞成的，是能够成立的。我们要用文艺总结‘文革’。这么多悲剧是人类历史上罕见的，为什么不可以写，为什么不可以控诉那些封建主义的刽子手？”

他这几句话真叫我感觉一身无形的绳索“哗啦”一下掉落地上，人立时轻了。

他还有几句话叫我记得十分清楚：“现在有人攻击我们搞‘非毛化’，我们说，我们不是搞‘非毛化’，是搞‘非神化’，或者叫‘正毛化’。”

这些讲话发言带着很强烈的雄辩色彩，表现着那个时代各种思想的并存与相互碰撞的现实。比如周扬讲话涉及仍被争议的卢新华的《伤痕》时，他说："报上天天登平反冤案好不好？报上登一登不要紧，登一下就过去了，文学艺术不一样，要留下来，我们生活中这种事太多了，如果都写《伤痕》，这样的作品太多了好不好？我也想不清楚，请你们好好考虑。"

我坐在会场里听他的讲话，心想怎么可能都写《伤痕》？分明是他顾忌《伤痕》。

但这也是一种思想真实。每个人头脑中的思想齿轮都在高速转动。没有这率先的忧国忧民的思考与思辨，后边的改革开放和社会转型就不可能来得那样顺利与迅猛。此刻，我感觉自己进入了时代最富活力和魅力的中心。那次会议的所有"全体会议"都由韦君宜主持。开幕那天严文井开篇的讲话就很放得开，有的话也很大胆，与他平时给人们的温和又持重的印象完全不同。渐渐地，我明白了人文社这两位当家人举办此次会议的良苦用心——他们想冲开当时犹然覆盖在出版界精神上的锁链与坚冰：只有出版界解冻，文艺之舟才能乘风破浪。

不自觉中，会前那些疑虑与紧张离我而去。

那次会议上还真结识了不少作家，除去先前已认得的刘心武、王蒙、敖德斯尔，还有陆文夫、谌容、秦兆阳、黎汝清、王亚平、高缨等等。有的作家知其作，有的知其名未识其人，有的识其人未知其作，过后才读到他们的作品。认识谌容是在座谈会上，我看到一位端庄的女子坐在对面，神情专注，一直没发言，只抽烟，两个小时的会抽了七根。散会时我对她说："两小时抽七根太多了。"她说："我抽烟还有人数着吗？"然后她一笑说，"我是谌容。"谌容一开始就叫我认识她沉静中锐利的一面。她是个不凡的人物。陆文夫的《小巷深处》早就读过，初见人很缄默，似乎有意和所有人拉开距离，大概与他长期经历社会的冷漠而今才刚"转世"人间有关。刚刚被"改正"而回到北京的王蒙说话是有分寸的，记得他在发言中只是讲了文艺要起到"侦察兵作用、滋润作用和精神支柱作用"，以及文艺还应是"国家的文化使节"之类的话，但认真去听，老作家们身上最宝贵的东西——真诚和正义并没被"文革"泯灭。作家的发言深层的主题其实是一致的：创作的自由。此后新时期文学就凭着这些根本的东西赢得了一代的读者及其自己。

我在大会上先后有两次发言。第一次是主动要求上台讲的，本来我怵头会上发言，但两天过去我反而想上台。我很激动，有点儿坐不住，就像当年打球渴望上场。那天发言，我感觉自己特别“冲”，有点儿莽撞，显露出处世尚浅。但此后我不再怵会上说话，正是由于在这个时代经受过锻炼。那天我针对的是“文革”的文化专制，谈的是文学民主。幸好我还保存着这次会议的简报：

这是一次解放思想的会，或者说是促进思想解放的会。会议才开了一半，即已看到它显著的收效。虽然，我们提出的近十多年来大量的反常的文学现象，尚未一一做出结论，但对某些问题已找到它的根由，触及它的实质和关键。比如：文学与民主问题，作家的民主权利问题。包括，文学究竟要不要民主？这民主有没有局限？什么是作家的民主权利？怎样获得？怎样得到保证？怎样使用？

我们可以从近三十年文学史中找到民主与文学存亡相依的充分例证。“四人帮”把民主化为零，便造成文学已到崩溃的境地。(举一个“四人帮”时期审查艺术的喜剧性的例子。)不要以为这只是笑话、喜剧。这是可怕、可悲的喜剧。比悲剧还悲剧的喜剧。真不可想象，一个有五千年文明的古国会如此荒唐愚昧；在人类进入开发宇宙的时代里，封建领主式的、中世纪的野蛮蒙昧能够统治天下。而这愚昧和野蛮居然被聪明地变出千千万万怪诞的花样。八亿人乖乖地任其摆布，任何贤能也不例外。在一个马克思主义取得胜利的国家里，忠诚于党和祖国的人民反要遭受粗暴摧残，冤案成灾。这一切，居然都曾以“革命”的名义。民主难道不是一个中心问题吗？不是一个迎头、迫切需要回答和解决的问题吗？没有政治民主，就没有文学艺术的民主。

我最关心的不是过去，而是今后。它关系今后文学的繁荣与否，关系到文学能否成为社会前进的推动力。也就是能否真正促进四化。

今天，作家是不是已经获得了应有的民主权利？提几个问题——自然都是对今后提的：

作家能不能在作品中拿出个人对生活的看法、判断和独立见解？特别是在某个时期内，党对某一阶段历史中某种社会情况没有表态、没有做出结论之前，而作家本人已做出判断，能否表达出来？

当作家的头脑中还存在矛盾，存在疑问，对某些问题还没有答案，怎么写？而作家对生活、对事物已有了很深的丰富的形象的感受，能否像托尔斯泰那样在世界观存在矛盾的情况下，真诚、坦白、无隐讳地把它表现出来？当作家感受很深的描写对象也是矛盾着的时候，能否表现？

对两个提法发问：

一、近来一些刊物仍在强调作家“主要描写和表现各条战线上的英雄人物。”究竟怎样理解“英雄人物”。过去“高、大、全”的解释是脱离生活而荒谬的了。英雄人物是生活中存在或可能存在的，还是“高于生活”、站在生活之上、高群众一头的呢？

二、还有一种提法。“作家要对生活提出问题，回答问题，解决问题”。作家怎样“解决问题？”当生活本身的某些问题并未解决，矛盾依然存在时，作家是否可以只“提出问题”，向读者发问，引起读者思考。要求作家对他提出的问题做出解决，是否意味着不管生活将来的结果如何，而都用说理或编造的办法人为地理想地去“解决”？

只要作家接触现实生活又想真实地再现之时，必然要碰到这些问题。问题远不止于此。尤其“四人帮”时期发生的许许多多问题尚未总结，没有终结；今后的生活又会不断地出现新问题、新情况、新人物、新矛盾。如果真正遵循现实主义，作品来自于生活，就决不会千部一腔。每部作品必然都会接触到一个新问题，深入一个新领域。各不相同，无章可循。如果作家没有文学的民主权利，写出来也不易问世。承认作家有与党和人民对事物一起总结、一起判断、一起认识、一起探索这样一个应有的民主权利，是来自上边的一种非常重要的保证。

我希望领导同志能按照文艺的自身规律解决这些问题。对过时了的、不利于文学事业的条条框框，大胆破除、发扬民主，真正允许作品受社会实践检验，受人民群众检验。

当前，民主空气强了。但我们必须充分估计到，为获得应有的民主权利还须艰苦地斗争。那就是要靠作品。用作品力争这种权利。这是繁荣文学事业的伟大的斗争，是作家们义不容辞的崇高的使命。它的意义和它同时产生的好作品一样重要。

第二次我是被叫上台的，这天茅盾先生来了。严文井和韦君宜陪茅盾走进会场。在从我面前走过时，严文井对他说：

“这就是您给他题写过长篇小说书名《义和拳》的作者。”

可能这是他“文革”后复出第一次在这种大型的公众性的场合出现，所以掌声分外热烈。

而且，以茅公的地位与影响，在当天的讨论会上就一些有争议的问题肯定要表态，肯定是有备而来，肯定要起重要作用——所以会议的关注度极高，所有人的目光全都集中在主席台上。

在这时，韦君宜叫我上台把《铺花的歧路》讲给茅公听。韦君宜的这个想法非常好，《铺花的歧路》和另两部小说都还没有出版，没人看过怎么讨论？茅公也很难就事先为会议编写的一个千把字的小说梗概发表意见。请作者亲自讲讲小说的内容、人物与构想，他便好发表意见了。

从这个事先设计好的环节来看，人文社是想找到一个突破口，借助这位德高望重人物的影响力来推动更大范围的思想解放。

我上了台真的再没有紧张感。一是我已经过一场大会发言。二是讲自己的故事再容易不过，更何况这个故事里充满我的激情和我的思考。那天我讲的比我写的精彩，所有重要的细节都没遗漏。我知道细节才是小说的关键。我居然讲得十分投入，还随着故事表述出自己的一些思考。我说在

“文革”初期红卫兵抄过我的家，剪掉我母亲的头发，逼我母亲在街道跪行，还使我出现过短暂的神经错乱，但我不是从一个红卫兵运动的受难者而是从同情者角度来写这部小说的，因为他们是一代单纯的、赤诚的、深深受了欺骗的青少年。我们要呼唤他们的良知与觉醒，呼唤社会的理解与宽容，以及人性与理性的回归，把他们从不能自拔的痛苦和心灵的黑暗中拉出来。

一九八一年茅盾先生故去，我在一篇悼念文章《怀念茅盾老人》里曾回忆这天的情景：

> 在台上大灯的强光里，看到了他苍老而慈祥的面容，连颗颗老年痣与一脸皱痕都看得清清楚楚，头顶上那历尽沧桑而稀疏的发丝银白闪亮。他和我握手，让我坐在他身旁，却叫我面对大厅内在座的人们讲话。
>
> 我一口气说了二十分钟。说话间，我时而扭头看看身边的茅公，他却一直把目光凝聚在我的脸上，仿佛在把他衰老的并不旺盛的精力全部集中在我讲话的内容里，偶尔还偏过耳朵，为了听清我每一句话……

待我讲过，茅盾先生在讲话中肯定这三部小说都“写得好，能够引起人们对‘四人帮’的痛恨”，他的态度很坚决。他也给我的小说提了一个意见，他说你的小说的主人公白慧不一定自杀，自杀有悲剧的力度，但情节结尾逻辑中有点儿勉强；主人公是在“寻求一条出路。能不能叫男主人公去找找她，两人见面，不要说话，到底怎样让读者去想”。

他不仅在思想上支持了我，还在艺术上帮助了我。

我站起来，鞠躬谢谢了他。他的意见是顺着我的人物的心理和情感，顺着小说内在的逻辑提的，而且升华了作品的内涵，扩展了小说联想的空间。我欣然接受，事后做了修改。

记得茅公的话讲完，全场热烈的掌声表达了共同的心声。灯光里，我看到韦君宜露出少有的笑容。我知道这掌声和笑容不是为了我们这三篇小说获得了一种难得而有力的支持，一种解脱，而是更大范围的思想解放的一次胜利。使我惊奇的是，茅盾先生这样一位风烛残年、体弱力衰的老人，思想与精神却是如此犀利、如此勇敢、如此前卫。比起当时文坛那些仍被极左思潮禁锢的人、那些被“文革”的淫威吓破了胆的人，不知强大多少倍，也叫我见识到这位“五四运动先驱者”和那一代知识分子的骨气与血气。

这时，我感到罩在头顶上那坚硬的冰层出现了碎裂。

会后转天，我便与李小林通了电话，我把中长篇小说座谈会的种种情况、茅公对《铺花的歧路》的肯定以及关于小说结尾的意见告诉她。我想这会有助于这部小说审稿时通过。没想到李小林说巴老已经看了《铺花的歧路》，肯定了这部小说，也觉得结尾不大好，生硬一些。完全没想到两位我崇敬的文学大师同时肯定我的作品，也同样地指出我的不足，所指出的竟在同一点上，我决定把结尾改好。李小林叫我修改后马上寄给她，巴老决定用在《收获》第二期上。这叫我一下子触到了《收获》鲜明的思想立场。同时感受到又一只巨大、温暖而有力的手撑在我的后背上。为什么这时真正的文学支持都来自遥远的五四？

李小林编稿相当严格，抓得又紧，很快就发稿和刊出了。“文革”后复刊的《收获》第二期是颗炸弹。与我这篇在北京搁置了至少半年的《铺花的歧路》同期刊出的，还有从维熙的重炮《大墙下的红玉兰》和张抗抗大胆地呼喊人性的短篇《爱的权利》。这期《收获》发行后，“引起了社会上强烈的反响，出现了两种截然不同的意见”，《收获》编辑部收到一封发自“北京语言学院十三楼”的匿名信。信中说：

> 人民给你们纸张，是希望你们提供好的作品，而不是要这些思想和艺术都很低劣的东西，这类东西名曰批“四人帮”，其实质是向人民散播对社会主义制度的不满情绪，搞乱人民的思想。……希望我们的文学不要步五十年代苏联解冻文学的后尘，希望我们的作家不要学集中营文学作者索尔仁尼琴，不要学帕斯捷尔纳克。

真没想到，我的这部小说发表前受阻击，发表后受攻击。

这封信不胫而走，很快北京文坛全知道了。人文社分别于七月四日和七月二十六日召开两次会，组织社内编辑讨论《大墙下的红玉兰》和《铺花的歧路》这两部中篇小说。主持人仍是严文井和韦君宜。事后，在人文社理论编辑室工作的评论家胡德培在出版局的《出版工作》(一九七九年第九期)发表一篇文章《各抒已见，求同存异》，详述这两次讨论的详情，并以“活跃了民主空气，觉得我社大有希望，不致抹杀和埋没好作品，更增强我们对事业的信心”为结束语。当时看了胡德培那篇关于“人民文学出版社两部中篇小说讨论”的纪要，更钦佩严文井和韦君宜在拨乱反正时期的思想坚守及其品格。

当年十一月，人文社出版了《铺花的歧路》单行本。我请了我的好友画家沈尧伊为这本书画的插图。

这期间已经有愈来愈多的重量级的“伤痕文学”的作品问世——《天云山传奇》《剪辑错了的故事》《犯人李铜钟的故事》《枫》《神圣的使命》《被爱情遗忘的角落》《许茂和他的女儿们》《灵与肉》《爬满青藤的小屋》《月兰》《将军吟》《飘逝的花头巾》《窗口》《灵魂的搏斗》《献身》《高洁的青松》等等喷涌而出。每一篇的出现都带出一个不小的震动，都使一个陌生的作者的名字被众口热议，都推动着这个文学大潮——从涌动的暗流很快成为一股不可遏止的涤荡“文革”的社会洪流。

八、凶猛的凌汛

进入一九七九年，我已经完全顾不上在天津的家了。除去对越自卫反击战结束时跑到云南——从昆明、个旧、开远到金平跑一趟之外，至少一半时间在北京。北京是当时全国思想解放的中心，各种思想——开放的、革新的、传统的、创新的、保守的、僵化的都在这里激烈碰撞，碰撞激活思想。各种思想都在诉说理由寻找理由，每天都会有新的概念、话语、高见、名言蹦出来。有些时候碰撞会异常激烈。由于媒体滞后，文学跑到第一线——这也是那时期文学“干预生活”的原因之一。记得一次文学界的会议上“保守”思想相当顽固，执思想解放观点的人们就把诗人叶文福请到会上“冲一冲”。叶文福在表达自己思想立场上公认是具有献身精神的。

那个时代“左”和“右”，分别指当时坚持“两个凡是”与否、思想解放与否的两种主张；“老左”(或“左爷”)和“老右”是当时带有贬义的互称，还带着很强意识形态斗争的历史印记。八十年代初期我写的中篇小说《神鞭》里有一章，题目是“佐爷本事是专门揪辫子”。这“佐爷”是小说中一个日本武师佐田的外号，意在讽刺“老左”。冯牧对我笑言：“你这个佐爷的称呼还真够损的。”

这些说法在我们当今生活中早已消失，文坛不再有这样的过于激烈的思想斗争的硝烟。回过头去看，那个时代的思想碰撞不管执何种观点，都是真诚地思考并寻找着“文革”后的中国何去何从。最高层的决策者在思考，全社会特别是知识界也在思考。我说过，如果没有这一时期知识界参与的“实践是检验真理的唯一标准”的大讨论，没有全社会的思想解放，后来的改革开放就不会获得那么广阔雄厚、真诚一致的社会支持，就不会获得那样的长江大河一泻千里的气势。

一九七九年五月上海文艺出版社出版的一部书《重放的鲜花》，产生了重大影响。作者一律是一九五七年反右运动中被错划为右派的作家，如王蒙、邓友梅、陆文夫、宗璞、公刘、流沙河、刘宾雁、李国文、柳溪等，其作品一律是他们当年被定性为右派的“罪证”。用“重放”二字意味深长，表明这一代蒙冤的作家已平反解放，归队文坛。这代作家比我年长十岁左右，他们活跃的时候我只有十三四岁，我读他们的小说很少，好像只读过刘绍棠的小说，其他作家都不知道。等到二十岁后大量读文学作品时，这些人的书全被禁了，人在劳改，更不知晓。在这一代作家中，我最先认识的两个人是柳溪和王蒙。

最初认识柳溪是在天津。那时《重放的鲜花》尚未出版，我没读过她的名作《爬在旗杆上的人》。她陪着上海的老编辑王肇歧来我家约稿。我家经过“文革”和大地震，连一把像样的椅子也没有，就坐在凳子和木箱上，高高矮矮围着一张小破桌说话。柳溪看上去岁数已经不小，脸色灰暗，神气疲惫，衣服和鞋子都很旧。王肇歧熟悉她曾经的写作与苦楚的身世。当我稍稍一问，她就像决口的堤坝把一肚子苦水裹挟着一大堆辛酸的往事诉说出来。在说到她当年在农场劳改时，来了例假还被迫赤脚踩在冷水里插秧时，眼泪大雨滴那样“啪啪”落到腿上。我从来没见过那么大的泪滴。

认识王蒙早在一九七八年，后来渐渐熟了。他大概是一九七九年初调回北京的吧，分配给他“前三门”——北京刚出现的高层单元楼九楼上两室一厅的一套房子，夫人崔瑞芳大姐在窗台上放一盆小花，家里散发着“新生活刚刚开始”的气息。

初见王蒙还要早一点儿，是在人文社韦君宜的那个狭窄的办公室。我已不记得去找韦君宜是什么事了，却记得王蒙坐在书桌旁一把旧沙发上。他穿一身干净的蓝制服，所有扣子都紧扣着，胸前别着一枚团徽，好像是“文革”后共青团恢复工作所召开的第一次全国性会议，他是新疆维吾尔自治区代表，正在办理调回北京的手续。他光光的脸上没有皱纹，头发像年轻人一般黑，文质彬彬戴着一副眼镜，目光温和平静，一双手放在膝头，中指刚好对着裤子的中缝，有点儿古板和拘谨，像学校班上的新生。后来发现，我对他“最初的印象”大出偏差，其实他骨子里有十分放达甚至浪漫的一面，这一面主要与他文学的才情相连；他还有稳健、慎重与智慧的一面，这一面多半用在他政治化的生活中。在一次文学研讨会上，他大讲叶蔚林的中篇小说《在没有航标的河流上》的写景如何深沉如何优美，因为叶蔚林的小说里有很浓郁的苏俄文学那种略带忧郁的气质，叫我领略到王蒙有很深的苏俄文学情怀与出色的口才。但王蒙不是当时伤痕文学的一员，这多半与他“文革”期间远在新疆、相对平静的经历有关。从他《在伊犁》系列和最近出版的长篇旧作《这边风景》就能看到。在那一代作家中，从维熙和张贤亮应是最具批评精神的。这当然缘自他们个人的坎坷的遭际。人的命运不能选择，每个人都有自己独自的命运与生活存在，然而这命运深刻地决定着他作品的气质、内涵与艺术个性。尽管这代人的写作与时代和国家的命运血肉相关，但同时又与个人的命运魂牵梦绕，因为文学的根终究扎在个人的心灵里。

那个时代(一九七七—一九七九年)站在最前沿的是伤痕文学。作家不分年龄，主要是三代作家。一代是“文革”后冲出来的，这一代作家“文革”期间都在生活底层，感受着芸芸众生的境遇与心中的苦乐悲欢，作品有鲜明和自觉的平民意识与平民情感，他们是伤痕文学的主力军；另一代是一九五七年遭受厄运而后复出的一代，这代人把作品的时代背景往前又拉了十年，给伤痕文学注入了反思的意义。再有便是远接五四运动的巴金和冰心。特别是巴金的《随想录》，不仅将自己的创作生命由世纪初贯穿到世纪末，从现代贯穿到当代，还将那一代作家的良知贯穿到当代文坛。这也是巴金对现当代文学最重要的、无可替代的贡献。

至于那些革命年代与新中国时期(俗称十七年)的作家们，很少进入伤痕文学。一是可能与原有的文学观有关，一是心有余悸。记得一九七九年《乔厂长上任记》引起文坛争论时，我在孙犁家，见他书架上贴一纸条，写着“莫谈小说”四个字。显然那个年代文坛不是个吉祥的地方。

巴金早在一九七八年就开始发表《随想录》，最初发表在香港《大公报》上。我好像是从一位来自香港友人带来的报纸上读到的，最早读到的一篇是《怀念萧珊》，非常震撼。我见到巴老是在一九七九年四月，巴老去法国访问之前来到北京，我正好住在人文社。李小林约我一见。那时《铺花的歧路》已在《收获》刊出，我却没见过责编小林，只听过她的声音。小林电话里告诉我正好可以见见巴老。我特别高兴，心里的感觉有点儿像去“朝圣”。当时巴老住在金鱼胡同一带的和平宾馆，原以为是个讲究的地方，待到了一看，竟很破旧。然而，见到巴老的感觉却十分美好。虽然他浓重的四川口音使我听起来费劲，但还是听懂他问我当下的写作，下一步的想法，他更关切我的想法。他那时身体还很好，握手时，温暖而有力，叫我感受到他那种“透彻的真诚”。第一次见到小林，她人就像她的声音一样真率。她是不会拐弯的人。她太像她的爸爸。那天她见面就问我在写什么。我说打算写“文革”中心灵恐怖的中篇。我告诉她，我爱人现在还最怕夜里紧急的敲门声，以为又来搜查和抄家了。这是她的“‘文革’后遗症”。我说“文革”不是肉体的折磨，而是心灵恐怖与虐杀。她当即说她约定这部小说了，叫我写好就寄给她。这便是同年刊载在《收获》上的中篇小说《啊！》。

那天一位相识的美籍华人作家包柏漪随基辛格访华，她说她非常想去见巴老。经李小林同意，叫她随我去了。那天她还带着一本英译本的《家》，请巴老签了名。可是当晚小林便把电话打到人文社找我，说巴老在我们离开后，看到包柏漪的名片，发现他签名时把人家的名字写错，将“漪”字写成“特”字，觉得特别对不住，叫我去找她把书要来，巴老要改正。

我说：“没关系，人家已兴奋至极，笔误的事常有，不会当回事的。”

小林说：“不行，我爸说写错人家名字是不尊重人，一定要改。”

我便到包柏漪的住处取了书，拿到巴老的旅店，改好再送回去。我现在还记得包柏漪收到书感动的样子。

这件事叫我领略到别人在巴老心中的位置，还有他怎么处事待人。

一九七九年是当代文学波涛迭起的时代。一方面是伤痕文学问题小说极盛时代，一方面是蒋子龙《乔厂长上任记》发表后带来的空前的冲击波，从文学界到全社会，很少文学作品有如此强烈的社会震撼。后来有人批评这一时期的文学政治大于艺术，政治效应大于文学效应，其实这倒不如批评当时生活充满政治。正是由于那一代作家思想的无畏与锐利，正是“文革”后的全社会都想从文学这里寻找知识良心，文学才能出现那样一个异常独特的时代。

新时期文学一直是充满争议的。尤其是初期，至少一半有影响的作品都进入争鸣作品的名单。那时文坛有一个奇怪的词语叫“突破禁区”，常说某某作品突破禁区。因为在“文革”写悲剧、写爱情、写性、写人性、写中间人物、写污点军人、写污点领导等都在被禁之列。在今天看来几乎荒唐乃至荒诞的事，那时却壁垒森严，必须顶着炮火去爆破，炸药包就是作品。尽管三中全会已经全面否定“文革”，极左思潮还像春寒一样时时要把已经开冻的江面重新冻上。文学的会议往往陷入意识形态的博弈。冯牧和陈荒煤被一些死硬和僵化的人物视作右派的首领。历史证明，他们确实是走在思想解放的前沿。往往我跑去参加某个会议，实际上是想听听冯牧或荒煤又抛出什么破冰的话语。

冯牧是被年轻作家围着的人物，他敢为一些好作品仗义执言。他本人是散文家，热爱文学，同时在文艺界位居高官，是作协的书记，知情于政坛，在意识形态斗争犹然凶险又敏感的旋涡里，他担心一些冲得太猛又富于才气的年轻作家受到伤害，担心某件事处理不当而成为极左思潮反扑的话柄而搅了大局，所以他总是忧患重重紧锁眉头，难得一笑。我最早见到他是一九七八年对越自卫反击战刚刚结束时在云南的开远。我和画家刘勃舒等几个年轻人在一个军队营地的食堂里，看见一个壮年人在竹林间的草地上低着头踽踽独步。我们之中有人认得他，我只在人文社的中长篇小说作者座谈会听他在台上讲话，并不认识。我们过去和他打招呼，他一抬头，一脸忧郁，这忧郁的形象如同定格一样成为我对他“永远的印象”。他和我们简单说几句，看我一眼说：“你个子太高，别往边境上跑，那边还会有冷枪。”大家都笑了，他脸上还是没笑容。看上去他挺不好接近的，其实他太好接近了。

这年深秋《文艺报》在西苑饭店召集会议，会场不大人却很多。冯牧一脸严肃走进来，他说他刚从上海回来，讲话中他说他在上海开会时，拿到了刚出版的《收获》，晚间在宾馆里读了我的中篇小说《啊！》，受到震动。他说这是近期“文革”题材作品中相当深刻的一部。他还分析了我写的那个内心残忍、善于心理讹诈的人物贾大真，然后他略沉思一下，话锋一转说：“如果小说再有一个与贾大真对抗的正义的人物，就会更有思想高度。”

散了会，乘电梯下楼的时候，评论家阎纲说：“冯牧同志的意见你不必听。‘文革’中能有和贾大真这种人作对的人吗？如果加上一个正面人物，小说悲剧的力量就全完了。”

电梯里还有别人说：“生活的真实性也完了。”

我当然认为阎纲的意见对，冯牧的意见荒谬。但冯牧是懂文学的，他深知心灵的虐杀才是“文革”反人性的本质，才是小说致力挖掘的；但他身在官场，更知道我这部小说以整人的人为主角是犯忌的。所以他在表示赞成这部小说的同时，必须把另一面的话也说到了。

后来全国首届中篇小说评奖时，《啊！》最初被列为一等奖，冯牧说：“还是放在二等奖中间的位置吧，因为领导可能要翻翻看一下，只会翻一等奖的，不会翻二等奖的看，不惹眼才保险。”这样《阿！》获了二等奖。我却从中看到冯牧的用心、苦心、处境的艰难和他的文学立场。

曾见有人著文，批评新时期初期的文学政治太多。我看了觉得可笑。我想这一定是“非‘文革’经历者”的价值判断。哪里是文学的政治多，而是生活充满了政治。二战后德国最初几年的“废墟文学”不也全部充满政治吗？像伊特·艾希的《盘点》、博歇尔特的《面包》和《大门之外》、伯尔的《无主之家》、格拉斯的《铁皮鼓》，等等。从大灾难后荒芜的文坛滋生出的文学，必然带着一代人的心灵的伤痕与阴影。从灾难逃生的人，最先一定是控诉苦难与谴责罪恶，而且只有身处那时代的人才知道拿起笔时，笔管里装满了什么，写出来需要怎样的内心勇气。在那个媒体相对受约束的时代，文学选择站在生活真实和时代前沿的位置。为此，文学从来没有过如此广阔和巨大的读者群，从来没有与读者出现过如此强烈的碰撞。记得当时我和一位作家交谈作品的读者效应时，都感受到一个细节常令我们感动不已——就是一些读者的信打开时会发出沙沙声。因为读者是流着泪写的信，泪滴纸上，写好折上时，纸有点儿黏，所以揭开时发出这轻微、令人深深感动的声音。

一九七九年八月我曾写过一篇文章《作家的社会职责》。我说：“作家有责任诘问社会与生活，代言于人民。”也许以今天的文学观来看，会认为这种写作是非文学的——其实是非纯文学的。但各个时代彼此不同，当底层小百姓无法表述他们心灵的苦难，有些作家必然会以笔为其代言。再说，文学的功能多种多样，对文学功能的选择听凭作家自己，这样才会有各样不同的作品。比如一九七八年获奖的短篇小说中，卢新华的《伤痕》和贾平凹的《满月儿》就如枪筒与竹笛，相去千里。

当然，我们的“伤痕文学”与德国战后的“废墟文学”一样，真实又粗糙，内容大于艺术。那一代作家都是刚刚度过文化空白的“文革”，没有写作准备，所表现出的先天不足势所必然；当时文学包括社会的语言环境都是苍白又僵硬，怎么会去讲究文本的创造与文字的精致？然而，它却真实地记录下人们心灵，以及时代的气息和特有的文学精神，它像历史的任何一步，都是不可复制的。但历史不走出那一步，就不会有下面的一步。

它对当时正在覆灭的“文革”起着摧枯拉朽的作用。

这时期，我给自己的硬任务是尽快将《神灯前传》整理出来，特别是《铺花的歧路》发表后，我已进入伤痕文学的大江大河，不会再返回历史长篇的写作中。尽管由于思想的解放，《神灯》的写作与《义和拳》已有天壤之别；尽管我至今还对那个混乱、焦灼又诡秘的时代，诞生出一批顶着神佛的名义毅然站出来保家卫国的津门老少男女，心怀敬重和神往；尽管那些少女组织红灯照、寡妇的蓝灯照、中年孀妇的黑灯照和老年女子的砂锅照，至今还是谜团，但我必须先把她们放在一边。因为我心里已经有了类似巴尔扎克的《人间喜剧》那样宏大的构想，叫作《非常时代》；"文革"生活和当时的"秘密写作"留下的那些积累是我十分雄厚的写作资本。

一九七九年我总是在京津之间来来往往，人文社后楼有我固定的床位，我只要走进朝内大街一六六号大门，就像回到我的另一个"窝儿"——精神的巢。天津的文艺创评室反而很少去。我把《神灯前传》的书稿整理好交上去，邢菁子、李景峰和韦君宜三审都看过，都说比《义和拳》强太多，我便大着胆子请韦君宜写几句话作为序言，我真实的想法是作为一个纪念：纪念她恩师一般扶持我，母亲一般关爱我的身体，也纪念我对她的敬重。她答应了，写了一篇短序《祝红灯》，文章很质朴又真切，她没怎么夸赞我，我却从中感受到她对我的爱惜。

这期间，我还写了几部中短篇小说。有的短篇如《雕花烟斗》是在人文社写的，发表在人文社当时创办的大型文学期刊《当代》上。《当代》的名字起得颇好，具有强烈的时代性，而且很快与《收获》《十月》《花城》并列为最具影响的四大文学刊物。《雕花烟斗》刊出后，编辑部一位副主任、诗人屠岸给我一封信，打开一看原来是他所写的关于《雕花烟斗》的评论。他喜欢这篇小说，可能因为小说更接近这位诗人唯美的气质。

屠岸是人文社里离我较"远"的一位。他儒雅、平和、低调，有一点儿孤独感。我在社里两年从未与他说过话。只是一天晚间正在楼里伏案写作，忽听有人叫我帮忙，说屠岸在办公室病倒，要马上送医院。我跑到他办公室，见他面色苍白，头上冒汗，表情很痛苦，我上去将他背在背上，那时我年轻有劲儿，一直跑下楼把他放在车上。他又凉又湿的头靠在我脖子上。

我读着他的评论，心想就这一位与我似乎较陌生的先辈对我的写作竟如此关切用心，我和人文社的关系已非语言可以尽述了。

在那个非凡的时代，那些人，那些生活和真情与激情永远也找不回来了。

幸好人生最美好的东西一直保存在怀念里。

九、文代会后离开了朝内大街一六六号

到了这年秋天，在人文社接到了来自天津的通知，说我作为天津文艺界的代表之一参加十一月份北京举行的全国第四次文代会。据说将有三千文艺家聚集在京。我从没有参加过这种超大规模的“全会”，所认识的文艺家不多；而我的代表名额又没有被放在作家协会内，因为天津当时的老作家多，如孙犁、方纪、袁静、孙振、鲍昌、杨润身、柳溪、鲁藜等，年轻作家代表仅有两个名额是蒋子龙和世界语诗人苏阿芒。苏阿芒是一位精通世界语的才子，“文革”被扣上“里通外国”的帽子抓起来。这罪名等同奸细，十分可怕，在牢狱里边受尽折磨，身心俱残。平反出来后，不仅行动不便，连句整话也说不成了。叫他参加会是要还他以尊严。我被放到中国民间文艺家协会的前身——中国民间文学研究会中，作为民间文学的代表。当时天津还没有民研会，却有一个民间文学的代表名额。由于我的小说《义和拳》《神灯》都与民间文化相关，便将民间文学的代表名额给了我。现在想起来，冥冥中似乎我和民间文化真的有缘。二十二年后(二〇〇一年)我竟做了中国民协的主席，开始了自己人生后期与其命运死死的纠结。

然而当我走进这个会场上一看，全是生脸，台上灯光里一排排，台下黑压压一大片，没有一个熟人。后来才知道台上坐着的除周扬外，还有钟敬文、顾颉刚、贾芝这些重要的人物。老舍先生“文革”中含冤而死，郭沫若也在头一年辞世，不然都会在台上。

开会间，我稍坐一会儿便悄悄溜到作协的会场。那里毕竟认识的人多，不认识的一经介绍也就亲切地相识相谈。比如在开会前一进门就见几

个人正在说说笑笑，中间有王蒙，由他介绍，这几个人是从维熙、刘绍棠、邓友梅，全是早闻其名、未曾谋面的人物。此外，还有徐迟、鲁彦舟、宗福先、马烽、苏叔阳、李准、叶君健、陈登科、张洁等等。张洁穿一件深蓝色风衣，带着灵气，我喜欢她清新的文字，而且这文字像她酷爱的契诃夫那样干净，清透，充满艺术感觉。在什么地方认识的李陀记不清了。李陀有点儿络腮胡子，挺阳刚，很健谈与雄辩，后来与他们都成了好友，与他们之间的往来与故事都在以后的几年了。

作协这边会议的兴奋点是作家们的演讲。王蒙、白桦、蒋子龙等人的演讲，把会议不断推向高潮。白桦是诗人，讲话时激情四射。蒋子龙的《乔厂长上任记》虽然在全国赢得极大反响，在自己的家乡却陷入重重困境中。记得他上讲台的第一句话好像是“我是从寒冷的冬天来到春天的温暖里”，话音一落，立即得到全体作家支持的掌声。

在这里，我感到精神的空间和自由度愈来愈大。

那时的会议管理也很宽松。我到作协这边会场来，没人拦我。大家知道我是《铺花的歧路》和《雕花烟斗》的作者，对我挺欢迎，似乎我就是这边的代表；只是到了协会进行小组讨论时，我就自动撤回了。

这样，我这个“编制外”的代表便很快融入“编制内”。会上作协这边还传出个笑话说，这次作协为文代会提供了三个怪人：冯骥才——个子最高，中杰英——个子最矮，何达(香港诗人)——最耐寒，十一月还穿个短裤，而且是惹眼的白短裤。

四次文代会是文艺家时隔十多年的一次大聚会大重逢。多年不曾相见，音讯断绝，生死难料，个中的苦辣辛酸唯有自知。此刻忽然相聚，便成了会议内外处处可见的情感冲动的感人景象。作家方纪就住在我的隔壁，他“文革”中受尽摧残，天性易怒，患了中风，行走困难，右手不能执笔，说话最多只能说两个字。会议期间不断有人来看他，每逢此时他便会激动地发出“好——好噢！”“就是——是——嘛！”的高声，这声音时不时隔墙传进我屋。我为他高兴，也为他悲伤。方纪的散文很有激情，文字很美，也有意境；他对书画也有很好的悟性。他的《桂林山水》《李可染画集序》写得颇有才情。“文革”后我去看他，人已偏瘫，言语困难；他用拐杖捅捅床下叫我看，我撩开床单只见一个小破皮箱，没有扣别，一看便是当年的“抄家物资”。我给他拉出来打开一看，只有可怜的薄薄的五本小书：《来访者》《挥手之间》《不连续的故事》等，这就是他全部的作品了。记得邓友梅对我说，他第一次访问日本，见到五十年代一位相识的日本作家，与他年龄相仿。时隔二十年，那人居然已出版了一小书架的作品，叫他吃惊，他当时却连一本集子还没有出版，荒唐的生活夺去了多少有才华的人的青春乃至生命。

这次大会最强烈鼓舞人心的是邓小平那句著名的话：“写什么和怎么写只能由文艺家在艺术实践中去探索和逐步求得解决，在这方面，不要横加干涉。”

他那带着浓重四川口音的声音，至今我都清晰记得。对他这句话的回应是全场近一分钟的潮水般震耳欲聋的掌声。这是我几十年里听到的最长、最响、用心鼓起来的掌声。

那天从人民大会堂走出来，真有一个时代开始的感觉。

那时候是一种什么创作状态呢？有件小事至今仍然记得：一天施光南带着一个朋友来人文社看我。他已经从天津歌舞团调到中央乐团来了。他那首唱起来叫人欢乐也叫人流泪的《祝酒歌》已成为那个时代的“国人之歌”。我请他到东四一家二楼上的小馆吃饭，边吃边聊，愈聊愈尽兴。我激动地谈起我的“非常时代”的写作计划。施光南是浑身带着灵气、时时冒着旋律的人。那天他谈得最多的是他正在写的歌剧《屈原》。他时时兴奋得说不出话来，站起身离开座位来来回回走几步，再坐下来，一顿饭他这样起身七八次，人有发光的感觉，好像音乐的精灵在他身上作怪发狂。我们都处在一个控制不住自己的艺术状态。

文代会后，文学的大河不知不觉流转了。伤痕文学悄悄退去，代之而起的是改革文学的大潮。或许因为整个社会的关注转向经济生活的改变，或许来自一种人为的导向，或许由于伤痕文学将十年的积郁挥洒一尽之后，走向了更深的反思。一段时间我写了一些书信体的文章如《写人生》(给严文井)、《下一步踏向何处？》(给刘心武)、《小说创作的一个新倾向》(给吴若增)、《小说观念要变》(给李陀)等，与熟识的作家讨论要从伤痕文学和问题小说走出来的愿望。但我从来没有放弃对“文革”这一荒诞历史的追究与诘问，不管是在后来发表的一系列小说里，还是口述文学《一百个人的十年》的写作中。现在，回头去看这段文学的历史：作为新时期文学崛起的伤痕文学确切的时间是一九七七年至一九七九年，正为我在人文社这段时间所亲历。

此后，一九七九年冬天吧，我便把写作的窝儿彻底挪回天津。一是因为在天津的工作和居所都已平定，我有一些写作计划要静下来想；一是因为那两年我过于兴奋、紧张、写作过多，大病了一场，必须回到家里缓一缓节奏。人文社与我的关系依然密切，严文井、韦君宜两位前辈和不少文坛朋友关切我的身体。严文井特意给我写过一封信。好友谌容、张洁、郑万隆等人都跑到天津看望我。一天，一个年轻的小伙子爬上我的阁楼，肩上扛一个西瓜，脑袋冒着汗。他说：“我是《北京文学》的编辑，我们领导听说你病了，派我来看你，我想总得给你带点儿什么来呀，就在车站给你买个瓜。”然后他说：“我叫刘恒。”

这个憨厚的年轻人就是今天这个大作家刘恒。这个感动我的细节大概刘恒早忘了，我还记着。

那时代人和人、作家之间就是这样的关系。一种今天回想起来十分怀念的纯洁的关系。

我还记得离开朝内大街彻底搬回天津时的一点儿细节。我用线网兜提着一个搪瓷脸盆。一般衣服书籍前些次都捎回去了，最后只剩下一个脸盆，一个带把儿的漱口杯。我在里边放上好大一捆人文社的稿纸。先去韦君宜那里道个别，敲了半天韦君宜办公室的门也没敲开，她不在，都都从走廊上跑来说她妈妈开会去了。我从兜里掏出烟来，从中拿出烟卷插在上衣口袋里，将空烟盒给了他作为纪念。他存烟标，爱烟盒如命。当天晚上景峰约我去他家吃饺子，然后返津。那时景峰和他爱人小刘对朋友最殷实、阔绰的款待，就是请到他们家吃一顿用香油调的韭菜猪肉馅的饺子。那天，从社里出来，我把网兜挂在他自行车的车把上。景峰说：“给你稿费了，干啥还拿我们社这么多稿纸？太财迷。”我说：“我用惯你们五百字的大稿纸了。四边的空儿大，好加字。”景峰笑道：“说你财迷还强词夺理。”我也笑。我确实爱用人文社这种绿格的大稿纸，一直用了差不多七八年，每到快用光了，去到北京开会或办事时就到社里去取。什么原因使我对人文社的稿纸也如此地依赖呢？

那天晚上，我在他家着实吃了顿饺子，又说说笑笑聊了一会儿，然后提着东西上路，景峰送我从红星胡同拐往北小街的街口，那情景挺像从老家出门干事，兄长送行。是呵，这一刻可是我在人文社长长的两年生活的一个句号。这句号里边包含着我人生的重要转折，还有所经历的时代的转折。

离开人文社最初两年，我每次去北京还习惯地去住人文社。我不习惯住旅店，一次去京参加谌容家一个小聚会——那次认识的张贤亮。他为了一首小诗《大风歌》，二十二年五次入狱，出来后不习惯坐着；那天见他时，他靠墙蹲在地上抽烟。大家笑他在牢里蹲惯了，“恶习”难改。当夜我住在东四大街金鱼胡同口的一家小店，一屋七人，多人打鼾，听了一夜的鼾声大合唱，直到天亮也没合眼。心想，下次还得去朝内大街一六六号，还是在那里睡得安稳。

后来一次我专门去北京国家美术馆看罗中立的油画《父亲》，下午到人文社已无床位，景峰叫我等到下班后在小说北组编辑部用八把椅子给我拼了一张“床”，抱来两床被子铺在上边。椅子高矮不一，我居然也睡着了，但我睡觉时好“打把式”，半夜一蹬，椅子散开，人掉在地上。这便是我在人文社“生活”的最后一个细节。

十、又短又长的尾声

进了八十年代，进而九十年代，又入新世纪，物换星移，物是人非。韦君宜、严文井两位我尊敬的先辈先后辞世，景峰竟然也早早又匆匆地驾鹤西去。我早年相识的老编辑们都已去职养老，换一些年轻的编辑如杨柳、王小平，后来她们也入中年，连当年我那球队打后卫的棒小伙子刘会军转眼间已双鬓斑白。看来不老的还是文学，因为年年都不断读到人文社的新书。然而这些不断带着书香与新意的书都是浸过新老编辑的心力才进入读者手中的——这我深知。

前些年去人文社散文编辑室看刘会军，一进人文社的老楼，一种特殊又熟稔的气息，忽然让我动了感情，我没有马上去三楼散文编辑室，而是上下楼梯，穿走廊，一扇扇门儿从身子两边掠过，真好似进了时光隧道，但是墙面刷得雪白，门漆成湖蓝色，走廊上遇到的人一个也不认得……我已找不到昨天了——昨天的别人和昨天的自己了，却分明觉得我身上有些东西是这里给的，是这里的人帮我从蹲着到站立起来，走上文学的不归路，而且正好经历了中华民族一个骤变和巨变的时期。正因为身在这里，如同在旋风的中心地带，命中注定使我把一个知识分子的使命看得分外重要，这个影响直通今天的我。

如果我当年没到朝内大街一六六号来，今天我一定是另外一个冯骥才。

我还想到了一件遗憾的事：我曾在人文社生活两年之久，但那时太穷，谁也没有相机，竟然没留下一张照片；那段珍贵的人生竟是一片视觉记忆的缺失与空白。待我找个时间，一定要去趟人文社，站在老楼前拍张照，留个纪念，更为了久远的记忆与怀念。

二〇一三年八月八日　写就

二〇一三年八月二十四日　二稿

第二辑　城市的根基是活着的历史

近年来，知识界关于保护城市历史文化风貌的呼声，也算够响亮、够强烈、够急切的。但响应的声音只在文化圈子里转转罢了。反过来，那种被称作〝建设性破坏〞的城市改造狂潮，倒是更加猛烈。只要是旧房老屋，一律被称之为危房陋屋。其中深在的历史文化内涵，说它有就有，说它没有就没有。文化价值本来是看不见的，有识者才能看见。当然，也可以视而不见，见而不言，装聋作哑推倒了再说。在推土机的巨铲面前，城市的历史如同城市的垃圾等待着清理。

前年，当具有六个世纪历史的天津老城面临被彻底铲除的命运时，我邀集了历史、建筑、文博、摄影等界人士入城考察，摘取文化遗存之精华，拍照后编印成册。本想以此促动一些文化拯救，但于事无补，没人理睬。在老城中雄赳赳拔地而起的第一座玻璃幕墙的大楼，便把一眼明代古井压在下边了。谁又料到，这画册竟然给古董贩子们帮了忙。贩子们以此为据，人手一册，按图索骥，将城中刻砖雕石，一一取去。历史就这样被肢解和毁灭了。

手下留情

文人的悲哀，是他们总以为自己庄严的呼吁，必然激起反响，随即取得良好的社会效应。然而实际上却如面对空谷一呼，其后了无回应。那喉咙的脆弱唯有自知。

近年来，知识界关于保护城市历史文化风貌的呼声，也算够响亮、够强烈、够急切的。但响应的声音只在文化圈子里转转罢了。反过来，那种被称作“建设性破坏”的城市改造狂潮，倒是更加猛烈。只要是旧房老屋，一律被称之为危房陋屋。其中深在的历史文化内涵，说它有就有，说它没有就没有。文化价值本来是看不见的，有识者才能看见。当然，也可以视而不见，见而不言，装聋作哑推倒了再说。在推土机的巨铲面前，城市的历史如同城市的垃圾等待着清理。

前年，当具有六个世纪历史的天津老城面临被彻底铲除的命运时，我邀集了历史、建筑、文博、摄影等界人士入城考察，摘取文化遗存之精华，拍照后编印成册。本想以此促动一些文化拯救，但于事无补，没人理睬。在老城中雄赳赳拔地而起的第一座玻璃幕墙的大楼，便把一眼明代古井压在下边了。谁又料到，这画册竟然给古董贩子们帮了忙。贩子们以此为据，人手一册，按图索骥，将城中刻砖雕石，一一取去。历史就这样被肢解和毁灭了。

一时我痛恨自己。总是为无文化所愚弄。

我经常向一些城市管理者发问，你们到底要把城市改造成什么样子？

回答有两种：前一种是，没想那么多，先解决老百姓的住房问题再说；后一种是，建成现代化城市。后一种回答听起来有明确目标。但只要追问一句，这现代化城市具体的形态呢？高楼林立，汽车飞驰，灯如繁星？像香港？像东京？像纽约？回答便卡壳了，或者又回到前一种回答：没想那么多。

你心中没有明确的城市形态，但城市最终会把你的观念呈现。于是，从关外到岭南，从滨海到河西，城市的面目开始相互同化。到处似曾相识，天下同一面孔。人在异地他乡，恍如本乡本土。这种奇怪的感受已经把一个悲剧性的事实摆在人们面前——城市正在失去个性！

我真奇怪，一个创造了那么灿烂多姿文化的民族，对环境文化变得如此雷同单一，怎么竟然毫无敏感和反应？

长期以来，我们只看重了城市的使用功能，忽略了城市是有性格的生命。任何一个城市，它独有的历史都是它的性格史和精神史。文字的历史只能启动想象，建筑的历史才是摸得着的物证。它所有的空间都神奇地充满着历史遗留下来的精神。而它们本身又是各个城市独具的思维方式、生存方式、审美方式，以及创造性和想象力的最生动的体现。一个城市不能被代替的个性内容，都在它的形态中了。为此，巴黎人不会创造出开罗，纽约人不会创造出雅典，太原人不会创造出苏州，广东人也不会创造出北京。一旦这个城市失去它固有的形态，不仅与历史中断，失却了精神载体和心灵的巢，看不到自己的性格轮廓，而必然在彼此走向雷同的城市中陷入迷茫。

可是，我们对待城市的态度一直过于功利化。以致今天说起城市的精神文化价值，仍然像是在说一个城市的神话。

城市，你若把它视为一种精神，就会尊敬它，保卫它，珍惜它；你若把它仅仅视为一种物质，就会无度地使用它，任意地改造它，随心所欲地破坏它。

于是，有一种荒唐的说法，把城市的改造和城市特色的保护说成一对矛盾。只有舍鱼才能获取熊掌，二者不可兼得。这说法成了放开手脚、不管不顾、对城市大拆大改的一种理由。同时，在这种说法的背后还有一种潜台词，似乎任何不加文化限定的城市改造都是为民谋利，而执意强调保护城市历史文化特征，则成了文化人的精神奢侈。

我曾把我国中原的三座古城洛阳、郑州和开封，与意大利的三座名城罗马、佛罗伦萨与威尼斯进行比较。这里，且不说那三座意大利古城怎样把自己的文化奉若神明，怎样给我们以深刻而崇高的文明感染。只说我们自己——

如今面对着我们这中原名城，哪里还能感受到什么“九朝古都”“商城”和“大宋汴京”的气象？这分明是在内地常见的那种新兴城市。连老房子也多半是二十世纪建造和失修的旧屋。郑州那条土夯的商代城墙，被挤在城市中间，好似一条废弃的河堤，落寞又尴尬；从历史文化的眼光看，白马寺差不多像个空庙；开封那条花花绿绿的仿古宋街呢？一条如同影城中常见的仿古街道，唤起我们的是自豪感还是自卑感？真实的历史给我们充填精神和力量；仿造的历史只为了向游客伸手讨钱。

我们曾经创造了无与伦比的文化，但必须承认，我们缺乏文化意识，也很少文化自珍；从无形的文化财富上说，我们极其富有；从有形的文化遗存上说，我们早已变得贫穷。如果今天仍然把这些觉悟和要求当作精神奢侈，那才是真正的文化的悲哀！

世界上有无数例子可以说明，城市的建设改造与特色保护，完全能够并行不悖。要做到这点其实不难。首先要对自己城市的精神文化有深刻认识，要有在文化上清醒的、富于远见的城市规划，还要有严格的法规保障。当然，在城市的建设发展过程中，固有文化不可能没有损失，必然有所牺牲，但这一切都必须是在高度的文化认识的层面上。

于是，问题就清楚了——我们很少站在这层面高瞻远瞩，规划缺乏法制保证而显得无力，这就不免受到开发商左右和金钱的支配。如果那些有历史人文价值的建筑的命运，主要看它是不是在黄金地段上，那么城市风貌必毁无疑。其实盖在黄金地段的并不是老百姓的安居工程。到底换取这历史文化的是什么？不言而喻，不说自明。任何精神文化性质的事物一旦听凭金钱驾驭，只能陷入危机与无奈。

城市的历史文化形态，是人类文化的重要财富。凡历史创造的，都是一次性的；失去了便无复再生。尤其那些历史文化名城，都是地球上活着的最大的文物，是千姿百态的人文奇迹，是一个个充满魅力的精神空间。任何文明的民族都懂得，必须珍惜它，保护它，加强它和衍续它。这样做既是为了先人，更是为了后人。凡是具有历史价值的事物，都更具有未来价值。那么，我们这华夏一代该怎么做？难道等着后代骂我们是文化空白的一代？没有文化才是最大的文盲！

现在的关键人物是城市的管理者们。如果他们先觉悟，未来的文明便提前一步来到今天；如果他们还没觉悟呢？我们只有大呼一声：手下留情！为了后代，请留住城市这些仅存的历史吧！

文化眼光

文化是一种无形的存在。有人能看到，有人看不到，这就需要文化眼光。

何谓文化眼光？这要先弄清何谓文化？

文化一词多义。大致有三：

一是把它视为一种教育状况或知识程度。比方说某某人“有文化没文化”，“文化高或文化低”。

二是作为一种考古学术用语。如仰韶文化、大汶口文化、良渚文化。

三是人类所创造的总财富。主要指精神财富。

长久以来，对文化的普遍解释多是第一种。而一个阶段，还把文化单一地、生硬地、干瘪地当作意识形态，那时的社会生活变得多么空虚与空洞！这种解释，贻害殊深，很少有人把人类生活视为一种文化。生活便只剩下赤裸裸的生存需要，文化退到生活之外，成了可有可无。可以说，文化一直在狭义中存在。而对文化广义上的解释不过是近些年的事。一些有识之士为了改变世人对文化的偏狭的成见，区别以往的文化定义，便创造出一个词来，叫作“大文化”。

大文化像猢狲，从身上拔一把毫毛，吹一口气，变成千万种文化。从燕赵文化齐鲁文化吴越文化岭南文化巴蜀文化中原文化长江文化黄河文化海洋文化，到城市文化山水文化商业文化农业文化企业文化佛教文化道教文化民俗文化民居文化服饰文化案头文化药文化食文化酒文化茶文化，再到钱币文化武林文化兵刃文化京剧文化风筝文化生肖文化祭祀文化电视文化咖啡文化牛仔文化年文化鞋文化性文化鬼文化梦文化……于是，不断听到惊呼："什么都成了文化，难道上厕所也是文化吗？"差不多，这里又有一个"厕所文化"的概念出现。

只要用文化眼光来看，文化便无所不在，对事物也会产生新的认识与发现。比如对于酒，用先前那种非文化的眼光来看，不过是一种佐餐助兴的饮料而已，最多能以酒浇愁，一醉方休；倘若换个文化眼光来看，则必然还要关注酒的历史、酒的制造、酒的储藏、饮酒方式、售酒方式、酒器酒具、酒曲酒令、酒的诗与画，以及酒和地域、民俗、气候的关系……那就会发现还有一个比酒的本身大得多的酒文化。由于酒一直处在这历史的、民族的、地域的、人文的等等环境中，必然浸入这些因素，成了一种文化载体，具有认知和享用这些文化的价值。那么，酒于我们，不只是清香醉人的佳酿，还是醇厚醉心的文化汁液。所以，聪明的酒厂老板，都是一边靠酒一边靠酒文化发财。如果进一步，我们用这样的眼光来看生活的一切，才会真正感受到中华文化的博大、丰实与深邃。

然而，生活文化以两种状态存在着。

一是活着的状态，一是历史的状态。

活着的状态是一种生活，历史的状态才是一种完完全全的文化。

当一种特殊的生活方式被时代淘汰，消失了，它的精神便转移到曾经共存的物品上和环境中。过一段时间，人们就从这器物和环境中了解、感受与认识昔日生活的形态与精神了。这样，器物与环境便发生了质变，在"活着"的时候，它们是实用性的生活物品与生活环境；入"历史"之后，就变成纯精神的文化物品与人文环境了。同一件事物，它们本身并没有文化，还是原来模样，这变化究竟是怎样产生的？其实它是人们的一种认识，也就是人们用文化的眼光看出来的。

文化眼光不是一般目光，它必须具有文化意识和文化素养。

眼光，也就是眼力。一般人没有这种眼光，所以，当这些环境与器物由"活着的状态"转变为"历史的状态"时，常常被当作无用的东西丢弃了。昔日器物被当作破盆破罐，旧时房舍一样被当作危房陋屋。看来这眼光中还有更重要的一个内容，就是面对这一切，人们只是从现实的角度而不是从将来的角度来看的。

一个相反的例子，能够做最好的说明：

当柏林墙拆除时，世界上许多博物馆都派人跑到德国，去争购那些涂满图画与文字的墙体碎块。出价之高，惊骇一时。他们几乎在同一时间觉悟到，这座被时代淘汰的墙恰恰是一种过往不复的珍贵的历史象征。德国政府被惊动了，于是决定那一段尚未拆除的柏林墙不拆了，保护起来，永世珍存。

这种眼光说明了什么？它说明——

有些事物的历史文化价值，必须站在未来才能看到。文化，不仅是站在现在看未来，更重要的是站在明天看现在。

那么，文化眼光不只是表现为一种文化素养，一种文化意识，更是一种文化远见和历史远见。

城市的文物与文化

有一种说法：到美国去看新的，到欧洲去看老的。还有一种类似的说法：在美国想未来的事，在欧洲想历史的事。如果世上的任何道理，都是在讲事物的一个侧面，我看上边的说法没错。欧洲的名城全都浓浓而优美地充满着历史感，尤其是雅典、罗马与巴黎。

巴黎的历史感，并不仅仅来自于埃菲尔铁塔、凯旋门、罗浮宫和圣母院。那是旅游者眼里的历史，或只是历史的几个耀眼的顶级的象征。巴黎真正的历史感是在城中随处可见的那一片片风光依旧的老街老屋之中。

在这里，墙壁差不多全老化了，斑驳，脱落，生苔，并被大片簇密又婆娑的常青藤覆盖；阳台上美丽的铁栏大多锈红；铺在地上的方形石块也已经磨圆，走在上边更像大鹅卵石；那些石头台阶仿佛睡了一夜的枕头那样，中间部分生生地被踩得凹陷下去；又窄又弯的街巷，很少阳光通明，而总是被斜射下来的光束切割得一段明媚而灿烂，一段塞满黑黑的阴影。可就在这阴影里，常常会埋伏着一家老店，是面包店、酒店、鞋店还是书店？咖啡店总是香味四溢，店铺门上书写的年号只有在历史书上才能找到。至于店里陈设的瓷盘、画片和早年的遗物等，就是这家老店独有的迷人的见证了。

不要只用旅游者的眼睛去看，找一位这街上的老人聊一聊，也许他会告诉你毕加索曾经常和谁谁在这里见面，莫泊桑坐过哪一张椅子，哪一盏灯传说来自凡尔赛宫或爱丽舍宫，当然最生动的还是那些细节奇特的古老的故事。这时，你会忽然明白，巴黎那浩大而深厚的文化，正是沉淀在这老街老巷——这一片片昔日的空间里，而且它们不像博物馆的陈列品那样确凿而冰冷，在这里一切都是有血有肉，活灵灵的，生动又真实，而且永远也甭想弄清它的底细。如果这些老街老巷老楼老屋拆了，活生生的历史必然会失散、飘落、无迹可寻。损失也就无法弥补!

从城市保护的角度看，文物与文化不是一个概念。

文物是指名胜古迹。它们多是历史上皇家与宗教遗产中的精华，显示着一个城市文化创造的极致。自然是首要保护的。

文化的内容却广泛得多，更多表现在大片大片的民居中。它是城市整个生活文化的载体，也是城市真正的独特性之所在。就好比北京的城市文化特征不是在故宫，而是在胡同和四合院里。但要保护起来并非易事。

记得与一位文友在电视上谈城市保护时，这位文友说："北京比天津古老得多，也经典得多，紫禁城、天坛、雍和宫、颐和园，天津有吗?要保护首先是北京。"显然这位文友把文物与文化两个不同意义的事物混淆了。文物之间可以划分品级，文化之间却是完全平等的。各个民族、地域、城市的文化都是自己一方水土独自的创造，都是对人类多元文化的一己贡献。失去了自己的文化，就失去了自己的个性特征，乃至一种精神。从文化整体上说，也就失去其中一个独特的文化个性。

然而，巴黎的过去和我们今天一样，也经受过现代化的冲击。特别是二十世纪五六十年代，高楼大厦要在巴黎市中心立足，成群的汽车都想在老城区内冲开宽阔的大道。老城区的街道狭窄，房子的设施陈旧，卫生条件差，供电不足，从实用的角度完全有理由拆掉和另建新楼——这些理由被房地产商们叫嚷得最凶。现在使我们为之倾倒的古老又迷人的沃日广场，在当初差不多已经被宣布了死刑。尽管法国最早的城市保护法颁布于一九一三年，但受保护的数万座建筑都属文物，没有民居。一九四三年以来的保护法规定有了进步，开始注重文物的"历史环境"，名胜古迹方圆五百米之内的所有民居建筑都受保护，但从民居的角度看还不过是沾了名胜古迹的光，并没有独立的民居的保护条例。这由于名胜古迹是一座座建筑，比较好保护；民居是一片片城区，而且其中良莠掺杂，产权分散，很难规划。世界无论哪个国家，城市保护的最大问题都不在名胜古迹而在民居方面。那么究竟是谁把巴黎这大片大片的老屋老街原汁原味地保护下来了?

是巴黎人自己！是他们在报上写文章，办展览，成立街区的保护组织(如历史住宅协会、老房子协会等)，宣传他们的观点——这些老屋决非仅仅是建筑，这些老街也决非仅仅是道路，它们构成了“历史文化空间”。巴黎人的全部精神文化及其长长的根，都深深扎在这空间里，而且这空间又决非只属于过去。在文物中历史是死的，在这文化中历史却仍然活着。从深远的过去到无限的未来，它血缘相连，一脉相承，形成一种强大和进展的文化与精神。割断历史绝不是发展历史，除掉历史更不是真正地创造未来。因此，他们为保卫这空间而努力数十年。如今这些观点已经成了巴黎人的共识，巴黎已经有了清晰的民居保护区和严格的保护民居的法规。特别是一九六四年法国建立了“文物普查委员会”，对本土的文化资源进行彻底又细密的清点，具有历史文化价值的民居便进了国家文化遗产的视野之中。这些，在阿尔斯纳尔馆——巴黎城市规划展览中心的彩色图表和电视屏幕上，都会一目了然。在保护区内，老屋老街享有名胜古迹同样的待遇。即使维修老屋，也必须获得政府有关部门批准，尤其临街的老墙是大家共享的历史作品，不准损害分毫。而这些老屋的房主们还会得到政府的经济补贴。一位巴黎人对我骄傲地说：巴黎到处是工地，但不是建新的，而是维修老的。为此，在这里官员们为了赢得选民们的票数也要大唱保护主义的高调，取悦于选民。当保护城市文化的愿望已经成为一种自觉而顽强的民意，谁还会为巴黎的文化操心与担心？如果再去问“难道巴黎人不想舒舒服服住上现代化的大房子”，岂不是可笑的吗?

我思考着我们与他们的距离。

刚到巴黎的第一天，主人从机场接我们去旅馆，天色很晚，车子穿过华灯璀璨的夜巴黎，一头扎进一条漆黑的窄巷，停在一家小旅店的门洞口。待进了店，店员不叫我们把箱子放进电梯里，因为这种二十世纪六十年代以来装配在老房子里的电梯最多能乘载两个人。我们只能提着重重的箱子沿着旋转的铁梯爬上三楼，而卧室又小又斜，其中一个墙角尖尖的大概只能立一根扫帚。可是推开卫生间的门，里边却是意外的漂亮舒适，设施十分先进。第二天醒来转转看，才明白这座旅店原来考究之极，家具全部仿古。整座楼处处都陈设着古老的艺术品。推开窗是一个很小的天井，上边红瓦蓝天，四面墙爬满青藤。此时天已深秋，叶子半绿半红，图画一般美丽。一扇扇窗子镶在其中，窗框漆着白漆。我忽然生出一种错觉——会不会哪扇窗子一开，邦斯舅舅或娜娜伸出头来？第二天一早，我的主人来旅店见面就问我：

“这旅馆怎么样？习惯吗？”

“很美。应该是典型的巴黎吧！”我说。

我的主人听了特别高兴，而且整整一天都十分愉快。这便是巴黎人的观念，也是他们的一种情感——他们为自己生活其中的文化而骄傲。我还想听听她于此再说点儿什么。但一忙，没有往下说。后来我遇到一位城市保护专家，一句话把我的思考引向深入：

“城市的精神重于它的使用。”

除了巴黎人，谁还会这样想？我们？

城市为什么要有记忆?

在当前中国城市地毯式的改造中，一个词语愈来愈执着地冒出来，就是——记忆。这个并不特别的词语放在城市的变革中便让人们感到异样、另类、不和谐、不解，还让那些恨不得把城市“推倒重来”的人颇为反感。城市难道不是愈新、愈方便、愈现代愈好吗？为什么需要记忆？记忆什么？有什么用？为了那些看不见摸不着的记忆而把它破破烂烂地堆在那里吗？

首先说记忆。人的记忆分两种。一种是不自觉的，一种是自觉的。前者是自然的，松散的，不经意的；不论记住还是没有记住，不管日久便忘或历久难忘，全是一任自然，具有感性的色彩。我们在日常而平凡生活中的记忆大致如此。后者——也就是自觉的记忆，则是理性的，刻意的，是为了不被忘却。我们每个人的心灵中也都有这种自觉的记忆。

城市和人一样，也有记忆，因为它有完整的生命历史。从胚胎、童年、兴旺的青年到成熟的今天——这个丰富、多磨而独特的过程全都默默地记忆在它巨大的城市肌体里。一代代人创造了它之后纷纷离去，却把记忆留在了城市中。承载这些记忆的既有物质的遗产，也有口头非物质的遗产。城市的最大的物质性的遗产是一座座建筑物，还有成片的历史街区、遗址、老街、老字号、名人故居，等等。地名也是一种遗产。它们纵向地记忆着城市的史脉与传衍，横向地展示着它宽广而深厚的阅历。并在这纵横之间交织出每个城市独有的个性与身份。我们总说要打造城市的“名片”，其实最响亮和夺目的“名片”就是城市历史人文的特征。

每闻新的出土，随即拍马赶到

当然，伴随着记忆的另一半是忘却。这也是很自然的事。在城市漫长的成长过程中，它总是一边创造，一边销毁，还要不断地改造与扩大，再加上灾难性的变故(包括战争与自然灾害的破坏)，记忆总是在不断地丧失。在传统的城市发展中，记忆与忘却都是随其自然，是不自觉的和非理性的；拆旧建新，随心所欲。因为那时人们只把城市看作是功能的、使用的、物质的，没有看到它的个性的价值与文化意义。

但是，自从人类进入现代化社会，便对自己的城市产生一种理性的记忆的要求，开始觉悟到要保护这些历史人文的记忆载体。应该说到了二十世纪五十年代著名的《威尼斯宪章》一出来，人们对城市的保护就非常自觉了。保护它，决不仅仅因为是一种旅游资源或是什么“风貌景观”，更是要见证自己城市生命由来与独自的历程，留住它的丰富性，使地域气质与人文情感可触与可感。当然，这些都是从精神和文化层面上来认识的。于是，文化保护便成了现代城市建设中最紧迫和最前卫的课题之一。记忆和遗产在高速发展的当今世界上变得愈来愈重要。其实遗产就为了记忆。

应该说，城市本身没有自觉的记忆。这种理性的记忆，实际上是人赋予它的。为此，自觉的记忆是现代人类的文明要求与文明行为，而破坏记忆则仍是滞留在一种原始的非理性的惯性中。

当然，记忆是有选择的。

这里说的记忆不是个人化的，不是为了满足个人某种怀旧情绪的。它是一个城市的记忆，群体的记忆。那就要从城市史和人类学角度来审视城市，从城市的历史命运与人文传衍的层面上进行筛选，把必须留下的记忆坚决守住。这样，城市的保护就绝不是简简单单留下几个“风貌建筑”，摆摆样子而已；更不会随手把许多极其珍贵的记忆大片抹去。

对待一个城市的生命记忆，对待一代代先人的经历与创造，必须慎重，严格，精心。对待保留下来的记忆必须尊重它的完整性与真实性。任何随心所欲的涂改都会破坏记忆。就像北京南池子改造中将四合院改为四合楼——记忆已经无复存在。本质上仍是“建设性破坏”。

我们强调保留城市的记忆是保护好城市的历史真实。能够体现真实的只有是实物。那么我们就必须尊重城市历史，无权对它们任意宰割，把阅历丰厚的城市最终变成亮闪闪又“腹内空空”的暴发户，变为失忆症的患者。如果我们真的这样做了，我们的后代便会在未来的变得千篇一律的城市里，一边茫茫然无所凭借，一边骂我们这一代无知与野蛮。

老街的意义

城市是有生命的，所以我们结识了一个城市之后，总会问一问这城市的由来。有的城市没有留下童年的痕迹，它的历史仅存于空洞的文字记载中；有的却活生生地遗存至今——这便是城中的老街。

有时徜徉在村镇中，会觉得它很像一个城市的雏形。如同一只羽翼未丰的雏鸡那样，说不定百年之后会壮大和发福，长成一个膀大腰圆的城市来。村镇都是这样，一大片房子，中间有一条街，街上有店铺和作坊，有东西买，有吃有喝，这条街很重要，供应这镇上住民一切生活之必需，自然也就是为这个群落的成长而输送能源的血脉了。我这话的意思是，城市的源头是一条街。最早的街，过后都叫作老街。

天津这城市，受益于海河水系。这无疑以码头为起点。那时四方货物都凭借着河水的运载进行流畅的交换。码头便是转运站，或称枢纽。码头首先都是吃喝不愁，东西充足，各地运来的物品全是利润极低的“源头货”。这一来，人就都聚到这儿来了。而且人聚一起，需要用品多，买卖店铺也就应运而生。店铺愈多，活计愈多。供和需互动，买和卖相生，码头便孕育出一个有血有肉的城市的胚胎。

由码头演变为城市，要比由村镇发展为城市快得多。

这胚胎的一个重要特征便是生活性的街道的出现。而且这生活性渐渐又质变为社会性。待社会形成，才好说城市开始成形。

码头靠着河，所以天津最古老的街道都在河边，与河平行。主要是两条，分列在三岔河口的一东一西。东边一条是古文化街，以前称作宫前街，由于天津先民的民间崇拜妈祖的庙宇在那里，所以那条街更多文化色彩。

西边一条是估衣街。估衣街虽然不长，但在此地百姓的生活中至关重要。在天津城市的孕育时期，它的作用就像前边说的村镇中的那条大街一样。

这条街的历史可以追溯到元明时期，当时叫作码头东街。顾名思义，表明天津远在码头阶段即已成形这么一条古街；时间距今超过六个世纪，应在天津建城之前。对于城市史来说，街道两旁的建筑会不断推陈出新，街道本身却总是老样子。倘若没有发生地区覆灭性的天灾人祸，谁也不会把一座新房子盖在街道中央的位置上来。现在，估衣街两边的建筑多是二十世纪初商业大发展时期涌现出来的，但也是一座一座新楼屋渐渐插进来的，街道的模样却不改初衷，依然故我。它狭窄细长，略略弯曲，典型地属于那种自然形成的原始形态的老街。

最初，这条街只是码头上居住群落中间的一条干线，兼有购物的作用，但并无“估衣”的功能，估衣街的大名也没有出现。

一条老街总是历尽沧桑。但估衣街还算幸运。它与早期的天津共同经历了数百年的繁华。一九〇〇年以前，天津的重心在城市的东面和北面。亦即三岔河口的两边。富商大贾一半居住在城中，一半居住在北城与东城外，尤其南运河边。估衣街正好从中穿过。商埠的特征是贫富之间风云多变。一夜间的暴发和转瞬间的破败全是此地世间的波澜。于是，当铺和那种将死当的衣服贱卖给平民的估衣铺，成了天津的热门买卖。这条老街由于估衣铺集中而得名“估衣街”。但是，估衣街决不仅仅做估衣买卖。此地老字号的名店全都云集这里。如绸缎庄之谦祥益和瑞蚨祥，药店之达仁堂和乐仁堂，鞋帽店之盛聚福和同升和，瓷器店之瑞昌祥和同泰祥，糖果店之瑞鑫号，南纸局之文美斋，以及皮货、香烛、眼镜、广货、银号、颜料等，还有饭店、戏园、澡堂、理发店掺杂其间，几乎浓缩了整个天津的商业。在它的极盛时期，大约有一二百家名店夹峙在这仅有一里长的老街上。

估衣街的繁华历经了两个高潮，一是清代中期(一八〇〇年)至庚子事变(一九〇〇年)，一是从一九〇〇年至一九三〇年。应该说第二个高潮期达到了历史上的巅峰。此时天津正由本土的商埠，急速转变为中国现代大都市。估衣街上应时出现了一批大型商店。建筑上将本地的磨砖对缝等传统技术与西式楼房结构相结合，将本地古色古香的刻砖艺术与舶来洋味十足的铁花护栏相融合，创造了非常独特又优美的民初时期的商业建筑。大概是临街的外墙高耸，装饰华美，形成一道十分新奇又气派的店面；店内两层楼，经营空间比老式的店铺大了一倍以上。应该说，这是我国本土最早的一种大型商厦。其中代表作如谦祥益保记和瑞蚨祥等，至今风姿绰约地伫立在估衣街头。除去估衣街，不仅在津门——即便走遍全国也很难找到同类风格的历史精品了。

一九三〇年以后，一个现代的商业区——劝业场商业区在天津崛起。它将一种外来的极其便利的综合性商业形式，即集购物、娱乐、餐饮和旅店为一体的商业大楼生机勃勃地带给人们。津门的商业中心遂由西北迁至东南，也就是原法租界地区，即今滨江道一带。估衣街上的一些老店，也迁营拔寨，前来加入新的一轮的竞争。这一来，估衣街便一步步移出商埠的中心位置，走向边缘，并一点点有了历史文化的价值。

今天，这条老街不仅仍旧保存那些名店，还有大量昔日的货栈、会馆、商业公所等等遗迹。近日我们在其中又发现一些记载着当年商业活动的碑刻，生动地体现了这条老街昨日的经济活力。如果再加上史逾百年的总商会遗址，这一地区应是目前我国大都市中保留最完整的、有系统性的一座本土商业历史博物馆。对于后世，它在旅游方面肯定具有久远和持续的价值——当然，关于将老城区怎样开发为旅游区的话题，还不属于本文探讨的范畴。

一个城市可能有一条或几条老街。对于天津这种文化多元的城市来说，历史深厚的老街大致有四，一是老城中心的十字街，一是古文化街即宫前街，一是估衣街，一是解放路即旧租界中街。每条老街都有其独特内涵，相互不能替代。十字街是本土的政治与文化的核心；旧中街虽然讲究又漂亮，洋楼林立，近代史的积淀很深，但对于津门百姓来说，情感上却比较生疏；至于宫前街和估衣街，就像上海的城隍庙一带，南京的夫子庙地区、苏州的庙前街一样，都是市井生活的中心地带，与本地百姓情牵意连，难舍难分。

一个城市的街道，倘从高处俯瞰，宛如一株大树成百上千条的根须。城市愈大，其根愈茂；这根须其中有几根最长最长的，便是这城市的老街。它与城市的历史一样漫长而悠远。它深深扎在这城市厚厚的历史文化的土壤里，也就是深深扎在这城市人们的心里。这街上的风雨，人们曾与之一起经受；人世间的苦乐悲欢，它也是无言的见证。人们不断地丰富它的故事，反过来它又施惠于人们——从古到今！从物质到精神！人们从老街可以找到的往日的东西真是太多了。故而，一个城市由于有了几条老街，便会有一种自我的历史之厚重、经验之独有，以及一种丰富感和深切的乡恋；它是个实实在在的巨大的历史存在，即是珍贵的物质存在，更是无以替代的精神情感的存在，这便是老街的意义。

如果哪个城市还有条老街，那就是拥有一件传家宝！

今天的辉煌是一种实力，昨日的辉煌才是一种文化。

一九九六年我在开罗，被主人邀请到他们的老城区——著名的汗·哈利利市场去游玩。那是几十条老街构成的最古老的市中心。这些曲折繁复交织如网的老街老巷中，挤着几千家小店铺，专门出售埃及人特有的铜盘、首饰、纸莎草画、罗钿镶嵌、皮件和石雕，店铺中还有一些两层楼的饭店，可以吃到埃及人爱吃的烤饼和手抓羊肉。身在其中，我觉得已经陷入开罗人独有的生活旋涡里，奇特又温暖。我说："在这里的感觉真是好极了。我读过你们的诺贝尔奖得主纳吉布·马哈福兹关于这个市场的一些小说片断。现在不知道是他把这条街写活了，还是这条街使他写活了。"我的主人听了很高兴，他说："开罗也有一些国际化现代化的大街，很漂亮，很气派，但那不是开罗，这才是开罗，是埃及！哎——"他忽问我，"你的城市也有这样的老街吗？"

我心里忽然冒出古文化街和估衣街来，不由得很骄傲地说："当然！"

巴黎的历史美

对于古老建筑的维修，历来分为两种方式，也是两种观点：一是整旧如新，即粉饰一新；一是整旧如旧，即在修整中尽力保持古物历时久远的历史感。前一种方式多出于实用，后一种方式则考虑到古建筑蕴含的历史和文化的意义。在我国，很长时间都是整旧如新，及至近世，才有了整旧如旧的观念。

这些年，西方的古物修复专家又在探讨一种新的方式，便是用科学方法除去古物表层的污染物质，使古物再现它刚刚完成时最初的面貌与光辉。我曾著文，称之为“整旧如初”。这种方式被认为是更高层次的“整旧如旧”，即还历史以本来面目。它最成功的例子是梵蒂冈西斯廷教堂米开朗琪罗的穹顶画《上帝创造人》的修复工程。但它也有失败的例子，而且十分惨重，便是近期修复完成的米兰那幅世人皆知的达·芬奇名作——《最后的晚餐》。

五年前我在意大利，听说达·芬奇《最后的晚餐》正在修复，便怀着很大兴趣到米兰修道院去看。几位专家在高高的架子上，专注而凝神地工作，像在为一位病人做大手术。据说他们每天只能完成一个火柴盒大小面积的壁画的修复工作。当年修复专家们对西斯廷教堂的穹顶画也是这样做的。而《最后的晚餐》是一幅残损尤重的艺术史名作，许多部位都剥落得一片模糊，因此人们很想知道五百年前达·芬奇完成这幅作品时最初的神采。当时我还在米兰的书店买了一张修复前的《最后的晚餐》的印刷品，以便将来对照来看。

然而，如今一看，竟然惨不忍睹！不但不相信这幅画最初会如此拙劣，连修复前那种历尽沧桑的历史感也荡然无存。这一修复工程失败的缘故，被专家认为是达·芬奇作画时最喜欢试用各种新型颜料。这幅画所使用的颜料肯定与他一贯采用的“湿壁画”法相抗，所以传说这幅壁画在刚刚完成时就已经出现裂纹并开始剥落，这样一来，修复的一半工作成了修补。再说五百年来人们已经习惯了那种残破又古老的样子，即使修复后的画面和当年作品完成时一模一样，人们照旧会不买账。从来批评得最凶的总是批评家们，他们指责意大利修复专家的“胆大妄为”，甚至说意大利人“用‘先进’技术破爆了《最后的晚餐》”。

比起意大利人，法国的修复专家要谨慎得多。但谨慎并非保守。在位于四区的巴黎市政府文化事务局里，一位宗教艺术品研究员安贝尔表示他坚持“整旧如旧”的原则。他认为意大利人“整旧如初”的做法，即便成功了——如西斯廷教堂穹顶画——也使古代遗存失去历史感。因为古物表面斑驳含混和漫漶不清的一层不仅仅是物质浸染(如烛火、灯烟和空气氧化的浸染)，更是一种时间浸润的结果，这里边还包含一种珍贵的历史感，也就是历尽沧桑的味道。去掉这一层，就是除却历史。

我同意他的观点，但我追问他：“你认为‘整旧如旧’应当‘如’哪个‘旧’呢？事物的历史化是一个时间过程，也就是一个逐渐‘旧’化的过程。应当锁定在哪个程度上？”我想同他认定修复的标准。

他想了想说：“这个问题很有意思，也很难回答。应当是一种中间状态吧。”

他的话发动了我的思考。我喜欢把谈话逐层推向深入，我说出我的意见：

“我的想法是修复工作应尽量用减法，少用加法。减法是减去三种东西，一是朽坏糟烂、不能恢复并有碍观瞻的部分；二是有害的微生物；三是污染痕迹，如烟尘、酸雨、霉点等造成的污染。这个减法的极限是不能减去历史感和美感，我生造一个词吧，就是——历史美。”

安贝尔笑了。笑容表示他很欣赏这个词。他又加了一个注脚：“历史美也是一种艺术美。”

法国人就是这样可爱，他们把一切美好珍贵的事物全视为艺术。因为唯有艺术才能在他们心中至高无上。

在凡尔赛宫，承蒙主人热情，让我参观了一间尚未公开开放的玛丽·安托瓦内特皇后内宫的休息间，屋内精致典雅，华贵沉静，充满着一种唯王室才有的考究到极致的气息。这间不足二十平方米的房间，据说竟然修复了近三十年！连窗帘、椅子的面料及壁布，全是仿照昔日残存的布料的图案复制的。不仅豪华地再现昨日的奢侈与辉煌，而且连古老物品那种历时久远的风韵也全然仿制出来。陪我参观的一位历史专家说，宫中古物的维修人员，都是毕业于文化遗产学院的高等人才。他们不单要对古物清洁、加固、维修，关键要整理出那种历史的味道。这种维修，远远比创造这件物品用时还长。因为他们明白历史感不是物品原有的，是历史的一种加工。在历时久远的时间长河里，物品不再仅仅是一种物质。时间是神奇又有力量的，它会把它深远的历史内容无形地注入进去，同时将潜在其间的特有的时代美与文化精神升华出来。时代美过后就变为一种历史美，但只有它成为历史才变得更加清晰和更加动人。于是，历史物品更重要的价值是一种精神，一种美。这种美往往与它的沉默、斑驳和残破同在，而修复古物的关键，不仅是技术高超，更要理解历史和懂得美之所在。我望着墙边一排刚刚修复不久的老椅子痴迷不已时，陪同者告诉我，这里的每把椅子的维修，都需要一位专家工作一年。一年？但谁会这样照料自己的城市的历史？倘若此时我们再放眼去看一看巴黎——这座博大、丰富、古雅、斑驳——在精心的保护与维修中充满历史美感的城市，我们不是会被深深地感动吗！

奥地利的象征是什么？

任何国家都有一个或几个象征物。除去国旗、国徽、首都，这象征可能是一个建筑，一个纪念，一个文化符号，或者一种动物或植物。愈是历史悠久、文化丰富的国家，象征物愈多，比如中国的长城、天安门、阴阳八卦、龙和瓷器，等等。这象征必是这个国家独自拥有、众所皆知、深具魅力、广泛认同的，那么奥地利的象征是什么？

它的斯蒂芬教堂虽然古老雄伟，但比不上德国科隆大教堂气壮如山；它的美泉宫高贵华美，但也比不上法国的凡尔赛宫更大、更繁复、更极尽奢华之能事。阿尔卑斯山上扎着颈铃的大牛为当地山民所自豪，但荷兰奶牛岂不一样的健硕和壮美？并且都不如澳大利亚的袋鼠与中国的熊猫更驰名天下。什么是奥地利所独有并且深刻迷人的呢？

一次与几位朋友在上澳洲的史比斯镇的小饭店便餐。人很多，又多是外国游客。有位小个子的奥地利人喝酒喝得兴奋，唱起歌来，跟着就有人随声附和，渐渐大家合唱起来，唱到兴头就跳舞，这是奥地利人的方式。许多外国旅游者也加入进来，又笑又唱又拍手，但他们不会这些歌曲，不免牵强附会。跳舞就更难了，扭来扭去，跟不上变化和节奏，显得笨手笨脚。那位小个子、好客的奥地利人灵机一动，变了歌曲，高声唱起《蓝色多瑙河》来。顿时，所有的人，不管国籍和肤色，全都同声合唱，并随同拍节，跳起优美流畅的华尔兹舞。满场兴高采烈，情绪高涨，腿脚利索，眉目传情，旋转如风，热烈的气氛似要掀去屋顶。我忽然感到《蓝色多瑙河》的伟大，奥地利人用这支曲子沟通了世界。

在维也纳，有两处天天专门演奏施特劳斯音乐的地方。一处在多瑙运河边，停着一艘船。这艘船永不会开走，船舱是咖啡厅，甲板是乐池；一支轻音乐队每天定点在这里演奏施特劳斯的音乐。船头上立着一尊在维也纳人心目中像英雄一样的“圆舞曲之王”的铜塑像。这艘船就叫“施特劳斯号”。人们边饮边听，还可以欣赏两岸风光，倘若从舷窗探头俯望，多瑙河蓝色的波浪在依依漾动和粼粼闪光……另一处是市中心附近的施特劳斯公园。这座公园内，茂林繁花，绿茵清池，还有飞鸟与水禽，极是幽雅。公园一角，有一个音乐茶座很有名。它设在一片阔地上，摆满粉红色椅子和白色圆座，在公园浓郁的绿色中十分悦眼。中央是一座圆顶石亭，爬满青藤密密的绿叶，快把它包严。这里也有一支小型管弦乐队，二十余人，坐在亭中，天天为游人演奏施特劳斯那些叫人永不生厌的名曲。中间还有俊男秀女表演地道的华尔兹舞。每场演出的高潮都是《蓝色多瑙河》奏响的时候，听众与游人总是激动难捺，离开座席，捉对起舞。

不单在维也纳，你走遍奥地利，无论在闹市街头、酒吧餐馆，还是偏僻小镇、古巷深处，总会不期而遇地听到这支使人心醉的乐曲，你甚至不知它是从哪里传来的。这美妙的精灵在奥地利无所不在。只要一听到它，你就会觉得四周那奥地利所特有的山川风物，原本都是它的化身。你会不知不觉把这音乐融入所有见闻，并因之长久地着了魔似的嵌入记忆。

一次，我在维也纳戒指路上观赏那些古老皇城，心为美景所动，情不自禁哼哼几句《蓝色多瑙河》的旋律，此时一位奥地利中年人正走过身边，他眼一亮，眉毛一挑，对我口中的旋律表示会意，也表示高兴、赞许与得意。因为这乐曲是他们过去、现在与将来永远为之骄傲的，这乐曲把他们心灵中的美感发挥到极致，这乐曲就是他们民族的精魂。

一支乐曲是一个国家的象征，只有奥地利，因为他们有施特劳斯，他们是音乐之国。

白金之城

我的家乡天津是一座盐城，所以我对同样是盐城的萨尔茨堡多一份亲切。我家乡所产的盐是海盐，萨尔茨堡的盐是陆盐，因之我对萨尔茨堡又多一分好奇。

萨尔茨堡一词中的“萨尔茨”(Salz)就是德语中的“盐”。这个城市以盐命名，足见盐在它的历史中的至关重要。

在古代远离大海的陆地上，这种生活中必不可少的盐是极其稀罕的。它是上亿年以前地壳变动时，被大地埋葬的海所留下的宝藏。但是在哪里可以找到这样神奇的土地？所以古代的萨尔茨堡人把这种从地下几百米开采出来的晶莹闪光、咸味的矿石，称作白金。萨尔茨堡又被称作“白金之城”。

当我听说萨尔茨堡已经在一九八九年停止开采盐矿时，心里有点儿遗憾。我从哪儿还可以看到和感受到它的历史？

陪同我们的严建珍女士神秘地一笑。她说，我领你去一个地方，到了那里你想看的全可以看见。

哦，有这样奇妙的地方？我又高兴又怀疑。

小严驾车驶出萨尔茨堡二十多里，在接近德国边境的地方停下来。我下车一看，原来是具有数千年采盐历史的名矿哈莱恩。在停止采盐之后，这里已经建成一座盐矿博物馆了。

我以为这里不过陈列一些图片和文物，没想到是一座动态的博物馆。

依照这里的规定，在乘电梯下到盐井之前，先要换上白色的帆布衣帽，并系紧裤脚与袖口，这就让你感到一段非凡的旅行就要开始。

进盐井后，改乘有轨的小电车，从极窄的坑道向里边缓缓行进。在布置于坑壁两旁的灯光里，闪烁着细碎光芒的矿石伸手可触。导游说，我们已下到距离地面一百米了。

电车停下来后，先要在一个宽敞的坑洞里看一段电影短片。这短片的内容是必须知道的，它介绍二千五百年前凯尔特人如何发现和开采盐矿。凯尔特人是文明程度很高的种族，他们使用的采盐方法一直沿用到今天。跟着影片介绍公元八世纪时，罗伯特主教来萨尔茨堡传教时，巴伐利亚的大公如何将这块产盐的宝地连同二十个煮盐的盐锅送给他。精明的罗伯特主教很懂得把盐化为财富，并用这财富恩泽了这块土地。所以我忽然明白，在萨尔茨堡各处教堂中罗伯特主教的雕像前为什么总放一个盐桶作为他的象征。

这影片中还特别描述了十六世纪以来，巴伐利亚大公们与萨尔茨堡为了争夺这地下白金而进行的频繁不已又十分残酷的战争。为此，大主教莱特瑙战败后被囚禁在山上的城堡里，从一六一二年到一六一七年整整关了五年，最后在城堡里凄然地死去。

看过这些辽阔和浓烈的历史背景，对这深藏身边的白金的感受就是另一番滋味了。

这个生态性质的博物馆很注重用真实的细节说明问题。比如某一个岔出去的坑道，用灯光把里边照亮，它坑坑洼洼，又窄又矮，可以看出当年采盐艰辛的实况。再比如一种木制的输送盐水的管道是两三千年前的发明，因为只有木头可以防止盐水的侵蚀。直到现在木管里的盐水依然在哗哗地流。还有一种活塞式的木门，用来调节坑道里的温度与湿度，保证空气的流通。如果没有这些实物与实景，怎么能身临其境地体会到先人的智慧?

萨尔茨堡人采到盐矿后，便在地下的化盐池里溶解为盐水，再提升出矿井，进行烧煮和蒸发，一边熬干水分，一边将矿石中的黏土和硬石膏分离出去，最后结晶成盐。它和我们天津人用海水晒盐全然是不同的两套工序。

在参观中最具刺激的内容，是骑着长长的木头滑梯从极陡的斜坡滑到下边的坑道里。滑梯至少有五十米长。当年盐工们下到更深一层盐矿里就是从这滑梯滑下去的。如今滑梯已经磨得光滑如镜，如果两条腿夹不紧滑梯两边，那感觉就会像坐过山车一样。

从滑梯下来，便进入一片奇幻的世界，一个地下湖泊在眼前展开。原来这就是古代的化盐池，今天已经可以乘船进去一游了。当我们乘船在池中徜徉，灯光在水下忽明忽暗，又宁静又悠远的背景音乐响起。这当儿，顺手用手指从船边的池中沾一下盐水，放在舌头一舔，咸得厉害。心里不由得生出对萨尔茨堡人的一种敬意。

走出化盐池，导游告诉我们已经是地下二百米了。可是呼吸的感觉依然很舒畅，这使我们从心里钦佩萨尔茨堡的先人通风技术之高超。这时，严女士对我说，盐矿的坑道很特别，它是软的，而且在慢慢地收缩，必须每十年凿一次，如果不凿，它会愈缩愈小；有时一条很古老的坑道闲置不用，时间久了甚至会自动封闭，从表面看会根本看不出曾经是一道采矿的路。我用手按了按洞壁，真的有些软，还有弹性，它会不会忽然塌下？这叫人有点儿紧张，这毕竟是在地下二百米呀!

而就在这里，灯光照明之处，采盐史上一个重要的遗址展现出来。一五七七年人们在这个地方发现了凯尔特(公元前四百年)时期的一位采盐人的尸体，史称“盐人”。当时这个人的皮肤和毛发都像活人一样。人们把他抬出盐矿，放在一座教堂里供人参观。可惜没有多久，“盐人”的毛发脱落了，皮肉也腐烂了。但由此人们懂得了盐除了食用、医用、工业用之外，还可以用于生物的防腐和保存。白金的价值又提升了一倍，于是争夺对盐的垄断就愈发加剧。

这时，导游忽然大声说：“我们进入德国了。”

坑道边出现德国边境的标志。

这使我想到在萨尔茨堡历史上一个非常重要的事件——

一八二九年，德国与奥地利签署合同，允许奥地利人使用他们“地下的土地”。这个条约和平解决了长达几百年的历史纠纷，使得两国从此相安无事；在采盐终结的今天人们则更可以尽情饱览这一漫长又灿烂的历史文明了。这种在二百米的地下的旅行是奇妙无比的，我们感觉自己就像老鼠那样，一会儿从奥地利进入德国，一会儿再从德国回到奥地利来，在任何别的地方都没有过这种体验。

据说在拿破仑战争时期，已经有军官和士兵下到矿井，参观采盐的奇观。今天，这一奇观已经被变为永恒。

当我走出盐矿，来到地面，俯视着这座奇特的博物馆，我对珍视自己历史遗产的萨尔茨堡人充满敬佩。当一段非凡的文明走过，人们对它的态度有两种，一是抛弃，一是珍惜和留住。现代社会不一定是文明的，也会有野蛮。现代的野蛮是用野蛮的态度对待历史文明，现代的文明则是用文明的态度对待文明的过去。

这时，严建珍女士问我："你想看的是不是看到了？"

我说："连我没想到的，也都看到了。"

意大利断想

一个东西方文化交流史的盲点深深吸引着我：丝绸之路的东端是中国，西端是意大利，这两端恰恰都是光辉灿烂的美术大国。通过这条世纪前就开通了的丝绸之路，东西方把他们各自拥有的布帛、香料、陶瓷、玻璃、玉石、牲畜等彼此交换；中国人制造丝绸的技术至迟在七世纪就传到西西里，但为什么独独在美术方面却了无沟通？

我曾面对洛阳龙门石窟雕刻的那“北市香行社造像龛”一行小字发呆——在唐代，罗马的香料已被妇女作为时髦物品，为什么在这浩大的石窟内却找不到欧洲雕刻的直接影响？

在十六世纪，当米开朗琪罗等人叮叮当当地把他们的激情与想象凿进坚硬的石头，中国人早已告别石雕艺术的时代；如果马可·波罗把霍去病墓前那些怪异的石兽运一个回去，说不定意大利文艺复兴运动就会以另一景象出现。而当聚集在佛罗伦萨和威尼斯的画家们，用无与伦比的写实技术在画布上创造出一个个活生生的人物时，中国画家早就从写实走向写神，以幻化的水墨，随心所欲地去表达内心非凡的感受。当然，意大利画家也是从未见到过这些中国画家的作品。直到十八世纪，郎世宁来到中国时，东西艺术已全然是两个世界了。

比较而言，西方艺术家尊崇物质，东方更注重自己的精神情感。由此泛开而说，西方人一直努力把周围的一切一点点儿弄清楚，东方人却超乎物外，享受大我。一句话，西方人要驾驭物质，东方人要驾驭精神。经过十数个世纪，西方人把飞船开到月球，东方人仍在古老的大地上原地不动，精神却遨游天外。

东西方文化具有相悖性。

相悖，才各自拥有一个世界，自己的世界对于对方才是全新的。人类由于富有这东西方相悖的两种文化，它才立体，它才完整。

最大和最完整的事物都是两极的占有。

现在看来，丝绸之路主要是一条贸易通道。对于文化，它只是在不自觉中交流了文化，而不是自觉交流了文化。

正因为如此，东西方艺术便在相互独立的状态中形成了自己的一套。幸亏如此！如果它们像现代社会这样在文化上互通有无，恐怕东西方文化早就变成一只黄老虎和一只白老虎了。

我联想到现在常常说到的“文化交流”这个概念，并为此担虑。文化交流与科技交流本质不同。科技交流为了取消差距，文化交流只能是为了加大区别。谁能够做到这些？

文化是有个性的。文化的全部价值都在自己的个性里。文化相异而并存，相同而共失。因此，文化交流不是抵消个性，而必须是强化个性，谁又能这样做？

可是，天下有多少明白人？弄不好最终这世界各处全都是清一色的文化“八宝饭”，或者叫“文化的混血儿”。

与别人不同容易，与自己不同尤难。比如这三座同为意大利名城的罗马、佛罗伦萨和威尼斯——

罗马依旧有股子帝国气象。好似一头死了的狮子，犹然带着威猛的模样。这恐怕由于它一直保持原帝国都城的规模和格局，连同昔时的废墟亦兀自荒凉着，甚至那些古老建筑的碎块，遗落在地，决不移动。原封不动才保住历史的真实。从来没有人提出那种类似“修复圆明园”的又蠢又无知的主张。建设现代城市中心则另辟新区。对于一个城市的文化史来说，死去的罗马比活着的罗马还要神圣。

罗马的美，最好是在雨里看。到处的中世纪粗大笨重的断壁残垣在白

圣·玛丽亚教堂门廊的“真理之口”，相传说谎的人把手放进去就会被咬掉

茫茫雨雾中耸立着，那真是一种人间神话。我从斗兽场出来，赶上这样的大雨，小布伞快要给雨水浇塌，正在寻求逃避之路，陡然感到自己竟是站在历史里。那城角、券洞、一根根多立克或科林斯石柱、一座座坍塌了上千年的废墟，远远近近地包围着我；回头再看那斗兽场已经被雨幕遮掩得虚幻模糊，却无比巨大地隔天而立。一时分不清自己是在罗马的遗迹里还是在罗马的时代里。它肃穆、雄浑、庄严和神奇……这独特的感受是在世界任何地方都不曾得到的。古建筑不是死去的史迹，而是依然活着的历史的细胞。如果失去这些，我们从哪里才能感受真正的罗马的灵魂。

我痴迷立着，任凭大雨淋浇，鞋子像灌满水的篓儿。

然而，这种罗马气象在佛罗伦萨就很难看到了。佛罗伦萨整座城市干脆说就是文艺复兴时期的象征。从乌菲齐博物馆二楼长廊上的小窗向外望去，阿尔诺河的两岸连同那座廊式老桥的桥上，高高矮矮一律是文艺复兴时代红顶黄墙的小楼，在湛蓝湛蓝的天空与河水的对比下，明丽而古雅。比起罗马时代，它轻快而富于活力；比起后来的巴洛克时代，它又朴素和沉静。看上去，佛罗伦萨是拒绝现代的。也许由于文艺复兴时代迸发的人文精神仍是今天欧洲精神的支柱和源泉，它滔滔汩汩，奔涌不绝。人们既把它视为过去，也作为现在。佛罗伦萨是文化的百慕大，站在其中会丧失时间的概念。

黄昏时在老街上散步。足跟敲地，好似叩打历史，回声响在苔痕斑驳的石墙上。还有一人的脚步声在街那边，扭头瞧，哎，那瘦瘦的穿长衣的男人是不是画圣母的波提切利?

比起罗马与佛罗伦萨，威尼斯散发着它独有的浪漫气质。这座在水上的城市，看上去像半身站在水里。那些古色古香建筑的倒影都被波浪摇碎，五彩缤纷地混在一起晃动着。入夜时，坐上一种尖头尖尾的名叫“洪都拉”的小船，由窄窄而光滑的水道穿街入巷，去欣赏这座宛转曲折的水城每一个诗意和画意的角落，不时会碰到一些年轻人，船头挂着灯，弹着吉他，唱着情歌，擦船而过。世界上所有傍河和临海的城市都有种开放的精神，何况这水中的威尼斯！在金碧辉煌的圣马可广场上，成千上万的鸽子中间有无数从海上飞来的长嘴的海鸥……

城市，不仅供人使用，它自身还有一种精神价值，这包括它的历史经历、人文积淀、文化气质和独有的美；它的色调、韵律、味道和空间境象；这一切构成一种实实在在的精神，这城市人的性格、爱好、习惯、追求、自尊，都包含其中。城市，既是一种实用的物质存在，也是一种高贵的精神存在。

你若把它视为一种精神，就会尊敬它，珍惜它，保卫它；你若把它仅仅视为一种物质，就会无度地使用它，任意地改造它，随心所欲地破坏它。一个城市的精神是无数代人创造积淀出来的。一旦被破坏，便再无回复的可能。失去了精神的城市该是什么样子?

我忽然想到今年年初到河南，同样跑了三座东方古城：郑州、洛阳和开封。

这三座古城对我诱惑久矣。谁想到一观其面，竟失望得达到深切的痛苦。

哪里还有什么“九朝古都”“商城”和“大宋汴京”的气象，这分明是在内地常见的那种新兴城市。连老房子也多是二十世纪失修的旧屋。郑州那条土夯的商代城墙，被挤在城市中间，好似一条废弃的河堤；从历史文化的眼光看，洛阳的白马寺差不多像个空庙；开封那花花绿绿新建的宋街呢？一条只有十年历史的如同影城中的仿古街道，能给人什么认识与感受？是一种自豪还是自卑感？

不要拒绝拿郑州、开封、洛阳去和罗马、佛罗伦萨、威尼斯相对照吧，我们这三座古城和中原文化曾经是何等的辉煌！

在梵蒂冈，最令我激动的不是《拉奥孔》与《摩西》，不是拉菲尔的《雅典学院》和达·芬奇的《圣徒彼得》，而是西斯廷教堂穹顶上那经过长长十二年修复后重现光辉的米开朗琪罗的壁画。

这人类历史最伟大也最壮观的壁画，使西斯廷教堂成为解读神学和展示天国景象的圣殿。然而自从十六世纪的米开朗琪罗完成这幅壁画，历经五百年尘埃遮蔽，烛烟熏染，以及一次次修整时刷上去的防止剥落的亚麻油，这些有害物质使画面昏暗模糊，失去了往日的光彩。

从二十世纪六十年代起，梵蒂冈博物馆的克拉路奇教授和他的助手将壁画拍摄成七千张照片，进行精密研究，并选择了两千个部分做了修复试验，终于确定方案，自一九八二年到一九九四年展开了二十世纪最浩大的古代艺术的修复工程。终于使得米开朗琪罗以非凡的才华叙述的这个天国故事，好似拨云见日一般再现在人们的仰视之中。我们头一次如此透彻地读到了世间对神学的最权威和最动人的解释，也如此清澈地看到了米开朗琪罗出神入化的笔触。在此之前，谁能想到那画在高高穹顶上亚当的头部，竟然这样轻描淡写？而描绘《末日审判》中基督的脸颊，居然大笔挥洒，总共只用了三笔！倘若不是这次修复，我们怎能领略到这个艺术大师如此非凡才华的细节？

请注意，修缮西斯廷教堂壁画的原则，既非“整旧如新”，也非“整旧如旧”，而是一个新的目标：整旧如初。

整旧如新，即改变历史面貌地粉刷一新；整旧如旧，虽能保住历史原貌，但对那些残破的古物，只能无奈地顺从时光磨损，剥落不堪，面目不清；而整旧如初，才是真正回复到最初的也是最真实的面貌。

这种只有靠高科技才能达到的“整旧如初”，是古物修复的历史性进步。它终于实现了先人的梦想：复活历史。

可以相信，如今我们仰望西斯廷教堂穹顶的壁画时，就同一五一一年米开朗琪罗大功告成时的情景全然一样。

我们享受到了历史的艺术，也享受到了艺术的历史。

在米兰，也在以同样的目标修复举世闻名的达·芬奇的壁画《最后的晚餐》。这个将历时七年的修复工程是开放式的，使我们得以看到修复人员的工作方式。

由于达·芬奇当年作画时不断更换和试用新颜料，这幅壁画尚未完工就开始剥蚀，如今它已成为世界上残损最重的壁画之一。此刻，技术人员站在画前的铁架上，以每一平方厘米为单元精心修饰。粗看这些技术人员一动不动，好似静止；细看他们的动作缜密又紧张，犹如外科医生正在做开颅手术！

然而，说到最令我震动的，却不是在这些艺术的圣殿里，而是在街头——

居住在佛罗伦萨那天，晨起闲步，适逢一夜小雨，拂晓方歇，空气尤为清冽，鸟声也更明亮。此时，忽从高处掉下一块墙皮，恰有一位老人经过，拾起这墙皮。墙皮上似有彩绘花纹，老人抬头在那些古老的房子上寻找脱落处，待他找到了，便将墙皮恭恭正正立在这家门口，像是拾到这家掉落的一件贵重的东西。

我不禁想，如果这事发生在我们的城市里，谁会这样做？

我对一位朋友说起这事。当时我的情绪有些激动。我的朋友笑道：“你的精神是不是有点儿奢侈？”

我一怔，默然自问，却许久不得答案。

奈良的味道

如果到奈良东大寺拜观日本最大的佛，先要和鹿打交道。离寺门远远的，就见到三三两两的鹿站在道上，与游人相戏。还有些大大小小的鹿趴在道边歇憩，倘若从小贩那里买一些饼干似的又薄又脆喂鹿的面饼，就会招得鹿上来索食。性急的鹿常常用又圆又硬的鼻尖，顶你的肚子或腰眼，向你讨要。那可不怪它们，是你去招的它们！待面饼散尽了，手上遗留食物的香味，难免还会引得鹿一路尾随，直至山门。大概是山门左右两尊八米高威严下视的金刚大力士把它们吓住了，才放你脱身。如果你回头瞅一瞅，鹿停在高高的台阶下，眼巴巴望着你。往往还会有一只跟着吃残渣的鸟落在这鹿的背上。

奈良的鹿给人的感觉很好。它叫你忘掉城市，想到大自然，幻觉出遥远的历史图像，触摸到早已消失的时光。奈良太老了。对于日本人的历史，它是京都的父亲。它先是七代天皇的驻地，此后皇城才迁抵京都。这座建于公元八世纪的平城京，完全按照中国长安的模样，红门白墙，青瓦绿树，几乎把长安搬到这里来。然而时间乒乒乓乓过了一千多年，长安经过无以数计的战乱与浩劫的洗礼，如今面目全非；奈良躲过二战的轰炸而依然风韵犹存。

这是一块地面上的活化石。一个不死的历史。

我喜欢奈良，并非它像中国的过去，也不是由于它那尊的确博大恢宏、光芒四射的大佛，而是因为它整座城市都有一种浩然之气，一种旷古

鹿，自古是奈良的“居民”

的时代感，一种略带荒凉的野味，一种被人遗忘了的气息。

这可能与奈良的历史有关。当年作为皇都的平城京，是一座“没有市民的城市”。只有皇室贵族和官员僧侣，以及他们使用的奴婢仆从、工匠耕农。没有一个自由市民，也没有民居与市井。如今遗存的古迹之间，一如当年都是荒草野林，奔鹿飞鸟。日本人很会保护自己的过去。不占有这些空间，不让“现代”肆狂无忌，而让历史在原来的位置上尊贵地活着。

在奈良看不见一座玻璃幕墙的高楼大厦。

古建筑的一切木质构件上的色彩，大都脱落，任其斑驳，决不刷新。没有旅游的味道，没有讨厌的金钱欲望在作祟，连刻意保护的痕迹都隐藏了起来。来到奈良才像走进日本的历史。奈良是个时间隧道，在这里，人们凭着各自的历史知识与素养，在想象中复活昔时的图景，再将自己置身其间，历史便变得无比崇高。

朋友们问我在奈良的感觉。

我说：“在古迹中最好的感觉是，忽然自己不是局外人了。”

如果再过一千年，奈良依然是这个样了，那它将是地球上最美的城市。

今天的布拉格

布拉格对我的诱惑，除去德沃夏克、卡夫卡、昆德拉，以及波希米亚人，还有便是歌德的那句话“布拉格是欧洲最美丽的城市”。歌德这句话是二百年前说的，那么今天的布拉格呢？在捷克做过文化参赞的诗人孙书柱对我说：“你不去布拉格会是终生遗憾。”

经历了二十世纪两次世界大战和非同寻常的社会风暴之后，布拉格会是什么样子？我想起二十世纪九十年代初一个黄昏进入东柏林时那种黑乎乎、空洞和贫瘠的感受。于是，我几乎是带着猜疑，而非文化朝圣的心情进入了捷克的边境。

三天后，我在布拉格老城区一家古老的饭店喝着又浓又香的加蒜末的捷克肚汤时，手机忽然响了，是孙书柱。他说：“感觉怎么样？”我情不自禁地答道：“我感到震撼！”我听到自己的声音很响亮。

布拉格散布在七个山丘上，很像罗马。特别是站在王宫外的阳台上放目纵览，一定会为它浩瀚的气概与瑰丽的景象惊叹不已。首先是城市的颜色。布拉格所有的屋顶几乎全是朱红色的，他们使用的是一种叫石榴石的矿物质颜料，鲜明又沉静；而墙体的颜色大多是一种象牙黄色。在奥匈帝国时代，捷克的疆域属于帝国领土的一部分，哈布斯堡王朝把一种“象牙黄”视为高贵，并致力向民间普及。于是这红顶黄墙与浓绿的树色连成一片。百余座教堂与古堡千奇百怪地耸立其间。这便是在世界上任何地方都见不到的城市景观。

然而捷克之美，更在于它经得住推敲。

在捷克西部温泉城卡洛维发利，我在那条沿河向上的老街上缓缓步行，一边打量着两边的建筑。我很惊讶。没有任何两座建筑的式样是相同的。它们像个性很强的女人，个个都目中无人地站在街头，展示自己。其实，这不正是波希米亚人不尚重复的性格？

在布拉格更是这样。只有在二十世纪五六十年代建造的那些宿舍楼，才彼此一个模样，没有任何美感与装饰。从中我发现，它们竟然和我们同时代的建筑“如出一炉”，这倒十分耐人寻味！

而布拉格的城市建筑真正的文化意义，是它保存着从中世纪以来，包括罗马式、哥特式、巴洛克式、青年艺术风格等各个不同时期的建筑作品。站在老城广场上，挤在上千惊讶得张着嘴东张西望的游客中间，我忽然明白，当年歌德看到的，我们都看到了。但跟着一个问题冒出来：它是如何躲过二十世纪的剧烈的政治风暴的冲击？甭说民居墙面上千奇百怪的花饰，单是查理大桥上那些来自宗教与神话的巨大的雕塑早该被“砸得稀巴烂了”！

一个城市的历史总是层层叠叠地深藏在老街深巷里。布拉格这些深巷常常使游人迷路。据说卡夫卡知道这每一座不知名的老屋里的故事。他的朋友们常常看见他在这些街头巷尾或哪个门洞里一晃而过。

老街至今还是用石块铺的路。几百年过去的时光从上面碾过，一代代人用脚掌雕塑着它们。细瞧上去，很像一张张面孔，有的含混不明，有的凄苦地笑，有的深深地刻着一道裂痕。街上的门都很小，然而门内都有一个小小的罗马式回廊环绕的院子，只有正午时分，阳光才会直下。站在这样的院子里就会明白，为什么卡夫卡把它称作“阳光的痰盂”。

生活在这样世界里的布拉格人，并不因此愁闷与阴郁。他们天性热爱个人的生活，专注于家庭，还有传统。他们对啤酒有天生的嗜好，一如法国人钟爱葡萄酒。每年一个捷克人平均喝掉一百五十公升啤酒。而他们对音乐的热爱不亚于奥地利人。连惹起祸端而招致苏联军队把坦克开进城中的“布拉格之春”，也是音乐带来的麻烦。但即使在那个非常的年代，人们去听音乐会，也照旧会盛装打扮，这样的人民会去把建筑上的艺术捣毁吗？

我则认为，我们的文化遗产所遭受的最大的破坏还是“文革”时。

“文革”之前，老房上那些砖雕石雕，谁会动手去砸。我们只是把它作为“无用的历史”弃置一旁。布拉格最著名的圣维特大教堂在二十世纪五、六十年代，被当作工厂使用，就像天津的广东会馆。但是“文革”不仅仅举国如狂地毁灭自己的文化遗产，更严重的是对自己文化的轻视与蔑视。蔑视自己的文化比没有文化还可怕。于是，我便转而注目于今天的布拉格人怎样重新对待自己的文化遗产。

他们正在全面整理和精心打扮自己的城市。从外观上，将这些至少失修了半个世纪的建筑，一座座地从岁月的污垢中清理出来。同时将具有现代科技含量的生活硬件注入进去。他们在修整这些地面上最大的古物时，精心保护每一个有重要价值的细节。由于他们没有经过那种“涤荡一切污泥浊水”的“文化大革命”，所以历史遗存极其丰厚。连各种店铺的商家也都把这些遗产引以为自豪，并且印成资料与画片，赠送给客人。不像我们胡乱地扫荡之后，待要发展旅游，已经空无一物，只能靠着造假古董和编故事(俗称编段子)，将历史浅薄化、趣味化、庸俗化。

从老城广场到查理桥必须经过一条历史名街——皇帝街。这条长长的窄街弯弯曲曲，顺坡而下。街两旁五彩缤纷地挤满各色小店，咖啡店、酒吧、食品店、小旅店，形形色色小商店里经营的大都是本地的特产，如提线木偶、草编人物、民间土布，以及闻名天下的玻璃器具。最小的店铺大约只有四五平方米，却都是有声有色、有滋有味，故而皇帝街是布拉格人气最旺的一条步行街。

据说十年前，有人想从美国引资对这条街进行改造。将石块铺成的路面改为平整的柏油路，两边的商店扩宽重建。这引起很大争议。经居民投票民主表决，结果还是顺从当地的人民的意见——皇帝街保持历史的原貌!

东欧国家经过九十年的巨变，几乎碰到同样一个问题：怎样对待自己的城市。从俄罗斯的圣彼得堡、德国的柏林和魏玛、匈牙利的布达佩斯，直到捷克的古城。我看到了一种共同的态度——正像我在柏林拜访过一个负责修整历史街区的组织的名声——“小心翼翼地修改城市”。那就是用心珍惜历史遗产，全力呵护文化财富，一切为了未来。

文化的粗鄙化

我们一向自诩于中华文化的博大精深——但那是古代。而我们今天的文化却正在走向粗鄙化！

读一读媒体和广告上的话语，已经完全不遵循任何文字规范了。没关系，只要能抓住看客或买主就行！看一看荧屏上的人物，从乾隆皇帝到唐伯虎全都挎刀背剑蹿房越脊了。没关系，只要有收视率就好！再听一听全国各处旅游景点的小姐讲述的故事，都是胡编乱造，没关系，只要收到了门票费就“OK”！

从这无所不在的例子中，可以看到当代中国文化面临的问题。我们的公众已然生活在这种日益粗俗不堪的环境中了。

当然，文化的粗鄙化不是从今天才开始的。

清代的整个过程是国力日衰，精神萎缩，文化渐变粗糙。鸦片战争之后，受到外来强势文化的冲击，粗糙的文化自然变为松散。五四运动的进步本质毋庸置疑，但它的文化倾向是过激地破坏传统。从此文化传统在中国革命中总是处在反面的位置。这样一直到“文革”末期，传统文化在人们的印象里，只剩下“批红楼”“批水浒”“批克己复礼”。我们的文化已经成了一个空架子。

当八十年代改革开放迅猛而来，我们就是以这样一种文化状态与外来文化相撞。自然就成了一片“文明的碎片”。

一个民族不管有多么博大精深的文化，关键是你现在手里还剩下多少，你对自己的文化知道的多少，还有你心怀多少文化的自尊与自豪？否则，你辉煌的过去与你的关系并不大。有时，看上去甚至还有点儿像埃及人那种“失落的文明”呢！

当然，除此之外，我们更需要看到国门洞开后，外部世界涌进的文化，是商业化、流行化、全球化的文化。这一点我们始料未及。

在“五四”时期，外来文化涌入的是整个的西方文明。知识分子可以站在前沿做出选择。我们翻阅一下那时的书刊便知，被我们的知识分子首先介绍进来的是西方的精英文化，也就是西方文明的精华。

但这一次，外来的全球性流行性的商业文化是随同市场经济一起进来的。根本不需要谁来做介绍。它势头强劲，所向披靡，根本不管你的文化传统、意识形态、审美习惯，全都推向一边。它要来唱主角。因为你要商品经济，就很难拒绝它一道而来的商品文化。

而且这种商业文化在西方经过了近百年的市场打造，已经相当成熟。它一方面符合市场的运作规律，一方面契合人们的消费心理。应该说，此前我们没有这种性质的文化。我们只有一些古老的市场文化，也就是传统意义的通俗文化。故而，从超级市场、麦当劳、好莱坞、NBA、肥皂剧、广告，乃至歌星、影星、球星顷刻间一拥而入。而且它以报纸与电视这样的具有霸权意味的媒体为载体，铺天盖地地充满我们的生活。我们对这种文化无法拒绝，只能模仿。

由于商业文化的目的是要源源不断地从人们的口袋里赚出钱来。它必然是一过性的，快餐式的。这就给我们原本变得相当粗糙的文化以致命的冲击。大大加速了文化粗鄙化的过程。

一个民族文化的粗鄙带来的问题，不仅是对自身文化的损害，而是影响着民族素质的下降，同时致使人们丧失文化的自尊与自信。而失去这种文化的自尊和自信才是最危险的。

前两天，在中央美术学院召开的“中国高等院校首届非物质文化遗产教育教学研讨会”上，联合国教科文组织的代表木卡拉先生在谈到中国城市在无度地模仿西方时，他说：“你们的文明问题只有你们自己来解决，别人是无法帮助的。”

我听到这话，心中一惊。我想，在我们谈论如何制止文化粗鄙化的办法之前，有个先提——我们是否承认今天的中华文化已经陷入粗鄙化，而这种粗鄙的文化正在消解和损害我们民族的精神？

伪文化之害

伪文化非今日之所为。中国文化悠久，伪文化自然一样源远流长，不过古代的伪文化仅限于仿效书画器物，多半还是出自对古人的崇仰，尊崇过分，则亦步亦趋，以酷肖名人为至高无上，伪作因之生也。不过这对于文化却无大伤害，甚至偶尔还会有点儿益处，比如东晋顾恺之的传世之作，大多是宋人摹本，倘无这些伪品，今日如何知道晋代绘画“人大于山，水不容泛”的样子？

今世的伪文化性质就变了。它并非仿古，而是仿造。仿造不必像仿古那样追求古人的神髓，只要模样差不多，大批制造就行。比如，洛阳的唐三彩到处不愁买不到，尤其从白马寺到洛阳的路上，触目皆是，堆积如山，极是壮观。这并非旅游纪念品，而是照原样复制的廉价工艺品，细看之下，形神俱丧，粗糙不堪。由于生产者争夺市场，盲目投产，供大于求，带来了一片滞销景象，古文化在伪造中贬了值。

在世界各地的唐人街上，情况就更可怜了。几乎所有的工艺品店都是这种中国文化低档的仿制品，价格低贱，又毫无艺术可言。洋人们大多没来过中国，如果对他们说，这是中国国宝的复制品，则必是把中华文化自我轻贱了。

进而言，伪文化在当今中国，可谓铺天盖地，波澜壮阔，几乎每一种具有魅力的文化，都必有浩浩荡荡却毫无魅力的伪文化；甚至每一部古典文学名著，都演化出一座荒唐可笑的娱乐场，如“西游记宫”“封神榜宫”“水浒宫”，等等。小到各种工艺名品，大到亭台楼阁、城池要塞。直到开封的那条仿造古代的大街。

在街上踱步，两旁的房宇店铺，全都像影城那样散发着虚假的气息，没有特定的年代特征，没有细节的讲究，没有历史知识性的精心设计，更谈不上历史感和历史的美感。无疑，历史在这里不是被高度严格化，被追求，被敬重，而只是一种赚钱的由头。

在这座历尽沧桑的十朝都会的中心，建造出如此一条布置的街道，给人什么感受？对于背靠着五千年灿烂的中华文化的中国人来说，是一种自豪还是自卑？

从历史的演变看，中国文化早在汉唐时代，已臻博大精深，单是一个“精”字，就体现了中华文化的高超与神圣。由是而下，代代承袭，直到清朝的前三代，但此后却忽然疾转直下，走向粗鄙。不仅制作简陋，设计也缺乏想象与创意。有人认为，这主要是由于清代中期以后，外侮日亟，国力下降，民族的精神衰颓之故。我想，还有一个原因，便是此时各地新兴的城市崛起，机器生产出现，市场经济勃兴，都促使了工艺操作与制作程序的简便化，以求快捷地获利。文化便走向粗简。粗简向前一步就是粗鄙。

目前，中国市场经济再度蓬勃，文化是否又面临一次粗鄙化？

若说当今伪文化泛滥的缘故，一方面是普遍的文化素质低所致，而诱发这低素质疯狂发作的却是直接的金钱效应。

伪造假烟假酒假药假名牌产品要受法律惩罚，为什么伪文化却通行无阻？这因为人们并没有看到伪文化之害。

博大精深的中华文化正在被改造得浅显粗陋。

然而，这文化的粗鄙化带来的更深、更长远的危害，不仅仅在文化本身，还将败坏我们的国民精神，即精神走向浅尝辄止、粗糙浮泛、不求精深和甘居落后，伪文化将进一步致使民族低素质化。

文明追求精致，野蛮任其粗鄙，伪文化造成低素质，低素质制造伪文化，若要打破这恶性循环的怪圈，应该从哪一环开始？

旅游性破坏

我们的文化遗存真是祸不单行。在经历了摧毁式的建设性破坏的一轮之后，现在又开始遭受新的一轮——旅游性破坏了。

在第一轮，我们城乡的历史遗存被视作过时的弃物，当作累赘，渴望着旧貌换新颜，铲除便了。于是二十世纪九十年代以来"建设性破坏"的大潮席卷着我们的文化中国。

然而，随着经济全球化的日益迫切，人们愈来愈看重了不同文化的价值。特别是旅游业的发展——旅游的目的就是去体验不同的人文与大自然。于是，大家几乎同时发现原先那些应该推倒拆除的"危房陋屋"反倒更能吸引游客，招来钱财。这便赶紧刹住推土机，开始在这些"破房子"上大做起文章。于是新一轮破坏性的旅游大开发就扑面而来。

旅游性破坏大致有三个特点：

一、庸俗化的翻新

由于看不惯老街老房的拥挤和陈旧，甚至认为搞漂亮了才更吸引人，便动手翻新。前年曲阜的旅游部门水洗孔庙便是最典型的一例。各地方开发这些古老遗存时，照例都是里里外外，抹灰刷漆；上上下下，描红画绿。见光见新，涂脂抹粉。把老的变成新的，真的变成假的。历史感荡然无存。如有领导心高志大，加大力度，还会落架重建。重建如盖新房，一准还要加大体量，显出气魄；同时拓宽老街，裁弯取直，便于交通；前边建广场，后边修车场；再搞几个古装人物的雕塑，插一片花花绿绿的牙旗点缀其间，好“让历史放出光彩”。历史的模样全然大变。

二、粗鄙化的再造

总以为历史遗存的魅力有限，规模太小，不够丰富。故而，有的去将早已不存在的历史“景点”重建起来，有的则随心所欲地增添新“景点”，穿靴戴帽，配龙配凤。

古物保护中有复原的方式，复原为了重现历史。但从严格的意义上说，是不主张复原的，因为复原往往对遗址原貌构成破坏。倘若必须复原，辄必遵循原样，不能差距分毫。然而，现今旅游开发的“历史景点的重建”却完全是另一码事。

首先，重建历史景点不是为了复原历史，而是为了赚钱。其次，我国的民间建筑基本上没有图纸，重建没有依据，又无照片可以参照。这种重建，全凭当地老人们一些混沌的记忆，或是道听途说。有的说这儿有一个山门，有的说那儿有个亭子；有的说是亭子，有的说是塔；有的说是六角塔，有的说是八角塔。主管的领导依照个人的兴趣订个方案，包工出去干起来。没人去管建筑的年代、风格、形制，反正有个云字头或万字花就算是古代了。如今不少地方都在建造“明清一条街”。这是典型的粗鄙化的仿古。明清两代加起来六百年，等于美国历史的三倍。每个朝代不同阶段的风貌都不一样。明清街是什么街？只不过是一个粗糙又荒唐的仿古符号罢了！

我在山东鲁西南地区考察民间文化时，听说一处新开发的旅游景点，跑去一看吃了一惊。原来山坳处有一口巨大的古井。石头的井沿历久磨光，圆润浑厚；井深三丈，清冽见底；四边松树环合，幽静得很。传说，当年远近一带去到济南府做生意的商贾和考取功名的书生，途经此地，口燥舌干，便取水于此。一旁石壁上还有些题刻，最早是金代的。应该说这是很不错的一个古迹，但当地的领导认为，一口老井没有多大看头，心头灵机一动，从水联想到龙王，就在古井的后边修一座龙王庙。龙王爷的塑像粗俗不堪，匠人们还独出心裁，用泥巴塑了几条龙盘在房梁上，龙身涂上厚厚的刺目的黄浆，抹些金粉，利爪凶目，形状可怖。此外，还在龙王庙的四周垒了一道围墙，竟像公园的外墙，墙体上挖出一排各式各样扇形的窗洞。我问他们：难道庙墙可以透空吗？

没人作答，一笑则矣。

这便是当今各地开发的旅游景点的真实状况。历史已经颠三倒四，遗存已然一塌糊涂。偏偏导游小姐还会给你讲一段不着边际的“民间传说”。这些传说都出自当地的文人们的编造。所以我说，如今大量的旅游故事是伪民间文学。连民间文化也是假冒伪劣的了。世界上还有什么地方像我们这样糟蹋自己的历史文化？

三、强制性规划

由于旅游业的经济效益和经济潜力已经被看到了，旅游开发自然就进入城镇改造的整体规划。这样一来，对古代遗存的破坏便是强制性的了。不要以为当今城镇的管理者们对古代遗存抛以青睐，就能高枕无忧。它们的命运不过是从房产开发商手中转移到旅游开发商的手中罢了。这中间还要经过“规划”一关！

当今城镇的管理者太喜欢分类学了。他们正时髦地运用一种思维，即把城市分做：商业区、居住区、娱乐区、古建筑区、博物馆区、体育中心、文化长廊和明清一条街。可能这样便于管理，也可能为了好安排旅游的路线；这种分类基本上是功能划分，与文化无关。其结果是，在古建筑区内的文化遗存得以幸存，在其他区域内更是厄运难逃。从整体上看，一个城市生动而自然的历史人文的原生态也就消失了。

这便是旅游业的兴起给我们的历史文化遗存带来的新问题和新灾难。本来，旅游者的兴趣取向应该引起一些城乡管理者对自己文化的自豪与自珍。可是，他们依然没有离开单一的经济目的，没有离开急功近利，也没有离开对文化的无知。对于他们，前一轮是因为这些东西破旧没用而一毁了之，现在这一轮是因为这些东西有利可图而随心所欲地折腾它们——

同样是毁了它们！当然这些管理者可能不认为是毁掉了它们。他们会说：瞧，那些老古董不是好好待在那儿吗，不是被开发得更扎眼、更漂亮了吗？那么，谁去告诉他们只有原汁原味的历史人文的生态才有永久的价值？谁去告诉他们关键是要保持历史感和人文美以及什么是历史感和人文美？谁去告诉他们要向专家学者征询意见，并言听计从地按照专家学者的意见去办？

老城在毁灭中

可是别忘了，第一轮的“建设性破坏”并没有过去呢；新的一轮“旅游性破坏”又直冲而来。两种“破坏”联手攻击我们的文化遗存。面对这样的大潮，我真的有些悲观。到底我们历史文化遗存光明的生路在哪里？我们剩下的东西真的不多了！

第三辑 民间文化是我们的母亲

年是自然的，年文化是人为的。它经过精心安排。比方，年前一切筹备的目标都是家庭，人也往家里奔，年夜大团圆的合家饭是年的最高潮；过了年，拜年从家庭内部开始，到亲戚、再到朋友，逐步走向社会；到了正月十五闹元宵，就纯属社会活动了。这年的行为趋势，则是以家庭为核心，反映了对家庭幸福的企望与尊爱。

年文化又是极严格的。它依照自己特定的内涵，从生活中寻找合适的载体。拿物品来说，苹果代表平安，自然就成为年节走红的礼品；梨子有离别意味，在岁时便被冷落一旁；年糕可以用来表示高高兴兴，它几乎成了年的专利品；而鞋子与邪字谐音，便在人们口中尽量避免提及。年，就这样把它可以利用的一切，都推到生活的表面，同时又把自己深在的含意凸现出来。故而，年文化十分鲜亮。

年 文 化

在中国民间，最深广的文化，莫过于“年文化”了。

西人的年节，大致是由圣诞到新年，前后一周；中国的旧历年(现称春节)则是早早从吃一口那又黏又稠又香又热的腊八粥时，就微薄地听到了年的脚步。这年的行程真是太长太长，直到转年正月十五闹元宵，在狂热中才画上句号。算一算，四十天。

中国人过年，与农业关系较大。农家的事，以大自然四季为一轮。年在农闲时，便有大把的日子可以折腾；年又在四季之始，生活的热望熊熊燃起。所以，对于中国人来说，过年是非要强化不可的了。或者说，年是一种强化的生活。

这样，一切好吃好穿好玩以及好的想法，都要放在过年上。平日竭力勤俭，岁时极尽所能。缘故是使生活靠向理想的水平。过年是人间生活的顶峰，也是每个孩子一年一度灿烂的梦。

世界上每个民族都有自己的崇拜物。那么中国人崇拜什么？崇拜太阳？崇拜性？崇拜龙？崇拜英雄？崇拜老子？崇拜男人？崇拜祖先？崇拜皇帝和包公……非也！中国人崇拜的是生活本身。“过日子”往往被视为生存过程。在人们给天地三界诸神众佛叩头烧香时，并非信仰，亦非尊崇，乃是企望神佛降福人间，能过上美好又富裕的生活。这无非借助神佛的威力，实现向往；至高无上的仍是生活的本身。

在过年的日子里，生活被理想化了。理想也被生活化了。这生活与迷人的理想混合一起，便有了年的意味。等到过了年，人们走出这年所特有的状态，回到生活里，年的感觉也随即消失，好似一种幻觉消散。是啊，年，实际是一种努力生活化的理想，一种努力理想化的生活。

于是，无论衣着住行，言语行为，生活的一切，无不充溢着年的内容、年的意味和年的精神。且不说鞭炮、春联、福字、年画、吊钱、年糕、糖瓜、元宵、空竹、灯谜、花会、祭祖、拜年、压岁钱、聚宝盆，等等，这些年的专有的物事；打比方，单说饺子，原本是日常食品，到了年节，却非比寻常。从包饺子“捏小人嘴”到吃“团圆饺子”，都深深浸染了年的理想与年的心理。

而此刻，瓶子表示平安，金鱼表示富裕，瓜蔓表示延绵，桃子表示长寿，马蜂与猴表示封侯加官，鸡与菊花都表示吉利吉祥……生活中的一切形象，都用来图解理想。生活敷染了理想，顿时闪闪发光。

对于崇拜生活的民族来说，理想是一种实在的生活愿望。

生活中有欣喜满足，也有苦恼失落；有福从天降，也有灾难横生。年时，站在旧的一年的终点上，面对一片未知的生活，人人都怀着这样的愿望：企盼福气与惧怕灾祸。于是，千百年来，有一句话，把这种“年文化心理”表现得简练又明确，便是：驱邪降福。

这样，喜庆、吉祥、平安、团圆、发财、兴隆、加官、进禄、有余、长寿等等年时吉语，便由此而生。这些切实的生活愿望，此刻全都进入生活。无处没有这些语言，无处不见这些吉祥图案。一代代中国人，还由此生发出各种过年方式，营造出浓浓的年的环境与氛围。长长四十天，天天有节目，处处有讲究，事事有说法，这色彩与数字都有深刻的年的内容，这便构成了庞大、深厚、高密度的年文化。年是自然的，年文化是人为的。它经过精心安排。比方，年前一切筹备的目标都是家庭，人也往家里奔，年夜大团圆的合家饭是年的最高潮；过了年，拜年从家庭内部开始，到亲戚、再到朋友，逐步走向社会；到了正月十五闹元宵，就纯属社会活动了。这年的行为趋势，则是以家庭为核心，反映了对家庭幸福的企望与尊爱。

年文化又是极严格的。它依照自己特定的内涵，从生活中寻找合适的载体。拿物品来说，苹果代表平安，自然就成为年节走红的礼品；梨子有离别意味，在岁时便被冷落一旁；年糕可以用来表示高高兴兴，它几乎成了年的专利品；而鞋子与邪字谐音，便在人们口中尽量避免提及。年，就这样把它可以利用的一切，都推到生活的表面，同时又把自己深在的含意凸现出来。故而，年文化十分鲜亮。

最浓的年意在老百姓中间

浓浓的年文化，酿出深深的年意年味。中国人过年追求这种年意与年味，当然也就去加强年文化了。

中国人对生活的态度十分有趣。比如闹水的龙和吃人的虎，都很凶恶。但在中国的民间，龙的形象并不可怕，反而要去耍龙灯，人龙一团，喜庆热闹；老虎的形象也不残暴，反被描绘得雄壮威武，憨态可爱，虎鞋虎帽也就跑到孩子身上。通过这种理想方式，生活变得可亲可爱。同样，虽然生活的愿望难以成真，但中国人并不停留在苦苦期待上，而是把理想愿望与现实生活拉在一起，用文化加以创造，将美丽而空空的向往，与实实在在的生活神奇地合为一体。一下子，生活就变得异样地亲近、煌煌有望和充满生气了。这也是过年时我们对生活一种十分特别又美好的感觉。

这一切都源于中国人对生活的崇拜。

中国人不把理想与现实分开，将理想悬挂云端，可望而不可即；而是把物质的和精神的生活视为一体，相互推动，相互引发，用生活追求愿望，用愿望点燃生活，尤其在新春伊始，企望未来之时，这种生活观被年文化发挥得淋漓尽致和无限迷人。

一代代中国人就这样，对年文化，不断加强，共同认同，终于成为中国人一股巨大亲和力和凝聚力之所在。每一次过年，都是一次民族文化的大发扬，一次民族情结的加深，也是民族亲和力的自我加强。于此，再没有别的任何一种文化能与年文化相比。

年文化是与民族共存的文化。

然而，应当承认，年文化受到空前猛烈的冲击。原因是多方面的：

一是西方文化的冲击。现在中国人的家庭中，年轻人渐渐成为一家之主，他们对闯入生活的外来文化更有兴趣；二是人们的社会活动和经济行为多了，节日偏爱消闲，不愿再遵循传统的繁缛习俗；三是年文化的传统含义与现代人的生活观念格格不入；四是年画、鞭炮、祭祖等方式一样样从年的活动中撤出；有一种说法，过年只剩下吃合家饭、春节电视晚会和拜年三项内容，而拜年还在改变为“电话拜年”，如果春节晚会再不带劲，真成了“大周末”了。

没有年意了！没有年味了！恐怕这是当代中国人一种很深的失落，一种文化的失落。

可是，当我们在年前忙着置办年货时，或者在年根底下，在各地大小车站，看着成千上万的人，拥挤着要抢在大年三十儿回到家中——我们会感到年的情结依然如故，于是我们明白，真正缺少的是年的新的方式与新的载体。

是我们自己把年淡化了。

如今，春节已是一半过年，一半文化。但由于长久以来，一直把年文化当作一种“旧俗”，如今依旧不能从文化上认识年的精神价值，所以在年日渐淡薄之时，我们并无忧虑。难道只有等待社会文明到了相当程度，才会出现年的复兴？

复兴不是复旧，而是从文化上进行选择与弘扬。现在要紧的是，怎样做才能避免把传统扔得太快。太快，会出现文化上的失落与空白，还会接踵出现外来文化的“倒灌”和民族心理的失衡。

建设年文化，便是一个太大的、又不容忽视的文化工程。

年画与民意

年画年年挂。今逢此时，忽然想起两件事，都是关于年画的。

一件是前些年，我跑到芦台收集旧年画。清末民初，那里是年画产地，也是赫赫有名的杨柳青年画的一支。杨柳青年画倾销北方各省，大都由芦台水路输转。于是乡间的年画作坊纷纷兴起。大凡亦是雕版墨印，以线为主，再涂红填绿，喜庆火爆，内容多取吉祥之意，百姓喜闻乐见，故产量颇巨，兴盛一时。可是二十世纪三十年代以来，上海出现了西法绘制的石印年画(又称月份牌年画)。这种画效果类同照相，有光有影，逼真如实，再有金梅生那样的高手逞其技能，比起民间木版年画的单线平涂，令人耳目一新。同样一张《白蛇传》，石印年画就同活的 样。民间年画的市场和买主，很快就被夺走了。年画便从芦台渐渐消失。最多是农闲时，刷些灶王、门神，换几个零花钱罢了。我在东丰台见到的年画版，大多给农民当缸盖，拦猪圈，洗衣服用了。版子上雕有凹凸的棱子，正好做搓板。无论你怎么责怪他们糟蹋自己创造的艺术，他们屋内墙上，兴致勃勃贴着的却都是胶版彩印的新年画了。我们应该从中悟出什么呢?

再说第二件事。去年，某家出版社，见农村富裕起来，集中一些画家，用民间年画的形式画一批年画。把当今的大人孩子，画得与旧时的财神和抱鲤鱼的娃娃差不多。内容尽量渗入老年画“招财进宝”“连年有余”之意，以为这一准是农民们欢喜的，当作“精神食粮”送下乡。用心之良苦，自不可非议。但拿到农村，很少有人问津。倒是电影明星和旅游

2002年春节，为天后宫前的剪纸艺人组织了一个比赛和恳谈会，以倡本地民俗文化

风景的照片与家喻户晓的《少林寺》剧照，销售一空。出版社的老几位瞠目相对，弄不清农民的口味怎么变了？岂不知这也是种“民意测验”呢！

不研究对象，做买卖行不通，搞艺术也行不通。看来，以己意代民意，也成了为文之道。召集改革措施，顺乎时势，合乎民情，一切事物都变“活”，一切方法也要“活”起来。以活对活，不能以死对活，否则便置己于死地也。这便要，审时度势，体察民意，顺情合理，万事亨通。古代所谓“应时以治则吉”，这也是今年过年时想到的。

过年和辟邪

每到年根底下，有两种心理从中国人的心中油然而生：一曰祈福，一曰辟邪。这心理随着年意日深，愈加浓郁地散布在年的行为和年的装点中。其实，年俗的意蕴，无非就是祈福与辟邪这两个内容。为此民间年画中的门神便分为两种，一是手执兵器以辟邪的武门神，一是托举财宝以迎福的文门神。

祈福，就是祈求富余发财，家安事顺，功业兴旺，一切生活和社会的欲望得到满足；辟邪，就是避免灾祸、疾病和不测风云。这是人类有生以来和有史以来两个最基本的愿望。祈福是一种对人间的要求，辟邪却是对自身命运的企望。看来辟邪是第一位的，人不康乐，钱多何用？所以有句俗话说：平安即是福。

在遥远的缺乏科学的古代，人们对天灾人祸和自身疾病不能预知，也不能违抗，便把这些灾难当作邪魔作怪。中国是个农业国，一年四季，春耕秋收，循环往复，过年是新的一轮的开始，每逢此时总是对未来充满憧憬，祈福与辟邪也就来得分外强烈。年俗中，燃鞭放炮有驱魔吓鬼之意，吃饺子含有“送祟”之心，守夜时灯火通明，为了不叫妖邪在阴暗处藏身……今人斥之为迷信，这也过分简单。古人在那样的科学水平上，对危害他们的事物不能明白根由，更无从把握，只能想象出“万物有灵”，并幻想出可怕的妖魔来。世界上各民族古老而狰狞的面具，不都是用来驱妖降魔的吗？而今天人类的科学对世界万物又能解释多少？为什么人类能把火箭送到木星上，却不能制造出一只小小的能爬的蚂蚁？生命之谜依然不能破解！如今，地震无法预报，天气不能左右，不治之症依旧时时处处成为人的恶性的主宰。往往事情轮到自家头上，一种命运感连同祈福与辟邪这两个古老的愿望，便深刻地潜入心底。只要生命之谜和宇宙之谜存在，人们总会沉湎于这种自慰的心理氛围中。

在中国人眼里，邪气属阴，必以阳刚退之。比如，年俗中惯用大红色，大红即表示火热吉庆，又代表炽盛的阳气，用以辟除妖邪。再比如，辟邪的图画一概是刚正不阿、威猛难挡的阳刚形象。例如忠义千古的关公、勇猛骁强的秦叔宝和尉迟敬德、法力无边的姜太公和张天师，以及吃鬼的钟馗和挟弹射天狗的张弓。最常见用来辟邪的动物是雄鸡和猛虎。在民间的传说中，雄鸡吃五毒，猛虎食恶鬼。这样的门神贴在大门上，一派凛然之气，邪魔不逐自退。有趣的是，在民间画师的笔下，这些猛禽猛兽既威武雄壮，又娇憨可爱。比如陕西凤翔有幅古版门画《镇宅神虎》，一条大虫，目瞪如灯，张牙舞爪，极是猛悍，然而在它身旁那只小虎犊却淘气地模仿着它的神气，一边还晃头扬足，向它撒娇，于是画面就生出一番亲切，与过年所需要的吉庆气氛取得一致。辟邪的虎，只吓鬼而不吓人，中国民间玩具中的布老虎，以及孩子们头上戴的虎头帽和脚上穿的虎头鞋，都是这样。中国人往往把伤人的猛兽画得可以亲近，这造成心理的祥和与安全感。龙掌管着雨水和洪水，狮子是万兽之王，天下无敌，中国人过年时却拿它们出来耍一耍，这就可以减轻平时对它们的畏惧，还可以借助其威，驱逐邪魔。这不仅表明中国人对大自然的主动性，对环境的融合精神和对生活的热情，以及乐观和幽默，还显示了中国人“天人合一”——这最高境界的宇宙观。

年，不能再淡化了

——从杭州鞭炮开禁说起

虎年初始，一个来自媒体的讯息叫人心头一亮，这就是杭州市对除夕燃放鞭炮的开禁。此禁一开，近年来全国性一窝蜂的禁炮大潮即告终结。杭州的朋友在拜年电话中兴高采烈地说：年味又回来了！

这一下，把我的思考拉进此间的热门话题中来——当今的年味是否真的淡了？

报端不是总在争说年的活动愈加丰富了吗？从迎春马拉松、保龄球大赛、卡拉OK、集体献血、节日购物、新产品展览、外出旅游到出国旅游……前人先人古人过年哪能如此五光十色？倘真这般，为什么人们偏偏又把扔掉的鞭炮拾回来，并从中找到久违又深切的年味？

这仅仅是一种怀旧的情绪使然？

由此，我们是否开始懂得，绝非任何娱乐方式都可以充任年的角色。年，决不同于一般的节假日。它是一种风俗与文化，而且是中国人最为深厚、独具魅力的民俗文化。它所有的方式都是年所独有的、专用的，专门用来表现人们过年的情感、意愿与心理。它们是经过千百年来特意创造和约定俗成的，任何其他方式都无法替代。年的独特的意味便在其中。所谓年味就是年的意味，过年的方式则是这种意味的载体。一旦载体变了少了没了，年味儿自然淡了。

然而时下，由于外来文化的冲击和生活观念的改变，从年的概念到年的方式都在变化。中国人真是不封闭，只要政策开放，人们对外来事物的兴致近乎疯狂。于是传统的年，不知不觉迅速瓦解。等到现今人们茫茫感到了一种失落，呼出“年味淡了”，却并未醒悟到此中的缘故。我把中国人的年味的载体及其变化分做四个方面：

一是传统的年味儿离不开民间崇拜与民间信仰。在这辞旧迎新的日子里，对天地、祖先与诸神表达虔敬，则给年蒙上一层庄重又神秘的意味。民间崇拜是民间至高无上的精神情感。然而，民间崇拜与宗教不同，它往往随着社会发展与科学进步，很自然地退化与消亡了。昔日，在民以食为天的背景下，民间诸神中当以“东厨司命”的灶王祭祀最广，沿用的寿命也最久。但是随着农村温饱问题逐步解决，对灶王的信仰连同祭灶的糖瓜，便从年的文化中匿迹而去。应该说，民间崇拜与民间信仰在当今年的仪式中已然接近消失。这一部分年意与年味也就失去。

二是传统中国的年味，一半乘载着新衣新帽与美酒佳肴。中国是农业国，吃穿生活直接来自田野的收获。年，宣告着大自然新的一轮的起始，对生活的企望自然是年文化和年心理中最实在的内容。中国人表达这种年心理的方式十分有趣：一方面，高唱着“黄金万两”“日进斗金”“福贵满堂”，把现实理想化；一方面，又把理想现实化——吃一顿平日吃不到的丰饶美餐，穿一身平日穿不上的漂亮衣衫。理想成了现实。这样把理想与现实糊里糊涂又美滋滋地混在一起，便是中国人独特的精神方式，也是独特的年俗方式。传统的年，往往是人们日常物质积累的总爆发，把吃穿的水准提高到极致，才好与理想接轨。然而，当今的中国人不愁吃穿，甚至平日酒杯抓在手里，名牌挂在屁股上，到了过年就很难再营造出一年一度生活享受的高峰。年的意蕴与劲头就随之滑落下来。年意又出现一大片空白。

三是种种人间亲情，深切地寄托在年俗之中。一直过着群体生活的中国人，最美好的向往则是人间的亲近与和谐。此中，有对父母与长者的敬爱之情，也有手足牵连之情，邻里互助之情，朋友相援之情，以及对故土家乡依恋的情感。于是年俗之中，大年夜的合家团聚，正月最初几天的亲友们的相互走动，登门拜年等，无不是加强与维系这种人间情谊。团聚是中国人最神往的人间景象。人情味，给年味儿以浓浓的生活韵味。这也是中国人最深的年味。然而，伴随着现代通讯的便利，喜欢消闲的现代人便把往日的走亲访友，改换成公事化的拨一拨电话号码。即使相隔三五条街，也抓起话筒说几句空洞的拜年话了事。门前冷落，年意遂淡。谁感到了这个被电话、BP机、FAX拜年所稀释的东西是一种情感？人情味淡了，年味自然淡了。

四是年的载体还有那些应时的用品。千百年来，人们对年的浓情厚谊，还表现在斑斓绚丽的年时用品上。无所不在的年的符号，加深了年意的浓度。单说年时的食品，此时都换成过年专用的年食。经过一代代的精心创造，所有年的装饰品都有着深刻的年文化的内涵；一切吉祥图案与吉祥文字，全都是中国人文化心理的公开表现。中国人最喜欢红色，红色喜庆、火热、避邪；年主要靠红色点缀与烘托。或者干脆说，中国人的年就是红色的。可是，现代中国人的家庭过年，红色已经不再那么火炽夺目和必不可少，甚至在愈来愈多的地方已经被忘记了；传统的吉祥话失去诱惑，成了空话与废话；在都市家庭里，象征美好未来的蝙蝠的窗花，远不如一件实实在在的新奇的舶来品。现代人家居的样式和陈设，与传统的装饰格格不入。室内有一架电视，用不着再张贴那种简易的“墙上的故事”——木版年画了；公寓防盗门的门框上也无法贴春联。年的符号日见寥落。那么年的情感与年的意愿放在哪里？前几年，各城市又争先兴起禁炮大潮，唯恐落后，失之文明，完全没有看到这子午之交的连天鞭炮与漫天烟花的是年的高潮，也是全民族生活情感的大宣泄。我们不是都从这灿烂的轰鸣中感受过全民族共同的生活激情吗？而鞭炮禁绝，万籁俱寂，年成了一个大周末。年，从自然的淡化到人为的淡化，真的要被“搞”没了。

于是，一些好心人千方百计设法活跃节日生活。不料愈是把马拉松、健美、卡拉OK、外出旅游，等等，拉进来，年味儿反而愈加淡薄。最近在报上看到，仍旧在把一句老话当作标题，即“破除旧俗”。这才明白，多年来一直没有从文化的角度关切年俗，而是只把它当作一种过时的生活、当作累赘、当作陈腐的事物来对待，似乎把年变成大休假日才符合潮流。当一种生活成为过去，它遗留的风俗，不再是生活方式，而是文化方式；它不是物质的载体而是精神的载体；或者说一个民族的最纯粹的文化，往往活生生地保留在风俗中。风俗不但不应该破除，反而要审慎对待乃至放置在保护之列。

年，是中华民族最大的风俗性节日。从腊八到转年正月十五，历时一个多月，南北同俗，普天同庆，当属世界上最大的节日之一。即使在西风正猛之今日，每逢年底，大都市的建筑工地依旧空无一人，春运的人数仍居世界之首，人们常年身在异地，此时也要披星戴月，上路回家，享受故土与家园的温馨。历时五千年以上的中华民族生生不息，显然与这最大的年文化有着密切关系。不信，就去听听大年夜里中国人相互间越洋跨洲的拜年电话。中国人的年，是老百姓自我增加民族凝聚力和亲和力的日子。对于年，我们只能加强它，而不是简化和淡化它；那种对年俗的人为地去简化与淡化，是一种在文化上的无知！

由于世风嬗变，许多传统的年的载体已经失去魅力，退出舞台，这当属社会发展之必然；但是，另一方面，大块大块年文化出现了空白。年的载体已失，年的情感犹在，这就是当今中国人过年时感到莫名的失落的缘故。而填补精神谈何容易，再造一种年的载体又何其艰难。这真是一个时代性的难题！时下，人们都说电视春节晚会已为大众接受，成为一种新民俗。然而，它的问题依旧不小。中国人过年最大的特点是参与性。每个人的主动努力都能增加年的氛围与温度。这也体现中国人积极主动的生活观。但是人们面对着电视春节晚会却只能是一种被动的接受。因而，所有压力都压在晚会的导演与演员身上。大众却只能怀抱着无奈而已。电视春节晚会最终能否成为真正的年俗，仍然背负着疑问。

如果年从中国人的生活中失去，才是最大的文化损失。我说的不是生活中的年，而是中国人独有的年文化，也就是中华民族这个巨大的磁场。那么，首先应慎重的，便是莫要人为地消除尚有魅力的年的载体。而是设法使传承千载的生活的年，完美地转化为未来的文化的年。不要在我们的手中失落！

故此，杭州对鞭炮的开禁，应是用文化眼光对年的认识的一个进步。试问诸君，谁人与我同此见识？

大门上的福字不宜倒贴

春节临近，又该贴福字了。在昔时的年节饰物中，年画吊钱之类大都不适于新式居室，所用渐少；唯有福字，简便明快，寓意鲜明，故而依然走俏。

但是，不知缘何而起，近年来倒贴福字，忽然成风，而且愈演愈厉。由门板上的福字、到居室各处张贴的福字、再到点心盒甚至贺卡上的福字，一律是头朝下，脚朝上。前年腊月里，我由北京返回天津，路经一处大街，看到家家门板上的福字一律倒贴，宛如河中的倒影。那感觉，好似必须立起大顶，才能看好。

据说，倒贴福字，取其“倒”和“到”的谐音，意为“福到”了。在我国传统民俗中确有这种说法，但不是说所有福字都要这么贴，尤其是大门板上。

民俗传统中，倒贴福字主要在两个地方。一个地方是在水缸和土箱子(即垃圾箱)上，由于这两处的东西要从里边倒出来。为了避讳把家里的福气倒掉，便巧用“倒”字的谐音字“到”，倒贴福字。用“福至”来抵消“福去”，以表达对美好生活的向往。

另一个地方是在屋内的柜子上。柜子是存放东西物品的地方。倒贴福字，表示福气(也是财气)一直来到家里、屋里和柜子里。

至于大门上的福字，从来都是正贴。大门上的福字有“迎福”和“纳福”之意，而且大门是家庭的出入口，一种庄重和恭敬的地方，所贴的福字，须郑重不阿，端庄大方，故应正贴。翻翻中国各地的民俗年画，哪张画大门上的福字是倒着贴的？但像时下这样，把大门上的福字翻倒过来，则必头重脚轻，不恭不正，有失滑稽，有悖于中国“门文化”与“年文化”的精神。倘以随意倒贴为趣事，岂不过于轻率和粗糙地对待我们自己的民俗文化了？

民俗讲求规范。该轻松处便轻松，该庄重处必庄重。应当讲究，也应当恪守。规范具有约定俗成的合理性，而且它又表现出一种文化的高贵和尊严。由此而言，大门上的福字不宜倒贴。

时　　光

一岁将尽，便进入一种此间特有的情氛中。平日里奔波忙碌，只觉得时间的紧迫，很难感受到“时光”的存在。时间属于现实，时光属于人生。然而到了年终时分，时光的感觉乍然出现。它短促、有限、性急，你在后边追它，却始终抓不到它飘举的衣袂。它飞也似的向着年的终点扎去。等到你真的将它超越，年已经过去，那一大片时光便留在过往不复的岁月里了。

今晚突然停电，摸黑点起蜡烛。烛光如同光明的花苞，宁静地浮在漆黑的空间里；室内无风，这光之花苞便分外优雅与美丽；些许的光散布开来，朦胧依稀地勾勒出周边的事物。没有电就没有音乐相伴，但我有比音乐更好的伴侣——思考。

可是对于生活最具悟性的，不是思想者，而是普通大众。比如大众俗语中，把临近年终这几天称作“年根儿”，多么真切和形象！它叫我们顿时发觉，一棵本来是绿意盈盈的岁月之树，已被我们消耗殆尽，只剩下一点点根底。时光竟然这样地紧迫、拮据与深浓……

一下子，一年里经历过的种种事物的影像全都重叠地堆在眼前。不管这些事情怎样庞杂与艰辛，无奈与突兀。我更想从中找到自己的足痕。从春天落英缤纷的京都退藏院到冬日小雨空蒙的雅典德尔菲遗址；从重庆荒芜的红卫兵墓到津南那条神奇的蛤蜊堤；从一个会场到另一个会场，一个活动到另一个活动；究竟哪一些足迹至今清晰犹在，哪一些足迹杂沓模糊甚至早被时光干干净净一抹而去?

我瞪着眼前的重重黑影，使劲儿看去。就在烛光散布的尽头，忽然看到一双眼睛正直对着我。目光冷峻锐利，逼视而来。这原是我放在那里的一尊木雕的北宋天王像。然而此刻他的目光却变得分外有力。它何以穿过夜的浓雾，穿过漫长的八百年，锐不可当、拷问似的直视着任何敢于朝他瞧上一眼的人?显然，是由于八百年前那位不知名的民间雕工传神的本领、非凡的才气;他还把一种阳刚正气和直逼邪恶的精神注入其中。如今那位无名雕工早已了无踪影，然而他那令人震撼的生命精神却保存下来。

在这里，时光不是分毫不曾消逝吗?

植物死了，把它的生命留在种子里;诗人离去，把他的生命留在诗句里。

时光对于人，其实就是生命的过程。当生命走到终点，不一定消失得没有痕迹，有时它还会转化为另一种形态存在或再生。母与子的生命的转换，不就在延续着整个人类吗?再造生命，才是最伟大的生命奇迹。而此中，艺术家们应是最幸福的一种。唯有他们能用自己的生命去再造一个新的生命。小说家再造的是代代相传的人物;作曲家再造的是他们那可以听到的迷人而永在的灵魂。

此刻，我的眸子闪闪发亮，视野开阔，房间里的一切艺术珍品都一点点地呈现。它们不是被烛光照亮，而是被我陡然觉醒的心智召唤出来的。

其实我最清晰和最深刻的足迹，应是书桌下边，水泥的地面上那两个被自己的双足磨成的浅坑。我的时光只有被安顿在这里，它才不会消失，而被我转化成一个个独异又鲜活的生命，以及一行行永不褪色的文字。然而我一年里把多少时光抛入尘嚣，或是支付给种种一闪即逝的虚幻的社会场景，甚至有时属于自己的时光反成了别人的恩赐。检阅一下自己创造的人物吧，掂量他们的寿命有多长。艺术家的生命是用他艺术的生命计量的。每个艺术家都有可能达到永恒，放弃掉的只能是自己。是不是?

迎面那宋代天王瞪着我，等我回答。

我无言以对，尴尬到了自感狼狈。

忽然，电来了，灯光大亮，事物通明，恍如更换天地。刚才那片幽阔深远的思想世界顿时不在，唯有烛火空自燃烧，显得多余。再看那宋代的天王像，在灯光里仿佛换了一个神气，不再那样咄咄逼人了。

我也不用回答他，因为我已经回答自己了。

丁丑腊月廿一日寒夜

过洋节的中国人

春节刚过，中国人又进入了情人节。

街头上的大红灯笼下边，忽然站着一些卖花女。有打工妹也有大学生，每人捏着几枝耀眼的红玫瑰向路人兜售。我的工作室里的年轻人全都穿上了“节日装”，眸子发亮，态度亲和，忙着接电话和打电话，讨论最佳的幽会时间与地点，还不断地“嘀”的一响，手机上出现一条短信息，一准是句情话，这便引来一阵眉飞色舞的欢快。

我正笑着，口袋里的手机也一响。打开一瞧，上边写着：“一起吃冰激凌吗？”署名是“小猫咪”。我再看来电号码，从来没见过。显然这是“情人们”发错了信息。我赶紧把手机关了，以免“小猫咪”再来约我一同去捉耗子。

西方的情人节已经进入了中国人的生活，不管你赞成与否，这也是一种约定俗成。

和情人节一起舶来的节日，还有圣诞节，母亲节，父亲节；愚人节尚没有成气候；万圣节——鬼节已经有所抬头。

造成西方节日的大举“入侵”的缘故，一方面与西方的强势经济的大背景有关，强势的经济使它们的文化富于魅力，这种甜头在盛唐时代我们也尝到过。另一方面则是由于市场把这些外来的充满新鲜感的节日，当作商机，大力炒作，捧为时尚。圣诞节是出售圣诞饰品和新年礼物的由头；情人节是热销情人礼品和定情之物的大好契机。大小餐馆也可以借机发一笔财。商品经济的时代，就看商家的能耐。商家一折腾，节日氛围有了，节日就盛行起来。

历史地看，还有一原因。是因为过去的几十年过分地强调生活的政治内容，片面地强化政治性的节日，淡化了民族民俗的节日。如今社会生活归返正常，人们的口袋和时间都富裕起来，就需要一个个节日带来生活的高潮，这才发现我们的节日早已变得贫乏，很有限，难以应付人们的需求，出现了空白。

今年春节一位年轻的女记者问我：

“除去春节，我们还有什么民俗的节日吗？”

“你说呢？”我反问她，“你想想看。”

她停了停，然后自言自语地说：

“吃月饼，对！中秋节。还有……吃粽子、元宵吧！”

我笑了。中国的民俗节日全成了食品节了！

这正是由于我们多年来有意或无意地抽掉了传统节日的精神与文化的内涵，使得这些节日名存实亡，空洞无物，失去了魅力，连国庆节和五一节都成了专供旅游的“黄金周”了。于是，那些富于人间情味的情人节和母亲节便顺理成章地钻入中国人的生活。

记得前些年有一种说法，过去平时吃不到好的，才盼着过年；现在天天都吃好的，天天过年，年味自然淡了。好像中国人的节日全是吃，真是“食为天”了。

由此想一想，心中不免一惊，我们竟然和自己的历史精神与文化传统距离如此遥远，如此陌生！

于是，近年来文化界的一些人士提出要确立中国人自己的爱情节，并声称这个节日的历史文化依据就是牛郎织女的鹊桥相见之日(农历七月初七)。这个想法挺不错。牛郎织女的故事美丽、圣洁、浪漫、迷人。爱情观又是忠贞不渝，具有强烈的民族精神传统，但想用它来抵御外来的情人节恐非易事。中国人与牛郎织女的传说的联系中断久矣，它如何被当代中国的年轻一代接受与认同？何况，支持情人节的是市场，而且是全球化的市场。在如今的中国，圣诞节和情人节都是不放假的，也没有列入中国人的节日中，它却在快速地升温和发热，这因为——市场需要它！

可是，如果听凭这种市场的炒作，中国的洋节一定会愈演愈烈！

节日，尤其是民俗的节日，是一个民族生活的最重要的文化创造。它强烈地表现一个民族的精神、愿望、特征；还是民族凝聚力之所在。因此说，节日也是一个民族一年一度地传承着它独有的气质与文明的神圣的方式。

如果有一天，我们一年到头，从圣诞节、情人节、复活节和鬼节，过的全是洋节。我们失去的仅仅是节日本身吗？

我们到底是因为失去了历史精神与文化情感而丢弃了自己的节日，还是因为放弃了自己的节日而淡漠了历史尊严与文化的情怀？如果连这一点都搞不明白，我们怎么找回自己的节日，并重新树立这些节日的魅力？

我想，我们不应该拒绝情人节和母亲节。那些外来的妇女节、儿童节和新年音乐会，不是大大充实了我们的生活文化吗？然而，我们更不能丢弃自己的节日，因为一个民族的节日就是它一种文化的生日。

节日不是假日

可能由于节日常常是放假的，所以这里就出现一个误区或者说是概念上的混淆——假日等同于节日。其实这是完全不同的两回事。假日是公民应该享受的权利，比如公休日，那是《劳动法》规定的劳动者享有的休息的权利，是不容侵犯的；比如一些企事业单位给员工的休假，则是一种福利。从字面上看，假日是按照规定或经过批准可以不工作或不学习的日子。假日是人们自由支配的日子，没有特定的文化上的意义。

节日却不同。节日是一种纪念日。任何国家，节日都有四种，一种是宗教节日；一种是政治节日，比如国庆节，我国还有建党纪念日、八一建军节；再一种是民俗节日，这在我国十分之多。有生产性的，也有娱乐性的。少数民族的节日就更多。现在我国比较重要的民俗节日有春节、中秋节、元宵节、端午节等；还有一种就是外来节日，如五一劳动节、三八妇女节，还有近些年热起来的圣诞节、情人节、母亲节等。节日与假日不同。节日是有内涵的，是一种文化。

节日，无论是政治性的还是文化性的，都是有精神内涵的、有纪念意义的、庄重的。在节日里，主要是体验和感受它的精神意义。比如国庆，我们感受一种崇高的国家情感。在民俗节日里主要体验着一种传承久远的迷人而执着的民族精神。所以不能将节日当作一般假日来对待。

比如即将到来的春节，几千年前老祖宗留下的最大的民俗就是“过年”。它通过各种传统的方式与形式表达人们对生活的愿望、情感、理想与追求。无论是贴春联，吃年夜饭，祭祖，还是守岁，燃放鞭炮，拜年，等等。这些年文化的方式代代延续，其实是一种文化的传承，它体现着一个民族的文化心理，也就是团圆，亲情，祥和，此中包含着无比强大的民族的凝聚力和亲和力。

无论是在古代缓慢的生活节律中，还是在现代化快节奏的生活环境里，也无论你远游到什么地方，到了过年时都要回家。不用人提醒你，你也会千里迢迢赶回去，坐在一家人中间吃那顿年夜饭。如果吃不上那年夜饭，心中总是怅然若失。是为了那一餐也许并不丰盛的饭食吗？当然不是。而是家庭的信念，团圆的信念，故乡的信念。这便是节日中最深刻的东西。

但是，不知不觉，我们的许多节日正在被变成假日。春节、国庆、五一，被称作黄金周。黄金周是商家炒作的卖点，于是国庆节快成了旅游节了。至于民俗的节日几乎成了一种饮食节。中秋节吃月饼，端午节吃粽子，灯节吃元宵。所以大家愈来愈觉得过节很空洞，没有内容，只好去旅游。根本的缘故是我们把节日的精神文化内涵抽空了。

当然，这并不是要否定物质的享受，否定购物和旅游。问题是，我们把节日当成了假日。我们在强调商业目的的同时，忽视了民族的文化内涵。文化符号还在，但这些符号所代表的文化意味却在发生着集体无意识的改变，这才是我们要清醒面对的。

关于外来的节日，我并不反对。一个伟大的民族，就应该有这种博大的胸襟，接纳一切文明的、进步的文化包括节日文化。一个民族吸收另一个民族的节日，一定是一种精神的需要。因此，我赞同当前被一些年轻人引进的情人节和母亲节。我们国家这种人本的节日比较少，恐怕与长期的封建社会有关。对节日也可以采取“拿来主义”，补充自己的不足，使我们的精神生活更丰富。但是，在引进国外节日的同时也不要忘了自己的节日。我们的节日很美好，关键是我们是否能在节日中体验和传承中国人独有的动人的民族情感、文化情感与传统美。

传统与地域性

从文化学角度看，建筑最重要的传统是它的地域性。

不同历史时期不同风格的建筑，是建筑之间纵向的区别；不同地域不同特征的建筑，是建筑之间横向的区别。由于后一种区别，使得一个地区或一个城市具有鲜明的可视的个性。

在古代，建筑师们并不刻意地去表现这种特征。他们只是遵从了那一方水土的人们的一种习惯——使用的习惯和审美的习惯。久而久之，特征就形成了。这也正符合文化生成的规律。但文化的地域特征一旦形成，它就成为一种个性的生命，互相不能替代。在日趋全球化的当代世界，这种各异和独自的文化个性就具有至高无上的价值。

上述这种地域性，并不表现在文物建筑上，而主要表现在民居建筑上。比如北京的城市特征不在故宫和天坛，而在胡同与四合院构成的历史街区里。保护文物建筑是文物专家的事，保护民居是建筑师的事。因为这些古老的建筑既要保留，又要使用，如何将现代科技注入这些老房老屋，使生活在其中的人们，能够享受到现代科技带来的方便与舒适，可是一件需要创造性的工作。这自然就需要建筑师具有很高的文化责任感，把保护历史美与改善老房子的使用功能，作为建筑界一项时代性的不能拒绝的使命。

同时，那些具有鲜明文化特征和深厚历史底蕴的城市，还向建筑师们提出一个挑战性的问题：怎样使大量出现的新建筑，与城市原有的个性对话、沟通、和谐？

当代建筑极端地强调每个建筑个体的面孔与性格。但一个城市的总体的文化个性还要延续、发展和加强。那就需要这个城市建筑的新成员，考虑它与环境的文化关系，以及自己的文化血型。那么谁来回答这个难题？

如果没人回答、关心、承担和解决，那么未来中国的城市一定是：在建筑个性上不乏精品，但在城市整体上纷纭杂乱，相互雷同。历史个性荡然无存，新的个性根本没有。现在我们已经愈来愈清晰地看到这种景象了。

到民间去！

面对着全球性的流行文化狂潮一般的冲击，我们何去何从？我们不能总是一边抱怨这种麦当劳式的快餐食品，无益于精神的强健，一边又无所措于手足。我们的文化正在迅速粗鄙化；愈来愈失去自我的重心与文化的尊严。就像沙尘暴肆虐的日子——我们只是关上窗子和戴上口罩吗？

我们应该从哪里做起？

毫无疑问，我们应该回到我们的根上。回到我们文化的根基与原点上。回到我们的母体文化中。只有在那里，才能找到我们鲜明的文化个性，我们的文化血型，以及骄傲和自尊的依据。其实，这是世界所有先发的现代化国家都早已经明白的道理。无论是法国人还是日本人，都怡然自得地生活在自己的文化传统上。而我们的作家却今天把自己化妆为马尔克斯，明天克隆出一个或几个昆德拉；而文化市场上今天刮“台风”，明天又闹“寒(韩)流”。

我们自汉唐以来的那种雍容大气，雄厚与深邃，跑到哪里去了？难道我们就用当前这种轻飘飘、眉目不清、大杂烩的文化与世界碰撞吗？

可是，当我们回到自己的文化上，就会强烈感受到它的困境。尤其是民间文化。它正在遭受冷遇、歧视、破坏。正在濒危和消亡。我们的文化根基不但被动摇着，而且已经松动与瓦解。等到全国的城镇盖满了小洋楼之后，我们的文化就会无所凭借！

于是，刻不容缓的首要的使命是抢救。

在山西榆次后沟村考察（2002年）

民间文化的传衍性质是口传心授。它一直是以接力的方式一代代传承下来。只要中断，便是终结。因此我说，我们当代文化人一个时代性的使命，就是抢救。那就是将于今尚存的文化遗产，不论是活态的还是濒危的，都要进行彻底的普查与盘点，严格和细致的分类与整理，把它们牢牢掌握起来。如果我们不做，后人就会永远失去这笔巨大而珍贵的文化遗产；而我们做了多少，后人就会拥有多少。

为此，我们的口号是：到民间去！

我们不能一边在城市里指责流行文化的横冲直撞，一边坐等着自己母体文化的消亡。暂时先离开我们的书斋吧。在广阔的田野和乡村里，我们一定会被母体文化的困境激起强烈的救助之情；也一定会感受到中华文化鲜活而迷人的生命力。

我们一代文化人的书桌应该是大地；我们身上寻呼机的号码应该是120；而手中的笔从来都是我们的心。

如今，这项工作也在燕赵大地上开始。许许多多文化人已经走向民间。他们的文化责任感令我们钦佩。我们希望更多的人加入他们的队伍——到民间去！回到母体文化中去！

因为，养育了我们的母体文化现在需要我们。

民间审美

那些出自田野的花花绿绿的木版画，歪头歪脑、粗拉拉的泥玩具，连喊带叫、土尘蓬蓬的乡间土戏，还有那种一连三天人山人海的庙会，到底美不美?

自古文人大多是不屑一顾的。认为都是粗俗的村人的把戏，难入大雅之堂。故而这些大多为文盲所创造的民间文化一边自生自灭，一边靠着口传心授传承下来。

当然，在古代也有一些文人欣赏纯朴天然的民间文化，大多是些诗人。他们的诗中便会流淌着溪流一般透彻的民歌的光和影。从李白到刘禹锡都是如此。但是，古代画家则不然，他们崇尚文人画，视民间画人为画匠，很少有画家肯瞧一眼民间绘画的。美术界学习民间的潮流还是在近代受到了西方的影响。西方的绘画没有“文人画”，所以从米开朗琪罗到毕加索一直与民间艺术是沟通的。在他们的心里，精英的绘画是“流”，而民间艺术却是一种“源”。

在人类的文化中，有两种文化是具有初始性的源。一种是原始文化，一种是民间文化。但在人类离开了原始时代之后，原始文化就消失了。民间文化这个“源”却一直活生生地存在。

精英文化是自觉的，原始文化与民间文化是自发性的。“自觉”来自于思维，而“自发”直接来自生命本身。它具有生命的本质。所以，西方画家总是不断地从原始与民间这两个“源”中去吸取生命的原动力与生命的气质。

所以说，生命之美是民间审美的第一要素。

可是，民间文化从来都只是被使用的。被精英文化作为一种审美资源来使用。它的本身并没有被放在与精英文化同等的位置。

在近代，人们对民间文化所接受的一部分，也都是靠近“雅”的一部分。比如戏剧中的京戏，由于趋向文雅而能够受宠，而许多土得掉渣的地

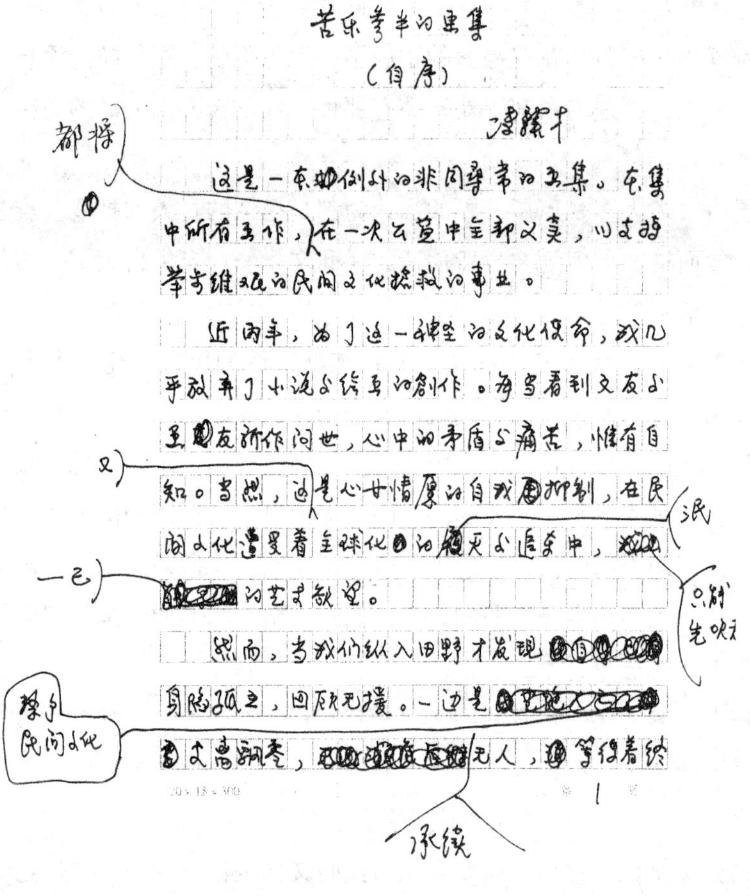

《苦乐参半的画集》序言之手稿（2004年）

方戏仍然被轻视着，因而如今中国一些地方戏种已经到了濒死的边缘。再比如在民间木版年画中，比较城市化而变得精细雅致的杨柳青年画容易被接受，一些纯粹的乡土版画很难被城市人看出美来。

民间文化有自己独特的审美体系。包括审美语言、审美方式与审美习惯。陕北的那些擅长剪纸的老婆婆在用剪子铰那些鸡呀猫呀虎呀娃娃呀的时候，一边铰一边会咧开嘴笑。她们那种无声的“艺术语言”会使自己心花怒放。民间文化与精英文化的另一个不同是，民间文化是非理性的，纯感性的，纯感情的。这种感情是一种鲜活的生命和生活的情感。有生命的冲动，也有生活理想。有精神想象，也有现实渴望。他们这种语言在广大的田野与山间人人能懂。一望而知，心有同感，互为知音。

因此民间审美又是一种民间情感。懂得了民间的审美就可以感受到民间的情感，心怀着民间的情感就一定能悟解到民间的审美。我们为什么只学英语，与洋人交流；偏偏不问民间话语，与自己乡民村人交谈，体验我们大地上这种迷人的情感？何况这是一种优美而可视的语言。这种语言坦白、快活、自由、一任天然。没有任何审美的自我强迫，全是审美的自发。它们不像精英文化那样追求深刻，致力创新，强调自我。它们不表现个性，只追求乡亲们的认同；它们追求的实际上是一种共性。至于某些民间艺人的个性表露也纯粹是一种自然的呈现。他们使用的是代代相传的方式。纵向的历史积淀的意义远远超过个人超群的价值。它们最鲜明的个性是地域性，它们的审美语言全是各种各样的审美方言。所以民间审美的重要特点是地域化，也就是审美语言的方言化。这便使民间审美具有很浓厚的文化含量。

写到这里，我便弄明白了——过去我们判断民间艺术美不美，往往依据的是精英文化的标准。这样，我们不但只接受了民间艺术很小的一部分，而且看不到民间艺术中的文化美，也就是民间审美的文化内涵。

今天，我们正处在农耕文明时代向工业化的现代文明的转型期。农耕时代的一切创造渐渐成为历史形态。我们应该从昔时的看待民间文化的偏见性视角与狭义的观念中超越出来，从更广更深的文化角度来认识民间文化，感受民间独特的审美，从而将先人的创造完整地变为后世享用的财富。

民间艺术的当代变异

如果把唐宋墓中出土的陶制玩具与当下乡村的泥玩具放在一起，就会惊奇地发现它们几乎一模一样，为什么？

民间艺术与精英艺术最大的区别是，后者因时而变，因人而变，而且是主动地变。最有代表性的一句话是石涛所谓“笔墨当随时代”。然而，民间艺术却是历久难变的。这因为，民间的审美是共性的审美，必须是这一地域人们的审美都变化了，它才会悄悄地发生改变。但是在漫长的古代农耕社会，人们生活的内容和方式基本上是一成不变的。一个个相对独立的地域——或是深藏在谷壑里的山庄，或是江河相隔的村落，大多是在封闭状态中静静地生息与传衍。因之，许多古老的文化形态总是在民间存活得很久很久。比如闽地的南音、纳西古乐和河南的泥泥狗，无怪乎人们称它们为古文化的活化石了。

当然，民间艺术并非全都不变。即使变，也会非常缓慢。一般的规律是，交通方便的地方，比较容易发生变异。

从民间艺术史来看，民间艺术的全面发生变异是在近代。一方面外来文化的涌入，冲击了人们的审美习惯；另一方面则由于现代城市的崛起。城市文化是十分敏感的。它们是一种强大的不断更新换代的审美的源，向广大乡间放射，产生影响。愈是挨近城市的地方，民间艺术的变异就愈明显。这种变异是不可克制的，也是正常的文化现象。

然而，更强烈的变异却发生在当代——当前！现代化、工业化、乡村

天后宫的剪纸市场

城镇化以及媒体、科技、生活方式、时尚，都对我们传承久矣的固有的民间艺术发生根本性的冲击。一部分民间艺术处于濒危，正在消亡，这是我们都看到的；那么，另一部分依然“活着”的民间艺术是怎样的呢？

那些摆在各个旅游景点的小摊上的艳丽又奇特的布挂、面具、布老虎，那些画在各个民俗村屋梁房柱上的怪异的图案，以及竖在那里的匪夷所思的图腾柱、旗幡与神像，或是一群群穿着半似民族服装、半似戏装的年轻人跑过来跳一段不知所云的舞蹈……谁会知道这些民间艺术是真是伪，反正有点儿特点就行。

特点就是旅游的最大卖点。

在全球化商品经济的时代，正在退出历史舞台的民间文化，大概只有转化为旅游对象才能生存与延续下来。同时，旅游产业也必须拥有这一份巨大必不可少和用之不竭的文化资源。民间艺术原本是一种地域的生活文化，一种民俗方式，当它转变为一种经济方式时，便在本质上发生变异。表面看，好像是题材与风格发生了变化——唐老鸭与圣诞老人进入了剪纸，迪斯科的动律渗入了民族舞蹈。其实远非如此。从深层看，民间艺术中那种自发的、纯朴的、天真的精神情感不见了。代之便是涂红抹绿，添金加银，着力对主顾的招徕与诱惑。它的特色被无度地夸张着，它内在的灵魂与生命却没有了。

过去乡间妇女在缝布老虎时，心中想着的是生命的阳刚之气与避邪之威，现在却和批量地加工布娃娃没有两样。

商品化是民间艺术的当代变异。这种变异正在全国各地普遍发生着。这种貌似“茁壮成长”的民间艺术，在文化意义上却是本质性的消亡。难道民间艺术只有这样一种出路吗？其实我们现在这种将民间文化直接而功利地转化商品的做法来源于美国。这只要到夏威夷看一看美国人如何将土著人的民间舞蹈转化为穿着草裙为游客廉价地表演就行。他们是设法把民间艺术变成美元。世界上还有另一种对待自己传统和文化的方式——在欧洲和日本。那就是保持住民间艺术中那种对生活的虔诚与执着。把民间艺术视为一种传统精神。他们是真正懂得自己民间艺术的价值和美感的。为此，民间艺术一直是他们民族情感与精神的载体之一。

我知道，在当今这样做何其困难。所以，普查与记录原生态的民间艺术就是迫不及待要做的事了。就其目的来说，就是——不只为了记录一种文化形态，一种充满情感的美，更为了见证与记载一种历史精神。

手工是一种遗产

在工业文明到来之前，人类用双手满足自己的一切需求。无论盖房和造物，还是做饭与制衣，都由双手来完成。但这还不够，双手还要承担人的永不停歇而精益求精的追求。既有生活的和物质的，也有精神的和想象的。于是，从生活的智慧、技术的发明直到审美理想都是由双手来体现的。由于审美进入十指，便有了许多艺术油然而生。无论是能工巧匠的精雕细刻，还是乡野村夫手中带着泥土与青草芳香的民间艺术。

人类的双手曾经是巨大的、神奇的、灵透的；在那个遥远的历史时期，我们的眼睛、耳朵和总是突发奇想的脑子以及所有能力，好像都长在双手上。手是心灵的最灵便的工具。那时称手工为神工。故而，愈是文明古老的民族，他们的双手就愈是聪明；同时，不同民族的双手又具有各不相同、奇特的本领和气质。

在古代，交通不便，人们在相互隔绝和封闭的状态上生活。这就使得手工保持着各自的独特性。在一个个相对独立的地域，每一种手工的制品都是那里的特产。这样，到了开放的今天，我们才会看到各个民族和地域彼此迥然殊别的房舍、小吃，独具匠心的手工制品及其风情特异的乡土艺术。在这中间，中华的手工可称冠盖全球。其缘故，一是历史久远，传承未断；二是民族众多，地域多样；三是文明灿烂，人文深厚。在九州大地上，不管你见识怎样广阔，但在田野里跑一跑，准会发现从未见过的美妙之极的东西，其中手工的智巧一准令你称奇。

手工中智慧与技术的含量是长久以来一代代积累而成的。在漫长的传衍过程中，不断冒出来一位又一位工匠，他们心灵手巧，聪明过人，或是在技艺上做了这样或那样的十分绝妙的改进和创新，或是在审美情趣上做了一些提升，受到人们的认同和首肯，这些新的技艺或审美便自然而然地融进传统的手工中去。精湛的民间手工全都是千锤百炼的。但是，在没有专利的时代，手工中至关重要的绝技是世袭或以师徒方式单传的。如果艺人没有后嗣，技艺便会中断。大量的手工技艺生生灭灭，随其自然。这也是很多古代制品今人无法复制的缘故。面对广汉三星堆那些“纵目神灵”青铜面具上的方孔，我们已无法知道这些四千年前古蜀人用什么利器可以切割开这厚厚的青铜，也无法知道他们施用何种技术才能把坚硬的玉石切割成纸板一样的薄片，并打磨得如此细腻与光滑。其缘故，便是这些标志着远古文明高度的手工的传承中断了。

工业技术是通过档案资料保存下来的，手工智能都是口传心授，最多只是保存在几句短短的口诀上。工业技术是物质性的，手工中有许多是感性和悟性的。从文明的传承来看，这种手工的文明是记忆性的。所以说，手工是一种口头和非物质的文化遗产。

我们之所以称它为遗产，是因为当代人类正在进行一次文明的转型——从农耕文明向工业文明转型。农耕文明是手工的时代，工业文明是机器的时代。由于机器的能力与效率远比手工高出千倍万倍，故而这一转型急剧而猛烈，所向披靡，抛弃手工在所不惜。然而，人们在生活中只会关心物品的本身，不会关心造物的手段——到底是机械还是手工。等我们意识到手工属于正在消失的文明时，很多手工已经濒危或者干脆无影无踪了。

如今，市场上开始对手工制作的陶艺、锻打的铁艺和种种编织的手艺抛以青睐，标上高价。市场的规律是“物以稀为贵”和“按工计价”。人们认可这种高价，是因为手工制品纯朴、生动，带着人的气息。人用双手触弄和制造这些物品时，总是注入了心中的想法、审美习惯，以及一种生命感，而且绝对不会重复。这是机器制品不具有的。在冷峻的千篇一律的工业文明的时代，手工给人一种具有怀旧意味的人文的温馨。就像那些仿古餐厅中那些摇曳的烛光。

然而，遗产的意义远非如此。

手工，属于人类文明进程的一个伟大的历史时代。它是不同地域的聪明才智的各自的见证，也是民族与地域精神传承性的载体和个性的象征；从文化人类学角度说，每一种手工后边还有一片深广的生活景象与历史信息。这些信息中，只有少量的体现在手工的制品中，更多的保存在手工活态的过程中。因此，抢救与记录濒危和珍稀的民间手工，是保护历史文化遗产的重要工作，也是人类文明转型期间的全新课题。我们以前没有做过，但现在非做不可。因为，老房子在轰隆隆地与我们告别，缤纷的手工正在不知不觉地成批死亡。

人类放弃手工，使用机器，是伟大的进步。但我们同时还要记忆手工。因为——

放弃手工是为了文明的发展；记忆手工是为了文明本身。

魂归来兮，年画！

年画的消亡，大约经历了半个多世纪。

二十世纪三十年代，随着世风转化，审美更变，那种年节时贴在门板和屋墙上的“纸画儿”，渐渐失却了人们对它的热情。这衰落之势，始于城市，衍及乡村；代之兴起的是月份牌年画，采用时髦的擦炭画法，先进的石印技术，内容多为装扮趋时的美女，又有月历可供应用，很快便把传统的木版年画打下“应用艺术”的擂台。

年画的消亡过程自有规律。由于城市风习嬗变较快，那种专门销往都市的制作精细的大幅的“贡尖”和“对屏”之类消亡在前。而农村闭塞，木版年画逐年消减在后。传统项目中剩下的便是灶王缸鱼、神佛纸马，尚在使用，延续最久。

始自二十世纪五十年代，各地一些有识之士，对这行将消没的年画展开“采风”，考察沿革，调查实情，广泛收集老年画的民间遗存。诸如天津的杨柳青、苏州桃花坞、山东杨家埠、四川绵竹、陕西凤翔、河北武强、河南朱仙镇、山西临汾、广东佛山和福建漳州等地，都将采风所获，整理研究，出版资料。尽管那时只是从民间艺术的人民性与历史的珍贵性出发，来做这些事情，但今天看来，应是一次大规模和及时的文化抢救。因之，保存下来一大批“年文化”的遗产。

二十世纪八十年代以来，社会风尚更迭巨大。千古不变的乡间生活方式，也发生骤变。老式的木版年画，不仅与室内家具摆设难以相配，也与变异了的审美眼光疏离开来，尤其更与新的生活观念格格不入，谁还会为了饮食之需，去企望于灶王？老年画便失去了它最后一批应用者。从应用者手里失落，才是真正的消亡。

去年年尾，我曾往津西杨柳青、河北武强和开封朱仙镇，考察年画的状况。归来后，将它奄奄一息的弥留状态写入了《三地年画目击记》一文中。实际上，近年来我对年画的关注，已转向印制年画古版的收集和研究上。这些古版在各地的古物市场上，所见甚少，必须深入穷乡僻壤方能见到。近期，我又奔往天津与河北丰润、玉田接壤的东丰台一带，了解年画古版的现存状况。由此更深刻地认识到，老年画已如入春时节的残雪，放眼看去，空寥无存了。

我国的木版年画，兴于宋，盛于清，历经千载，走向衰落，时至今日，终于在中华大地上彻底泯灭。此乃无疾而终，亦自然规律也。

我们正是年画消亡时的目击者。

可以盖棺定论了——

千百年来，它不仅是年节一种五彩缤纷的点缀，还是文化流通、道德教育、审美传播、信仰传承的载体与工具；也是一种看图识字式的大众读物；对于那类时事题材的年画，还是一种百姓喜闻乐见的媒体。这种内容够得上百科全书式的民间艺术，包蕴着一个完完整整的中国民间的精神。

年画又是一部地域文化的辞典。从中可以找到各个地域鲜明的文化个性。年画是集体创作和集体认同的，因而年画的地域个性又是它的地域共性。从杨柳青年画可以谈到津门市井的炽烈好胜；从桃花坞年画可以看到江南万物的清丽灵巧；从武强年画则可以分明地感受到燕赵乡土的淳朴浑厚，以及农民特有的机智与诙谐。这些个性因素，不仅在题材内容里，从各个年画产地习惯的体裁、用色、线条及其不同的版味，也能一眼识别出来。由年画可以认识全部的中国民间，此言当不过分。

然而，不管这种文化形式曾经怎样必不可少，一进入现代生活光怪陆离的生活激流中，那一拥而来的书报杂志、录音录像、自娱自乐、文化下乡、广播电视有线电视加密电视卫星电视，即刻把它挤得无影无踪。

可是，就在年画刚刚跑出我们的视野时，谁料它，忽然掉头跑了回

杨柳青年画《麟吐玉书》（清末）

来。令人一惊！

首先是老年画上那些形象、那些图案、那些熟悉的意味，比如连年有余、喜鹊登梅、一帆风顺、和气生财，还有金蟾宝马神虎春牛葫芦佛手牡丹瓜蔓寿星观音八仙娃娃鱼龙蝙蝠刘海老钱神荼郁垒尉迟敬德关公钟馗如意美人凤凰生肖……开始出现在新年的贺卡上、文具上、工艺装饰上、礼品盒上，甚至是儿童玩具和老年用品上。至于年节物事，更少不了借用这种传统图案。依旧是那样的吉祥喜庆，那样的鲜艳照人，那样的意味和情趣。但这一次，它不是以年画的形式出现，而是换了身份，以一种众所公认的传统文化的代表和符号，天经地义，当仁不让地重现于世。

一些年画产地，老版新刷，原样彩印，也不是作为年节物品，而是以古老的手工艺术，供人欣赏与收藏了。

在年画流行的时代，它是一种实用艺术，供人应用；这次再度出现，则是作为一种文化，面对人的精神，供人欣赏，也供人认识。

消亡的是它的形式，归来的是它的灵魂。

如果它不再归来，便是彻底泯灭，那么归来靠的又是什么？

杨柳青镇新开一家“玉成号画庄”。原是老字号，主家姓霍，现由其霍家后人重操旧业。令人感兴趣的是，这一家人在一处院落里，不单是印刷年画，而且将这房舍布置成“民居复原”，依照昔日岁末张贴年画的方式，将这民居打扮得一如花轿，饶有趣味；还把先人的画稿、老版、刻刀以及刷印和绘制的工具材料，自豪地展示出来。漂漂亮亮是一座小小的年画博物馆了。自然引来不少海内外看客。在参观者眼里，这当然不再是一种生活必需，而是一种迷人的昔时文化了。

民间艺术处在应用时期，属于大众俗物，消费性强，用过就扔，不被重视；然而一旦成为过去，变为文化，便换了身份，登堂入室，进入博物馆，成为高贵而稀罕的文物。古代的陶器、铜器、瓷器，莫不如是。古人用来生活，今人作为文物，这都是由于内在的文化价值决定的。但谁能把这些过时的年画看作日后宝贵的文化财富？我想，愈来愈多的人正在开始明白。近年来，武强和杨家埠都盖了像样的年画博物馆，把遗存年画当作先祖的精神遗产，恭恭敬敬送了进去。这事做得真好！

从二十世纪五十年代采风，到九十年代的年画博物馆，幸有一批富于文化卓识的人，拯救其将灭之时，年画才得以从“应用”变为“文化”。一旦成为珍贵的文化，便起死回生，灵魂永在。比起许许多多在时代的变迁中消散了的民间艺术，年画算个幸运儿。

这些拯救文化的人，应使我们分外敬重。他们是一种先觉者，文化的先觉者也是历史的先行者。他们自觉担负着一种历史的责任。

人类的文明史，总共走了三步。第一步是自发的文化，第二步是自觉的文化，第三步是文化的自觉。

一个称得上文明的民族，关键是走到第三步。只有走到第三步，人类创造的文明才不会丧失。

小人书的兴衰

一　兴

小人书快消失了。一桩流行事物的衰败和一个热门人物的消退一样，总要引起人深思。

对于现今三十岁以上的人，那种表浅的通俗图书，曾是他们最初吸取知识的一个很重要的源头。很多人肚子里的历史典故、民间传说、古典小说的情节人物，往往是从小人书中得到的。在没有电视的时代，捧一本巴掌大小的图文并茂的小人书，津津有味地看着，是常见的大众文化的景象。那时，小人书普及于家家户户，老少咸宜，人人爱看。出租小人书便成了一种行业，分作固定与流动两种。固定的是小人书铺，街头巷尾，随处可见。铺外悬挂着纸板，花花绿绿贴满小人书的封面，招徕人看；铺内不过用砖块架几条长长的木板，有时坐满大小孩子乃至成人，各看各的，埋头瞪目，心迷而神往。流动的则是一辆手推式租书车，每至夜幕下垂，书贩便推着满满一车小人书，沿街吆喝，呼唤看客。逢到人来，就把车子推到路灯下，以便人们借着灯光挑书。一摞书抱回去，全家老小各抓一本在手，看完便与旁人交换。实际上这就是那个时代“手中的电视”了。

这迷人的“小人书文化”，历史并不久长，大约二十世纪三十年代才出现。小人书是俗名，正名叫作连环画和连环图画。连环画一名在先，待流行起来才有“小人书”这别称。书是文字的，这种画满“小人”的书，便被形象地直呼为“小人书”了。

其实连环画一名更合道理。画，都是单幅的，但单幅画很难表现一个有头有尾、情节不断发展的故事，连环画则把一幅幅图画连续起来，顺序地表达故事的前后过程，故而称之为“连环画”，更能突出它的特征。

至于连环形式的图画，古已有之。比如宋代的木版《妙法莲花经》的插图；再比如五代顾闳中的名作《韩熙载夜宴图》，就是用一连五个画面，描绘了韩熙载夜宴宾客时纵情声色的前后五个场面。然而，真正对近代连环画的产生起推动作用的是如下几个方面：

一是清代末期各地单张连环形式年画的流行。这种年画分成若干小格，每格一个画面，连续起来描写一个民间传说或戏曲故事，贴在墙上，边看边谈，饶有风趣。上海老连环画家赵宏本曾对我说，他少年时住在天津土城一带，每逢过年，沿街墙上便挂一种木制灯箱，外罩玻璃，内置油灯，箱板上贴这种连环形式的年画，他常常看得入迷。这一昔时经历在他心里为日后埋下了深长的职业情感。而这种形式的年画的流行正显示了大众的需要。二是清末民初报刊的勃兴，特别是各种单本石印画刊的出现，如天津的《醒华》和《醒俗》，北京的《浅说画报》和《图画日报》，上海的《点石斋画报》和《大共和星期画报》等，不胜枚举。多为时事消息，社会新闻，报道快捷，看图知事。有的随报奉送，有的单本零售，或为周刊，或为三日一刊，周期短，很灵通，既好看又通俗，极受欢迎。常常随同事件的进行来描绘，图画的内容自然相关联。这种画刊应视为连环画的前身。三是二十世纪初，城市人口密集，生活的社会化愈来愈强，对新形式的大众文化要求也愈来愈迫切。四是石印技术的传入与普及——这些都成为连环画产生的条件和催生的激素。大众文化是一种社会生活的需要。在上述这种形势下，连环画的产生绝非偶然，而纯属必然了。

中国近代连环画的产生，直接来自古典小说的“回回图”。明清以来，古典小说的插图本走俏，逐渐发展为每回一图，或每回多图，甚至每页一图(多采用上图下文的版式)。这种插图俗称“回回图”，它反映了大众对文学作品通俗化的要求。回回图的画面之间的关联日趋密切，所描绘的故事又完整，具备了连环画的雏形。上海的世界书局看到了这种连环形式的画图具有可能而巨大的市场，于一九二五年率行创造出第一套连环画册，并在书页上明明白白地写上“连环图画是世界书局所首创”。“连环图画”一名也同时问世了。它将以文字为主的上图下文的回回图，改变为以画为主的下图上文的连环画；将图解式的文学，变为用文字说明的小画本。就这样，连环画直接地从“回回图”蜕变出来，独立于世。这开天辟地的第一套连环画共包括六种，都取材于中国古典名著。有《三国志》《水浒传》《西游记》《封神榜》《岳飞传》和《红楼梦》。绘画作者陈丹旭是中国连环画史上的第一位画家。这套连环画工程非常浩大，比如《连环图画三国志》，共分二十四集，每集三十二图。总计七百余图。画面采用国画笔法，绘制十分精美。首创的连环画如此规模，如此精心，便给连环画带来了信誉，赢得了读者，一炮打响，遍地开花。连环图画的大旗一下子在近代大众文艺的舞台上耀眼地升了起来。

刚刚诞生的连环画，依然带着母体的“回回画”的气息。它从版式到画法都像小说插图，装订也是中间折页，画面上的人物一律按照小说绣像那样，在身旁注明姓名；每页内容为一个小故事，一事一图，画中事件场合和人物动作缺乏连续性……尽管如此，它究竟是迈出历史性的一步。尤其让人感兴趣的是封面上明确写着“男女老幼，娱乐大观”八个大字，它不怕表浅，不故作高深，而是旗帜鲜明地表明自己的大众通俗的取向。这八个字让我们找到大众文艺的一个特征，即尽量广泛地争取大众，正像商品的商品性是尽量广泛地争取顾客。正如此，它一亮相就表现出旺盛的生机。从三十年代到四十年代，不过十年，就跨上辉煌的鼎盛期。小人书的俗名也随之叫响了。

二 衰

新生的小人书是大众文化的宠儿。呱呱坠地，转瞬便巨人般名满天下，大放光彩。它只是在很短的襁褓阶段保持着上图下文的形式，跟着就褪去“回回图”的遗痕。说明文字被搬到画面内，并增加了人物对话——多在人物嘴前标示出一小块地方，写上说话内容——人物开口说话，就更有看头。这种图文相混，使得图文浑然一体，内容前后更连贯。再加上文字一律由文言改用白话，浅显易懂，一目了然。此外便是画面的连续性的加强，场景的变化与人物的动作，在前后两页衔接得很紧密，好像看电影画面。这样，故事进行得就更顺畅，连环画也就更抓人。大众文艺的最大特征是主动地迎合读者，取悦读者，满足读者，千方百计地与读者沟通。它的成功是准确地投合了读者心理的结果。小人书正是符合了大众文艺这一规律，很快成了那时代最受欢迎的通俗读物。

从四十年代起小人书步入飞黄腾达的时期，一些专事小人书创作的画家出现了。他们的风格各异，擅长的题材互不相同，异彩缤纷地呈现并立在小人书的世界中。比如，以喜剧和闹剧著称的陈光谥，精于江湖武侠题材的梅华(颜梅华)和红叶，专事历史故事的严绍唐，还有沈曼云、赵宏本、赵三岛、钱笑呆、毕如华、张令涛、水天宏等。他们都像今日的笑星或歌星，为千万读者迷恋与热爱。

然而从四十年代末到五十年代初，小人书因走红而粗制滥造，或胡编滥造，或拉长故事，或画技低劣。正是在小人书渐渐走上歧途之时，五十年代末连环画家们开始进行一次自我“革命”。一是一些较大的出版社精心编绘和推出成套的连环画。比如天津人民美术出版社的《聊斋故事》，上海人民美术出版社的《三国演义》和《红楼梦》，北京朝花美术出版社的《说岳全传》等，都是连环画史上的精品。至今电视连续剧《三国演义》的人物造型还要参考这套深入人心的连环画形象。二是各出版社联合对连环画进行规范化，将画面的文字搬出画面，移到画面下边，或为新式的上图下文，以使画面更具欣赏价值，同时注意了说明文字的精练与图文的相辅相成。三是加强人物的性格造型与表情描写。人物的喜怒哀乐，俯仰正背，一看即知。完全不必在人物身旁注明姓名。这一要求提高了小人书的艺术质量。四是一批名画家涉足连环画。如王叔晖的《西厢记》、刘继卣的《大闹天宫》，以及后来的贺友直、戴敦邦、刘旦宅、程十发、徐勇、沈尧伊等。画家的介入，使得小人书精品迭出，并登堂入室，成为当代美术的一种创作形式。

然而，这一改良所带来的负面问题也就出现了，这便是连环画的高雅化。特别是新一代连环画家多是美术学院毕业的学生，他们把连环画当作一幅幅线描的绘画作品来创作，单幅的绘画性强了，画面之间的连续性却大大减弱。连环画最大的特点是阅读顺畅，内容紧凑，一翻即过，它不是供来欣赏的单幅画编成的画集，不能出现阅读间断。特别是连环画家一味追求个人风格，强调人物的变形、线条情趣与画面的形式感。用“小众”文艺改造大众文艺，与大众的沟通人为地制造了障碍。到了二十世纪八十年代中期，连环画渐渐无人问津，一时又没有为新形式的大众文艺所取代，处境十分尴尬。

八十年代中期以后，电视文化席卷中国。它以其快捷新颖、有声有色、瞬息万变、充满娱乐和无穷创造的优势，对原有的大众文化以巨大冲击。民间戏曲、说书、曲艺、杂技、话剧……乃至电影，要不被其吞并，要不受其排挤。连环画的一切优点(消闲性、娱乐性、普及性、知识性)都无法与电视比拟。特别是此时的连环画，已经失去了大众文艺特征和魅力；没有活力就不具备竞争力，完全是不堪一击。在这八十年代中间，连环画如同入秋的满树落叶黄花，一夜间被狂飙荡尽。小人书——这风靡了半个世纪、受宠于大众的通俗读物，最终独守寂寞，销声匿迹，成为历史。

一切成为历史的，都是历史的必然。但又不尽然。

如今还有一种连环画占据着市场，便是由海外引进的西方卡通式连环画。它的对象是儿童。由于它的故事惊险，想象奇特，画面的连续性极强。一幅幅画面像一个个电影定格，有的甚至像电影的细节特写，区别于旧小人书只是一个个场面。它既像电影电视，又不像电影电视那样一看即过，可以反复阅读，甚至可以收藏，因而被孩子们所钟爱。这种连环画在电视之国的日本反而更畅销，看客老少皆有。在车站买一本，价钱便宜得出奇，路上消闲解闷，看罢到站，顺手扔进一种专门收藏废报刊的大铁箱内，属于一次性消费文化。这种连环画按期出版，故事多为长篇连载，吸引人每期必看。在欧洲这种连环画也极流行。在比利时布鲁塞尔国际书展上，我看到一些著名的连环画家为孩子们签名留念，那种热烈得近乎发狂的场面，表明这种大众文化仍充满活力。

洋小人书方兴未艾，中国土产的小人书却退出历史舞台，这说明了什么呢？

看起来是由于电视文化的侵吞，实际上是由于我们对这一大众文化特性的无知，把小人书送上了绝路。

由此想开去，我们对文化还有哪些无知，或者正在做哪些无知的事？

莫扎特糖球

第一次到萨尔茨堡时，主人见到我的第一件事，就是笑呵呵地把一包漂亮的糖球塞在我手里，每个金光闪闪的糖球都印着一个彩色的莫扎特头像。进入旅店客房，一眼就看到一盒包装精美的莫扎特糖球和几本旅游性的风光画册放在桌上，以示店主热情好客。此后每晚回到旅店，都见一枚五彩的糖球放在雪白的枕头上。这期间，我还发现城中随处可见这种糖球，甚至还有莫扎特糖球的专卖店呢！我脑袋里闪过一个想法，他们在把自己的音乐大师当作一种城市广告或旅游商品吗？

这次再来萨尔茨堡，我把这个猜测和看法告诉给一位朋友。这朋友是萨尔茨堡人。他听罢，笑而不答，把我带到市中心两个小广场中间的一条走道上。道路一边，有一个不很起眼的小店，很小的门，不到十平方米的铺面，简朴又古雅，店名叫作“福斯特”。

我的朋友把这家店主请出来一聊，才知道这小小的店铺就是著名的莫扎特糖球的老店，已经有一百多年的历史，店主名叫罗伯特 · 福斯特。店名是他家族的姓。这家店是他爷爷保尔 · 福斯特于一八八四年开创的，最早是一家点心咖啡店。那时，萨尔茨堡有十三家这样的小店。他爷爷精于甜点的制作，所以在城中很有些名气。

一八九一年萨尔茨堡人隆重纪念莫扎特逝世一百周年。保尔 · 福斯特也要有所表示，就想到做一种甜美的糖球作为心中的敬献。他用一种香味独特的绿色的“阿月浑子果”做成球心，插上牙签，把它放在溶化的巧克

保尔·福斯特（右二）和他的工人们在制作莫扎特糖球（摄于20世纪初）

力中裹上一层，然后取出来晾干，拔去牙签，再用巧克力堵上牙签留下的小洞，最后包上一张印着莫扎特头像的银纸。莫扎特糖球就这样诞生了。这种糖球在纪念莫扎特一百周年时大受欢迎，一九〇五年在巴黎博览会还获得金牌奖。从此名声大噪，每一个来到莫扎特故乡的游人都会买一些糖球带回去，“莫扎特糖球”已经传遍世界，甚至成为巧克力的一种名品，在很多国家的机场商店里都可以买到。

现在，在萨尔茨堡见到的莫扎特糖球有两种。一种是金色糖纸，印着彩色的莫扎特头像，包装华丽，糖球是用现代技术制作的；生产这种糖球的厂家不但有奥地利人，也有德国人。另一种是银色糖纸，印着蓝色的莫扎特头像，看上去既简单又古朴，就是福斯特家族百年不变的老牌糖球。他们至今依然严格地使用保尔·福斯特的手工制法。店铺也是老样子，不追求太大。城中只有三家分店，都是这样又小又精，香气四溢。他说，店铺小，糖球不会积压，材料现用现进，总是新鲜和芬芳的。他们坚持手工制作，因为手工做的糖球不太光滑，口感很舒服，容易感受原始的风味。

他说，他们除去“莫扎特糖球”，还出品过大主教莱特瑙和音乐家巴赫的糖球。

我对他说，你们萨尔茨堡还有大指挥家卡拉扬以及《平安夜》的作者摩尔与格鲁伯，为什么不做系列化的音乐家巧克力糖球呢？

他摇摇头说，他们做巴赫和莱特瑙的糖球，是因为当时有纪念巴赫和莱特瑙的大型庆典。有的是活动的组织者请他们做的，不单单是商业考虑，主要为了纪念。比如今年他们还要出品一种糖球纪念罗德龙大主教去世三百五十周年。罗德龙在任时曾下令建立萨尔茨堡大学，人们至今还感激他。

我说，我明白。你们的糖球是一种甜蜜的纪念。

他笑了，感谢我理解他们。他说：

“这也是我们这家店的传统，从纪念莫扎特那时就是这样。”

他说这话时还有一点点自豪。

我的朋友站在一旁微笑点头，很高兴我理解了他们。

我心里却略感歉疚，因为我曾误解了他们，或者说冤枉了他们。

一千年的手工

人间的手艺，不管多么精绝，无人传承就会中断消失。在西方，比如那种用纯金的线与箔片编织的教堂饰物——那些圣龛、供品、装饰，精致绝伦，金光烁烁，高贵典雅。如今在欧洲各大博物馆都可以看到这种手工制作的极其华美的宗教用品，在节日的盛典中还可以看到一些老年妇女头戴着这种手工编织的非常昂贵的金帽子——据说在过去一顶金帽子值十头牛。古代手工艺的精巧令人惊叹不已，但这一切是否只属于历史？

这种金线编织的手工艺术，至少已有一千年的历史，最早出现在意大利。在奥地利，它是从萨尔茨堡修女山修道院开始的。

公元八世纪，意大利的法兰克主教卢佩特来到萨尔茨堡传教。他在修女山上建造了一座修女教堂，任命他的侄女爱伦茹迪丝为住持，这就吸引了周围地区很多女子来做修女。在那个时代，修女中不少人都是富家的女儿或寡妇。她们有钱，也有大把大把空闲的时间，这种材料昂贵、十分耗时的手工艺就非常适合她们。她们的制作题材都是宗教内容，她们把这种手工艺当作一种行动上的祈祷，自然而然要在其中倾尽自己的虔诚。这便促使这门手工艺术精益求精，走向极致。一种带着中世纪意味的纯金材料的手工艺术就渐渐形成，代代相传，并远播到欧洲各地，并且在各国各地得到发扬光大。

漫长的岁月像河水一样流着，谁也没有注意到这种手工艺正在悄悄地衰落。在电视与手机占据我们每天大量时光的时代，修道院里上了年纪的老修女们已经做不了这种必须眼尖和手灵的工艺了，新修女更难把这耗时又耗资的传统进行下去。历史的退潮往往悄无声息。

最早敏感于这种古老艺术的濒危，是一些在博物馆工作的人员。他们知道面对着一种美好的传统行将消亡，只有去抢救。他们的办法是把这种修道院的艺术推向民间。因为萨尔茨堡的妇女向来心灵手巧，喜欢手工，她们编制的各种各样的花环和香料花，很讨外地旅客的喜爱。博物馆决定做这件事，他们举办学习班，推行这种传统艺术。但在萨尔茨堡的修道院里已经找不到擅长这种手艺的修女，他们听说德国巴伐利亚州有一位名叫罗玛的女子，编织金线的技艺十分高超，就聘来作为教师，传授这种在萨尔茨堡几近灭绝的手工艺。

在萨尔茨堡新城区的铁路工人的住宅区，我拜访到一位中年妇女。她名叫希尔特·伯尔特纳，已经是三个孩子的母亲。她在罗玛的学习班里不过学习两年，但她拿出的作品已经令人称奇。当她为我们表演将一根亮晶晶的金线编织成一朵极细小和繁复的花朵时，她手指的灵巧不可思议，而且完全像一位高手那样老练和纯熟。

她拿出一份德国老师发给她的讲义。上边单是编制花叶一项，就有数十种方法，而且将这些编制方法画得清清楚楚。从中一方面可以看出这门在修道院寂寞的生活中磨炼出的手艺真是复杂与讲究，一方面则表现今天萨尔茨堡人对自己的传统文化的认真。

希尔特指着桌上一棵用金线、金箔、珍珠与宝石制作的圣树说，单是材料就要五百欧元。她是一名退休人员的保育员，并不富有。她的住房很小，人和家具挤在一起。她这些用心血完成的“宝贝”，也只是放在座椅下窄小的箱柜里。但自己做的精品还是不舍得卖掉。因为她学习这门手艺，主要不是为了盈利，而是崇拜这种传统，还有一种对宗教的虔敬。只有心怀这种虔敬和爱心，才会像古代的修女那样，用至少四十五分钟来做一片叶子——这叶子才能和博物馆里的藏品一样优美与精湛。

她桌上这棵纯金的圣树之繁复，之精细，之绝妙，只有亲眼看到，才会发出这样的惊叹——不可思议！

我问她，将来想不想把这门手艺传给下一代。她说，只要有孩子像她这样喜欢这门手艺，她一定教。

我说：让这门一千年的手工变成一千一百年。

她说：不止一千一百年。一直传下去。

我感到桌上那棵华丽的金树在灿然发光。历史正在她们手中起死回生。

木偶大师艾赫尔

在前台看木偶剧奇妙无比，在后台看木偶剧无比神奇。我在萨尔茨堡有过一次在后台看木偶剧的非同寻常的经历，并亲眼看到闻名欧洲的木偶大师葛雷特尔·艾赫尔在黑乎乎的后台，怎样用她魔术师般的双手牵动着木偶们的喜怒悲欢——

木偶是有生命的

欧洲人对木偶的挚爱令我好奇。无论在哪个国家都可以看到木偶艺人在街头表演。他们单凭着手指之间的几根线就能使一个关节活动的小木头人连蹦带跳，扭姿作态，挥拳和招手，引得行人驻足观赏。在德国科隆，我发现人们喜欢把一种面孔丑怪的木偶挂在门后，我一直怀疑那是当地的一种民俗。捷克人对木偶可谓举国若狂，街上常见专卖木偶的商店，里边挂满提线木偶。上百个木偶人物都来自民间传说和戏剧故事，每个捷克人都能将这些木偶姓甚名谁一个个说出来。再远一点儿的俄罗斯，我在阿尔巴特大街上看到一种来自民间的用黑毛线做的提线小狗，表演起来，会跑会蹿，满地打滚。我买一个回来，兴致勃勃地演示一下，竟把我的小孙女吓得连喊带叫，但最终她还是把这个不会咬人的黑毛小狗亲热地抱在怀里……这样，当木偶大师艾赫尔说要请我去看她的表演，剧目是莫扎特的《魔笛》时，我高兴地脱口“呀！”地一叫。

中国原本是木偶之国。唐代称为“傀儡戏”。我小时候还能看到民间艺人在街头做“手傀儡”的表演。艺人钻进一个布袋里，袋子顶端是个木刻的戏台。节目很简单，最常见的是《老虎吃人》。艺人一手演老虎，一手演人——一个呀呀尖叫的小媳妇。老虎追着人在台上跑来跑去，最后把人吃掉。这一幕真够惊心动魄的。可是等到艺人钻出袋子，向我们这些小看客收钱时，我们早跑得无影无踪。有人说，曲艺中的双簧就是唐代的“肉傀儡”。但如今这些表演差不多快绝迹了，大概剩下最多的只有“杖头傀儡”——皮影戏了。

艾赫尔的剧团有一个专用的剧场，位于米拉贝尔花园的南端，一个高贵而典雅的小剧院，天天座无虚席。对于今天的萨尔茨堡来说，这种传统的木偶剧已经是高雅艺术了，观众不仅仅是孩子，更多是慕名而来的各国游客。我第一次看西方的木偶剧，在被灯光照射得灿烂辉煌的小舞台上，瞧着剧中人物在音乐中一个个有姿有态有节奏地走上来，那感觉真是挺神奇。我本想认真体会这些木偶人一举一动的绝妙之处，却不觉已进入了剧情之中。我发现，每个木偶人物都有自己的个性和不同的心情，这些个性与心情在他们的动作之中。我还发现，木偶在演唱时胸部居然一起一伏，好像在用力用气，我感到惊讶——一个木偶只有几个关节，怎么能表达如此细微？表演最精彩的要算是主角捕鸟人帕帕吉诺。这个浑身彩羽、背着鸟笼的人物完全是一个有生命的活人，他那轻盈的、优美的、情感化的姿态与动作，全都是内心的表达。

在中场休息时，忽然我被通知，艾赫尔请我去后边看下半场的演出。这使我心喜之极。我脑袋里对这些神奇的木偶们已经充满问号，太想看个明白。然而，艾赫尔为什么把我请到后台？为了她在演出前对我讲的关于她身世的那一番话吗？

我哪有时间结婚？

演出前两个小时，我约艾赫尔到沙赫酒店的咖啡馆谈谈。沙赫酒店是奥地利酒店业的豪门，它以四壁挂满天下名人在这家酒店中的留影和一种

艾赫尔心爱的孩子们

又松又香的蛋糕著称。艾赫尔像一个贵族妇人，精细的金项链和一身深红色的套装使她显得考究又文雅。她毫无遮掩地畅谈了她的家世——

艾赫尔的木偶剧团是她祖父安东·艾赫尔创立的。祖父原是一位木雕艺术家，后来对木偶发生很大兴趣，就自己动手来做，开始做的多是儿童木偶。他在一九〇三年创立剧团，并租用一所学校的体操房，开始公开演出。祖父干了二十年，创出了最初的名气。一九二六年父亲赫尔曼·艾赫尔结婚时，祖父就把木偶剧团作为礼物送给了父亲。父亲是个十分敬业又很执着的人，他接过剧团就干了一生。由于他对木偶的制作、表演和舞台的方方面面做了整整半个世纪的不断地创新与改进，并到世界各地巡回演出，终于使艾赫尔木偶剧团享誉全球。一九七七年，赫尔曼·艾赫尔突然去世，木偶剧团的未来便不容选择地落到女儿葛雷特尔·艾赫尔的肩上。

艾赫尔在剧团里长大，十五岁时就参加一些简单的表演了。那时的木偶演出要由表演者亲口配说配唱，她全能胜任。而最初剧团属于家庭式的，父母、姨妈、表兄妹全上手，台上台下，跑前跑后，就像一家人过日子。后来剧团愈来愈火爆，每年从复活节开始到九月底，他们要演出一百八十场。这样就开始聘请外人来剧团工作。艾赫尔却一直没有离开过后台，她随同父亲的剧团去过世界许多地方。在亚洲，她到过东京、香港、台北，却没有来过中国大陆。艾赫尔把到中国演出作为自己一个美丽的梦想。她知道中国也是个木偶表演的古国，她甚至知道中国与他们的木偶的区别——欧洲木偶像歌剧，中国木偶像杂技；中国木偶以技能取胜，欧洲木偶注重刻画角色的内心。

一个剧团落在一个女人身上是不可思议的。尤其木偶剧团不像其他剧团，木偶的舞台不大，一台戏最多只能十个人表演，所以人人都要一专多能。艾赫尔的木偶剧团总共只有十二个人，差不多都是既能表演又能设计和制作，有的还要兼管行政杂务。至于装台卸台，全是同心协力，大家一起动手来做。艾赫尔是剧团的主管和总指挥，又是表演者。她就这样日复一日，年复一年。她说，几十年里她脑袋里全是“工作、工作、工作”。她没有结婚，没有孩子，没有家庭，只有剧团和木偶。

我说：“如果你结了婚，说不定你丈夫会帮你。”

她说：“我哪有时间结婚？我用什么时间结婚？”说到这儿，她站起身，“我必须走了，因为晚上我有演出。”

我问：“你亲自表演木偶吗？”

“当然。”她看我一眼，说。

这使我吓了一跳。因为我知道，她今年已经七十五岁！这样高龄的老人真的还在演出吗？这就使我更想到后台看看。

奇幻的世界

走进后台，一片如墨般的漆黑。台中间一块七八米长形的洞，洞口下边灯光通明，便是舞台。洞口上边围着一圈栏杆，表演者俯身趴在栏杆上，用手指扯动长长的线，牵动着垂在下边的木偶。这也是木偶剧与其他戏剧后台的不同之处。

演出已经开始，十来个表演者每人手中操纵着一个木偶，并根据剧情跑来跑去，非常紧张。

我们被引到台后一个漆黑的地方，坐在一块木板上。在这个角度不仅能看到表演木偶时的全景，还能看到下边的木偶们在细细的长线的抻动中各种栩栩如生的表演。

忽然，我看见了艾赫尔。从下边舞台反射上来的光，把她依稀照见。她完全换了另一身装束，一件黑色的T恤，一条肥腿裤，腰间扎一条深色围裙。眼镜似乎也换了一副宽边的。令我吃惊的是她完全换了一副神气，一个人！她变得麻利、干练、结实有力。她全神贯注地俯在栏杆上，上半个身子完全探出去，她整个身心完全投入到下边那些木偶的身上——她表演的木偶正是那个最出色的捕鸟人帕帕吉诺！

她的十个手指飞快地拨动手中的十二条线，一生造就的功力已经使她完全不必去看手中的线了，她和她的木偶已经融为一体。当捕鸟人着急时，我发现她也皱起眉头，挂着线的小拇指向上一勾一勾；当捕鸟人高兴起来时，我看见她咧嘴而笑，手中的线轻轻抖动；捕鸟人跑起来时，她的身子也随同手指的节奏一摆一摆……然而，即使这样，我也看不出，她究竟怎样使捕鸟人能够随心所欲地表达出不断变化的心情？如果不去看艾赫尔，只看舞台上的捕鸟人——捕鸟人就是活人！可是当转场时灯光一灭，艾赫尔一下子把捕鸟人提上来。捕鸟人一出舞台，就是没有生命的木偶了。

她究竟是怎样赋予这些木头小人生命的？

在近一个小时的演出中，艾赫尔和她的伙伴们，不停地围着栏杆跑动，并往来穿梭，因为木偶们在舞台上要不断地更换位置。他们动作敏捷，步履无声，相互配合默契。而且，这十来个演员要表演三十几个人物，表演者们就得经常“换角色”，哪个人物下台，哪个人物上台，都衔接得很紧，后台气氛的紧张忙碌可想而知。每有空当，艾赫尔还要跑到下边，调整一下灯光，或者抻一抻幕帘。她全部精神全在舞台上，以至她从我面前走过，我向她微笑点头时，她理也不理我，似乎没有看见。我知道，她此时的“视野”中根本没有剧外的任何人。

我受到感动。

我知道，一个艺术家付出生命的一切，不见得能成为一个大师，但真正的大师一定是付出了生命的一切。

这里是木偶们的天堂

艾赫尔在剧终时富于创意的安排，使剧场中所有观众既意外又惊喜。

在《魔笛》的人物一个个走到台前谢幕过后，幕帘拉上。这时，身在后台的我，忽然看到艾赫尔他们将一块巨大的镜子抬到台上，四十五度地斜立着，然后将大幕“唰”地拉开，剧场内立刻爆发出一阵惊叫与欢呼。原来观众通过这斜立在舞台上镜子的反射，正好可以看到艾赫尔和她的伙伴们在后台上边怎么表演这些木偶。在观众狂热的掌声中，他们拉动长线，使剧中人物再做出一些可爱的动作来，或蹦跳几下，或转个圈儿，或鞠躬，或飞吻。艾赫尔知道只有将木偶表演的神奇展示出来，观众才能获得最大的满足。

散场后，艾赫尔向我走过来。她似乎有些累，皮肤有些松垂，脸上汗津津，但依然保持在艺术创作中的兴奋。我对她演出的成功表示由衷的祝贺，然后说：“你用你的心演你的木偶。”

她一把抓住我的胳膊，很用力，没说话。艺术最需要理解，理解就是知音，知音无须多说。

她拉着我去看剧团木偶的库房。

库房打开，我惊呆了。大约五百个木偶站在那里，长长的线系在屋顶上，木偶们面孔各异。他们是艾赫尔所演出的各种剧目的角色，有《胡桃夹子》《费加罗婚礼》《暴风雨》《仲夏夜之梦》《塞尔维亚的理发师》……都是世人皆知的名剧。她把这些剧中人一一指给我看。使我奇异莫解的是，这些木偶在舞台上好似真人大小，怎么在这里只有六七十厘米？我问艾赫尔，艾赫尔微笑不语，那表情似在为她这些神奇的木偶而骄傲！

这里是艾赫尔的世界。对于这个独身一生的女人，这些木偶就是她的孩子，是从她的心中生出来的孩子！木偶们是幸运和幸福的，它们保存得极好，穿戴得漂漂亮亮，而且不时会被艾赫尔带到舞台上风光一番。我忽然想起德国作家史托姆写的那个中篇小说《木偶戏子保罗》，从那本书里我知道木偶艺人怎样善待他们的木偶。于是，在艾赫尔叫我按照他们的规矩——留一句话在她剧场的墙上时，我写道：

“这里是木偶们的天堂！”

雪山上的音乐

当车子爬到一千米以上，我就开始后悔了，我不该听信他们说，山上一家老店如何如何迷人。窄窄的山道不过四米多宽，路边没有任何遮拦，而且极陡；从车窗望出去，空无一物，人像坐在颠簸中升空的飞机上；伸头往下一瞧，竟是万丈深渊，山谷里的树只有米粒那样大小，我的两条腿顿时软了。特别是所有折返的地方全部是急转弯。逢到此处，前边的车窗上一片蓝天，待车子转过来，才会知道我们在死神的肩上走过。

可是我们的向导奥托这家伙居然把车子开到六十迈。他要疯了！我说："你能把车开得慢一点儿吗？"他朝我扭脸嘲弄地一笑，说："我从来没开过这么慢。"

应该相信这位登山教练对山道的熟悉，和我们对平道是一样的，可是我们还是不自觉地死死握着车上的抓手。正当我感到这条吓破人胆的路没有尽头、感到绝望的时候，车子忽然停住。我错以为车子坏了，却见奥托笑着说："到了。"

我打开车门，首先看到的竟是道边的陡峭的斜坡上站着五头黄白花的大牛。它们只要身子一歪，就会滚下山去，怎么会待在这里悠然自得？

山上的感觉竟是这般奇异。

上山时的紧张登时消失了一半。待站在这家老店前，残余的另一半紧绷绷的感觉也不翼而飞。

一座典型的阿尔卑斯山的大木屋盖在这块山间的高地上，好像一只巨

留影是为了纪念

鹰伫立在这儿，俯视着辽阔的山谷。四周所有大山，半山以下是郁郁葱葱绿色的森林，半山以上是白皑皑终年的积雪，这便是最具特色的阿尔卑斯山的画面。然而，只要往这屋前一排排桌前的长椅上一坐，就会觉得自己是这浩荡风景的一个细节了。

忽然一支长号吹响。

我看见屋前高台的一端，那棵长长的系着花环的“五月树”下，站着一个男子向着我们吹着一只铜号。不用去描述这号声如何优美，它一下子就把我吸引住。

奥托通过翻译张琼小姐告诉我们，他就是这老店的店主，叫塞伯·肖奔斯坦乐，他吹的这支曲子是这里山民的一支迎客曲。到底是这曲子的本身，还是发自主人的心意，这曲子怎么如此的热情与真切？顿时觉得我的心被伸过来的一只无形的手轻轻碰了一下。跟着，周围的一切，无论是群山还是这座老店都把我拥在其中了。

塞伯是个瘦高个子的中年人，文质彬彬，戴着细边眼镜，蓄着胡须，乍看怎么有点儿像俄国作家契诃夫？他的穿戴却是地道的当地山民的打扮。身穿淡驼色的毛线外套，头顶一顶宽檐毡帽，帽顶裹着一条墨绿色的丝带，插着一束五颜六色的野花。而他待客更是山民的方式——

他只是介绍一下自己的妻子和孩子。不会客套和应酬，也不会说长道短。他妻子约翰娜——一位身体棒棒的、脸蛋红红的、出生在大钟山里的山民的女儿，完全不像是开店做生意。没有菜单，不说价钱，好像家中来了朋友，只是把好吃的食品一样样端出来，奶酪呀，酸黄瓜呀，洋葱呀，草莓呀，自制的腌肉呀，还有红酒和白酒，实实在在地款待我们几个来自万里之外的中国客人。据说他们这家名叫汉斯·斯图巴的山上老店，自一四八〇年开张以来，从来还没有中国人来过。

不善言谈的塞伯便不停顿地为我们一支支地演奏乐曲。他还不断更换乐器。他妻子是尽其所有，他是尽其所能。一会儿捧出一台“契它”(一种山民特有的放在桌上的小型拨弦乐器)，赞美人间的爱情；一会儿抱出一架红色的手风琴，歌颂他们的大山。据说这支边弹边唱的契它歌曲《我的家乡我爱你》，是他自己的创作。他的故乡就在山下远处的一片丘陵中。他每次弹唱这支歌曲，总要面朝着家乡的方向……

于是我明白了——他最多不过是个音乐爱好者，甚至谈不上是一名乐手。为什么他的曲子，他的弹唱，竟这样地感动我，打动我？

因为艺术在这里返璞归真。

在这里，浩阔的山野放开我们的心怀，只有高山之巅才会这般纤尘皆无的纯净，无碍的阳光把木桌上的食物照耀得鲜亮而明媚，还有那徐徐的山风带着木叶与青草的气息清凉地吹在我们的脸上。在这样的大自然的面前，任何艺术的雕饰都会被解除掉，剩下的只有又纯又美的心性与真情。我想起德彪西说过，在夕阳照耀的乡间景色里，一支牧童短笛只要发出几个音符就会有无穷魅力，因为他吹响的是这世界的灵魂。此时，天上的流云，深谷中盘旋的鹰，以及“五月树”花环上随风飘动的丝带，不都是带着塞伯的旋律吗？还有他唱出的那怀念故乡的声音，微微有些发抖，甚至失去一些音准，却有力地牵动着我的心。由此，我更相信人的声音的感染力超过一些乐器，当然这声音必须是始于心灵。

一支欢快的南蒂罗尔州的民歌使我们情不自禁地站起身来，拍手合唱，一个由音乐掀起的高潮来到我们中间。阿尔卑斯山人都是在音乐中长大的，他们闻乐即舞，又唱又跳。我们中国人逢到这种场合，总是感到身体被什么东西束缚着。然而，最终我们还是从一种看不见的茧套中挣脱出来，和他们融在一起。

塞伯兴奋了，他跑到屋中拿出一瓶自制的白酒。这酒又甜又辣，有一种强烈的气息。显然眼前这场合需要更强的激素助兴。而这酒一落肚，我感觉又想蹦又想叫。塞伯的儿子也跑到屋里，把妈妈给他做的苹果派也端出来，款待大家。忽然，我发现那几头站立在陡坡上的花牛随着乐曲的节奏，耳朵居然在一动一动，我想起我们中国人的那句“对牛弹琴”的老话，简直不敢相信人间有这样的奇迹。

在阳光把对面一座雪峰照得晶莹夺目时，我们必须起程下山。因为山谷黑了，下山就会有危险。

奥托拿出一些钱放在桌上，为我们付账。塞伯夫妇只是笑了笑，根本没有去点钱，甚至没有多看一眼。对于他们，钱是需要的，但不是最重要的。

分手时，都想给对方留下一点儿礼物作为纪念。礼物是一种载体。我妻子把一条丝巾留给约翰娜，塞伯则拿出阿尔卑斯山上最高贵的礼物送给我妻子——几朵干了却依然毛茸茸的雪绒花。据说这种花只有在两千米以上的高山上才能见到，只有在零度以下奇冷的空气里才会开放。这样的礼物不是寄寓着山民所崇尚的一种精神吗?

我已经懂得了，音乐是习惯于沉默的山民们真正的语言。这时，塞伯肩上又挎起那红色的手风琴，拉一支送别的歌《再见，再见，再见！》。这首歌叫人依依不舍，叫人感情上涌，但是坚强的山民们给朋友送别时是从不伤感的。贯穿这深挚的告别曲调的是欢快的节奏。塞伯的儿子骑着一辆自行车跑出来，一纵身，两只脚站在车架上。他虽然还小，也知道山民应该怎样送别客人。奥托激动起来，这位浑身是力量的汉子，似乎只有用力量表达激情。他左右环顾，寻找重物，想举起来。但一时找不到够分量的石头，最后只能举起两只拳头朝天空挥一挥，然后上车打开油门。

我们的手一直伸在车窗外，朝他们挥舞，并设法叫他们看见。他们的乐曲伴随着我们的车驶向蓝幽幽的山下，一直到听不到琴声，我的心里还在有节奏地响着那人间最美丽的乐句：再见，再见，再见!

第四辑　绘画是文学的梦

关于绘画的文学性。我明确地不把诗作为追求目的。

绘画是静止的瞬间，是瞬间的静止与概括；诗用一滴海水来表现整个大海，诗是在"点"上深化与升华。所以诗与画最容易结合。在古人中，最早这样做的是王维。故此苏轼说"味摩诘之诗，诗中有画；观摩诘之画，画中有诗"。诗是中国绘画与文学的结合点与交融点。

但我不是诗人，我写散文。我的散文非常强烈地追求画面感，那么我也希望我的画散文化。尤其是对于现代人，更接近于散文而不是诗。

我非画家

偶尔画兴忽发，改书桌为画案，开启了尘封已久的笔墨纸砚，友人问我，还能如先前那样随心所欲吗?

我曾有志于绘画，并度过十五年的丹青生涯，后迫于“文革”剧创，欲为民族记录心灵历程，遂改道易辙，步入了陌生的文坛。然而，叫我离开绘画又何其困难。

画者练就了一双画眼。大千世界各种形象随时随地、有光有色流过眼前，偶有美感，即刻被这双画眼捉住，尽情地痴醉其间，这是何等的快乐！这些快感一层层积存心中，闲暇时便一片片翻出来看，这又是何等美妙的享受！时而，浩阔深幽的心底，会悠然浮起一幅画来，它不是那些眼见过的画面，而是心中向往的画，这才是一幅真正的画！我不过没有时间将它形之于纸，却常常这样完成了绘画所必需的全部思维过程。

文学的思维也包含着绘画的思维。

文学形象如同绘画形象，一样是心中的形象，一样全凭虚构，一样先要用心来看。无论写人、写物、写环境，必须看得逼真，直至看到细节，方能落笔。文学是延绵不断的绘画，绘画是片断静止的文学。文学用文字作画，所有文字都是色彩；绘画是用笔墨写作，画中一点一线，一块色调，一片水墨，都是语言。画非画，文非文，画同文，文亦画。我画，不过再现一句诗，一阕词，一段散文而已；站在画面上千姿万态的树，全是感动过我的不同境遇中的人物，或者全是我自己；淌过纸表的流水，不论舒缓、激荡，还是迷茫虚渺，更是我一时真切的情绪，这与写作时的心态又有何异？

在一种艺术里待久了，易生麻木，今人称之为：感觉疲劳。自己创造的，愈有魅力，愈束缚自己。与之疏远一段时间，相隔一段距离，反而能更好地感觉它；艺术的表现欲望，压抑它反倒能成全它。这样，每每写乏了，开砚捉笔，展纸于案，皎白一张纸上好似布满神经，锋毫触之，敏感异常，仿佛指尖碰到恋人的手臂，这才是绘画的最佳状态。放笔纵墨，久抑心中的形象便化作有情感、有呼吸、有灵魂的生命，活脱脱呈现出来。

艺术，对于社会人生是一种责任方式，对于自身是一种深刻的生命方式。

我为文，更多追求前者；我作画，更多尽其后者。

至于画风画法，欲言无多，一任自然则已。风格是一种气质，或是一种生命状态。风格无法追求，只有听任生命气质的充分发挥。若以技法立风格，匠也。

友人说，我还是不愿意你成为画家。

我笑而不答。画家这两个字，对于绘画本身从无帮助。

绘画是文学的梦

我曾经使用这个题目做过一次演讲，是在美国旧金山我的画展期间。我相信那一次大多数人没有弄懂我这个题目里边非常特殊的内涵。因为多数听众只是单纯对我的绘画有兴趣，抑或是我的文学读者。只有极少的人是专业人士。

我这个话题的题目听起来美，但内容却很专业，范围又很偏狭。它置身在绘画与文学两个专业之间，既非绘画的中心，又非文学的腹地。我身在两个巨大高原中间一个深邃的峡谷里。站在高原上的人无法理解我独有的感受。但我偏偏时常在这个空间里自由自在地游弋；我很孤独，也满足。现在，我就来挖掘这个空间中深藏的意义。

我之所以说“绘画是文学的梦”，却不说“文学是绘画的梦”，正表示我是站在文学的立场上来谈绘画的。一句话，我是表达一个写作人(古代称文人)的绘画观。

一

文人在写作时，使用单一的黑墨水，没有色彩。色彩都包含在字里行间；而且，他们是通过抽象的文字符号来表达心中的想象与形象。这时，文字的使命是千方百计唤起读者形象的联想，唤起读者的画面感，设法叫读者“看见”作家所描述的一切，也就是契诃夫所说的“文学就是要立即

作画中（1979年）

生出形象”。但是这是件很难的事。怎么才能唤起读者心中的画面？这是一个大题目，我会另写一篇大文章，来描述不同作家文字的可视性。而此时此刻，另一种艺术一定令写作人十分地向往和崇尚——这就是绘画。

所以我说，人为了看见自己的内心才画画。

我相信古代文人大都为此才拿起画笔的。

但是，一旦拿起笔来，西方与东方却大不相同。

对于西方人来说，绘画与写作的工具从来不是一种。他们用钢笔和墨水写作，用油画颜料与棕毛笔作画。如果西方的写作人想画画，他起码先要学会把握工具性能的技术和方法。尽管普希金、歌德、萨克雷、雨果等都画得一手好画，但毕竟是凤毛麟角。在西方人眼中，他们属于跨专业的全才。

可是在古代东方，绘画与写作使用的同样是纸笔墨砚。对于一个东方的写作人，只要桌有块纸，砚中余墨，便可乘兴涂抹一番。自从宋代的苏轼、米芾、文同等几位大文人挥手作画之后，文人们的亦诗亦画成了一种文化时尚。乃至元代，文人们在画坛集体登场，幡然一改唐宋数百年来院体派和纯画家的面貌，展现出前所未有的文人画风光奇妙的全新景观。

我对明人董其昌、莫是龙、陈继儒等关于文人画和“南北宗”的理论没有兴趣，我最关心的是究竟文人画给绘画带来了什么？如果从表面看，可能是令人耳目一新的笔墨情趣，技术效果，还有在院体派画家笔下绝对看不到的将文字大片大片写到画面上的形式感。但文人画的意义绝不止于这些！进而再看，可能是文学手段的使用。比如象征、比喻、夸张、拟人。应该说，正是由于从文学那里借用了这些手段，才确立了中国画高超的追求“神似”的造型原则。但文人画的意义也不止于此！

文人画的意义主要是两个方面：

一是意境的追求。“意境”这两个字非常值得琢磨。依我看，境就是绘画所创造的可视的空间，意就是深刻的意味，也就是文学性。意境——就是把深邃的文学的意味，放到可视的空间中去。“意境”二字，正是对绘画与文学相融合的高度概括。应该说，正是由于学养渊深的文人进入绘画，才为绘画融进去千般意味和万种情怀。

二是心灵的再现。由于写作人介入绘画，自然会对笔墨有了与文字一样的要求，就是自我的表现。所谓“喜气与兰，怒气与竹”，“逸笔草草，不求形似，聊发胸中之逸气耳”，都表明了写作人要用绘画直接表达他们主观的情感、心绪与性灵。于是个性化和心灵化便成了文人画的本质。

绘画的功能就穿过了视觉享受的层面，而进入丰富与敏感的心灵世界。

如果我们将马远、夏圭、范宽、许道宁、郭熙、刘松年这些院体派画家们放在一起，再把徐渭、梅清、倪瓒、金农、朱耷、石涛这些文人画家放在一起，相互对照和比较，就会对文人画的精神实质一目了然。前者相互的区别是风格，后者相互的区别是个性；前者是文本，后者是人本。

在中国绘画史上，文人画兴起不久，便很快就成为主流。这是西方所没有的。正为此，中国画最终形成了自己独有的艺术体系与文化体系。过去我们常用南北朝谢赫的“六法论”来表述中国画的特征，这其实是很荒谬的。在南北朝时期，中国画尚处在雏形阶段；中国画的真正成熟，是在文人画成为主流之后。

因为，文人画使中国画文人化。

文人化是中国画的本质。

在绘画之中，文人化致使文学与绘画的结合；在绘画之外，则是写作人与画家身份的合二而一。

西方的写作人作画，被看作一种跨专业的全才；中国文人的“琴棋书画，触类旁通”，则是理所当然的。因而中国人常把那种技术高而文化浅的画家贬为画匠。

这是中国画一个很重要的传统。

然而，这个传统在近百年却悄悄地瓦解了。其中最重要的原因，是书写工具的西方化。我们用钢笔代替了毛笔。这样一来，写作人就离开了原先的纸笔墨砚；绘画的世界与写作人渐渐脱离，日子一久竟有了天壤之别。当然，从深远的背景上说，西方的解析性思维一点点在代替着东方人包容性的思维。西方人明晰的社会分工方式，逐渐更换了东方人的兼容并蓄与触类旁通。于是，近百年的画坛景观是文人的撤离。不管这样是耶非耶，但这是一种被人忽略的画坛史实。这个史实使得近百年中国画的非文人化。

正因为非文人化的出现，才有近十年来颇为红火的“新文人画”运动。但新文人画并非是写作人重新返回画坛，而是纯画家们对古代文人画的一种形式上的向往。

二

我本人属于一个另类。

我在写作之前画了十五年的画。我的工作是摹制古画，主要是摹制宋代院体派的作品。恰恰不是文人画。

平山郁夫曾一语道出我有过“宋画的磨炼”，这说明他很有眼光。

我的画里没有黄公望与石涛的基因，只有郭熙与马远的影子。正像我的小说没有昆德拉和赛林格，只有巴尔扎克、屠格涅夫、蒲松龄、冯梦龙、鲁迅，还间接有一点儿马尔克斯。

我自七十年代末与绘画分手，走上文坛，成为第一批“伤痕文学”作家。在八十年代，我几乎把绘画忘掉。那时，我曾经在《文艺报》上发表过一篇文章叫作《命运的驱使》，写我如何受时代责任所迫而从画坛跨入文坛。但当时，人们都关心我的小说，没人关心我的画。我的脑袋里也涌满了那一代人千奇百怪的命运与形象。就这样，我无名指上那个常年被画笔的笔杆磨出的硬茧也不知不觉地消退了。

到了九十年代初期，我重新思考自己下一步的创作道路，陷入苦闷。在又困惑又焦灼的那一段时间里，无意中拿起画笔，只想回到久别的笔墨天地里走一走。忽然我惊呆了。我不是发现了久违的过去，而是发现了从未见过的世界。因为，我发现心灵竟然可以如此逼真并可视地呈现在自己的面前。

但是，现在来认识自己，我并没有什么重大突破和发现，我只不过又回到文人画的传统里罢了。

三

我与古代一般的文人不同的是，我写过大量的小说。每篇小说都有许多人物。小说家总是要进入他笔下每一个人物的心中。就像演员进入角色，体验不同情境中特定的情感与心境。我相信任何小说家的内心都是巨大的情感仓库。他们对情感的千差万别都有精确入微的感受。比如感伤，还有伤感、忧虑、忧郁、忧愁、愁闷、惆怅等，它们的内涵、分量、给人的感觉，都是全然不同的。它们不是全可以化为画面吗？一旦转为画面，相互便会大相径庭。

我现在作画，已经与我二十年前作为一个纯画家作画完全不同了。以前我是站在纯画家的立场上作画；现在我是从写作人的立场出发来作画。

尽管现在我作画中也有愉悦感，但我不是为自娱而画。绘画对于我，起码是一种情感方式或生命方式。我的感受告诉我，世界上有一些东西是只能写不能画的，还有一些东西是只能画不能写的。比如，我对“三寸金莲”的文化批判，无法以画为之；比如我在《思绪的层次》中对大脑的思辨中那种纵横交错、混沌又清明的无限美妙的状态，只有用画面才能呈现。

尽管我对画面上水墨的感觉，对肌理效果，对色彩关系的要求，也很严格甚至苛刻，但这一切都像我的文字，必须服从我的心灵，而不是为了水墨或肌理的本身。

我之所以这么注重心灵，还是写作人的观念。因为文学最高的职责是挖掘心灵。

四

关于绘画的文学性。我明确地不把诗作为追求目的。

绘画是静止的瞬间，是瞬间的静止与概括；诗用一滴海水来表现整个大海，诗是在“点”上深化与升华。所以诗与画最容易结合。在古人中，最早这样做的是王维。故此苏轼说“味摩诘之诗，诗中有画；观摩诘之画，画中有诗”。诗是中国绘画与文学的结合点与交融点。

但我不是诗人，我写散文。我的散文非常强烈地追求画面感，那么我也希望我的画散文化。尤其是对于现代人，更接近于散文而不是诗。

散文与诗的不同是，散文是一段一段，是线性的。但线性的描述可以一点点地深化情感和深化意境。同时使绘画的意境具有可叙述性。诗的意境是静止的。散文的意境是一个线性的过程。但这不是我创造的，最初给我启发的是林风眠先生，林风眠先生的画就是散文化的，还有东山魁夷的画。

说到这里，我应该承认，我的画不是纯画家的画，我在当今应是一个“另类”。应该说，在写作人基本撤离出画坛的时代，我反方向地返回去，皈依文人画的传统。我愿意接受平山郁夫对我的评价，我是一种“现代文人画”。

五

现在我从梦里醒来，回到很现实的一个问题里。

今年，一次在北京参加会议，忽然接到一个电话，声称是我的铁杆读者，心里憋口气，想骂骂我；为此他喝了两大杯酒。酒劲上头，乘兴把电话打来。我便笑道："你想说什么，尽管说吧。批评也好，骂也无妨，都没关系。"他被酒扰昏了头，有的话来来回回说了好几遍。我却听明白，他说我亦文亦画，又投入城市文化保护，又搞民间文化遗产抢救工程。他说："你简直是浪费自己。除去写小说，那些事都不是你干的！不写小说还称得上什么作家！你对读者不负责！"他挺粗的呼吸通过电话线阵阵撞在我的耳膜上。我只支应着，笑着，一再表示接受他的意见。我没做任何表白，因为此时不是交流的时候。

我常常遇到这样的读者，他们对我不满，怎么办？

不久前，我为既是作家又是画家的雨果写了一篇文章，叫作《神奇的左手》。里边有几句话，正是我想对我的读者说的：

"你看到过雨果、歌德、萨克雷等人的绘画吗？只有认真地读他们的书又读他们的画，你才能更整体和深刻地了解他们的心灵。我所说的了解，不是指他们的才能，而是他们的心灵。"

水墨文字

一

兀自飞行的鸟儿常常会令我感动。

在绵绵细雨中的峨眉山谷，我看见过一只黑色的孤鸟。它用力扇动着又湿又沉的翅膀，拨开浓重的雨雾和叠积的烟霭，艰难却直线地飞行着。我想，它这样飞，一定有着非同寻常的目的。它是一只迟归的鸟儿？迷途的鸟儿？它为了保护巢中的雏鸟还是寻觅丢失的伙伴？它扇动的翅膀，缓慢、有力、富于节奏，好像慢镜头里的飞鸟。它身体疲惫而内心顽强。它像一个昂扬而闪亮的音符在低调的旋律中穿行。

我心里忽然涌出一些片段的感觉，一种类似的感觉；那种身体劳顿不堪而内心的火犹然熊熊不息的感觉。

后来我把这只鸟，画在我的一幅画中。

所以我说，绘画是借用最自然的事物来表达最人为的内涵。这也正是文人画的首要的本性。

二

画又是画家作画时的心电图。画中的线全是一种心迹。因为，唯有线条才是直抒胸臆的。

心有柔情，线则缠绵；心有怒气，线也发狂。心境如水时，一条线从笔尖轻轻吐出，如蚕吐丝，又如一串清幽的音色流出短笛。可是你有情勃发，似风骤至，不用你去想怎样运腕操笔，一时间，线条里的情感、力度乃至速度全发生了变化。

为此，我最爱画树画枝。

在画家眼里树枝全是线条；在文人眼里，树枝无不带着情感。

树枝千姿万态，皆能依情而变。树枝可仰，可俯，可疏，可繁，可争，可倚；唯此，它或轩昂，或忧郁，或激奋，或适然，或坚韧，或依恋……我画一大片木叶凋零而倾倒于泥泞中的树木时，竟然落下泪来。而每一笔斜拖而下的长长的线，都是这种伤感的一次宣泄与加深，以致我竟不知最初缘何动笔？

至于画中的树，我常常把它们当作一个个人物。它们或是一大片肃然站在那里，庄重而阴沉，气势逼人；或是七零八落，有姿有态，各不相同，带着各自不同的心情。有一次，我从画面的森林中发现一棵婆娑而轻盈的小白桦树。它娇小，宁静，含蓄；那叶子稀少的树冠是薄薄的衣衫，作画时我并没有着意地刻画它。但此时，它仿佛从森林中走出来了。我忽然很想把一直藏在心里的一个少女写出来。

三

绘画如同文学一样，作品完成后往往与最初的想象全然不同。作品只是创作过程的结果。而这个过程却充满快感，其乐无穷。这快感包括抒发、宣泄、发现、深化与升华。

绘画比起文学有更多的变数。因为，吸水性极强的宣纸与含着或浓或淡水墨的毛笔接触时，充满了意外与偶然。它在控制之中显露光彩，在控制之外却会现出神奇。在笔锋扫过之地方，本应该浮现出一片沉睡在晨雾中的远滩，可是感觉上却像阳光下摇曳的亮闪闪的荻花，或是一抹在空中散步的闲云？有时笔中的水墨过多过浓，天下的云向下流散，压向大地山川，慢慢地将山顶峰尖黑压压地吞没。它叫我感受到，这是天空对大地惊人的爱！但在动笔之前，并无如此的想象。到底是什么，把我们曾经有过的感受唤起与激发？

是绘画的偶然性。

然而，绘画的偶然必须与我们的心灵碰撞才会转化为一种独特的画面。

绘画过程中总是充满了不断的偶然，忽而出现，忽而消失。就像我们写作中那些想象的明灭，都是一种偶然。感受这种偶然是我们的心灵。将这种偶然变为必然的，是我们敏感又敏锐的心灵。

因为我们是写作人。我们有着过于敏感的内心。我们的心还积攒着庞杂无穷的人生感受。我们无意中的记忆远远多于有意的记忆；我们深藏心中人生的积累永远大于写在稿纸上的有限的素材。但这些记忆无形地涌满心中，日积月累，重重叠叠，谁知道哪一片意外形态的水墨，会勾出一串曾经牵肠挂肚的昨天？

然而，一旦我们捕捉到一个千载难逢的偶然。绘画的工作就是抓住它不放，将它定格，然后去确定它、加强它、深化它。一句话：

艺术就是将瞬间化为永恒。

四

纯画家的作画对象是他人；文人（也就是写作人）的作画对象主要是自己，面对自己和满足自己。写作人作画首先是一种自言自语、自我陶醉和自我感动。

因此，写作人的绘画追求精神与情感的感染力；纯画家的绘画崇尚视觉与审美的冲击力。

纯画家追求技术效果和形式感，写作人则把绘画作为一种心灵工具。

五

一阵急雨沙沙有声落在纸上。那是我洒落在纸上的水墨。江中的小舟很快就被这阵蒙蒙雨雾所遮翳，只有桅杆似隐似现。不能叫这雨过密过紧，吞没一切。于是，一支蘸足清水的羊毫大笔挥去，如一阵风，掀起雨幕的一角，将另一只扁舟清晰地显露出来，连那个头顶竹笠、伫立船头的艄公也看得分外真切。一种混沌中片刻的清明，昏沉里瞬息的清醒。可是，跟着我又将一阵急雨似淋漓的水墨洒落纸上，将这扁舟的船尾遮蔽起来，只留下这瞬息显现的船头与艄公。

我作画的过程就像我上边文字所叙述的过程。我追求这个过程的一切最终全都保留在画面上，并在画面上能够体验到，这就是可叙述性。

写作的叙述是线性的，过程性的，一字一句，不断加入细节，逐步深化。

这里，我的《树后边是太阳》正是这样：大雪后的山野一片洁白，绝无人迹。如果没有阳光，一定寒冽又寂寥。然而，太阳并没有隐遁，它就在树林的后边。虽然看不见它灿烂夺目的本身，但它无比强烈的光芒却穿过树干与枝丫，照射过来，巨大的树影无际无涯地展开，一下子铺满了辽阔的雪原。

于是，一种文学性质需要说明白，就是我这里所说的叙述性。它不属于诗，而属于散文。那么绘画的可叙述也就是绘画的散文化。

六

最能寄情寓意的是大自然的事物。

比如前边所说树枝的线条可以直接抒发情绪。

再比如，这种种情绪还可以注入流水。无论它激扬、倾泻、奔流，还是流淌、潺缓、波澜不惊，全是一时的心绪。一泻万里如同浩荡的胸襟，骤然的狂波好似突变的心境，细碎的涟漪中夹杂着多少放不下的愁思？

至于光，它能使一切事物变得充满生命感，哪怕是逆光中的炊烟，一切逆光的树叶都胜于艳丽的花。这原因，恐怕还是因为一切生命都受惠于太阳，生命的一切物质含着阳光的因子。比如我们迎着太阳闭上眼，便会发现被太阳照透的眼皮里那种血色。通红透明，其美无比。

还有秋天的事物。一年四季里，唯有秋天是写不尽也画不尽的。春之萌动与锐气，夏之蓬勃与繁华，冬之萧瑟与寂寥，其实也都包括在秋大里。秋天的前一半衔接着夏天，后一半融入冬天。它本身又是大自然最丰饶的成熟期。故此，秋的本质是矛盾又斑斓，无望与超逸，繁华而短促，伤感而自足。

写作人的心境总是百感交集的。比起单纯的情境，他们一定更喜欢唯秋天才有的萧疏的静寂，温柔的激荡，甜蜜的忧伤，以及放达又优美的苦涩。

能够把一切人生的苦楚都化为一种美的只有艺术。

在秋天里，我喜欢芦花。这种在荒滩野水中开放的花，是大自然开得最迟的野花。它银白色的花犹如人老了的白发，它象征着大自然一轮生命的衰老吗？如果没有染发剂，人间一定处处皆芦花。它生在细细的苇秆的上端，在日渐寒冽的风里不停地摇曳。然而，从来没有一根芦苇荻花是被寒风吹倒吹落的！还有，在漫长的夏天里，它从不开花，任凭人们漠视它，把它只当作大自然的芸芸众生，当作水边普普通通的野草。它不在乎人们怎么看它，一直要等到百木凋零的深秋，才喷放出那穗样的毛茸茸的花来。没有任何花朵与它争艳。不，本来它的天性就是与世无争的。它无限的轻柔，也无限的洒脱。虽然它不停地在风中摇动，但每一个姿态都自在，随意，绝不矫情，也不搔首弄姿。尤其在阳光的照耀下，它那么夺目和圣洁！我敢说，没有一种花能比它更飘洒、自由、多情，以及这般极致的美！也没有一种花比它更坚韧与顽强。它从不取悦于人，也从不凋谢摧折。直到河水封冻，它依然挺立在荒野上。它最终是被寒风一点点撕碎的。在这永无定态的花穗与飘逸自由的茎叶中，我能获得多少人生的启示与人生的共鸣？

七

绘画的语言是可视的。

绘画的语言有两种。一是形式的，一种技术的。中国人叫作笔墨；现代人叫作水墨。我更看重笔墨这种语言。

笔作用于纸，无论轻重缓急；墨作用于纸，无论浓淡湿枯——都是心情使然。

笔的老辣是心灵的枯涩，墨的溶化是情感的舒展；笔的轻淡是一种怀想，墨的浓重是一种撞击。故此，再好的肌理美如果不能碰响心里事物，我也会将它拒之于画外。

《山居暮归图》（1964年作）

文学表达含混的事物，需要准确与清晰的语言；绘画表达含混的事物，却需要同样含混的笔墨。含混是一种视觉美，也是我们常在的一种心境。它暧昧、未明、无尽、嗫嚅、富于想象。如果写作人作画，便一定会醉心般地身陷其中。

八

我习惯写散文时，放一些与文章同种气质的音乐做背景。

那天，我在写一只搁浅于湖边的弃船在苦苦期待着潮汐。忽然，耳边听到潮汐之声骤起。当然这是音乐之声，是拉赫玛尼诺夫的音乐吧！我看到一排排长长的深色的潮水迎面而来。它们卷着雪白的浪花，来自天边，其速何疾！一排涌过，又一排上来，向着搁浅的小船愈来愈近。雨点般的水点溅在干枯的船板上，扬起的浪头像伸过来的透明而急切的手。音乐的旋律一层层如潮地拍打在我的心上。我紧张地捏着笔杆，心里激动不已，却不知该怎么写。

突然，我一推书桌，去到画室。我知道现在绘画已经是我最好的方式了。

我把白宣纸像月光一样铺在画案上，满满地刷上清水。然后，用一支水墨大笔来回几笔，墨色神奇地洇开，顿时乌云满纸。跟着大笔落入水盂，笔中的余墨在盂中的清水里像烟一样地散开。我将一笔极淡的花青又窄又长地抹上去，让阴云之间留下一隙天空。随即另操起一支兼毫的长锋，重墨枯笔，捻动笔管，在乌云压迫下画出一排排翻滚而来的潮汐……笔中的水墨不时飞溅到桌上、手背上；笔杆碰在盆子、碟子上叮当有声。我已经进入绘画之中了。

待我画完这幅《久待》，面对画面，尚觉满意，但总觉还有什么东西深藏画中。沉默的图画是无法把这东西“说”出来的。我着意地去想，不觉拿起钢笔，顺手把一句话写在稿纸上：

人生的大部分时间就像钓者那样守着一种美丽的空望。

跟着，我就写了下去：

期望没有句号。

美好的人生是始终坚守着最初的理想。

真正的爱情是始终恪守着最初的誓言。

爱比被爱幸福。

于是，我又返回到文学中来。

我经常往返在文学与绘画之间，然而这是一种甜蜜的往返。

神奇的左手

——关于画家歌德与画家雨果

有多种才能的人，由于种种缘故，其中一种才能得以施展，其他才能闲置不用，渐渐萎缩，即使偶有显露，往往也不被关注。就像右手压制了左手的发展。这是自己对自己的一种遮挡，一种偏废和扼杀。如果那种“左手的才能”也施展出来呢？是不是会更神奇？

法国南部卢瓦河边有一座小小的古堡，意大利画家达·芬奇生命的最后三年是在这里度过的。古堡里最奇特的展品是达·芬奇的一些科学发明，如飞行器、云梯、机锤、钢索吊桥、各种小工具和新式的大炮，等等。这些发明在今天看来既古老，又天真，又浪漫。可是对于十五世纪的科学技术水平来说，达·芬奇这些发明所表现出的想象力与创造性却非常的惊人。他在科学上的灵感丝毫不亚于在绘画方面！甚至叫我懂得，科学比艺术更需要灵感。然而，这个古堡的展览安排得十分有趣，地面之上的几层楼所展览的全是达·芬奇的生活与绘画，而他的这些科学发明却全部放在地下室里。难道这是有意象征着——他大放异彩的绘画天才把他科学的潜质埋没在地下了？

我有幸认识达·芬奇的科学才能是在他的故居。我说过，在“名人故居”总会有新的发现。我说得没错！这次我从歌德与雨果的故居，竟然分别得知他俩都是相当不错的画家！

歌德的故居在德国那个小而精的古城魏玛。它给我强烈的印象是这位德国文化巨人对意大利的狂热。凡是心灵中有“美术基因”的人，只要一踏入意大利，即刻会被煽动起来。歌德从一七八六年九月开始去意大利旅行，他的足迹从北部的威尼斯一直到南端西西里岛，于是他被这个伟大的“美术的国度”彻底征服了，以致他大有“乐不思蜀”之意。他的旅行期限一拖再拖，竟然长达一年零九个月，直到一七八八年五月才返回魏玛。歌德回到家之后，马上干起一件十分狂热的事情，就是用他从意大利带回来的大量的雕塑、绘画、家具和工艺器物，把他的家装饰得完全和意大利一样！他房间的结构原本就很有趣，一间间串联一起，所有房门都在一条直线上，很像美术馆。他呢，就按照美术馆的样子，把每间房子刷成一个颜色，所有墙上挂满了大大小小的画，柜子上摆着雕塑与工艺品，从提香到贝尼尼无所不有。尽管这些雕塑和绘画大多是复制品，但从中穿过时，那感觉极像漫步走在意大利的梵蒂冈或乌菲齐那种艺术博物馆里。

过去，我只是从《歌德谈话录》中知道他热爱绘画，而且谈画谈得十分内行。这次在魏玛才更具体地知道，收藏和欣赏绘画是他重要的生活内容；亲自动笔画画是他写作之外经常性的艺术活动。他还兴致勃勃地把他自己的绘画作品也挂在墙上，放在他喜爱的这些意大利绘画中间。他当真地把自己当作一位画家吗？肯定是这样！而在我看来，他的画，尤其是风景小品，水准非常高。这是一种钢笔速写或素描，加上一些水彩颜色，恬淡优雅，宁静安详，富于空气感。风景画最难画的是空气感，空气感远比空间感难于表现得多。而比空气感更高一层的是意境和品格。这完全要看画家的内心修养了。歌德的风景画的意境是一流的。还有，便是他的手法很多，有水彩，有油画，有版画，还有装饰画，技术的表现力很强。如果不是民族的苦难过于沉重地压在他的心上，我相信他一定会成为一个大画家。即使是现在的一些风景素描，也不比巴提尔和丢勒逊色。不要以为我夸大其词，不信拿来比一比。

谈到雨果，我想起当年读雨果的《悲惨世界》第二卷“滑铁卢”时，有几句写景的文字给我的印象十分深刻：“门前草地上，倒着三把钉耙，五月的野花在耙齿间随意地开着。”我当时就想，这不是作家而是一种画家的思维。这种例子在雨果的作品里还有一些。雨果哪来的这种绘画思维？这次我明白了，因为他本人也是个画家，一个真正的画家。

在巴黎沃日广场的雨果故居的二层，几乎是雨果个人的绘画展。此前，我不曾知道雨果善画，所以起初我以为这是雨果同时代的一位画家的作品，大概由于内容上与雨果有什么特殊关系而挂在这里。当陪同的法国朋友说这是雨果本人的画作，我感到非常的震惊。震惊的缘故是因为这些作品看上去非常强烈，有个性，技术上也完全称得上是出自一个职业画家之手。

雨果的画篇幅不大，大多为十六开到八开纸。他用铅笔、钢笔和水彩画笔(毛笔)和一种墨水似的黑颜色作画，此外他不再用其他颜色。这大概像中国文人画家那样——作画的颜色顺便取自桌案上砚台里的墨汁。雨果用的则是写作的墨水，这便使他的画看上去有点儿像中国的水墨画。他喜欢在棕色的纸上作画，这一来还有点儿像中国的古画呢。

他喜欢画古堡废墟，樯倾楫摧，荒村野岭，狂风恶浪，以及妖怪与神灵。这些画大都是他文学想象的延续。他的漫画人物几乎全像是小说的插图。他的技术非常纯熟，好像他天天都在作画，运笔的速度很快，水墨挥洒得自由又放纵，画面上有很强烈的氛围。他的画阴郁，浓重，迷惘，荒凉，古怪，而且有一种神秘感。神秘感是更难画出来的。像八大、徐渭、米罗、蒙克、马蒂斯的画都有一种神秘感。雨果的神秘感大概来自一个作家的心灵，因为作家所关注的事物总是具有神秘感的——无论是一种生活还是一个人的个性。还有一些主题，比如爱情、命运、生命、死亡以及地域文化，等等。如果没有神秘感，作家就失去了写作的欲望。这也是许多作家人老之后，大彻大悟，而写不出东西来的真正缘故。

故此，就本质而言，文学的魅力便是一种神秘感。

由于作家这种天性，雨果对遥远的东方兴趣极浓。他的三楼有一间茶室，他自称为“中国茶室”。这间用来款待朋友的小客厅，完全是他自己设计的。他用很多从中国舶来的物品来装饰这间茶室，有家具，壁毯，神像，瓷器，琉璃，木雕，竹帘画和卷轴画。我认出，轴画为《三星高照图》，竹帘画上画的是《白蛇传》的故事片段，神像为浙江东阳一带的朱金木雕，瓶子应是乾隆民窑，素白釉的观音是定窑。房子中间摆着一座朱砂大漆瓶式古玩架，一看便知乃是清代早期物品。整个茶室为了强化的东方情调，除去使用古老中国喜爱的颜色，如石青石绿，朱砂赤金，庄重又沉静；他还请人制造一些中国式图案的浮雕，挂在四壁，如神怪奇兽，珍禽异卉，杂技人物，博古器物，其形象都是神奇飘逸，雍容典雅。这便是那个时代(1840年以前)西方人对中国人的“社会集体想象”了。这种温文尔雅的想象与遥远的马可·波罗对东方的描述一脉相承，或者说是来自马可·波罗。但是到了一八四〇年以后，西方人对中国的“集体想象”就变了，变成了亚瑟·史密斯《中国人之气质》那个样子了。

话说回来，雨果的“中国茶室”，同样体现了他绘画中那种对神秘事物的兴趣与关注。他的绘画的意义在于，他不是表现表面的视觉兴趣，而是叫我们逼真地看到他心灵里边的内容。只有好的画家才这样做。因为，真正的画家都是为了呈现自己的内心才画画。

一个有多种才能的人，如果他动用他所具备的第二种才能时，一定源自于内心的渴望。因为，文字只能描述心灵，却不能可视地呈现心灵。唯此，雨果才用左手拿起画笔。

任何一种艺术都只能表现某一部分内容。文字写不出钢琴发出瞬间万变的声音，也描绘不出调色板上那些成百上千种色彩。所以，只有当我们看到了雨果、歌德、普希金、萨克雷、布洛克等人的绘画时，我们才更整体和深刻地了解他们。我所说的了解，不是指他们的才能，而是他们的心灵。

文学大师们的另一支笔

——俄罗斯经典作家的绘画

普希金的画	屠格涅夫的画
莱蒙托夫的画	安德烈耶夫的画
果戈里的画	列夫·托尔斯泰的画
克雷洛夫的画	陀思妥耶夫斯基的画
茹科夫斯基的画	马雅可夫斯基的画

在圣彼得堡涅瓦河边俄罗斯科学院文学研究所内的一个小型的博物馆里，我获得一个“重大的发现”。这个博物馆叫作“普希金之家”。它珍藏着有关俄国古典文学大师生前极其宝贵的文物。从中我发现我所崇敬的那些文学大师几乎全和我干的事情一样：一手拿钢笔，一手拿画笔。他们都能画一手好画，有些还称得上名副其实的画家，这使我大吃一惊！

此前，我只知道普希金喜欢画画。他常在稿纸上信手勾画一些人物的面孔，还有一些零碎的形象，都画得随意、即兴和生动。但是这次我看到的画，却是出自莱蒙托夫、果戈里、屠格涅夫、茹科夫斯基、安德烈耶夫、列夫·托尔斯泰、陀思妥耶夫斯基、马雅可夫斯基等人的手笔！他们之中有的人居然还把绘画作为自己心灵生活乃至创作的一部分，在技巧上完全达到了专业水准。我回国后，把这一“发现”告诉给一些俄国文学的专家，他们听了居然也一样吃惊。甚至有一位还脱口而出：“这不可能！”

应该说，即便是在“普希金之家”，这些画也并不是作为一种纯粹的艺术作品，而是作为作家留下的一种珍贵的遗物。它们和作家的书桌、文具、手杖、眼镜、外衣、怀表和水杯摆在一起。它被当作作家生命气息的载体——而不是心灵欲望的载体，它们只是从属于文学，并没有自己独立的身份与价值。

这实在有些不公平！这是出自多么荒谬的习惯：只承认你一种最突出的才能，其他的才能只作为一种附属，一种可有可无的资质罢了。是不是由于他们文学的成就过于巨大和辉煌，反而把自己的绘画才华掩盖了？长久以来在俄罗斯文学研究者的眼里，这些出自作家手笔的绘画，只是被当作对作家心理与性格研究的一种素材。它们不是被作为艺术品来对待的。

正为此，画艺高超的诗人马雅可夫斯基在一次填写履历表时，郑重地写上“艺术兼诗人”。而且是把艺术家放前边！这足以说明他多么渴望着自己的绘画能够得到公众的认可，同时也表示绘画在自己心中的分量。那么，我们能否从专业的角度来欣赏这些文学大师的丹青妙笔呢？

普希金

还是要先说普希金。

普希金大量的绘画是在他诗作的手稿上。每当他诗情洋溢之时，形象便在脑袋里缤纷地涌现，这是他独有的一种绘画状态。这很像中国的大写意画家，借酒助兴，画意勃发，泼墨于纸，形象立见。所以普希金的画大多画得很快，带着灵感。他的画是他瞬间形象想象的灵性记录。他最爱画人物——各种面孔和各种表情。别以为这只是诗人单凭兴趣的信手涂抹。这些人物有的是他的虚构，有的是现实中的人，他对这些人有爱有恨有讽刺有愤怒。这些人物是诗人在诗之外的一种表达。值得注意的是，绝大多数人物都是半侧脸的头像，而且全部向左侧。有人认为，这和写作时从左到右写字的习惯有关。但依我看，这正好说明他的绘画没有经过专业训练。因为，用侧面脸比用正面脸来表现一个人的面部特征要容易得多。而且他从来不用画笔作画，只用写作的工具——鹅毛笔和墨水来画。这表明他作画的欲望是被诗唤起的。然而，一个好的画家并不一定非要经过专业训练。普希金的线条灵活、流畅、自如、飞动，而且像中国画家所说的那样——“不求形似，只求神似”。他笔下那些面孔都既富个性，又具神情。他画的人比他写的人要多得多。

他最热衷的题材是自画像。画家只有在画自画像时才面对自己。画家们都很热衷于自画像，但普希金的自画像似乎画得太多。他这种侧面的自画像上百次地出现在他的诗稿上。他几乎随手一条线就能把自己凸起的额骨与眉骨，坡度很大而前伸的尖鼻子，以及略略发紧的嘴巴画出来。他画自己的卷发和向前卷起的络腮胡须时更是得心应手。尤其在画络腮胡子，他常用鹅毛笔的鹅毛一端蘸上墨汁轻快地抹几下。这几笔之间，便神采飞扬。有人以为普希金这么爱画自画像，是由于自恋，我则以为这出自诗人自我的意识。诗都是以“第一人称”为出发点的。仔细去看，普希金这些自画像的神态并不相同。有的凝重，有的轻盈，有的阴郁，有的活泼，它们是诗人不同时间、不同环境和不同心态中的自己。一八二六年，普希金由高加索流放归来时画过一连两幅的自画像，这两幅画像却明显的不同。上幅似乎年轻一些，面孔光滑，目光纯洁，充满朝气；下幅好似经历沧桑，神情更加坚定刚毅，线条变得苍劲有力。据说这是他在与老朋友们重逢时，有人询问他经历了这一番挫折之后是否有了变化，他便画了这两幅自画像作为回答。

绘画是普希金的一种表达方式。他手边的纸上经常出现妻子冈察洛娃的形象，那是因为他过深过切，无时无刻不在爱她。至于那些令他关切的事件(比如1825年12月14日起义)、那些萦绕他心头的种种人物，以及他写作时的一些想象，都被他信手画在了诗稿上。故而，他的画大多是一些片段，乃至思维的碎片。列夫·托尔斯泰说他“用诗歌思想”；同样他也“用画思想”。他的线条是思维的痕迹，不是审美语言。他画中的美感乃是出于他的天赋。

在普希金留下的为数不多的单幅画中，有两幅是为他的小说——别尔金小说集》中一个短篇《棺材商人》所画的插图。虽然还算不上是专业性插图，但它比任何画家都能传达出这篇小说里的意味，那种轻松的幽默中搅拌着辛辣的讽刺的味道。

没有人统计过普希金总共在诗稿上画了多少图画，我想数量一定相当可观。在圣彼得堡的普希金故居博物馆中，布展人员别出心裁地把他的这种带画的诗稿放大后印在黄色的胶片上，背后打上灯光，放在入口处，看上去优美之极也奇特之极。这种文字与图画自由地融混在一起的景象，只有那种大段大段题跋的中国文人画才能相比，而且同样也是“诗画相生”。我想，这样的画在中国之外，唯普希金一人。

莱蒙托夫

在“普希金之家”最令我惊异的是诗人和小说家莱蒙托夫的画。他与普希金不一样，即使从苛刻的专业角度来看，他的画也具有很高的水准。

记得我曾在郑振铎先生一九二七年编著的《文学大纲》中见到过两幅莱蒙托夫的钢笔画。原以为只是一种随意性的小品而已，没想到这位世界级的文学大师在绘画方面如此才华横溢，不单题材极其广泛，各种体裁也应有尽有。他画素描、速写、水彩和油画，也画风景、肖像、动物、历史故事与传说，还有一些绘画与他的文学作品有关。比如他为生前未完成的长篇小说《瓦吉姆》的手稿所画的封面：数百个人物与繁复的情节，构成了波涛汹涌的广阔图景。生活与历史彼此交错，现实与幻想相互交织，唯小说才能有这样博大深广的包容。其中一部分画面可能就是那些尚未完成的章节。虽然是用毛笔与钢笔勾画出来的，但鲜活生动，纵横交错，信手拈来，气氛浓烈，很像一件宏幅巨制最初的草稿。

然而，真正的莱蒙托夫的绘画却是与文学无关的，完全是一种独立在文学之外的创作行为。

他用水彩与油画颜料所绘制的肖像是一流的。他能够深刻地刻画出人物的性格与情绪。他很少像普希金那样在手稿上作画，而只在画布与专门的画纸上作画。他传世的自画像就是一幅很标准的水彩画。在这幅画中，他画出了自己敏感的、幻想的、忧郁的气质，反而比其他一些名画家为他画的肖像更准确和更深入。这幅画被后世作为标准的“作者像”，广泛印到他的文学作品中。他的水彩画令人信服地表现出素描的功底。他用笔灵活又富于质感，色彩有层次，水的控制力极强。他喜欢画马，他留下的一幅水彩画的《马》，描写一匹受惊的马慌张欲奔的一瞬。这幅《马》在任何一位绘画大师笔下都堪称一幅杰作。

莱蒙托夫最出色的风景画是对高加索的描绘。他十一岁时曾随同外祖母去过外高加索，那里的崇岭深谷、雄山大川深深地打动了他。他以诗人的情怀感受到这些壮阔的风景是为了“自由的鸟儿”而存在。自此，他的一生及其许多诗都与高加索有关。直至一八三七年他为普希金之死而创作的诗歌《诗人之死》激怒了沙皇，又被放逐到高加索。在他心里，这个“荒野般的大地才是自由的国土”。这些思想情感被他写在诗中，也画在画中。

他画这些讴歌祖国风光的画作时，比起俄罗斯风景画的奠基人萨弗拉索夫和希什金还要早。面对这些画，我们真的惊叹这位诗人十分成熟的风景画技巧，为他处理宏大空间的能力而赞叹。我们还真切地感受到，他那些优美的色调里饱含着对高加索的崇拜。可是具有如此文学与绘画杰出成就的莱蒙托夫一生短暂，他只活了二十七岁。

莱蒙托夫生于一八一四年，恰恰是第一次世界大战前的一百年；他死于一八四一年，又恰恰是第二次世界大战前的一百年。如果他活在二十世纪，也是一个没有战争的和平时代。但莱蒙托夫是不幸的。他面对着俄国历史最黑暗的年代，生命极其短暂，并且充满挫折。但他留下了四百零一首短诗，三十三首长诗，三部戏剧，一部被俄罗斯人视为国宝的小说《当代英雄》。这部小说的人物和细节是看过一遍就永远不会忘记的。他的成就之辉煌不可思议。

别忘了，他还留下十五幅油画，五十一幅水彩画，大量的钢笔画——这当然远远不是他绘画的全部。而更重要的是一位莱蒙托夫绘画的研究者所说的一句话：

“他绘画的成就超过了他的文学。”

茹科夫斯基

在俄罗斯作家中最善于绘画的是诗人，而画得最好的是诗人之一茹科夫斯基。我很幸运，今年正赶上茹科夫斯基去世一百五十周年，“普希金之家”为他举办个人专展。展品几乎倾尽所有关于茹科夫斯基的珍藏，使我得以一下子看到诗人这么多画作。这样的机会可能五十年才会赶上一次。

茹科夫斯基在当时俄国社会中是个特殊人物。他是极优秀的诗人，又在宫廷侍奉多年。先为保罗一世皇后伴读，后作为亚历山大二世的教师。从政治立场上，他自然倾向于保守，不赞成过激的革命行为；从诗人的立场上，他又很理解十二月党诗人们的起义。他利用自己与沙皇的良好关系，设法减轻沙皇对这些起义者的处罚。他还尽力帮助普希金、莱蒙托夫这些自由派诗人，为他们压力重重的境遇排忧解难。于是，一种稳重、端庄、矜持、平和和宽容的气质散布在他的诗与画中。

首先吸引我的是他那些用纤细和柔弱的线勾勒出的城市、乡村、山野、古迹、园林以及辽阔的自然风光。他只去勾勒事物的轮廓，不画内部的结构和质感，也不画光线的变化，但景物却具有立体感与空间感，这完全依赖于他那种看似平凡却非凡的线条的表现力。

应该说他是一位风景画家。他和莱蒙托夫不同，他不是绘画的全才。他所画的人物在风景中都很小，只有身形，没有面孔，很像中国山水画中的“点景人物”。有时人物非要摆在画面的前边时，他便只画人物的背影。连他为母亲画的肖像也是坐在桌前，面朝窗户，背对着我们，侧面的鼻子与眼睛也不画。他避开自己的劣势，而使自己的优势突出。

据果戈里说，他这种单线写生的速度很快，每次外出写生他都能画很多幅作品回来。果戈里很羡慕他。

在茹科夫斯基的时代，写生属于收集素材的一种手段，回到画室后还要加工创作。因而有时茹科夫斯基要将这些写生稿整理成水彩画或油画。比如《巴甫罗夫斯克宫的房间》，他就是在经过精心整理的线描画上加入水彩，他用冷静的蓝调子将这间十八世纪末的皇室画得清新优雅。他最优秀的作品是从高加索旅行回来时带回的八幅水彩写生。这八幅作品应视为俄罗斯绘画史的杰作。面对他这八幅作品，我想他在绘画史的位置应与他在文学史的位置一样高。

茹科夫斯基及其艺术，非常符合他宫廷教师的身份。他有渊博的知识，很好的教养，为人严谨平和，外表雍容文雅。无论诗画，都带着一种贵族气。他的画都很宁静，庄重，平稳，高贵。他曾经根据自己在高加索等地旅行的记录制作了一幅十分复杂的地图。从今天的角度看，这张地图也十分精确。他还为自己文学作品的全集画过“卷首插图”，所采用的是铜版画的样式，画得抒情、细致、考究并具有诗意。这些非凡的才能使得他在宫廷教师的位置上稳稳当当地坐了二十五年之久。而反过来说，只有宫廷优越的条件，才使他多方面的才能都能均匀又充分地释放出来。

果戈里

果戈里对绘画的兴趣，伴随他的一生。早在一八二三年左右，即他十四岁在别滋博罗德科公爵的涅仁高级科学中学学习的时候，就常常一个人拿着硬纸夹和彩色画笔，远离人群去写生。他十分珍惜那些最初的创作。他写信请父亲把那些画取走代他保存起来，而且要求父亲把画装在框子里，免得色彩在路上被蹭掉。他写信对爸爸说：“请行行好，您是不会让这些名贵的画受到损坏的！”

他的绘画才能一直受到朋友们的夸赞。一八三六年普希金邀请他共同创办《现代人》杂志时，就是因为欣赏他的多才多艺。普希金也是画家，他俩在一起的时候，相互都为对方画过画像。普希金所画的果戈里照例是那种侧面像，线条十分简练，寥寥几笔却很有神采：既像速写，又像一种简笔画。

果戈里所画的普希金却有一些素描的成分。虽然他也抓住了普希金的一些特征，但是果戈里并不善于画人物。我在《果戈里传》上就读过他妹妹叶莉扎韦塔的一段回忆，说果戈里为她画过一张头戴睡帽的像。果戈里认为她的样子很可爱，但她要过画像一看，大失所望，认为“完全不像我”。实际上也是如此——果戈里很少在手稿上画人头像，更不画自己。他没有留下一张自画像。据说他当年在涅仁高级科学中学画写生时，画的更多的是风景，而且是没有人物的纯风景。他尤其喜欢画风景中的建筑——人文景观。他热爱各种风格的建筑，倾倒于人类在不同地域、不同时期创造的琳琅满目的建筑美。他留下的画作中，有一些很像建筑师们画的草图。

因而在他的绘画中，唯有建筑写生才够得上专业水准。尤其他在意大利旅行时的那些写生，能够用丰富而变化的笔触表现出那些经典建筑的华丽与厚重。他善于用“乱作一团”的线条表达那些建筑不胜其烦又无比精美的细节。

在他的右手不绝地去写出《狄康卡的近乡夜话》《五月之夜》《肖像》《密尔格拉德》《死魂灵》等伟大小说的同时，他的左手一直没有放下画笔，甚至还常常抱着画夹外出写生。

一八三九年他在意大利旅行时，疯狂般地爱上了意大利的建筑。他称意大利是“第二故乡”。他给一位朋友写信说：

我现在开始阅读罗马，上帝啊，尽管已经是第四次读她，还是有那么多感受……我现在有一个志同道合者。我每天都与茹科夫斯基出去，他也深深爱上了罗马。到目前为止，我更多的是手握画笔，而不是写作。

茹科夫斯基是俄罗斯优秀的诗人兼画家。他们既是文友又是画友。在茹科夫斯基返回圣彼得堡后，他还是不肯走。他写信给茹科夫斯基说：

我的颜料色已经备好，今天我要出去画上一整天。我真不想离开罗马，她太美了！有无数可画的对象。我不知道能否活到那一天——我俩再次一起出去画画。

看，他对绘画有多强烈的激情！

果戈里还会做平面设计。

一八四二年长篇小说《死魂灵》的第一部首次出版面世时，他为自己的书设计了封面，画面典雅、活泼、醒目，内容丰盈又谐调，线条精美又生动。这个封面很受出版商的赞赏而被采纳。果戈里既是那部名著的作者，又是那部巨作封面的设计者。这样的情况在世界上也没有几个。

屠格涅夫

第一次看到屠格涅夫的画，我不敢相信。我对“普希金之家”的馆长说：“这确实是屠格涅夫画的吗？”

这位馆长笑了。她说：“还需要再证实吗？”

如果认真去想，屠格涅夫确实应该是一位好画家。读一读《森林与草原》就会知道他对俄罗斯风景的描写具有画家一样的天赋，他甚至能准确地刻画出不同时间的光线里白桦树皮是什么样的感觉，就像法国画家莫奈画的卢昂大教堂。他视觉的观察太细腻太精致了。然而，有很好听觉的人不一定能成为作曲家；有极佳视觉感受力的人并不一准成为画家。要成为作曲家或画家还需要专业修养和过硬的技术作为支撑。

屠格涅夫首先是一个绘画爱好者。他的一生都热爱艺术品的鉴赏与收藏。他也有过从事绘画的经历与愿望，据说他的作画的兴趣开始于中学时代，后来在罗马他还拜一位意大利画家为师，心高志远地学习绘画。

他的画分作两部分：

一部分与普希金很相似，也是用写作的鹅毛笔在稿纸上勾勒一些人物的头像，也都是向左的侧面脸，也画自画像，画得也很传神。由于他不具备莱蒙托夫的那种绘画能力，为了强调人物特征，往往由于夸张过分而把人物漫画化了。他笔下的这些人物形象，都是在写作时冒出来的。有的与小说有关，有的无关。应该说，这些画都出现在写作过程中大脑最活跃的时刻。

他的另一部分绘画，是他为自己小说所做的插图。比如《独院地主奥夫谢尼科夫》是他“超水平的发挥”，是一幅具有专业水准的插图作品。这篇小说是《猎人笔记》中的一篇。他在小说中这么描写这个人物：

> 亲爱的读者，请想象一个年约七十岁的、又胖又高的人，面貌有几分像克雷洛夫，低垂的眉毛底下有一双明亮而聪慧的眼睛，风采威严，语调从容，步态迟缓，这就是奥夫谢尼科夫。他

穿一件长袖子的、宽大的蓝大衣，纽扣一直扣到上面，脖子上围一条淡紫色的绸围巾，脚上穿着一双擦得很亮的有穗子的长筒靴，大体上看来像一个富裕的商人。他的手漂亮、柔软而白皙，他常常在谈话的时候用手摸弄自己的大衣的纽扣。奥夫谢尼科夫的威严和镇定、机灵和懒散、正直和顽固，使我想起彼得大帝以前时代的俄罗斯贵族。

把他这段文字与插图对照起来看吧！他已经做到画如其文与文如其画。这表明作为作家的屠格涅夫对自己人物想象得太具体了。同时，也表明作为画家的屠格涅夫又能把它极其精确地刻画出来。而且，他这幅画用笔很洗练，概括力强，他有蛮不错的素描基础呢！

屠格涅夫没有画过风景。一方面，风景是需要一整套专门的技术的。一方面则是因为作家最关注的还是人。

列夫·托尔斯泰

在看到列夫·托尔斯泰的绘画时，我尤为欣喜，因为我一直巴望着这座世界文学的顶峰上出现绘画作品。结果我看见了。列夫·托尔斯泰果然也是一位绘画的热烈的爱好者和实践者！

列夫·托尔斯泰对艺术有极其广泛的兴趣，他喜欢音乐，自己也弹琴；热爱绘画，自己也动手画画。他在一八五二年的记事本中说他童年时期接受过绘画的训练。在他漫长与艰辛的文学生涯中，弹琴和画画都是他一种调节生活的手段，或是兴之所至抒发心灵的方式。

一八七三年，他在致奥廖尔的诗人费特的信中说："知道吗？我现在在莫斯科开始学习雕塑了。我不期望成为艺术家，但这种艺术给了我许多快乐和教益。"

从这短短的几句话中，可以了解到他宽泛的艺术爱好。这也表明他的艺术目的没有任何功利性，完全为了心灵的需求。

当然，不想成为画家的列夫·托尔斯泰也是有自知之明的。尽管他的大脑精确而缜密，他的双手却不算灵巧。每每弹琴时，他的十个指头都显得笨拙与发僵。他的画也只是保持在一个绘画爱好者的水平上。有人认为他的画“很不高明”，其根据是他为英国作家儒勒·凡尔纳的《八十天环游地球》所画的那几张插图。可是这些画是列夫·托尔斯泰为孩子们画的。每每他为孩子们阅读作品——包括阅读自己的新作时，总会画一些直观的图画，好和孩子们沟通。这些为孩子们画的一种“图解”式的图画，并不能表现列夫·托尔斯泰的绘画水准。再比如他为妻子所作的画像也比较呆板，那可能是太认真、太刻意也太拘泥了吧！

列夫·托尔斯泰在高加索一带旅行的笔记中，有一些用铅笔画的速写倒引起我的注意。显然他对那里人物的视觉形象有强烈的兴趣。在这不多的速写中，他例外使用了绘画的一种功能性，即记录生活。而这些速写却最高程度地表现出托尔斯泰的绘画水平。他用幽默与嘲弄的笔法刻画了一个毕恭毕敬、唯命是从的下级军官可笑的模样。应该说，他的画传达出当时的见闻与感受。这种能力已很可观。再有他为那两个老人画的速写，使用了一些铅笔画的技巧。用笔很熟练，线条轻松，人物特征也抓得很准，还运用了表现明暗与体积的色块。

列夫·托尔斯泰的绘画真是可爱！他因为这些画而更可爱！比起他的文学著作，他画的画十分有限，而且遗存更是少得可怜，但因此也就更加珍贵。

俄罗斯另一位叫托尔斯泰的作家——阿·托尔斯泰偶尔也作画。但他大大不如列夫·托尔斯泰。阿·托尔斯泰的画滑稽，稚拙，变形，很像儿童画，或是给儿童们看的漫画。但是这位卓越的作家对绘画的兴趣，也同样引起我们的兴趣。

陀思妥耶夫斯基

在绘画的心理意义上，陀思妥耶夫斯基表现得最充分。

他很少有单幅的绘画，基本上是与他的文稿混在一起。使用的工具也是写作时的鹅毛笔和墨水。这些画全是形象的“碎片”与“枝节”，它们与手稿中的文字内容好似有关，又似无关。比如在长篇小说《罪与罚》

中，他的手稿中常常会出现两张脸，一张是年轻人的，一张是年老的。有人猜想那个年老的脸是屠格涅夫——因为太像屠格涅夫了。有人则认为是小说人物斯维德里盖洛夫。按写作心理的逻辑推测，作家在写作时，脑袋里萦绕不绝的只能是主人公，怎么可能冒出一个屠格涅夫？可是在陀思妥耶夫斯基的手稿中，有时会不着边际地出现一张怪脸，甚至一张妖魔的面孔来，而且无论如何在小说里也找不出根据来。

在陀思妥耶夫斯基手稿上最常见的绘画题材是建筑。但他与果戈里不一样。果戈里痴迷于建筑的景观，他带着情感画这些建筑；陀思妥耶夫斯基画建筑是不带任何感情色彩的。他一八三八年曾在彼得堡军事工程学校学习过建筑史、设计与绘画，毕业后还在工程局从事绘图工作。他画的建筑更像当年的建筑草图。在手稿四处，他总是信手勾画出一些建筑的局部与细节：门、窗、柱头、券顶、墙饰以及建筑图案与花纹。这是不是他一种习惯或本能的涂涂抹抹？研究者发现到一个有趣的现象：他的小说《白痴》与《群魔》是在欧洲旅行中完成的，在这两部书的手稿中，大量出现的是欧洲常见的哥特式建筑；《卡拉马佐夫兄弟》写作于俄国的旧鲁萨，故而手稿上出现俄罗斯教堂特有的葱头状的圆顶。从这建筑样式的变化，可以看出地域环境对一个敏感的作家潜在的暗示性的影响。

陀思妥耶夫斯基另一个独有的艺术题材，是他对书法的迷恋。他说，他喜欢用尖而硬的笔写作，用质量精良的厚纸写作。在写作过程中，他要享受书写时笔尖运行的美感与快感。这种快感是书法带给他的。他的书法写得规范、精整、高贵，也飘逸。

在他的手稿上，有两种字，一种是普通书写的字，一种是作为书法的字。再加上他那些奇特、神秘、难解而迷人的图画，构成一种独特的意境。这莫名的意境只有在他的文学作品中才能有所感悟。

这是一种独特的陀思妥耶夫斯基的气息！

作家写作是一个复杂的心理过程与精神过程。这个过程三分之一表现在作品中，三分之一无法获知，三分之一在稿纸上。如果稿纸上出现了图像，那就有破译的可能。

马雅可夫斯基

在马雅可夫斯基身上真是诗画难分。他的诗在排行上追求视觉的形式感，他的画燃烧着诗样的激情。有时他还一下子诗与画同时并举呢！

马雅可夫斯基对绘画的兴趣与生俱来。在俄罗斯经典作家中唯一“科班”学习过绘画的就是马雅可夫斯基。一九一一年他考入莫斯科绘画雕刻建筑学校，受到了盛行于时的未来主义的影响。意大利诗人马里奈蒂在《未来派宣言》中声称：“美存在于斗争之中。一件没有侵犯性的作品不可能是杰作。”为此，马雅可夫斯基的画风与其他古典大师的画风截然不同。他留下的油画《自画像》就是一幅未来主义的作品。

由于俄罗斯不像法国、意大利处于先锋运动的腹地，在历史进程中比欧洲艺术中心慢了半拍，也不那么锐利。因此，具有侵犯性的未来主义到了俄罗斯就变得比较折中了，往往还带着立体派乃至野兽派的痕迹。马雅可夫斯基的《自画像》就趋向于立体派的作品。但不管怎样，它在俄罗斯还是具有某种“侵犯性”的革命的意义。

他的画也受到野兽派一定的影响，粗犷美，本质化和原始感。他不注意细枝末节，而是一下子抓住事物的精神实质。他画的《列宾与楚科夫斯基》最具代表性。列宾于一九一五年夏天与马雅可夫斯基结识。诗人的诗给这位大画家印象深刻。列宾想为天才的马雅可夫斯基画一幅肖像。但在列宾尚未动笔的时候，马雅可夫斯基已经激情满怀地为列宾画了至少十幅肖像。比如《列宾与楚科夫斯基》中，他用了铅笔和毛笔两种笔来画。显然毛笔用在后边，为了加强与强调。画中铅笔的细线与毛笔的粗线相互交织，黑白色块相互对比，整个画面既豪放又和谐。尽管他做了极端性的夸张，却没有漫画成分，这是一幅杰作。

马雅可夫斯基在绘画领域几乎什么都干。他画油画、铅笔画、黑白画、速写、漫画、宣传画；也画肖像、插图、海报，设计过书籍封面，直到为剧院设计布置。他有过于旺盛的创造欲。他和莱蒙托夫一样，诗稿上是没有绘画的；他和莱蒙托夫不一样，是他不画风景，只画人。他是一位强烈干预社会的诗人。他的诗和画是那个动荡的时代与他个性相互激发下的产物。他是十月革命积极的拥护者与参与者。他用诗与画表达心声。

最具典型意义的作品是他为“罗斯塔讽刺之窗”所画的宣传画。他于一九一九年十月至一九二二年二月，参加“罗斯塔讽刺之窗”的工作。他创造性地使用一种方式，即简明的画面、诗句、单词、标点符号，口语化的题词，平面化和极简化的形象。比如工人、饥饿、酒杯、斧头、灾荒、臭虫、枪、旗帜、地球等，构成一种新颖的、鲜明的和具有冲击力和感召力的宣传画，鼓舞人民支持前线，打击外国武装干涉。在这种画中，他借用俄罗斯传统版画的一些手法，也吸收了最新的艺术——电影的形式。最关键的是他使这种艺术最快捷地打入人心。因此，“罗斯塔讽刺之窗”被认为是马雅可夫斯基创造的二十世纪艺术世界中全新的文化现象。在俄罗斯作家中，只有马雅可夫斯基的绘画有如此广泛的社会影响和时代效应。

一九八八年莫斯科出版了一本别开生面的画集，名叫《俄罗斯经典作家画集》。其中收集从波洛茨基到马雅可夫斯基总共四十四位大作家的绘画作品。这部画集出版后引起广泛的关注。这些画也许人们在各地的作家博物馆、故居和相关的书籍中见到过，却不一定引起特别的关注。只有把它们放在一起，才叫人如受震撼一般感受到俄罗斯真是一个艺术上才华横溢的民族！

作家作画在古代中国原本是一件司空见惯的事。这因为中国人写文章与作画同样都使用纸笔墨砚。在造型上，中国画不追求“形似”，只追求“神似”，文人们可以不受物象的约束而自由发挥，故而文人画在中国的文坛很普遍。但在西方就不同了，写字与绘画的工具和材料全然两样，绘画的基础又是素描与速写，讲究解剖学与透视学，若要从事绘画必须先要经过一整套专业训练。这很难！

进一步说，中国人讲究触类旁通，崇尚琴棋书画兼能的通才，即使纯画家也要“诗书画印”样样精通；但是西方强调的是解析与分类，不推崇全能，因而各个艺术之间的“墙壁”就很难逾越。西方的解析性思维与科学的发展有密切关系。所以只有在西方的古典时期才能见到达·芬奇那样的跨学科、跨领域的全才和通才。

在俄罗斯，生活在十八世纪初的罗蒙诺索夫则属于这一类型的古典大师。普希金说他是历史学家、演说家、机械师、化学家、矿物学家、诗人与艺术家。他还是莫斯科大学的创办者。他创造的玻璃镶嵌画《波尔塔瓦战役》堪称是一幅艺术巨制。他使用的五彩缤纷的玻璃来源于他对有色玻璃的研究。然而他这幅大型的镶嵌画所描绘的战争场面之宏大、人物之多、色彩之灿烂与优美，令人惊异。个人的才能怎么会这样无际无涯？

现在，翻阅这部《俄罗斯经典作家画集》时，我们的感受与看任何纯画家的画集都是绝不相同的。这些用伟大的文学巨著与写作才华震惊我们的大师们，怎么会兼有如此杰出的绘画才能？我忽然想起俄罗斯作家协会主席加尼切夫对我说过的一句话：

“当上帝给你一种才能，一定还会给你所有的才能。”

这是一句俄罗斯的民间谚语，很耐人寻味。

我想，才能不是一种技术能力，而是对艺术的灵性与悟性。人对各种艺术是有通感的。那么从通感到“通才”并不是一件难以理解的事。

作家写作是用抽象的文字符号来描述形象。那么作家最想看到的就是直观的形象。我写过一篇文章叫作《绘画是文学的梦》，我还说“人为了看见自己的内心才画画”。为此，作家的绘画首先出现在稿纸上。比如上述的普希金、屠格涅夫、柯罗连科、陀思妥耶夫斯基、列夫·托尔斯泰等，还有克雷洛夫都是这样。克雷洛夫手稿中的人物常常就是他寓言中的人物。当然这多半属于没有掌握一整套绘画技术的作家。

对于另一些作家，比如茹科夫斯基、莱蒙托夫、马雅可夫斯基、果戈里、安德烈耶夫、勃洛克，等等。他们有较强的绘画技能，甚至很高超；所以他们并不满足于把心中的形象随手画在稿纸上，而是在文学之外，另辟一片视觉的天地。关于安德烈耶夫的绘画，我只是在这部画集上才第一次看到。他的画色彩阴冷，意境怪异，与他文学作品中那种深切的感伤暗暗相通。他对色彩的敏感无异于对语言的敏感。我们看到了他的画，便会更深切地走入他的内心。

近二十年，俄罗斯文学研究者开始关注作家们的绘画。他们不仅把这些绘画作为研究作家创作心理与个性的素材，而且视为一种特殊的艺术现象。对于莱蒙托夫、马雅可夫斯基等人的绘画还作为美术研究的对象。当然，要做好这一具有交叉学科性质的课题的研究是困难的。这首先要求研究者具有绘画的修养，以及鉴赏力与研究能力。所幸的是，多才多艺的俄罗斯不缺乏这种人才。一些兼通文学与绘画的俄罗斯文学研究者已经动手开垦这个“文化处女地”了。我们静心以待，企盼他们新的发现与新的成果。

第五辑　我心中的文学

有人说我是文学的幸运儿，有人说我是福将，有人说我时运极佳，说话的朋友们，自然还另有深意的潜台词。

我却相信，谁曾是生活的不幸者，谁就有条件成为文学的幸运儿；谁让生活的祸水一遍遍地洗过，谁就有可能成为看上去亮光光的福将。当生活把你肆意掠夺一番之后，才会把文学馈赠给你。文学是生活的苦果，哪怕这果子带着甜滋滋的味儿。

我是在十年动乱中成长起来的。生活是严肃的，它没戏弄我。因为没有坎坷的生活的路，没有磨难，没有牺牲，也就没有真正有力量、有发现、有价值的文学。相反，我时常怨怪生活对我过于厚爱和宽恕，如果它把我推向更深的底层，我可能会找到更深刻的生活真谛。在享乐与受苦中间，真正有志于文学的人，必定是心甘情愿地选定后者。

因此，我又承认自己是幸运的。

小说的艺术

我跟大家谈的中心是小说的艺术。

生活和艺术的关系，大家讲得很多了，我不讲这些。我也不只讲小说的艺术在什么地方，而是主要讲通过什么手段，使小说成为艺术品。我要讲的是，你有了很好的立意，也有了比较深刻的思想了，你还有了酝酿比较成熟的题材了，这时你甚至全身都回荡着强烈的创作欲望，你的大脑已经展开想象的翅膀，你想动笔写作了。在这个时候，就面临着一个艺术问题。小说里所要考虑的艺术问题，都是在这个时候考虑进去的。这时，你要调动自己的艺术手段、审美趣味，来进行创作。我要讲的就是要调动哪些手段？你要进入创作阶段，就同演员要进入角色一样。演员要控制角色。这控制就是艺术，就是分寸。我主要是讲分寸怎么控制。

准备分八个小题讲：

第一，讲小说的样式；

第二，讲小说的基调；

第三，讲小说的容量；

第四，讲小说的眼睛；

第五，讲小说的角度；

第六，讲小说的空白；

第七，讲小说的境界；

第八，讲时代·艺术·信息。

第一　小说的样式

从古到今，小说一共有多少样式？我们现在可以数出来的，有章回体小说，有寓言体小说，有象征小说，有荒诞小说，有笔记体小说，有日记体小说，有散文化的小说，有情节性小说，有情节淡化的小说，有戏剧性的小说，当然还有第一、第二、第三人称的小说，有正剧，有悲剧，有喜剧，有轻喜剧，有寓谐于庄的，也有寓庄于谐的，还有悲喜交加的，更有不动声色的，也有全景式的，还有焦点的……无穷无尽。

小说有多少样式？我说，人类有多少服装，小说就有多少样式。我们搞文学创作的，在这个观念上一定要解放。小说是发展着的，它的样式无边无际，没有止境。艺术永远不会灭绝。艺术的魅力就是艺术是无止境的。

大家熟知的中外文学大师，都创造了各种样式的小说。比如巴尔扎克，他的大部分作品是比较严谨的现实主义小说(咱们叫批判现实主义)，但是，他也写带点儿荒诞味道的小说，如《驴皮记》；也有带浪漫色彩的小说，如《沙漠里的爱情》。再如鲁迅，他写的小说不多，可样式很多，玩了很多花活，用了很多手法。他的小说几乎是一篇一个样式。例如《狂人日记》是一种样式，带着荒诞色彩。《祥林嫂》又是一种样式，这个小说就是很严肃、很庄重的悲剧。《古小说钩沉》则是一个寓言式的、讽刺的小说。而《伤逝》就带有契诃夫味儿，还带点儿屠格涅夫味儿。尤其是屠格涅夫，他创造了一种小说的样式。照我理解，屠格涅夫最善于写两种东西，一种是失恋，一种是俄罗斯的大自然。他笔下的俄罗斯大自然大部分是阴天，非常阴暗，非常雄浑。他把他那失恋的美表现得非常雄壮。俄罗斯人表现失恋跟中国人不一样，不是死乞白赖地哭啊哭的，俄罗斯人把失恋表现得非常美。柴可夫斯基在失恋的时候曾写过一首钢琴协奏曲，他弹给一个朋友听，弹完之后，他问那个朋友：“你说我写的是什么？”他朋友说：“是海。”柴可夫斯基把头低下说：“不是海，我失恋了。”他把失恋写得像海那样壮阔。屠格涅夫在表现他那种失恋的伤感的美的时候，他往往让主人公(大部分是男主人公)过了多少年以后又回到了那个地方，触景生情。他大部分是那么写的。鲁迅的《伤逝》恰恰是用了这套格式。契诃夫只有在《带阁楼的房子里》使用了这种样式，他的主人公过了若干年之后，又到了以前那个女的原来住的那个带阁楼的房子里去了。

我接待过一个叫高登的美国作家。他是美国一个很有名的小说家。我问他："你的小说主要写什么东西？"我觉得他讲得挺有意思。他怎么写呢？他听说谁家死人了，他就跑到人家去了，他跟人家说，我是作家，你家死的这个人一生中有没有什么事情，我想知道一下。遇到不愿讲的，把他当疯子给轰走了，有的就对他讲一讲死者过去的一些事情。他若觉得这个事情有点儿意思，引起他什么感触，或引起他什么思考，或者碰上了他心里已经成熟了的，对人生哲理某一种思考有结果的时候，他就来劲儿了，要来死者生前的照片，接着就写了一本关于死者的书发表出来了。他认为很真实，专门写这样的小说。在我们这里，一般管这个叫报告文学。前不久，黄宗英鉴于报告文学总惹祸，几乎写一篇惹一次祸，而且作家惹不起戴乌纱帽的，于是她想出了一个法子。她说，最好采访完之后，在写的时候换姓换名换地点，都换了，让他们想对号也对不上号。她想了个词儿，管这叫"非虚构小说"。实际上"非虚构小说"在国外叫"非小说"。"非小说"的小说，它也是一种样式。

我想把文学样式再扩大点儿讲讲。

我觉得，最近的文学正在向两个极端发展：一个是往"雅文学"(即"纯文学")、严肃文学上发展；另一个就是往通俗文学上发展。前者，例如大家所熟悉的作品，张承志的，邓刚的，张贤亮的，等等。特别是《绿化树》，大家看法不同，我认为这个作品是把现实主义，传统现实主义的手法发挥到了一个有魅力的地步。就是把我们已经习惯了的、实际上是我们已经看腻了的，艺术感觉有一点儿疲劳的那种方式，被张贤亮又重新用作家特有的、我认为是很天才的艺术感觉，和他那种非常难得的艺术本能，把它发挥出来了。近年来，影视文艺的发展，正逼着文学去追求文学性，向"雅文学"(或"纯文学")上发展。日本的"雅文学"(或"纯文学")，就是在电影、电视普及之后，于最近出现的。有人担心影视文学的发展会影响文学作品的流通。照我看，不会的。为什么？文学可以而且已经开始向“纯文学”上发展，向追求文学性上发展了。要知道，欣赏电影、电视的审美过程是，人家演什么，你就看什么，你完全处于被动地、机械地接受人家的表演。读文学作品却不同了。如读诗歌“枯藤老树昏鸦”，读者要去想象，这样，作家就调动你的感受，调动你的审美，调动你的生活积累，调动你的情感，跟作家一起再创造。这也就是文学的文学性所表现最突出的地方。再说通俗文学的流行。因为现在广大农村的确是富起来了，农民对于文化的要求普遍提高了，增强了。通俗文学，正好适应我国农民现有的文化水平和欣赏水平，所以，通俗文学就流行起来了。前不久，武汉的农村读物出版社办了一个刊物，叫《中华文学》。据出版社一位同志说，要是敞开发行，印一百万份发行出去一点儿问题没有。天津办的《影视文艺》把香港武侠小说作家金庸的《书剑恩仇录》(也叫《书剑江山》)和他的《金蛇郎君》这两个作品登出来了，靠这个在天津就销售了八十万份。这使所有严肃的文学，打着很高招牌的刊物，包括《人民文学》，简直是望尘莫及！文学往两个极端分化的趋向已经特别明显。而通俗文学提供的样式，就更多了。这里不能一一细讲。

上面我说了这么多的小说样式。意思就是提醒大家，不要把小说看得很简单，以为就是那么一种或几种样式。我们搞创作的人，必须去熟悉去研究各种各样、不同种类、不同样式的小说。在你进入创作过程的时候，你对要给自己的小说以什么样的样式，应该是十分清醒的。就你这个题材，你是把它写成正剧，还是悲剧，你是给它一个日记体的，还是写成抒情散文式的，或者写成戏剧性的，你首先应该非常清楚。当代小说的最大特点之一，就是作家运用技巧和决定它的样式，是有充分的自觉性的。在契诃夫写《草原》的时候，他并不是对于要把它写成情节淡化的小说这一点很清楚，那时也还没有“情节淡化”这个词儿。作家当时只是为了使作品不留人工斧凿的痕迹，使之一如生活本身那样自然，作家就自然而然地不让小说的情节过强，削弱了它的情节性，他是这样把情节淡化了的。我们当代小说的这一特点就不同了，我们可以非常清楚地预先决定把它写成情节淡化的小说，如《迷人的海》就是这种情况。

所以，我们写小说要在动笔之前，先把你给它一个什么样式定下来，犹如请客，你是给人家上川味菜呀，还是上广东菜呀……上哪个菜系的菜，是必须首先定下来的。

下一个题目讲：小说的基调。

第二　小说的基调

小说作者在落笔之前，首先要考虑作品写成个什么调子——它们或者是浓烈的，或者是甜蜜的，或者是忧伤的，或者是苦涩的，或把它写成“男子汉气”的(现在文学界不是有人很强调所谓的“男子汉气”吗？——这阳刚之气，就是要写出那么一种独特的“男子汉味儿”，像拉甫连尼约夫的《第四十一个》，像《二十二条军规》的那个味儿)，或者，就把它干脆写成个“女子文学”的味道来(像石家庄就办起来个《女子文学》的刊物)。总之，作品要写成个什么样的基调，一定要事先把它定好，不能中途随便地就“串”了“味儿”。否则，作品就非得失败不可。我们当代小说的一个很大的特点，就是充分注意总体的把握和总体的构思。我们一些业余作者写的作品，则往往对此注意不够。比如，最近我看了一个刊物上的作品，便有这感觉。有些作品，写得还是很不错的，但大都是开头挺好，蛮有味道的，读着读着那“味道”就不知跑到哪儿去、串到哪个音上去了。其毛病，大概就出在落笔前，还缺乏一个总体的构思。因此，在创作中，作者一定要有意识地控制它，充分地注意总体把握。

去年，达式常到北京去，拍我那个《走进暴风雨》的电视剧。我便趁这个机会，邀了陈建功、郑万隆、李陀几位与达式常同志交流了几点意见。我们曾经谈到，一些中外影响较大的演员(如日本的高仓健和中国的潘虹)为什么能赢得那么多的观众，其原因何在？就以潘虹在《人到中年》里演的陆文婷为例，从头到尾，她就贯穿了一个总体的认识，有一个总体的把握——那就是十足的“疲倦感”。由于她把握了这么一个调子，所以自始至终，她总像多了一层眼皮似的，眼睛总是睁不开的样子，给人的印象极为深刻。现在我们如果闭上眼睛，脑海里就依然能浮现出陆文婷的疲倦。

所以说，小说的总体把握要非常清楚，十分自觉，作者定下的调子要紧紧地把握得住。这正如我们画一幅工笔画，总不能画着画着，突然又来上一笔写意；果真如此，那么写意这一笔非是败笔不可。试想，如果有谁在用工笔画一幅“仕女图”，可又突然在仕女的脸上又写意上那么一下子，那么，这仕女便非得立刻变成了一个小花脸不可。所以，工笔画就是工笔画，写意画就是写意画。小说的基调也是一开始就应该定下来的。

下面讲小说的容量。

第三　小说的容量

有人说，短篇小说容量小，都是很短的东西；中篇小说都是适中的题材，适中的容量；更多的东西，那就只有写长篇。这话从某种意义上讲是对的，但要从另外一个角度来讲又是不对的。有时，一个很广泛的内容，可以写一个很好的短篇。为了说明问题，我想结合具体例子谈一下。

苏联有个作家叫拉克莎，她写了一篇叫《树后面是太阳》的小说，很短。写的是苏联战后的一个孤儿院，里面有很多孩子，都失去了父母，那些打完仗失去孩子的男人和女人便到这里来领孩子，以重新组成新的家庭。小说是这样开始的：保育院院长对坐在对面的一位失去一只胳膊的退伍军人说：“已经跟你说了，这男孩子身体不好。”退伍军人说：“我已经也跟你说过了，只要是男孩子就行。”接着他告诉院长，他曾有过一个女儿，被德国飞机炸死了。战争中他曾想打完仗要领一个女儿回去，可战争结束后，不知为什么他特别怕女孩子，不敢要个女儿，倒想要个男孩儿，他怕要女孩儿后再想起以前那个女孩儿。她这就写得非常棒，实际上是写了退伍军人的命运这一条线。短篇小说是各种线的交叉点。她把这个人的命运缩成那么短，插到这个地方上。退伍军人又问那个男孩子叫什么名字，院长说：“叫阿列克，这儿的男孩子都叫阿列克。因为孩子们来时没有名字，照看他们的男保育员叫阿列克，男孩子们就也都叫阿列克了；女孩子们都叫娜塔莎，因为女保育员叫娜塔莎。保育员阿列克在战争中也被炸死了。”这样就交代了保育院的经历，也是很感人的！这一条线也交叉到这个点上来了。这时小说开始出戏了。门开了，走进来一个很枯瘦的小男孩儿。立刻一帮小男孩儿、小女孩儿的脸把窗户堵上了，有的说："但愿是他的爸爸。"因为经常有领错的。有的说："可惜他爸爸掉一只胳膊。"小女孩儿说："如果我爸爸来，他没有胳膊我也高兴。"这样，作家又把孩子们的命运这条线写了出来，也交叉到这一点上。小男孩儿进来后很紧张，退伍军人也很紧张，都怕对方不认自己；院长也很紧张，怕认不成伤了孩子的心。在这种紧张的情况下，退伍军人同小男孩儿开始了谨慎的对话。退伍军人问："你记得咱们家那个屋子吗？"他感到问得很聪明，因为谁家都有屋子。男孩儿说："我记得屋子很大。"他又问："你还记得屋里有一个窗户吗？"他又觉得自己问得聪明，因为谁家屋子都有窗户。小男孩儿说："对，有一个窗户，那窗户也很大。"他又问："窗户外面呢？""窗户外面是树。""树后面呢？"小男孩儿把眼睛眯起来说："树后面是太阳。"退伍军人和院长忽然都感到有一种温暖。退伍军人沉浸在过去和女儿在一起的岁月里，他说："我过去好像还教过你一支歌。"于是小男孩儿就唱起一支很古老的民歌，其实这支民歌是谁都会唱的，歌中唱道："我认为你已经把我遗忘，但今天你来了，你来了，你来了……"院长和退伍军人跟着唱起来，三个人一边唱，一边流着眼泪……就这么一篇小说，非常漂亮。拉克莎的这个作品，就是把几条线交叉在一个点上的。

我们往往认为很短的东西才能写短篇小说，我们又把这很短的东西单摆浮搁，这样的短篇小说不可能写得深。好的短篇小说，它应该是几条线交叉：人的命运的线，故事的线，情感的线，交叉在一起，在那个交叉点上提出最闪光的东西来，提出最凝聚的、最有魅力的东西来。这是短篇小说，是真正的短篇小说，是真正有魅力的、有艺术性的短篇小说。这样的短篇小说，它的容量绝不是很淡的，而是很浓的。它可以写得很淡，但它是很浓的。所以我说，长篇小说是面，中篇小说是线，短篇小说是点。短篇小说要写好，就要找准这个点，这个几条线交叉的点。怎样找准这个点？我在第四个问题"小说的眼睛"中讲。

第四　小说的眼睛

文有文眼，诗有诗眼，戏有戏眼，小说也有小说的眼睛。就短篇小说而言，优秀的短篇小说应该是几条线的交叉：人的命运的线、故事的线、情感的线……它们应该交叉在一个能提出最凝聚的、最有魅力的、最闪光的东西的“点”上。那么这个“点”，就是短篇小说的眼睛。

由于小说的种类不同，小说的眼睛也不一样。比如情节性的小说，它的眼睛往往是一个最关键的情节。邓友梅的小说《寻访“画儿韩”》，它的眼睛是安在“画儿韩”把别人作的画烧掉了这个情节上的。画烧了，所有的悬念都押在这个情节上了。这个情节就是解开此后所有情节的一个点。这个点，便是这篇小说的眼睛。还有的时候，一篇小说是用一个细节做眼睛的，像莫泊桑的《项链》，欧·亨利的《麦琪的礼物》就是这样。有的小说细节非常绝，非常精彩，如契诃夫的《哀伤》这篇小说，写的是马车夫拉着他的患病的老伴儿冒着大风雪去县里看病。马车夫一路上对老伴儿唠叨着：“我一辈子太对不起你了，老喝酒，喝醉了就打你，没让你过上一天好日子。这次我保证把你治好，回来后我得好好地对待你，好好地侍候你……”马车夫一边说着，雪一边往他老伴儿的脸上落着，落上一点儿融化一点儿。说着说着，他又回头看看老伴儿，见落到老伴儿脸上的雪已经不融化了。小说到这儿就结束了。契诃夫把小说所有的最关键的东西都押在雪花落到老婆脸上不融化了这个地方。老婆已经死了，脸上没有温度了——这是一个多么奇妙而精彩的细节！契诃夫真是一个短篇小说大师，他多会使用细节啊！雪花落在人们的皮肤上会融化，落在衣服上就不融化，这么一个简单的、细腻的、常见的细节，却变成了这篇小说的眼睛，关键的地方，人物悲剧的所在，撞击人心扉的一锤！真是点睛之笔！契诃夫善于运用这样的细节做眼睛。作家是要善于发现细节的，这细节又必须是独特的。我一直认为，小说的情节你可以编，但细节你是绝对不会编的，细节是从生活中观察来的。电视剧《血疑》中大岛茂那个演员有一手最绝，就是哭。他哭的时候使劲儿睁大眼睛，这样就把眼泪拉长了，掉不下来，以此表现大岛茂那很强的男人的刚毅的个性，不愿意掉泪。这个细节不是导演教的，也不是别人用的，而是他自己在生活中观察来的。

有时，对话也可以用作小说的眼睛。如美国小说《爱情故事》，它的男女主人公在一起最有感情的时候，就反复说那么一句话：“爱，就是从来不说‘对不起’的。”作者认为这句话很有嚼头，就用它作为打开男女主人公之间特殊感情的一把钥匙，并且以此作为小说的眼睛。

哲理小说则用一个哲理作为小说的眼睛(我喜欢叫它“闭眼睛小说”)。哲理小说最忌讳把道理真说出来。你闭着眼睛让人猜你的心思，那是挺不错、挺有味儿的。可你这时忽然把眼珠子一瞪，让人一下子就看出你不过如此，那就兴味索然了。有一篇苏联小说，写一个男主人公在下雪时被埋在雪底下了，他在雪底下想：我是吹小号的，我那乐队没有我还怎么演奏呢？他很着急。他又想：哎呀，我住的那个房子，我若不去，那房主该怎么办？她收不回房租，一个人多寂寞呀！他又想：我离婚的那个老婆领着个孩子，孩子没有爸爸该多么可怜啊！他在雪里就这么想着，想了好几天他也爬不出来，都快饿死了。忽然，雪塌落了，他出来啦。出来后，他赶紧填饱了肚子，缓了两天，就回到莫斯科。到莫斯科时天色已晚，他马上先到俱乐部去，他认为那俱乐部准是暗淡的，没有音乐的，枯燥的，寂寞的，冷清的。可他还没到俱乐部，很远就听到里面音乐大奏，而且非常悦耳，还有跳舞的声音。他进去一看，那乐队在照常演奏。原来人们都以为他死了，又找个吹号的来，比他年轻。再一听，那小号吹得比他棒得多。他很失望，又到他的住所去了，想看看那个房东。路上他想，那房东的屋子一定是黑着灯，房东老太太见到他，一定会哭着拥抱他，吻他。结果还没等他敲门，他忽然看到他那屋子亮着灯，他趴窗户往里一看，那么多人，怎么回事呢？原来房东老太太的孙子没有房子结婚，人们都以为他死了，就把这房子收拾好了，现在里面正搞结婚典礼，吃蛋糕，互相祝贺呢。他非常怅惘，想起孩子，就去找孩子。他喊孩子名，孩子就跑出来，因为孩子很多年没见到他了，就问：“你是谁呀？”他说：“我是你爸爸。”孩子说：“你是我哪个爸爸？我以前有一个爸爸，但我没见过他，现在我妈妈又要找一个，但我这个爸爸还没来呢。你是哪个爸爸呀？”他又非常怅惘。小说的主人公最后从这环境里走出来了。这小说有一个意念，不是概念，是一个哲理。这个哲理，就是这篇小说的眼睛。但这哲理需你慢慢去找，去咀嚼。因为哲理小说的眼睛，是需要闭上的。千万不要忽然眉清目朗地睁开，或是金刚怒目地睁开，直对着读者，使人一目了然，那就未免太煞风景了。

下次讲小说的角度。

第五　小说的角度

下面我讲一下小说的角度。写小说，总要有一个角度。比如第一人称，第一人称是以你自己来表达思想感情的；如果用第三人称，你的思想感情就要通过人物来表达。写小说，你总要找一个自己认为适当的角度。有的小说的角度很有意思，像《白比姆黑耳朵》，是通过一个狗的角度来写的。作者把自己变成一个狗来叙述这个故事，很奇特。

搞摄影的人非常注意角度。有的人正面很上相，有的人正面照出来就不好看。比如一个人是高额头，鼻子是希腊式的，他可能就照他的侧面，假如他是塌鼻梁，他就不会照他的侧面。他要找最能表现一个人特征，又最能把他的美体现出来的那样的角度来拍摄。

同一角度，给人的感觉也不尽相同。一只帆船由近而远地开走和一只帆船由远而近地开来，给你的感受会各异，当船向远处开走的时候，你会觉得你的心，或者某种感觉，或某种情绪被带走了，你内心的境界一下子舒展了；相反，一只船从远处开来，你总觉得它给你带来了什么，会有一种相逢、相聚的感觉。

泰山有一个地方叫傲徕峰，从南开门往下看它，矮矮的，就像一根笋插在那儿。可是如果换一个角度，从邻近的山谷里看它，它就显得非常高，一层一层都是松树，仪态万千，非常有气势。你看，角度不同，你的感受、你的感觉就会完全不一样。

所以，你要写一篇小说，你是站在女主人公的角度用第一人称写好，还是站在男主人公的角度用第一人称写好？(假如他们之间有爱情的话)你就必须考虑，用哪个角度调动出来的东西越多，你就使用哪个角度。你在用什么角度的时候，不要把文学作品、艺术作品当作一个机械的东西，仅仅当作一个客观的对象，你还要把它作为一个感觉的对象，角度往往就是感觉它。你从你的角度看问题的时候，你就应调动一下自己的感觉。所以写小说应该有一个模特儿，当然这模特儿不见得要影射谁。你有一个模特儿之后，他的音容笑貌，他的血肉，他的呼吸，你就可以直接感觉到。另外，你在生活中还要善于感觉。这个感觉在文学的要素中是非常重要的。小说的真实取决于你感觉的真实，文学应该有什么样的感受？雷马克写了一部作品叫《生死存亡的时代》，里边有一个情节非常棒，比如出于一种什么原因，你要离开一个地方了，人家去站台送站，你说再见，大家也说再见，那个气氛挺好，感情都表达出来了。可这时火车忽然误点了，误点三十分钟。你没走，送你的人若先走了，不合适，于是大家一起在这儿待着。要等三十分钟，你跟人家说些什么呢？这时的滋味非常不好受。雷马克就运用这个细节写了个情节，他写了一个在前线打完仗的士兵，从前线回来在汉堡遇见了一个女孩子，叫伊丽莎白，她家里什么人也没有了，他们之间有一段非常浪漫的爱情故事，然而士兵是在休假期间，他还必须回到前线去。临分别时，他们一边往车站走，一边说了很多有趣的道别的话，上了火车，他挨着一个下士坐下了。下士很瘦，车窗外站着他的老婆和三个儿子。他伏在车窗旁和老婆儿子说话。这时火车就要开了，在这一瞬间，下士忽然从车窗里探出半个身子去拥抱他的老婆，然后吻了她一下，说他一定会回来，一定会活着回来。这时警铃当当响了，广播说苏联的米格飞机在前边轰炸，火车估计还要三十分钟后才开。火车突然不开了，下士顿时跟他老婆无话可说了。你想，多亲近的人到这时候也会没话的。半晌，下士才说：桌上还有一块面包你别忘了。他指着最小的孩子说，你别忘了给威廉吃。给他，都给他。他老婆说，你已经说了三遍了。他又发一会儿愣，看看别人，下意识地朝那人点点头，想了想又说，哈克(指他的朋友)的帽子我把它挂在门后头了，他明天来的时候你让他拿走。他老婆说：这个你也告诉过我。他们都有一种非常尴尬的心理，作者写得非常棒。这时，火车又提前开车了，车身一晃，这一瞬间，下士觉得把他一生中最珍贵的机会全部耽误了。他几乎把整个身子都探出来去拥抱他的老婆。火车慢慢启动，他老婆的身子被他抱得离了地。他老婆说，你放开我！他所有的儿子都哭着跟车跑，就在这时，那个士兵忽然从下士瘦削的肩膀上边，看到在站台四方水泥柱后边站着伊丽莎白，士兵也忽然感到，他一生中最珍贵的机会再也没有了，那时士兵上战场就可能死。他就拼命地抓住下士，喊：你躲开一点儿，我的妻子！下士就好像把住自己的生命之门一样，牢牢地占据着那个窗口，然后他使劲儿地给了那士兵一脚，那么瘦弱，一脚却把士兵踢躺下了。士兵起来，使劲儿扒住那个下士，下士根本没有理他。下士的老婆还在喊：你放开我，你要拖死我吗？这时，士兵把手从下士的肩膀上，在窗框中间使劲儿地伸出去，拼命地摆手，他喊：伊丽莎白！火车从一个高大的建筑物旁边拐过去，所有的视线都断了。士兵心想，伊丽莎白在那一瞬间，肯定看见了他那只摇动的手，但他不知道伊丽莎白是否认为那只手是他的，而不是下士的。这个细节运用得棒极了。他把我们每个人在生活中都有的那种感觉拿出来写小说，他的角度，他的感受就极不一般。一个艺术家，尤其一个天才的艺术家，他的才华正表现在他的艺术感觉上。

下次讲：小说的空白。

第六　小说的空白

我们把小说写在纸上，而在纸上小说之外是不是还有东西？一般没有经验的作者往往把自己想的东西尽可能都写在纸上，这样就很不容易给别人留下想象的余地。针对空白问题，我想讲一件事情。我有一个亲戚是个老太太，这个老太太的儿子、女儿、女婿在“文化大革命”初期全给折磨死了。那时不能告诉老太太，大家就骗她，说他们去新疆了。由于“文化大革命”把人搞的什么地方都有，老太太就相信这话了。一开始，大家给她造假信，老太太当时已八十岁了，也不太敏感，她也不看邮戳。其实这信都是在北京发的，用的也是四分邮票。信来之后，有人就用障眼法，连邮票都扯下去，然后给她念。实际信都是家里人给她写的。日子长了，看到别人都落实政策了，老太太偶尔也会问起来，大家就用各种办法来支吾她。时间再长了，她的外孙子从塘沽落实政策回来了，把家里的东西也都带到老太太这儿来了；按说老太太应该完全清楚了。这段时间里，大家谁也不提这些，生怕露马脚。非常奇怪的是，老太太也不问了。不但不问，而且对那个孙子特别的好，一直到她九十四岁故去。老太太故去，却给我及其他家人的心中留下一块空白。到底老太太是知道，还是不知道。于是对她心中隐藏的痛苦，对老年人故意装糊涂，以平衡内心情感，你就尽量去猜测吧，越猜测越丰富。这就是空白。在人生中，在社会中，在时代里，凡是你不知道的地方，都是你想象力可以发挥的地方，都是有嚼头的地方，都是你可以补充的地方。所以写小说，你要学会留一块空白给读者，不要一览无余。

怎样留空白，也是一个问题。有一个作者写了一篇小说，这小说的故事非常棒。他写了在内蒙古有一个山的山口，有一个老头养了两只羊。这地方风非常大，老头就老想砌一堵石头和白灰垒的墙挡风。垒了一多半儿，白灰没有了，但石头还有，这时来了两个跑单帮的，他就跟人家说想要四百斤白灰。那俩人说："你得拿东西咱们交换啊，给钱也行。"老头说钱不多，可以拿东西换。问他们要什么东西。那俩人说我就要你那羊羔的羔皮。这老头儿养了一只母羊，下了两只小白羊，两只小羊天天跟母羊在一起，而且天天跟两个孩子似的跟母羊嬉闹。这老头心里就动了一下，但他想总要垒一道墙挡风啊，就答应了。那俩人说定十天后把白灰送来，就走了。于是晚上，老头趁母羊睡好以后就把小羊牵出去宰了。宰完以后，他把羊皮钉在垒完的那半截土墙上。第二天早晨起来，他发现一个使他非常吃惊的现象，母羊正在舔那个钉在墙上的羊皮，好像母亲在那儿抚摸孩子的头发和脸蛋一样。他的心悸动了。他不忍看这母羊在那儿不停地舔那小羊皮，而且把它一直都舔湿了。老头儿就赶这羊，可赶完后母羊就又回来。最后，他趁母羊出去吃草的时候，把那钉子拔了，把羊皮卷起来塞在铺底下。他认为事情也就完了。可第三天早起一看，那母羊在舔那墙呢，因为那墙可能还残留着它的孩子的气息。老头怎么轰也轰不走，最后母羊的舌头全破了，把那墙舔出两个大红的血印儿。写的就是这么一个故事，我认为很好。可作者把主要力量都用在写老头看完血印如何后悔，如何痛苦，如何给羊很多草料吃，如何跟卖灰的人说他不买灰了，墙也不再垒了……他写了很多。我感到作者没有留下供读者想象的空白，这是这个作者不成熟的地方。我觉得处理这个作品，只一笔就够了，只要它那块血印，然后再写一笔；过了十天以后，这俩跑单帮的商人用驴驮着四百斤白灰来了，到这山口，忽然发现这老头儿房前出现了一个非常奇怪的景象：那半堵墙没有，一地全是石头……我觉得这就足够了，其余的全给读者去想，这就是小说创作时要留下的空白。写小说应该在构思的过程中把不该要的地方全不要，米开朗琪罗说过："什么是好雕塑？好雕塑就是把不要的部分全去掉。"怎么样才能把不要的部分去掉，这个需要功力的。

还有一种小说中间不留空白，而把空白压到结尾。短篇小说最难写的实际上就是结尾。我看到有的刊物上的作品，开头都很好，但结尾越写劲儿越弱。我曾经遇见一个做川菜的老师傅，我跟他说："你的菜做得真棒，你能不能告诉我你有什么诀窍？"他说："我这菜的诀窍就一个，就是最后那一碗汤好，菜好坏无所谓。我前边菜再好，最后一盆刷锅水上来了，结果你不仅胃口完全倒了，出门还得骂我，我的头菜再不好，但就那碗汤使你感到余味无穷，你就会老惦记我这桌菜。"我觉得他这话道出了某一些文学的道理。小说的结尾非常重要，结尾要给人留下余味。余味就是把空白那一部分，把人们想象的延续留给读者。你应该考虑把读者拉到小说里来，跟你一块儿去享受，痛苦也跟你一块儿痛苦，欢乐也跟你一块儿欢乐。你要相信你的读者的想象，通过前头那一段儿引导，他进到情节里之后，他自己就会跟着你走，到差不离的地方你就别死乞白赖地拽了，就"十八相送"，非送到头不行，你留一点儿地方，让他自己也休息休息，让他自己再创作去。

第七　小说的境界

一个文艺作品，我觉得最难达到的就是境界。有的小说气氛很容易达到，但境界要达到则很不容易，气氛可以感染人，甚至使人流泪，但境界却不仅仅是使人流泪为止。

那么，这个境界是怎么造成的呢？

首先，必须要用艺术的情感去感受生活。我外出最喜欢做的一件事就是把录音机带出来，还必须带上耳机。我觉得有时戴上耳机，听着音乐，再看外面的风景，感情全变了。有一次我戴耳机听《秋天的音乐》这支曲子，我就觉得火车外面的那些风景忽然也变了。当时是九十月份天气，阳光已经不那么热了，夏天的骄阳已把空气中的水分抽干了，云彩显得非常的轻，水也非常澄澈，非常的亮。我忽然感到了秋天的这种舒服和明朗，我感到美得要命。忽然，我又觉得有种莫名其妙的忧伤，实际这是音乐给我的。在我眼前，忽然又出现了我上中学时的一个情景：我母亲跟我说话，她坐在窗前，外边风吹着她的一根头发在立着摇，是根白头发，我觉得特别伤感。因为我从来没看见她有白头发，这是头一次看到，就一根儿，我想把它摘掉。而这时的忧伤又勾起了那时的忧伤，这大概也是意识流吧。过了一会儿，我在音乐里听到铜号在响，我又感到一种富丽，我感到秋天是富丽的。这时，我对面坐着两个老人在那儿说话，两个老人的头发也都斑白了。我觉得两个老人也像人生的秋天一样，他们也到了秋天的季节里了，到了人生的秋天。他们已经把精力、时间、最旺盛的生命都贡献给工作，贡献给人类，贡献给我们这些人了。我觉得这两个老人非常可爱。于是，我就冲他们点头，他们也很客气地跟我点头。我觉得美得要命，我就想跟他们说话。把耳机摘下来后，我再仔细听一听老人们在谈什么。原来他俩在谈离休以后的房了问题呀，谁想顶替他呀，哪个人他又看不惯呀，等等。我听了以后，就觉得跟我刚才的感受不一样了，就赶紧把耳机又戴上了。可我再看外面的风景，却什么都没有了。我想谈的就是感受。说明的是你要创造出一种艺术境界，必须用艺术的情感去感受生活。

创造艺术境界，还需要我们对普通生活进行提炼。苏联十月革命时那些作家们，他们就善于把那时“契卡”穿的皮夹克、子弹带、上了枪刺的长枪、俄罗斯式的苏联水兵，还有那些贴标语的大圆柱子，老“娜塔莎”们戴着的那些方头巾组成了“十月革命”的味道，让人一看就知道是“十月革命”。我们也有些作家，把五四运动提炼出来了。五四运动时那种旗袍，那种男人穿的大褂儿，长围脖往后一甩，中分印儿的分头，警察用水龙头浇得学生浑身都是水，也构成了五四运动给人的一种特有的境界。在我们周围生活中，要把那些普普通通的生活提炼成艺术的境界，使人看了以后就会感到的那个境界。老舍先生就有这种本事。他就能把普通的生活变成这样的境界。他把北京的四合院儿、黄包车、叫卖声，构成一种北京特有的风韵。各地方都有各地方的味儿。我们天津那地方的味儿也很足。天津老城里的住家也是四合院儿，一推门先是八仙桌，一对暖瓶，中间有个镜框子，里面一般都搁四五十张照片，老少三代的，支边的，参军的，都搁在一个镜框里。每天早晨，都有一个大姑娘穿着紫红绒裤，系着大红的腰带，然后拿个暖壶，带着眼屎，在马路边儿烫尿盆儿。这是典型的天津式的市井风情。那么，黑龙江是什么味儿？在我们生活中，能够把什么东西提炼出来，最后变成一个能够讲起来有魅力的、生活的那么一个境界来？这一点，我们要思考，要努力把它提炼出来。

第八　时代·艺术·信息

最后我想讲三个问题，时代，艺术，信息。我们搞文学的同志要研究这三个问题。

要研究时代。国文同志曾在《文艺报》上发了一篇，说作家要和时代同步。我觉得文学艺术和时代的同步，不应是在表面上的同步，而是应在更高层次上的同步。比如你写历史小说，像邓友梅的《那五》《烟壶》，也是和时代同步的，因为你是站在今天的时代高度上思考历史题材的，你不是古人写历史题材，你有今天的审美观，你有今天对于时代的思考，你是站在今天对现实的思考上来思考过去，你就是跟时代同步。这同步不是简单的同步，不是一写改革就和时代同步，不是把政策中关于改革的那部分拿出来我再写改革就是同步，你要是这么简单的、直接的、孤立的来写改革，我想我们的文学将来还会走上过去的那条“写中心，唱中心”的弯路上去。时代是广阔的，时代是变化的，时代是复杂的，时代是多元化的，是多样性的，因为我们的时代跟以前的时代究竟是不一样的。时代往前发展，生活总是变得越来越复杂，我在今年夏天曾和王蒙、友梅几个去了一趟宁波的天潼寺，听一位老和尚讲寺里的历史。当时有个情景我觉得非常有趣。这老和尚穿的是那种玄色袍子，乌靴净袜，举止非常古朴，坐在明式的高椅子上，脚下踩着长着青苔的方砖，秃头顶的上边却挂有三种灯，一种是庙里的老油灯，一种是塑料做的宫灯，还有一种是西式的三个叉的喇叭花筒形吊灯，老和尚跟我们讲庙里五百年的历史，身后就是一座日本旅游团赠送的电子钟，每隔一刻钟就来一段《圣母颂》。我就觉得非常奇怪，这么不协调。我想起前年上峨眉山时，看到在庙里供桌上贴着一个纸条，上面写着四句话："重点文物，禁止拍照，佛门重地，五讲四美。"把我们时代的各个面糅在一起了。七月份我去北戴河开《小说家》笔会时，曾参加了一个农民举办的舞会。这个农民想赚钱，他看小青年们很想跳舞，就弄两间房子，在土屋里旁边摆上木头条凳，大碗茶往那儿一放，别的什么也没有，门一开，两块钱一张票，还真有来跳的。那个农民就跟放羊一样，在那儿一边抽着烟袋一边看跳舞。我讲这些是想说明：我们这个时代是非常有趣的，是一个非常复杂而又充满了新的希望的时代。我认为，我们的社会毫无疑问是向前发展了，而且是充满了希望地向前发展的，那么，我们就要研究我们的社会，必须是敞开了研究，所以我的一个观点是：我们面对着开放的时代，首先应该开放我们自己。同样，我们对于文学的观念也应该是开放的，我们的时代，现在变得活啦，我们的文学也要变得活起来，我们的大脑也要变得活起来，这样，我们的生活和我们的文学才能统一起来，才能一致。

要研究艺术。我认为艺术变得复杂了，我们对于文学的要求也应该是复杂的，我们应该从更高的层次上去认识它。我曾看到一张法国的艺术摄影照片，我认为是非常棒的，艺术摄影跟我们小说有共同的地方，所以我举这个例子。这张照片是一位专门拍现代化大城市的现代感、现代美和现代诗意的摄影家拍的，照片上拍的是汽车的挡风玻璃，因为是在夜间，车里是黑的，只能看见一个舵轮，开车的人没在，可能是与朋友相聚去了，或是玩儿去了，或是到什么地方去了。远处的灯在挡风玻璃上照出黄的、绿的、蓝的几个模糊的大圆点、光点。照得比较绝的是：由于下着秋雨，雨水在玻璃上被灯光一照变成一个个非常清晰的水珠；而最绝的还是：经秋风一刮，有很多树叶落下来，贴在挡风玻璃上了。有的叶子已经枯黄，失去了它过去生命的年华，有的叶子半绿半黄，是中青年吧；还有的是很小很小的绿叶子，它可能刚长出来，但也在大自然的规律中早落下来了，它不可能像别的叶子一样在阳光下闪耀，在风声里喧哗，听各种鸟儿啼叫，它已经没有这种幸福了！于是，这些叶子就使你感到是一张一张人生的面孔。这本是个很普通的画面，但摄影家捕捉到了它，把它变成了艺术品，把自己对各种事物包括对人生的认识，对生活的理解融会进去了。所以我说，艺术在不同的档次上它都有自己的高度的，你要在这高度上比较。邓刚前些日子跟我讲了一句话，我认为很对。他说："现在小说越来越难写了。"为什么呢？因为小说的各种样式人们现在都在探索，你总不能再重复别人写过的那些东西吧？你对生活有了新的发现，那你总得找一个新的表现形式吧？你也总得找一些更合适的表现语汇吧？更何况我们现在的时代艺术语言也发生了很大的变化。整个时代都在变化，人们的审美趣味、审美形式、审美方式也在变化。我希望对这些问题，大家都要思考。

要研究信息。现在是信息时代，比如看电视，一个台、一个波段还不够，现在是全信息的时代，应该有全波段，不仅能收到齐齐哈尔台，要收到中央台，还要收到其他省市台。咱们现在就怕信息来得少，来得迟。由于咱们传统的习惯势力非常大，新的东西一进来，很快就被消化了，尤其是创作更是这样。有时你有新的想法，把它写了，拿给别人看，别人说这是什么呀，你改改吧。改了拿给编辑部，编辑部一看不习惯，你再改改吧，改来改去，又跟原来一样。这种情况是经常有的。我在天津听说这样一件事：一个工艺品厂主要是刻青田石和玉根石的小龙，过去这玉小龙二百元一个，在香港和东南亚很畅销，后来不行了，工厂每况愈下。一天一个小伙子在仓库里发现了一块大石头。这石头奇形怪状，小伙子看入了迷。他从中看出十八罗汉来，有的发怒，有的喜笑颜开，有的昏昏欲睡，各有自己的形状和表情。第二天他跟领导说想搞十八罗汉的随形雕，领导说可以研究研究。研究时，有人说，我看不像十八罗汉，像百花齐放嘛；有人说，我看像桂林山水……大家七嘴八舌。领导没主意啦，就请来一个老师傅。老师傅看了半天，把那十八罗汉的地方又看成了十八条龙，小伙子为了实现创新的想法，搞个大型的随意雕，就硬凑合老师傅，说咱们就搞个群龙图吧，我设计，于是小伙子就把十八罗汉改设计成十八条龙，雕了出来。供销部门来人一看说不行，这么大块石头往香港运，路上“啪”地碰掉一个，这一件就全完了，这笔损失多大呀。结果最后研究决定，用锯锯开，又变成了十八条小龙。我们很担心，很怕的就是，一个什么信息经过不断地打折扣，用传统的力量把它抵消了，最后又回去了。这也是我们搞改革遇到的困难之一。所以，我很希望我们搞文学的同志能有一种雄心，夸张一点儿说要有一点儿野心，就是一定要搞出自己的东西来。为此，我们要注意，要研究全国文学和世界文学发展的新信息。现在京津一带有些作家在考虑他们作品的时候，都想我这作品拿到世界文学上去比较一下会怎么样。我在上海开会时跟王安忆他们讲：在一九七九年、一九八〇年写作品时，有了激情，有了感情，有了故事，就可以写了，是凭直觉写东西；后来又过两年，人们思考了：我为什么写这东西，我要写点儿经验，写点儿教训，这是进一步了；现在是到了第三步。我们有的业余作者有一个想法，写一个东西，以写出来为目的，这样是不行的。我们不能小手小脚。我希望大家都能在一个高度上、一个基点上，来思考问题。

小说的眼睛

绘画有眼，小说呢？

在我痴迷于绘画的少年时代，有一次老师约我们去他家画模特儿。走进屋才知道，模特儿是一位清瘦孱弱的老人。我们立即被他满身所显现出的皱纹迷住了。这皱纹又密又深，非常动人。我们急忙找好各自的角度支起画板，有的想抓住这个模特儿浓缩得干巴巴的轮廓，有的想立即准确地画出老人皮肤上条条清晰的皱纹，有的则为他干枯苍劲、骨节凸出的双手所吸引。面对这迷人的景象，我握笔的手也有些颤抖了。

我们的老师——一位理解力高于表现力因而不大出名的画家叫道：

“别急于动笔！你们先仔细看看他的眼睛，直到从里边看出什么来再画！”

我们都停了下来，用力把瞬间涌起的盲目的冲动压下去，开始注意这老人的眼睛。这是一双在普通老人脸上常见的、枯干的、褪尽光泽的眼睛。何以如此？也许是长年风吹日晒、眼泪流干、精力耗尽的缘故。然而我再仔细观察，这灰蒙蒙的眼睛并不空洞，里面有一种镇定沉着的东西，好像大雾里隐约看见的山，跟着愈看愈具体：深谷、巨石、挺劲的树……这眼里分明有一种与命运抗衡的个性，以及不可摧折的刚毅素质。我感到生活曾给予这老人许多辛酸苦辣，却能被他强有力的性格融化了。他那属于这生命特有的冷峻的光芒，不正是从这双淡灰色的眸子里缓缓放射出来的吗？

顿时，这老人身上的一切都发生了奇妙的变化。他皮肤上的皱纹，不再是一位老人那种被时光所干缩的皱纹，而是在命运之神用凿子凿上去的。每条皱纹里都藏着曲折坎坷而又不肯诉说的故事。在他风烛残年、弱不禁风的躯体里，包裹着绝不是一颗衰老无力的心脏，而是饱经捶打、不会弯曲的骨架。当我再一次涌起绘画冲动时，就不再盲目而空泛，而是具体又充实了。我觉得，这老人满身的线条都因他这眼神而改变，我每一笔画上去，连笔触的感觉都不一样了。笔笔都像听他这眼神指挥似的，眨眼间全然一变。

人的眼睛仿佛汇集着人身上的一切，包括外在和内在的。你只要牢牢盯住这眼睛，就甚至可以找到它隐忍不言的话，或是藏在谎言后面的真情。一个人的气质、经验、经历、智能，也能凝聚在这里面，而又有意无意地流露出来。因此，作家、医生、侦探都留意人的眼睛。从此，我再画模特儿，总要先把他的眼睛看清楚，看清了，我就找到了打开模特儿之门的钥匙。

绘画有眼，诗有“诗眼”，戏有“戏眼”。小说呢？是否也有一个聚积着作品的全部精神，并可从中解开整个艺术堂奥的眼睛呢？

小说的眼睛大有点石成金之妙

在短篇小说中，其眼睛有时是一个情节。比如邓友梅的《寻访“画儿韩”》。“画儿韩”邀来古董行的朋友，当众把骗他上当的“假画”泼酒烧掉，恐怕是小说一连串戏剧性冲突中最惊心动魄的一幕。邓友梅把小说里的情节全都归结于此。这是小说的悬念，也是作品情节的真正开始。这个情节就是这篇小说的眼睛。而这之后故事的发展，都是由这个情节“逼”出来的。读罢小说，不能不再回味“烧假画”这个情节，由此，对作品的内涵和人物的性灵，也会理解得更为深刻了。

再有便是普希金的《射击》和蒲松龄的《鸽异》。前一篇是普希金为数不多的短篇小说中最有故事情节性的。其中最令人惊诧的情节，是受屈辱的神枪手挑选了对手度蜜月的时刻去复仇。在那个获得了人间幸福的对手的哀求下，他把子弹打进了墙上的枪洞里。后一篇《鸽异》是个令人沉思的故事。养鸽成癖的张公子好不容易获得两只奇异的小白鸽。后来，他又将这对珍爱的小白鸽赠送给高官某公，以为这样珍贵的礼物才与某公的地位相称。不料无知的某公并不识货，把神鸽当作佳肴下了酒。这个某公吃掉神鸽的情节，就是小说的眼睛。它与前一篇中神枪手故意把子弹射进墙上的枪洞的那个情节一模一样，都给读者留下余味，引起无穷的联想。

这三篇都以精彩情节为眼睛的小说，却又把不同的眼睛安在不同的地方：邓友梅把眼睛安在中间，普希金和蒲松龄则把眼睛安在结尾。把眼睛安在中间的，使故事在发展中突然异向变化；而把眼睛安在结尾的，则是以情节结构小说创作的惯技。这样的小说，大多是作家先有一个巧妙的结尾，并把全篇的“劲儿”都捺在这里，再为结尾设置全篇，包括设置开头。

眼睛不管放在哪里，作为小说眼睛的情节，都必须是特殊的、绝妙的、新颖的、独创的。因为整个故事的所有零件，都将精巧地扣在这一点上，所有情节都是为它铺垫，为它安排，为它取舍。这才是小说眼睛的作用。如果去掉这只眼睛，小说也就不复存在了。如果换一只眼睛，便是假眼，成为一个无精神、无光彩、无表情的玻璃球，小说也成了瞎子一样。

另一种是把细节当作小说的眼睛，这也是常见的。莫泊桑的《项链》中的假项链；欧·亨利的《最后的藤叶》中的画在树上的藤叶；杰克·伦敦的《一块排骨》中所缺少而又不可缺少的那块排骨，都是很好的例子。再如在契诃夫的《哀伤》中，老头儿用雪橇送他的老伴儿到县城医院去治病，在纷纷扬扬的大雪里，他怀着内疚的心情自言自语诉说着自己如何对不起可怜的老伴儿，发誓要在她治好病后，再真正地爱一爱自己的一生中唯一的伴侣，然而他发现，落在老伴儿脸上的雪花不再融化——老伴儿已经死了！这是一个多么令人战栗的细节！于是，他一路的内疚、忏悔和誓言，都随着这一细节化成一片空茫茫的境界；可是一个冰冷的浪头，有力地拍打在你的心头上。

试想，如果拿掉雪花落在老太婆脸上不再融化这一细节，这篇小说是否还强烈地打动你？这细节起的是点石成金的作用！

因此，这里所说的细节，不是一般含义上的细节，哪怕是非常生动的细节。好小说几乎都有一些生动的细节(譬如《孔乙己》中曲尺形的柜台、茴香豆、写着欠酒债人姓名的粉板，等等)。但是，当作眼睛的细节，是用来结构全篇小说的。就像《项链》中那条使主人公为了一点儿空幻的虚荣而茹苦含辛十年的假项链，它绝不是人物身上可有可无的附加物，而应该是必不可少的。莫泊桑在这篇作品中深藏的思想、人物不幸的命运与复杂的内心活动，都是靠这条假项链揭示出来的。这样的细节会使一篇作品成为精品。只有短篇小说才能这样结构；也只有这样的结构，才具有短篇小说的特色。

当然，在生活中这样的细节是可遇而不可求的，但如果作者不善于像蚌中取珠那样提取这样的细节，以高明的艺术功力结构小说，那么，即使有了这样珍贵的细节，恐怕也会从眼前流失掉。就像收音机没有这个波段，把许多优美旋律的电波无声无息地放掉了。

各种各样的小说眼睛

我曾经找到过一个小说的眼睛，就是《高女人和她的矮丈夫》中的伞。

我在一次去北京的火车上遇到一对夫妻，由于女人比男人高出一头，受到车上人们的窃笑。但这对夫妻看上去却有种融融气息，使我骤然心动，产生了创作欲。以后一年间，我的眼前不断浮现起这对高矮夫妻由于违反习惯而有点儿怪异的形象，断断续续为他们联想到许多情节片段，有的情节和细节想象得还使我自己也感动起来。但我没有动笔，我好像还没有找到一个能凝集起全篇思想与情感的眼睛。

后来，我偶然碰到了——那是个下雨天，我和妻子出门。我个子高，自然由我来打伞。在淋淋的春雨里，在笼罩着我们两人的这个遮雨的伞下边，我陡然激动起来。我找到它了，伞！一柄把两人紧紧保护起来的伞！有了这伞，我几乎是一瞬间就轻而易举地把全篇故事想好了。我一时高兴得把伞塞给妻子，跑回去马上就写。

我是这样写的：高矮夫妻在一起时，总是高个子女人打伞更方便些。

往后高女人有了孩子，逢到日晒雨淋的天气，打伞的差事就归矮丈夫了。但他必须把伞半举起来，才能给高女人遮雨。经过一连串令人心酸的悲剧过程，高女人死了，矮丈夫再出门打伞还是习惯地半举着，人们奇妙地发现，伞下有长长一条空间，空空的，世界上任何东西也补不上……

对于这伞，更重要的是伞下的空间。

我想，这伞下的空间里藏着多少苦闷、辛酸与甜蜜？它让周围的人们渐渐发现世界上最珍贵的东西——纯洁与真诚就在这里。这在斜风细雨中孤单单的伞，呼唤着不幸的高女人，也呼唤着人们以美好的情感去填补它下面的空间。

我以为，有的小说要造成一种意境。

比如王蒙的《海的梦》，写的就是一种意境。意境也是一种眼睛，恐怕还是最感人的一种眼睛。

也许我从事过绘画，我喜欢使读者能够在小说中看见一个画面，就像这雨中的伞。

有时一个画面，或者一个可视的形象，也会是小说的眼睛。比如用衣帽紧紧包裹自己的“伞中人”(契诃夫《装在套子里的人》)，比如拿梳子给美丽的豹子梳理毛发的画面(巴尔扎克《沙漠里的爱情》)。

作家把小说中最迷人、最浓烈、最突出的东西都给了这画面，使读者心里深深刻下一个可视的形象，即使故事记不全，形象也忘不掉。

我再要谈的是：一句话，或者小说中人物的一句话，也可以成为小说的眼睛。

《爱情故事》几次在关键时刻重复一句话：“爱，就是从来不说对不起的。”这句话，能够一下子把两个主人公之间特有的感情提炼出来，不必多费笔墨再做任何渲染。这篇小说给读者展现的悲剧结局并不独特，但读者会给这句独特的话撞击出同情的热泪。

既然有丰富复杂的生活，有全然不同的人物和故事，有手法各异的小说，就有各种各样的眼睛。这种用一句话作为眼睛的小说名篇就很多，譬如冈察尔的《永不掉队》、都德的《最后一课》等。这里不一一赘述。

年轻的习作者们往往只想编出一个生动的故事来，而不能把故事升华为一件艺术品，原因是缺乏艺术构思。小说的艺术，正体现在虚构(即由无到有)的过程中。正像一个雕塑家画草图时那样：他怎样剪裁，怎样取合，怎样经营；哪里放纵，哪里夸张，哪里含蓄；怎样布置刚柔、曲直、轻重、疏密、虚实、整碎、争让、巧拙等艺术变化；给人怎样一种感受、刺激、情调、感染、冲击、渗透、美感等，都是在这时候考虑的。没有独到、高明、自觉的艺术处理，很难使作品成为一种真正的艺术佳作。小说的构思应当是艺术构思，而不是什么别的构思。在艺术宝库里，一件非艺术品是不容易保存的。

结构是小说全部艺术构思中重要而有形的骨架。不管这骨架多么奇特繁复，它中间都有一个各种力量交叉的中心环节，就像爆破一座桥要找那个关键部位一样。一个高水平的小说欣赏者能从这里看到一篇佳作的艺术奥秘，就像戏迷们知道一出戏哪里是“戏眼”。而它的制作者就应当比欣赏者更善于把握它和运用它。

谈到运用，就应当强调：切莫为了制造某种戏剧性冲突，或是取悦于人的廉价效果，硬造出这只眼睛来。它绝不像侦探小说中故意设置的某一个关键性的疑点。小说的眼睛是从大量生活的素材积累中提炼出来的，是作家消化了素材、融合了感情后的产物，它为了使作品在给人以新颖的艺术享受的同时，使人物得以更充分的开掘，将生活表现得更深刻而又富于魅力。它是生活的发现，又是艺术的发现。

当然，并非每篇小说都能有一只神采焕发的眼睛。就像思念故乡的可怜的小万卡最后在信封上写：“乡下，我的祖父亲收。”或像《麦琪的礼物》中的表链与发梳，或像《药》结尾那夏瑜坟上的花圈那样。

小说的眼睛就像人的眼睛。

它忽闪忽闪，表情丰富。它也许是明白地告诉你什么，也许要你自己去猜去想去悟。它是幽深的、多层次的，吸引着你层层深入，决不会一下子叫你了然大白。

这，就是小说的眼睛最迷人之处。

还有一种闭眼的小说。

是否所有的小说都可以找到这只眼睛？

许多小说充满动人的细节、情节、对话、画面，却不一定可以找出这只眼睛来。因为有些作品它不是由前边所说的那种明显的眼睛来结构小说的。例如《祥林嫂》中祥林嫂，结婚撞破脑袋，阿毛被狼叼去，鲁四爷不叫她端供品……它是由几个关键情节支撑起来的，缺一不可。那种内心独白或情节淡化、散文化、日记体的小说，它的眼睛往往化成了一种诗情、一种感受、一种情绪、一种基调，作家借以牢牢把握全篇。甚至连每一个词汇的分寸，也要受它的制约。小说的眼睛便躲藏在这一片动人的诗情或感受的后面。如果小说任何一个细节，一段文字，离开这情绪、感觉、基调，都会成为败笔。

还有一种小说，明明有眼睛，却要由读者画上去。这是那种意念(或称哲理)小说。作家把哲理深藏在故事里，它展开的故事情节，是作为向导引你去寻找。就像一个闭着眼说话的人，你看不见他的眼珠，却一样能够猜到他的性格和心思。这是一种闭眼小说。手段高明的作者总是把你吸引到故事里去，并设法促使你从中悟出道理(或称哲理)。《聊斋》中许多小说都是这样的。如果作者低能，生怕读者不解其意，急得把眼睛睁开，直说出道理来，反而索然无味了。这个眼睛就成了无用的废物。

前边说，小说得需要那样的眼睛，这里又说小说不需要这样的眼睛。两者是一个意思，都是为了使小说更接近或成为艺术品，更富于艺术魅力。

小说的尾巴

一　尾巴的功能

许多年前，一部电影讥笑一位老教授研究“马尾巴的功能”，那时人人都相信“尾巴的功能”是个毫无用途的课题。后来，在对这部荒谬无知的电影进行说理批评时，世人方知动物的尾巴绝非虚设——而且不单单是豹尾当鞭，鱼尾做舵，孔雀尾巴招徕异性，牛尾巴轰赶蝇虫兼为人间筵席备一道佳肴——动物尾巴的功能差不多能构成一门学问。那么小说的尾巴呢？

小说的尾巴也非寻常之物。结尾，看上去是一种结局，但不是结束和结果，不是终结与了结，好的结尾甚至可以成为一种绝妙的开头。

契诃夫那篇名作《万卡》的全部魅力就是在这样一种结尾上。圣诞之夜，在城里鞋匠家受尽欺负的小学徒万卡，孤苦难熬时，他想出一个跳出苦海的办法，即给乡下的爷爷写封信，哀求爷爷把他接回去。整篇小说通过信的内容，充分表现万卡那种“他们全打我”的苦难生活。于是万卡把他一切的希望全压到这封信的下落上了。契诃夫把这信的下落写得十分意外又真实！这个九岁的乡下孩子完全不知道怎样写信封，也弄不清他的家乡究竟在哪里，只在信封上写了一行字“乡下，我的祖父亲收”。他把这信封投进街上的邮筒里，然后满怀希望地甜睡入梦……

故事结束了，万卡的苦难并没有结束。契诃夫通过一个乡下孩了的天真和无知，不仅加重了小说的悲剧性和感人力量，而且把一个悬念像个难题那样摆在结尾，迫使读者必须予以关切，为困境中的万卡着想下去。这小说告诉我们，好的结尾对于小说有一种延伸的功能。

蒲松龄的小说《鸽异》却是另一种结尾。

嗜鸽如命的张公子感动了上苍，神仙送给他一对神异美丽的小白鸽。这对鸽子精灵奇妙，天下称绝。然而张公子进见一位高官时，为了使礼物的分量与那高官的身份匹配，便忍痛割爱，将神奇的小白鸽子献了出来。过后再去一问，那高官竟连称“肥美”，原来给烹饪后吃掉了！最后这一笔可谓精彩之极。整个故事似乎都为了这一笔，这一笔力透纸背，穿透世态，剥见了权贵们的平庸，从而对于张公子一类人还有警示的作用。这种结尾，发人深省，不是延伸故事，而是深化题旨。看来好的结尾又有一种深化小说的功能。

与前两种小说一样，人人皆知的莫泊桑的《项链》，也是在结尾中大放异彩的小说名篇。当那个为图一时虚荣，弄丢了借来的贵重项链而付出十年劳苦的玛蒂尔特，听到项链的主人孚莱斯夫人说：“哎哟，我可怜的玛蒂尔特！我那串是假的呀，顶多也就值上五百法郎……”

读者用不着沿着故事再往下联想，而会掉过头来回味一下整个故事，重新去体会可怜的玛蒂尔特当初无钱的尴尬，富有的渴望，虚荣满足时的快感，失物后的惊恐，以及负债十年中的种种艰辛。每一个细节的回味都加深对故事结尾深入的感受。虽然作家没有直说他的思想，读者反而理解得更多。这是回味的效应。而能够使人回味的小说最难写。这么说，小说结尾还有一种回味的功能。

当然，小说尾巴的功能不仅于此，无论哪一种功能，共同的本质都是为了把有限变为无限。在读者随同小说情节走到终点时，绝不是和读者挥手告别，而是设法拉住读者，或是在情感上纠缠不休，或是欲言又止而意味难尽，或者把读者推进一个更深远的联想天地里。即便是像《项链》这样的直到最后一句话才完成全篇的小说，其结尾也绝不是公布谜底，不是解开谜团，不是真相大白和曲终人散，而是在最后一刻把读者放到故事和思想的核心中去，这样读者才能感到意蕴无穷，余味不已。对于小说，余味是最大的审美效应；对于写小说的，结尾远远比开头更重要得多，也难写得多。虽然不是所有好的小说都必定有一个精彩的结尾；但长着一个令人拍案叫绝的尾巴的小说，必定是一篇好小说。

二　尾巴的式样

从独创的意义上说，每篇小说都应该有一个专属于它的尾巴。这不仅仅是内容决定的，还由于作家的结构方式不同，审美追求不同，各自的个性气质不同。不同作家写同一个故事，结尾绝不相同。这样，天下小说的尾巴就千姿万态互不相同了。

小说的尾巴，有时是一个突变的情节。

这样的例子举不胜举。故事结束前，情节突变，陡生意外，最容易使读者浮想联翩，直到故事终结后仍继续抓住读者不放。可是，这种情节突变的尾巴往往不如另外一种。那便是——

小说的尾巴，有时是主人公意外的行为。

巴甫连柯的《话的力量》，描写西伯利亚一次秘密会议上，人们等待一个向来信守诺言的人。然而春天里，雪地已经融化，无法使用雪橇；河水刚刚解冻，冰块漂浮，又难以撑船。人们坚信他会来，又认准他无法准时赴会。最后，也就是在约定的时候，他出现了，嘴里叼着烟斗，从容地撑着一条小船。细看原来几只狗拉着船在岸上跑，他用杆子拨开水上的浮冰和调整船头方向。他把雪橇和船两种工具合并起来使用，便按时到达了。这使人们惊愕不已。作家将故事的结尾设置在常人无法解决的矛盾中，但主人公却非凡地完成了。这个意外的行为就成功地塑造了主人公——从智慧到人格。此外，同样杰出的尾巴还在都德的《柏林之围》和普希金的《射击》中。人物的意外行为，常常是作家刻画人物的性格深层与多面性的最关键的一笔。倘若把这意外的一笔放在结尾处，小说和人物便同时光彩地完成。当然，小说的尾巴不全是意外的，还有另外一种——

小说的尾巴，有时是一个真实自然的细节。

首选的例子当推杰克·伦敦的《热爱生命》。作家在这篇小说的结尾处写了一个有趣的细节，即主人公在遇救后的一段时间里，每次吃过饭，都要偷偷拿几片面包藏在自己的床褥下。这个非常合乎人物特定心理的细节，从事件的后遗症出发，更加重了读者对那次经历的凶险绝望与触目惊心的感受。生命在这样的故事里，也就愈发显出它的珍贵与顽强。就艺术的本质而言，艺术的真实来自细节的真实。正是这种独特的极其准确的细节，才使小说可信和动人。杰克·伦敦把这样一个细节放在结尾是个极聪明的做法，但不是人人都能发现到这种好细节的，许多小说的结尾采取别样的一种——

小说的尾巴，有时是一种氛围。

这种小说最具代表性的作品是蒲宁的《三个卢布》。主人公身在荒郊野店，穷极无聊，找来一个"街头女"陪伴。事后才知道是一位由于穷困所迫而初次卖身的少女。于是这主人公便像聂赫留朵夫那样后悔自己一时的荒唐，带着忏悔与这贫病的少女生活半年多，直到她死去。这小说通篇都在风雨大作、雷电交加的环境里，结尾却面对着那女子墓地的一片悠远的宁静。一种深深歉疚的氛围萦绕不已。这也是一种回味与余味。但不是凭借意外结局，而是渲染小说独有的气氛，深化读者的感受。那种情感色彩的小说常常使用这样的结尾方式。

小说的尾巴，有时只是一句话。

比如《爱情故事》，结尾强调主人公奥列弗与詹尼最爱说的一句话"爱，就是从来不说对不起的"。这句话在小说里重复多次。但在主人公坎坎坷坷的人生经历中，每一次出现，好像都被重新阐释一次。然而直到结尾，詹尼去世了，它最后一次出现时，才显出小说的全部含义。

小说的尾巴，有时又是一个谜。

博尔赫斯《两个人做梦的故事》，写了一个极短的故事。一个开罗人梦见有人告诉他"您的财富在波斯，去伊斯罕特去寻找吧！"他依照这个神示立刻启程去伊斯罕特。到了那里，一位城防队长知道他的来意后大笑道："我三次梦见开罗一个园子里埋着大堆钱，我从都不去理会。"这开罗人听后，转身返回开罗。最后他在伊斯罕特那个队长所说的园子里，果然找到这笔财富。

这个结尾有点儿像神话，更像个谜。但读者慢慢会悟到作家要说的话——不要放弃对向往的执着，哪怕是个梦。

我写过一篇小说叫作《高女人和她的矮丈夫》。这对夫妻由于身高比例违反世人的习惯，而不被理解。在荒唐的岁月里，他们甚至成为人们揶揄的对象。然而在经历了种种不幸之后，人们才看出他们深切的、可贵的恩爱。但是高女人死去了。结尾时我写道“逢到下雨天气，矮男人打伞上班时，可能出于习惯，仍旧半举着伞。这时，人们有种奇妙的感觉，觉得那伞下好像有长长一大块空间，空空的，世界上任什么东西也填补不上……”依我看——

小说的尾巴，有时是个画面。有时还是个空白。

尾巴的式样无穷无尽。关键是：一要独特；二要使小说陡然生辉，或使人物由平面变为立体，或使故事一下子深入进去。倘若点石成金，那更求之不得，应该称之为“金尾巴”。

三　尾巴的大师

巴尔扎克一生写了上百部小说，却没有一条好尾巴。原因是他专长巨制，不攻精短。其他如哈代、劳伦斯、德莱塞、福克纳、詹姆斯·乔伊斯等这些以长篇拿手的小说大师，虽然光照文学史，却鲜能贡献出一条上乘的小说尾巴来。

小说愈短愈容易关照到结尾。好似路短，一眼看到终点。而短篇尤其需要一条好尾巴，唯此才能使短篇不短，余味无穷。宛如宋人小品，咫尺之内，应看万里；又如汉印元押，方寸之间，兼容天地，全看其中的手段与营造。所以，尾巴的功能和制造尾巴的能耐主要体现在短篇小说上。

然而，又不是所有优秀的短篇小说作家，都能写出上好的尾巴。诸如果戈里、王尔德、毛姆、辛格、冯尼格等，都写过众多短篇名作，但精妙绝伦和令人难忘的尾巴却不曾见到，由此可见好尾巴之难。如果从尾巴的角度来审视文学史，够得上“尾巴的大师”的，当属美国的欧·亨利、法国的莫泊桑和俄国的契诃夫。还有一个在中长篇的尾巴上卓有成就者，则是俄国的屠格涅夫——他是一个例外。

美国人欧·亨利写了三百个短篇，却只写一部长篇名曰《白菜与皇帝》，所以他称得上短篇专家。他的名篇《麦琪的礼物》《警察与赞美诗》《最后的藤叶》等几乎无人不知，而且都以好尾巴取胜。尤其《麦琪的礼物》：圣诞节来临，一对清贫如洗而深挚相爱的男女青年，互相赠送给对方一件礼物。但糟糕的事情发生了——姑娘剪去了自己一头美丽的头发，为心爱的男朋友买了一条珍贵的怀表链；而恰恰小伙子卖掉身上唯一值钱的怀表，为倾心的姑娘买了一个精致的发卡。故事在这尴尬的巧合中结束。这个生活巧合未免残酷。为了爱，他们更是一无所有；然而正是这样一无所有，他们才更加深切地感受到对方舍己的爱。这个结尾在“小说尾巴史”上可以得金牌。

欧·亨利小说的结尾大多是巧合。他的写作灵感到来之时，就是绝妙的巧合在大脑中出现的一瞬。他的写作是：首先获得一个闪光的尾巴，从中燃起写作激情，再进入构思与写作。虽然，他写作是顺向的，从开头到结尾；但构思却是逆向的，从结尾到开头。这种独特的创作思维，只有柯南道尔写福尔摩斯那些故事的时候使用过。侦探小说也是先有结局，再去编织前面的扑朔迷离的故事。但侦探小说最终表现的是人物的智慧，欧·亨利则是要揭示人生深藏的真谛。欧·亨利的巧合式的尾巴，是一种“奥氏格式”。

法国人莫泊桑那些短篇名作，除去《项链》，那些《羊脂球》《骑马》《我的叔叔于勒》等结尾，也都是采取情节突变的方式，而每每一变，他的人物便陷进难堪无奈、孤苦无助的困境里，从而唤起读者的关切，把故事推进思索的深层。他和欧·亨利不同，他的写作与构思都是顺向的。他也不追求用巧合来制造的戏剧性效果，而努力使小说生活化。他的突变情节与意外结局都是生活中可能发生的。为此小说才真实感人。欧·亨利的结尾运用戏剧效果打动人，莫泊桑则调动生活力量感染人。莫泊桑短短一生，写了许多中长篇杰作，同时又成为一位短篇大师。他在尾巴上的建树，当与欧·亨利比肩并立。

比起前两位作家，俄国的契诃夫没写过长篇，他名副其实是位短篇小说家。他的小说较比莫泊桑更切入生活本质，朴素自然，感觉逼真。他的结尾鲜明地体现了这种追求。最具代表性的是《苦恼》：那个死去儿子的马车夫，心中痛苦，便一遍遍说给周围的人，却无人理睬——这有些像祥林嫂。最后，他在马棚里对着一匹嚼着燕麦的母马说了。当然，这只是孤苦无告的人一种自言自语而已。但母马却闻了闻他的手，似乎听懂了。他便把心中的苦恼一股脑儿地倾诉给这匹根本不晓人事的母马。他似乎获得一种假象的安慰。因而在读者看来，人物更加孤单可怜。

他的小说结尾都是这样：紧紧扣住人物——都是小人物——的境遇，凭着一些真切的感觉和真实的细节，给人留下真切的感动，再加上他那悲天悯人的个性，小说的结尾总带着淡淡的哀伤。这种哀伤的结尾是契诃夫独有的风格。

契诃夫是淡淡的哀伤，屠格涅夫则是浓浓的伤感。屠格涅夫这种小说感觉多半依靠结尾完成。他的小说结尾差不多都是这样：在爱情被迫拆散的多年之后，男主人公重返故地，女主人或是不知去向，或是世事全非，或是已然辞世，留下无可挽回的遗憾，惹起深切的惆怅与忧伤。这种结尾的笔调一律使用抒情的散文笔调，用渲染发挥感染的作用。从他的长篇小说《贵族之家》《春潮》到中篇小说《初恋》《阿霞》《僻静的角落》《普林与巴宁》等莫不如是。以致他这些结尾的感觉互相都十分相似了。

他的这种结尾，如同奥氏格式一样，也成为一种定型的方式，以致曾被几位大作家采用过：一是契诃夫的《带阁楼的房子》，一是库普林的《阿列霞》，一是鲁迅的《伤逝》。鲁迅只写过短篇小说，虽然作品不多，但每篇一个样式。《伤逝》和《带阁楼的房子》等都是屠格涅夫式的结尾——男主人公重返故地，女主人渺无踪迹；都是爱情悲剧与伤感结局；也都是成功的借用。屠格涅夫是在中长篇小说结尾上唯一具有鲜明风格的“尾巴的大师”。

如果我们把上述几位作家综合考察，就会发现，唯有故事结构的小说，才更讲究尾巴的创造和尾巴的使用。而非故事性小说的好尾巴则期待着一位“未来的大师”。

小小说不小

一天，某报一位编辑约稿时说，如果你太忙，写篇小散文——或者一篇小小说也行。

我则笑道：最难写的是小小说。小小说往往有时间也不一定写得出来。

问曰：为什么？

答曰：小小说不是短小说。

就像一只老鼠不是一头牛的蹄子；一辆独轮车不是汽车的一个轱辘；一支钢琴短曲不是一首交响曲的某一个片段。

它是独自的艺术的有尊严的存在。

它有非常个性化的规律与方式。比起长中短篇，它更需要小中见大，点石成金，咫尺万里，弦外之音。正像一个好的中篇缩写成的梗概不会是一个好短篇那样，一个好的短篇缩写成的梗概也不会成为一个好的小小说。

那么，反过来说，正像一个好的短篇不能拉长为一个好的中篇那样，一个好的小小说也不可能拉长为一个好的短篇。

决不能说小小说是最短的短篇。

小小说是一种“多一个字也不行”的小说。

一篇小小说，在胎中——酝酿中，就具备小小说自身的特征与血型了。

2000年在柏林的伯尔基金会上演讲，题目是“留住城市的记忆”

它不是来自生活的边边角角，而是生活的核心与深层；它的产生是纷纭的生活在一个点上的爆发；它来自一个深刻的发现，一种非凡与悟性和艺术上的独出心裁。

它的特征是灵巧和精练；它忌讳的是轻巧和浅显。巧合和意外是它最常用的手段。但成功与失败在这里只是一线之隔，弄不好就成了编造与虚假。由于它与生俱来的“软肋”是篇幅有限。所以，它所追求的最高境界是意味无穷。所以——结尾常常是小小说的“眼”。

小小说是以故事见长的，但小小说不是故事。要想区别于故事，一半还要靠文本与文字上的审美。在这一点上，每个人都可以极力发挥自己。因为艺术的空间都是留给个性的。

面对着那些艺术性极强的小小说，比如《聊斋》中的名篇或是欧·亨利的《麦琪的礼物》。我不但说：小小说不小，还要说：小小说完全可以成为大作品。珍珠虽小，亦是珍宝。

胸无成竹的快乐

友人见我伏案作画，便说凡事不能两全，你不如“弃文从画”算了。我问何故“弃文从画”而不“弃画从文”？

友人说：看你——白纸铺案，信笔挥洒，水墨淋漓，浓淡相渍，变化万千，妙不可言；情趣多为偶然，意味也就无穷。绘画充满这样的偶然，作画时便充溢着快感，无怪乎画家大多高龄长寿，白首童颜，不知老之将至；而写作却是刻意为之，搜索枯肠，绞尽脑汁，常年笔耕，劳损形容，竭尽心血，早衰早病，往往掷笔之日也正是撒手人寰之时了！

我听罢笑道，错矣！你说那搜索枯肠、绞尽脑汁的写作，恐怕是指那些错入文坛的人吧。写作自然要精雕细刻，字斟句酌，语不惊人死不休，甚至创造一种独属于自己的文体，一种语调，一种文字结构。那真如创造一个太阳。然而一旦找到这种叙述状态和文字方式，就好比卫星进入轨道，在无边无际银灰色的太空里无阻力地悠悠滑行。无数奇景幻象，迎面飞来；那些亮煌煌的星球，是一个个奇特而发光的句子。写作进入心态才是最自由的状态；你一旦叫你自己吃惊，那才是达到了最令人迷醉的写作境界。一时，飘飘如仙，随心所欲，前不知由何而起，后不知为何而止。好比旅游，一切快乐都在这笔管随同心灵的行程之中。这一切，不都与绘画一样——充满了偶然又享受了偶然？谁说写作只是一种精神的自我惩罚或灵魂服役般的劳作？

由此而论，散文随笔的写作，胜似小说。不必为虚构的人物故事去铺陈与交代，也不必费力地把虚构的变为比真实的更可信。只要心有意态，笔有情氛，信马由缰，收桨放舟，乱花飞絮，野溪奔流，一任天然。这种写作，无须谋篇布局，也无须思考周详，一旦开笔，听任心灵的解脱与呈现；大脑愈有空白，笔下愈有意外而惊人的灵性出现。小说写作应胸有成竹，散文随笔当胸无成竹。竹生何处，生于心灵。情如春雨，淋淋一浇，青枝碧叶盈盈全冒出来。故此，古往今来名家大师的手下，一边是鸿篇巨制，一边是精短散文；这种散文，逼真亲切，更如其人。

故我对友人说：写作有如此多的快乐，我为何弃文从画？文，我所欲也，画，亦我所欲也，二者何不兼得，两全其美也。

趣说散文

一位年轻朋友问我，何谓散文？怎样区分散文与小说和诗歌？

我开玩笑打比方说：

一个人平平常常走在路上——就像散文。

一个人忽然被推到水里——就成了小说。

一个人给大地弹射到月亮里——那是诗歌。

散文，就是写平常生活中那些最值得写下来的东西。不使劲儿，不刻意，不矫情，不营造，更无须“绞尽脑汁”。散文最终只是写一点儿感觉、一点儿情境、一点儿滋味罢了。当然这“一点儿”往往令人深切难忘。

在艺术中，深刻的都不是制造出来的。

散文生发出来时，也挺特别的，也不像小说和诗歌。小说是想出来的，诗歌是蹦出来的；小说是大脑紧张劳作的结果，诗歌却好似根本没用大脑，那些千古绝句，都如天外来客，不期而至地撞上心头。

那么散文呢？

它好像天上的云，不知由何而来，不知何时生成。你的生活，你的心，如同澄澈的蓝天。你一仰头，呵呵，一些散文片段仿佛片片白云，已然浮现出来了。

我喜欢这样说散文：它是悟出来的。

文化责任感

“责任感”这个词儿已为当今文学界所厌倦。以流行的看法，它像绳索——如果出于作家自身，写作就会如同自我捆绑起来，不得轻松，难以随心所欲、呼风唤雨地过把瘾；如果是来自某某人的要求呢，则是外加的束缚，更谈不上写作的自由了。于是，责任感几乎被当今文学推出门外。以致二十世纪八十年代初那种“为民请命”的作品，干脆被定性为非文学。

前不久，牛津大学一位博士生写来一大堆问题叫我回答。其中一个问题是，中国作家太注重责任感，因此扼制了艺术创造。问我是否如此。看来，整个世界的文学都讨厌责任感了。

可是，到底什么是责任感呢？

中国作家大喊责任感是在“文革”刚刚终结的七十年代末。之所以这样大声鼓噪，首先是为了使文学对社会生活有“说不”的权利——是为了文学的自由，而不是不自由；同时还为了唤起同行，唤起良知，以笔为旗，以笔为矛。在那个时代，文学的责任感主要是社会责任感，因为那时社会问题压倒一切。倘有人弄些唯美的，再高超也不会被理睬；虚无缥缈的武侠言情更会被人们弃置一旁。尽管那种充满责任感、充满激情的文字，常常直白浅露，但这样的写作，是发自内心的呐喊，一样会有进入自由状态的快感，让人“过瘾”，只不过不是在玩文学。因为它神圣地充溢着社会良心。

不要把那个时代文学的直白归咎于责任感。直白恐怕正是那个时代的一种需要。于是，我对那位牛津的博士生说——

责任感说到底是一种社会良心。当然作家写作的出发点不应该只是简单地出自良心或责任；而责任也并不单是社会责任，它还具有深广的内涵。人道主义同样是一种责任。再有，文化责任感也是一种社会良心。更准确地说，应叫作文化良心。

正像二十世纪八十年代初我关注畸形社会中种种小人物的命运一样，进入九十年代后，我特别关注在急速现代化与市场化中文化的命运。一方面，由于文化问题跑到台前，变得紧迫和危急；另一方面也许我是文化人，便自觉地关注甚至关切到文化本身。如今，现代化的负面造成的生态环境与资源的问题，正在愈来愈成为人们关注的焦点，但文化——比如正在被大规模的“城改”所涤荡的城市的历史文化性格问题，至今依然被漠视着。可以说，每一分钟里，我们的城市中都有大批文化遗存在推土机的轰鸣中被摧毁。历史遗存和原始生态一样，都是一次性的；一旦毁灭，无法生还。生态关乎人的生存，所以容易被看到；文化关乎人的精神，就常常不在人们的视野之中。在当前城市正走向趋同化的飞速演变中，我相信自己的一种可怕的预感，即三十年后我们祖先留下的千姿百态的城市文化将会所剩无几。清一色全是高楼大厦。这是多么迫在眉睫又水深火热的文化问题！文化的魅力是个性，文化的乏味是雷同。那么，为此而呼，而争，而辩，而战，不应是我们的责任？

责任感是一种社会承担。

你有权利放弃这种承担，但没有权利指责责任——这种自愿和慨然担当的社会道义。为了强调这种文化责任，我更愿称之为文化良心。

我们这个自诩为文化大国的国家，多么迫切地需要多一些虔诚又火热的文化良心！

谁在全球化中迷失

当今的作家，愈来愈迷恋于“个性化写作”，进而是“私人化写作”。我们自以为这样做，可以脱离开与任何人的精神粘连，绝对地树立起自我，但我们写作的背景文化却刚好相反——它们正在悄悄地相互消解，融合，同化，经历着一种前所未有的“全球化”的过程。

全球化是全方位的。从政治、哲学、经济、科技、传媒到文化。文化不可能单独地逃脱出来。全球化是高科技和市场相结合的产物，而随着市场与高科技的发展还在不断给这种全球化注入激素。虽然全球化潮流的兴起，不过是近二十年的事，但它已经是不可逆的。谁拒绝它，谁最终一定会被日益加速的地球甩掉。全球化是一种霸权。在这种霸权的制约下，一种全球性文化的雏形已然出现。我把这种超地域的文化称之为“地球文化”。简明又形象地说，便是球星+歌星+电视+汉堡包+快餐+好莱坞大片+超级市场+牛仔裤+一切衣食住行的名牌商品，再加上全知全能的因特网。这是一种在当今地球上最流通的所向披靡的文化。它具有强大生命力与活力。它乘驾着比上帝还神通广大的高科技，通过市场管道，流通于国际市场；它有意躲过并超越一切人文障碍；传播中无须再去解读，甚至于不需要“交流”那个“古老”的概念。于是这种通行无阻的“地球文化”，愈来愈成为地球上最具强势的文化主流。

随着社会发展，人们还会不断创造出更多、更便捷、更具冲击力和市场魅力的文化品种，加入到这个“地球文化”的体系中来。

在这个巨大而威猛的全球性的文化面前，所有地域性、民族的文化都会逐渐退到边缘。愈是独特的文化，愈会像珍奇动物那样，最后只是在护栏中间生存，并痴立一旁，瞠目结舌地看着流行并走红的“地球文化”飞黄腾达。

我们所处的时代，是在一条历史的分界线上。在我们面前是“全球化”文化，在我们背后是各自民族和地域的文化。这种地域文化始于一个个人文聚落的源头，并在相互隔绝中成长与形成。所以，每种文化对于其他文化来说都是一种“异性”，相互不能替代。文化的最高价值曾经被确定为独特性。可是当我们从这种文化的历史迈向未来，也就是迈向全球化之后，必然要丢掉的便是这种地域的独特性。可以说，我们正面临这样一场文化上的自我毁灭。

这也是高科技给人类带来的巨大恩惠的同时，丢给我们的最大的负面与阴影了。

那么，它将给文学带来什么呢?

首先，作家会渐渐失去本土文化的资源。也就是随着社会生活的全球化，地域独具的生活内容则渐渐淡化与稀薄。任何传统的哪怕是非常迷人的方式，都会变得陈旧和过时，或者成为一处静止的历史形态。然而，作家写作的本土资源一旦荒芜，它便失去自己原有的文化凭借与文化优势。将来我们是不是都像美国人那样写作了？可是美国人也会失去他们自己的文化和文化上的自己!

进一步说，我们还将丧失各自思维的文化特性。那时，西方人不再会因为文化障碍而看不懂东方人的作品，因为全球化会使人类的一切文化界限愈来愈模糊。如果说，人类在相互隔绝时代的文化是各走极端；那么在全球化时代的文化一定会走向一元。应该强调，由于文化是集体性质的，那么在全球化的环境里，被泯灭的是一种集体的多元性，却不会消灭个体的丰富与自由。故此，随着全球化的进展，失去了集体特征的作家们一定会更去注重“私人化”写作，以鼓胀的个体来加强自身价值。在全球化的时代，成功的作家一定都具有“超人”的个性魅力。全球化的文学一定是依靠一些伟大的个性支撑起来的。

然而，这个被全球化一统天下的文学，却永远失去了深厚与多彩的文化血肉，失去了不同文化的魅力与神秘感，失去了各个地域独有的匪夷所思的思维特性。尽管文学不会失去作家个性，却失去了文化个性——也就是地域的集体性格这个层面，以及这一层面上强有力的精神，深邃的底蕴，独具的美和无穷无尽的创造空间。当然，对此我们无法回避，只能无奈地顺从。因为这是人类前进的大势所趋。

我们站在这历史交界线上的一代作家，是最后一代使用地域文化的作家，我们有理由抗拒文化的全球化，而把这个历史的文化的火炬一直举到尽头。直到它烧到我们的手指，然后一点点熄灭。

又苦又甜的终身劳役

真正的文学和真正的恋爱一样，是在痛苦中追求幸福。

有人说我是文学的幸运儿，有人说我是福将，有人说我时运极佳，说这话的朋友们，自然还另有深意的潜台词。

我却相信，谁曾是生活的不幸者，谁就有条件成为文学的幸运儿；谁让生活的祸水一遍遍地洗过，谁就有可能成为看上去亮光光的福将。当生活把你肆意掠夺一番之后，才会把文学馈赠给你。文学是生活的苦果，哪怕这果子带着甜滋滋的味儿。

我是在十年大动乱中成长起来的。生活是严肃的，它没戏弄我。因为没有坎坷的生活的路，没有磨难，没有牺牲，也就没有真正有力、有发现、有价值的文学。相反，我时常怨怪生活对我过于厚爱和宽恕，如果它把我推向更深的底层，我可能会找到更深刻的生活真谛。在享乐与受苦中间，真正有志于文学的人，必定是心甘情愿地选定后者。

因此，我又承认自己是幸运的。

这场大动乱和大变革，使社会由平面变成立体，由单一变成纷纭，在龟裂的表层中透出底色。底色往往是本色。江河湖海只有波掀浪涌时才显出潜在的一切。凡经历这巨变又大彻大悟的人，必定能得到无比珍贵的精神财富。因为教训的价值并不低于成功的经验。我从这中间，学到了太平盛世一百年也未必能学到的东西。所以当我们拿起笔来，无须自作多情，装腔作势，为赋新词强说愁。内心充实而饱满，要的只是简洁又准确的语言。我们似乎只消把耳闻目见如实说出，就比最富有想象力的古代作家虚构出来的还要动人心魄。而首先，我获得的是庄严的社会责任感，并发现我所能用以尽责的是纸和笔。我把这责任注入笔管和胶囊里，笔的分量就重了；如果我再把这笔管里的一切倾泻在纸上——那就是我希望的、我追求的、我心中的文学。

生活一刻不停地变化。文学追踪着它。

思想与生活，犹如托尔斯泰所说的从山坡上疾驰而下的马车，说不清是马拉着车，还是车推着马。作家需要伸出所有探索的触角和感受的触须，永远探入生活深处，与同时代人一同苦苦思求通往理想中幸福的明天之路。如果不这样做，高尚的文学就不复存在了。

文学是一种使命，也是一种又苦又甜的终身劳役。无怪乎常有人骂我傻瓜。不错，是傻瓜！这世上多半的事情，就是各种各样的傻子和呆子来做的。

文坛比文学热闹

文坛比文学热闹，可以说是中国当代文学的一大奇观。在曾经那非常年代，文坛如战场，喊杀阵阵，乱箭齐发。文坛上的作家们全都个性奇特鲜明，内心变化莫测，命运大起大落，演出了比他们笔下的人物更加惊心动魄的故事。然而岁月匆匆过去，政治的硝烟散尽，放眼看，文学却落得一片空茫。这真是文学的悲哀！

这样的日子不再复返。于是新时期经历了“文学比文坛热闹”(或者说“文学比文坛更热闹”)的一段辉煌。没有包装，不用炒作，每一部令人耳目一新的作品都推出一些新面孔的小说人物来；批评家紧盯着这些人物品头论足；文坛的空气就是文学的空气——这情景在人们难忘的记忆里。

可是当今，文坛反过来，又比文学热闹了。但这一次，没有政治的强加，全是在商业运作上的“友情演出”。应该说那种把作品拿出来加点儿作料，爆炒一下的做法，总还是出于买卖的需要，情有可原；因为作品最终还要经过读者的检验与认可。但离奇的是，原本守在幕后的作家竟被拉到台前，让他们花花绿绿扮演各种惊人的角色。诸如狂士、奇人、鬼才、隐士、气功大师、当众出丑的冒失鬼，乃至内心偏狭的小人或变态畸形的准神经病患者，等等。这样一来，作家比他们笔下的人物还要奇异、独特、匪夷所思了。不管怎么说，作家总比他们笔下的人物来得现成，熟人的隐私比生人的隐私更叫人关心，名人吵架也分外赏心悦目。瞧他们——能言善辩，唇枪舌剑，妙语如珠，不是比他们笔下的人物更机灵，智谋，

1982年的我

神气十足吗？由于他们都是活生生、有头有脸的人物，如果他们陷入事件也就更具悬念。而媒体都是“好事”的，喜欢真人真事，现场直播，文坛自然热闹起来了。这就看谁稀里糊涂被打扮成这里的角色乃至主角。那可要警惕千万别成了这里的卖点！当今的文坛虽然不再政治化，却地地道道市场化了。当作家被推到前台，文学便被冷落一旁。你瞧，往往有的作品打得好像生死攸关，其实与作品本身并无关系。想想看，到底有多少人伸手认真翻翻这本书？这不又是文学的一种悲哀？

多年经验教给我一种观察方式，就看文坛和文学哪个更热闹。当文学比文坛热闹，文学繁荣；当文坛比文学热闹——特别是对当今这个市场化的文坛——那就得冷眼瞧一瞧了。

平面轰炸

新时期文学先后经历了四次平面轰炸。

第一次是轰炸题材禁区。自伤痕文学炸开写“文革”的禁区，随之便是一连串轰炸——写悲剧、写爱情、写阴暗面、写社会问题、写军内矛盾、写性、写国民劣根性……每炸开一个禁区都带来一阵欢腾，一场轰动，犹如占领一座高地。率先轰炸者成了一时英雄。在这烟火弥漫中，舆论界正如醉如痴期待新的爆破来临时，忽听到叫声：“找不到什么可写的了。”放眼一看，这世界竟然如美洲大陆被发现之后，只剩下浪花吞没中的一些无名的礁石小岛。再炸何处？

第二次是轰炸形式禁区。从意识流冲破长久单一的形式禁锢，继而又是一拥而起的狂轰滥炸，生活流、黑色幽默、荒诞派、新小说、魔幻现实主义、心理现实主义、超现实主义、再超超现实主义……长江后浪推前浪，文坛新星换旧星。于是每一个由海外拿来的新品种都引起一阵瞠目和惊叫，每一个西方现代主义流派在中国文坛都有一位“驻华大使”，每一位西方哲学家都能在中国当代文学中找到一本小说诠解。舆论界的“发现新星欲”愈来愈强，偏偏天上新星渐渐寥落，于是有人喊道：“中国都是伪现代派，玩文学应该结束了！”天音落地，顿时竟然觉得我们和世界都一片空茫。还炸何处？

第三次是通俗文学轰炸。由霍元甲花拳绣腿一露面，爆破手们一拥而上，武侠、言情、公案、法制、宫闱秘闻、今古传奇……这些久疏了的文

在爱荷华，来自世界各地的作家们几乎天天在聂华苓家聚会（1985年）

学，拿什么来都新鲜。一时充斥书摊报亭、火车车厢和书店的大小书架，大有“我们是世界”之势。创新来不及，现买现卖快，最快是现货。当把二十世纪三十年代张恨水、白羽、刘云若到港台的金庸、梁羽生、古龙、琼瑶、岑凯仑和舶来的“火车小说”都折腾出来之后，“书倒爷”们忽然也叫起来：“再没新词儿就没人买了！”这通野蛮轰炸的劲风也见疲软。

第四次轰炸便是纪实文学异军突起。它从失去了轰动效应的小说那里夺过轰炸冠军杯。舆论界重抖精神，激情拥抱之。很多刊物争相以纪实文学打了头阵，或者干脆更名为某某纪实。纪实文学遍地搜索爆炸性题材，连势头见衰的通俗文学也伸手求援，纪实文学愈来愈走向题材本身的刺激性，迎合文化市场需要。严肃的纪实文学的一部分已被通俗文学同化。刊物寻找纪实作品，作者寻求惊世题材。找到就炸，一炸就完。当人贩子、赌博、黑舞厅和内幕题材一个个被“炸”掉，又有高人预言：“纪实文学很快就降温！”

我决不想否认伤痕文学的历史功绩、实验小说的探索价值、通俗文学的娱悦功能和纪实文学的社会贡献。这其中都产生了不少大家和力作杰作，都给读者以满足，都对新时期文学以强有力的推动。我想说，我们的文坛，太热衷于轰动。也许多年受政治风云的影响，文坛似患有神经官能症，一惊一乍，忽喜忽悲，大起大落，一有轰动，则必鼓之。加柴助燃，吹风助焰，八方配乐，歌之颂之，扩大战果，自我欢呼。文坛总准备着不少高帽桂冠，或曰里程碑，或曰划时代，或曰又一高峰，动则慨然馈赠。若是未见轰动，便满面愁云，神情萧索，仿佛文坛空无一物。或称之为：平面，或呼之为：荒年，或哀之为：走入低谷。

文坛受不住寂寞，便迫使作家不甘寂寞，不用内力用外功，施使怪招，惊骇世人；或抢抓题材，争先发表，以拔头筹。更有被“轰炸”引动者，群起而战，争相轰动。如今四次轰炸过去，有如蝗虫飞过，寸草不生，秃秃一片大光地，还应怎么办？不困惑才怪。

一阵阵烟火腾空，过后便灰飞烟灭。今天放下这个抓起那个，明天扔下那个捧出这个，最后怀抱里只剩下最后一个。平面轰炸是表面满足，急功近利浅尝辄止。回顾那些被炸过的土地，不过经历一场拓荒而已，完全可以重返回去，潜心再做精深的耕作。

文坛应该静一静了。给人们创造一种深邃幽静的写作和治学的环境与心境。少些大轰大嗡，推波助澜，鼓乐喧天。否则，我们不仅面前、包括身后也只会是一片空洞与浅薄。

草草竖起的纪念碑，不会是永恒的艺术雕塑。

一个糊涂的口号

常常有些口号，最初叫起来理直气壮，过后再想，竟然很荒谬，比如：

“中国文学要走向世界！”

中国文学和世界各国文学不是在同一个地球上吗？何需“走向”？

大概由于此前中国封闭得厉害，中国文学鲜为人知。改革开放，世界想知道中国，中国也想叫世界知道自己；中国文学中最优秀的成就，理应得到世界承认，成为全人类的财富。这样就有了人类意识或全球意识，就喊出“中国文学要走向世界”了。这便是这口号最初诞生时的道理。但喊得过响，它就被当作中国发展最远大、最高贵的目标。于是，诸君共同努力一起奔向世界。

当一些出访作家发现，中国文学在西方对公众影响甚微；当龙应台说，很多洋人并非从文学价值，而是由社会价值角度取舍中国大陆作品时，又使我们悲哀、抱怨、不平；似乎至今我们的文学还在世界的大门外流连，还不被在艺术上认可。

其实这不足为怪。长久中西隔绝，中国以自我为中心，文学和经济一样，都是自给自足；再加上近几十年“两大社会阵营”搞冷战，虫蝇不相往来，中国又关起门搞了十年自我大“革命”，我们的一切对于洋人都是谜。大门陡然一开，洋人自然先从外部观察。由文学来看中国社会，实属必然。何况我们的文学又总是自责自怪不够充满社会性。被洋人关注(或称

和两位好友李国文和张贤亮在南京中山陵（1985年）

容易接受)的作品，自然首先是社会性强的作品。

再说，中国文学的审美价值，包含着深层的文化因素，个中三昧，对于那些完全生活在截然不同的人文环境的洋人来说，要想悟取，何其艰难。单说语言中的文化美，在翻译过程中就会流失大半，以致有人深感“美文不可译”。中国文学的审美价值要想得到洋人理解，还需一个漫长的沟通过程。包括翻译家们艰苦的努力。

这样，对于急于想“走向世界”的人，就难免要抄近道儿，改用洋人的一套，打入洋人中间。这使我想起一桩小故事：

一次在纽约友人家中，见一灯罩奇美，我问他何处购买，也想买一只。这洋人拒不告我。他说，他们既不想和别人一样，也不想别人和他一样。

这是典型的西方现代人观念。你效仿他，他反倒排斥，觉得无味；你真的用他们的声音，走进他们，很快便会给那喧闹如潮的声音所湮没。这种“走向”，是失重，是放弃自己。这“走向”的过程实际是一种自我消亡的过程。世界上再没有比失去自己更可怜的了。

中西方之间，根本不存在谁走向谁的问题。在文化互相渗透的当今世界，反而要建立自己。如今中国敞开大门，西方文学也在进入中国，为什么没有一个国家的文学提出要“走向中国”？为什么没有一个外国作家运用中国人创造的方法写作？我们如此迫切地追求西方认同，正是文化心理上劣根性的反映。当然，也因为我们至今尚无自己的现代文学体系。

中国传统文学之所以使西方着迷，就在于它在其独特的大文化背景上，自成体系。我们当然不能持自己的传统面对西方的现代。现在的问题是，我们只注重和自己传统的区别，不注重和西方的区别，最终实现的并非是自己。我想，中国文学的追求应当是建立自己独有的富于魅力的现代文学体系，具有中国文化精神又具有现代审美意识和审美价值。要建设一个体系，远比照搬人家一个现成的体系艰难得多。需要很多作家清醒和共同的追求，以及天才的创造。就像拉美文学那样，以自己的体系，赢得了世界的公认，也影响了世界的发展，这才是对人类文化的贡献。

由此而言，我希望我们不再为“走向世界”这个糊涂口号所困扰。从中国文学发展的理想目标上说，应当是中国文学和世界文学进行对话。

谁吹捧新潮，谁才进入新潮

艺术只能区别。但艺术的区别，只有另外去创造一个前所未有的艺术生命来——这谈何容易！那么用什么去否定别人？批评吗？当然不是。当今的批评最多只能够把一切都涂灰涂黑，弄得不清不白而已。怎么办？法宝只有一个——用观念！只有新观念才能毙掉旧观念。又快，又便当，又干脆，而且来得轻而易举。于是观念艺术充斥着二十世纪的后半叶。一个观念的出现，带来一阵新奇，一片惊呼，一片喝彩。就像媒体中的一条爆炸性新闻，市场上一件奇特的商品上市。新观念全是针对旧观念设计出来的。所以它必胜无疑。它使昨日的"观念艺术"成了昔日的报纸或过时商品，黯然失色，乏味多余。所以，尽管二十世纪后半期的艺术五花八门，层出不穷，艺术家们多如繁星，个个振聋发聩，人人称霸一时，但到了世纪末总盘点时，竟然没有留下几个！而我们的文坛不也是演足了这样的活报剧吗？可悲的是，每当这种观念艺术出了新招，评论家总是趋之若鹜，唯恐落后，被新潮甩下。那种对新奇文本饶舌一般的阐释性的"评论"，看上去都像"打托儿"一样。他们被一种潜在的心理捉弄着，那就是：谁吹捧新潮，谁才进入新潮。当今的文坛已经充满了人为的制造。

艺术的原创力自然衰竭！艺术市场却是五光十色！

我心中的文学

真正的文学和真正的恋爱一样，是在痛苦中追求幸福。

一

有人说我是文学的幸运儿，有人说我是福将，有人说我时运极佳，说话的朋友们，自然还另有深意的潜台词。

我却相信，谁曾是生活的不幸者，谁就有条件成为文学的幸运儿；谁让生活的祸水一遍遍地洗过，谁就有可能成为看上去亮光光的福将。当生活把你肆意掠夺一番之后，才会把文学馈赠给你。文学是生活的苦果，哪怕这果子带着甜滋滋的味儿。

我是在十年动乱中成长起来的。生活是严肃的，它没戏弄我。因为没有坎坷的生活的路，没有磨难，没有牺牲，也就没有真正有力量、有发现、有价值的文学。相反，我时常怨怪生活对我过于厚爱和宽恕，如果它把我推向更深的底层，我可能会找到更深刻的生活真谛。在享乐与受苦中间，真正有志于文学的人，必定是心甘情愿地选定后者。

因此，我又承认自己是幸运的。

这场动乱和大变革，使社会由平面变成立体，由单一变成纷纭，在龟裂的表层中透出底色。底色往往是本色。江河湖海只有在波掀浪涌时才显出潜在的一切。凡经历这巨变又大彻大悟的人，必定能得到无比珍贵的精神财富。因为教训的价值并不低于成功的经验。我从这中间，学到了太平盛世一百年也未必能学到的东西。所以当我们拿起笔来，无须自作多情，装腔作势，为赋新诗强说愁。内心充实而饱满，要的只是简洁又准确的语言。我们似乎只消把耳闻目见如实说出，就比最富有想象力的古代作家虚构出来的还要动人心魄。而首先，我获得的是庄严的社会责任感，并发现我所能用以尽责的是纸和笔。我把这责任注入笔管和胶囊里，笔的分量就重了；如果我再把这笔管里的一切倾泻在纸上——那就是我希望的、我追求的、我心中的文学。

生活一刻不停地变化。文学追踪着它。

思想与生活，犹如托尔斯泰所说的从山坡上疾驰而下的马车，说不清是马拉着车，还是车推着马。作家需要伸出所有探索的触角和感受的触须，永远探入生活深处，与同时代的人一同苦苦思求通往理想中幸福的明天之路。如果不这样做，高尚的文学就不复存在了。

文学是一种使命，也是一种又苦又甜的终身劳役。无怪乎常有人骂我傻瓜。不错，是傻瓜！这世上多半的事情，就是各种各样的傻子和呆子来做的。

二

文学的追求，是作家对于人生的追求。

寥廓的人生有如茫茫的大漠，没有道路，更无向导，只在心里装着一个美好、遥远却看不见的目标。怎么走？不知道。在这漫长又艰辛的跋涉中，有时会由于不辨方位而困惑；有时会由于孤单而犹豫不前；有时自信心填满胸膛，气壮如牛；有时用拳头狠凿自己空空的脑袋。无论兴奋、自足、骄傲，还是灰心、自卑、后悔，一概都曾占据心头。情绪仿佛气候，时暖时寒；心境好像天空，时明时暗。这是信念与意志中薄弱的部分搏斗。人生的每一步都是在克服外界困难的同时，又在克服自我的障碍，才能向前跨出去。社会的前途大家共同奋斗，个人的道路还得自己一点点开拓。一边开拓，一边行走，至死也不知道自己走了多远。真正的人都是用

1980年，文友谌容、张洁、郑万隆爬到我的阁楼上聊天

自己的事业来追求人生价值的。作家还要直接去探索这价值的含义。

文学的追求，也是作家对于艺术的追求。

在艺术的荒原上，同样要经历找寻路途的辛苦。所有前人走过的道路，都是身后之路。只有在玩玩乐乐的旅游胜地，才有早已准备停当的轻车熟路。严肃的作家要给自己的生活发现，创造适用的表达方式。严格地说，每一种方式，只适合它特定的表达内容；另一种内容，还需要再去探索另一种新的方式。

文学不允许雷同，无论与别人，还是与自己。作家连一句用过的精彩的格言都不能再在笔下重现，否则就有抄袭自己之嫌。

然而，超过别人不易，超过自己更难。一个作家凭仗个人独特的生活经历、感受、发现以及美学见解，可以超过别人，这超过实际上也是一种区别。但他一旦亮出自己的面貌，若要再来区别自己，换上一副嘴脸，就难上加难。因此，大多数作家的成名作，便是他创作的峰巅，如果要超越这峰巅，就像使自己站在自己肩膀上一样。有人设法变幻艺术形式，有人忙于充填生活内容。但是单靠艺术翻新，最后只能使作品变成轻飘飘又炫目的躯壳；急于从生活中捧取产儿，又非今夕明朝就能获得。艺术是个斜坡，中间站不住，不是爬上去就是滑下来。每个作家都要经历创作的苦闷期。有的从苦闷中走出来，有的在苦闷中垮下去。任何事物都有局限，局限之外是极限，人力只能达到极限。反正迟早有一天，我必定会黔驴技穷，蚕老烛尽，只好自己模仿自己，读者就会对我大叫一声："老冯，你到此为止啦！"就像俄罗斯那句谚语：老狗玩不了新花样！文坛的更迭就像大自然的淘汰一样无情，于是我整个身躯便划出一条不大美妙的抛物线，给文坛抛出来。这并没关系，只要我曾在那里边留下一点点什么，就知足了。

活着，却没白白地活着，这便是人生最大的幸福和安慰。同时，如果我以一生的努力都未给文学添上什么新东西，那将是我毕生最大的憾事！

我会说我：一个笨蛋！

三

一个作家应当具备哪些素质?

想象力、发现力、感受力、洞察力、捕捉力、判断力，活跃的形象思维和严谨的逻辑思维；尽可能庞杂的生活知识和尽可能全面的艺术素养；要巧，要拙，要灵，要韧，要对大千世界充满好奇心，要对千形万态事物所独具的细节异常敏感，要对形形色色人的音容笑貌、举止动念，抓得又牢又准；还要对这一切，最磅礴和最细微的，有形和无形的，运动和静止的，清晰繁杂和朦胧一团的，都能准确地表达出来。笔头有如湘绣艺人的针尖，布局有如拿破仑摆阵；手中仿佛真有魔法，把所有无生命的东西勾勒得活灵活现。还要感觉灵敏、情感饱满、境界丰富。作家内心是个小舞台，社会舞台的小模型，生活的一切经过艺术的浓缩，都在这里重演，而且它还要不断变幻人物、场景、气氛和情趣。作家的能力最高表现为，在这之上，创造出崭新的、富有典型意义和审美价值的人物。

我具备这其中多少素质？缺多少不知道，知道也没用。先天匮乏，后天无补。然而在文学艺术中，短处可以变化为长处，缺陷是造成某种风格的必备条件。左手书家的字，患眼疾画家的画，哑嗓子的歌手所唱的沙哑而迷人的歌，就像残月如弓的美色不能为满月所替代。不少缺乏鸿篇巨制结构能力的作家，成了机巧精致的短篇大师。没有一个条件齐全的作家，却有各具优长的艺术。作家还要有种能耐，即认识自己，扬长避短，发挥优势，使自己的气质成为艺术的特色，在成就了艺术的同时，也成就了自己。

认识自己并不比认识世界容易。作家可以把世人看得一清二楚，对自己往往糊糊涂涂，并不清醒。我写了各种各样的作品，至今不知哪一种属于我自己的。有的偏于哲理，有的侧重抒情，有的伤感，有的戏谑，我竟觉得都是自己——伤感才是我的气质？快乐才是我的化身？我是深思还是即兴的？我怎么忽而古代忽而现代？忽而异国情调忽而乡土风味？我好比瞎子摸象，这一下摸到坚实粗壮的腿，另一下摸到又大又软的耳朵，再一下摸到无比锋利的牙。哪个都像我，哪个又都不是。有人问我风格，我笑着说，这不是我关心的事。我全力要做的，是把自己的一切奉献给读者。风格不仅仅是作品的外貌，它是复杂又和谐的一个整体。它像一个人，清清楚楚，实实在在地存在，又难以明明白白说出来。作家在作品中除去描写的许许多多生命，还有一个生命，就是作家自己。风格是作家的气质，是活脱脱的生命的气息，是可以感觉到的一个独个的灵魂及其特有的美。

于是，作家就把他的生命化为一本本书。到了他生命完结那天，他所写的这些跳动着心、流动着情感、燃烧着爱情和散发着他独特气质的书，仍像作家本人一样留在世上。如果作家留下的不是自己，不是他真切感受到的生活，不是创造而是仿造，那自然要为后世甚至现世所废弃了。

作家要肯把自己交给读者。写的就是想的，不怕自己的将来可能反对自己的现在。拿起笔来的心情有如虔诚的圣徒，圣洁又坦率。思想的法则是纯正，内容的法则是真实，艺术的法则是美。不以文章完善自己，宁愿否定和推翻自己而完善艺术。作家批判世界需要勇气，批判自己需要更大的勇气。读者希望在作品中看到真实却不一定完美的人物，也愿意看到真切却可能是自相矛盾的作家。在舍弃自己的一切之后，文学便油然诞生。就像太阳燃烧自己时才放出光明。

如果作家把自己化为作品，作品上的署名，便像身上的肚脐儿那样，可有可无，完全没用，只不过在习惯中，没有这姓名不算一个齐全的整体罢了——这是句笑话。我是说，作家不需要在文学之外再享有什么了。这便是我心中的文学！

我在做上帝做过的事

你出外旅行，在某个僻远小镇住进一家小店，赶上天阴落雨，这该死的连绵的雨把你闷在屋里。你拉开提包锁链，呀，糟糕之极！竟然把该带在身边的一本书忘在家中——这是每一个出外的人经常会碰到的遗憾。你怎么办？身在他乡，陌生无友，手中无书，面对雨窗孤坐，那是何等滋味？我嘛，嘿，我自有我的办法！

道出这办法之前，先要说这办法的由来。

我家在“文革”初被洗劫一空。藏书千余，听凭革命造反者们撕之毁之，付之一炬。抄家过后，收拾破破烂烂的家具杂物时，把残书和哪怕是零零散散的书页万分珍惜地敛起来，整理、缝订，破口处全用玻璃纸粘好；完整者寥寥，残篇散页却有一大包袱。逢到苦闷寂寞之时，便拿出来读。读书如听音乐，一进入即换一番天地。时入蛮荒远古，时入异国异俗，时入霞光夕照，时入人间百味。一时间，自身的烦扰困顿乃至四周的破门败墙全都化为乌有，书中世界与心中世界融为一体——人物的苦恼赶走自己的苦恼，故事的紧张替代现实的紧张，即便忧伤悒郁之情也换了一种。艺术把一切都审美化，丑也是一种美，在艺术中审丑也是审美，也是享受。

但是，我从未把书当作伴我消度时光的闲友，而把它们认定是充实和加深我的真正伙伴。你读书，尤其是那些名著，就是和人类历史上最杰出的先贤智者相交！这些先贤智者著书或是为了寻求别人理解，或是为了探求人生的途径与处世的真理。不论他们的箴言沟通你的人生经验，他们聪慧的感受触发你的悟性，还是他们天才的思想与才华顿时把你蒙昧混沌的头颅透彻照亮——你的脑袋仿佛忽然变成一只通电发光的灯——他们不是你最宝贵的精神朋友吗？

半本《约翰·克利斯朵夫》几乎叫我看烂，散页中的中外诗词全都烂熟于我心中。然而，读这些无头无尾的残书倒另有一种体味，就像面对残断胳膊的维纳斯像时，你不知不觉会用你自己最美的想象去安装它。书中某一个人物的命运由于缺篇少章不知后果，我并不觉得别扭，反而用自己的想象去发展它，完成它。我按照自己的意志为它们设想出必然的命运变化和结局。我感到自己就像命运之神那样安排着一个个生命有意味的生命历程。当时，我的命运被别人掌握，我却掌握着另一些“人物”的命运；前者痛苦，后者幸福。

往往我给一个人物设计出几种结局。小说中人物的结局才是人物的完成。当然我不知道这些人物在原书中的结局是什么，我就把自己这些续篇分别讲给不同朋友听。凡是某一种结局感动了朋友，我就认定原作一定是这样，好像我这才是真本，听故事的朋友们自然也都深信不疑。

“文革”后，书都重新出版了。常有朋友对我说：“你讲的那本书最近我读了，那人物根本没死，结尾也不是你讲的那样……”他们来找我算账；不过也有的朋友望着我笑而不答的脸说：“不过，你那样结束也不错……”

当初，续编这些残书未了的故事，我干得挺来劲儿，因为在续编中，我不知不觉使用了自己的人生经验，调动出我生活中最生动、独特和珍贵的细节，发挥了我的艺术想象。而享受自己的想象才是最醉心的，这是艺术创造者们所独有的一种感受。后来，又是不知不觉，我脱开别人的故事轨道，自己奔跑起来。世界上最可爱的是纸，偏偏纸多得无穷无尽，它们是文学挥洒的无边无际的天地。我开始把一张张洁白无瑕的纸铺在桌上，写下心中藏不住的、唯我独有的故事。

写书比读书幸福得多了。

读书是欣赏别人，写书是挖掘自己；读书是接受别人的沐浴，写作是一种自我净化。一个人的两只眼用来看别人，但还需要一只眼对向自己，时常审视深藏自身中的灵魂。在你挑剔世界的同时还要同样地挑剔自己。写作能使你愈来愈公正、愈严格、愈开阔、愈善良。你受益于文学的首先是这样的自我更新和灵魂再造，否则你从哪里获得文学所必需的真诚?

读书是享用别人的创造成果，写书是自己创造出来供给他人享用。文学的本质是从无到有；文学毫不宽容地排斥仿造，人物、题材、形式、方法，哪怕别人甚至自己使用过的一个巧妙的比喻也不容在你笔下再次出现。当它所有的细胞都是新生的，才能说你创造了一个新生命。于是你为这世界提供一个有认识价值并充满魅力的新人物，它不曾在人间真正活过一天，却有名有姓有血有肉，并在许许多多读者心底形象并深刻地存在着；一些人从它身上发现身边的人，一些人从它个性中发现自己；人们从中印证自己，反省过失，寻求教训，发现生存价值和生活真谛……还有，世界上一切事物在你的创作中，都带着光泽、带着声音、带着生命的气息和你的情感而再现，而这所有一切又都是在你两三尺小小书桌上诞生的，写书是多么令人迷醉的事情啊!

在那无书的日子里，我是被迫却又心甘情愿地走到这条道路上去的，这便是写书。

无书而写书。失而复得，生活总是叫你失掉的少，获得的多。

嘿嘿，这就是我要说的了——

每当旅行在外，手边无书，我就找几块纸铺展在桌。哪怕一连下上它半个月的雨，我照旧充满活力、眼光发亮、有声有色地待在屋中。我可不是拿写书当作一种消遣。我在做上帝做过的事：创造生命。

作家要干预人的灵魂

作家是凡人。他生活在世界上，喜怒哀乐，七情六欲，都不能免除。遇喜庆则欢欣，见不平则愤恼，逢悲苦则涕下。不过由于作家手中有支笔，可以将心中忧喜倾洒在纸上罢了。然而作家写作是给别人看的。文章不是供人消闲散闷的文字游戏，作家要拿它作为对美的颂歌，对丑的檄书，顽强地表达出自己对生活的理解、见地、发现、好恶。古往今来文学无不如此，这大概就是文学“干预生活”了。

既然文学从来都是对生活进行干预的，为什么还有人提出“干预生活”的口号呢？

凡作家大呼要“干预生活”时，大都由于在这之前，作家还不能干预生活之故。

作家不干预生活，犹如政治家不能对现实发表政见；医生不能接触病体，施药除疾；农人不能走进麦田，锄草扶秧。人不能尽职尽责，自然不快，无怪乎前几年文学挣脱“极左”禁锢之时，“干预生活”的口号不胫而走，“干预生活”的作品大量出现。

其实，干预生活是严肃的现实主义作家起码的文学要求。但是从文学的功能和特征上看，文学仅仅停留在干预生活上，则又显得远远不够，至少难以取得很高的成就。

如果一个作家一心想干预生活，则必然只将注意力盯住生活中各种矛盾是非上。往往为这些具体的问题所纠缠，而愈是眼前的、显眼的、亟待解决的问题，就愈容易引起作家的关切。作家要对它进行干预，最便当、最得力、最痛快的方式，便是作家在作品中出头露面，直接发表意见。特别是当这些意见、见解、议论，具有某种尖锐性时，会立即收到强烈的反应。这反应，往往被某些人当作文学作品的反响；有的作家则满足于这种“轰动”和“爆炸”式的效果。但很少有人研究，为什么某些有反响的作品却很快在读者中失去可供反复阅读的魅力？

我想，原因即在于我们的许多社会问题，带有民族、历史、政治，乃至政策的特殊性。这些特殊问题，由于与人们暂时的利益密切相关而为人们异常关心。但是，它又带有很强的时间性和局限性。作品的反响常常是政治原因，而不是文学本身的缘故。因此，时过境迁，作品就如时令花草，过了鼎盛季节，很快就委顿下来。

此外，如果作家只想着对生活发表尖锐议论，拿它作为一部作品的支柱，这些游离于人物之外、即令是入木三分的议论，一旦对变化着的生活失去现实作用，议论的锋尖也就暗淡下来，失去光芒。作品便只剩下一些苍白空洞、缺乏血肉和实感的人物。这恐怕就是评论家们所说“思想大于形象”症结之所在了。

因此，作家的工作不能只停留在“干预生活”上。

文学作品成败与否，关键看人物是否写得成功。人物塑造的成败，不只是写好人物的性格和音容笑貌，关键看作家对人物心灵(或称内心世界，或称灵魂)是否挖掘得深。

人的心灵不是单纯抽象和不可捉摸的。它是一个人思想、品德、素养、气质、个性的高度集中。它也是一面镜子，生活出现的一切都在这镜面上反映出来。连时代特征也在上面留下影像。过去文学作品塑造成功的人物，如贾宝玉、阿Q、葛朗台、安娜·卡列尼娜、保尔、牛虻等，不单有血有肉，重要的是有灵魂。没有灵魂的人物，在作品中就是空洞的行尸走肉，或者会说会笑的木偶，作家的功力，主要看对人物灵魂的认识、发现、触及得如何。不触及灵魂、只表现外在“性格”的人物，这“性格”也不过是为了区别小说中人物而贴上去的简单标记而已。

触及人物的灵魂，就要涉及人物灵魂中的复杂性。灵魂中真、善、美、假、恶、丑都要触及。干净的和肮脏的都要剖露出来。作家的笔就要像医生手里的解剖刀，犀利而准确。同时作家要有本领发现别人不曾发现的东西，概括出人生哲理，折射出生活现实。比如：高布赛克（《高利贷者》）对金钱惊人的狂爱；尤利亚（《大卫·科波菲尔》）的包藏在谦卑之中的可怕的野心，外表柔软的蛇蝎；卡列宁（《安娜·卡列尼娜》）在宽恕和容忍之下施展着真正的残酷……这些例子举不胜举，而作家笔下这些人物的灵魂又不是如此三言两语所能概括的。而只有作家深刻触及人物的灵魂，从中找最有价值、独特发现的东西，文学作品才能以真正新鲜的内容对读者最有效地发生影响和教益，而且这种影响和教益是长远的，作品的魅力也是长远的。

人类的精神财富是不会过时的。只求作品的一时反响，便是文学上的功利主义。

有人可能会问：这样做，作家是否会脱离、远离、回避、不关心现实生活的矛盾？

不会。只要作品的人物生活在现实中，人物的灵魂便离不开现实。因为作家要展开一系列现实矛盾来刻画人物的灵魂；任何活在世界上的人，灵魂都不会超越时代。高布赛克的灵魂里有多么浓烈的社会色彩，罗亭心灵的弱点就是十九世纪四十年代俄国贵族先进知识分子的弱点。牛虻丰富复杂的内心矛盾反映着当时意大利民主革命的激进和局限。如果说今天的读者还能从这些人物的灵魂中，发现自己类似的缺陷，看到自己的某些影子，或多或少吸取到精神力量，那正是作品成功和经久不衰的奥秘之所在。文学作品不是号召书，它要深入并长久地作用在人们的心灵中。

文学的功能之一，不是为了净化人们的灵魂吗？那么文学就不靠议论，哪怕是精辟的议论；而是靠人物，真实可信、透入灵魂的人物。这恐怕也是文学中最难做到的了。

在干预生活上，任何政治家和政论家的能力都会超过作家，一项新政策能够立即生效地改变生活，这一点作家永远不可能做到；只有在干预人的灵魂上，作家才显出别人不能替代的才能与职能。

因此我以为，从干预生活走向干预人的灵魂，才是文学真正走进自己的天地。

让心灵先自由

在中国作家协会第四次会员代表大会上，创作自由被十分强调地提出来了，那么通向自由的文学还有没有障碍？

不知为什么，提起这个问题，我一下子想起了“文革”中我躲在家里，用零碎纸头写下我的耳闻目见的情景。那时我不是作家，也不想当作家。因为，那时没有创作自由，只有创作犯罪。我在大街上见过“打倒作家”的标语。我这些说真实话的文字，一旦“败露”，其后果不难设想。使我敢于这样冒险的，大概是种责任感。我想，如果不把这所见所闻、所思所感如实记录下来，后人怎么会知道我们这一代人的生活、思想和心理？谁会理解我们？以成百上千万人的痛苦换来的素材，我不写谁写？记得“文革”时我写过四句诗：

千古从不似今天，
碧雨滔滔剑光寒；
达人志士成群死，
剩有男儿冷目看。

然而，我写这些，不需要发表，不需要为了一句话是否恰当，和编辑争一步或让一步，更不需要看风头。我是自由的：流着泪写，微笑着写，紧张地写，做梦般地写。所有文字都是从内心跳到稿纸的方格里。纸上的故事就是心中的故事。心里的一切都是从现实中真切地感受来的；想象依从向往而不服从任何非文学的需要；情感没有任何人为的成分。在那所有生活都塞满强加的内容的时候，偏偏我的写作里没有任何强加的东西。尽管在生活中无自由可言，尽管这种无读者的写作，是文学真正的悲哀，我却只有在这种秘密的写作过程中，心灵才尝到自由……

但是，当我的作品可以发表时，反而不那么自由自在了。一些直言和真言，难免要反复掂量，少不得削尖、砍平和磨光；每每刊物向我点明要“头条”稿子时，就等于告诉我应该写一种什么样的小说。这倒没什么，关键在我自己——我自觉或不自觉地受风头影响，来安排自己先写什么，暂时不写什么；在写作角度上，常常会考虑怎样才能绕开风险和麻烦……有时还要在小说屁股上插一条光明的尾巴，并着力使这尾巴插得自然些。思维在这些地方可悲地消耗着，但我居然有时为自己搞得挺巧妙和挺聪明而得意起来。生活的真实，文学的真谛，艺术的追求，这些根本的东西不知不觉地发生了质的变化，思想屈从于某种僵化的模式，我的心还是自由的吗?

当代文学史有一条深刻的教训，几十年来，我们的文学有过几次天赐良机。社会生活历史性的转变，使作家凭着自己独特的感受、思索和经历，可以写出更多更好的作品、大作品，乃至史诗性作品。但在指定的有限的场子里，非但没有打出漂亮的拳脚，反倒把这些珍贵的创作素材糟蹋了，这是文学最大的浪费！从两万五千里长征直到十四年抗战，再到十年“文革”，我们缺乏生活还是缺乏艺术才能？为什么拿不出与伟大时代相称的作品来？为什么粉碎“四人帮”后那些突破性作品，很少是十年动乱中饱受苦难又有创作经验的作家写出来，而大都出于新作家之手？为什么可以写，反而写不出来了；这不正是由于内心存在着某种障碍吗?

长期以来，某些违反艺术规律的荒谬的创作观念，一直制约着我们。我们的聪明都用在上边了，几乎造成一整套严严实实的创作机器。每个程序都是标准化的，生产的产品也是标准化的。我们已经习惯地一想到文学，就开动这架机器。从生活到艺术，从思维到表现，每个生产程序，似乎都有硬性规定。生活需要寻找，人物需要硬造，感情需要调动，艺术需要规范。我们只有机器中的故事，没有心中的故事。甚至心也变成了这架机器。于是，我们只知道这样的文学，别的样子一出来就像遇到了不明飞行物。

当然，我们现在不再提倡或规定这样做了，但我们还会不知不觉地这样去做。因为这种创作观念是与长期以来“左”的思潮相配套的。我们多年来在“左”的空气里呼吸，身上难免有“左”的细胞；风声稍动，未辨真情，就习惯地“左转弯”。这种“左”的观念不仅束缚笔杆，更可怕的是束缚我们的心灵，到某种气候下还会生出“左”的冲动，犯起“左”劲儿来！这样，即便给我们自由，我们也未必会使用它。没有自由的心，便没有自由的作品；没有自由的作品，怎样体现我们所获得的极其珍贵、宽阔又美好的自由？

尽管排除内心的障碍，比排除外界的障碍困难得多，往往需要更大的勇气；但这是我们非做不可的。它是前进的时代、生活和文学交给我们这一代作家的特殊使命。为了真正获得创作自由，先让心灵自由起来！

寻找心的出路

我能干许多种事，干得都不错。干这些事时我都轻松快活，如果我挑一样干，保管都能出色。所以我说，我写作并非自愿，是出于无奈。我还说，写作是人生最苦的事。

在我没动过稿纸钢笔那时，我画画。可是全国人在受难，我也受难。时时感到别人的泪别人的血滴在我心上。有时我的心承受不了，就画，拿如梦的山如烟的树如歌的溪水抚慰自己。渐渐我觉得自己熟悉的方式那样软弱无力。现在则十分明白，我所需要的是清醒，并不是迷醉。心里消化不了的东西必须释放出来才得安宁。有一次我悄悄写一个故事，写一个青年在政治高压下被迫与自己的母亲断绝关系，因而酿成悲剧而深深忏悔。这小说原稿我早烧掉，但我头一次尝到全部身心颤动抖动冲动时的快感，感受到以写作表达的深刻的幸福，发现到只有写作的方式最适合自己的内心要求。我想，这大概就是我写作生涯的开始。写作不开端于一部什么处女作，而开端于发现自己被幽闭被困扰被抑制的内心的出路。有如钻出笼的鸟儿的无限畅快，有如奔泻的江水的无比酣放。

写作来自于沉重的心，写作是这心的出路。

我也问自己，什么时候搁笔不再写了？

除非我的心平静了。它只要还有一点点不安，就非写不可。

我前边说，我什么都能干。其实不对，其实我很笨，因为我找不到其他方式更能倾尽我的心。

解放小说的样式

在人的眼睛里，猴子差不多是一样的；在猴子的眼睛里，大概人也差不多是一样的吧！其实人千差万别，绝无两个相同的人，为此才构成一个丰富繁杂、纠缠不休的世界。世界上一切东西的名称，都是为了区别其他。小说亦然，小说之名产生，似乎为了区别于诗歌、杂文、剧本，等等。小说大都有人物、情节、故事，这一切都应是虚构的，其中还包蕴着主题，如此这般，小说就天经地义应该有一个固定的模式吗？

纵观古今，横览中外，小说的样式无穷无尽，恐怕电子计算机也统计不出来。是不是我们过于习惯在各种事物中寻找相同和共同之处，不习惯探求区别和差异，把规律当作特征——这种思维方法影响到小说便是形式的单一。反过来，样式的单一化又影响到作家的表现方法，局限作家从内心调动出多方面的生活积累和感受，久而久之，以致影响到作家活泼的、灵便的、多侧面和多角度地观察生活和感受生活。这是一种反循环或者叫恶循环。因此，我们现在提出小说样式问题，不仅是个形式问题，也直接涉及作品的内容。

历史上每一个有出息的作家，在他对生活有独特发现和独特感受时，必然要寻找一个恰当的表现形式，当古往今来的一切形式都不适于把他这种发现和感受确切地表达出来时，他就要在形式上做些改造或创造。文学是创造者的事业——这句话大概没错。我想，辞典上每一个语汇的产生，当初必定是为了表达一个特定的内容。那么，社会在发展、在丰富、在改变，生活出现新面貌和新特征，人们的内心感受也在不断增添新东西时，小说的样式不可能不改变。

内容决定样式，样式也决定内容。不善于改革和变化样式，内容的表现就要受到局限和束缚。比如欧·亨利，大概他过于自爱那种戏剧性巧合的结尾，篇篇差不多都用这种样式，必然影响他才华多方面的施展；他把精力大多用在情节巧妙的安排上，人物就成了这些情节的表演者。因此他没能创造出理应达到的更为独特和深刻的艺术境界。角度太单一了，生活就成了平面。一个聪明的作家，不会认准某种样式，固定下来，把这样式当作翻制生活的棋子。严格说，一种样式只能使一篇作品成功。如果作家的某一篇作品获得成功，最明智的做法是，写另一篇时再也不拿起这用过的样式来。在艺术中，形式的本身也就是内容。“五四”时期新小说的出现，看上去是内容的改革，实际也是形式的变革。因为，自从辛亥革命后，社会生活的急剧变化，使得数百年习惯了的章回体的写法渐渐显得老而无力。而鲁迅等人开端的新小说更适应变化了的生活的实质。可以说，解放了形式，更促使内容的解放（这里说的内容，除去社会生活，还包括时代精神、思维方式和审美习惯等），也就更适应生活的需要。

样式很像烹调，直接关系着读者的口味，单一的菜谱叫人乏味。文学与绘画不同，一个画家可以只画马，或画鱼，或画竹子，仅仅这么几笔就足够了。求画的人还非要他这拿手的几笔不可。文学与绘画比起来，那可是难上加难，作品之间不能重复，不单不能与别人重复，还不能与自己重复。人物、情节、细节，乃至用过的一句格言警句，一个巧妙的比喻，一段美好的写景，都不能再在自己其他的作品中出现。否则会被别人认为江郎才尽，黔驴技穷，甚至被指责自己抄袭自己。至于样式，尽管可以相同，但长此不变，无论什么日子都穿这鞋子，它就会使读者厌烦。人们的精神需要——尤其是艺术需要，不是共同一致的，而是相互区别的。区别得愈多愈大愈明显，则愈好。

那么，写小说的，首先就不要把小说的概念看得太死——

不要认定小说必须有一个故事，或中心事件，或矛盾冲突吧！契诃夫的《草原》就不是这样写的；不要认定小说的人物必须有来历、有职务、有名有姓吧！契诃夫的《胖子与瘦子》就不是这样写的；不要认定小说必须有头有尾吧！契诃夫的《苦恼》就不是这样写的。这只是契诃夫一人而已，又仅仅是他的三篇小说，就是三个样式。巴尔扎克在他严谨的冷峻的写实小说之作中间，也有充满强烈的浪漫色彩的《沙漠里的爱情》和荒诞不经的《驴皮记》；罗曼·罗兰的《约翰·克利斯朵夫》就与其《哥拉布洛尼翁》是完全不同样式的两部小说；鲁迅的《祥林嫂》和《狂人日记》在样式上的差距就更去之千里。那么天下小说还有多少样式？

正剧，悲剧，喜剧，闹剧，悲壮的，感伤的，浓烈的，恬淡的，热烈的，幽默的，寓庄于谐的，寓谐于庄的，悲喜交加的，情节性的，没情节的，慢如牛车的，疾如闪电的，走马观花的，原地踏步的，描写的，叙述的；海阔天空，一泻千里的；笔笔交代、如书供状的；松散的，严谨的，单纯对话的，没有对话的；第一人称、第二人称、第三人称的，三个人称混在一起的；繁卷浩帙的，七言八语的，动作的，心理的，章回体的，笑话式的，拟人的，象征的，荒诞的，一本正经的，回叙式的，幻想式的，生活流，意识流，市民的，乡土的，散文式的，寓言式的，诗化的，电影化的……这仅仅是小说样式的一部分，甚至一小小部分。

过去不能替代和统治将来。一切过去的样式，如果变成公式，便会成为小说发展的障碍。样式如衣服，第一要合体(符合内容)，第二要随穿衣人的兴趣爱好而变幻式样。道理很简单。因此，我们则首先要把原有小说的观念重新检验和思考一番，不要使旧的形式禁锢和限制我们活生生的生活感受和创作思维。大胆地把小说样式解放开来，更好地适应春潮一般疾涌而来的新生活。

鲁迅的功与“过”

——国民性批判之批判

在盘点二十世纪中国文学时，我们都发现了这个奇迹：鲁迅写的小说作品最少，但影响最巨。他没有我们当下作家的一种恐慌：倘无巨制，即非大家。他就凭着一本中等厚度的中短篇小说集，高踞在当代中国小说的峰巅。而且未曾受惠于任何市场炒作，先生本人也没上过电视，何故？

倘若从文化角度去看，这奇迹的根由便一目了然，就是他那独特的文化的视角，即国民性批判。

作家的眼睛死盯在人的身上。所以，他从这文化视角看下去，不只看到社会文化形态，更是一直看到人的深在的文化心理。那么接下去便是他独有的一种创造：将这文化心理，铸造成一种文化性格，一种非常的人物来；这种人物不是一般意义上的个性人物，也不是现实主义文学中的典型人物。他这种人物的个性，全是中国国民共有的劣根性。他是把一个个国民的共性特征，作为个性细节来写的。这就使他笔下的人物具有巨大的覆盖性。比如阿Q——在现实中绝对没有这种人物存在，但在他身上却能找到我们每个人的某一部分的影子。

进一步说，这种共性，不是通常那种人所共有的人性，而是一种集体无意识，是一种文化的特性。我曾经用过一个“文化人”的词语，来述说这种特殊的人物。这里所说的“文化人”，不是“有文化的人”的概念。这个“文化人”是指特有的文化铸成的特有的文化性格。这种性格放在小说人物身上是一种个性，放在小说之外是一种集体性格。当一种文化进入某地域的集体的性格心理中，就具有顽固和不可逆的性质。倘若逆转，极其缓慢。它属于一种根性。当然，任何民族的文化性格都是两面的，一面是优根性，一面是劣根性。可是它像一张纸的两面，是孪生一对生出来的，不能免掉任何一面。但作家的思维天生是逆向的；文学的本质是批判。当它面对文化性格时，肯定要先批判国民劣根性的一面。

挥毫之后（鲍乃镛摄）

然而，在鲁迅之前的文学史上，我们还找不到这种先例。鲁迅是第一位创造性地使用这个文化视角，来观察、感受、认识、分析和批判生活，然后升华出这种独特的“文化人”来。他的小说的人物不完全是这种“文化人”。比如祥林嫂、孔乙己、闰土等，虽然具有世纪初中国人的某些集体性格特征，但还不是纯粹的“文化人”。阿Q则是鲁迅自觉创造的最典型的“文化人”的形象。在鲁迅的杂文中，也有这种潜在的“文化性格”屡屡出现，比如《聪明人、傻子和奴才》，等等。这种人物所具有深刻的认识价值，学者们多有论述，本文不做重复。我只想说，我们从这个视角可以发现到其他角度无法发现的内容。比如从这里，我们一下子找到了中国社会痼疾最本质的缘故。同时，这种极其独特的审美形象，自然就穿过那种司空见惯的平庸的文学平面，异彩缤纷地跳跃到中国小说的人物舞台上来。

所以说，作家最关键的是他的视野。视野的关键是视角的独特性。而文学的关键是视野的果实——人物。

鲁迅的这种“文化人”，不是真实的而是逼真的，不是生活的再现而是深层的表现。它既是悟性的发现更是理性的创造。它专门是写出来供“批判”用的，而这批判为了唤起国民的自省。对此鲁迅心里十分明白，做得更明白。鲁迅属于那种像法官一样异常清醒的作家。他始终是瞪着眼看世界，和瞪着眼写他的小说。

鲁迅是充满责任的作家。当下人们已经很讨厌责任这两个字了。其实责任就是良心。我换句话说——鲁迅是个充满良心的作家。他压给自己的使命是剪断古老的精神锁链，唤醒世人迟钝的心，催动国民的自审与自奋。当然，鲁迅的工作并不是一步到位地直接写给大众看的。大众也根本看不懂他的《阿Q正传》和《狂人日记》。他主要想影响比较高层的知识分子，通过他们去影响一般知识分子，最后影响到大众。他的文学最初是作用于“小众”范围之中的。他的思想之所以能够通过层层影响，直抵时代大众，就足以表现这种思想强烈的现实意义及其力度了。

然而，我们必须看到，他的国民性批判源自一八四〇年以来西方传教士那里。这些最早来到中国的西方传教士，写过不少的回忆录式的著作。他们最热衷的话题就是中国人的国民性。它成了西方人东方观的根本与由来。时下，已经有几家出版社将传教士的这一类著作翻译出版。只要翻一翻亚瑟·亨·史密斯的《中国人的性格》，看一看书中那些对中国人的国民性的全面总结，就会发现这种视角对鲁迅的影响多么直接。在世纪初，中国的思想界从西方借用的思想武器其中之一，就是国民性批判。通过鲁迅、梁启超、孙中山等人的大力阐发，它犹如针芒扎在我们民族的脊背上。无疑对民族的觉醒起过十分积极的作用。我这话是说，鲁迅的国民性批判来源于西方人的东方观。他的民族自省得益于西方人的旁观。一个民族很难会站到自己的对面看自己。除非有个对方，便从对方的瞳仁中看到了自己的影像。但鲁迅笔下的“文化人”绝不是对西方人东方观的一种图解与形象化。他不过是走进一间别人的雕塑工作室，一切创造全凭他自己。鲁迅从这特殊的文化视角进入中国社会的深层，也就是进入了中国人的文化心理结构之中，淋漓尽致地抒发他的发现与批判的才能。他找到传统社会身体上所有的压痛点与病灶。文学的批判功能被他发挥到极致。由于二十世纪初的中国是个社会更迭的时代，社会命题攸关每一个人的生存，没有给人多少“私人化”的空间，鲁迅的文学作用便变得至高无上。

可是，鲁迅在他那个时代，并没有看到西方人的国民性分析里所埋伏着的西方霸权的话语。传教士们在世界所有贫穷的异域里传教，都免不了居高临下，傲视一切；在宣传救世主耶稣之时，他们自己也进入了救世主的角色。一方面他们站在与东方中国完全不同的文化背景上看中国，会不自觉地运用“比较文化”的思维，敏锐地发现文化中国的某些特征；另一方面则由于他们对中国文化所知有限，并抛之以优等人种自居的歧视性的目光，故而他们只能看到中国的社会与文化的症结。他们的国民性分析，不仅是片面的，还是贬义的或非难的。

由于鲁迅所要解决的是中国自己的问题，不是西方的问题。他需要这种视角借以反观自己，需要这种批判性。故而没有对西方人的东方观做立体的思辨。又由于他对封建文化的残忍与顽固痛之太切，便恨不得将一切传统文化打翻在地，故而他对传统文化的批判往往不分青红皂白。当然，他的偏激具有某种时代的合理性；正是这种偏激，才使他分外清晰和强烈。可是他那些非常出色的小说，却不自觉地把国民性话语中所包藏的西方中心主义严严实实地遮盖了。我们太折服他的国民性批判了，太钦佩他那些独有“文化人”形象的创造了，以致长久以来，竟没有人去看一看国民性后边那些传教士们陈旧又高傲的面孔。

二十世纪八十年代以来，中国的一批“文化电影”在西方获得前所未有的称许，随之便是捧得各种世界级亮闪闪的奖牌回来。在如潮般的赞扬声中，有一种批评极不中听，即“这些电影都是专门拍给西方人看的”。一时，人们都认为那是左爷们僵化的过了时的滥调，哈哈一笑，不去理会。

可是，中国的事常常是你中有我，我中有你。

这一批以文化自审的方式关照生活的电影，之所以为西方叫好，恰恰是由于它们的思想背景巧合一般地印证了西方由来已久的文化偏见。对于西方人来说，他们的东方观总是与最早来到中国的传教士那些国民性的分析一脉相承，遥远又紧切地联系着。这早已经是一种固定不变的成见。一个西方人，尤其是从来没有来到过中国的西方人，你给他一个充满幽默感、性格快乐的中国人形象，他也会摇头说NO，表示不信；你给他一个呆板麻木的形象，他会叫好。而这批电影通常都没有具体的时代背景，有点儿超时空的绝对化的味道；人物被放在四面高墙之中，与各种阴影生活在一起，个个性格怪异，行动诡秘，不是性压抑就是性变态。这种故事愈强化，愈神秘化，就愈会被西方人认作是经典的东方。因为神秘二字，正体现西方人因文化隔绝而产生的对东方的感受。我虽然不认为这批电影是有意地去“取悦洋人”，但它们的确没有走出一个多世纪以来的西方中心主义的磁场。他们的文化指针依然对准在亚瑟·亨·史密斯的刻度上。

最后要说的是，我之所以在本文标题“鲁迅的功与‘过’”的过字上加一个引号，是想表明这个把西方人的东方观一直糊里糊涂延续至今的过错，并不在鲁迅身上，而是在我们把鲁迅的神化上。这话怎么讲呢?

中国文学有个例外，即鲁迅一直是文学中唯一不能批评的作家。也许由于他曾经被毛泽东钦定为“伟大的思想家、革命家和文学家”——先把他在政治上定了“革命”的性，再在前边加上“伟大”的桂冠，他就变得神圣而不可侵犯了。一个作家被奉若神明是可悲的。最有活力的作家总是活在褒贬之间的。他原本是一个勇士，却在他的四周拉上带电的铁丝网。他生前不惧怕任何人责骂，死后却给人插上“禁骂”的牌子。这一来，连国民性问题也没人敢碰了。多年来，我们把西方传教士骂得狗血喷头，但对他们那个真正成问题的“东方主义”却避开了。传教士们居然也沾了鲁迅的光!

国民性批判问题是复杂的。它是一个概念，两个内涵。一个是我们自己批评自己；一个是西方人批评我们。后一个批评里浓重地包含着西方中心主义的立场——它们亦是亦非地纠缠一起。尽管留下的问题十分复杂，但还得说清楚：我们承认鲁迅通过国民性批判所做出的历史功绩，甚至也承认西方人所指出的一些确实存在的我们国民性的弊端，却不能接受西方中心主义者们关于中国“人种”的贬损；我们不应责怪鲁迅作为文学家的偏激，却拒绝传教士们高傲的姿态。这个区别是本质的——鲁迅的目的是警醒自我，激人奋发；而传教士却用以证实西方征服东方的合理性。鲁迅把国民的劣根性看作一种文化痼疾，应该割除；西方传教士却把它看作是一种人种问题，不可救药。

八十年代末，我尝试使用文学来表达我对传统文化症结的认识与发现。我采用辫子、小脚和阴阳八卦，作为传统文化——主要指封建文化的顽根性、自我束缚力和封闭性自我循环的文化黑箱的一种意象来写。我之所以没有像鲁迅那样把这些文化特征转变一种人物性格，是因为，只要我往这方面一想，马上就觉得自己成了鲁迅的仿制品。能被人模仿是杰出的，叫人无法模仿才是一种伟大和独有的创造。写到这里，即刻停笔，真怕我也把我敬重的人神化。

第六辑 艺术来自浪漫的灵魂

艺术在哪里？我问。

“这难道不是和星星月亮在哪里，鱼儿虾儿在哪里同样一个不值得回答的问题吗？你存心跟谁开玩笑？如果我问你鼻子在哪里，你也愿意认认真真地回答我？否则，提问者和回答者中间，准有一个缺心眼的傻子或刚懂事的儿童，如果你甘心当傻子，我就一本正经告诉你吧——艺术，它在舞台上，在乐池里，在银幕和屏幕上，在照片上，在画框中间，在录音带和唱片上，在博物馆的仓库与一间间展室里，当然别处也有，你去找吧！假如你不把马桶或烤鸭子当作艺术，你就很容易找到。”

“什么，你要说的不是这个？我先问你，你想寻开心，还是要故意找我难看。这你可打错算盘！艺术它如果不在画里，音乐里，戏里，照片里，电影里，在哪儿，说呀！”

何必着急。咱们不是谈艺术吗？艺术中和战场上可不一样，不是除去敌就是我，而且非得消灭掉对方不可。

关于艺术家

人类艺术史的进程中，两次迈出巨人的脚步：一次是从自发的艺术到自觉的艺术，一次是从自觉的艺术到艺术的自觉，后一次的缘故是艺术家的出现。自此，艺术就变得无比艰难。

艺术家的工作是把艺术个性化。创造的含义就变为独创。艺术中没有超越，只有区别，成功者都是在千差万别中显露自己。艺术家的个性魅力成了他艺术的灵魂。于是，平庸与浅薄被视为垃圾，因袭模仿被看作偷窃，都是艺术的淘汰物。但是如何把个性魅力变成个性艺术？艺术家们各有各的秘密。

凭仗着他们的努力，创造一个世界。这世界不是现实世界的复制。智慧到处发光，才华到处流溢；所有颜色都是语言，所有声音都有灵性，所有空间都充满想象。这世界的一切，都是由无到有，每个人物都是虚构而成，还要同活人一样有血有肉有性格有心灵，可是这些人物的生命却从不依循活人的生死常规；不成功的人物生来就死，成功的人物却能永恒。有时，他们在书中戏中电影中死去，但在每一次艺术欣赏中重新再活一次，艺术有它神秘的规律。由于艺术的本质是生命，它一如人的生命本身，是个古老又永远不解的谜。

艺术家生存在自己的艺术中，艺术一旦完结，艺术家虽生犹死。长命的办法唯有不断区别别人，也区别自己。这苛刻的法则便逼迫艺术家必须倾注全部身心，宁肯在人间死掉，也要在艺术中永生。难怪他们在现实

与好友谢晋在蓟县山区选外景（2003年）

生活中七颠八倒，在虚构的世界里却不会弄错任何一根纤细的神经。反常的人创造正常的人物。人们往往能宽恕艺术中的人物，却不能宽恕生活中的艺术家。他们照旧默默吃苦受罪，把用心血锻造出的金银绯紫贡献给陌生的人们。一旦失败，犹如死去，无人理睬；一旦成功，自己却来不及享受。因为只要不再超越这成功，同样意味着告终。

但真正的艺术又常常不被理解。在明天认可之前，今天受尽嘲笑；成功不一定在它的诞生之日。不被理解的艺术与失败的艺术，同样受冷落，一样的境遇，一样的感觉。艺术家最大的敌人是寂寞，伴随艺术家一生的是忽冷忽热的观众、读者和一种深刻的孤独。

这便是我心中的艺术家，天生的苦行僧，拿生命祭奠美的圣徒，一群常人眼中的疯子、傻子或上帝。但如果没有他们，人类的才智便沉没于平庸，生活化为一片枯索的沙漠，好比没山，地球只是一个光秃秃暗淡的球体。

如果没有艺术

没有电，当今的世界无法运转；没有车，人类的一半时间重新消耗在路途上。如果没水、没粮食、没钱、没法律、没文字、没钥匙，生活都会一塌糊涂。如果没艺术呢？这问题谁想过？我却经验过一次。

二十年前，“文革”浩劫扫荡一切艺术。电影院关闭，博物馆被封，书店没书，剧团都在搞批斗会，我被从家中撵出来。在一间七八平方米小屋，用砖块和借来的铺板架起一张床，把一个躺柜砸坏的一边贴着地立起来，当作立柜放衣服。没有窗帘，玻璃上贴了半透明的拷贝纸，并用白纸糊了一圈一米高的墙围，小桌上放一个玻璃瓶做笔筒，还收集来铁锅、小刀、木板，为炊为生。生计贫寒却可温饱，唯有心里常常充满萧条和空洞。可是一天，当我从破画报剪下一幅希什金的《大树》贴在墙上，再把一个摔断了一只角的瓷牛摆在案头上时，我小小的生存空间立时换了一种氛围。悬在墙上那画中的大树被灿烂的阳光穿过，一些树叶变成黑影，一些几乎被光照透，重叠斑驳，每一片叶子都是一颗生命；光线与阴影交错交融，就是不可捉摸、变幻无穷的人生。桌上那断角的牛，依旧强犟固执，前倾着雄健的身躯。在那苦涩的岁月，这树这牛给我多少安慰与启迪。只要我看它一眼，便不会放弃对生活的爱和追求。多奇妙的艺术！它改变你的眼睛、心境，以及对世界包括你自己的全部感觉，它雄壮你振发，它伤感你柔情。它给你快乐、沉思、激昂和宁静，使你成为一时的哲人或一时的赤子。它使平淡的事物发光，化腐朽为神奇，给任何寻常之物

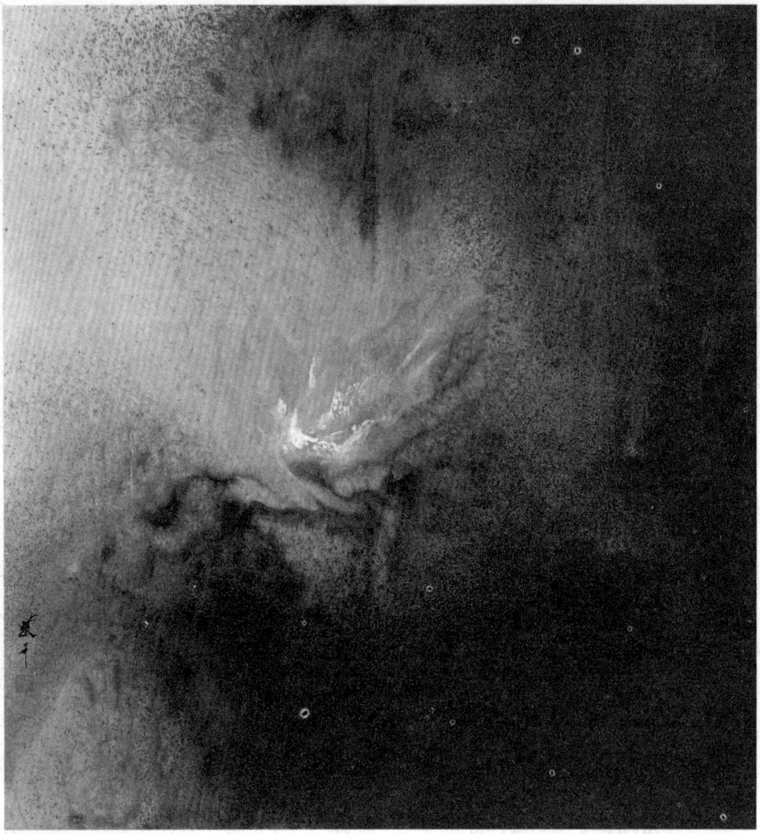

《穿破云层》（1992年作）

以迷人的生命。在你可感可知的一切领域，都有它的存在。

艺术是无所不在的。且不说电影、电视、音乐、画、雕塑、工艺品等，从一座城市的布局，到每一幢房屋的设计，以至每一件物品的设计，它们的形状、结构、颜色，都渗入艺术。社会文明的程度愈高，人造万物的艺术成分愈浓。你被艺术包围着，影响着，不知不觉增长着艺术的口味，也不知不觉感到有一个比物质世界更大的世界存在，这便是显示着人类伟大创造才华的充满魅力的艺术天地。于是你更会爱，更会恨，更懂得怎样生活和珍惜生活。

为了热爱生活，爱艺术吧！

艺术在哪里

一

艺术在哪里？我问。

“这难道不是和星星月亮在哪里，鱼儿虾儿在哪里同样一个不值得回答的问题吗？你存心跟谁开玩笑？如果我问你鼻子在哪里，你也愿意认认真真地回答我？否则，提问者和回答者中间，准有一个缺心眼的傻子或刚懂事的儿童，如果你甘心当傻子，我就一本正经告诉你吧——艺术，它在舞台上，在乐池里，在银幕和屏幕上，在照片上，在画框中间，在录音带和唱片上，在博物馆的仓库与一间间展室里，当然别处也有，你去找吧！假如你不把马桶或烤鸭子当作艺术，你就很容易找到。”

“什么，你要说的不是这个？我先问你，你想寻开心，还是要故意找我难看。这你可打错算盘！艺术它如果不在画里，音乐里，戏里，照片里，电影里，在哪儿，说呀！”

何必着急。咱们不是谈艺术吗？艺术中和战场上可不一样，不是除去敌就是我，而且非得消灭掉对方不可。

二

深秋的夜晚，又凉又细的雨。不知多少诗人，写过这深秋夜雨的带点悲凉伤感意味的诗句。可眼前这情景却不同——

车子——丰田还是菲亚特？停在道旁，主人大概去看朋友，或者到小餐馆里吃点什么，空无一人的车厢内，凝聚着一种静谧、幽暗、昏昏欲睡的气息。与外边凉丝丝的秋雨相比，这里边还有种舒适的温暖。远处的灯光，隔着被雨淋湿的车窗模糊又炫目地亮着，同时映亮了挂在车窗玻璃上颗颗晶莹的水珠。最动人的则是，一些经秋风吹落的大片的叶子，粘在这宽展而湿淋淋的窗子上。这些叶子透过玻璃展现它们各自不同风韵的秋容：有的如火烧的艳红，有的憔悴般的枯黄，有的充满生命的绿意。如同不同命运、不同性情、不同心绪的一张张脸……

这是一幅感动过我的摄影作品。作品上没有署名，肯定是一位外国摄影师，却连哪国人都不知道……

“这是摄影艺术啊！我不是说过艺术在照片上吗？我说过呀！摄影难道不是艺术！”

我没否认你说过，我是想从中阐明我对艺术的理解。你不要一句句话地死抠，咱们不是研究法律。

你沉下心来听一听：

我想说，这深秋中再普通常见不过的景色，却被摄影师敏捷地捕捉了。当他把这一切在显影液中显现出来时，竟是一片迷人的境界。一种没有被别人发现并表现过的现代大城市生活中特有的诗意美。

艺术，有时确实是令人叹为观止的精工巧构。但无论怎么赞美它的精致，奇巧，高超，绝妙，它的本质却像酿蜜一样，是把普普通通的生活（绝不是别的）酿成甘甜而醉心的蜜。剥去艺术华美又炫目的外衣，内里却是土一样平常，水一样自然的生活。

齐白石笔下的蝌蚪，并不像骏马奔驰、孔雀开屏、鸳鸯戏水那样能够入画。它不过是一个拖长的圆墨点。在齐白石把它搬到纸上之前，不曾有人认为它值得一画，然而在《蛙声十里出山泉》中，显出多么蓬勃欢腾的生命力，多么畅快而宣泄的情绪，多么惊人而富于豪气的艺术想象！多么像李斯特《狂想曲》上的一个接着一个跳跃在线谱上的音符！真正的艺术大师正是在你什么也没看出来的地方发现了迷人的艺术。你不信，你再看

和妻子在中国美术馆大门口展览牌前合影

看齐白石画的那些河柳、油灯、火炉、柴耙、水虾、算盘之类，难道这些东西不是也在你身边吗，你把它们看做了艺术的对象吗？希什金画了多少到处可见的树，但这些树到他笔下几乎没有做任何加工，就成艺术珍品，印在画册上，叫你一遍遍饶有兴致地翻看。契诃夫写了多少那种一辈子也没发生过什么故事的小人物？他是怎么把这些街头巷尾的凡人凡事变成揪扯人心的艺术形象的？到底因为这些艺术大师把非凡的哲理、动人的情绪和特殊的美，赋予了这些形象，还是他们像居里夫人那样，能够天才地从那些普普通通的乱石块中提取出比金子还要贵重的镭？

艺术的玄奥往往是谜一般的才能。这才能真正点石成金。

说到这儿，似乎可谈到的话题很多。诸如艺术的本质、生活与艺术的关系，某一个艺术规律，或者艺术家的主观因素问题，等等。我却想岔开，扯到一种非学术而纯感受上去说一说——我想，像齐白石这样的画家的一生是非同寻常的幸福。因为，在他眼里，一切等闲事物都能变成充满魅力的艺术形象，正像万物在凡·高的眼里都是活生生运动着，在莫奈眼里都分解为无比丰富的色彩，在巴尔扎克眼里，任何富于特征的细节也别想逃掉，就像老猎手目力所及的飞禽走兽。比如那个兼包客宿的伏盖公寓中，穷酸破乱的公共食堂墙角橱柜里的三样东西：瓶塞、脏餐巾和缺角的碟子……当然这三样东西在一般人眼里，多半是无生命的，无内容和无价值的，然而巴尔扎克靠着它使这公共食堂"活"了起来。想想看，在他发现了这些珍宝一般的细节时，曾经多么兴奋与幸福!

可惜，现在的眼科学还很落后，或者说眼科专家们还从来没想到研究艺术家眼睛的构造。如果在未来的一天，他们发现到艺术家眼里含着一种什么特殊的元素，仿制出来，注入所有人的眼球里，使所有人都具备这种眼力，那么人人都将活得幸福。因为，那时你不只是从别人制作出的作品中去享受艺术了。你自己就能随时随地把所闻所见的一切质变为艺术。那你就不仅仅从雄劲的山色、浓郁的花气、粼粼的水波，获得心灵上的快感。你还能从普通常见的事物，从眼前的一切，譬如光影中明暗斑驳的物象——或明洁，或深远，或华贵，或淡雅，或真切，或朦胧，或融融，或错落，获取丰富无比、一如艺术那样的感受。万物在你眼中掠过时，还时时呈现新颖的构图、画面和奇妙的境界。你能从欸乃的橹声，联想到上个世纪江上生活的画面，从云天、水波、木纹、鸟影、起伏的山脉，以及阳光中的浮尘，空信箱和废报纸中，悟到某一个深邃的人生哲理。从旧友邂逅时的一笑，从第一滴春雨凉丝丝落在脸颊，从婴儿挂在长长的睫毛上的纯净的泪珠，油然生出一句绝妙好诗。现实生活中的一切，与你一时的心境、情感、心绪相碰，都会不停地闪出艺术之光。这光犹如不停的闪电，时时把你的心中照亮。

自然，你不是画家、诗人、作曲家、摄影师、建筑师，你这些画呀、诗呀、旋律呀，也都是模糊不清的，片段不整的；你并没有纯熟的技巧和高超的表现力，把它们贴切又完整地表现出来。然而，你已经在进行任何一个杰出的艺术家所必要的第一步的工作：用艺术情感去感受生活。你将尝受到艺术创作所特有的快乐。你的思维、情感、感受，都将得到最美妙而神奇的抒发。你也会比普通人更多地获得生活的财富而更加热爱生活……

艺术原本在你心中。

三

这便是我要回答的：艺术在哪里。

“那咱们没有分歧。你也对，我也对。”

别这样，亲爱的。艺术不是调解民事纠纷，咱们不必打不赢对方就什么都认可。你可以就认为你对，我可以就认为我对。你吃牛肉，我吃猪肉。咱们不都挺带劲儿地生活在这个地球上吗？

为艺术的圣洁而战

——关于对吴冠中侵权案的思考

法律像一个筛子，从浑浊的“吴冠中伪作案”中筛出了公正的结果。尽管这结果姗姗来迟，毕竟大白于天下。在电话中我对吴老说：“谢天谢地，您解脱了。”随后便听到吴老那干哑又松弛的笑声。这笑声与他分别了整整两年。原来笑声也可以像鸟儿那样禁闭起来，如今自由自在地放飞了。

撂下话筒，独坐沉思，心想识别这伪作原本并不费力，一眼看去真假立见，无须多辨，为何要把一个无辜的画家放在中间折磨这样久？画商们又为何非要画家承认这低劣的伪作出自他的笔下？而吴老这样一位当代绘画大家，又因何为此一幅伪作，焦灼万状，激愤不已，非要在法庭分辨明白？

记得前年自美国归来，闻知上海开庭审理此案，便去电话给吴老，请他保持平静，珍重身体，相信法律不会宣布骗子获胜。他说：“我没事，我已经不生气了。”可是说着说着，他那难以遏制的愤怒便通过电话导线冲进我的耳鼓，我感到他全身都在用力、在震荡、在抖动。

这仅仅是因为那拙劣不堪的伪作玷污了他的名声吗？谁又会去认真想一想呢？

吴老的朋友们都知道他毁画的故事。进入晚年的吴老几乎是一边作画，一边把他不满意的旧作毁掉。尽管他的画在市场上寸纸寸金，但他毁掉自己那些作品的时候却毫不吝惜。艺术是艺术家的宗教，他们以彻底的虔诚面对着神圣的艺术。他们把艺术当作一种精神方式，而非物质方式；他们的一生都在攀登，不断的自我否定，生命的感觉总是伴随着那种难以自我超越的痛苦……他们怎么肯将一件失败的作品，哪怕只一笔败笔，传之于世？可是当今还有多少这样经常处在自审状态中的严肃的艺术家？

然而，那幅劣等伪作，公然顶着他的名义，标以高价，悬于高堂，欺弄世人。还有那些能言善辩的嘴巴，指鹿为马，硬要他认可自己就是这幅伪作的作者。他可以毁掉自己不满意的作品，却无法把这幅欺世盗名的伪作扯碎。他激动、愤懑、苦恼，但他是否知道——

当艺术家和他的作品走入市场，艺术成为商品，艺术家也被当作了一种商品。因为，艺术家心中的艺术价值不等于艺术市场上的商品价格。艺术家本人的知名度却成了作品的价格尺度。在市场中，作品中那些天才的灵光、深远的发现与天才的创造，无人能解，也无人理睬；被顶礼膜拜的、压倒一切的只是艺术家的盛名。因为名气可以兑换钱财。从市场的角度看，大艺术家都是仙人，能够呼龙唤凤，点石成金，把一张张白纸转瞬变成黄金万两或百万英镑。于是，自然会有人在这名字下边干起欺骗、剽窃、假冒与盘剥种种勾当。艺术瑰宝的旁边总有几只邪恶的手。古今中外，莫不如是。

金钱，一边造福与繁荣社会生活，一边诱惑和腐化人的灵魂。这诱惑能使人的理想化为欲望，并足以使一个个艺术家顺应它、屈就它、媚从它。由于现代传播媒介是提高一个艺术家知名度最快捷的途径，于是包装技术五花八门；名家大师巨匠泰斗的桂冠满天飞，伸手可得，炒人炒名炒值炒价炒买炒卖炒自己的炒术更是充满智慧。每个在市场中钻营的人总是背着一块广告牌，上边写着惊人的话语和同样惊人的价格。当我们一次次从报端得知，某一幅画卖到了一座工厂的价钱，方才明白，艺术不仅能成为商品，还能成为商业。当今在市场中依旧坚持自己追求的艺术家还有多少人？

我问过一位作品卖得高价的画家："为什么你的作品风格不再变化了，是你的追求达到完美了，还是你的追求已经完结了？"他倒是直言不讳地说："如果我变了，别人就会认为那不是我的画，是我的假画，也就

正在画《流出春天》时，被一位拿着照相机的朋友招呼一声，“咔嚓”一响，便是这张照片

没人买了。”

他的诚实令我钦佩，他的艺术却令我悲哀。原来金钱可以帮助一个艺术家，也可以终结一个艺术家；那就要看谁能够超越世俗而自我升华。

在这样的背景下，一场官司却叫我识得一位期望已久的艺术家。

他的焦灼、激愤、痛苦与彷徨，都因为他心中至高无上的艺术受到践踏与亵渎。他走上公堂，并非要给被告一分难堪，而是为了他为之奋斗了大半生的艺术的纯洁而战。艺术家是拿生命祭奠美的圣徒；为了美的永恒，他们苦苦追索，孜孜以求，承受着艰难与寂寞。他们蔑视平庸，傲对世俗，不料竟在凡夫俗子用欲望制造的陷阱中跌了下去。他不得不放下画笔，赤手空拳，与这远远超出官司本身的庞大的人间丑恶较量。他打官司和毁画，都是为了一个目的，即艺术的圣洁。这之中，容不得一点低劣，更容不得半点虚假。真善美，就是艺术家调色板上的精神的三元素，艺术就靠着它们绚丽而迷人。

这官司原是一场圣战！为艺术的真实与崇高的圣战！

所以，我去年在北京的一次会上说：

“我读了吴老发表在《光明日报》上的文章《黄金万两付官司》，我为我们这样的艺术家感到骄傲。”

这年夏天，赵士英在中国美术馆举办画展，邀我为他主持开幕式。听说士英的老师吴冠中先生也来参加，但直到开幕式进行到一半，才见吴老赶到。他瘦瘦的身子，一手拎着一只小小的轻飘飘的尼龙布兜，见了众人，略表歉意。随后才知吴老迟到的缘故。他住地甚远，没有私家汽车，站在细雨中等候“面的”，竟等了一个多小时，故而来迟。我心里好一阵感动。当画商们拿着伪作牟取巨款时，画家本人却活得如此朴实清纯。画商若知，做何感想？人品是不易看到的，我却从中看到他的品格，并一下子明白，他的画为何那样灵透通彻。望着他专注看画的神情，以及为了这场官司熬得几乎全白的头发，我心中默默为他呼吁：谁也别再来打扰这样一位艺术家了。

拒绝永恒与点子文化

现在是二十一世纪了。我们有必要把那些古老的东西，包括古老的观念都拿出来掂量掂量；比如那个曾经被埃及人用二百三十万块巨石堆造的金字塔所象征的永恒，看看它究竟还有多重？

由于人的生命只是一个过程。它以时间为载体，只能够线性地行走一段距离，不能永远地存在下去。人的至高无上的生命渴望便是永生，永生就是永恒。因此，古老的艺术的最灿烂和庄严的主题都是对永恒的想象与追求。由于艺术的追求就是生命的追求，所以艺术家们对艺术本身的最高追求也是永恒。作家在手稿中，作曲家在谱纸上，画家们面对草图——全都是不断创造，又不断推翻；不断修改，又不断自我否定。不管是为了一个细节的准确，还是为了一个笔触的神奇。这种艺术行为的骨子里，都为了作品的永在。永恒使一些古老的艺术十分伟大。我在巴黎的巴尔扎克故居博物馆看过他的手稿。每一页修改部分都远远超过他最初写作的那部分。细小的字迹，全是从生命深处抽出来的精髓，一点点充实到作品中去。我感觉巴尔扎克的写作简直就是在压榨自己，直至把自己掏空。在这密密麻麻的反复修改的字迹里，我们不是看到了作家为了永恒那种拼死的搏斗吗？

然而，今天的艺术家已经完全不再这样拼命。媒体早已经把人们改变得“喜新厌旧”。它还和网络连手，让我们的感官天天快乐地塞满亮闪闪的新信息，并潇洒地一扬手，纷飞地抛掉昨天的旧闻。但这不能怨它们，媒体和网络全是市场。市场的生存方式，就是不停歇地推出悦人耳目的新事物。谁占领了今天，谁就可以称王称霸。只有傻瓜才想着去做死后的凡·高。如果死后成不了凡·高多冤！再说如今在市场中走红的那些人物，哪一个不是貌似凡·高？

活着的凡·高比死后的凡·高实惠多了。

于是今天，即使那些最“私人化”的现代主义者，也渴望着在世间走红，哪怕当上一天的王者。但是要想成为王者，首先要推翻和否定前人。

本来，艺术之间很难使用否定。科学往往从对前人的否定中向前跨出历史性的一步。哥白尼推翻了地球中心说，人们对宇宙及自我的认识便进入了全新的境界。但谁能推翻莎士比亚？莫里哀还是阿什·米勒？艺术只能凭借迥异于别人的个性而独领风骚。一句话，科学需要否定，艺术只能区别。但艺术的区别，只有另外去创造一个前所未有的艺术生命来——这谈何容易！对于现代人来说，这样做又似乎太慢、太苦、太没把握，市场也不允许。那么用什么去否定别人？批评吗？当然不是。当今的批评最多只能够把一切都涂灰涂黑，弄得不清不白而已。怎么办？法宝只有一个——用观念！

只有新观念才能毙掉旧观念。又快，又便当，又干脆，而且来得轻而易举。

于是观念艺术充斥着二十世纪的后半叶。一个观念的出现，带来一阵新奇，一片惊呼，一片喝彩。就像媒体中的一条爆炸性新闻，市场上一件奇特的商品上市。新观念全是针对旧观念设计出来的。所以它必胜无疑。它使昨日的“观念艺术”成了昔日的报纸或过时商品，黯然失色，乏味多余。所以，尽管二十世纪后半期的艺术五花八门，层出不穷；艺术家们多如繁星，个个振聋发聩，人人称霸一时，但到了世纪末总盘点时，竟然没有留下几个！由于它们全是否定一个，出现一个，就像多米诺骨牌那样，但最后看上去却像一大片全趴在地上。而我们的文坛不也是演足了这样的活报剧吗？可悲的是，每当这种观念艺术出了新招，评论家总是趋之若鹜，唯恐落后，被新潮甩下。那种对新奇文本的饶舌一般地阐释性的“评论”，看上去都像“打托儿”一样。他们被一种潜在的心理捉弄着，那就是：谁吹捧新潮，谁才进入新潮。当今的文坛已经充满了人为的制造。

观念艺术的关键是观念本身。观念愈来愈重要，制造就愈来愈次要。反过来观念渐渐就成了一种“点子”。点子只给人刺激，不给人感受。在市场经济发达的国家，一些标新立异的画展往往由美术馆来策划，艺术家来完成。就和我们当今的一些图书一样——出版社来策划，作家来施工。

艺术的原创力自然衰竭！艺术市场却是五光十色！

尽管市场上的图书风情万种，能留下的作品有几本？

从这里我又想到，与新潮艺术翻新不已的同时，市场上最流行的那个字眼儿——时尚。实际上，如今的“时尚”早已不是唐女尚胖身，楚女尚细腰的那种时代风尚了。倘若商家非要等着时尚的自我形成和自然出现，再去运作时尚商品，肯定早被同行们挤垮了。因此，在消费时代，一切时尚全是商家的策划。从汽车新款到流行色，只要流行开来，就有钱可赚。所谓“领导时代的新潮流”，实际上是“指导花钱的新方式”。时尚成了一种卖点，不断翻新时尚就是不断制造卖点。时尚由自然的变为人为的。人在被时尚所驱动，说到底还是被市场霸权所摆布。

在这市场行为中，“点子”具有非凡的意义。它能使任何一件事物超凡脱俗，奇迹出现；能决定企业的生死，转阴为阳，起死回生；还能点石成金，成为滚滚财源。它又最有新闻性，使你的一切很快传布天下。如果艺术家们也自觉地使用起“点子”来呢？

说到底，商业的点子与艺术中的观念在性质上同类。都是卖点！

点子文化已经覆盖了我们的艺术与文学。点子思维已经占据了我们艺术家们的脑袋。

艺术一旦被它所操纵。它的光明的一面，是一定会制造出一时的奇观；它的黑暗的一面，是一定并很快地被别人制造的更夺目的奇观所覆盖。

永恒的本质是对完美的追求。拒绝永恒追求的艺术，必然走向粗糙、廉价和短命，这就要看你选择什么了。

以假当真

那年，在伦敦街头巷尾一家小小饭店与当地的几位作家聚谈，有两件事至今犹然记得。一件是这家小店的外墙如同室内那样粉刷成白色，而店内的墙面反而是砖砌的，一如外墙，从外边走进这家小店，反倒像由屋内走到大街上坐下来吃饭，这感受甚是奇异！另一件是这几位作家中，滔滔不绝者所说的话，过后叫我一句也记不得；但其中一位下巴蓄着小胡、死守着缄默的老头儿，忽然蹦出口的几句话，倒叫我深记难忘。后来从报上才知道他得了诺贝尔文学奖，便是写《蝇王》的威廉·戈尔登。

他忽然问我：

“中国画家为什么用黑颜色作画？”

黑颜色，中国人谓之墨。他所说的便是水墨画。我答道：“因为黑色是一种语言，就像黑白照片……”他听了似乎不以为然，我又说：“因为黑色是最重的颜色，与水调和能调出深浅不同最丰富的色调，其他颜色很难调出这样多的色调……”他的神情依然肃穆不动。我想了想再说：“因为中国人从来不把画当作真的。怎么……你不能理解吗？”

他像被什么打中了那样，身子一震，眼睛放光，声音好似更亮，他说：“不不，中国人真棒，真是棒极了！”他摇头晃脑，赞叹不已。

无须我再多说一句，他已经理解了，而且一下子也理解了中国艺术最伟大的特征之一——以假当真。东西文化的不同，被他以一种感悟沟通了。艺术的道理对于他这种人，一点即透，无须多言，我朝他欣赏地点点

造访剑桥大学。中间为散文家吴伯箫先生

头，他也会意，一笑便了。

墨之黑，本来只是缤纷世界千颜万色中的一种，但中国人用它描绘一切。为什么不失却真实，也决不会引得人笨拙地问：这树为什么是黑的？荷花为什么是黑的？麻雀为什么是黑的……难道人的嘴会是黑的吗？

在中国的章回小说中，每回结束必写一句话，“欲知后事如何，且听下回分解”。难道同样，在京剧《三岔口》中，任堂惠与刘利华的全部“夜战”，竟然都是在灯火通明中进行的。为什么没有观者指责这种不真实已经近乎荒唐，反倒看得更加津津有味。在中国的戏曲舞台上，一根马鞭便是一匹千里神骏，几个打旗的龙套便是浩浩三军；抬一下脚便是进一道院或出一道门。西方人面对这些可能惊奇莫解。中国人却认可这就是艺术的真实。

中国艺术家为什么敢于如此大胆地以假当真，将读者与观众“欺弄”到这般地步，非但不遭拒斥，反而乐陶陶地认同？我想，中国的艺术家更懂得读者与观众的欣赏心理——假定这是真的。

其实，无论是东方还是西方，没有任何一个读者或观众会把一部小说当作真实的事件，把一幅画当作真实的景物，把一出戏当作真实的生活场景，只不过东西方艺术家对此所做的全然是背道而驰的罢了。

西方戏剧家从易卜生到史坦尼斯拉夫斯基，都在努力使演员进入角色，演员在舞台上必须忘掉自己，舞台不过是“四面墙中抽掉一面”的生活实况，观众好像从钥匙眼里去看别人家中发生的事；然而在中国的戏剧舞台上刚好相反，《空城计》中诸葛亮唱完后，轮到司马懿唱时，诸葛亮可以摘掉胡子，使手巾擦擦汗，喝口茶水润润嗓子，因为他完全清楚观众知道这是唱戏。戏是假的，只有演员的艺术水准和功夫才是货真价实的。这样，东西方的剧场也就截然不同。在西方的剧场里，观众不敢响动，甚至忍住咳嗽，怕破坏剧场的气氛，影响真实感；但在中国的剧场里，观众却哄喊叫好，以刺激演员更卖力气；对于中国观众来说，这种剧场高潮往往比戏剧高潮，更能得到满足。

西方的古典画家同样把真实视为最高的艺术法则。他们采用焦点透视、光线原理与人体解剖学来作画，尽力使观众感到物象的逼真如实，而中国画家却用黑色描绘山水、花鸟和人物，为了表达的自由，他们将“泰山松、黄山云、华山石、庐山瀑”超越时空地集于一纸，这种透视不依据眼睛，而是依据心灵(现代美术理论家称之为“散点透视”)，他们甚至还把诗文图鉴都搬到画面上来，与画中种种形象相映生辉。因为中国画家知道观者要看的，不是生活的，而是生活中没有的。比如画中的意境、品格、情趣以及笔墨的意蕴。

至于小说，更是如此。

西方的小说家着意刻画他笔下人物皮肤的光泽，衣服的质地与眼神种种细微的变化，努力把他的读者导入如实的感受和逼真的情境中；中国人的小说家则只用“沉鱼落雁之容，闭月羞花之貌”“熊腰虎背，声如洪钟，力能扛鼎”之类的套话来形容一位美女或英豪。因为中国的小说家知道读者更关注的是这些人物超乎意料的行为，以及故事怎样一步步更牢牢地抓住他们向前发展。

以假当真，不是艺术家非要这么做不可，而是读者与观众需要这么做。

中国的艺术自始就立在这一点上。因为艺术家深知艺术不是重复生活，

我这两幅画卖出去了，2004年在“冯骥才公益画展”上

而是超越生活。艺术，也正因为它是生活中没有的，所以才更有存在价值。

音乐不是大自然的声音，诗不是生活用语；小说当然不是生活的记录，画当然不是现实事物或景物的重现。人们日日生活在现实里，何须你再来复制一个现实？这也正是自然主义最没有艺术价值的缘故。

西方的写实主义蓬勃于没有摄影和电影的时代。自从人类发明了照相机和摄影机，写实精神在西方艺术中便不是至高无上的了。而中国人就像明白罗盘的原理那样，早早地就明白了艺术不是复制生活的法则，从不崇拜写实，从不顺从器官的感受，而听凭心灵的感受，大胆地以假当真，创造了高明又伟大的东方艺术。倒是当代的中国人陷入愚蠢，把自然主义和摄影现实主义奉若神明。于是，文学只剩下表面上杂乱不堪的“感觉真实”，绘画坠入了模仿照相的技术主义。当毕加索、克里姆特、马蒂斯等人从东方中悟到艺术的真谛，从而使西方的艺术更“艺术”，但他们哪里知道如今的东方艺术正在退化？

艺术由于它给予人们的都是生活中没有的，因故才叫创造。

创造都是由无到有，创造都是为了需要。

人们需要艺术，除去认识上的启迪，审美的享受，心灵的慰藉，闲时的消遣，还有好奇、娱悦、消解、释放，以及对生活和生命的种种的补充。

艺术家一旦明白这一艺术原理，现实生活就变得有限。艺术家在复制生活时常常陷入被动和无能，超越生活时才进入放纵和自由。诗人更加浪漫，小说家更富于想象。为此之故，中国古典小说的主要特征和主要魅力是传奇。

再说京剧《三岔口》，它不是依据漆黑的夜色——这视觉上的真实，而是抓住人们在黑夜里的动作特征——摸索和试探，这样不仅将灯火通明中的夜战表现得巧妙又可信，人物面对面的探头探脑和摸爬滚打反而更加妙趣横生。一招一式，惊险机智，又富于幽默，倘若把舞台的灯光完全关闭，一片漆黑，虽然真实了，却什么也看不见了。中国戏曲正是这样把戏当作戏，艺术创造上才能更自由。

至于中国戏曲舞台上的演员和角色，他们既是“合二为一”，又是“一分为二”。演员有时进入角色而表现角色，有时跳出角色表现自己。演员的技艺刻画了角色的能耐，演员的功夫又加强了角色的魅力。观众既欣赏到角色的本领，同时也欣赏到演员超凡的功力，得到双重的满足。演员与角色，真真假假，浑然一体。艺术家所能发挥的天地是双倍的。

那些“不求形似”的中国画家，更是水墨淋漓，满纸云烟，信手挥洒，尽情张扬自己的意趣与个性。对于这些画家，“眼中之竹不是手中之竹，手中之竹又不是心中之竹也”。这“眼中之竹”便是属于大自然的，“心中之竹”是超越自然而属于艺术家主观的、理想的和艺术的。于是，郑板桥的清灵潇洒，朱耷的悲凉寂寞，王冕的高洁脱俗，都不是来源于自然风物，而是活脱脱的深刻的自己。然而中国观众要看的也正是这些。

写到此处，方应说道，中国人真是懂得艺术。正像我曾对威廉·戈尔登所说：“中国人从来不把画当作真的。”艺术家才获得天宽地阔的创造自由。东方艺术的特征，东西方艺术的区别也就因此而生。任何艺术的形成，一半靠艺术家的天才创造，一半靠富于悟性的读者与观众的理解。艺术史往往只强调前一半，可是谁来写一部读者史或观众史？

百水的怪楼

凡是去维也纳的人，大都要到百水创建的怪楼看一看。这楼耸立在两条窄街交叉的拐角处，初看，好似孩子们用彩色积木堆垒成的，花花绿绿，奇形怪状，又雅趣盎然。不同颜色的墙面上，嵌着各种釉片与镜片，闪闪烁烁，一片光怪陆离之感。在世界任何地方，也看不到如此异样的建筑，单凭这一点，就足以引起人们的兴趣与好奇。

稍加细看，便会发现，人类有史以来各种建筑形式都被它囊括了。比如伊斯兰建筑的尖顶、阿拉伯建筑的柱头、印第安人的门洞、巴洛克式的阳台；欧洲不同时代的雕像站满这座怪楼的屋顶与墙头，最惹人注目的是米开朗琪罗的大卫像，它立在一个高高的楼角；而那种在伦敦街头最常见的红色电话亭也搬来了。这一切，都是零件、细节、符号，但放在一起并不使人感到杂乱无章，相反全都统一在百水这位艺术家强烈的个人风格里。

这风格，流畅、随意、天真、自然与幽默，富于表情，更富于想象。只有想象力才能达到独创性。这些百水的怪楼都无言地告诉我们了。据说，楼内每一间房屋，也都是一个独自仅有的艺术空间。它是一座公寓，这些房间都分别租给不同的喜爱者。人称这座楼为“百水公寓”，唯有中国人叫它“怪楼”。

中国人习惯把一时不能接受的称之为“怪”，如怪人怪物怪事怪癖，等等。怪，可以聊备一格，也就可以容忍了。这表明中国文化的容纳力。

其实它并不怪。

因为百水不仅是一位建筑师，还是一位生态学者。他强烈地表现出西方生态学者对现代社会的深深忧虑，即人为的社会正在一天天使人远离大自然；在这种盲目的自我异化的过程中，生命正失去活脱脱的自由的本质，渐渐萎缩……他使用这座建筑表现回归自然的哲学理想。一是故意制造高低错落的屋顶，辟为绿地，栽花种树，招引鸟儿，使每一层楼的居住者都拥有大自然的一角；室内没有空调，温度使用自然的空气调节，也没有其他现代化的电器设备。二是在建筑美学上，打破一切原有的建筑模式，创造出一种不规则的、情绪化的、变化无常的审美风格，达到一任自然的境界。

百水最先是画家，早期在巴黎学习美术，风格接近德国表现主义大师蒙克，喜欢随意联想的形象与自由流动的线条，再加上一些装饰性色块，画面生动真切又离奇神秘，充分展示在水泥和电脑中间生活的现代人对自然的渴求。后来，他把自己这种审美内涵与生态学意义上的哲学思考，都运用到建筑上去。他常用稚拙的曲线，打破现代建筑的横平竖直的规范；在墙面上嵌入装饰性色块，瓦解现代建筑的呆板与乏味。他最爱在一些窗台下，加一块不规则的彩色贴面，远看好像由窗户伸出来的一个滑稽的舌头。这感觉真是异样又可亲。如今在奥地利各大城市，只要看见这样的建筑，人们一准会叫出“百水”这个名字。

维也纳是一座视历史为至高无上的城市，各个时代的著名建筑异彩纷呈，而现代的高楼大厦却很少见到。有人曾在圣·斯蒂芬大教堂对面盖了一幢现代风格的商业楼，至今仍被人们争论不休。许多人认为它破坏了维也纳的和谐与美，吵闹着要炸掉它。但人们居然认可了百水这座近于荒诞的现代怪楼，真叫人不解！它在一九八五年才建成，没过多久，竟然被人们当作维也纳一个景观了。

我想，主要因为百水并非以寻奇作怪、故弄玄虚取悦于人，相反，他以深刻的哲学思考，敏锐的时代感悟，契合了现代人的心灵困惑与梦想，他的建筑才华博得世人的推崇。

百水为维也纳增添的另一风格建筑是垃圾处理厂。这座每天要处理

百水的代表作——施托瓦瑟屋，这是他在1985年为市政府设计的国有居民楼

掉八百吨垃圾的大工厂，被百水设计成一座华美神奇的现代古堡，在层层叠叠的建筑块体中间，同样种满树木，远看又像一座艳丽五彩的山。那根人人见了都会害怕的巨型烟囱，被装饰得溢彩流光，好似一棵美丽的擎天柱；尤其上端金光烁烁的巨球，给蓝天映衬得夺目非凡，致使外来游客疑为维也纳的电视塔了。但当人们得知这是一座堆满垃圾的工厂时，都不免赞叹道：

“维也纳人恨不得把一切都变成美的！”

百水为维也纳人赢得这样的赞美，因此他成了奥地利当今最受宠爱的艺术家之一。

据说这座工厂的装饰费用花去八千万先令巨款。但百水却免费设计，不取分文，因为这一工作体现了他毕生的追求：改善环境，为了人类生活得更美好！而他把这追求表现在对环境构成威胁的垃圾处理厂，才更明确，更富挑战性，更具影响力。

记住《平安夜》

每到大雪纷飞的圣诞之夜，世界各地基督教和天主教教堂唱诗班的孩子们，都要用那纯真而虔敬之心，在烛光闪烁里唱起同一支歌：

平安夜，至善夜，
万暗中，光华射。
照着圣母也照着圣婴，
多少慈爱也多少纯真。
静享天赐安眠，
静享天赐安眠。

这便是举世皆知的圣诞之歌《平安夜》。

但这支抒发人们对平安企望的美妙之歌究竟诞生何时？何地？出自谁的手笔？谁还记得？

民间的记忆

到了萨尔茨堡，我才知道《平安夜》的作者摩尔与格鲁伯的名字。但如果打听一下这支歌的由来，那就起码要听到五个以上“版本”的说法了。

一种说法是一八一八年圣诞节那天，离萨尔茨堡不远的欧奔多尔福镇的教堂要举办庆祝会。助理牧师摩尔忽然发现教堂里管风琴的皮风箱被老鼠咬破了，无法发出声音，怎么庆祝圣诞？束手无策的摩尔忽然想起耶稣在圣诞之夜降生时，天使唱的那两句歌词：“天主享受荣福于天，良人享受太平于地。”如果依据这句颂辞写一支歌来庆祝圣诞多好呀。摩尔很快写了一首赞美诗作为歌词，跟着请教堂的风琴师格鲁伯谱曲。格鲁伯被他的歌词打动，谱写的曲子真挚深切，感人肺腑。这首歌在晚会上唱出来后，一鸣惊人，并很快就传遍世界。

还有一个版本说，这支歌虽然好，但欧奔多尔福镇毕竟比较闭塞，根本无法传出去。是途经这里的一位德国音乐家听出了这支歌不朽的气质，带到了德国，还受到了德国皇帝的赞赏。由此，《平安夜》成了每逢圣诞都要演唱的“节歌”。

另一个版本则不承认这种好事是德国人干的。据说这支歌先在欧奔多尔福镇埋没了很久。后来本地一位名叫莫瑞哲的修造手风琴的工匠，把这首歌交给一个合唱团，渐渐传播到奥地利各地，又传到国外，经过许多名家到处演唱，《平安夜》才名扬世界。

再有一个版本很像一篇伤感的小说。说是音乐教师格鲁伯有个可爱的儿子病死了，格鲁伯夫妇痛苦欲绝。圣诞节来临，妻子依然忧郁万分。格鲁伯想用琴音为妻子排解悲伤。他掀开琴盖时，发现里边有个小纸片，上边写着一首歌的歌词。原来是他的好友摩尔神甫悄悄放在这里的。格鲁伯读了歌词，受到感动，便用管风琴把这歌词谱出曲来。他边弹边唱，妻子心中的愁云渐渐散开……在这里还有一个说法，说是摩尔在圣诞夜来看望格鲁伯夫妇，带来这首歌的歌词。两人用吉他创作这首歌。歌儿完成了，格鲁伯妻子心中的阴云也一扫而空。这就是《平安夜》的来历。

在没有历史记载的地方，只有靠民间的传说。民间传说也是一种民间记忆。

民间的记忆，也就是集体地记忆一件事情，总是要把各自不同的美好的想象掺加进去。所以愈是影响巨大的事情，最终记忆下来的愈是花花绿绿各种各样的版本。如果把这些版本放在一起，正是缤纷又真切的民间情感。

历史的记忆

历史的记忆都是有据可查的。比如诗人摩尔和作曲家格鲁伯两个人的身世与人生。

摩尔生来就是不幸的，他是私生子。母亲单身生活，非常贫穷，靠着为人织毛衣勉强度日。她爱上了大主教军队中的一个士兵，名叫尤瑟夫，并与他私通。这在中世纪要受到极其严酷的惩罚。尤瑟夫非但没有站出来承担责任，反倒逃之夭夭。由于母亲已经身怀摩尔，才免受惩处。摩尔出生后，没有父亲，不能去教堂受洗礼。一位名叫法兰茨的刽子手，平日行刑时杀过许多人，他想做一点善事，愿意为摩尔做教父，这样摩尔才艰难地挤进了人间。

法兰茨有一位名叫希尔的朋友是教堂的助理。希尔发现摩尔人很聪明，又有音乐才华，便着意地辅导摩尔读书，学习神学与音乐，并帮助他成为一名神职人员。摩尔由于出身清苦，对穷苦的人充满怜悯，总是主动地帮助那些人。他先后在一些小乡镇的教堂里做牧师或助理牧师。百姓们都喜欢他，但在社会上他却一直默默无闻。

有关格鲁伯的记载非常有限，只知道他是摩尔的好朋友，管风琴师。他为《平安夜》谱曲时，正在欧奔多尔福镇一座小学中担任教师，并主持欧奔多尔福镇教堂的演奏。他和摩尔一样默默无闻。从歌曲可以领略到他的音乐天赋。有人说他创作过近百首歌曲，但他留给音乐史的仅仅这一支歌而已。他生于一七八七年，死于一八六三年。据说当年柏林皇家乐团演奏《平安夜》时，还不知这首歌的作者是谁，直到格鲁伯的儿子福里克斯·格鲁伯跑去，出示了相关的证明材料，世界才知道了摩尔和格鲁伯。

摩尔在《平安夜》之外，也没有更多诗作传世。他出生于一七九二年，创作《平安夜》时他二十六岁。他卒于一八二七年，只活了三十五岁。也就是说，在《平安夜》红遍天下时，他早已不在人世，无怪乎民间生出那么纷纭的传说了。

今天的记忆

人类进入现代文明的标志之一是对记忆的珍视与自觉。这在《平安夜》的诞生之地——欧奔多尔福镇会深刻地感受到。

当年摩尔与格鲁伯第一次演唱《平安夜》的尼古劳斯小教堂，建于中世纪，历经数百年，早已破损倒塌，于一九〇五年拆除，新的尼古劳斯教堂迁建他处。尼古劳斯是劳苦的孩子、船工和渔民的保护神，有点像中国的妈祖。当年把这样一座教堂修建于此，恐怕与著名的盐河从镇边流过有关。盐河还是德奥的界河，河上有桥，只要从桥上走过去，便进入德国境内了。

一九三七年，人们为了纪念把一曲圣诞欢歌馈赠给人间的两位艺术家——摩尔与格鲁伯，就在当年尼古劳斯教堂的原址上盖了一间小小的纪念堂。它在村镇的中心，无论从哪条路走入村子，都会到达这里。一块中心微微隆起的碧草如茵的绿地上，一间白色的六边形的屋子，上边一个钟形的屋顶，古朴又明亮，简朴又美丽。里边的布置好似教堂。但左右两边分别是摩尔和格鲁伯的纪念石，下边一年四季摆满鲜花，都是世界各地游人的敬献。四季不同，花也不同。纪念堂外的绿地四周，有一个世纪以上的水塔、古树、老屋，尽力维护着历史环境与氛围，生怕记忆被打乱。据说年年圣诞之夜，这小村镇都是热闹非凡。身着盛装的唱诗班的孩子手拿荧荧发光的蜡烛，站在大雪里，唱起《平安夜》。从世界各地来到这里欢度圣诞的人，也都站在雪地里一齐合唱，气氛庄重又圣洁。他们觉得只有这里的《平安夜》才是原汁原味的。

此外，人们还考察到萨尔茨堡石头巷九号是摩尔出生的房子。现今门前也装上一块石刻的牌子，以示纪念。

由于有了这些努力，我们才知道萨尔茨堡这个音乐圣城，为全人类除去贡献了莫扎特和卡拉扬之外，还有一支永远的歌。

原作的力量

我在意大利观瞻艺术史上那些杰作时，获得一种体验：尽管这些作品我曾经从画册里数百次地看过，熟悉得几乎能背出每一个微末的细节，但是一旦面对原作，仍然会像被雷电击中那样强烈地受到震撼。

尤其是在佛罗伦萨的“学院画廊”那个淡绿色拱顶的大厅里，看到米开朗琪罗的《大卫》时，它体积之大完全超出我的意料。我一直感觉他和真人一般大小，不料竟三倍地高于常人！我仰视这个以色列年轻的勇士，心中有一种被征服感，我从自己身上找不到一种力量可以超越他。显然，这征服力不单单来自他强大的刚毅的精神与凛然之气，还来自这巨大的体积。过大的尺度是对人物的力量与气势的加倍夸张，也是对观赏者自我感觉的强行压缩。崇敬之感缘此而生。于是，这《大卫》的原作使我一下子明白一个道理：原作的尺度实际上是艺术家创作时情感的宽度与强度。好的作品绝不是可大可小的。或者说，尺度体现着创作时的状态，它要求得十分精确，不能放大也不能缩小。从画册里那种缩印成巴掌大小的大卫身上，绝对不能获得面对原作的这种震撼。当然，如果把宋人小品放大成宏幅巨制，原作中那种“咫尺万里”的奇妙而悠远的境界也就荡然无存了。

然而原作的意义，不只是体现在它的尺度上。

艺术家的创作，就其本质，是一种灵魂再现和生命再造。我们还没有一种仪器，可以观看到艺术家痴迷于创作时，他和他的作品如何神奇地进行着一种生命转换。所有鲜活的色彩都是艺术家情感的张扬，一切笔触无不是他们倾心的诉说。在创作过程中，作品一直被他们的精神所照射，最终它饱和并放射出艺术家这种心灵之光……在维也纳百乐宫里，埃贡·席勒的原作令我感受到从未有过的震栗与悲凉。伴随着他笔下那种一贯的、痛苦的、抽搐而变形的人物，满幅画面全是紧张的短线和急促的皴擦的笔触。这笔触粗糙、坚硬，岩石一般崚嶒，仿佛至今还带着作画时用力的声音。这声音分明不是来自画笔，而是他的心在画布上苦楚和带血地摩擦。正因为这样，从中我们不是听到了这位终生都在表现人生苦难的短命大师凄厉的呼号吗？但是，后来我在一本印制得异常精美的画册中再看到这幅画时，无论如何也找不回原作所给予我的震栗感了。奇怪！细看这精印的画面，一切线条、色彩、细节，一如原作，什么也没丢掉，为什么独独失去了原作中那种催动人心的力量？

同样，面对着罗丹的名作《吻》，凝视着那一对恋人的嘴唇尚未接触到的缝隙里，任何人都会感受到一种激情、一种痴迷、一种诱惑，还有呼吸的气流以及温度，但拍下照片再看，这些迷人的感觉竟然十分蹊跷地消失了。

印刷、拍照、录像，都是复制。复制只能再现作品的外貌，无法表现原作的生命。生命是创造出来的，永远不能复制出来。艺术家用生命创造生命，用灵魂铸造灵魂，当他完成一件作品之后，便把一部分生命留在原作里，这生命可感可知。一旦把它们拍成照片，印刷出来，尽管表面的一切依然如故，但它的质感、量感、触感，以及所有活生生的生命感觉便全然失去。立体变成平面，尊贵变为廉价；灵魂被抽去，生命被泯灭，徒具形骸。

这样，我的体验告诉我：

艺术的力量，说到底是一种生命的力量。

它保留在独一无二的原作里，这也就是惟原作才富有的力量。去画廊、去博物馆、去艺术晶展览会看原作吧！

你想真正认识一个人，就不能只看他的照片。

永恒的敌人

——古埃及文化随想

我面对着雄伟浩瀚、不可思议的金字塔，心里的问号不是这二百三十万块巨石怎样堆砌上去的，也没有想到天外来客，而是奇怪这人类历史上最伟大的建筑竟是一座坟墓!

当代人的生命观变得似乎豁达了。他们在遗嘱中表明，死后要将骨灰扬弃到山川湖海，或者做一次植树葬，将属于自己最后的生命物质，变为一丛鲜亮的绿色奉献给永别的世界。当天文学家的望远镜把一个个被神话包裹的星球看得清清楚楚，古远天国的梦便让位于世人的现实享受。人们愈来愈把生命看作一个短暂的兴灭过程。于是，物质化的享乐主义便成了一种新宗教。与其空空地企望再生，不如尽享此生此世的饮食男女。谁还会巴望死亡的后边出现奇迹？坟墓仅仅是一个句号而已。人类永远不会再造一个金字塔吧。

但是，不论你是一个怎样坚定的享乐主义者，抑或一个无神论者和唯物主义者，当你仰望那顶端参与着天空活动的、石山一般的金字塔时，你还是被人们建造的这座人类史上最大的坟墓所震撼——不仅由于那种精神的庄严，那种信仰的单纯，更重要的是那种神话一般死的概念和对死的无比神圣的态度与方式。

古埃及把死当作由此生渡到来世的桥梁，或是一条神秘的通道。不要责怪古埃及人的幼稚与荒唐，在旷远的四千五百年前，谁会告诉他们生命真正的含义？再说，谁又能告诉我们四千五百年后，人类将怎样发现并重新解释生与死的关系，是不是依旧把它们作为悲剧性的对立？是不是反而会回到古埃及永生的快乐天国中去？

空气燃烧时，原来火焰是透明的。我整个身体就在这晃动的火焰里灼烤，大太阳通过沙漠向我传达了它的凛然之威；尽管戴着深色墨镜，强光照耀下的石山沙海依然白得扎眼；我身上背着的矿泉水瓶里的水已经热得冒泡儿了，奇怪的是，瓶盖拧得很严，怎么会蒸发掉半瓶？尽管如此，我来意无悔，踩着火烫的沙砾，一步步走进埋葬着数千年前六十四个法老的国王谷。

钻进一个个长长的墓道，深入四壁皆画及象形文字的墓室，才明白古埃及人对死亡的顶礼膜拜和无限崇仰；一切世间梦想都在这里可闻可见，一切神明都在这里迷人地出现。人类艺术的最初时期总与理想相伴，而古埃及的理想则更多依存于死亡。古埃及的艺术也无处不与死亡密切相关。他们的艺术不是张扬生的辉煌，而是渲染死的不朽。一时你却弄不清他们赞美还是恐惧死亡？

他们相信只要保存遗体的完好，死者便依然如同在世那样生活，甚至再生。木乃伊防腐技术的成功，便是这种信念使然。沉重的石棺、甬道中防盗的陷阱、假门和迷宫般的结构，都是为遗体——这生命载体完美无缺地永世长存。按照古埃及人的说法，世间的住宅不过是旅店，坟墓才是永久的居室；金字塔的庞大与坚固正是为了把这种奇想变成惊人的现实。至于陪葬的享乐器具和金银财宝，无非使法老们死后的生活一如在世。那么这一切到底是为了装饰着死，还是创造一种人间从未发生过的奇迹——再生和永生？

即使是远古人，面对着呼吸停止、身躯僵硬的可怕的尸体，都会感到生死分明。但是在思想方法上，他们还是要极力模糊生死之间的界限。古埃及把法老看作在世的神，混淆了人与神的概念；中国人则在人与神之间别开生面地创造一个仙。仙是半神半人，亦人亦神。在中国人的词典里，既有仙人，也有神仙。人是有限的，必死无疑；神是无限的，长生不死。模糊了神与人、生与死的界限，也就逾越死亡，进入永生。

永生，就是生命之永恒。这是整个人类与生俱来最本能、也最壮丽的向往。

从南美热带雨林中玛雅人建造的平顶金字塔，到中国西安那些匪夷所思的浩荡的皇家陵墓，再到迈锡尼豪华绝世的墓室，我们发现人类这样做从来不只是祭奠亡灵，高唱哀歌，而是透过这死的灭绝向永生发出竭尽全力的呼唤。

死的反面是生，死的正面也是生。

远古人的陵墓都是用石头造的。石头坚固，能够耐久，也象征永存。然而四千五百年过去了，阿布辛比勒宏伟的神像已被风沙倾覆；尼罗河两岸大大小小几乎所有的金字塔，都被窃贼掏空。曾经秘密地深藏在国王谷荒山里的法老墓，除去幸存的阿蒙墓外，一个个全被盗掘得一无所有。没有一个木乃伊复活过来，却有数不尽的木乃伊成为古董贩子们手里发财的王牌。不用说木乃伊终会腐烂，古埃及人决不会想到，到头来那些建造坟墓的石头也会朽烂。在毒日当头的肆虐下，国王谷的石山已经退化成橙黄色的茫茫沙丘；金字塔上的石头一块块往下滚落；斯芬克斯被风化得面目全非，眼看要复原成未雕刻时那块顽石。如果这些石头没有古埃及人的人文痕迹，我们不会知道石头竟然也熬不过几千年。这叫我想起中国人的一句成语：海枯石烂。站在今天回过头去，古埃及人那永生的信念，早已成为人类童年的一厢情愿的痴想。

世界上最古老的神庙——卢克索神庙和卡纳克神庙，已经坍塌成一片倾毁的巨石。在卢克索神庙的西墙外，兀自竖立一双用淡红色花岗岩雕成的极大的脚，膝盖以上是齐刷刷的断痕，巨大的石人已经不见了。他在哪里，谁人知晓？这样一个坚不可摧的巨像，究竟什么力量能击毁并把它销匿于无？而躺在开罗附近孟菲斯村地上的拉美西斯二世的几十米的石像，却独独失去双脚。他那无与伦比的巨脚呢？我盯着拉美西斯二世比一间屋子还大的修长光洁的脸，等待回答。他却毫无表情，只有一种木讷和茫然，因为他失去的有比这双脚更致命的东西便是：永恒。

永恒的敌人是什么？它并不是摧残、破坏、寇乱、窃盗、消磨、腐烂、散失和死亡，永恒的敌人是时间。当然，永恒的载体也是时间，可是时间不会无止无休地载运任何事物。时间的来去全是空的。在它的车厢里，上上下下都是一时的光彩和瞬息的强大。时间不会把任何事物变得永恒不灭，只能把一切都变得愈来愈短暂有限和微不足道。可是古埃及人早早就知道怎样对抗这有限和短暂了。

当我再次面对着吉萨大金字塔，我更强烈地被它所震撼。我明白了，这埋葬法老的人类最伟大的建筑，并非死亡象征，乃是生之崇拜，生之渴望，生之欲求。

金字塔是全人类的最神圣的生命图腾！

想到这里，我们真是充满了激情。也许现代人过于自信现阶段的科学对生命那种单一的物质化的解释，才导致人们沉溺于浮光掠影般的现实享乐。有时，我们往往不如远古的人，虽然愚顽，却凭直觉、直率又固执地表现生命最本能的欲望。一切生命的本质，都是顽强追求存在以及永存。艺术家终生锲而不舍的追求，不正是为了他所创造的艺术生命传之久长吗？由于人类知道死亡的不可抗拒，才把一切力量都最大极限地集中在死亡上。只有穿过死亡，才能永生。那么人类所需要的，不仅是能力和智慧，更是燃烧着的精神与无比瑰丽的想象！仰望着金字塔尖头脱落而光秃秃的顶部，我被深深感动着。古埃及人虽然没有跨过死亡，没有使木乃伊再生，但他们的精神已然超越了过去。

永恒没有终极，只有它灿烂和轰鸣着的过程。

正是由于人类一直与自己的局限斗争，它才充满活力和不断进步。

纸莎草和最古老的纸画

世界上最古老的纸画在哪里？

我想，绝大多数中国人都会不假思索地说："在中国！"

但这个回答的来源并非一种史实，而是一种印象。原因有二：一，纸是中国的四大发明之一，始用纸作画者当属国人；二，中国人在元代以前基本上是用帛和绢作画，只有苏轼和文同少数几个人展纸一试，这是读过艺术史的人早已明白的常识。故而中国人沾沾自喜地认定自己是纸画的鼻祖。

其实，早在一八九八年，考古学家们就从开罗附近法老的墓葬品中，发现绘制精美的纸画了。这些纸画距今至少有五千年，也就是五十个世纪！遗憾的是，过惯了幽闭生活的中国人对此却一无所知。

古埃及人这种纸画所采用的纸，与我国东汉宦官蔡伦用树皮和麻布做原料来制造的纸完全不同，它是直接取自尼罗河三角洲生长的一种水草，名叫Papyrus，一译纸莎草，一译纸草。这种草丛生着修长的叶子，中间伸出一根根大的拇指粗的很长很长的茎秆，最长达五米，顶端开花，状似灯芯草。古埃及人便用刀割下这茎秆，切成一段段，削去绿色的外皮，再将里边甘蔗一般白色的茎心切成极薄的片儿，浸泡在水中；六天之后取出来，用圆形木棍擀去茎片里的水分和糖分，以防生虫，然后把这些薄薄的茎片像编竹席那样编成一片片，放在重物下轧平，便成了一种草制的纸，也称纸莎草纸，或草纸。这种草纸光洁柔韧，富有弹性，纸面上有草茎的纤维经纬交织，非常美观。而且纸莎草纸经过编织与粘接，可以很大。在出土的纸莎草纸中，最长的竟有四十米。它的使用价值也就很高。

自从古埃及人发明和创造了可以书写和绘画的纸莎草纸，致使他们的文化更加灿烂辉煌。他们的生活、事件、思想、宗教，得以记载下来。历史有了记录，文化有了积累，终于也有了珍贵的文献传之后世。古埃及的象形文字和祭司体文字都必须由一种具有高度书写才能的书记官来完成，这些书写在纸莎草纸上的古代书法，还是精美绝伦的艺术品。同时，富于才华的古埃及人，又将他们画在石壁上、泥板上和陶片上的美丽的图画，搬到纸莎草纸上来。由此而诞生的纸画便成了古埃及艺术最富魅力的形式之一。

纸莎草纸天然是一种棕色，或深或浅，偏黄偏红，很像我国古画年深日久之后的那种颜色，古雅又柔和。古埃及最早使用的书写墨水是黑色与红色。红色如同砖红，黑色相当于中国的墨色，用以勾勒形象轮廓。古埃及的纸画以线描为主，线条中没有情绪，力求勾画准确；线条中间平涂色彩，这些颜料都是使用动植物和矿物的原色，故而绚丽明朗，富于装饰意味，与早期中国工笔重彩十分酷似。还有，他们使用的笔也是用这种草茎削成的，茎秆柔软，因此线条很少尖锐锋利，也缺少中国的毛笔那样丰富的变化与表情。然而，艺术总是在限定中创造自己。为此埃及的绘画才分外的简洁、凝重和古朴。

世界上一切民族的形成、存在和繁衍，都离不开水的恩泽。对于几乎整个被黄沙覆盖的埃及，尼罗河里流淌的全是圣水。蓝幽幽的波涛冲开茫茫沙海，并在它两岸硬催发出生命的绿。它不仅给埃及人带来果腹的食粮和遮体的衣棉，还滋养出这种使埃及文明大放异彩的纸莎草。他们的纸和笔全来自这种奇妙的草啊！埃及人感激上苍的这一恩赐。纸画中便常常可以看到被他们奉若神明的纸莎草的形象与图案，连卢克索神庙巨大石柱的柱头，也雕刻着绽开的美丽的纸莎草花……在举世闻名的吉萨金字塔不远的一家专门制作纸莎草画的画店里，一位年轻的姑娘切断一根纸莎草的茎秆，她让我看看这茎的剖面，竟是三角形的。她说：“瞧，金字塔！”她的眸子像星星一般发光，她为这天生如此神奇的纸莎草感到自豪！

古埃及的文化在阿拉伯征服后渐渐消失，纸画也随之消亡。直至一七九八年拿破仑的军队入侵，古埃及的文明便被重新发现并由此惊动了欧洲。一百多年来，随着西方考古学家蜂拥到达埃及，发掘法老墓葬，纸画才得以重见天日。但此时它仅仅是珍奇的历史文物，古老的造纸技术却久已失传，世无人知了。

幸亏近代有个名叫哈桑·拉杰布的埃及人。他在一九五六年五月中埃建交后曾任埃及驻华大使，并与周恩来一辈领导人情谊笃深。拉杰布对古代的纸莎草纸有特殊兴趣。一九六八年退休后，潜心研究纸莎草纸制造技术，并终于找到了古人的方法，货真价实的纸莎草纸重新被仿制出来。他还将古埃及的绘画成功地再现在纸莎草纸上。阔别久矣的纸画重获新生。如今在埃及已经可以买到这种绘制精美、风情别样的纸画了。

从公元之始，随着法老时代的结束，纸莎草纸的制造中断了两千年。这期间正是中国的造纸技术通过丝绸之路传到了西亚、近东和欧洲，其中也包括埃及。古埃及的造纸是把植物直接捶压成纸，古中国的造纸却是将树皮和麻布漂洗和粉碎，先制成纸浆，再造为纸。在原理上它们的相同之处是，都利用了植物的纤维；不同之处是，一个对原料直接利用，一个分解和再造。应该说，古代人类的造纸有两个源头，分别是埃及和中国。由于古埃及历史中断，造纸技术一度失传，对人类文化的发展则失去影响；中国的历史却延绵不断，造纸技术传布世界。近代世界的造纸的原理便源于中国。

尽管如此，尽管古埃及的纸莎草纸非常原始，但它毕竟是人类最古老的纸。那么埃及人画在这种纸上的画，也应该被认为是最古老的纸画了。说到此处，且不知道这种观点，何人和之，何人否之？

静止的辉煌

艺术史中最令人激动的现象，莫过于超越。这种超越有时是跨过前人，有时是突破自身，包括艺术的本身；超越是革命性地迈出已有的成果，是对艺术能力的百倍扩张，也是将自己与过去分离，与未来热烈地拥抱。超越才是真正体现“艺术即创造”的本质。然而，超越一旦完成，便化为一种静止的辉煌。它迷人的时刻还是在那超越时的一瞬间。

从开罗到卢克索，我努力把见到的古埃及每一幅绘画、每一件雕塑都深深记住。当然这只是一种发傻的愿望。可它们却在我心里意外地形成一个深刻的印象：古埃及人从开始，心里就怀着一种超越的冲动。

几乎人人皆知，古埃及绘画中那种公式化的人物造型，即所有人物无一例外的都是：脸是侧面的，显出额头、鼻子和嘴唇的轮廓；眼睛却是正面的，有前后两个眼角；胸部也是正面的，展现出双肩与双臂；腿与脚又是侧面的，与侧面的脸方向一致。整个人物从头到脚，两次九十度地转向。真人或站或坐都无法保持这种姿势。但这种奇特的造型却可以巧妙地同时表现出人物的正面与侧面，使人物具有立体性。世界各地艺术最初时期的人物造型都是“扁片”的，那时人们还没有足够的技术和方法去表现“立体”。一旦人物造型由“扁片”变为“立体”，艺术已经向成熟跨进一大步了。然而，古埃及是一个例外！他们这种奇特的人物造型，在最早一块描绘第一王朝纳美王功绩的浮雕石板上，就已经是这个样子，至今还没有发现到更早的与此不同的人物造型。我想这正表明古埃及人最初动手

埃及国家历史博物馆

作画的时候，就感到“扁片”形象表现力的局限与约束，由此大胆而天才地创造了这种奇特的形象，用两次九十度扭转人物身体的方式，使扁片的人物形象最大限度地立体化。这是多么了不起的创造，也是多么伟大的超越！别忘了古埃及人这个独一无二的艺术创造，距今遥遥五千多年啊！

同样，最具古埃及特征的“凹浮雕”，也是一个追求形象立体化的创造性的方式。他们先沿着人物外轮廓的内侧，刻下一圈很深的凹槽，轮廓内的部分便有了凸起的感觉，然后再在这上边进行浮雕与线刻，形象便有了立体效果。一般的浮雕形象，都是高于背景平面的；而古埃及的“凹浮雕”中的形象却与背景一般高，形象的凸出感和立体感是倚仗外轮廓线那深深的凹槽造成视觉上的错觉来实现的。它的好处是，在任何城墙、石柱、泥壁上使用这种凹浮雕手法，都无须破坏物体表面，却同样可以达到立体的浮雕效果，古埃及人真是聪明透顶！尤其是日光下泻，影布石上，形象外部轮廓与内部刻画的线条，粗细对比，深浅相映，意境非常独特。

然而，当我们把埃及的古文化整个浏览过来，另一个惊人的发现也就出现了。从古埃及文化发端的第一王朝(公元前3100年)到最后一个王朝(公元后)，历经了漫长的三千年，上述的古埃及的绘画与雕刻竟然是一成不变！绘画永远是那种类似中国“工笔重彩”的单线平涂，雕刻世代相袭的是那种“正面律”以及“凹浮雕”的手法；人物造型则像恪守着金科玉律一般，由始至终固定那种身体两次九十度扭转的奇特样式。程式化成了符号化，鲜明化变成了简单化。这千古不变也许来自对传统的崇拜，也许为了维持王权所必需的思想上的一脉相承，艺术便墨守成规。正像木乃伊那样，以永不腐败和亘古不变来追求永恒。为此，在法老时代结束后，古埃及的文化就永远辉煌地静止了。这一切，既是五千年前曾经的梦想，也是今日和未来瑰丽的梦想。当本世纪欧洲人将这些掩埋在浩瀚黄沙下灿烂的文明发掘出来时，我们想到了什么？

我们为古埃及艺术曾经那种伟大的超越啧啧赞叹，钦佩不已；却也为他们不再超越和永驻过去，深切地感慨和惋惜。尤其在我们面对这些遥远和奇妙的人物造型与凹浮雕时，我们的思索一再追问，古埃及文明的失落，到底是艺术本身犯了错误，还是法老时代王权意志制造的这一文化悲剧？

在大阪市立美术馆内的断想

一　何故又重逢？

一阵急雨把我逼进大阪市立美术馆内，来不及看看这座因庋藏中国古代艺术品而驰名于世的美术馆的外貌。但一晃之间，隔过飘飞的丝丝雨幕，看见“日本 · 中国的美术常设展”的展牌，就足以使我激动了。

春天里，我为《三寸金莲》英译本的出版，在美国一些大学演讲。途经堪萨斯州时，听说那里的美术馆也因收藏中国文物甚富而闻名美洲。前去买了票进门一看，大脑里出现一个巨大的惊叹号。且不说展出的中国历代名画上溯到南宋的夏圭，单说新石器时代的彩陶和北魏的石造像，数量之浩大，品质之精美，在国内各大博物馆也从未见过！我在那间展示北魏造像宽阔的展厅里，徘徊于凿刻在巨石上种种神情怪异的佛像之间，一双双眯缝而莫解的眼睛透过漫长的历史烟尘静静地望着我，使我脑袋里除去那个惊叹号还装满神奇的想象，这感受至今难忘。整个看展览期间我只情不自禁反反复复说一句：“妈的，美国佬！”

当我听说大阪市立美术馆的中国文物一样的庞大精美，便由京都急匆匆赶来。转天我就要途经大阪新开张的关西机场回国了。

我不想重复描述脑袋里再度出现惊叹号时的感受——老实说，这感受还有些不好受。我只想说，许多原以为藏在国内的中国名画，竟在这里出现！比如唐代王维的《伏生授经图》，五代李成的《读碑窠石图》，宋代燕文贵的《江山楼阁图》，元代郑思肖的《墨兰图》，龚开的《骏马图》和钱选的《斗茶图》。这些画常常出现于国内书刊上，谁知它们竟客寓大阪？

李成的《读碑窠石图》曾于四十年代刊载在《故宫周刊》上，肯定原为故宫所藏，何时何故东渡扶桑的？

李成是唐宋之间承先启后的一代巨匠，被后世奉为“百代楷模”。他所创造的云头窠石和蟹爪树，瘦硬清冷，其境寒远，宋代的大画家郭熙、王诜、许道宁等都是他的传承者。《读碑窠石图》应属他的典型之作。李成为人个性极强，珍视自己的作品，拒绝显贵们的索求，所以传世的画作非常少。宋代米芾说他见到的三百件李成的作品，只有两件真迹，余皆伪品。画史上甚至还有一种“无李论”的说法，认为历史并无此人。由宋至今，时近千载，大阪市立美术馆所拥有的《读碑窠石图》已是绝无仅有的李成的画作，堪为中国的国宝了。

另一幅《墨兰图》的作者郑思肖是宋末元初的遗民画家。他因忠诚国家，拒绝与元朝合作，为历代文人景仰。他曾有诗云：“纵使圣明过尧舜，毕竟不是真父母。千语万语只一语，还我大宋旧疆土！”其悲壮之情颇为感人。他的画也多作此隐喻。他善画兰，历来传说有二，一说他画兰故意露根在外，以示国土沦丧，无根可扎；二说他根本不画根，暗喻自己在元朝土地上无根可生。这幅《墨兰图》是“无根兰”之说的铁证。此画作于元代大德丙午年(1306年)，此时宋朝亡后已然三十余年，可见他故国之情，依恋犹长。这样的中国名画中的罕世精华，又是何时何故，经何人之手而流落此地的呢？

据说大阪市立美术馆所藏中国书画，主要来自收藏家阿部房次郎。这位阿部房次郎是东洋纺织株式会社的社长，对中国的艺术酷爱近痴。他请来内藤湖南和长展雨山两位中国书画的鉴赏家做顾问，帮助他辨识真伪，摘取精华。收集的中国历代书画杰作达一百六十幅。我查过阿部房次郎的生卒——他生于一八六八年，卒于一九三七年。那么他的收藏品肯定不是来源于日本侵华时掠去的文物，而多是在本世纪初收集的。使我惊讶的倒是数量如此巨大，品质如此精湛！怎样一车车载运又一船船航运，搬到他们各自的家中？

一尊东魏的交脚菩萨像正面对着我，曲眉弯目，似含讥笑，嘲讽我这炎黄后人不爱家珍，致使他流落异乡……我们还不该做些反省么？

有位朋友笑道：

“中国的文物放在哪里也是中国的。再说，人类的文化应该属于全人类。”

我听了觉得有理。刚要点头，却又想到，我们永远这样阿Q式地自寻安慰吗？

二　泾渭何时才分明？

身在大阪市立美术馆内，面对中国与日本的古代艺术，那感觉好似站在没有界标的国境线上，不知哪是哪国。一样的草木、土石和溪流，何以区分？

如果把展品中日本平安后期的《神护寺经》与中国南宋吴说的《伏生授经图跋文》并放一起，把日本奈良时代的铜像立佛与中国隋朝开皇六年的石雕佛像并放一起，把日本江户时期久隅寺的内景与中国明代徐渭笔下的水墨坡石并放一起，它们何其相似！如果再看看那些陶器与漆器，不是专家一定会混淆。由此可以看出古代日本曾经怎样生吞活剥中华文化，同时不能不敬佩他们模仿到如此“神似”的能力。这种模仿力显示了一种崇拜，一种虔敬，一种认真又执意的学习精神。

单就佛教艺术而言，中国虽自东汉即已传入，勃兴时代却是魏晋南北朝时期，大规模制造佛像。然而中国早期(主要指北魏)的造像带有本土的道教的意味，而且由于人们对异教传来的佛教充满神秘感，像佛面孔多是窄脸细目，长脖瘦身，表情冷峻而奇异。在形式上也没有褪尽外来色彩，衣纹叠褶稠密，俗称“排线”，为印度的犍陀罗式和笈多式。但这时日本尚未大举学习中国佛教，来自北魏的影响就很小。直到飞鸟时代，日本举国信奉佛教，中国已是唐朝。唐朝是中国的盛世，社会生活具有极大魅力，佛像的造型便趋向世俗化。衣纹采用写实手法，与现代生活中人的服装没有区别了。特别是佛像的表情也俗人化，喜怒哀乐，一如真人。当时日本不断派遣工匠艺人入唐学习造像；鉴真渡海赴日，不仅带去大量佛像，随行弟子也有造像高手，故日本像佛多是唐代风格。难怪中国人常常会把日本佛像错当作华夏古物。只是日本少石多木，佛像极少石雕，除去铜铸，多为木刻。

日本的传统绘画(也称日本画)受到中国更深的影响。一样的工具，纸笔墨砚，包括绢素与颜料；一样的装裱样式，无论条幅手卷，还是通景；一样的格式，以至题跋与印鉴；一样的题材分类，比如花鸟、山水、佛像与人物仕女；更重要的是一样的用笔、用墨、构图、透视乃至情趣。日本画一直没走出中国画的圈子。

但是，我在大阪市立美术馆内分开陈列的中国与日本的艺术之间，反反复复进行比较。开始时觉得日本艺术只是中国的仿制品，进而感到日本好似中国艺术的一种不舒服的变种。待我撇开“中国人的视角”，从日本的民族精神加以认识，渐渐发现中日艺术貌合神离，全然是两种不同的艺术和文化。这一认识过程给我一种发现的快感。

这里所藏日本名画以室町、桃山和江户时代为多，相当于中国的明清时代。

中国明代的画坛为两大潮流所覆盖。一是承继宋代遗风的院体绘画，忠实于现实物象，讲求功力、严谨的写实风格，这一潮流不仅拥有戴进、吴小仙、张平山、吕纪等名家，居于画坛首席的“明四家”中的仇英与唐寅，也是这一潮流的中坚。另一潮流是文人画，强调个性抒发，不拘形似，讲究笔情墨趣，多为写意画法，代表人物则是沈周、文徵明、董其昌等大师巨匠。这两股潮流到了明末清初，前一股平歇下来，后一股弥漫中华画坛，几乎一律是一任性情的水墨。在大阪市立美术馆中国绘画展室中，这一历史过程被展现得异常鲜明。明清大家们都有作品被网罗到这里，而且都是一流之作。林良和吕纪花鸟的“大气象”，董其昌和陈继儒的温文尔雅，高凤瀚和李鱓的清新快意……使我在异国沐浴到一次中华文化迷人的春雨秋光。

有趣的是，日本画在这一时代亦是如此。一方面是一如明代院体画严谨精整的画风，一方面也是抒发心头灵性与笔墨情趣的文人画。但沉下心往里一瞧，分明是地道的日本货了。

比如桃山时代狩野宗秀(1551—1601年)的《四季花鸟图》，是画在泥金屏风上通景形式的工笔重彩花鸟画。方法和技法无疑都是从中国院体画那里直接搬过来的，但水边的竹笆——这种生活内容却是日本的。此外画中用来表达秋意的红叶，也是日本人所钟爱的秋之象征。倘若再看惟杏赞的《丰臣秀吉像》、葛饰北斋的《退潮捕鱼图》、矶田湖龙斋的《美人图》这些描绘日本人生活的图画，谁能说是中国画？中国人用油画技术描写中国生活的作品能称作西洋画吗？

更鲜明的日本画，应该是那些不单表现日本生活而更注重表达日本精神的绘画。

突出之作是室町时代佛后柏原卿内侍画的《新藏人物语绘卷》和江户时代白隐的精品《过桥图》。这两幅都是水墨写意画，用笔洒脱，墨色明快，题款用日文，而且已经不依照中国画题跋的格式了，造型全部融入天真烂漫的意味。日本人崇尚自然，即大自然的和谐与天成。尤其《过桥图》，是幅禅图。几个僧侣在过山谷绝壁间的独木桥，寥寥数笔，人物俯仰坐卧，一任自然，好似枝上的鸟儿或线谱上的音符，轻快生动，险境无险，意味无穷。且不多谈画中的禅意，单从笔墨形式上看，日本人已经摆脱开来自中国的格式，用笔用墨不讲求功力，更注重天趣与自然。日本的书法也是如此。这种把自然作为最高的审美追求和审美境界，已是不折不扣的日本的艺术了。

我听到过一些中国书画家指责日本书画“没有线条”和“不讲笔墨”，显然他们错把日本画当作中国画来要求，完全不懂日本人自己的艺术精神。这是一种根于无知的误解。

一旦我们看出日本人的自然观与艺术观，中日艺术便如同泾渭一样清晰地分开。一条载着灿烂的阳光，一条披着银样的月光，走向各自的理想国。我刚刚走进大阪市立美术馆，面对日本与中国的艺术，好似站在河流的交汇处，一样的光和影，一样的波腾浪滚，混沌不清，心头迷茫。现在——好了，大河分流，分道扬镳，杳然远去了。

平山郁夫的境界

平山郁夫是我最关注的具有世界性的日本画家。我对艺术家的评价向来十分“苛刻”，之所以使用“最关注”的词语，那就绝非指画面对我的吸引了。

尽管平山郁夫、东山魁夷和加山又造都是在当今日本画坛上并驾齐驱的大师，但比起加山又造的华美流畅、奇幻冷寂的装饰风格，比起东山魁夷的宁静隽永、空灵清远的文学境界，平山郁夫则有着更深长的人生况味和哲学思考。

每每翻开平山郁夫的画集，很像读一本哲人的书，必须用大脑咀嚼深藏在画中的那些意味。一幅画，不仅提供欣赏，也提供解读，这画才有更高的价值；画不仅要用眼睛看，还要用脑子看——这些都是东方的绘画观念。对于东方的画家来说，绘画有两个空间，一个是画面本身的空间，一个是画面与欣赏者共同形成的观赏空间。东方的画家更重视后一个空间，他们总把这空间的大部分“空”给你，不仅叫你看到的和他们一样多，也叫你想到的和他们一样多。一个好的画家，站在他每一幅画后边——你听得到他生命的呼吸，看得到他情绪涌动的光和影，触摸得到他灵魂的实体。你的精神穿过画面，一准能找到他。

所以，我在第一次见到平山郁夫时便说：“我已经不止一次见过您了。”

他听了，惊愕地看了我一眼，我也不知道翻译是怎样把我的话译给他的。

这关系并不大。绘画不同于文学，绘画是不需要翻译的。

在东京展览的海报，海报上的画是我九十年代的代表作《往事》（1994年）

切莫把平山郁夫笔下的丝绸之路，看作一种异域的风情画，更不要把他看成“丝绸之路的画家”。他曾经数十次沿着这条看似早已死去千百年的东西文化通道走着，视野皆是荒沙腐木、乱石野丘，很难再寻到昔日道路的痕迹。只是偶尔会碰到一个几乎要从地面上失去的古城遗址，这样零落地被历史遗忘在地球上。

然而，平山郁夫很少描绘好山好水，娇花羞草。他喜欢独自沉思在这种具有“历史意义”的大地上。

他说：“历史的长河实在源远流长。人类传宗接代地延续下来了，每个人都在为自己的一生竭力奋斗，一代代繁衍下去。我的生命是双亲给的，双亲之上还有双亲。人的一代按三十年计算，一直追溯到平安时代是三十代，计算一下与我的生命有关的该是多少人呢？三十的三十乘方是一百零六亿人，相当于日本目前人口的十倍。托世世代代的福，才有我的生命，如果缺少其中一个生命，也就没有今天的我。假如你用这种态度看待人类，那就不分种族和肤色，归根到底，无论是什么文化也绝不是突然凭空产生的了。”

于是，他以这份赤诚与虔敬，踏上沟通东方与西方、世界与日本的文明之途。

然而他寻找着什么呢？

你看，昔日的楼兰如今竟如同沙海上的一条即将朽掉了的船；高昌故都几乎蜕变成史前的一堆砂石；波斯黄堂的遗址多么像外星人丢弃在地球上的一盘残棋？伊朗高原，禽鸟亦少，哪里还能寻觅到去之久远的人喧、犬吠、马嘶和驼铃？

平山郁夫默然站在这无人能识的荒寂的古道上。

“我一站在那里，就会感到幻梦似的古代大气在颤动。”他说。

他用足跟敲打地面，询问着这历史大地下埋藏的遥远的“物语”；以思索的目光从透明的空气里，识认出流散了的古老的画面；侧耳向山壁上倾听着茫茫岁月的回响……于是，他给我们描绘的画面，一概是静穆、单纯、旷远、模糊，一种漫长的时间感和凝固的历史感，一种人类源头的意象，一种褪了色却依然浓重的远古图景……他的画，从无灵巧的情趣、世间的感触、生活的苦乐，以及来自技术试验的绘画目的。那么他的画是一本本融解在画面上的历史专著吗？也许吧！反正站在他的画前，透过那种闪动的光影、宁静的空气和沉默而如梦的意象，你分明能感到画家在和历史的精灵对话。

谁说历史是堆积着死去的生活？

历史是一条澎湃不已的时间江河，在一代代人精神浪花的淘洗下，终于淘出金子一般人类伟大的灵魂。这灵魂就是人类的文化精神。

找到这精神，才找到艺术生命的根本。

丝绸古道告诉平山郁夫什么？

人类是一个整体。

人类靠交流而生存。

文化是这一真理的结果。丝绸之路是这一真理的见证。

这样，我们再去看他的画——

《日本列岛诞生图》蒸腾上升的元气，《高高照耀的藤原京大殿》夺目而永在的辉煌，《佛教传来》美丽又祥瑞的灵光，《往沙漠去》的艰辛坚忍和《丝绸之路的天空》的浩大顽强……都使我们感到，平山郁夫画中最动人、最深厚、最优美的内涵，是他透过沉重的大地和逝去的时光，找回人类的灵魂。

人类往往在现实中迷失自己，在历史中找回自己。这便是历史的意义，也是他绘画的意义。

我读平山郁夫的自传《在历史的长河中》，被其中一段文字所震动。他是广岛原子弹爆炸的受难者，但战后二十年内，他避开各种回到广岛的机会，并一直没有画过广岛核爆炸题材的绘画——这件事之所以打动我，是因为我这个“文革”的受难者，至今也没有动笔写自己亲身经历的那段灾难的历程。不是不想动笔，而是担心自己承受不了。一九七九年我写过《啊！》之后，病了将近四年。我去过广岛，在“广岛和平纪念资料馆”里目睹过人类这场空前灾难的酷烈景象。我还知道原子射线曾经多年折磨着平山郁夫的身体。我敢肯定，在他心中有着一片永难抹去的核废墟的阴影。对于艺术家来说，内心太深刻的创痛是惧怕表达、也难以表达的……后来，我终于看到他所画的《广岛变生图》。整幅画铺满了漫天大火，下边是正在燃烧的广岛远景。这是多么强烈残酷的图景，任何一个生物放进去，立即就要毁灭！但画面左上角的熊熊火焰中，站立着佛教中的“不动明王”。他横眉怒目，岿然不动，似乎呼叫着受难的人民——活下去！

平山郁夫说，他作这幅画，是因为看到了今日美丽繁华而生机勃勃的广岛，受了感动，心中沉积的苦痛得到升华，是人类顽强不息的生存意志而不是一己悲欢，成了他这幅画的创作冲动的由来。

我想——是的，这就是平山郁夫。

他苦苦寻求的不正是人类存在的答案吗？这答案曾经在丝绸之路上，在玄奘取经的征途和鉴真东渡的航程中，如今在广岛，也在世界任何一个地方。

谁能发现，谁在寻找，为了谁？

我结识平山郁夫是在东京艺术大学两位教授铃木治平和平松保城的“退官纪念展”上。退官是退休。依照东京艺术大学的规矩，一位教授辛苦一生，告老还乡时，要为他举行庆祝会，同时还为他们举办一次总结性画展。参观者有同行同道，亦有受业多年的弟子们，场面甚是隆重。在庆祝会上，平山郁夫作为院长来讲话，他刚刚接受日本最高的文化奖“天皇文化赏”，却不露喜悦，在会场上端着斟满清酒的方形漆杯，与各位熟悉或陌生的宾客交谈。我初次与他相见，自然先是客气地致意。他说，一会儿要在他的办公室与我谈话。

按照日本国际文化交流基金会的安排，我们会面的时间为二十分钟。我不想用空洞的寒暄消耗掉这难得的一见，待走进他又大又空的办公室，坐下来，赠了书和画集，开口便说：“我非常关注您在筹集基金，对敦煌进行大规模保护性修缮，能告诉我您为什么这样做吗？”

其实，我已经明白他的想法。但我还要听他亲口说。为了一种印证，也为了再认识。

我的问题似乎正问到他的兴奋点上。他几乎是接着我的话开口便滔滔不绝：“人类历史上创造了三种文化：一是希腊罗马文化，距今已有两千五百年，它是后来欧洲文明的源泉。二是中国文化，汉代文化距今就有两千多年，唐代又融合了域外文化，建立了自己的文化体系。日本就是受了中国汉唐文化的影响，才创造出自己的文化。这两种是固定的文化。还有一种文化是移动的文化，处在东西方之间，同时接受着东西方两种文化，这便是中东的文化。今天的世界就是来源或依靠着这三种文化。这三种文化构成了人类文明的基础，但是……”他的声调忽然坠落下来，“本世纪的战争对这些文化不断地破坏。人类缺乏‘人类的精神’，自相残害。我是原子弹受害者，原子弹爆炸时，我离爆炸中心二点五公里，侥幸活命，却害了十年的原子病。我亲身经历那场巨大灾难，一直担心整个人类会被原子弹毁灭。人们害怕原子弹。如果万一有一个政府控制不好，动用了原子弹，地球不就毁灭了，人类不也就毁灭了吗？……”

"人类到了自我拯救的时代。否则将来的人会认为我们这一代人愚蠢。因为他们的祖先差点使人类绝种。"我说。

我的观点与他的观点重合了。他兴奋地扬了扬眉毛，本来发红的面孔颜色更重。可是他的神情很快又落入忧虑重重中。他说："我们不仅为明天担忧，还要从今天做起，我正筹建一个组织，叫作'人类文化遗产基金会'。"

"这是怎样一个组织？"我插话问。我头一次听到这名称，但一听就充满兴趣。因为我对"文化的人类性"这一命题早就开始关注了。

"这是一种文化的红十字会机构。就是要在世界范围内，对被破坏或正在损坏的重大文化遗产进行保护。我到各国去，到处发表演说，劝他们的政府出资保护这些属于全人类的文化遗产。我这个机构还要在世界各地包括在日本募集资金，来做这些事。我要做的头三件事是：第一，把中国的敦煌保护起来；第二，支持柬埔寨修复被破坏的吴哥古庙；第三，帮助修缮海湾战争中被美国飞机炸坏的中东文化古迹……这些都是人类共有的财富，地球人类是一个整体，这些文化是全人类的光荣。我要这样一件一件做下去……"他说话时像在发誓。

我被他的精神点燃起来，全身发烫。我说：

"我们不仅要站在今天看过去，还要站在明天看现在。现在您做的这些事，都是为了明天做的。保护历史是最好地面对未来。人活着最有意义的事就是为了后代。"

这个话题包含得太多，说起来便无尽无休。听着他开展抢救"人类文化遗产"的宏大构想，目光无意碰到他远远的大书案上摆着的一个很小的地球仪。刚才还不明白这个办公室里为什么空荡荡，只有这个小小的地球模型。现在才懂得地球在他心里是怎样的沉重。

世上最沉重的是责任。责任是无法摒弃又是最累人的。最大的责任是把人类的事自动地扛在自己的肩上。这人类的责任从不托付给任何人，只有那些富于良知又博大的人引为己任。

这样的艺术家才称得上是人类的艺术家。

他的秘书已是第三次催促，又有拜访者在门外等候多时。我们的话题好像是时间的加速器，不知不觉已经超过约会时间的两倍。我是怀着深深的感动与他告别的。只有深刻的理解才可能有深刻的感动。

自此后，再见他的画，与先前的感受更有不同。境界似乎更加阔大，意涵也愈加深远了。我想他之所以这样深挚地关怀着人类的文化，是因为他爱恋和坚信蕴藏在这文化中宝贵的人类的精神。这精神使人类从无到有，从荒芜到繁荣，从无数苦痛与危难中穿过而一直走到今天。人类要永存不灭，便要抓住这精神，反复温习，激励自己。也许为此，他才对唐僧玄奘西天取经的事迹抱有那么强烈的兴趣，并要把它画在奈良药师寺三藏院的墙壁上。

为此我也曾往奈良的药师寺拜观于一九九一年新建的玄奘三藏院。面对着这优美庄重、青瓦朱柱的重檐八角堂，我想，三藏取经的那条艰辛的路，不就是平山郁夫几十次反反复复、断断续续走过的丝绸古道吗？探求人生真谛的路从来都是这样漫长又寂寞的，谁与他为伴？

他说："我并不是只去画玄奘三藏一个人的故事。我肯定玄奘是在其坚忍不拔的意志和使命感的支配下，才完成他的征程……我本人曾几十次去试探着走那条路，总好像有一股无形的力量支持着我。所以我要把玄奘三藏的事迹传播下去。"

这幅长达二十余米巨型的壁画《大唐西域记》，他计划要在一九九九年十二月三十一日晚十一时五十九分——本世纪内完成。他要以这庄严的行为把人类的精神贯穿到世纪的终了。

他是为了表示本世纪人类将把这精神坚持到底，还是要启示下世纪的人们接过这人类的精神火炬辉煌地走下去？他是个现实主义者，还是个理想主义者？

去年八月，我从新华社的消息中得知平山郁夫先生到达敦煌，开始了历史上第一次对这光华灿烂的人类艺术宝库进行大规模的修缮。他实践着自己的理想。

理想是一种伟大的精神，更伟大的则是实践这理想的行动。我将更关注这个画家的作品，以及他背负着人类使命而迈出的每一步。

古希腊的石头

每到一个新地方，首先要去当地的博物馆。只要在那里边待上半天或一天，很快就会与这个地方“神交”上了。故此，在到达雅典的第二天一早，我便一头扎进举世闻名的希腊国家考古博物馆。

我在那些欧洲史上最伟大的雕像中间走来走去，只觉得我的眼睛——被那个比传说还神奇的英雄时代所特有的光芒照得发亮。同时，我还发现所有雕像的眼睛都睁得很大，眉清目朗，比我的眼睛更亮！我们好像互相瞪着眼，彼此相望。尤其是来自克里特岛那些壁画上人物的眼睛，简直像打开的灯！直叫我看得神采焕发！在艺术史上，阳刚时代艺术中人物的眼睛，总是炯炯有神；阴暗时期艺术中人物的眼睛，多半暧昧不明。当然，“文革”美术除外，因为那个极度亢奋时代的人们全都注射了一种病态的政治激素。

我承认，希腊人的文化很对我的胃口。我喜欢他们这些刻在石头上的历史与艺术。由于石头上的文化保留得最久，所以无论是希腊人，还是埃及人、玛雅人、巴比伦人以及我们中国人，在初始时期，都把文化刻在坚硬的石头上。这些深深刻进石头里的文字与图像，顽强又坚韧地表达着人类对生命永恒的追求，以及把自己的一切传之后世的渴望。

然而，永恒是达不到的。永恒只是很长很长的时间而已。古希腊人已经在这时间旅程中走了三四千年。证实这三四千年的仍然是这些文化的石头。可是如今我们看到了，石头并非坚不可摧。世界上没有任何东西可以把人带到永远。在岁月的翻滚中，古希腊人的石头已经满是裂痕与缺口，有的只剩下一些残块和断片。

在博物馆的一个展厅，我看到一截石雕的男子的左臂。虽然只是这么一段残臂，却依然紧握拳头，昂然地向上弯曲着，皮肤下面的血管膨脖鼓胀，脉搏在这石臂中有力地跳动。我们无法看见这手臂连接着的雄伟的身躯，但完全可以想见这位男子英雄般的形象。一件古物背后是一片广阔的历史风景。历史并不因为它的残缺而缺少什么。残缺，却表现着它的经历，它的命运，它的年龄，还有一种岁月感。岁月感就是时间感。当事物在无形的时间历史中穿过，它便被一点点地消损与改造，并因而变得古旧、龟裂、剥落与含混，同时也就沉静、苍劲、深厚、斑驳和朦胧起来。

于是一种美出现了。

这便是古物的历史美。历史美是时间创造的。所以它又是一种时间美。我们通常是看不见时间的。但如果你留意，便会发现时间原来就停留在所有古老的事物上。比如那深幽的树洞，凹陷的老街，泛黄的旧书，磨光的椅子，手背上布满的沟样的皱纹，还有晶莹而飘逸的银发……它们不是全都带着岁月和时间深情的美感吗？

这也是一种文化美。因为古老的文化都具有悠远的时间的意味。

时间在每一件古物的体内全留下了美丽的生命的年轮，不信你掰开看一看！

凡是懂得这一层美感的，就决不会去将古物翻新，甚至做更愚蠢的事——复原。

站在雅典卫城上，我发现对面远远的一座绿色的小山顶上，爽眼地竖立着一座白色的石碑。碑上隐隐约约坐着一两尊雕像。我用力盯着看，竟然很像是佛像！我一直对古希腊与东方之间雕塑史上那段奇缘抱有兴趣。便兴冲冲走下卫城，跟着爬上了对面那座名叫阿雷奥斯·帕果斯的草木葱茏的小山。

山顶的石碑是一座高大的雕着神像的纪念碑。由于历时久远，一半已然缺失。石碑上层的三尊神像，只剩下两尊，都已经失去了头颅，可是他们依然气宇轩昂地坐在深凹的洞窟里。这时，使我惊讶的是，它竟比我刚才在几公里之外看到的更像是两尊佛像。无论是它的窟形，还是从座椅垂

雅典卫城对面山上的一座纪念碑，中间的残像很像一尊北魏的佛像

落下来的衣裙，乃至雕刻的衣纹，都与敦煌和云岗中那些北魏与西魏的佛像酷似！如果我们将两个佛头安装上去，也会十分和谐的！于是，它叫我神驰万里，一下子感到世纪前丝绸之路上那段早已逝去的令神往的历史——从亚历山大东征到希腊人在犍陀罗为原本没有偶像崇拜的印度人雕刻佛像，再到佛教东渐与中国化的历史——陡然地掉转过头，五彩缤纷地扑面而来。

原来时间隧道就在希腊人的石头中间！在这隧道里，我似乎已经触摸到消失了数千年的那一段时光了。这时光的触觉，光滑、柔软、流动，还有一些神秘的凹凸的历史轮廓。我静静坐在山顶一块山石上，默默享受着这种奇异和美妙的感受，直到夕阳把整个石碑染得金红，仿佛一块烧透了的熔岩。

由此，我找到了逼真地进入希腊历史的秘密。

我便到处去寻访古老的文化的石头，从那一片片石头的遗址中找到时光隧道的入口，钻进去。

然而，我发现希腊到处全是这种石头。希腊人说他们最得意的三样东西就是：阳光、海水和石头。从德尔菲的太阳神庙到苏纽的海神庙，从埃皮达洛夫洛斯的露天剧场到迈锡尼的损毁的城堡，它们简直全是巨大的石头的世界。可是这些石头早已经老了。它们残缺和发黑，成片地散布在宽展的山坡或起伏的丘陵上。数千年前，它们曾是堆满财富的王城、聆听神谕的圣坛或人间英雄们竞技的场所。但历史总是喜新厌旧的。被时光筛子筛下来只有这些破碎的房宇，残垣败壁，断碑，兀自竖立的石柱，东一个西一个的柱头或柱础。

尽管无情的历史遗弃它，有心的希腊人却无比珍惜它。他们保护这些遗址的方式在我们看来十分奇特。他们决不去动一动历史遁去之后的“现场”。一根石柱在一千年前倒在哪里，今天决不去把它扶立起来。因为这是历史的本来面目。尊重历史就是不更改历史。当然他们又不是对这些先人的创造不理不管。常常会有一些“文物医生”拿着针管来，为一些正在开裂的石头注射加固剂，或者定期清洗现代工业造成的酸雨给这些石头带来的污迹。他们做得小心翼翼，好像这些石头在他们手中依然是活着的需要呵护的生命。

他们使我们认识到，每一块看似冰冷的古老的石头，其实并没有死亡，它们犹然带着昔时的气息。它们各自不同的形态都是历史的表情，石头上的残痕则是它们命运的印记与年龄的刻度。认识到这些，便会感到我们已身在历史中间。如果你从中发现到一个非同寻常的细节，那就极有可能是神奇的时间隧道的洞口了。

迈锡尼遗址给人的感受真是一种震撼。这座三千多年前用巨石砌成的城堡，如今已是坍塌在山野上的一片废墟。被时光磨砺得分外粗糙的巨大的石块与齐腰的荒草混在一起。然而，正是这种历史的原生态，才确切地保留着它最后毁灭于战火时惊人的景象。如果细心察看，仍然可以从中清晰地找到古堡的布局、不同功能的房舍与纵横的甬道。一八七六年德国天才的考古学家谢里曼就是从这里找到了一个时光隧道的入口，从隧道里搬出了伟大的荷马说过的那些黄金财宝和精美绝伦的“迈锡尼文化”——他实际是活灵活现地搬出来古希腊一段早已泯灭了的历史。谢里曼说，在发掘出这些震惊世界的迈锡尼宝藏的当夜，他在这荒凉的遗址上点起篝火。他说这是二千二百四十四年以来的第一次火光。这使他想起当年阿伽门农王夜里回到迈锡尼时，王后克莉登奈斯特拉和她的情夫伊吉吐斯战战兢兢看到的火光。这跳动的火光照亮了一对狂恋中的情人眼睛里的惊恐与杀机。

今天，入夜后如果我们在遗址点上篝火，一样可以看到古希腊这惊人的一幕；我们的想象还会进入那场以情杀为背景的毁灭性的内战中去。因为，迈锡尼遗址一切都是原封不动的。时光隧道还在那些石头中间。于是我想，如果把迈锡尼交给我们——我们是不是要把迈锡尼散乱的石头好好“整顿”一番，摆放得整整齐齐；再将倾毁的城墙重新砌起来；甚至突发奇想，像大声呼喊着“修复圆明园”一样，把迈锡尼复原一新。如若这样，历史的魂灵就会一下子逃离而去。

珍视历史就是保护它的原貌与原状。这是希腊人给我们的启示。

那一天，天气分外好。我们驱车去苏纽的海神庙。车子开出雅典，一路沿着爱琴海，跑了三个小时。右边的车窗上始终是一片纯蓝，像是电视屏幕的蓝卡。

海神庙真像在天涯海角。它高踞在一块伸向海里的险峻的断崖上。看似三面环海，视野非常开阔。这视野就是海神的视野。而希腊的海神波塞冬就同中国人的海神玛祖一样，护佑着渔舟与商船的平安。但不同的是，波塞冬还有一个使命是要庇护战船。因为波斯人与希腊人在海上的争雄，一直贯穿着这个英雄国度的全部历史。

可是，这座世纪前的古庙，现今只有石头的庙基和两三排光秃秃的多里克石柱了。石柱上深深的沟槽快要被时光磨平。还有一些断柱和建筑构件的碎块，分散在这崖顶的平台上，依旧是没人把它们“规范”起来。没有一个希腊人敢于胆大包天地修改历史。这些质地较软的大理石残件，经受着两千多年的阵阵海风的吹来吹去，正在一点点变短变小，有几块竟然差不多要湮没在地面中了；一些石头表面还像流质一样起伏。这是海风在上边不停地翻卷的结果。可就是这样一种景象，使得分外强烈的历史感一下子把我包围起来。

纯蓝的爱琴海浩无际涯，海上没有一只船，天上没有鹰鸟，也没有飞机。无风的世界了无声息。只有明媚的阳光照耀着古希腊这些苍老而洁白的石头。天地间，也只有这些石头能够解释此地非凡的过去。甚至叫我们想起爱琴海的名字来源于爱琴王——那个悲痛欲绝的故事。爱琴王没有等到出征的王子乘着白色的帆船回来，他绝望地跳进了大海。这大海是不是在那一瞬变成这样深浓而清冷的蓝色？爱琴王如今还在海底吗？他到底身在哪里？在远处那一片闪着波光的“酒绿色的海心”吗？

等我走下断崖时，忽然发现一间专门为游客服务的商店。它故意盖在侧下方的隐蔽处。在海神庙所在的崖顶的任何地方，都是绝对看不见这家商店的。当然，这是希腊人刻意做的。他们绝对不让我们的视野受到任何现代事物的干扰，为此，历史的空间受到了绝对与纯正的保护！

我由衷地钦佩希腊人！

希腊人告诉我们，保护古代文明遗产，需要的是对历史的深刻理解与崇拜，科学的方法，优雅的美感和高尚的文化品位。因为历史文明是一种很高的意境。

创造古希腊的是历史文明，珍惜古希腊的是现代文明。而懂得怎样珍惜它，才是一种很高层次的文明。

第七辑　文化是一种生命情怀

从最早的整旧如新，到后来的整旧如旧，直到当代的整旧如初，人类在如何对待自己的文明创造上，也在一步步前进。而整旧如新是无视自己的历史文化，整旧如旧是懂得珍惜自己的历史文化，整旧如初才表现出人类对自己文明创造的无比自豪和崇仰。

人类的生活不仅是现实和未来，还有过去。一切属于历史的事物，都是人类的成果、收获、见证和永恒的财富。历史是神圣的，因为人类能够创造未来，却无法更改历史；历史又是活着的，因为它既影响未来，又充实和丰富着我们的现在。那么，整旧如初作为一种崇高的追求，正是可以满足人们这种具有理想境界的文明自享。

遵从生命

一位记者问我：

“你怎样分配写作和作画的时间？”

我说，我从来不分配，只听命于生命的需要，或者说遵从生命。他不明白，我告诉他：

写作时，我被文字湮没。一切想象中的形象和画面，还有情感乃至最细微的感觉，都必须“翻译”成文字符号，都必须寻觅到最恰如其分的文字代号，文字好比一种代用数码。我的脑袋便成了一本厚厚又沉重的字典。渐渐感到，语言不是一种沟通的工具，而是交流的隔膜与障碍——一旦把脑袋里的想象与心中的感受化为文字，就很难通过这些文字找到最初那种形象的鲜活状态。同时，我还会被自己组织起来的情节、故事、人物的纠葛，牢牢困住，就像陷入坚硬的石阵中。每每这个时候，我就渴望从这些故事和文字的缝隙中钻出去，奔向绘画。

当我扑到画案前，挥毫把一片淋漓光彩的彩墨泼到纸上，它立即呈现出无穷的形象。莽原大漠，疾雨微霜，浓情淡意，幽思苦绪，一下子立见眼前。无须去搜寻文字，刻意描写，借助于比喻，一切全都有声有色、有光有影迅速现于腕底。几根线条，带着或兴奋或哀伤或狂愤的情感；一块水墨，真切切的是期待是缅怀是梦想。那些在文字中只能意会的内涵，在这里却能非常具体地看见。绘画充满偶然性。愈是意外的艺术效果不期而至，绘画过程愈充满快感。从写作角度看，绘画是一种变幻想为现实，变瞬间为永恒的魔术。在绘画天地里，画家像一个法师，笔扫风至，墨放花开，法力无限，其乐无穷。可是，这样画下去，忽然某个时候会感到，那些难以描绘、难以用可视的形象来传达的事物与感受也要来困扰我。但这时只消撇开画笔，用一句话，就能透其神髓，奇妙又准确地表达出来，于是，我又自然而然地返回了写作。

所以我说，我在写作写到最充分时，便想画画；在作画作到最满足时，即渴望写作。好像爬山爬到峰顶时，纵入水潭游泳；在浪中耗尽体力，便仰卧在滩头享受日晒与风吹。在树影里吟诗，到阳光里唱歌，站在空谷中呼喊。这是一种随心所欲、任意反复的选择，一种两极的占有，一种甜蜜的往返与运动。而这一切都任凭生命状态的左右，没有安排、计划与理性的支配，这便是我说的：遵从生命。

这位记者听罢惊奇地说，你的自我感觉似乎不错。

我说，为什么不？艺术家浸在艺术里，如同酒鬼泡在酒里，感觉当然很好。

文化收藏

收藏终于成为中国人的一大嗜好。一方面表示手头宽裕起来，一方面征兆着传统文化的回归。配合这收藏，便是古物市场的兴盛，大小城市都出现了这种自发性的市场，买主早就从港客洋人转向大陆民众；再有就是拍卖市场的火爆，巨额巨价，惊世骇世，一时连各种传授古物常识的书籍和图典也成了畅销书，可谓声势赫赫！中国过去的收藏，一是官方(封建时代的宫廷)，二是富人，一般百姓哪肯沾此雅好？当今这样广泛的收藏热，终究是大好事，至少可以影响那些老婆婆们丢弃一个罐子时，总会想一想是不是扔了一件宝物？这一来，文化便升了值。

在古物市场上，文物、古玩和古董是三个不同概念。日本人将古物统称“骨董”，但在中国人心里却是不同层次。文物是指那种堪称某一时代典型、珍罕稀有的古物；古玩不一定是指某一时代的代表，却必须是艺术精美、制作精湛、材料贵重的古物；而古董则泛指一切旧时器物。今日的古物市场上，大量存在的就是这类古董。

一般说来，过去宫廷与富人的收藏，主要是珍罕与贵重的古玩，很少注重材料低廉的昔时器物。然而，正是这一般古董中，蕴含着丰富的生活文化的内容，那些衣食住行的各种器具、那种形制、那种图案、那种工艺，常常带着某一地域的特异风习和特殊审美。它是一种过往生活的凭证，有着历史、地理、民俗、宗教、人文等广泛又具体的文化内涵，这就具备了很高的收藏价值，也就是文化收藏。

但是，过去的收藏，缺少文化眼光，多从古物的财富价值着眼，不注重文化价值，收藏的范围便十分狭窄，总是金银珠宝、钟鼎彝器、官窑名瓷、牙玉雕刻以及名人字画，但仅仅这些收藏，不足以表现中华历史的丰厚、文化的灿烂和生活的辽阔。这是我们收藏史的一个重大缺憾。说到底，还是个收藏观的问题；就是把古物当作变相的黄金，当作保值乃至可望升值的财富。这观点还一直影响到当今的拍卖场。一扇古朴而别致的门窗，一块年代久远的年画版子，一把昔时大锁或一个拉洋片的匣子，决不会在拍卖场出现。因为它们没有价格，没有财富价值。

由于这种观念的影响，大量的文化藏品一直被排斥在收藏之外。收藏观是一种价值观，我们应该改变传统的财富价值观，提倡文化价值观，使古物收藏在保存文化和体现文化方面发挥作用。

近年来，由于在文化意识上的普遍觉醒，人们开始把目光移到文化藏品上。由于文化收藏一直空白，便到处存在着丰富的藏品资源等待开发。如今，已有一些民间的专门的文化性的收藏馆建立起来，还有许多个人的文化收藏通过展览向世人展示。文化收藏一如春草，萌发正劲，令人生喜。

然而，它又有难度。首先是它不像古玩字画那样，有市场价格，可以流通，还有大家公认的客观的鉴别标准。文化藏品却买易卖难，全是个人所好，就得靠自己去认识它的价值。古物的价值，是一种无形的存在。尤其文化价值，更要凭着收藏者的眼光与品位，还要具备远比鉴赏古玩字画还生僻和广阔的学识。在别人眼里是一件废物，在你眼中却是历史遗落的一个弥足珍贵的细节，看起来，这真有点儿像考古发现。

收藏者的快乐，第一，就是发现，即不是去拣别人发现过的，而是凭着自己的眼力与学识去发现；第二，便是享受，那便是从中重温历史，认识祖先，欣赏它内在的文化的美与精神。这之中，还有一份责任，就是：把前人的创造留给后人。

整旧如初

一座古老建筑，年深日久，斑驳剥落，面目不清，怎么办？古人的办法是推倒重建，或者添砖加瓦，换门换柱，壁画重绘，雕像重刻。这办法美其名曰“旧物重光”。实际上就是现在所说的：整旧如新。

说老实话，古人对待事物，多以实用为目的，缺少文化观点。对于古迹，无论拆掉重建，还是涂抹一新，都是为了应用。完全不管其中历史文化的内涵。这种整旧如新的做法，由古至今，一直延续到近代。呜呼，几乎泯灭了地面上一切可见的历史！

及至近世，这观点才有了变化。人们从中觉醒，开始认识到古迹的残损斑驳，正是度月经年、历尽沧桑所致。这是一种历史的凭证，也像古迹本身一样不可复制。倘若将这斑驳的意味除去，谁还能证明它是古迹？而且这斑驳含混中，还有一种悠远的风韵。时间愈长久，韵味愈醇厚。它还是一种独特的审美内容。

这看法引出一种整修古迹的新标准和新原则，就是“整旧如旧”。

在古代，较早运用这一标准的是古画揭裱。但在修复古迹方面却是直到近代才开始觉悟和启用的。

整旧如旧只加固古物的结构，使其牢固耐久，但对其古老面貌原封不动，甚至加倍珍惜那些具有历史感的痕迹与细节。这样，不仅古迹得以保护，历史也受到尊重，被摆到神圣而不可侵犯的位置。

整旧如旧原则的提出，并得到公认，表明人类终于以文明的方式对待自己的文明创造。

然而，在意大利刚刚竣工不久的梵蒂冈西斯廷教堂壁画的整修工程，却进入了一个更高的境界。

画在小小的西斯廷教堂顶与墙壁上的壁画，是文艺复兴时期艺术大师米开朗琪罗的传世名作。它完成于遥远的十六世纪初。五百年来，由于尘埃蒙蔽，烛烟熏染，再加上一次次整修时为了防止剥落而刷上去的亚麻油日久变黄，画面早已昏黯不清。长久以来人们对这悬在顶上的天国图画，一半依靠想象。

梵蒂冈博物馆早在六十年代就开始对壁画进行探测。技术人员将画面分成七千余块拍摄下来，采用高科技手段精密研究，再选择两千个部位做修复试验，直到八十年代初才彻底弄清这举世闻名的壁画最初的模样，以及覆盖画面那些有害物质的成分，最后才确定了修复方案。由一九八二年到一九九四年，进行了历时十二年本世纪最浩大的古代艺术的修复工程。

当一九九四年五月八日修复工程告竣，西斯廷教堂举行盛大弥撒作为庆典，人们仰望修复后的顶壁画时，都确信这色彩鲜丽、光芒四射的画面与当年米开朗琪罗完成它时全然一样！这人世间对神学最动人的解释，这彩色的天国故事，这形象的精神圣殿，重新焕发出巨大的理性的感染力。特别是人们第一次如此清晰地看到了米开朗琪罗出神入化的笔触，更为其冠绝古今的才华所倾倒。倘若不是这样的修复，谁能相信他所描绘的亚当的那个著名的头颅，竟然如此轻描淡写，一挥而就？而《末日审判》中基督那情绪沉郁的面颊，总共只用了三笔！

你会问，是谁复活了米开朗琪罗？

我想，只有用这一标准才能达到如此境界，那就是：整旧如初。整旧如新是消灭历史，整旧如旧是保存历史，而整旧如初是回到历史原貌。然而这最艰难。一处古迹，历经千百年，谁知它最初的模样？这宛如从一张苍老的脸去找回它失去的青春。但对于高科技时代已经不再是梦想了。

从最早的整旧如新，到后来的整旧如旧，直到当代的整旧如初，人类在如何对待自己的文明创造上，也在一步步前进。而整旧如新是无视自己的历史文化，整旧如旧是懂得珍惜自己的历史文化，整旧如初才表现出人类对自己文明创造的无比自豪和崇仰。

人类的生活不仅是现实和未来，还有过去。一切属于历史的事物，都是人类的成果、收获、见证和永恒的财富。历史是神圣的，因为人类能够创造未来，却无法更改历史；历史又是活着的，因为它既影响未来，又充实和丰富着我们的现在。那么，整旧如初作为一种崇高的追求，正是可以满足人们这种具有理想境界的文明自享。

一张旧照片

一张旧照片，往往有种奇特功能。如烟往事一下子凝聚眼前。“文革”期间，我像老鼠一样被吓得搬了七次家。后来住进一座老楼的顶层。天炎房热，天寒屋凉；楼下邻居全在走廊炒菜做饭，天天谁家吃什么我坐在屋里全知道。一九七六年大地震，房被摧毁，破砖碎瓦几乎把我和儿子砸死。

有个家，就好。哪怕它穷，它破。生活像个空口袋，等着你去装。装什么，有什么。我在晾台上种了云南的“山齐”，它把一串串碧绿的叶子浓浓遮满我的窗子，有时还从窗缝硬钻进鲜亮柔韧的几条来，向我表示亲昵。阳光、月光、远处的灯光就从这叶片之间疏疏密密的缝隙照过来，满屋叶影；风一吹动，屋里晃起温和的诗意。

我养了一只大猫，白毛黄花。刚抱来时，病瘦成一条，几乎要死时，竟然被我用一瓶红霉素眼药水碰巧救活。一活就长得好肥大，好重！一身毛又长又亮。夜里，它跑出屋，上房野游，去找其他公猫厮打，找母猫狂爱。清晨回来，必要跳上床，亲一亲我儿子的脸，再跳下床去找吃的。一天家里来了几个朋友，它怕人多，一走便不再回来。一连十天我们一谈到它便惹起强烈的难过。

一个家，温暖的窝。一间房屋长久没人居住，东西容易坏，书容易变脆，家具自己会干裂开；可如果有人住在里边，就完全两样。这并非因为是你总去修理和保养它，而是人的生命有种力量，照射在你周围的东西上，精神的、情感的、气质的，渐渐它和你的感觉都谐调和融合了。在你生命融进它们时，它们也融入你的生命。这就是“人”对“家”的特殊的感觉。也是你在别人的家里——哪怕最富有的家，也无法找到的感觉

这是我最欣赏自己的一张照片

大地震后，我搬回那简易棚屋时，没有书架。书都打成捆，我正在找资料时，一个搞摄影的朋友来串门，“啪”给我拍了一张——就是这张。他想说明我处境的艰难。那时，我确实很难。可现在这张照片成了我的精神财富。我一看到这张照片，当时的许多已然被淡忘的生活细节便一下子全被清晰地唤醒了，苦涩变成甜蜜，艰难的往日全化成温馨的怀念。我这才懂得，生活的一切都能化作财富，也只有当物质化为精神时才是生活真正永存的财富。

我后悔当初许多时候，没有留下照片，像这一张。

家庭的遗产

在巴黎，我和建筑历史学家罗叶关于城市文化问题的交谈，被安排在他的家中。待到了他家，才知道这是一个别具匠心的“设计”。

他的家在位于市中心的一座老公寓楼房的顶层。这种阳台上有着精致的铁栏与华丽牛腿的四五层连体式的老楼，是巴黎的特色。推开厚重的大门，照例是大理石包墙铺地的门厅，楼梯旁边一架窄得只能容下一个胖子的小电梯，大都是六十年代后添加的现代设施——因为老楼里只有这么一点儿空间可以利用。在我乘着电梯慢悠悠地上升时，忽想这肯定是罗叶先生在现身说法，向我展示巴黎人以怎样值得自豪的方式来保护他们的老楼吧。有时，伟大而高深的理论不如一个生动的范例，更何况这范例就是他本人。

然而，更叫我感兴趣的是，他客厅的陈设与家具差不多全是一八四〇年的老东西，从沙发和茶几到壁炉上的座钟、瓷器、油灯、铜雕，以及墙上的画。他说这幢楼是一八四〇年的，所以他给这客厅配上的东西也是一八四〇年的。他很注意收集这个时代的物品，因为他非常喜欢这个时代的风格。我想，也许他是建筑历史学家，所以更喜欢营造一种历史的空间。我指着墙角一把满是裂痕、很古朴的小椅子说：“它可能更古老一些吧？”

罗叶说：“对。这是我家庭的遗产。”他的神气挺得意，也很庄重。

这使我的思维一下子蹦到另一件事上。两年前，我曾到一位年轻朋友的新居祝贺他的乔迁之喜，屋内一切都是崭新放光。我问他原先家中那些老家具呢，尤其是一件大漆彩绘的屏风，古韵盈然，极其神采，给我的印象很深。不想这朋友笑着说："原先那些旧东西和这新房子不配套，全不要了。你说那屏风呀，没想到竟卖了一万四千块。我这套意大利真皮沙发就是拿那玩意儿换的。"我如挨了一棒，更像是卖了我的宝贝。

事后我写了一篇小文章，发表在青年刊物上，题目是：咱们每个人都保护好一点儿老祖奶奶用过的东西！

前边所说罗叶的那把小椅子，在欧洲可不是个别和新鲜的例子，欧洲人把遗产看得很重要。遗产一词源于拉丁语，它的意思就是"父亲留下来的"。它有物质(财富)的含义，也有"精神"(财富)的内容。这就像我们家中相册里那些父母以至祖上的老照片，照片上留下的记忆总是大于照片的本身。它延长我们的人生，巩固着我们的生命积淀，时时焕发着我们的生活情感，然而不单是照片，其他旧物，也一样是过往岁月年华实实在在的载体。可是，面对着这些陈旧又沉默的遗物，人们往往就缺乏文化的悟性了，甚至纯粹把它们当作了一种物质性的家产，单一地用经济眼光去衡量它的价值。如果它残破了，褪色了，过时了，便把它处理掉。

于是，我们的家庭很少有历史印痕。或者说，虽然我们自豪于自己的数千年的历史文化，在我们每一个人的家庭里却很难见到遗迹。过去由于穷，能卖的早都卖了；现在由于富，赶快弃旧换新。

这里边，有一个对"旧"的思辨。

东西旧了，以旧更新，原是万事万物的规律。这里边还蕴含着发展与进步。然而，在农业文化中，旧的含义便遭到分外的贬低。农业以一年四季为一个生活周期，每每完成这一轮，便进入一次新旧的交替与更迭。生活包括一切企盼与希冀就立即从旧岁跳入新年。对新事物渴望的反面，便是对旧事物的厌弃。所以，每逢春冬之交的年的全部意义，就是除旧和更新。在这种农业文化滋育中，便生成了一种厌旧心理。旧，只是一种过时，一种多余，一种废置——人们总是站在相反的立场来看待旧事物，排斥旧事物，并予抛弃。是不是由于这个缘故，我们家庭的历史就像田地里的庄稼那样年年入秋便连根锄掉？能看见的只是当年的新苗新穗？

其中的关键是我们把遗产过于物质化了。如果只把它当作一种物质，我们就会随心所欲地处置它；如果也把它视为一种珍贵的精神，我们就会永远守卫着它。以它为伴，以它为荣，甚至把它作为生命的并不次要的一部分。

那么家庭之外人们共有的文化遗产——城市历史呢？如果遇到的也是同样的处境，我则找到了我一直所关心的问题深远的根由。

旧与老

在京城的一次活动中，经人介绍结识一位德国女子。她通汉学，尤爱中国的历史人文，对当下倍受摧残的古老建筑的痛惜之情，不亚于我们。她说她看过我为抢救津城遗存而主编的《旧城遗韵》，跟着马上问我：“你为什么叫‘旧’，不叫‘老’？”

这个问题使我一怔。

有时一个问题，会逼着你去想，去自审。我感到这个问题里有值得思辨的东西。一时不及细想。我找到自己当初使用这个“旧”字的缘故，便说：“天津人习惯把那古老的城区叫作旧城，我们就沿用了。”

她听罢，摇摇头，说：“不好，不好。”便扭头走去。这个德国女子直来直去，一点儿也不客气。却叫我由此认真地深思了关于文化的两个重要的字，就是：“旧”与“老”。

一件东西，使用久了，变得深暗，陈旧，褪去光泽，甚至还会松动，开裂，破损，缺失。我们习惯称之为“旧东西”。按照一种习惯性的潜意识，旧东西是过时的，不受用的，不招人喜欢的。所以旧东西的出路只有一条，就是扔掉——以旧换新。俗语便是“旧的不去，新的不来”。

我们有一种“厌旧”的心理。

这种心理来源于农耕文明。农人们的生活节律是一年四季为一个周期，所谓春种、夏耕、秋收和冬藏。春天是开头，冬天是结尾。春天里万象更新，一年之计在于春；对生活的期望全部孕育在春天的全新的事物里。故此，逢到过年，也就是冬去春来之际，人们最大的愿望就是除旧迎新。

于是，旧东西必定是在铲除之列。这种厌旧心理根深蒂固地潜在人们的血液里，便成了长久以来农耕文明中在文化上缺乏积淀与自珍的深刻的缘故。到了今天，自然就成了中华大地“建设性破坏”的无形而广泛的基础。这“建设性破坏”——建设是新，破坏是旧。对于我们多么的顺理成章！

然而，相对于“旧”，“老”是完全不同的另一种概念。

“旧”是物质性的，而且含有贬义，比如陈旧、破旧，等等；“老”却有非物质的一面。老是一种时间的内容。比如老人、老朋友、老房子。时间是一种历史。所以“老”中间不含贬义。甚至还含着一种记忆，一种情感，一种割舍不得的具有精神价值的内涵。

比方说某件东西是“旧东西”，似乎就是过时的，需要更新的；若说是“老东西”，那就含有历史的成分。应当考察它，认识它，鉴别它，对于有意味的老东西还要珍惜它。

由此往下说，对于一座城，我们说它是“旧城”还是“老城”，不就全然不一样了吗？旧城，破破烂烂，危房陋屋，又脏又潮，设施简陋，应当拆去；老城，历史悠久，遗存丰厚，风情别具，应当下力气整治和倍加爱惜。这一切不都与这两个字有关吗？应该说，这两个字代表着两种观念，也是不同时代的文化观。

在宁波，一次关于历史文化遗存保护的谈话中，我遇到了阮仪三教授。我对阮教授人品学品都十分敬重。谈话间，我提出了一个话题，就是“旧城改造”。

因为现在中国各地都在进行大规模的“旧城改造”。中国人是喜欢喊口号的。好像没有口号，就没了主心骨。因此常常由于口号偏差，铸成大错，坏了大事。我依照上边的这些思辨，便说：

“现在看来，‘旧城改造’中这个‘旧’字问题很大。一座城，如果说是旧城，‘旧的不去，新的不来’，那就拆掉了事；如果换成‘老’字，叫作‘老城’就不同了。老城里边有历史，不能轻易大动干戈。当然，法国人是连‘老城’也不叫的，他们叫‘古城’！”

看来，这个问题在阮仪三教授的脑袋里早有思考。他说：

“‘改造’这个词儿也不好。因为‘改造’这两个字一向都是针对不好的事情。比如‘思想改造’，‘劳动改造’，‘知识分子改造’，等等。怎么能把自己的历史当作不好的东西呢？我认为应当把‘改造’也换了。换成‘老城整治’，或者干脆就叫作‘古城保护’！”

这一席谈话真是收获不小。居然把当今中国最流行的一句话“旧城改造”给推翻了。而且换上一个词儿，叫作“老城整治”——或者痛痛快快就叫作“古城保护”了。可是别小看这几个字的改动。这里边有个“文明的觉醒”的问题。但这只是书生们的一厢情愿。关键还是城市的管理者们，有谁赞成这样的改动？

老东西

美国有一种古董店真稀奇，摆的并非古董，不过是些旧货旧物，标价却异常之高。在西部一个小城古董店里，有个空的可口可乐瓶子，价钱竟达五十美元。这店若在中国，准被认作是疯子开的。我问老板为什么如此奇贵，老板瞪大眼瞅我，像我们谈兵马俑时那种神气说："老东西呀！三十年以前的！"

老东西在美国，无论是公共场所还是家庭，都是拿来引为自豪的。我在芝加哥到一个美国人家去串门，一位老妇人领着我参观她的房间。她指着吊灯、家具、奶罐、地毯、梳妆镜、壁炉架和拐杖说，这也是老东西，那也是老东西。老东西是没错的，但顶老也不过一百二十年。她指指墙上一张褪了色的照片，照片上一个胡子像鸟窝的老者，站在一辆旧式带烟囱的老爷车前面，神气好呆傻，显然还不适应那时刚刚发明的摄影。老妇人问我怎么样？我说："连镜框也是老的。"老妇人听了，快活地用着胖胖掌心直拍手。

美国不过二百多年历史，对古董的观念与中国全然不同。中国人视古董为宝，美国人没有古董，只有老东西。这些老东西被他们视为精神财富的一部分，即对过往消失的生活一种缅怀。这和中国把古董作为宝的价值观不同。其实历史不在于长短，你老祖宗的画像并不比他母亲的遗照更珍贵。谁的历史沟通着谁的今天，各人关心各自的历史。对于美国人，老东西也就是古董了。

与美国作家索尔斯伯里见面，左为张贤亮（1985年）

在美国到处可以见到对老东西发狂的爱。那些最现代最豪华的饭店，也要将几十年前老东西请出来，神佛一样供着。比如当年烧煤用的大铁钩，砍肉用的大板斧，装酒用的大木桶。老的城区地图和旧的电影招贴画也镶在镜框里，当作古画一般挂在墙上。昔日生活朴素深沉的风韵就压住了现代物质奢华的浮躁感。我没见过任何一个美国人家，把日本高级日用电器摆在显眼地方，以此向客人夸口。

大峡谷有家旅店，特意拿出一间房做展室，向旅客展览它七十多年的店史。用文字配上一些发黄变黯的旧照片，说明它最初创业的艰难。同时还展览当年客人吃饭用的木碗木盘以及侍者当时的穿着。女侍者黑衣白裙，头扎方形白布巾，颇似修女。旅店现在的家具一律仍用老东西，并以此为贵为荣。住在这店内确实别有一番情致。

虽然它仅仅两个世纪的历史，但这历史被他们搞成了立体的，完全融进现代人的精神需要中。历史是发生过的，它是一大宗不动产，但只有成为人们精神生活必不可少的，才能化为无穷无尽的财富。对于重精神的人来说，物质能化为精神；对于重实际的人来说，精神财富仅仅作为物质存在。

历史拒绝怀旧

也可能是现代社会发展太快，人们急于抓住一些实在的生活；也可能是时间迫近了世纪末，身边的生活转瞬也会成为历史，怀旧便成为一种思潮，老照片、老影片、老图片都成了抢手货。于是去年的“上山下乡三十周年纪念日”也掉入这个热乎乎又糊里糊涂的怀旧的时尚中去。

一天出门散步，在街角的拐弯处吓了一跳，迎面站着两个红卫兵，着一身草绿色军装，头戴军帽，宽皮腰带，红袖章，一人手握一本语录，双目炯炯直逼着我，那神气仿佛问我：“什么出身？”定睛一看，他俩的目光不动，神情定格，原是两个假人。静下心再瞧，原是新开的一家饭店，店名叫“红太阳”。据说店主是位知青，用此制造新奇，刺激消费是也。也算是一种“企业文化”吧。店里边桌上墙上全是“文革”遗物，还播放着连吼带嚎的“革命样板戏”，进入饭店如同进入那个喊杀叫打的火红年代。而里边居然也坐得不少食客。据说有的是瞧新鲜看热闹，也时有三三两两当年的知青。如今时过境迁，人非昔时，在此感受昨天，可以重温往事。我却心里不知这种对往事的重温是一种什么滋味儿，是忆苦思甜还是百感交集？

我注意到了去年有些报刊为纪念上山下乡而开设的专栏，有的出版社还印刷一些知青照片专集，配上回忆文章。这之中有一些深刻的反思，我看了不少篇，张抗抗所写的几篇尤有深度，她冷峻地剥开了那一个时代以及自己的内心，较之以往那些诉苦式的知青文学，她这样赤裸精神的严峻反省、挥舞鞭子抽打式的自我拷问应该说是迈出一大步。但是，我也看到有些文章回首当年，不痛不痒地说些趣闻趣事，苦中作乐，阿Q式地抚慰自己说什么“青春无悔”，甚至于再唱一曲当年的豪情满怀，真叫我出了一身冷汗。

回想那个时代，我过了知青年龄，已经工作了。在上山下乡运动中却经常被上级革委会抽调出来，到这些知青家中去做纯粹强迫式的“说服”工作。那是由街道办事处、派出所、粮店、副食店等单位组织起来联合围攻知青家庭，主要对象是这些家庭主事的老父老母或爷爷奶奶们，经常是不舍昼夜，连战几天，又劝又逼，使足压力，即所谓“熬鹰”的办法。只要对方熬不住了，一点头同意走，联合现场办公的各单位马上办理清退户口的手续，便是“大功告成”。这种做法缺德之极。一次，我被调到火车站去维持秩序。那天夜里十点，有一列车知青要被送到北大荒。送站的人们人山人海，我们的任务是互相挽着胳膊在月台上拉成一条防线，防止人们感情冲动时掉到车下。火车开动了，知青们在车窗里面拼命哭叫，家人们在月台上潮水般地往前拥，我们就死命地阻挡他们。忽然，我觉得胳膊上剧疼，一看原来一个头发花白的老婆婆满脸是泪，使劲儿地咬我的胳膊，她的牙咬进我的皮肉，当然我还是没有松开，我怕她掉到车下被碾死。但事后很长时间，我胳膊上留有这个牙印儿，同时心里还有一种很特殊的、很别扭的感觉，当时不会也不敢对任何人说——我有一种罪过感。

每个人都有自己的人生，而每个人都珍惜自己的人生，哪怕是坎坷的遭际与苦难的生活，人们还是会去怀念。怀旧是一种人生情感和情感需要，如果我们用一种人生的情感模糊了历史的追究，那么我们才真正是辜负了那一代人的苦难。如果“文革”没有进入博物馆而先进入了饭馆，那才是我们民族的悲哀。

精神的殿堂

人死了，便住进一个永久的地方——墓地。生前的亲朋好友，如果对他思之过切，便来到墓地，隔着一层冰冷的墓室的石板“看望”他。扫墓的全是亲人。

然而，世上还有一种墓地属于例外。去到那里的人，非亲非故，全是来自异国他乡的陌生人。有的相距千山万水，有的相隔数代，就像我们，千里迢迢去到法国。当地的朋友问我们想看谁，我们说：卢梭、雨果、巴尔扎克、莫奈、德彪西等一大串名字。

朋友笑着说：“好好，应该，应该！”

他知道去哪里可以找到这些人，于是他先把我们领到先贤祠。

先贤祠就在我们居住的拉丁区。有时走在路上，远远就能看到它颇似伦敦保罗教堂的石绿色的圆顶，我一直以为是一座教堂。其实，我猜想得并不错，它最初确是教堂。可是在法国大革命期间，曾用来安葬故去的伟人，因此它就有了荣誉性的纪念意义。到了一八八五年，它被正式确定为安葬已故伟人的处所，从而，这地方就由上帝的天国转变为人间的圣殿。人们再来到这里，便不是聆听神的旨意，而是重温先贤的思想精神来了。

重新改建的建筑的入口处，刻意使用古希腊神庙的样式：宽展的高台阶，一排耸立的石柱，还有被石柱高高举起来的三角形楣饰，庄重肃穆，表达着一种至高无上的历史精神。大维·德安在楣饰上制作的古典主义的浮雕，象征着祖国、历史和自由，上边还有一句话：“献给伟人们，祖国感谢他们！”

这句话显示这座建筑的内涵，神圣又崇高，超过了巴黎任何建筑。

我要见的维克多·雨果就在这里。他和所有这里的伟人一样，都安放在地下，因为地下才意味着埋葬。但这里的地下是可以参观与瞻仰的，一条条走道，一间间石室，所有棺木全都摆在非常考究和精致的大理石台子上。雨果与另一位法国的文豪左拉同在一室，一左一右，分列两边。每人的雪白大理石的石棺上面，都放着一片很大的美丽的铜棕榈。

居里夫妇（1903年）

我注意到，展示着他们生平的“说明牌”上，文字不多，表述的内容却自有其独特的角度。比如对于雨果，特别强调由于反对拿破仑政变，坚持自己的政见，遭到迫害，因而到英国与比利时逃亡十九年。一八七〇年回国后，他还拒绝拿破仑第三的特赦。再比如左拉，特意提到他为受到法国军方陷害的犹太血统的军官德雷福斯鸣冤因而被判徒刑的那个重大的挫折。显然，在这里，所注重的不是这些伟人的累累硕果，而是他们非凡的思想历程与个性精神。

比起雨果和左拉，更早地成为这里“居民”的作家是卢梭和伏尔泰。他们是十八世纪的古典主义的巨人，生前都有很高声望，死后葬礼也都惊动一时。一七七八年送葬伏尔泰的队伍曾在巴黎大街上走了八个小时。卢梭比伏尔泰多活了三十四天，在他死后的第十六年(1794年)，法兰西共和国举行一个隆重又盛大的仪式，把他迁到先贤祠来。

将卢梭和伏尔泰安葬此处，是一种象征，一种民族精神的象征。这两位作家的文学作品都是思想大于形象。他们的巨大价值，是对法兰西精神和思想方面做出的伟大贡献。在这里卢梭的生平说明上写道，法兰西的“自由、平等、博爱”就是由他奠定的。

卢梭的棺木很美，雕刻非常精细。正面雕了一扇门，门儿微启，伸出一只手，送出一枝花来。世上如此浪漫的棺木大概唯有卢梭了！再一想，他不是一直在把这样灿烂和芬芳的精神奉献给人类？从生到死，直到今天，再到永远。

于是，我明白了，为什么在先贤祠里，我始终没有找到巴尔扎克、司汤达、莫泊桑和缪塞，也找不到莫奈和德彪西。这里所安放的伟人们所奉献给世界的，不只是一种美，不只是具有永久的欣赏价值的杰出的艺术，而是一种思想和精神。他们是鲁迅式的人物，却不是朱自清。他们都是撑起民族精神大厦的一根根擎天的巨柱，不只是艺术殿堂的栋梁。因此我还明白，法国总统密特朗就任总统时，为什么特意要到这里来拜谒这些民族的先贤。

一九五五年四月二十二日，居里夫人和皮埃尔的遗骨被移到此处安葬。显然，这样做的缘由，不仅由于他们为人类科学做出的卓越的贡献，更是一种用毕生对磨难的承受来体现的崇高的科学精神。

读着这里每一位伟人的生平，便会知道他们中间没有一个世俗的幸运儿。他们全都是人间的受难者，在烧灼着自身肉体的烈火中去找寻真金般的真理。他们本人就是这种真理的化身。当我感受到他们的遗体就在面前时，我被深深打动着，真正打动人的是一种照亮世界的精神。故而，许多石棺上都堆满鲜花，红黄白紫，芬芳扑鼻，这些花是来自世界各地的人天天献上的。它们总是新鲜的，有的是一小枝红玫瑰，有的是一大束盛开的百合花。

这里，还有一些“伟人”，并非名人。比如一面墙上雕刻着许多人的姓名。它是两次世界大战中为国捐躯的作家的名单。第一次世界大战共五百六十名，第二次世界大战共一百九十七名。我想，两次大战中的烈士成千上万，为什么这里只是作家？大概法国人一直把作家看作是“个体的思想者”。他们更能够象征一种对个人思想的实践吧！虽然他们的作品不为人所知，他们的精神则被后人镌刻在这民族的圣殿中了。

一位叫作安东尼奥·圣修伯理的充满勇气的浪漫派诗人也安葬在这里。除去写诗，他还是第一个驾驶飞机飞越大西洋、开辟往非洲航邮的功臣。一九四三年他到英国参加戴高乐将军的“自由法国”抵抗运动，在地中海的一次空战中不幸牺牲，尸骨落入大海，无处寻觅。但人们把他机上的螺旋桨找到了，放在这里，作为纪念。他生前不是伟人，死后却得到伟人般的待遇。因为，先贤祠所敬奉的是一种无上崇高的纯粹的精神。

对于巴黎，我是个外国人，但我认为，巴黎真正的象征不是埃菲尔铁塔，不是罗浮宫，而是先贤祠。它是巴黎乃至整个法国的灵魂。只有来到先贤祠，我们才会真正触摸到法兰西的民族性，她的气质，她的根本，以及她内在的美。

我还想，先贤祠的“祠”字一定是中国人翻译出来的。祠乃中国人祭拜祖先的地方。人入祠堂，为的是表达对祖先的一种敬意、崇拜、纪念、感谢，还有延续下去并发扬光大的精神。这一切意义，都与法国人这个“先贤祠”的本意极其契合。这译者真是十分的高明。想到这里，转而自问：我们中国人自己的先贤、先烈、先祖的祠堂如今在哪里呢？

塞纳河边的中国古董

无论在世界任何地方，我都会留意有没有中国的古物。一件古物背后是一片浩阔的历史。而古物流落在外，它还证实着久远之前一个跨洋过海的联系。这种未知和遥远的联系十分诱惑我。

在巴黎，可以碰到的中国古物实在太多。无论是国家博物馆的展示，还是个人家庭的收藏。一个文明国家的标志便是公众对文化的热爱。我在巴黎居住期间，恰逢小宫举办中国古物展，展出近二十年出土唐前文物的精华，包括闻名于世的兵马俑。我看到参观展览的人挤满入口大厅。有一个法国女孩儿用铅笔和小本抄写一件西周大鼎上的如同天书一般的铭文，神情认真又执着。这使我颇为感动。

至于法国人家庭的陈设中，常常视中国这个东方古国的艺术以很高的品位。应该说，欧洲人对中国古物欣赏的地方，与华人的“自我欣赏”不同。海外华人喜欢雕龙雕凤的红木家具、五彩大瓶、宝石雕刻、镀银摆金，讲求物品昂贵的材质，崇尚豪华与富丽。欧洲人则偏爱中国人高古而简约的明式家具、素雅的青花、年代久远的民间器物及其稚拙的民间艺术。欧洲向往东方的古老，欣赏古物上遥远的岁月感，以及纯朴的东方情调。他们的价值取向偏重于文化的本身。

拿书画来说，海外华人以“名人字画”为荣。欧洲人不知道中国的“名人”是谁，只要画面的感觉古老和有东方味道就好。我们在法国南部的圣托贝去拜访一位著名的国际基金组织狮子集团的负责人，这对德籍的夫妇曾在北京主持汉莎航空公司的培训中心。他们为自己的中国情结找到了一个载体——古物。在北京时，一有机会便逛琉璃厂。现在他们这座依山面海的美丽的住宅内到处摆放着中国古物——一律是来自民间的昔时物品。比如南方民居建筑上的雀替，江浙一带千功床上的描金画板、雕花提盒、神像和长杆的烟袋。一概都是这些年来，被我们现代化的大扫帚从民间清扫出来的“历史破烂”。主人知我十分了解这些物品，请我“指点”其中的奥妙。我却看出，这些物品货真价实。尽管如今北京的潘家园和天津的沈阳道，赝品已然铺天盖地。但这两位对中国一知半解的“老外”识别真伪的眼光却十分锐利。这说明，鉴定古物一靠知识，二靠经验，三靠悟性。这三样中，第一是悟性。而首先是对古物的历史感的悟性。

在巴黎可以大面积地看到古物的是三个地方。一是古董市场，二是古董店，三是博物馆。

巴黎的古董市场最著名的是圣东安，规模与潘家园差不多，但多为法国及欧洲的古董。古董市场的格局也是一家家小店小铺与敞开式的摊位，但没有人专营中国古董。中国古董杂混其间，其货源多是一百多年前赴法华人从老家捎带来的，当时作为生活用品，时光匆匆，百年过去，便成了古物。古物是时间创造的。故此现在看最古老的也不过是清末民初的器物。但法国人无法知道它的年代，有时价钱高得出奇，有时便宜得如同清仓处理。我在蒙特厄伊古董市场一个摊位上看到一副抱柱式木刻对联，黑色大漆的板子，螺钿镶嵌的字，信是岭南物品，上边的词句为“红滴墨砚花泄露，绿藏书榻树凝云”，下款为“维新乙未偶书”。没有署名，大概是书斋主人自书和自用。“维新”款十分鲜见，要价也不高，因为卖主完全不知道上边写着什么，甚至不知对联怎么使用。这明显是百年前华人出海自带的家当。

说到巴黎的古董店，那真是要多高级有多高级。古董店不比古董市场。古董店是专业化的，分门别类，各有专营。有的专卖某一国家甚至某一时代的古物，有的只卖某一流派的画作。这种高级的古董店中就有专营中国古董的店铺了。西方的思维方式是解析性的，与东方中国讲求包容性刚好相反。故而，在古董店方面，西方的专业分工很强。分得愈细则愈精，愈有权威性，愈高档，愈可信。不像中国的古董店“神仙老虎狗”应有尽有。

然而，这些古董店的价格都昂贵之极。十一月初，在埃菲尔铁塔对面的广场上，去参观由巴黎的一些有名的古董店举办的联展。我从中发现一件隋代彩绘木雕菩萨立像，高近二尺，左手有残，但品相极佳，彩绘尤为精妙，使我想到敦煌莫高窟四百二十五窟那几尊菩萨。待一询价，使我暗暗吐舌。后来，我在一家希腊古物的专卖店，看到一件希腊特有的天使头像的瓦当，标价竟是一千二百美金。前几年我在雅典见到这种古老的瓦当，标价仅为三十美元。差价竟是四十倍！由此可见巴黎古物之昂贵。巴黎视古物为宝贝，东西一旧一老就保存起来，视为珍宝。要想在巴黎买到便宜的现代产品并不难，但若想“捡便宜”似的得到古物，大概只是一种痴想吧。

一位旅法的雕塑家对我说，奥塞博物馆附近有一家古董店专卖中国古董。这家店几代人持续经营已有百余年历史，在全欧洲都有名气。去了一看，名不虚传。店中陈列古物，都是“超年份的”，即唐前之物。多为石雕、木雕、铜器、陶俑，甚至还有壁画。这很对我的口味。而且绝无赝品，都是精品。由此可见店主的眼力之不凡。其中给我印象最深的是一件巨型汉代石雕异兽，一个唐代罗汉头像，一组四件南北朝的骑士俑，还有一身北齐的无头菩萨立像，简直就和山东青州龙兴寺出土的那些立佛一模一样，身躯扁平，薄衣贴身，凹凸优美。我敢肯定它出土于山东齐国故地，并是近几年走私出来的。还有那一组骑士俑也一准是新近出土的古物。这店中还有四尊木雕佛像，一阿难，一迦叶，二菩萨，比我还高，彩绘如新，天下罕见。从风格看，当属宋代，几乎与平遥镇国寺的佛像同出一寺。我想，这绝不是二十世纪五十年代以前，洋人们从中国搬去的。但这样巨型的珍贵古物到底怎样瞒天过海运抵这里的？

这家店主送我一本印刷精美的画集，是这家店的销售样本，店中这些古物皆在画集中。我忽见首页竟是洛阳龙门石窟古阳洞一尊北魏交脚佛的佛头，这是四十年代被盗卖出去的。我的第一个反应就是要想方设法把这佛头搞到手，送回龙门。心里一急便问价钱。没想到店主说，一个月前已有人以一百二十万法郎买去！我忙问买主为何人，店主笑笑说，一位私人收藏家。我意识到，古董店要为买主保密，古今中外皆如此。只好怏怏作罢。

后来我在一家“中国博物馆”，看到了大量中国古物的精品。不用我去鉴定，每件古物前的说明牌上都把馆藏的时间注得明明白白，一为二十世纪二、三十年代，一为二十世纪。九十年代，并且写明“自香港或直接由中国大陆到达此地”。这些古物包括新石器时代的西北一带遗址的彩陶，汉代的木雕的木马木凤，汉陶杂技人，唐俑，宋瓷。比起国家文物局年年公布的考古精华，都绝不逊色。有的堪称绝品与孤品。比如木马，远比甘肃博物馆所藏的木马精美，木凤更是从未见过。至于彩陶的器型之奇、体量之大，举世无二。这走私的数量与质量真令我震惊！

我国的文物在二十世纪的前二十年，贯穿着被掠夺的历史；后二十年贯穿着盗卖与走私的历史。对于前二十年，我们责怪洋人；那么后二十年呢？我们怨谁？

保卫克里姆特画室

旅奥的华人女画家刘秀鸣问我：想不想去看看克里姆特的最后一个画室？我说：当然。可是我很奇怪，以前来维也纳，我曾想去看克里姆特的故居，得到的回答却是——没有。现在从哪儿蹦出这个“克里姆特最后一个画室”的？

在我想象中，克里姆特画室一定是一座极有特色和散发着油画颜料气息的房子，也必定是一座精致和讲究的博物馆，因为克里姆特和施特劳斯一样是奥地利人的骄傲。他那幅《吻》，已经是人类在十九世纪对爱情最真挚和迷人的诠释了。

可是，来到这座房子前，我感到吃惊——

它在维也纳十三区一排居民楼的里边，很大一片草地的尽头，几棵高大的老树夹峙中。一幢淡黄色的巴洛克式的两层建筑，但已破损不堪，房皮脱落，台阶倾倒，铁花的护栏锈迹斑斑，屋顶的瓦缝钻出长长的野草，有的门窗完全为青藤所遮蔽，显然是一幢废弃已久的房子。

接待我们的一位负责人，向我们所介绍的内容也是非同寻常。他说，这座楼还有些麻烦。跟着他说出其中的缘故。

这座楼是克里姆特生前最后一个画室。此前克里姆特的画室在维也纳八区。由于那一片房子要推倒重建，他租下这幢房子。他住在维也纳七区，距离这儿只有十五分钟步行的路程。他天天到这里来作画。他的许多大幅的风景名作，都是画好草稿，然后在这幢房中完成的。克里姆特一生独身，无人为伴，有时画累了就住在这里。

他于一九一一年到一九一二年期间把画室搬到这里来，直到他一九一八年谢世。他晚年最重要的作品都是在这宁静的画室里诞生的。这里原来只是一座彼得迈耶时代风格的平房。他去世后，房东收回房屋，并一度自己搬进去住，并且在一九二三年翻修加层，扩建成如今这样一座巴洛克风格的楼房。

现在的麻烦是，这幢房子是属于区政府所有的公产房，占地五千平方米，院子近一万平方米。五年前区政府想把这块地卖给私人房地产商，拆掉这幢房子，开发成新的社区。政府的理由是，这幢经过改建的房子已经不是原先的克里姆特的画室，经过近百年的变迁和二战的破坏，里边也没有克里姆特的任何遗物，没有保留价值。

但是，当地的一些人士与市民却认为这幢房子是克里姆特生活过的历史空间。虽然后经改造和扩大，但作为克里姆特画室的一层的房屋墙体与格局没有任何改变，依然如故，而且外部环境与情景更是昔时模样。这里的人们都感觉他们的“克里姆特还在这里”，怎么能把它铲除掉？于是，人们在一九九九年组织起一个“纪念克里姆特协会”，开始了一场声势不小的保卫克里姆特画室的文化行动，并把他们与政府的辩论推进法庭。这件事曾经轰动一时。

他们的工作首先是收集证据。他们请建筑学家对克里姆特画室依存的状况进行考察与测绘，翻阅文字档案和老照片，找出大量的克里姆特在这里创作与生活的材料，他们还对这个画室中失散的遗物进行调查与征集。那些研究克里姆特的专家纷纷为他们提供了确凿的依据。这些工作使他们在和政府包括法律方面的交涉时，愈来愈有说服力。如今他们把这些工作成果展示在一楼——也就是当年克里姆特的画室里，连克里姆特生前在哪间屋内作画、画模特、待客、休息与存物都标示得清清楚楚。这便给我们生动地勾勒出这位世界级大画家晚年的生活景象，虽然现在它还不是一座博物馆，却使我们获得了一种在其他地方无法得到的启示与感受。恐怕这正是保留这个画室的意义。

比如，在一间空荡荡的房屋中，戳着一张放大得与房间一般高的老照片。照片显示这间房屋曾是克里姆特的书房与客室。从照片上我竟然发现书柜里陈放着许多中国古董，有牙雕小品、石雕印章、清代五彩瓷人，还有一尊民间木雕张仙爷，明显是晋中的出品。书柜也是仿照中国式的，据说是画家特意请人设计的，这说明画家对中国文化的痴迷。更重要的是迎面墙上挂着的画——有三排方形小画，总共十二张，都是日本的浮士绘版画。中间是一幅中堂画，竟是中国的民间手绘年画《关公像》：左边关平捧印，右边周仓拿刀；关老爷正襟危坐中央，一手扶膝，一手捻髯。用笔雄劲凝重，颜色浓郁鲜丽。还有一幅同样大小的《天官赐福》的照片，立在一边，大概是挂在另一面墙上的。这幅《天官赐福》，同样也是民间手绘年画。由画风断定，应是清代初期北京豪门贵族过年时的用品。过去人们总说克里姆特深受日本浮士绘影响，但从这里看，他不仅酷爱中国艺术，而且从中国绘画——尤其是中国民间绘画中汲取很多养分。后来，我们在这里用幻灯展示的克里姆特的绘画档案中，还发现他的一些人物画的背景中，有不少形象干脆都是从中国民间艺术中搬过来的。有舞动瓜锤的武士，有执刀的将军，也有穿红戴绿的平民女子和坐在亭中的贵族。而这些纯中国的艺术形象怎么会与克里姆特笔下的奥地利女人如此和谐地融为一体？这发现使我很惊喜。但我又想，日本人有专门研究浮士绘与克里姆特关系的著作，我们中国人还没有这样做呢！

最使我感动的，这个“纪念克里姆特协会”的成员全是义务的，一切经费来自社会的义捐。这些克里姆特的崇拜者，包括市民，每逢周末都在这里举办各种各样有声有色的关于克里姆特的纪念活动，以使更多的人加入到他们的队伍中来。他们还来剪修草地，收集各种奇花异卉，将这块神奇的土地打扮得美丽宜人。克里姆特生前喜爱玫瑰。他们在房外发现了一棵百年的老玫瑰，已经衰老而萎缩了，但他们深信这就是克里姆特的玫瑰。经过精心的护养，已经开始蹿枝拔节，长出几十枝浅红的花朵来。这使他们非常高兴，拉着每一个参观者去闻一闻克里姆特的玫瑰奇异的芬芳。

他们努力使心中崇拜的人复活。

多么好、多么热爱文化的维也纳人！

据说，政府已经基本上接受他们的观点，房子不会拆了。很有可能将这画室列入市政府管理的博物馆系列中，但还要等待最后的决定。

他们笑吟吟地说：我们还要努力，我们必须努力。

我对他们说：你们一定会胜利，而且只能胜利。

一先令的古堡

无论在国内还是在国外，我最爱看古代的房子，一位朋友便开车把我带到巴登以南二十公里远的地方，地名叫作马尔克特。这是座历史久远的小村，二十世纪一些毕德迈耶画派的画家曾集聚在此。村内地势低陷，又称作“毕德迈耶沟”。

一入村口，迎面一座古屋闯入眼帘。石砌的外墙，历久变黄，依然坚实。门檐窗口都是石雕花纹，精致优美，很少巴洛克式的华美，更多则是哥特式的稳重，极有韵味。不巧的是，看房子人带着钥匙走了，只好扒窗向里观望。屋内空寥无人，是座空楼，一切陈设皆如昔时：酒柜、餐桌、座钟、吊灯、台球桌等，都是古董；毛地毯和护壁纸的图案也是古色古香，尤其立在屋角的几个陶瓷壁炉，古朴优雅，应是十八世纪以前的器物。我看得激动起来，叫着：“如果叫我住在里面，哪儿也不去了！”

我的朋友说：“在奥地利这种房子很多，政府常出售，有时一个先令就能买到，还带着室内全部东西。”

一个先令交换一块人民币。我哈哈大笑，笑他信口胡言，不沾边际。他却认真地说：“你想买吗？你买得起，只怕你修不起。”

我甚不解。但五天后，一切都明白了。

那是从“佩尔勒山包”下来，奔往阿尔湖途中，应邀参加一位电影发行人的家庭晚宴。地名很怪，叫鹰岩宫，没人悟出个中含义，该是个古怪的地方吧！

待我找到这地方，便像走进一幅画中。一片疏阔林间，耸立着一座中世纪古堡式的楼宇，深灰色筒形的墙面高低错落着许多窄长窗子，上端伸出许多帽状尖顶，像一大串巨型蜡烛。它实在太美！很像一种女人，吸引着你渴望走入她的心间。面对这美丽的古屋，我幻想着它春夏秋冬四时不同的迷人景象……这时，那位电影发行人——也就是这古屋的女主人，已经站在门口招呼我们了……

头一次认识她是在我的画展上，她像位职业妇女，这次见她俨然一位贵族女人，黑色头发松松挽起，黑色衣裙松松垂下，虽无珠光宝气，却有一种高贵气质，与她的古堡气息相合。尤其晚餐时，她不厌其烦地摆出一套又一套华丽精美的餐具，餐具的花纹与餐纸的图案相配套，如此讲究与配套，分明带着旧贵族的生活遗风。这就引起我对她的家世做出种种猜测。

她带领我们参观所有房间，恍然走入昔日的豪门。一切家具陈设无不散发古代风韵，挂满墙壁的油画由于年深日久而郁郁动人，所有细小部件，哪怕一个帘钩，一个门把，一个钉子，都是历史的细节，只有那一扇扇窄长的窗框外的风景是明丽又鲜活的，大自然永远长生不老。女主人说，这原是列支敦士登一位大公的情妇的居所，已有二百年历史。她前年才买下这座古堡，装修已经半年，还远远没有结束。在奥地利买这种古堡很便宜，和白送差不多，但装修必须像修缮古物，不准破坏原貌，不准翻新，不准改造，只能加固和保养，花费钱则难以数计。我这才明白一个先令买一座古堡的真正含义。她问我："你想来住几天吗？"

我说："当然愿意。人到未来容易，回到历史很难。住在这古堡里，就像夹在历史的某一页了。"

她听了高兴之极。她说，这里每一件物品都可以在博物馆陈列。所以在整修时必须非常严格，比如木器，只能打蜡，绝不能上漆。墙壁上古画的修补都是请专门的技术人员来做的。"不能让历史在我这里结束。"她表明观点。

她很有情调，也有格调，喜欢各种艺术和野生的奇花异木，尤其喜欢干花的花瓣，几乎每一张桌子上都放一个素白透明的玻璃缸，里边放上半缸干枯后却颜色犹存的花瓣碎屑。这给古屋平添了一种幽雅的情致。

晚餐后，女主人安排我们到客厅。由她丈夫——一位制作影视道具的以色列人，用自动风琴演奏莫扎特的钢琴曲。这种钢琴在一百年前的欧洲非常流行，它无须指弹，只要将一卷带孔的纸(实际是一支曲子)放入琴中，对好配器拉钮，两脚不断踏动踏板，美妙的乐曲就飘飞出来。我们坐在昔时的高背雕花木椅上，端着英国细瓷茶杯，慢慢饮着浓香的咖啡，欣赏着男主人用古老的方式认真不苟地演奏，恍惚间竟想到，会不会真能时光倒流七十年，回到了那个列支敦士登大公的别宅了?

待清醒之后，我又想到，奥地利把这些古堡古屋交给珍惜它的人，此措施真是聪明又高明。一个民族的历史文化不管曾经怎样灿烂辉煌，但它在无文化的后代手里只能断送，在有文化的后辈手中才能永远发光。

留住昨天

——维也纳区博物馆小记

生活的历史如同戏剧的场景一幕幕地更换，当昨天生活的形态不复存在，我们从哪里还能触摸那种独特的生活实体？历史博物馆的藏品都只是重要的历史事件的“证人”，那么我们先人那些有声有色的生活呢？那才是文明的血肉呢。

我把这个关于博物馆的话题拿出来，与林达女士讨论。她是历史学家，在维也纳市政府的档案馆工作。林达听罢我的议论含笑不语，沉了一会儿，她说：“我建议你到维也纳的区博物馆看看。维也纳市有二十三个区，每个区都有一个博物馆。”

我对她的建议兴趣十足。我感觉到她是想让这种“区博物馆”与我“对话”。

十四区的博物馆，外表看不过像一户人家，只是挂在墙上的小小的牌子说明这是一家“木区”的博物馆，一周有两个下午可以参观。走进去一看并不小，上上下下总共二十多个房间。这栋房子是区政府的房产，拨给这个区的博物馆协会使用。博物馆的工作人员都是热爱本区历史和文化的志愿者，没有工资，全是尽义务。展室中有一个展示本区地貌与城区的立体化的巨大而精致的沙盘，是他们用了两千个小时手工制作的，足以表明他们对本区文化之赤诚。他们中的一些人有正式工作，业余时间全部放在这里，因此每周只能有两个下午对外开放，但都是免费参观。因为你对他们区的历史抱有兴趣，是他们的荣幸。故而今儿连馆长夫妇都穿上民族服装，表示对我们访问的郑重之情。

十四区在一八○○年还是森林和田野。馆中陈列的各种野兽、飞禽、昆虫和鱼类的标本，都是这块上地最早的主人。一块操作台面上装着各种手触按键，如果想听一听某一种鸟儿的鸣叫，按照上边的序号揿一下按键，便会播放出这鸟儿特有的美妙的鸣唱。由此我体会到这些义务的博物馆员对他们工作的用心。

真没想到，他们的博物馆有如此巨大的容量。一切昔日的物品，家具什物、服装用品、针头线脑、瓶瓶罐罐，全收集进来了。当然这里不是历史的“废品站”，他们所收藏的都是经过选择的昨天生活最生动的细节。比方一九○四年接生婆的全套用品，展示了那个时代生命的传衍方式、医术和当时的风俗乃至比之更广阔的社会内容。我在十七区的区博物馆还见到一架用摇把旋动的木桶洗衣机和手辗的轧干机，应是现代电动洗衣机(包括甩干机)的一百多年前的先祖了。

这种博物馆使我最感兴趣的是将一些昔时生活整体地平移进来，比如缝衣店、修鞋铺、乐器作坊、火车检票站、厨房、杂货店、理发店，等等。每一处，所有的细节都保留着，并严格地遵循原来的样子，甚至墙上的钉子钉在什么地方也一丝不苟。馆长告诉我，这里的修鞋店还可以修鞋子，厨房的生铁炉子烧上煤炭就可以煮饭，那个一八七八年的火车检票站依然可以打出票来——票上打一个孔是上午的票，打两个孔是一下午的票。至于那个小照相馆还可以拍一张玻璃底版的黑门照片来呢。

他们像从昨天的生活里把这些风情浓郁的场景，一块块地切下来，原原本本地镶在这里。于是，这里所藏的不只是昔日生活的细节与遗物，而是一个个内涵丰厚的生活片段，一些完整的生活空间。正像当今世界上历史民居的保护，不只是“点”上的保留，而是“面”(历史街区)上的保护。这正是我的所思所想，他们早就已经完成了。

这种生活空间的收藏比起遗物的收集要困难得多。在不断更迭的生活形态中，那些形形色色的空间总是由于失去实用的价值而自然消除。谁会看到它的未来意义而保存起来？如果想保存——把它们放在哪里？于是，这些博物馆的工作人员，在对本区进行周密考察中，选定一些具有历史文

在奥地利维也纳巴瓦克银行画廊举办“温情的迷茫——冯骥才小品画展”上

化价值的地方，并死死盯住它。在它行将消亡时，与物主商议，设法把它们搬进博物馆来。

我问他们：需要花很多钱吗？

他们说：不，有时对方觉得这么做很有意义，就会把它捐给博物馆了。

他们还说，他们博物馆绝大部分藏品都来自于民间的捐献。本区里的老百姓常常会打电话来，说他们的哪些家传的东西不想要了，想捐献出来，博物馆的人员就上门去取。一旦他们的东西放进了博物馆，心里很高兴，还时不时过来看一看。

我忽然想，我在天津倡导的全国第一家捐赠博物馆——老城博物馆，就想达到这个目的。人们捐赠东西时，不但会提高自己的文化意识，还会情系乡土。

我真希望老城博物馆的人来看一看。现在我们的老城博物馆建设得怎样了？

世外美髯公

风光旖旎的采尔湖可谓人间仙境。湖边山上有一个神仙生活的地方，这地方有位奇人，叫作弗里茨。

弗里茨像童话里的人物：头大身短，膀肥腰圆，从又硬又宽的皮带上边鼓出一个啤酒肚，两条腿好似两棵粗木桩，拳头大得像外边套个拳套。最精彩的是他银色的大胡子：又大又松又软又密，如果一只小甲虫贪图舒服钻进去，保管一个小时爬不出来。大胡子是他的骄傲。他就凭着这大胡子，去年在意大利的国际美髯公比赛中抱得一个亮晃晃的大奖杯回来。

他最吸引我的还不是绝世的胡子，而是这罕见的仙境，还有在这里他营造的伐木工人博物馆。

当我的向导弗莱蒂把车子开到他的山上，我被这里的风景惊呆了。远处是蓝天、云彩和雪山，靠近一些是碧湖、白帆和小村庄，脚下是森林、草原和野花。鲜艳，纯洁，透明，宁静，也只有在童话或神话里才有这样的画面。弗里茨就站在这画面里，一握手就把我们拉了进去。

更奇异的景象展现在我面前——

首先是几间粗糙的木屋。屋内屋外琳琅满目地挂着各式各样的锯。最长的锯近三米，小的不过几厘米。抬头一看，连屋内天花板上也全是锯。有锯树的，也有锯冰的，锯兽肉的。弗里茨说他这里有一千八百多种锯，我感觉全世界的锯全在这儿。在人们没有发明锯之前，就用斧头对付坚硬又粗大的木头。他收藏的一把堪称始祖的锯至少有一千七百年的锯龄，上

大胡子弗里艾很像童话里的大力士

边几乎看不见锯齿了。我想起我写过的一句话：

锯最终被木头磨平。

这把锯叫我想到没有牙的老爷爷。

我问他究竟什么原因，使他去收集如此浩瀚的藏品？

原来他父亲整整一辈子在森林伐木，死后留下许多工具。但现在人们的生活形态改变了，原先使用的工具不要了。这就使他产生一个奇思妙想：把这些老东西收集起来，再像博物馆那样展示出来，别让祖先的生活消失了。想到这里，他就干起来。他不仅自己的劲头愈来愈大，来参观的老乡们也很有兴趣，主动把家中各种搁置不用的伐木工具，连伐木工人各种日常生活的用具也都拿来送给他。他就依照昔时在阿尔卑斯山上工作的伐木工人的生活方式，搭起一座三角形的小木屋。里边一切布置都严格地遵循生活的真实。连爬山鞋和冰鞋放在哪里，酒壶挂在什么地方，煮饭是何种方法，都一丝不苟地摆放出来。所有的物品没有一件仿制品，全是真家伙。我对其中一把木锁、一件在屋内干活的小型的自动锯和一个可以升降的锅架很感兴趣。这些东西一下子就把古代山民们的智慧与文明十分生动地告诉我们。弗里茨看到我充满兴趣，他高兴极了，拉着我到屋外去看那些伐木工人使的大家伙。一把一半断在木头里的巨型的锯是他藏品中的"宝贝"。这片断锯深深地锯进树木，而且在折断之后又渐渐被蓬勃生长的木头紧紧包裹起来。这真是一个奇迹！他说这是在一千八百米山上的森林里发现的，至少有一千年！于是大自然的威严、森林的雄伟和伐木工人的艰辛，令人震撼！

这时，弗里茨感到他使父亲、祖父以及这大山里祖先们的生活复活了。

历史的复原是一种复活。

他把父亲当年的老照片挂在这木屋里。他在小木屋中会感到，父亲也在屋里。

为了吸引人们来参观，他精心营造这一小片土地。他在草地上架上一块大树干，上边放一把两人拉的大锯，好让人们动手试试身手，感受一下伐木工人天天要付出的力量。他从山上木制的水槽引下清泉，注入一个水池中，水里养着许多鳟鱼，这也是唯有在阿尔卑斯山上才能做到的事。他还在山崖边上放一张木桌，招待前来参观的客人一边饱览这里的湖光山色，一边吃肉喝酒，享受一下山民独有的风味。这里所吃到的熏肉、葡萄酒、白酒，还有加气的啤酒都是他自制的。他又拉着我去他住所的地下室，看他熏肉的厨房，告诉我怎样用锯末来熏肉。他很得意，因为只有伐木工人才更善于使用锯末。至于这里能喝到的冰镇的矿泉水则是纯天然的。山泉原本冰凉，泉水清冽沁人。人造的矿泉水怎么能与阿尔卑斯山的泉水相比？

他把房前屋后各处都栽满鲜花。此地山民的习惯是把各种颜色的花拼种在一起，于是他所收藏的伐木工人的历史就放在这缤纷又芬芳的鲜花之中了。

健壮如牛的弗里茨原是一名开挖土机的工人，如今已经退休。他有些经济头脑，人们来到他这里参观是不收门票的，玩一玩和照个相也一律免费，吃肉喝酒当然要付费。这些收入要作为他这个民间博物馆必不可少的经费。采尔湖是欧洲的旅游胜地，到这里来参观的游人也日日不绝。然而，山民朴实又豪爽，决不把客人付钱多少当作要紧的事。如今，他这个地方在采尔湖地区已经小有名气。不少人都知道，要想了解祖辈上伐木的故事，就得到弗里茨这儿来看一看，听一听。

弗里茨的美髯使他客串过一次电影。他给我看了一张剧照，很大一张的黑白照片上，一个蓄着飞瀑似的大胡须的老汉一脸严肃地站在森林里。我问他演的什么角色，他说是“森林保护神”。

他拿出一本纪念册，请我题词。我在他电影角色的称呼中加了两个字：

“森林文化的保护神。”

重光西斯廷

一座古老的建筑，年深日久，斑驳剥落，面目不清，怎么办？古人的办法是推倒重建，或者添砖加瓦，换门换柱，壁画重绘，雕像重刻。这办法美名曰“旧物重光”。实际上就是现在所说的：整旧如新。

说老实话，古人对待事物，多以实用为目的，缺少文化观点。对于古迹，无论拆掉重建，还是涂抹一新，都是为了应用。完全不管其中历史文化的内涵。这种整旧如新的做法，由古至今，一直延续到近代。呜呼，几乎泯灭了地面上一切可见的历史！

及至近世，这观点才有了变化。人们从中觉醒，开始认识到古迹的残损斑驳，正是度月经年、历尽沧桑所致。这是一种历史的凭证，也像古迹本身一样不可复制。倘若将这斑驳的意味除去，谁还能证明它是古迹？而且这斑驳含混中，还有一种悠远的风韵。时间愈长久，韵味愈醇厚。它还是种独特的审美内容。

这看法引出一种整修古迹的新标准和新原则，就是“整旧如旧”。

在古代，较早运用这一标准的是古画揭裱。但在修复古迹方面却是直到近代才开始觉悟和启用的。

整旧如旧只加固古物的结构，使其牢固耐久，但对其古老面貌原封不动，甚至加倍珍惜那些具有历史感的痕迹与细节。这样，不仅古迹得以保护，历史也受到尊重，被摆到神圣而不可侵犯的位置。

整旧如旧原则的提出，并得到公认，表明人类终于以文明的方式对待自己的文明创造。

然而，在意大利刚刚竣工不久的梵蒂冈西斯廷教堂壁画的整修工程，却进入了一个更高的境界。

画在小小的西斯廷教堂穹顶与墙壁上的壁画，是文艺复兴时期的艺术大师米开朗琪罗的传世名作。它完成于遥远的十六世纪初。五百年来，由于尘埃蒙蔽，烛烟熏染，再加上一次次整修时为了防止剥落而刷上去的亚麻油日久变黄，画面早已昏暗不清。长久以来人们对这悬在顶上的天国图画，一半依靠想象。

梵蒂冈博物馆早在六十年代就开始对壁画进行探测。技术人员将画面分成七千余块拍摄下来，采用高科技手段精密研究，再选择两千个部位做修复试验，直到八十年代初才彻底弄清这举世闻名的壁画最初的模样，以及覆盖画面那些有害物质的成分，最后才确定了修复方案。由一九八二年到一九九四年，进行了历时十二年本世纪最浩大的古代艺术的修复工程。

当一九九四年五月八日修复工程告竣，西斯廷教堂举行盛大弥撒作为庆典，人们仰望修复后的穹顶壁画时，都确信这色彩鲜丽、光芒四射的画面与当年米开朗琪罗完成它时全然一样！这人世间对神学最动人的解释，这彩色的天国故事，这形象的精神圣殿，重新焕发出巨大的理性的感染力。特别是人们第一次如此清晰地看到了米开朗琪罗出神入化的笔触，更为其冠绝古今的才华所倾倒。倘若不是这样的修复，谁能相信他所描绘的亚当的那个著名的头颅，竟然如此轻描淡写，一挥而就？而《末日审判》中基督那情绪沉郁的面颊，总共只用了三笔！

你会问，是谁复活了米开朗琪罗？

我想，只有用这一标准才能达到如此境界，那就是：整旧如初。

整旧如新是消灭历史；整旧如旧是保存历史；而整旧如初是回到历史原貌。然而这最艰难。一处古迹，历经千百年，谁知它最初的模样？这宛如从一张苍老的脸上去找回它逝去的青春。但对于高科技现代已经不再是梦想了。

从最早的整旧如新，到后来的整旧如旧，直到当代的整旧如初，人类在如何对待自己的文明创造上，也在一步步前进。而整旧如新是无视自己的历史文化，整旧如旧是懂得珍惜自己的历史文化，整旧如初才表现出人类对自己文明创造的无比自豪和崇仰。

人类的生活不仅是现实和未来，还有过去。一切属于历史的事物，都是人类的成果、收获、见证和永恒的财富。历史是神圣的，因为人类能够创造未来，却无法更改历史；历史又是活着的，因为它既影响未来，又充实和丰富着我们的现在。那么，整旧如初作为一种崇高的追求，正是可以满足人们这种具有理想境界的文明自享。